ET LE MAL VIENDRA

DES MÊMES AUTEURS
CHEZ POCKET

ISLANOVA

ET LE MAL VIENDRA

JÉRÔME CAMUT
& NATHALIE HUG

ET LE MAL VIENDRA

fleuvenoir

FSC
www.fsc.org
MIXTE
Papier issu de sources responsables
FSC® C003309

Pocket, une marque d'Univers Poche,
est un éditeur qui s'engage pour la préservation
de l'environnement et qui utilise du papier fabriqué
à partir de bois provenant de forêts gérées
de manière responsable.

ISBN : 978-2-266-30664-5
Dépôt légal : mars 2020

À Clara, Louis et Valentin
Nos enfants pour qui nous espérons
un monde plus juste

« Et le mal viendra, non par celui qui utilisera la violence, mais par ceux dont l'obstination à nier les droits de l'homme l'auront obligé à en user pour les défendre.
C'est de cela qu'il s'agit depuis l'origine.
Traiter tous les humains en frères, respecter la Terre pour que les générations suivantes s'y épanouissent.
Simplement de cela.
Nous ne l'avons pas fait ensemble.
Alors oui, aujourd'hui, le *mal* arrive. »

Morgan Scali

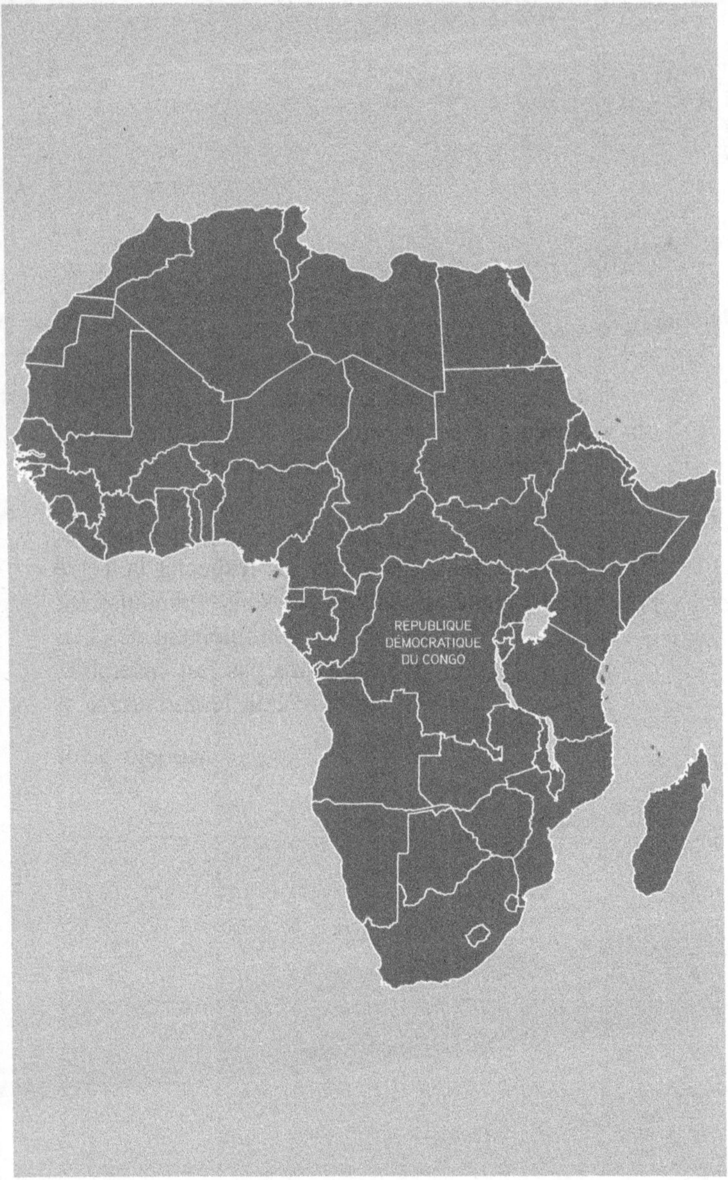
RÉPUBLIQUE
DÉMOCRATIQUE
DU CONGO

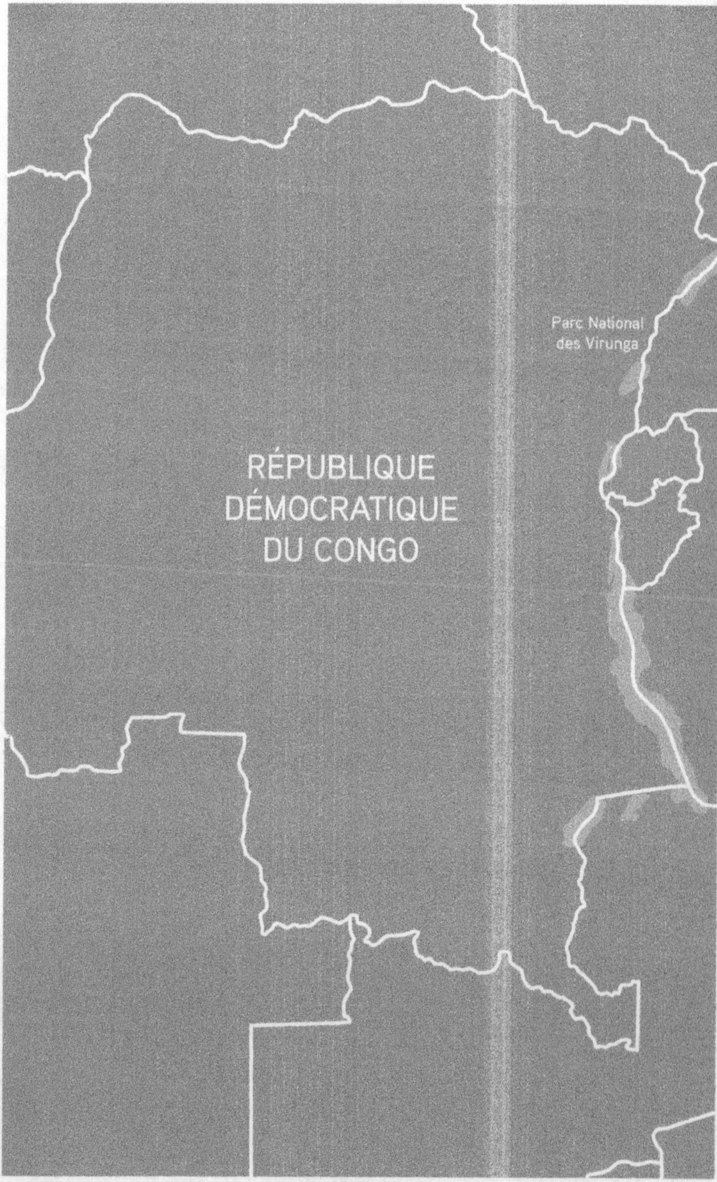
Parc National
des Virunga
RÉPUBLIQUE
DÉMOCRATIQUE
DU CONGO

2016 2028

26 avril

République démocratique du Congo (RDC), parc des Virunga

« L'Afrique tu te la prends dans la gueule et tu l'aimes, ou alors tu remontes dans le premier coucou et tu te casses le plus loin possible. »

Tout en suivant avec prudence le sentier escarpé qui les menait au territoire des gorilles, Morgan Scali se remémorait les paroles du pilote, Eliah Daza, à leur descente de l'avion. À présent, il comprenait. Livrée à perte de vue par une trouée dans la forêt d'altitude, la plaine congolaise s'étalait à leurs pieds, deux mille mètres en contrebas, bordée sur un côté par le relief tourmenté des volcans du Nord-Kivu.

C'était beau… Non, le mot ne rendait pas hommage à cet endroit hors du temps. C'était… immense !

Morgan jeta un regard vers ses enfants, qui peinaient sous l'effort. Que se passait-il dans leurs têtes ? Difficile à dire. L'aîné râlait tout le temps, semblait ne s'intéresser à rien. Quant à la petite… ses yeux brillants et ses silences parlaient pour elle.

Leur groupe emmené par Daza progressait sur un terrain pauvre, entre des troncs où s'accrochaient des plantes grimpantes et des lianes. Ici, les arbres montaient si haut et la canopée était si épaisse qu'au niveau du sol il faisait presque nuit.

Et si on larguait tout pour sauver ce qu'il reste de beau en ce monde, avant que les hommes ne le détruisent ?

Morgan avait pris cette réflexion de sa femme au pied de la lettre, vendu l'appartement parisien, quitté son travail et embarqué Milan, tout juste quinze ans, et Shana, douze ans, direction Kinshasa, où ils avaient atterri l'avant-veille au soir. De là, un bimoteur les avait transportés jusqu'à une piste nichée au pied des monts des Virunga, et leur voyage s'était poursuivi en Jeep, dans la nuit, sur des pistes cahoteuses.

On ne rompt pas les amarres pour s'installer en Afrique. Surtout avec deux gosses !

Non, bien sûr. Morgan ne partait pas à l'aveugle, il avait développé un projet ambitieux pour renforcer la sécurité des hommes et des animaux du parc des Virunga, en collaboration avec Eliah Daza. Il savait peu de chose sur ce dernier, juste qu'il avait été flic en France, des années plus tôt, avant de s'établir au Congo comme directeur adjoint de la plus ancienne réserve naturelle d'Afrique. Même s'ils avaient longtemps parlé au téléphone, avant de se rencontrer la veille, leurs échanges se bornaient à des considérations professionnelles ou pratiques – les deux hommes partageaient un goût certain pour la discrétion. Pas une fois il n'avait eu à justifier l'absence de sa femme à ses côtés, ni sa décision d'arracher ses enfants à l'école au milieu de l'année scolaire, pour former des Rangers congolais au maniement de drones. Et c'était parfait ainsi.

La vaste demeure où Morgan et ses enfants logeraient les mois à venir s'établissait à proximité d'une cour où se dressait un mât arborant les couleurs de la RDC, de l'Unesco et de la Communauté européenne. Destinée à ses émissaires, cette maison coloniale, vacante la plupart du temps, était meublée avec goût. Mais les baraquements, la haute barrière grillagée qui les entourait et le pylône surmonté d'une batterie de paraboles donnaient à l'ensemble un air de campement militaire.

« On dirait qu'on va en taule ! » avait boudé Milan en s'arrêtant sur le seuil de la maison, tandis que Shana, bien plus pragmatique, s'était précipitée à l'intérieur pour choisir sa chambre.

Tout en poursuivant l'ascension vers le territoire des gorilles, Morgan sourit à l'évocation de ce souvenir, et ignora son fils, qui pestait contre la moiteur et les bestioles, préférant se laisser guider par les indications de Laurent Mukena, le chef des Rangers du parc, qui secondait Daza pour l'occasion. Une constitution fine et élastique donnait à ce Congolais d'une trentaine d'années une démarche chaloupée, et son visage impassible offrait de rares éclats de rire. Sa personnalité se concentrait dans son regard, droit, franc, et sa façon paisible de dire, sans le dire : « Ça va, je contrôle. » Vêtu de l'uniforme des gardiens de la réserve, il portait un pistolet automatique, un fusil d'assaut et une machette rangée dans un étui lacé dans son dos, ce qui avait inquiété Shana, jusqu'à ce qu'il lui explique que ces armes servaient à protéger les animaux des braconniers.

— Si tu savais comme certaines croyances leur causent tort ! Entre la main droite de gorille réputée accroître la virilité, et la moelle épinière de girafe censée guérir le sida, nos amis ont du souci à se faire !

Au sommet, le petit groupe marqua un temps d'arrêt pour écouter les ultimes recommandations du Ranger : garder le silence, ne pas s'éloigner du chemin, regarder où on met les pieds.

— Face à Ndeze, le mâle alpha, il faut savoir se montrer humble. Vous le reconnaîtrez facilement : il est une fois et demie plus grand que les autres, et son dos est couvert de poils argentés. Voilà pourquoi on l'appelle le silverback[1].

— Et il mange quoi, le silverback ? demanda Milan d'une voix peu assurée.

— Une trentaine de kilos de végétaux par jour. Ne t'inquiète pas, il n'aime pas la viande. Par contre, il adore botter le cul à ses rivaux. N'oubliez pas qu'ici, nous sommes des visiteurs, précisa le Ranger, en montrant à chacun comment appliquer un masque de chirurgien sur son visage. Nous leur apportons protection et amitié, pas question de leur filer nos maladies.

Depuis peu, ils progressaient dans une forêt de nuages. Partout, un brouillard épais hanté de cris d'animaux inconnus semblait louvoyer entre les arbres et s'enrouler autour des troncs moussus. Soudain, les bruits cessèrent et un vent frais descendu des sommets balaya la brume.

1. Dos argenté.

— On y est. Restez derrière moi, et soyez discrets.

À la tête de leur petit groupe, le Ranger avança le dos courbé, en émettant des bruits de gorge, ce qui fit rire Milan, qu'un regard sévère de son père rappela à l'ordre. Alors qu'ils arrivaient à l'orée de la forêt, des cris leur répondirent, puissants et rauques, suivis d'un vacarme de branches cassées. Par réflexe, Morgan plaça ses enfants derrière lui, leur intimant de rester sous le couvert des arbres. Puis il s'accroupit à la lisière d'une clairière coiffée par un ciel où de lourds nuages menaçaient de percer.

Les gorilles étaient là. Une quinzaine d'individus tranquilles, occupés à se nourrir, installés en cercle autour de Ndeze, le chef de clan, comme le ferait une famille en train de pique-niquer. Le silverback était installé à côté d'une femelle à laquelle s'agrippait un gorillon hirsute, semblable à une peluche, dont les yeux écarquillés se fixèrent dans leur direction.

— Shana, t'as vu le bébé ? murmura Milan.

— Chut…

Le mâle alpha avança brusquement vers eux en cognant le sol de ses poings. Il s'immobilisa à moins d'un mètre de Morgan, où il demeura quelques instants à humer le vent, sans un regard pour lui. S'il n'y avait eu cette forte odeur que dégageait l'animal, Morgan se serait cru dans un rêve.

Imitant le Ranger, agenouillé un pas devant lui, il courba l'échine, les yeux rivés sur les mains du gorille. Jamais il n'avait contemplé pareille splendeur. On aurait dit des mains humaines recouvertes de fourrure. Les paumes d'un noir mat étaient épaisses et ridées et, détail qu'il ignorait, la pulpe de ses doigts comportait des empreintes digitales.

Comme le silverback demeurait immobile, Morgan leva les yeux tout en évitant de croiser son regard. Face à cette montagne de muscles, il eut le sentiment de se trouver devant un dieu païen, et cela le bouleversa.

— Ne bouge pas, souffla le Ranger, alors que le gorille levait lentement la main vers lui.

Le cœur sur le point d'exploser, Morgan ferma les yeux, puis les rouvrit quand il sentit les doigts de l'animal envoyer valdinguer sa casquette. Pendant quelques secondes, le silverback lui trifouilla les cheveux sans vergogne, comme s'il voulait l'épouiller. Puis, aussi brusquement qu'il s'était approché, il retourna s'installer parmi les siens, pour achever son repas.

— Les alphas ne touchent jamais les hommes. Ndeze, encore moins que les autres. Tes cheveux blancs ont dû l'étonner.

Submergé par l'émotion, Morgan demeura muet, jusqu'à ce que Shana et Milan le rejoignent. Ce n'est que lorsque ce dernier lui demanda s'il avait eu peur, qu'il répondit que non.

— Je crois que Shana veut voir le bébé, t'es d'accord ?

— Si nos guides sont OK, vous pouvez y aller.

Alors que Milan et Shana suivaient le Ranger dans la clairière, Eliah Daza s'assit à côté de Morgan, qui s'était adossé à un tronc, encore bouleversé par ce qu'il venait de vivre.

— Alors ? Qu'est-ce qu'on ressent quand un silverback s'amuse à te tripoter le crâne ?

Les yeux rivés sur les enfants qui tendaient des feuilles à une des femelles gorilles, comme ils l'auraient fait avec des pommes à un cheval, Morgan soupira.

— Tu te prends l'Afrique en pleine gueule, et tu l'aimes.

Silverback

Île-de-France, ville des Andelys, l'Atelier

Comme chaque matin, le capitaine de police Julian Stark se réveilla avec le même sentiment d'urgence que la veille, l'avant-veille et quelques centaines de jours plus tôt. Un bref instant, il conserva l'empreinte de son rêve, une émotion mortifère à mi-chemin entre l'impuissance et la colère. Une envie de tout casser, l'impression d'être prisonnier d'une cage trop étroite. Puis il recouvra ses esprits.

3 h 27

À travers la verrière de l'ancien atelier de menuisier réaménagé en loft, la lune irradiait d'une lueur de fin du monde, étirant les ombres et révélant une vaste pièce au mobilier spartiate ; un lit aux dimensions king-size, des cartons de vêtements en attente d'une armoire, des murs couverts de photos, de cartes et de PV d'audition, un coin bureau dont les étagères et le sol disparaissaient sous les dossiers.

Été comme hiver, Julian se levait avant le soleil et se couchait bien après, ne dormant que par nécessité. Le reste du temps, il se consacrait corps et âme à la traque de Morgan Scali, le terroriste responsable de la pire attaque jamais perpétrée en France.

Dans cette affaire hors norme, Julian avait personnellement perdu beaucoup. Sa fille Charlie, enrôlée au sein de l'organisation criminelle, sa femme...

Non, ne pas penser à ça. Trop de douleur, trop de culpabilité.

Il lui restait Leny, son beau-fils, un gosse de vingt et un ans, ravagé par la cruauté de la vie, qui poursuivait ses études par correspondance.

Aujourd'hui, ça fait cinq cent soixante-huit jours.

Depuis les attentats de 2025, Julian ne comptait plus les années. Plus grand-chose à célébrer à vrai dire, et plus envie de fêter quoi que ce soit. Mais ces dernières semaines lui avaient semblé une éternité. Et l'oreiller de sa fille, qu'il serrait contre lui pour s'endormir, avait perdu l'odeur de ses cheveux.

Comme tous les matins au sortir du lit, Julian enfila une tenue de sport. Au moment de quitter la chambre, il s'arrêta un bref instant devant le tableau Velleda, fixé derrière la porte, où figurait une phrase écrite au feutre rouge : « On se souviendra des six mille parce qu'ils étaient blancs. » Puis il passa par la cuisine où il avala un verre d'eau chaude, dans lequel il avait ajouté du jus d'un citron, et sortit dans l'impasse devant chez lui, une route défoncée, adossée à la colline, qui se perdait dans l'obscurité d'un chemin forestier, sinuant entre les arbres figés par le gel.

Avant de s'attaquer à l'ascension, le policier jeta un coup d'œil à sa montre digitale et vérifia ses constantes. Il connaissait le relief des environs, savait où placer ses accélérations – ne jamais se laisser dominer par le terrain, foncer dans les côtes, ralentir dans les descentes, toujours puiser dans ses réserves, ne manger qu'après l'effort – et ne trouva satisfaction que lorsque chacun de ses muscles fut douloureux. Parvenu au sommet, il admira le panorama malgré le froid, avant de redescendre. Surplombée par la masse pâle des falaises de craie, la Seine sinuait en contrebas, ourlée des lumières de Courcelles sur sa gauche, des Andelys de l'autre côté. Face à lui, quelques rares points rouges et blancs défilaient sur l'autoroute au loin.

4 h 45.

Julian arrivait devant chez lui quand son téléphone vibra.

Jan Vorchek.

En lisant sur l'écran le nom de son meilleur ami, et patron de la Direction centrale de la Sûreté du territoire, il sut que le moment était venu.

— On l'a localisé, c'est confirmé. Deux équipes s'apprêtent à décoller.

Bizarrement, il ne ressentit aucune joie. Juste une trouille immense, rivée à ses tripes et son plexus, qu'il chassa en prenant une inspiration. Puis une deuxième, et encore une troisième, pour calmer les battements de son cœur, avant d'ouvrir le mail que son chef venait de lui adresser.

À la vue de la photo attachée en pièce jointe, il poussa un cri libérateur. C'était bien Morgan Scali, amaigri, les traits tirés. Ses yeux couleur d'ambre avaient conservé leur dureté incroyable.

— Où ? demanda-t-il enfin.

— Région de Goma, en RDC. À cinquante kilomètres au nord de la zone que tu avais signalée.

Je te tiens.

Le cœur de Julian s'apaisa. Après des mois d'une folle enquête, conduite parfois hors les limites de la légalité, il allait enfin mettre un terme à la cavale de ce monstre. Le pire, c'est que la traque avait débuté là-bas, dans le parc des Virunga. L'idée dérangeante qu'il était peut-être passé tout près de sa fille lui donna la nausée.

— Hé, vieux, tu tiens le coup ?

— Charlie ? demanda-t-il dans un souffle. Vous l'avez repérée ?

— Non, mais ça ne veut pas dire qu'elle n'y est pas.

Julian déglutit avec difficulté.

— On part quand ?

— Dans deux heures. Tiens bon, ajouta Vorchek, avant de raccrocher. D'ici demain soir, c'est réglé.

Après une douche rapide, Julian s'habilla puis attrapa son sac de voyage, toujours prêt.

— Tu pars ?

Son beau-fils l'observait du pas de la porte, les yeux bouffis de sommeil, dissimulés par ses longs cheveux emmêlés dans des dreadlocks.

— Tu vas devoir te raser, mec. Et quitter ce look de rasta.

Leny gratta spontanément sa barbe broussailleuse.

— Quoi, mon look ? Qu'est-ce qu'il a, mon…

Il s'interrompit, et lança un regard incrédule.

— Chacha ?

— J'espère. Je décolle dans deux heures.

Julian ouvrit ses bras pour enlacer Leny, dont le corps efflanqué fut secoué de sanglots. Ils s'épaulaient depuis bientôt deux ans, chacun relevant l'autre au moment opportun. Mais le jeune homme avait eu tendance à s'isoler, alors que Julian puisait sa force dans la traque de Scali, refusant de penser au vide qui s'ouvrirait sous ses pieds quand elle s'achèverait par la mort ou l'arrestation du criminel. L'action comme thérapie. Ces mois les avaient soudés, et Julian considérait Leny comme son fils.

Il attendit que ses pleurs se calment avant d'attraper son sac et ses clés de voiture.

— Je t'aime, lui dit-il en posant un baiser sur son front. Et tu vas profiter de ces quelques jours pour ranger ton bordel et te remplumer, OK ?

La cabine passager de l'avion cargo était bruyante et trop étroite pour accueillir une trentaine d'hommes des Forces spéciales. Mais cet appareil réservé au transport civil possédait l'avantage de la discrétion, un élément crucial pour qui comptait se poser avec armes et bagages dans l'est du Congo-Kinshasa, même si cet atterrissage se faisait sur une base de la MONUSCO[1]. En Afrique, « radio-brousse » était de loin le média le plus populaire et le plus efficace.

Depuis l'annonce de la présence de Morgan Scali dans la région de Goma, Julian ressentait une immense lassitude. Pourtant, son cerveau en ébullition refusait de lui octroyer ne serait-ce que cinq minutes de répit.

J'ai besoin d'être en pleine forme, merde !

Dans quelques heures, il allait connaître le dénouement d'une enquête absolue, une affaire dévorante. Des milliers d'heures en immersion, à décortiquer le passé de cet homme, glisser ses pas dans les siens, chercher

1. Mission d'observation de l'ONU.

à comprendre sa logique pour devancer ses coups. Par réflexe, il toucha le pendentif constitué d'un lacet en cuir orné d'un fragment d'ambre qu'il portait comme une sorte de talisman.

Ou de présage.

Se perdre dans la vie de celui qu'il traquait, déchiffrer son mystère, avait été à la fois excitant, douloureux et salvateur pour Julian. Et seule l'obsession de retrouver Charlie l'avait tenu debout.

Au cours de l'été 2025, l'Armée du 12 Octobre, un groupe d'activistes dirigé par Morgan Scali, avait détruit à coups d'explosifs d'importantes infrastructures de distribution d'eau potable sur le territoire français, privant des millions de personnes de cette ressource indispensable à la vie, au milieu d'une saison caniculaire. Les autorités, aussitôt dépassées, n'avaient pu faire face à la situation. Des villes comme Bordeaux, La Rochelle ou encore Royan avaient été le théâtre d'émeutes, de pillages. On s'était entre-tué pour une bouteille d'eau de source, un système de filtration ou de simples pastilles de chlore. Accablés par des températures supérieures à trente-cinq degrés, les gens avaient bu l'eau des piscines, récupéré celle des orages. L'économie s'était arrêtée, les touristes avaient fui la côte atlantique. Au beau milieu de cet attentat dont les conséquences s'étaient prolongées sur des semaines, on soignait les blessés dans la rue, faute de place dans les hôpitaux surchargés. Avec une poignée de fidèles, Morgan Scali avait prouvé au monde qu'il était simple de paralyser un pays comme la France et de plonger des populations civilisées dans le chaos sans verser la moindre goutte de sang. Il suffisait d'attendre que les gens se retournent les uns contre les autres.

Au cours de cet été tragique, près de quatre mille personnes avaient péri, dont Vanda, mère de Leny et épouse de Julian.

En tant que leader du mouvement écoterroriste, Scali était l'unique responsable. Comment ce quidam avait-il pu, en moins de dix ans, bâtir l'Armée du 12 Octobre, cet empire criminel au maillage extraordinairement actif, aux moyens financiers illimités, aussi discret que des réseaux de résistance, et présent dans toutes les régions du globe ?

Et surtout, que préparait-il cette fois ?

Autant de questions, Julian en était certain, qui trouvaient leurs réponses dans le parcours de Morgan Scali, entre le moment où il avait atterri en Afrique début 2016, et celui où il avait attaqué la France près de dix ans plus tard. Peut-être même entre les lignes de ces textes, consignés dans des cahiers de correspondance, récupérés par les Services après la perquisition d'une de ses planques, et que le policier connaissait par cœur, à force de les avoir étudiés.

21 janvier,
Mon amour,
J'ai reçu une invitation de la direction du parc national des Virunga, tu te rends compte ? En échange, j'ai proposé aux Rangers de leur apprendre à utiliser mes joujoux et tu sais quoi, ils ont dit oui !

Pour réaliser le rêve de sa femme, Morgan Scali avait remisé le mobilier au garde-meuble et vidé ses comptes pour offrir plusieurs dizaines de drones à la réserve congolaise, et contribuer ainsi à la lutte contre la déforestation illégale – autant responsable de l'extinction des gorilles que le braconnage. Car c'était en revendant du charbon de bois aux villageois privés d'électricité que les rebelles finançaient leurs guerres.

Eliah Daza m'a dit que rien qu'à Goma, le trafic de makala[1] *pèse dans les trente millions de dollars, et qu'un jour viendra où, si on n'agit pas, cet endroit que tu aimes tant dressera ses barrières au milieu d'un désert. Alors c'est décidé, on décolle fin avril, le temps de tout préparer. C'est le grand foutoir, là-bas, avec la douane, les bakchichs, les passe-droits, et si je veux que mes drones arrivent à bon port, ça me coûte quinze fois le prix. L'essentiel, c'est que dans trois mois au plus, les enfants et moi, on sera loin de Paris, de leurs gueules de circonstance. Ces imbéciles ne savent tellement pas quoi dire qu'ils nous balancent des "ça va ?" sans réfléchir. Tu n'imagines pas comme j'ai envie de leur écraser mon poing sur la gueule, hâte de foutre le camp d'ici. Et de te retrouver. Si, bien sûr, tu le sais.*

1. Charbon de bois.

Le cargo amorçait sa descente sur le Nord-Kivu, et on avait prévenu Julian que la piste d'atterrissage était un peu courte pour ce genre d'appareil. Il se cramponna aux accoudoirs et observa le sol en approche, les montagnes qui barraient la vue à l'est et, de l'autre côté, l'immensité de la forêt équatoriale où serpentaient plusieurs rivières.

Il descendit de l'appareil sous une chaleur étouffante, et traversa le tarmac, noyé dans le flot des gars des Forces spéciales et des militaires de la MONUSCO qui s'activaient autour de deux hélicoptères aux couleurs des Nations unies. Il s'éloigna du tumulte des préparatifs de l'assaut et rejoignit le commandant Daza, dans les bureaux de la base. La planque de Morgan Scali ayant été localisée sur le territoire de la réserve, Julian avait tenu à le revoir en personne pour lui annoncer la nouvelle.

— Merci de me tenir informé, capitaine Stark, l'accueillit ce dernier en lui proposant un café.

— Si on le tient, c'est en partie grâce à vous.

Devant le malaise visible que ces mots provoquèrent chez son interlocuteur, Julian avala son café et poursuivit :

— Il n'en saura rien, vous avez ma parole.

— Là n'est pas la question. Si j'avais su qu'il se planquait ici, je vous aurais informé immédiatement.

— Alors je vous écoute, commandant.

— Il y a tant de choses que vous ne savez pas sur lui…

Piqué dans sa curiosité, Julian s'assit sur le coin d'un bureau, les bras croisés sur la poitrine. Il traquait Morgan Scali depuis si longtemps qu'il avait l'impression que l'homme n'avait plus aucun secret pour lui.

— Vous ferez tout pour le prendre vivant, n'est-ce pas ? ajouta le commandant Daza.

— Vous savez que ça ne dépendra que de lui.

— Il est… Morgan était peut-être une tête brûlée dès le départ, mais je peux vous garantir que l'homme que j'ai connu il y a dix ans était quelqu'un de bien. C'est vrai qu'il lui arrivait de fondre les plombs. Et ça fichait la trouille à ses mômes. Le gamin en particulier. La petite, elle, était différente… Quoi qu'il en soit, s'il est si dangereux aujourd'hui, c'est parce qu'il ne vit pas dans le même monde que nous.

2016 2028

2 mai

RDC, parc des Virunga

À coups de machette, Morgan Scali se frayait un chemin à travers l'entrelacs de lianes. Plus son corps souffrait sous l'effort, plus son esprit se vidait. Il fallait juste frapper, encore et encore, ramasser les végétaux, les réunir en de grands tas. Chaque matin au lever du soleil, il aidait les Rangers au défrichage, heureux qu'Eliah Daza lui ait confié cette tâche fastidieuse en attendant la nouvelle livraison de ses drones, prévue pour la mi-mai, la première ayant été saccagée par un groupe de rebelles.

« Personne ici n'a envie que les choses changent. Tu ne révolutionneras jamais les consciences, même avec la meilleure volonté du monde ! »

Malgré sa colère de voir son projet retardé, Morgan ne se décourageait pas. Et puis, la compagnie de ces hommes chargés de veiller sur le parc des Virunga le réconfortait chaque jour. Il jeta sa machette et rebroussa chemin jusqu'à un tronc d'arbre couché. Là, les yeux perdus dans le vague, il traça du bout du pied une ligne dans la boue.

On se retrouvera de l'autre côté, mon amour...

Cinq mois et dix-neuf jours qu'il n'avait pas touché la peau de Gaëlle, ou connu tendresse et jouissance.

Après le départ brutal de sa femme, les cheveux de Morgan s'étaient mis à pousser blanc, si bien qu'à présent, Milan le surnommait Einstein, et Shana… *Non, Shana ne parle plus.*

« N'oubliez pas, vos enfants comptent sur vous pour s'opposer. Surtout votre fils, un garçon a besoin d'un os pour se faire les dents, pas d'un chamallow. »

Foutu psychiatre.

Un cri haché et strident le ramena à la réalité. Les sens aux aguets, Morgan scruta la haute barrière végétale qui marquait la fin de l'enclos. Rien ne bougeait et, en même temps, tout paraissait en mouvement. La forêt ressemblait à un gigantesque organisme vivant.

Hostile ?

« Ce ne sont pas des hommes, mais des animaux ! »

L'écho lointain de la voix de Gaëlle, affolée, tétanisa Morgan, et tout son être se crispa dans l'attente.

Un nouveau cri lui fit relever la tête vers les cimes.

« Viens, on court ! »

Le matin même, un village du Nord-Kivu avait été attaqué par des rebelles ougandais revêtus de l'uniforme de l'armée congolaise. Ce groupe avait assassiné dix hommes et autant de femmes et d'enfants. Et la semaine précédente, un autre massacre avait été perpétré à quelques pas d'un camp de la MONUSCO, pourtant doté de soldats et de matériel. Ces exactions, pas même revendiquées, Morgan ne parvenait pas à les comprendre. N'avait-il pas été inconscient d'embarquer ses enfants sur cette terre africaine ravagée par la guerre et la misère ? Il décida de chasser son appréhension en retournant vers la maison au pas de course, et lorsqu'il fut installé sous la pergola, il composa un numéro préenregistré sur son mobile. Aussitôt, une voix rieuse retentit à son oreille : « Bonjour, c'est Gaëlle, je vous écoute ! » Puis il y eut un bip, et une voix électronique l'informa que la messagerie de son correspondant était pleine.

Morgan réitéra l'opération une demi-douzaine de fois, avant d'ouvrir le cahier de correspondance qu'il portait sur lui en permanence. Ces textes qu'il adressait à Gaëlle avaient pour seule vertu de l'apaiser, même s'il s'était promis de les lui poster un jour, dans l'espoir fou qu'ils lui parviendraient d'une façon ou d'une autre.

Le 2 mai,
Mon amour,
Eliah Daza est vraiment un type sympathique, qui a le don de te faciliter les choses, de rendre tout plus évident que ça n'en a l'air. En réalité j'ai l'impression qu'ici la vie est si difficile que les gens sont optimistes juste pour tenir le coup. Le contact est direct, amical et le tutoiement généralisé. Je me marre d'avance en imaginant ta tête, toi qui as horreur de ça ! En ce qui concerne les enfants, Milan fait toujours la gueule, même en dormant, mais au moins il s'occupe. Il passe le plus clair de son temps avec les soigneurs du parc. Tu le verrais... son visage commence à se couvrir de barbe, et sa mâchoire a forci, bientôt il ne te ressemblera plus. Chaque jour, son caractère empire,

c'est bien un Scali ! À l'entendre, il se retrouve au Moyen Âge, sans un ami et sans réseau téléphonique. Il m'a même prévenu que si je l'obligeais à aller au lycée, il demanderait son émancipation auprès de l'ambassade de France, pour fuir ce pays de "merde" et vivre sa vie comme il l'entend. Même Galette, le chien de la maison, hirsute mélange entre une hyène, un chacal et un renard (tu en serais folle !), n'a pas réussi à l'amadouer.

Tu vois, quand tu es partie, j'imaginais plutôt Shana en train de craquer, de pleurer seule dans son lit. De nos deux enfants, Milan est celui qui exprime le plus fort son chagrin. Il ne passe pas une nuit sans hurler en se réveillant d'un cauchemar. Notre fille, elle, a un sommeil de plomb, on dirait qu'elle se réfugie dans sa coquille, en refusant le contact avec les inconnus. Alors, je la laisse s'instruire à sa guise, même si son seul sujet d'étude, c'est les gorilles. Elle dévore tout ce qu'elle trouve à lire sur eux, quand elle en a fini avec le ménage, les lessives, le repassage ou la cuisine. C'est une petite bonne femme en miniature. Un mini-toi. Silencieuse et discrète comme une ombre. C'est si difficile de ne plus l'entendre m'appeler papou.

Des bruits de vaisselle l'interrompirent dans son écriture. Morgan s'avança à pas de loup pour observer discrètement Shana. Il aimait la voir évoluer seule dans la maison. Bizarrement, il avait la sensation que ses traits se durcissaient quand il entrait dans la pièce. Comme si la solitude dont elle s'entourait lui servait de refuge, un autre monde où tout aurait été encore parfait. Le retour de son père, seul, lui rappelait l'impensable.

Sa maman était partie.

Shana était grimpée sur une chaise pour disposer un cadre photo, juste à côté des verres. Le cliché en noir et blanc, pris au téléobjectif, montrait Gaëlle à dix-neuf ou vingt ans. Le haut du corps tendu, le regard intrépide, elle domptait une planche à voile. Sa coupe de cheveux courte et une coquetterie dans l'œil lui donnaient un côté androgyne assez troublant.

« J'ai décidé d'être une fille pour vous avoir ! Sinon, j'aurais pu être un garçon. » Elle avait ajouté que les gens s'aiment parce que leurs âmes se reconnaissent, et Shana avait conclu l'échange par un « n'importe quoi ! » appuyé, qui avait beaucoup amusé sa mère.

Un sourire étira les lèvres de Morgan. Cette journée se déroulait sous les meilleurs auspices. Ses nouveaux drones étaient arrivés à Kinshasa, il pourrait les réceptionner dès le lendemain. Et à travers la moustiquaire, il distinguait la silhouette de sa femme dans le jardin où s'épanouissaient plusieurs massifs de fleurs éclaboussés de soleil, dont le parfum se mêlait aux effluves de la cuisine.

Enfin, te voilà. Il était temps.

La journée idéale.

Dans une seconde, Gaëlle serait là, les bras chargés de cadeaux. Elle resterait plantée dans le couloir, ne sachant où les poser. Elle râlerait sur Shana qui avait encombré la table de livres, sur Milan et son VTT abandonné dans l'entrée, puis Morgan la débarrasserait en riant, pour l'enlacer, plonger son visage dans ses cheveux, respirer son odeur à s'en étourdir…

Le cliquettement des griffes de Galette le sortit de ses pensées.

— Hé, j'en fais quoi, moi, du clebs, il est dégueu ? cria Milan depuis l'entrée. Oh, et puis merde !

Morgan vit l'invraisemblable animal de la maison crotté de la tête aux pattes qui pédalait sur le carrelage comme s'il était sur une patinoire et fonçait vers lui en émettant des couinements de cocotte-minute. Il s'accroupit pour flatter le dos de la bestiole, avant de se laver les mains. Dans la foulée, il remplit la gamelle du chien, disposa assiettes, verres et couverts sur un plateau qu'il porta à la salle à manger.

L'instant suivant, Shana posait un plat fumant au milieu de la table. Elle avait cuisiné du riz, avec une bouillie au bœuf, un plat roboratif rehaussé de piment. La fillette s'était laissé apprivoiser par les épices locales, et elle avait même dévoré une spécialité de chenilles mbinzo aux champignons noirs et au piment, que Morgan avait rapportée d'un déjeuner chez les Daza. Lui-même n'y avait pas goûté. Les chenilles frites ne l'inspiraient pas du tout, et il éprouvait de l'admiration pour sa fille qui avait outrepassé son dégoût avec une telle facilité.

Morgan commença par servir Shana, honneur à la cuisinière, puis son fils, qui enfourna une première bouchée avant tout le monde. Enfin, il emplit une autre assiette, qu'il déposa sur la droite de la table, et une dernière, devant lui.

— Bon appétit, mes amours, adressa-t-il avec un grand sourire.

Le regard rivé sur la quatrième assiette, Milan lâcha ses couverts. Dans ses yeux s'entrechoquaient une détresse et une colère sans borne.

— T'es qu'un gros malade !

L'adolescent se leva d'un bond, renversant sa chaise, et quitta la salle à manger. Des larmes silencieuses roulèrent sur les joues de Shana, qui soutint le regard de son père, puis craqua et déguerpit à son tour. La porte de sa chambre claqua en même temps que celle de l'entrée. Morgan demeura immobile. Lui aussi fixait la quatrième assiette, devant laquelle Gaëlle était assise. Souriante. Et belle.

— Ça lui passera, glissa-t-elle. C'est une tête de mule, comme son père !

Toi aussi, ça te passera.

Bien sûr que ça lui passerait, et ils finiraient par se retrouver. Ils s'aimaient tant, c'était plus fort que tout.

— Goûte, mon amour, lui répondit-il. Ça va refroidir.

Puis il se mit à manger.

RDC, province du Nord-Kivu

« Je vous en supplie, faites qu'elle soit là et qu'il ne lui arrive rien. »

C'est en priant un dieu auquel il ne croyait pas que le capitaine Julian Stark s'approcha du bord de la falaise, la boule au ventre. Dans la lunette à vision nocturne, la violente averse formait un rempart opaque qui l'empêchait de distinguer la canopée en contrebas. Elle interdisait également le survol du camp par les drones ennemis, condition nécessaire au succès de leur mission.

Il avança d'un pas, la corde se tendit. Sous ses pieds, la falaise ruisselait.

« On laisse les pros faire le job, avait assuré Vorchek, quand il s'était agi de définir son rôle. Tu resteras en arrière, mais j'ai besoin de toi sur place. Tu es le seul à pouvoir l'identifier ! »

Julian s'était entraîné dur depuis qu'on l'avait réintégré, au corps-à-corps, au tir, et il avait suivi deux stages d'entraînement avec les Forces spéciales. Là, suspendu au-dessus du vide, il n'en menait pas large.

Une dernière fois, il repensa à Charlie, tenta de se la figurer quand elle était enfant, gaie et câline, puis il chercha l'adolescente boudeuse qu'elle était.

Malheureusement, l'image imprimée à jamais dans son esprit était celle d'une jeune femme qui lui avait craché son mépris au visage, hurlant qu'il l'avait trahie. Alors, son regard harponna la silhouette de Mathieu Barville, son « chaperon », qui s'enfonçait avec agilité dans la nuit, face contre terre, à la manière des commandos australiens, et Julian s'élança à son tour.

Jamais la distance qui le séparait de son rendez-vous avec le destin n'avait été aussi courte. Bientôt, Julian atteignit les cimes et glissa sous la canopée, où les silhouettes humanoïdes de nombreux singes évoluaient, ajoutant du stress à la situation. À l'abri de l'averse, l'ambiance sonore s'emplit de leurs cris, et le sentiment de se jeter dans un piège l'envahit. Dans cette zone proche des frontières rwandaise et ougandaise, l'occupation illégale du parc des Virunga par des clans rebelles remontait à des décennies.

N'oublie pas... ce n'est plus un type bien.

Le sol approchait. Encore quelques mètres. Sous lui, Barville, déjà débarrassé de son matériel d'escalade, l'attendait.

Soulagé de retrouver la terre ferme, Julian suivit son chaperon jusqu'à la zone où les hommes s'étaient regroupés. Dès que le brouilleur d'ondes fut déclenché, ils se déployèrent sur le terrain comme des ombres. Le camp d'entraînement des 12-10 – surnom donné aux terroristes de l'Armée du 12 Octobre – érigé sur un ancien site rebelle watu, se trouvait à proximité, le long de la falaise : un village de baraquements, des cases en torchis, des abris enterrés et des plates-formes construites dans les arbres de la forêt équatoriale.

Quand ils parvinrent en vue des premières constructions, l'aube pointa et la pluie cessa presque aussitôt. À l'exemple des commandos, le policier remplaça sa lunette de vision nocturne par un masque à gaz. Plusieurs d'entre eux se lancèrent à l'assaut des plates-formes suspendues, et Julian se crispa, prêt à entendre le sifflement des armes équipées de silencieux. Mais rien ne bougea, et bientôt, l'information que la voie était libre tomba dans les oreillettes.

Sur le qui-vive, le policier rejoignit les hommes de Barville qui s'engouffraient dans un labyrinthe de galeries souterraines. Derrière eux, un deuxième groupe gardait l'entrée, privant les terroristes de toute retraite.

Cette fois, c'est parti. Julian suivit les commandos dans l'étroit boyau étayé, son pistolet-mitrailleur en main. Ils progressèrent sans rencontrer âme qui vive, jusqu'à un carrefour distribuant trois nouvelles galeries.

Le policier eut l'impression que son cœur avait doublé de volume dans sa poitrine tant l'angoisse l'étreignait.

Y a un truc qui ne colle pas.

À une nouvelle intersection, ils se séparèrent en binômes. Julian et son équipier choisirent d'emprunter le boyau en direction de la falaise, plein est, au bout duquel le duo accéda à un tunnel taillé dans la roche, où des veilleuses dispensaient une lueur orangée. Un à un, les rapports tombaient dans les oreillettes. En surface, une demi-douzaine de terroristes avaient été interpellés et regroupés dans le village déserté. D'autres avaient été repérés dans les galeries et neutralisés à grand renfort de gaz incapacitant. Ils étaient en cours d'évacuation. Mais aucun d'entre eux n'avait été identifié comme étant Charlie Stark ou Morgan Scali.

— Ils sont où, bordel ? s'écria Julian, alors qu'ils émergeaient dans une immense salle creusée dans la roche.

L'endroit ressemblait à un centre de commandement. Les murs étaient couverts de cartes de l'Europe, de plans de villes, de bâtiments, et les bureaux, de documents stratégiques.

C'est quoi, ce cirque ?

Julian et son binôme échangèrent un regard inquiet, et poursuivirent leur exploration des lieux. D'autres salles, toutes occupées par des bureaux ou des systèmes de communication, s'ouvraient en étoile. Plus loin, au bout d'un nouveau tunnel, ils débouchèrent sur un réfectoire, puis des dortoirs. Il y avait dans ces falaises de quoi héberger une centaine d'individus, et une rapide inspection permit à Julian de comprendre que la moitié des locaux avait été occupée récemment. Sac de couchage, vêtements, nécessaire de toilette, cantine militaire, chaque 12-10 disposait du minimum indispensable. Julian eut beau retourner les matelas, fouiller les malles, il ne trouva pas un objet personnel, pas une photo ou un indice attestant de la présence de sa fille. La boule au ventre, il informa son équipier qu'il rejoignait le QG, et se précipita à l'extérieur. Il avait besoin d'air. Besoin de réponses, aussi.

Là, Barville lui apprit que le campement venait d'être entièrement bouclé. Plusieurs 12-10 avaient tenté de fuir par les boyaux d'une ancienne mine et avaient été rattrapés. D'autres avaient été débusqués dans des planques souterraines, enterrés comme des

Viêt-cong. À présent, tous étaient rassemblés en un lieu unique, en vue d'une identification. Quant aux drones de Morgan Scali, tant redoutés par les Forces spéciales, ils étaient restés cloués au sol, incapables de communiquer entre eux grâce au brouilleur d'ondes déployé au début de l'opération.

On a pris la place trop facilement. Il est bien plus malin que ça.

Cette idée dérangeante ne quitta pas Julian, tandis qu'il longeait les rangs des prisonniers et soulevait les cagoules, à la recherche des cheveux blonds de Charlie et des yeux ambrés du terroriste.

— Putain de merde ! hurla-t-il quand il eut fini. C'est pas vrai ! On s'est fait baiser comme des bleus !

— Y a une trentaine de 12-10 à cuisiner et un container de docs à éplucher, le tuyau était bon.

— Tu parles…

— Je comprends ta déception, capitaine Stark, mais la présence de ta fille n'a jamais été confirmée, lui rappela Barville. Quant à Scali, on va le trouver. Il n'a pas pu se tirer. On ne quittera pas cet endroit tant que les falaises n'auront pas été fouillées de fond en comble. Tu as ma parole. Et après on dynamitera tout ce bordel.

Julian devait admettre que le militaire avait raison. La déception de ne trouver aucune trace de Charlie ne devait pas occulter qu'il y avait, dans ces salles calcaires, de quoi occuper des analystes pendant des semaines.

Grâce à ces documents, les enquêteurs en apprendraient davantage sur la personnalité des complices de Scali. Ne s'intéresser qu'à lui pour déchiffrer les arcanes de l'Armée du 12 Octobre, c'était aussi stupide que de se focaliser sur Hitler pour comprendre le IIIe Reich. Le chef des 12-10 était non seulement entouré d'une bonne dizaine de personnes de confiance, mais il partageait aussi le pouvoir, et cette particularité avait eu raison des autorités françaises qui s'étaient fourvoyées, pensant n'avoir affaire qu'à un seul dirigeant.

Morgan Scali n'était pas un loup solitaire, il avait eu *son* Goebbels, *son* Mengele et *son* Himmler. Le premier s'était suicidé lors d'un assaut des Forces spéciales deux ans plus tôt, le deuxième croupissait en QHS et le dernier était cuisiné par les Services. Or, ce qui taraudait Julian, c'était que l'homme qui leur avait donné cette planque était le bras droit de Scali, *son* Himmler : Novak Anticevic.

RDC, parc des Virunga, camp des rebelles watu

— Ces munitions ont une vitesse initiale de neuf cent trente mètres par seconde, soit près de trois fois celle du son. Vos ennemis seront morts avant de vous avoir entendus tirer !

La vue des dizaines de Famas exposés provoquait la joie des Watu, un groupe de rebelles du Nord-Kivu, excités à l'idée de dézinguer à tout-va avec l'ancien fusil d'assaut de l'armée française. En entendant monter les vagues de satisfaction dans la foule, Novak Anticevic songea qu'il aurait pu tout aussi bien se trouver devant les bonimenteurs des Galeries Lafayette. C'était juste une question de couleur de peau, d'hygrométrie, de latitude et, bien sûr, de produit à vendre. À la place des immeubles parisiens, les palissandres et les ébéniers dressaient leurs silhouettes immenses, des guerriers, majoritairement des adolescents, remplaçaient les touristes, et le camelot, c'était Gale, son bras droit.

— Regardez cette merveille ! clamait ce dernier, en exhibant une cartouche. Du 5.56 chambré OTAN ! Ces trucs traversent le gras comme du beurre. Et s'ils rencontrent un os, c'est le feu d'artifice ! Croyez-moi, ce petit morceau de métal transformera vos ennemis en viande hachée !

Novak ordonna à deux de ses hommes de décharger les caisses de munitions du Hummer et s'éloigna vers la case où Natassale, chef de ce groupe de rebelles, recevait ses invités. Dans son dos, Gale parlait de « masse additionnelle » et de « levier amplificateur d'inertie », des mots savants destinés à impressionner, avant d'exposer la simplicité d'entretien du Famas. Chef de la sécurité de la Gold Petroleum, une puissante multinationale, il était chargé de protéger les ingénieurs pétrole et leur permettre d'accéder partout où le sol pouvait receler des énergies fossiles.

Or, une des nombreuses façons de mener à bien sa mission consistait à acheter des sympathies – qu'importe si les armes fournies servaient à rançonner les villages, favorisaient le trafic de *makala* et des métaux précieux, ou finançaient les enlèvements.

Pour faire la paix, prépare la guerre.

Cette maxime de Végèce lui servait d'excuse, ou de mantra, selon son humeur. Si la Gold réussissait à prouver qu'il y avait bien un énorme gisement sous le parc des Virunga, alors c'en serait terminé des balades au pays des gorilles pour touristes friqués.

Novak n'aimait pas l'idée de participer au saccage de la région, mais en homme pragmatique, il savait aussi que les remords étaient vains. Il avait accepté de prendre un max de pognon avec ce job, et en assumait les conséquences, l'automatique rivé à la ceinture, et un groupe de mercenaires prêts à tout, parce que royalement payés.

Quand on a en face de soi cent millions de Congolais survoltés, on ne bosse pas avec des clampins.

Excellent meneur d'hommes et animal politique doué pour l'intelligence stratégique et économique, Novak avait le talent d'utiliser à son profit les alliances des uns et les trahisons des autres, malgré le foutoir dans lequel s'embourbait la région. Sous la surveillance des troupes de la MONUSCO, les Maï-Maï luttaient contre les Forces démocratiques armées, le M23, lui, s'opposait aux forces congolaises, aux FDLR[1] ou aux rebelles ougandais, proches de mouvements islamistes radicaux – un joyeux bordel. Il y avait aussi Natassale et ses Watu. Sans doute le pire d'entre tous, responsable de plusieurs centaines d'enlèvements, d'assassinats et de viols, un ancien cadre des FARDC[2], passé à la rébellion par goût du sang et des dollars.

— Approche ! l'interpella celui-ci depuis la terrasse où il dominait ce qu'il appelait fièrement son village : plusieurs cases en torchis, des tentes militaires et autant de baraquements enroulés autour de sa maison comme les anneaux de Saturne, et nichés aux pieds d'une falaise.

Coiffé d'un béret rouge – il prétendait avoir été formé dans les rangs des troupes aéroportées françaises –, Natassale était torse nu la plupart du temps. Sur son poitrail luisant de sueur se croisaient deux bandes de munitions de gros calibre. En choisissant cet individu pour servir les intérêts de la Gold Petroleum, où l'État français possédait une minorité de blocage, Novak faisait collaborer son pays avec un fou sanguinaire.

---

1. Forces démocratiques pour la libération du Rwanda.
2. L'armée régulière congolaise.

Encore un paradoxe de la politique.

— Tes hommes apprennent vite !

— Mes hommes méritent le meilleur ! Et toi aussi ! Profite !

Natassale désigna trois jeunes filles avachies sur un canapé hors d'âge, belles comme la nuit malgré leur apparente fatigue. *Et plombées jusqu'à la moelle*, acheva mentalement Novak en déclinant l'offre d'un geste.

— Alors nous en avons terminé, toi et moi.

Le chef rebelle fit déguerpir les filles et raccompagna son hôte.

— Tant que tes ingénieurs resteront sur mes terres, ils seront sous ma protection. Reste à convaincre les Rangers de vous laisser camper sur place. Il paraît qu'ils ont fait venir un *mundele*[1] avec des caméras volantes ; ça va nous compliquer le travail.

T'inquiète qu'avec le coup que je lui prépare, il va me manger dans la main, le Petit-Prince.

C'était le surnom que Novak donnait à Eliah Daza, le numéro deux du parc des Virunga, son directeur, Emmanuel de Mérode, étant un authentique prince belge. Depuis quatre ans déjà, ces deux hommes, appuyés par l'Unesco, se démenaient pour empêcher les ingénieurs de la Gold de prospecter. Car malgré l'interdiction d'exploiter le pétrole dans les Virunga, le moindre jaillissement d'or noir condamnerait à coup sûr ses magnifiques paysages à se couvrir de derricks – *parce qu'on ne stoppe pas le fric à coups de textes de loi, quand il coule à flots.*

---

1. Blanc.

— C'est bien pour ça que j'ai prévu trois FRF2[1] en plus, l'informa Novak. Charge à toi de former tes hommes à dégommer les drones. Au fait, j'ai trouvé le toubib qu'il te faut pour soigner ton précieux chimiste.

Un sourire illumina le visage de Natassale, alors qu'il découvrait le nom inscrit sur le papier que lui tendait Novak.

— C'est une de tes compatriotes ! Pourquoi tu ne restes pas à mes côtés au lieu de servir ces blancs-becs ? J'ai besoin d'un salopard comme toi !

— Et qui te fournira en bons plans et bijoux de tous calibres ?

— Réfléchis-y ! On est un milliard de Nègres, un milliard d'Indiens, un milliard et demi de Chinois. Vous êtes où, vous les petits Blancs ? Vous avez déjà perdu ! (Natassale ferma le poing et le fixa quelques instants avant de reprendre.) On va vous assimiler, vous digérer tout crus ! On va baiser vos filles, vos sœurs, vos femmes et vos mères. Un jour, on sera tous noirs. Ça prendra peut-être cent ans, ça prendra le temps qu'il faudra, mais on inversera la donne et vous bosserez pour nous. C'est inéluctable !

Province du Nord-Kivu, région de Béni

Il n'arrivait jamais au docteur Abigail Stedman de douter de l'utilité de sa tâche, sauf quand de sales types fracassaient les serrures du dispensaire pendant sa pause déjeuner, et emportaient la plupart des antibiotiques,

1. Fusil de précision français. Portée : 4 000 mètres.

une belle quantité d'instruments chirurgicaux, et même des poches de sang et de perfusion. Soigner, opérer, amputer et guérir, ces tâches remplissaient son quotidien. Chaque jour apportait son lot de petites victoires, d'échecs immenses, de décès et de naissances. Pourtant, sur les bancs de la fac, quand elle avait décidé de s'engager dans l'humanitaire, Abigail n'envisageait pas de perdre son temps à remplacer du matériel volé par ceux-là mêmes qu'elle tentait de soigner.

C'est à désespérer de l'humain !

Elle chargea son auxiliaire médical de traiter les cas les plus urgents avec les deux autres médecins, puis elle sortit par l'arrière pour éviter les réfugiés amassés devant le bâtiment, que le départ d'un soignant affolait, et grimpa dans sa Jeep, en direction de la sortie du camp de Kanya Kombago où elle officiait depuis plus d'un an, dans le cadre d'une mission pour l'ONU.

Les locaux abritant le dispensaire avaient été bâtis sur un point culminant, qui offrait une vue somptueuse sur la plaine. À l'est, les collines verdoyantes grimpaient à l'assaut des Virunga et, plus au sud, on apercevait le sommet du volcan Nyiragongo, avec son éternel panache de fumée. À cette époque de l'année, la chape de nuages qui avait étouffé les monts durant les derniers mois désertait peu à peu l'horizon.

Avec ses innombrables tentes alignées au cordeau, Kanya Kombago ressemblait à une immense colonie de vacances. À la différence près que ses dix-huit mille habitants n'avaient pas choisi d'être là. Ils fuyaient la guerre au Burundi, les tensions ethniques au Rwanda ou les razzias criminelles perpétrées par des factions rebelles de la province du Nord-Kivu.

Tandis qu'Abigail traversait le camp à bord de sa Jeep, son regard parcourait les allées. Les gamins jouaient au football avec des ballons crevés et, sous les abris ou devant les tentes, les femmes reprisaient des vêtements hors d'usage, confectionnaient des ustensiles à partir de matériaux fournis par une ONG, ou préparaient le repas à base de céréales. Quant aux hommes, ils stationnaient aux abords. Le bruit courait que des groupes armés recrutaient dans leurs rangs pour fomenter un coup d'État au Burundi.

Au poste de sécurité, Abigail indiqua sa destination, puis elle mit le cap sur le casernement de la MONUSCO, situé dans les faubourgs de Beni. Là, elle trouverait sans mal de quoi remplacer son matériel, le temps de recevoir le prochain arrivage.

La piste poussiéreuse sinuant entre les collines était encombrée de véhicules en tout genre, principalement des mobylettes chargées d'impressionnants ballots, et de camionnettes dont les bennes regorgeaient autant de marchandises que d'humains. Sur le bord, d'innombrables piétons cheminaient, charriant de la nourriture, des textiles ou du fourrage, à bord de voitures à bras.

À la sortie de la ville, Abigail nota que deux pick-up de marque Toyota lui collaient au train – typiquement le genre de véhicule utilisé par les rebelles du M23, entre autres. Vaguement inquiète, elle dissimula ses longs cheveux blonds sous une casquette, et garda les yeux rivés sur son rétroviseur pendant plusieurs kilomètres. Puis, agacée par leur manège, elle ralentit en leur faisant signe de la dépasser.

Le premier déboîta aussitôt pour se caler devant elle et, bientôt, elle se trouva forcée à s'immobiliser au beau milieu de la route.

« Calme-toi ! » s'encouragea-t-elle en essayant de maîtriser le tremblement qui agitait ses mains sur le volant.

Les enlèvements étaient monnaie courante dans la région. Et un médecin blanc travaillant pour la mission locale des Nations unies, ça devait valoir un paquet de milliards de francs CFA.

Ils vont te négocier cher, ils ne peuvent pas t'abîmer.

Depuis huit ans qu'elle parcourait les théâtres de guerre, elle en avait vu d'autres. Mais les mots sonnaient creux. Abigail savait que, médecin ou pas, il ne faisait jamais bon se trouver à la merci des rebelles, quelle que soit la faction.

A fortiori quand on est une femme.

Ne pense pas à ça !

— Je suis médecin, je travaille pour l'ONU, adressa-t-elle aux deux hommes armés qui ouvrirent sa portière. Prenez mes affaires, il y a…

Un sac en tissu épais s'abattit sur sa tête, puis on l'arracha à sa Jeep pour la jeter dans l'un des pick-up, où on la coucha sur la banquette arrière. D'une main ferme, l'un de ses ravisseurs la maintint allongée, tandis que le second appuyait le canon de son fusil d'assaut contre ses reins. L'habitacle empestait le cigare, la sueur et la viande boucanée, une odeur écœurante qui la renvoya à son quotidien, ces sexes déchirés qu'elle avait dû recoudre, ces corps meurtris et gangrenés, déshydratés et affamés, et ces monceaux de cadavres qu'elle et ses auxiliaires abandonnaient chaque jour à la terre des fosses communes, faute d'accomplir des miracles.

Quand le pick-up s'arrêta, Abigail tenta de se retenir aux montants du siège passager, mais on l'emporta cul par-dessus tête, comme un vulgaire sac de farine. Puis la jeune femme fut jetée à terre, et on l'installa de force sur une chaise où deux mains la contraignirent à rester assise.

— J'ai le sida, cria-t-elle tout en sachant que ces hommes s'en moquaient. (Parmi ses ravisseurs, plus de la moitié étaient déjà contaminés, et certains utilisaient le virus comme une arme de guerre.) Le HIV, vous comprenez ?

Ses mots restèrent bloqués dans sa gorge. On venait de lui retirer la cagoule.

Deux jeunes Congolais – dont un gamin de douze ans à peine –, armés et vêtus d'un treillis délavé, pointaient vers elle le canon de leur fusil d'assaut, tandis qu'un troisième homme, debout dans son dos, lui broyait les épaules.

— Bonjour, daktari ! lui glissa ce dernier à l'oreille.

L'étreinte s'interrompit, et dans la seconde, un grand Noir athlétique s'accroupit devant elle pour la fixer d'un regard féroce, ses mains immenses aux ongles noirs de sang, agrippées à ses genoux. Quand elle le reconnut, Abigail sentit un frisson d'horreur la parcourir.

Natassale.

— Tu ne dis pas bonjour ? lui demanda-t-il en découvrant sa denture immaculée.

— Vous ne gagnerez rien à me garder ici, souffla-t-elle, décidée à ne pas céder à la panique. La France ne négocie pas avec les rebelles.

— Vous les Occidentaux, vous trouvez qu'on n'est pas d'assez bons Nègres ? dit-il en attrapant Abigail par les cheveux pour renverser sa tête en arrière. Tu te crois supérieure à moi parce que tu suces des queues de Blancs ?

Tremblante, Abigail ne parvenait plus à parler, ni même à penser.

— Tu veux que je te baise à mort ou tu veux vivre, daktari ? Choisis !

Écœurée par l'haleine de son interlocuteur, et cette odeur de sang dont il était couvert, la jeune femme murmura, les yeux rivés à ceux de son ravisseur :

— Je veux vivre…

— Plus fort !

— Je veux vivre !

— Alors sauve cet homme.

Après l'avoir relâchée, Natassale fit pivoter la chaise sur laquelle Abigail était assise, comme si celle-ci n'avait pas pesé plus lourd qu'une fillette.

Un Blanc maigre et barbu en diable gisait sur un lit de camp, au fond de la tente de brousse. Sans hésiter, la jeune femme se précipita à son chevet. Au passage, elle repéra un sac dans lequel avait été jeté pêle-mêle le matériel qui lui avait été volé le jour même.

L'homme avait le teint gris, son visage et son torse étaient brûlants. Un pansement de fortune maculé de sang couvrait son abdomen et dégageait une odeur douceâtre. Ses chevilles et ses poignets portaient des marques de fers si profondes qu'Abigail supposa qu'il devait être enchaîné depuis des années. De nombreux hématomes bleuissaient son corps, et il n'avait que la peau sur les os.

Bouge-toi, Abi.

Pas de rançon, pas de négociation. Et pas le temps d'avoir peur.

Abigail récupéra des gants dans le sac, et retira délicatement le bandage. Les bords de la plaie étaient violacés et un sang noir s'en échappait.

— Si vous voulez que je le sauve, dit-elle à Natassale, il me faudra de l'eau, et demandez à vos hommes de cesser de me menacer. Ça me stresse.

Ses maigres connaissances du swahili permirent à Abigail de comprendre que le chef des rebelles acceptait ses exigences. La survie de cet homme semblait importante pour lui.

Le plus vieux des deux gardes, dix-huit ans tout au plus, se posta à l'entrée de la tente après lui avoir apporté de l'eau. De son côté, le gamin resta à distance, le canon de son fusil pointé vers le sol. Son regard sans équivoque disait qu'au moindre faux pas, il n'hésiterait pas à tirer.

Après deux ou trois nouvelles inspirations pour calmer les tremblements qui agitaient ses mains, Abigail changea de gants et examina les yeux de son patient. Sclérotique jaune, pétéchies, pupilles dilatées et réactives. Malgré son état déplorable, il était conscient.

Ils ont dû le bourrer de coke.

— Monsieur, lui dit-elle en se penchant vers lui. Je suis le docteur Stedman. Je dois nettoyer votre plaie, mais je n'ai rien pour vous anesthésier. Alors je vais vous attacher pour vous empêcher de bouger, vous comprenez ?

L'homme souleva une paupière, puis la deuxième, et la fixa. Dans ce regard aussi transparent que de l'eau,

Abigail ne décela aucune conscience, aucune intention, rien d'autre que de la folie.

Pauvre homme, qu'est-ce qu'ils vous ont fait ?

À l'aide de bandages, elle attacha ses chevilles et ses poignets, en prenant garde à ne pas le blesser davantage, puis elle lui posa un cathéter à perfusion. L'homme n'eut aucun autre mouvement que celui de ses yeux, qui auraient pu sembler morts s'ils n'avaient suivi chacun de ses gestes.

— Je vais commencer. Ouvrez la bouche, ajouta-t-elle, approchant un bout de bois autour duquel elle avait enroulé de la gaze, et serrez fort.

Il détourna la tête et ferma les paupières.

Abigail en frissonna des pieds à la tête.

Il ne veut pas être sauvé.

Ce fut avec cette terrible certitude qu'elle s'attela à la tâche. Ne plus penser à soi, uniquement se focaliser sur les automatismes. Réussir l'impossible pour survivre.

Après l'intervention, le patient d'Abigail alterna des périodes de démence et des moments d'apathie sévère, quand il ne délirait pas comme s'il avait été sous l'emprise de drogues hallucinogènes. La jeune femme avait beau le stimuler, elle échouait à établir le moindre contact satisfaisant.

Elle demeura à son chevet durant des jours, sous la surveillance permanente de gamins armés jusqu'aux dents. Il arriva aussi que deux adolescents les relaient. Ceux-là aimaient l'empêcher de se déplacer à sa guise, en la frappant, comme ils l'auraient fait avec un esclave, ou en l'observant quand elle se soulageait.

Qu'ils me regardent chier et pisser s'ils n'ont rien d'autre à foutre !

Elle tenta de se persuader qu'elle s'en moquait, mais au fond d'elle-même, jamais elle n'avait éprouvé une telle humiliation.

Lorsque le gamin de douze ans, qui était là à son arrivée, prit son quart, elle fut soulagée. Celui qui répondait au prénom d'Eddie était le plus taiseux et le plus sombre de ses gardiens. C'était aussi le moins brutal, malgré les airs qu'il se donnait et sa façon de hurler quand elle n'obéissait pas au doigt et à l'œil.

Il a juste besoin de marquer son territoire.

Depuis le début de sa captivité, Eddie ne lui parlait que par groupes de mots crachés, et scrutait son derrière, malgré l'étoffe dont Abigail s'enveloppait à la manière des autochtones. Pourtant, c'est avec lui qu'elle se sentait le moins menacée. Les autres n'avaient plus une trace d'enfance au fond des yeux. Et guère plus d'humanité. Des mômes comme eux, Abigail en avait sauvé des dizaines, peut-être même près de cent. Elle les avait opérés – la plupart, orphelins arrachés aux factions rebelles, étaient conduits au camp de réfugiés avec de graves blessures par balle, ou des lésions post-viol –, elle les avait pansés, consolés, bercés. Chaque jour, elle tentait de guérir l'inguérissable, de protéger ceux qui ne pouvaient plus l'être.

À douze ans, Eddie était à peine nubile. Et dans l'esprit de la jeune femme, il était de ces êtres en devenir qui nécessitaient attention et tendresse, comme n'importe quel petit mammifère, pour bien grandir.

Bientôt, il serait trop tard pour le sauver.

— Bonjour, tenta-t-elle, en remarquant qu'il souffrait d'une vilaine blessure au genou. Approche, je vais nettoyer la plaie.

Eddie l'interrompit d'un bref aboiement, « laisse-moi ! » accompagné d'un coup de crosse à l'épaule.

Évidemment qu'il ne va pas te laisser le soigner. C'est un homme, un vrai dur. Et toi, une cruche.

Plus blessée dans son orgueil que physiquement, même si le coup avait été rude, Abigail se résigna, et focalisa son attention sur son patient.

— Vous me faites penser à mon professeur d'anapath. Il s'appelait Robert, marchait le dos voûté, boitait à cause de son pied bot, et riait qu'on l'appelle Quasimodo.

Des histoires pour tuer le temps, elle en connaissait plus qu'il n'en fallait et puis, elle avait besoin de rompre le silence dans lequel elle baignait depuis le début de sa captivité.

— Il terrorisait les bizuths en brandissant une tête fraîchement coupée dans les couloirs du labo !

Après avoir stimulé les membres affaiblis de son patient, elle le massa puis lui donna la becquée. C'était à cette seule condition qu'il acceptait d'avaler quelque chose. Aujourd'hui encore, elle lui tendait patiemment une cuillerée d'une variété locale de porridge, une bouillie infâme qui avait le mérite d'être nourrissante, même en petite quantité.

— Vous êtes pire qu'eux, s'agaça-t-elle alors qu'il rechignait à avaler son repas et salivait sur son tee-shirt des Rolling Stones à la manière d'un vieillard édenté.

On dirait que ça vous plaît de me voir crever ici, avec vous.

À ces mots, il releva la tête et la fixa.

Reprends-toi !

— Pardon, je ne voulais pas dire ça, reprit-elle en essuyant les joues et les lèvres de son patient, dont les mains s'agitèrent de tremblements.

Il rota, se dandina d'avant en arrière, puis rouvrit soudain la bouche pour engloutir une nouvelle cuillerée de porridge.

— *Uno, dos, tres*, bafouilla-t-il alors, en l'éclaboussant de postillons.

— C'est pas vrai !

— *Catorce.*

D'abord décontenancée par l'attitude de son patient, Abigail se mit à rire.

— Un deux trois quatorze ? Qu'est-ce que ça veut dire ?

Eddie se planta devant elle, les mains posées sur la crosse de son fusil d'assaut, l'air de dire : t'en veux encore ?

— Ça suffit, tu dois me laisser travailler, tu comprends ?

Décontenancé par son aplomb, le gamin la mit en joue.

— Pas parler !

— Écoute, il vient de s'exprimer pour la première fois, c'est important.

Face à l'obstination de son jeune gardien et à la cruauté qui déformait ses traits, Abigail manqua abdiquer une nouvelle fois. Pourtant, si son malade tentait d'entrer en contact, elle devait l'encourager.

— Je dois vérifier que la fièvre n'a pas fait de dégâts à son cerveau. Je suppose que si Natassale le veut en vie, ce n'est pas comme un légume.

Devant la moue d'incompréhension du gosse, Abigail lui expliqua ce que signifiait l'expression, puis elle précisa qu'un simple test suffirait à prouver s'il avait, oui ou non, toute sa tête.

— Si ça te pose un problème, va demander la permission à ton chef. Mais ne m'empêche pas d'accomplir ce pour quoi on me garde ici.

Le regard sombre d'Eddie quitta le visage du médecin. Puis, celui-ci recula de deux pas et baissa le canon de son arme en rechignant.

Finalement, t'es bien qu'un gosse.

— On va regarder s'il vous reste un ou deux neurones, annonça Abigail en braquant le rayon d'une lampe dans l'œil droit du blessé. Parfait, ajouta-t-elle en inspectant les mouvements de la pupille. Vous comprenez ce que je dis, n'est-ce pas ?

Un bref éclair illumina les prunelles de son interlocuteur, et la jeune femme sut qu'elle avait deviné juste.

— Bien. Vous sentez-vous assez en forme pour répondre à mes questions ?

L'homme hocha la tête. Malgré ses joues maculées de bouillie, il en imposait. Son regard transparent fascinait Abigail, qui ne pouvait s'empêcher d'y chercher un éclat de lucidité. C'était avec des yeux pareils qu'elle imaginait un Van Gogh, et c'était ce regard qui animait le visage de Klaus Kinsky.

— Hello, souffla-t-il d'une voix si ténue qu'elle s'approcha de lui. Hello !

L'homme profita de la situation pour repousser Abigail et attraper sa gamelle en aluminium. En un éclair, il la plia en l'abattant plusieurs fois sur les barreaux du lit. Puis, avec le bord tranchant, il lacéra les veines de son poignet.

Abasourdie par la violence et la rapidité de la scène, Abigail comprit en voyant le sang jaillir.

— Non ! Eddie ! Aide-moi !

Alors qu'elle attrapait le nécessaire pour arrêter l'hémorragie, le gamin se précipita pour maîtriser le forcené, tandis que ce dernier hurlait de plus belle :

— *Hello, hello, I'm at a place called* Vertigo *!*

Durant l'intervention, Abigail avait lutté d'arrache-pied pour maintenir son malade en vie. À présent qu'il était sorti d'affaire, elle devait lutter contre lui. Sa volonté d'échapper à ses bourreaux par la mort était telle que, sur ordre de Natassale, elle fut entravée à lui.

De sa vie, jamais Abigail n'avait douté à ce point de son avenir. Elle, d'ordinaire habituée à travailler sans relâche, n'avait plus qu'un patient à se mettre sous la dent, à moitié cinglé, auquel elle était enchaînée vingt-quatre heures sur vingt-quatre, sous la garde d'un gosse monomaniaque dont les seuls mots se bornaient à la museler.

— Êtes-vous un homme ou une femme ?

Dix fois, vingt fois, trente fois, cent fois, elle tenta d'obtenir une réponse et autant de fois, le même cri fusa : « Pas parler ! »

Mais bon sang, Eddie ! FERME TA PUTAIN DE GUEULE !

Par trois fois déjà, Abigail avait demandé une audience auprès de Natassale pour réclamer sa libération, et par trois fois, on lui avait transmis une réponse négative. Pourtant, elle avait rempli sa part du marché. Que le blessé tente de se suicider matin et soir ne la concernait plus mais, pour une raison inconnue, Natassale tenait à la garder auprès de lui, pour qu'à son tour, elle garde cet homme en vie. Quel intérêt le chef des rebelles y trouvait-il ? En dehors de ses délires verbeux, elle ne l'avait entendu baragouiner que cette ritournelle, « *uno dos tres cartorce, I'm at a place called* Vertigo », si souvent qu'elle avait fini par le surnommer ainsi.

Vertigo.

En sept jours, les deux prisonniers devinrent si intimes qu'Abigail parvenait à aller sur le seau devant lui, et supportait qu'il fasse la même chose.

On s'habitue à tout…

— Êtes-vous un homme ou une femme ?

À sa grande surprise, cette fois, Vertigo répondit d'une voix chevrotante :

— T'as pas lavé ma nouille, doc ? Si, si, t'as lavé ma nouille.

— Pas parler !

— Calme-toi, Eddie. Ce sont des questions de base, tu comprends ? Non, évidemment, tu ne comprends pas. Je ne vais pas répéter ce que j'ai déjà dit. Je dois le tester. Laisse-moi travailler, bon sang ! Connaissez-vous votre âge ? ajouta-t-elle à l'adresse de son patient, dont le front se creusa de rides forgées sur le mur de l'oubli.

— Quarante-douze, baragouina-t-il. Au moins.

— Sérieusement ?

— Mmm…

— Bon, reprit Abigail, savez-vous en quelle année nous sommes ?

— Pas de date ! Pas d'endroit, OK ?

— OK, soupira-t-elle en dédaignant le fusil d'assaut braqué sur elle, on passe à la suite. Citez-moi les présidents de la Vᵉ République.

Devant le silence de son interlocuteur, Abigail changea l'orientation de son questionnaire.

— Les jours de la semaine ?

— Mmm…

— Les mois peut-être ? Janvier, février…

À cette question, Abigail sentit Eddie, toujours posté à quelques mètres, se tendre, fusil d'assaut armé, prêt à tirer.

— Toi, petit, marmonna soudain Vertigo à l'adresse de leur gardien, t'es si mauvais que tes os pourrissent. Bientôt, tu vas t'effondrer comme une racine de manioc gâtée !

Le visage du jeune garçon exprima de la peur, et l'espace d'une seconde, il ressembla à l'enfant qu'il n'aurait jamais dû cesser d'être. Puis son rictus reprit sa place, et il cracha sur Vertigo.

Impassible, celui-ci ôta son tee-shirt et en enfila un nouveau, imprimé cette fois de la marque de cigarettes Lucky Strike. Enfin il s'allongea face au mur.

Vexé, Eddie sortit brusquement. Abigail l'entendit échanger quelques mots au-dehors, puis deux adolescents armés s'engouffrèrent sous la tente. La jeune femme sentit son cœur bondir dans sa poitrine, et ses tempes bourdonner.

Pitié, pas eux…

La nuque brûlée par leurs regards lubriques, Abigail s'assit au chevet de son patient. Ici, au contact de ces jeunes hommes, sa blondeur était pire qu'une cible tatouée dans le dos.

— T'as déjà senti la chatte d'une Blanche ? ricana l'un d'eux.

— Ça pue ! répondit l'autre. Les cochons ont meilleur goût.

Son regard croisa celui de Vertigo, qui s'était retourné pour fixer leurs geôliers.

— Laissez tomber, lui souffla-t-elle, ils ne savent pas ce qu'ils font.

Abigail aurait voulu dire à ces mômes qu'elle ne leur en voulait pas, qu'elle comprenait qu'ils n'avaient pas d'autre choix que celui de la violence. Mais elle en fut incapable. Aussi continua-t-elle de préparer son matériel de soin tout en essuyant les quolibets, les yeux humides de rage et d'impuissance.

Soudain, une main se glissa entre ses cuisses. Surprise, elle recula sur sa chaise et chuta sur le dos. La douleur lui coupa le souffle, la peur aussi, quand elle sentit le poids d'un de ses gardiens sur elle.

— Eddie, t'es là ? Eddie !

Elle se mit à hurler de terreur – à sa voix se mêlèrent les appels au secours de Vertigo – et elle rua, tandis que son agresseur arrachait sa culotte sous le regard avide du second gardien.

— Eddie !

Natassale fit irruption dans la tente, Eddie sur les talons. Le front ridé par la colère, le chef rebelle fixa tour à tour le médecin, qui rajustait ses vêtements, son patient qui s'était tu, et enfin les gardiens à la mine insolente. Son poing se serra et le temps se suspendit. Puis le coup partit.

Moins d'une minute plus tard, Abigail fut escortée devant la tente aux côtés de Vertigo, tandis que ses agresseurs étaient traînés au milieu de la foule et jetés en pâture à une dizaine d'hommes surexcités, armés de bâtons et de machettes.

— Regarde, daktari, lui ordonna Natassale, c'est pour toi.

Pendant les longues minutes que dura leur supplice, Abigail fut forcée à garder les yeux ouverts, le canon d'un pistolet appuyé sur sa tempe.

— *Damu ! Damu*[1] *! Ya dunia*[2] *!*

Natassale tendit alors son arme à Eddie, et désigna les suppliciés, dont les corps recroquevillés disparaissaient sous une couche de boue sanglante.

— Sois un homme, lui ordonna-t-il. Venge ton daktari !

— Non, murmura Abigail, ne fais pas ça !

— Tu as sauvé l'homme fou ! s'exclama Natassale. Je veux te récompenser ! Hourra pour daktari !

Les rebelles crièrent en levant le poing.

— Pour mon daktari ! hurla Eddie à son tour. Hourra !

Pétrifiée, elle vit le môme saisir l'arme qu'on lui tendait, s'approcher des victimes du massacre, puis les abattre sans trembler. Autour d'eux, tous chantèrent la gloire d'Eddie, l'enfant devenu un homme. Puis, le chef rebelle fit taire l'assemblée et posa ses mains sur les épaules du gamin.

1. Le sang !
2. La terre !

— Maintenant, tu vas chanter *La Marseillaise* en l'honneur de notre daktari !

Les traits figés, Eddie articula des paroles sans qu'aucun son ne sorte.

— Tu n'as pas peur de tuer, mais tu as peur de chanter ! Haha ! Donnez-lui à boire, il a soif !

L'ordre fut aussitôt exécuté. Eddie s'étouffa après avoir avalé une gorgée de gnôle, et ouvrit la bouche sans succès.

— Chante pour ton daktari ! insista Natassale, en le frappant à la tête. Tu étais dans la classe du vieux Gombo, tu connais les paroles !

— Ce n'est pas grave, intervint Abigail. Vraiment.

— Je veux qu'il chante pour toi !

— Alors permets-moi de l'accompagner !

— Comme tu voudras, daktari !

La jeune femme chercha le regard d'Eddie, le trouva avec peine, et y lança de toutes ses forces un mélange de tendresse et d'encouragements :

— Allons enfants de la patri-i-e, le jour de gloire est arrivé !

Derrière elle, Vertigo se mit à chanter à son tour, et l'expression de désespoir qu'elle perçut dans son timbre, la déstabilisa. Pour la première fois de sa vie, Abigail prononça chacune des paroles de l'hymne avec conviction, si bien qu'elle finit par entraîner Eddie, puis les rebelles, qui se joignirent à eux dans une joyeuse cacophonie. Bientôt, la forêt congolaise vibra de cent voix, tandis qu'on démembrait les agresseurs et que leurs restes étaient jetés aux chiens.

2016 **2028**

10 mars

RDC, ancien camp des rebelles watu

AUX ARMES, CITOYENS !

FORMEZ VOS BATAILLONS !

MARCHONS, MARCHONS,

QU'UN SANG IMPUR ABREUVE NOS SILLONS !

Le refrain de l'hymne national était peint en lettres rouges sur la paroi de la salle de commandement. Julian Stark avait choisi de s'installer devant pour dresser l'inventaire des documents saisis, refusant d'oublier, ne serait-ce qu'une seconde, que les valeurs de la République méritaient qu'on se batte pour elles. Sans doute ces caractères écarlates avaient-ils été peints par des Français, prisonniers du groupe de rebelles auquel avaient appartenu ces terres, avant que Morgan Scali s'en empare des années plus tôt.

Depuis l'assaut, Julian n'avait pas quitté le labyrinthe de la falaise. Les 12-10 appréhendés par les Forces spéciales avaient été évacués vers une ancienne base militaire, en attendant d'être interrogés par les services.

Le policier partageait son temps entre l'étude des montagnes d'archives abandonnées et l'exploration des galeries creusées dans la montagne – dont certaines, inondées, étaient difficiles d'accès sans matériel adéquat – et qu'il cartographiait l'une après l'autre, dans l'espoir de dénicher le repaire de Scali. Comment savoir ce qui, dans ce dédale, ces piles de cartes, d'enregistrements et de documents, méritait qu'on s'y arrête vraiment ?

Quand Julian avait estimé que les scellés occuperaient un bataillon d'agents pendant des semaines, il se leurrait. Il faudrait des mois. Sans compter les écoutes, la marotte, voire l'obsession du terroriste, qui accumulait des milliers d'heures d'enregistrements illégaux. Les premiers remontaient à des années, quand les 12-10 se contentaient encore de bloquer des trains de déchets radioactifs ou d'organiser des *sit-in* dans des lieux publics, les plus récents, à quelques jours. Et Julian découvrit sans surprise qu'il faisait toujours l'objet d'une surveillance attentive de la part du terroriste.

À moins que...

L'ombre de Charlie, sa fille partie rejoindre le mouvement deux ans plus tôt, planait sur cet endroit. Se pouvait-il que ces écoutes soient une façon de garder le contact avec ceux qu'elle aimait ?

Tu rêves.

La veille, il avait eu Leny au téléphone. Son beau-fils était paumé. Il voulait savoir si Julian avait retrouvé Charlie. Le jeune homme avait clairement annoncé son intention de se barrer à l'autre bout du monde s'il devait rester seul plus longtemps. Ou peut-être retournerait-il simplement dans les Vosges visiter quelques potes, au prétexte que si leur vie n'avait pas été chamboulée par

Morgan Scali et les 12-10, ç'aurait été là-bas qu'ils vivraient encore, tous ensemble.

— Non, t'inquiète, je serai là bientôt. Mais pour Charlie, ce sera plus compliqué.

Julian avait prononcé ces mots en sachant parfaitement qu'ils étaient vains. La plus grande probabilité était qu'ils ne la revoient jamais. Et c'était intolérable.

Un frottement insolite interrompit le cours de ses pensées. Le policier pivota sur son siège, persuadé qu'on l'observait, et découvrit qu'il était le dernier à travailler encore. Il scruta la grande salle déserte, éclairée par de puissants spots, avant de se remettre au travail.

Parmi les pièces les plus intéressantes et inquiétantes qu'il avait repérées, figuraient de nombreux documents relatifs à des infrastructures européennes, cibles potentielles d'attentats, des cartes aux quinze millièmes, sans légende, et plusieurs dizaines de maquettes sorties d'une imprimante 3D dernier cri. La plupart modélisaient l'intérieur de bâtiments, et ne portaient aucune référence, de telle sorte qu'elles n'étaient pas identifiables.

La découverte de ces éléments exceptionnels avait mis les services de sécurité en alerte maximale, et les planques identifiées 12-10 avaient été systématiquement perquisitionnées de Berlin à Londres, en passant par Madrid. Sans succès.

Ce n'est pas demain la veille qu'on leur mettra la main dessus.

Soudain découragé par l'ampleur de la tâche, Julian quitta son bureau pour faire des pompes. La douleur qui envahissait peu à peu ses épaules et ses bras lui faisait oublier l'autre. Puissante et dévastatrice.

Il achevait la deuxième série de trente, quand une voix féminine un peu rauque lui fit relever la tête.

— Bonsoir, capitaine Stark. Sookie Castel, Services extérieurs.

Julian bondit sur ses pieds pour saluer la nouvelle venue, une superbe métisse presque aussi grande que lui – qui dépassait le mètre quatre-vingt-cinq.

— Désolé, je n'attendais personne avant demain matin.

Alors que l'agent lui broyait la paume entre ses doigts incroyablement longs, il nota qu'elle ne ressemblait pas à une femme ordinaire, plutôt à une créature analytique et autoritaire, avec un regard à vous désosser sur pied. D'après les rumeurs, cette ancienne gradée de la police était dotée de capacités mnésiques hors normes qui lui avaient valu d'être chassée par les Services, alors qu'elle s'était retirée aux États-Unis, après la mort de son compagnon.

— On peut se tutoyer ? proposa-t-elle tout de go. Le vous, ça me fiche le bourdon.

Julian acquiesça, même s'il n'avait jamais été à l'aise avec cette pratique, courante dans la maison, ou entre les différents services.

— Très bien. Avant tout, je veux que tu saches que j'enquête sur Scali, en parallèle de toi depuis six mois. Bon, vu ta tête, ajouta-t-elle avec un sourire, Vorchek ne t'avait pas prévenu.

La nouvelle ulcéra Julian, mais il appréciait plutôt la franchise de Sookie Castel. Aussi cacha-t-il son agacement en demandant :

— Alors, quoi de neuf ?

— Plusieurs choses. Je te paie une bière ? C'est mon cadeau de début de collaboration.

— Dis-moi plutôt ce que tu as.

— Des nouvelles de l'immigration concernant Charlie. Elle est arrivée en RDC le mois dernier, *via* le Rwanda.

Le souffle court, Julian ne bougea pas d'un cheveu, se raccrochant à la présence de Sookie comme à celle d'un rempart contre le vide. Au bout de quelques instants, il s'obligea à respirer pour ne pas flancher. C'était la première fois qu'il avait la confirmation qu'elle était vivante, depuis qu'elle avait rejoint l'Armée du 12 Octobre aux côtés de Scali.

— Pourquoi on ne l'apprend que maintenant ?

— Elle est entrée sur le territoire avec un passeport qui ne fait pas l'objet d'un signalement. Celui de Shana Scali.

— Logique.

Sookie ouvrit sa sacoche en cuir fauve et en sortit deux bouteilles de Corona et un dossier relié, qu'elle déposa sur le bureau. Puis elle tira une chaise vers elle, et s'assit, les pieds sur la table, pour décapsuler les bières.

— Bois, l'encouragea-t-elle, en plaçant d'autorité la bouteille entre les mains de Julian. Tu vas en avoir besoin.

Immobile, le policier fixait la couverture du document, qui portait deux titres. Le premier, imprimé, « ~~Ultima ratio regum~~ », avait été barré et remplacé par une mention manuscrite : « *Les yeux grands ouverts !* », avec cette précision, un peu plus bas : « *Manifeste pour la vie – Morgan Scali*[1]. »

1. Version intégrale disponible en annexe p. 627.

— Tu l'as depuis quand ?

— Vingt-quatre heures.

— Et t'as trouvé ça où ?

— Une planque des 12-10 en Lituanie. On pense que Scali y a séjourné avant de revenir ici. J'ai surligné quelques passages. Tu jettes un coup d'œil, et on en parle après ?

Julian avala plusieurs gorgées de bière avant de se résoudre à toucher l'objet. Bizarrement, il avait l'impression de commettre un sacrilège, alors qu'il s'agissait d'une copie, et que tous les services européens de renseignement et des légions de psychologues, de criminologues, de profileurs s'employaient à décortiquer l'original.

Allez, mec, vas-y, s'encouragea-t-il, perturbé par le regard sombre de Sookie Castel.

Inexplicablement, Julian redoutait ce qu'il allait lire, alors qu'il connaissait par cœur les textes que le terroriste adressait à sa femme. Là, c'était autre chose. Morgan Sali n'écrivait pas à Gaëlle, il s'adressait au monde. Et donc aussi à lui.

Avec un long soupir, il ouvrit enfin le document relié. L'introduction avait été jaunie au Stabilo, puis quelques autres lignes, plus bas :

« *On raconte que les poètes sont morts et que les prophètes ont disparu. Et pourtant, à l'origine de toutes les civilisations, il y a une femme, un homme, un individu qui s'est dressé contre l'ancien système pour jeter les bases d'un nouveau. Selon les usages ou les croyances, on le qualifie d'illuminé, de héros, d'envoyé de Dieu ou de Son Fils en personne.* »

En apnée, Julian interrompit sa lecture et leva les yeux vers Sookie. Aussi immobile qu'une statue, celle-ci l'observait intensément.

« ... *je reprends aujourd'hui les mots de Richelieu que Louis XIV fit graver sur le bronze de ses canons :* Ultima ratio regum, *"Le dernier argument des rois". Car c'est bien de cela qu'il s'agit, la question où nous mènent les agissements des hommes ; de la légitimité de l'usage de la violence comme ultime rempart à la violence. Les mots sont anodins, mais leur sens est terrible, et vous pourriez passer dessus sans réfléchir. Alors je les répète. Est-il légitime de recourir à la violence pour que cesse la violence ? Et en réalité, n'est-il pas de notre devoir de passer à l'acte ?* »

Le Dieu Scali, Richelieu, rien que ça.

— « *Mon rêve est-il celui d'un fou ?* » lança Sookie. J'ai beaucoup apprécié ce passage-là. Nos analystes aussi, d'ailleurs. Lis et dis-moi ce que tu en penses.

Julian acquiesça, et reprit sa lecture.

« *Mon rêve est-il celui d'un fou, comme l'ont dit la plupart de mes contemporains, ou faut-il envisager mon action comme le projet fou d'un homme lucide ? Celui qui ébranla l'ordre mondial, un terroriste pour les uns, un chef de la résistance pour les autres. (...) Nous avons voulu donner une chance au monde, et pour cela nous avons été punis, châtiés, poursuivis comme des criminels. Nous avons eu l'audace de tenir tête aux puissants, et nous avons payé le prix fort, celui de la chair et du sang. Aujourd'hui, le temps est venu où les larmes vont changer de camp.* »

— Alors ? demanda-t-elle lorsqu'il referma le dossier. Projet terroriste ou testament d'un fou ?

— Morgan Scali n'est pas fou.

— Si l'on en croit ton dernier rapport, le directeur adjoint des Virunga n'est pas de cet avis. « *Il a fondu les plombs après novembre 2015* », c'est son expression.

— Le commandant Daza l'a fréquenté il y a dix ans, c'est vrai, concéda Julian, qui se tourna pour dissimuler à Sookie que ses mains tremblaient. Mais il ne connaît pas l'homme qui a écrit : « *Va-t-il falloir que l'on entasse six mille cadavres d'enfants devant vos portes pour que vous réagissiez enfin ?* » D'ailleurs, pourquoi tu n'as pas surligné cette phrase ?

— Elle ne m'a pas paru pertinente. J'y ai plus vu une provocation qu'une menace. Tu n'es pas d'accord ?

— Il évoque plusieurs fois ce chiffre dans ses carnets. « *On se souviendra des six mille comme des martyrs de notre temps, et on se souviendra des six mille parce qu'ils étaient blancs.* » Cette phrase date de novembre 2025, trois mois après les attentats. Tu ne vois pas ce qui se passe ?

— Je ne sais pas, dis-moi ?

— Il ne faisait pas le bilan des attaques, comme on l'a pensé. Il préparait déjà la suite !

— Julian, il est trop affaibli pour frapper aujourd'hui.

— Tu es en train de le sous-estimer, et c'est exactement ce qu'il veut.

Pour lui, il était évident que les Services, qui se basaient sur les récentes photos de Scali pour le dire fini, rincé par dix-huit mois de traque, se trompaient.

— Ce n'est pourtant pas ce que disent les premières analyses, reprit Sookie, les sourcils froncés. Elles tendent à considérer ce texte comme un testament.

Une tentative désespérée de Scali de convertir encore à sa cause.

— Vous êtes à côté de la plaque.

— Va falloir argumenter, parce qu'on ne convaincra par les chefs de mettre en place le plan ORSEC pour empêcher une attaque imaginaire.

— Qu'est-ce que tu sous-entends ?

— Qu'au vu de ton degré d'implication personnelle, il y a une forte probabilité pour que ton jugement soit altéré.

— Vous, les théoriciens des Renseignements, vous croyez tout savoir ! lâcha le policier, agacé par les propos de Sookie. Vous êtes incapables de raisonner comme lui.

— Énumérons les faits : primo, vous avez pris la place en moins d'une heure – pas étonnant, on n'a arrêté que des gamins de vingt ans –, deuzio les descentes n'ont rien donné en Europe, et tertio, on n'a rien, nada, pas un début de rumeur, pas un indic qui bouge, que dalle en dehors de ce manifeste, les carnets et des monceaux de cartes, de maquettes et de plans sur lesquels on va s'échiner pendant des mois et qui ne déboucheront sur rien. Pourquoi ne pas envisager que Morgan Scali est un homme au bout du rouleau, qui rêve juste de faire la une, avant de disparaître des radars ! C'est une possibilité, non ?

— Non.

— C'est bien ce qui me gêne, Julian. Un enquêteur impartial doit étudier toutes les pistes. Pas uniquement celles qui l'arrangent.

— Tu oublies ma femme et les milliers de victimes !

— Je n'oublie rien, contra Sookie.

— Puisque tu sembles maîtriser tes dossiers, alors tu sais que je l'ai côtoyé pendant des jours, j'ai vécu près de lui, à le toucher, je l'ai entendu parler, je l'ai vu agir, tuer des dizaines d'hommes sous mes yeux, avec ses putains de drones, et m'épargner moi, pour que j'en chie le restant de mes jours. Il ira au bout, et il l'a écrit noir sur blanc. Toi et tes analystes, vous vous êtes déjà plantés en pensant qu'il agissait seul. Or nous savons aujourd'hui que ce n'est pas le cas.

— Julian, si on ne considère que les faits, la plupart de ses complices sont derrière les barreaux ou six pieds sous terre. Et Novak Anticevic vient de le trahir.

RDC, banlieue de Goma

— Vous prendrez votre café dans le salon privé, monsieur ?

— Plutôt dans le parc, répondit Novak Anticevic. Merci.

La serveuse du palace où il avait dîné minaudait juste ce qu'il faut, sans paraître provocante ou vulgaire, comportement qui lui aurait coûté sa place, mais l'échancrure de son chemisier dévoilait ses seins, alors qu'elle se penchait pour brosser les miettes sur la nappe en coton.

— Un digestif, peut-être ? Nous avons une belle sélection de cognacs.

Après la poêlée d'écrevisses à l'ail et aux piments qu'il venait de déguster, Novak désirait un moment de calme, de préférence à l'écart des tables occupées. Et certainement pas d'alcool. Jamais sous ces contrées, c'était un coup à se ruiner le foie en un rien de temps.

— Non, juste un café.

— Comme vous voudrez, monsieur Anticevic.

Une fois n'est pas coutume, ma jolie.

Du haut de ses vingt ans, cette fille, dont il ignorait le nom même s'il l'avait culbutée dans le salon privé quelques semaines plus tôt, avait une certaine classe.

Son langage impeccable et dépourvu d'accent laissait supposer qu'elle avait étudié en France avant d'être engagée dans cet établissement situé à l'extérieur de Goma – un endroit très prisé des expatriés que Novak fréquentait pour rencontrer les gens qui comptaient ou disposaient d'informations à vendre.

À quarante et un ans, il appréciait encore de se faire draguer de façon directe. Avec la maturité, ses traits s'étaient durcis, lui conférant un charme certain. Ajouté à cela une musculature sculptée sur différents théâtres de guerre, puis dans les salles de fitness des sociétés privées qui l'employaient, et un compte en banque bien garni, il n'avait aucune difficulté à séduire.

Que demander de plus ?

Trouver le sel de l'existence peut-être, une cause à défendre, une empreinte qu'il laisserait aux générations futures, à défaut d'avoir un môme, tout sauf l'angoisse de se lever chaque matin juste pour aller « au chagrin », comme disait son père, un ouvrier métallo qui avait bouffé du patron jusque sur son lit de mort. Ce n'était en l'occurrence pas avec son rendez-vous du jour que Novak révolutionnerait le monde : Eliah Daza, le directeur adjoint du parc des Virunga.

Voici donc à quoi ressemble le Petit-Prince. Il suivit des yeux la silhouette qui approchait, précédée par l'un des concierges de l'établissement – le trombinoscope des forces en présence dans la région était affiché dans son bureau. En revanche, il savait sur le bout des doigts le parcours de cet homme : marié à une Malienne, établie à Kinshasa avec leurs jumelles de sept ans, loin des violences du Nord-Kivu, Daza avait démissionné de la

PJ parisienne en 2010, juste après l'enquête tentaculaire liée à Kurtz[1], un célèbre psychopathe français.

Ce type impose le respect, il aurait pu être un frère d'armes.

Le respect, et l'opportunité d'arranger ses affaires. Car si la Gold Petroleum avait toutes les peines du monde à pénétrer le parc des Virunga pour y prospecter, c'était bien à cause de l'obstination de cet individu – clairement l'homme à abattre. Pour Novak, il s'agissait plutôt d'entamer les hostilités par une opération de séduction, avant de sortir la grosse artillerie.

— Je suis ravi qu'on se rencontre enfin, monsieur Daza, amorça-t-il en désignant un fauteuil. Vous prendrez quelque chose ?

— Que voulez-vous ?

Novak ignora l'attaque et s'installa avec nonchalance face à son invité, visiblement tendu, et prit quelques secondes pour admirer dans son dos la masse imposante et voilée du volcan Nyiragongo.

— La Gold espère votre soutien, dit-il en modulant sa voix. Et propose de financer un renforcement de vos effectifs contre les braconniers. Croyez-moi, les drones du Français ne changeront pas la donne. D'après mes informations, certains groupes se sont déjà armés pour éradiquer ce qu'ils considèrent comme un problème. Les rebelles n'aiment pas l'idée que des caméras survolent leur territoire, quand bien même il est situé dans l'enceinte de votre parc.

Pendant un instant, les deux hommes se jaugèrent. Novak appréciait son rôle dans la partie qui se jouait.

---

1. *Les Voies de l'ombre*, Télémaque, Le Livre de Poche.

Plutôt que d'abattre son adversaire, il allait s'en faire un obligé.

— La Gold et la réserve ont des intérêts contraires, articula Eliah Daza, les yeux rivés dans ceux de son interlocuteur. Visiblement, les vôtres convergent plutôt avec ceux des rebelles.

— Tout ce que je vous demande, c'est de laisser travailler nos ingénieurs. Nous assurerons nous-mêmes notre protection. Et notre présence sécurisera la zone.

— Dites-moi plutôt ce que je fais ici, exactement.

En son for intérieur, Novak envia sa droiture. Peut-être, si la vie leur avait permis de se rencontrer plus tôt, auraient-ils défendu le camp des justes ensemble. Mais à cet instant précis, ils étaient chacun d'un côté de la barrière. Sur les rives opposées du Styx, plutôt.

Bien, c'est le moment de lâcher ta bombe.

— Je sais où est détenue le docteur Stedman, dit-il abruptement. Et par qui.

— Vous êtes un enfoiré !

Novak devina que son interlocuteur avait compris la manœuvre. À un détail près : celui-ci ne pouvait imaginer qu'il avait provoqué lui-même l'enlèvement du médecin pour influencer la direction du parc.

— La protection de celle qui a sauvé la vie d'une de vos filles ne vaut-elle pas une entorse à vos sacro-saints principes ? Une maladie orpheline, compliquée à diagnostiquer… Votre petite Lela a eu de la chance d'être soignée par le docteur Stedman…

Eliah Daza lui lança un regard à ce point méprisant que Novak éprouva un sentiment de honte, qu'il enfouit sous une menace à peine voilée, aussi sèchement envoyée qu'un carreau d'arbalète.

— Vous croyez que vous pourrez toujours vous regarder en face, quand on la retrouvera, cent fois violée, battue, puis massacrée ! Croyez-moi, monsieur le sous-directeur, vous devriez accepter ma proposition.

— Vous seriez un homme d'honneur et non un chien de la Gold, je vous foutrais mon poing dans la figure. Sachez que je connais assez le docteur Stedman pour savoir que jamais, vous entendez, JAMAIS elle n'accepterait que je renie ce que je suis pour elle !

— Qu'en sera-t-il quand il n'y aura plus de gorilles à protéger dans votre foutu parc ? s'agaça Novak, alors que Daza s'éloignait d'un pas vif. Parce que, faites-moi confiance, ça va tellement saigner que vous finirez par céder !

Parc des Virunga

Sur l'écran de la tablette, les pentes abruptes couvertes d'arbres défilaient à toute allure. Expert en maniement de drones, Morgan Scali rasait les cimes, effrayant au passage les oiseaux nichés sur la canopée. Penchés par-dessus son épaule, quatre Rangers riaient comme des enfants émerveillés. Au franchissement d'une ligne de crête, la caméra offrit l'image vertigineuse d'un à-pic.

— Ça donne le tournis ! admit l'un d'eux.

Il se fit railler par ses collègues tandis que Morgan dirigeait l'appareil le long de la faille, puis pénétrait dans la forêt. Les hommes se turent. Cette partie du parc des Virunga flirtant avec le précipice, ils ne la connaissaient pas. Et peut-être étaient-ils les premiers humains à observer les fûts de ces arbres gigantesques, accrochés comme par miracle à la roche sur des pentes quasi verticales.

Posté à quelques mètres, Laurent Mukena, le chef des Rangers, scrutait les airs dans ses jumelles, alternant entre la zone où avait disparu le drone et les rapaces qui tournoyaient à proximité.

— Et maintenant, annonça Morgan en lâchant la commande, retour au bercail en mode automatique.

Le drone apparut après quelques minutes, point clair sur fond de ciel laiteux, et tous entendirent le bruit de ses hélices. L'appareil ralentit alors, fit un écart pour éviter les hommes, et se glissa dans le caisson qu'ils venaient de bâtir. Il se stabilisa au-dessus de sa base, puis s'y posa en douceur.

— Et voilà. Il n'y a plus qu'à le laisser se recharger pour son prochain vol. Laurent, tu testes le deuxième ?

Des bases comme celle-ci, il y en aurait d'autres, disséminées dans le parc, dans des endroits si reculés qu'à moins d'un malheureux hasard, personne ne viendrait les vandaliser.

Le visage penché au-dessus de la tablette, l'air concentré, le chef des Rangers s'en sortait à merveille. Le drone franchit une ligne de crête pour foncer dans la forêt de nuages. Si les gardes s'inquiétèrent de voir l'image disparaître, Laurent ne cilla pas. Morgan lui avait appris que le drone, équipé d'un radar, ne pouvait rien percuter, à moins que sa trajectoire ne rencontre celle d'un projectile.

Soudain, il y eut une percée dans la brume. En contrebas du drone, à une centaine de mètres, un clan de gorilles occupait une clairière.

— Regarde, c'est Ndeze.

Ce fut un moment extraordinaire pour Morgan, qui reconnut avec émotion le silverback qui avait trifouillé ses cheveux, le premier jour.

Si seulement tu étais là, mon amour.

Pour ne pas effrayer les animaux, dont certains levaient déjà les yeux vers le ciel, Laurent reprit de l'altitude. À nouveau, l'image n'afficha qu'un brouillard d'où émergeaient des cimes d'arbres fantomatiques puis, quand le drone quitta la forêt de nuages, elle dévoila une vallée verdoyante baignée de lumière. Soudain, au milieu de cette incroyable végétation, une colonne d'humains se matérialisa. Fusils, tenues dépareillées, ils étaient une vingtaine, crânes noirs ou couverts de chapeaux de brousse, fusils en bandoulière.

Tendu, il manœuvra pour amener le drone derrière le groupe, et le dépassa.

— Ce sont des types de Goma, lâcha-t-il sur un ton lugubre.

La dernière image fut celle d'un homme qui épaulait son fusil. Puis l'écran s'obscurcit et une poignée de secondes plus tard, une lointaine déflagration roula sur les pentes de la montagne.

Morgan et les Rangers abandonnèrent leur matériel sur place et dévalèrent le chemin escarpé qui conduisait à la Jeep. Malheureusement, la demi-heure de route escomptée pour rejoindre la zone où ils avaient aperçu les braconniers fut triplée par l'état de la piste, ravagée par un effondrement de terrain.

Deux heures plus tard, ils parvinrent enfin sur site. Le silence inhabituel qui régnait dans la clairière précéda l'impensable : une quinzaine de gorilles gisaient, amputés pour la plupart de leur tête et de leurs mains. Du sang avait éclaboussé les grandes feuilles des plantes rampantes dont se nourrissait le clan, créant des arabesques pourpres sur le camaïeu de verts.

Dans un état second, Morgan chercha du regard le corps du silverback, tandis que Laurent annonçait la nouvelle à Eliah Daza par radio et lui indiquait les coordonnées du carnage. Il repéra Ndeze au milieu des siens, décapité et amputé, lui aussi.

Incapable de résister à l'élan qui le poussait vers l'animal, Morgan se précipita. Des hurlements s'élevèrent, et ses yeux furent aveuglés par de vives lueurs, ses tympans transpercés par le fracas des balles de fusils automatiques, puis ses jambes se dérobèrent. Partout autour de lui, il y avait des morts, et il pleuvait du sang, ses chaussures de randonnée s'enfonçaient jusqu'aux chevilles dans une terre meuble, grasse, rouge et visqueuse.

Les mains tendues, Morgan avança en titubant et tomba à genoux près du cadavre du gorille, dont le cœur avait été arraché. Ivre de chagrin, mais incapable de verser une larme, il plongea ses mains dans la fourrure argentée de l'animal et posa la joue contre son flan encore chaud.

Comment peux-tu me dire qu'il y a encore du bon en nous ?

Souvent, Morgan s'emportait face à la naïveté de sa femme, qui continuait d'espérer en l'avenir, contre vents et marées, sous prétexte qu'il était inenvisageable de baisser les bras. « Jure que tu n'abandonneras pas ! »

Gaëlle riait aux éclats, et ses rires ensorcelaient Morgan.

— Je te le jure ! dit-il tout bas, comme une prière. S'il te plaît, reviens, je veux que tu ries encore.

Sidéré, il resta à genoux au milieu des cadavres, les yeux perdus dans la pénombre à la limite de la lisière, jusqu'à ce que la voix de Laurent le rappelle à l'ordre.

— Morgan !

Le chef des Rangers lui désigna une forme noire, remuante, un gorillon accroché au cadavre de sa mère. Sans doute s'agissait-il de Milna, le petit qui avait tant plu à Shana, et qu'elle avait eu le droit de baptiser.

Milna, comme la ville de Croatie où ils avaient passé leurs dernières vacances d'été tous ensemble. Milna, un dessin de Shana, un premier contact, une première réponse depuis qu'elle avait cessé de parler.

Morgan y avait vu un signe d'espoir.

— Je peux ?

Sa propre voix lui parut rauque, et il se tut tandis que ses mains poisseuses de sang approchaient du corps pelotonné. Il vit la face du gorillon, sa pilosité hirsute, ses oreilles rondes, ses yeux noirs et brillants, et l'expression de panique qui les habitait.

— Prends-la.

La petite s'accrochait aux poils de sa mère en poussant des plaintes aiguës tandis que Morgan tentait de l'en détacher avec douceur.

De retour aux voitures, Milna fut placée dans une caisse destinée aux transferts d'animaux, puis le chef des Rangers prit le volant de sa Jeep, et Morgan s'installa d'autorité à ses côtés, malgré ses protestations.

— T'as dit : c'est des types de Goma. Alors tu sais où ils vont.

— Descends, Morgan. Birère, ce n'est pas un endroit pour les Blancs.

— Je ne bougerai pas d'ici avant d'avoir vu ces types en face. Démarre.

La vie n'était-elle que folie ? Alors que la Jeep des Rangers fonçait à tombeau ouvert sur des routes caillouteuses, Morgan n'en doutait plus. Un homme avait arraché le cœur de son silverback et massacré tout un clan en guise d'avertissement. Non, rien n'arrêterait les braconniers ou les rebelles, et certainement pas les drones d'un petit Français dégoulinant de bons sentiments.

Il dérangeait, il fallait lui mettre les points sur les i. *Tout s'achète et tout se vend, même la mort.*

Morgan, qui regardait défiler les constructions basses aux toits en tôle ondulée, et les gens, tous ces gens à pied, en deux-roues ou en voiture, et pour beaucoup en tshukudu, ces grandes trottinettes chargées plus que de raison, qui transportaient des marchandises ou des bidons d'eau, fut secoué par une violente nausée.

— La pauvreté est notre malédiction, lâcha Laurent. Les gens réfléchissent mal le ventre vide.

— Comment tu peux leur trouver des excuses ?

Sa colère couvait depuis la découverte des braconniers cheminant vers le massacre des gorilles. Ses drones n'avaient servi qu'à prévoir le malheur, pas à l'empêcher, et ça le rendait malade.

— T'arrives ici avec tes belles idées, tu dis qu'il faut être fou pour tuer des animaux qui vont disparaître… Eh bien, oui, sans doute, nous sommes fous, nous les Africains ! Tu sais comment je les connais, les braconniers de Goma ? J'ai été l'un d'eux ! Eh oui, Morgan Scali, la vie n'est jamais ce qu'on croit. Et si tu veux comprendre, regarde, et arrête de penser en petit Blanc ! Ici, tout le monde se débrouille comme il peut. Il n'y a pas d'électricité, pas de frigo comme chez vous. Alors on mange ce que l'on peut acheter, et à choisir entre la survie du gibier et celle de son enfant, personne n'hésite. La plupart des familles ont vu un enfant mourir, et le plus souvent, c'est à cause de l'eau ! Tu entends ? Juste à cause de l'eau contaminée par des parasites. Ils boivent quoi, les tiens, depuis que vous êtes arrivés ? De l'eau en bouteille. Nous, on ne peut pas se les payer !

Morgan encaissa l'information et se retrancha dans le silence pour observer les environs. À l'arrière de la Jeep, les trois gardes scrutaient les ruelles perpendiculaires à l'axe principal, armes posées à leurs pieds. Leur véhicule, ainsi que les treillis des Rangers portant le logo du parc des Virunga, ne passaient pas inaperçus, et une fois à destination, il faudrait agir vite.

La nuit était tombée quand la Jeep pénétra dans les premiers bidonvilles de Goma, bâtis à la va-vite sur les récentes coulées de lave du volcan Nyiragongo. Par téléphone, Laurent prévint la police locale de son arrivée, puis se dirigea sans hésiter dans un dédale de rues. Il stoppa son véhicule sur un terrain vague à proximité du quartier de Birère.

— Je te l'ai dit, les Blancs ne sont pas les bienvenus ici. Reste avec moi et ferme-la.

Ils s'engagèrent en silence dans une ruelle et grimpèrent sur un terre-plein qui séparait l'arrière des baraques d'un égout à ciel ouvert, dégageant une odeur pestilentielle. Une main plaquée sur le nez, Morgan marchait devant le chef des Rangers qui le tenait par l'épaule, ses hommes placés latéralement en guise de rempart, armes brandies.

Un peu plus loin, ils s'engagèrent dans une rue éclairée par de rares lampadaires de fortune, et progressèrent parmi des gamins de tous âges, dont les plus jeunes barbotaient dans la fange d'une rigole censée évacuer les eaux usées.

Morgan sentit ses poils se hérisser en imaginant Milan et Shana dans cet endroit abject où la moindre poubelle dégageait une odeur abominable, et où des dizaines de chiens faméliques rognaient des os d'origine incertaine. Dans le cœur du bidonville, les constructions récentes, faites de palettes et de tôles enchevêtrées, cédèrent la place à des bâtiments en parpaings, où un réseau chaotique distribuait l'électricité. Ici, des cascades de rires s'échappaient des pièces éclairées, de la musique, des bribes de conversations, des cris et des pleurs, de la fumée, témoin de l'usage du *makala*, mais, ici aussi, les hommes marchaient dans une boue où aliments pourris se mêlaient à l'urine et aux fèces, entre des monceaux de détritus d'où déguerpissaient des rats énormes. C'est alors que le massacre de Ndeze et de son clan prit une couleur étrange dans le cœur de Morgan, comme décalée, d'un autre temps. Ou d'une autre dimension.

Et en cet instant, il réalisa que ces gosses jouant dans la terre puante des ruelles sombres, ces femmes qui portaient la vie, ces vieillards coincés sur des chaises dépaillées, n'avaient d'autre choix que de vivre et mourir ici, alors que ses enfants et lui dormaient depuis toujours à l'abri, entre des draps propres, et que leur seule préoccupation était de « sauver-les-gorilles-de-la-forêt ».

Dans quel monde tu vis, Scali ?

Dans l'obscurité grandissante, la blancheur de sa peau et de ses cheveux était à peine visible ; pourtant il y eut soudain tant de monde, tant d'excitation et d'agressivité dans l'atmosphère que Morgan sentit l'appréhension se mêler à la colère. Bientôt, les cris s'incarnèrent dans un groupe de femmes, qui prirent les Rangers à partie, dans le but évident de couvrir la fuite des braconniers.

— Par là !

Laurent se rua à l'intérieur d'une baraque, Morgan et un de ses hommes sur les talons, tandis que les deux autres escaladaient des bâtiments voisins pour bloquer l'accès par les toits.

Derrière une bâche qui tenait lieu de porte, les trois hommes débouchèrent dans une pièce au mur éventré où se trouvait un escalier sans rambarde. Le sol était en terre battue, et dans l'air, éclairé par une ampoule à incandescence pendouillant du plafond, flottait une puissante odeur de cadavre.

Au centre de la pièce, une planche montée sur des caisses supportait plusieurs bassines remplies d'un liquide sombre, et sur un linge crasseux, ce qui semblait être un cœur. Des cartons contenaient du petit gibier intact, et plus loin, une bâche maculée de sang dissimulait une demi-douzaine de têtes de gorilles, autant de paires de mains, sans compter un monceau de défenses d'éléphants auxquelles étaient encore attachés des morceaux de chair. L'odeur prit Morgan à la gorge. Il tenta d'avaler l'excès de salive et s'écarta à temps de Laurent Mukena pour vomir.

Dans la rue, un attroupement conséquent se formait. Les premières revendications émergèrent des hurlements : dans ce pays, on protégeait les gorilles et on laissait crever les humains !

Au loin éclatèrent des sirènes de police.

Par les fenêtres sales surveillées par le Ranger qui les accompagnait arme au poing, Morgan se crispa en distinguant les silhouettes de dizaines de personnes qui accouraient par les ruelles adjacentes, tandis que des bruits de lutte résonnaient à l'étage.

— Ils contrôlent la situation. Reste à côté de moi.

Bientôt, les deux Rangers déboulèrent dans la pièce en traînant derrière eux un homme qu'ils venaient visiblement de passer à tabac.

— Les autres ont décampé.

D'un signe de tête, Laurent intima à Morgan de ne pas bouger. Puis il s'approcha du type pendant que ses hommes réalisaient des photos des trophées repris aux braconniers.

— C'est Natassale qui a commandé le cœur du silverback ? Réponds !

— Quand il saura que t'as saisi sa marchandise, il viendra te chercher lui-même.

— Dis-lui qu'il n'y a plus d'argent à se faire là-bas. Dis-lui !

— Dis-lui toi-même, rétorqua l'homme en crachant aux pieds du chef des Rangers. C'est ton cousin, non ?

Laurent relâcha le braconnier qui franchit la porte et disparut dans la foule, laissant Morgan médusé par la scène.

— Notre job n'est pas de les juger, mais de détruire tout ça. Pour que personne n'en tire profit. Aide-moi, ajouta-t-il en lui tendant une paire de gants en caoutchouc, à deux, ça ira plus vite.

Les Rangers tirèrent plusieurs coups de feu en l'air, tandis que Morgan et Laurent sortaient les bacs contenant les organes et les cartons remplis de petits cadavres. Puis, ils entassèrent les mains et les têtes des gorilles dans la ruelle, et Morgan déposa le cœur du silverback en haut de la pile de trophées, sous les hurlements et les crachats.

Pour finir, ils aspergèrent d'essence les dépouilles, qu'ils enflammèrent. L'air s'emplit d'une écœurante odeur de poils et de chair brûlés, et d'épais tourbillons de fumée âcre s'élevèrent pour filer par-dessus les toits. Morgan tint à rester jusqu'au bout. Et quand il ne subsista plus de Ndeze et de son clan qu'un tas d'ossements carbonisés et de cendres, il sut que ces instants vécus dans les bidonvilles de Birère le changeraient à jamais.

RDC, province du Nord-Kivu, base militaire désaffectée

— Celui de la numéro sept ne parle pas plus que les autres !

Debout derrière le miroir sans tain, d'où il observait un interrogatoire en cours, Julian Stark accueillit l'annonce de Sookie avec un soupir d'agacement.

— Rien sur un projet d'attentat, poursuivit-elle en s'approchant de lui, rien sur les plans ou les maquettes. Rien sur le manifeste.

— Scali ?

— Le suspect confirme juste ce qu'on sait déjà : il était sur place la veille de notre arrivée. D'ailleurs, les témoignages se recoupent. On l'a raté à moins de vingt-quatre heures…

— Et Charlie ?

— C'est encore à confirmer, il semblerait qu'elle travaille en étroite collaboration avec Scali.

Julian accusa le coup sans broncher. Pourtant la souffrance que lui provoquaient les mots de Sookie lui coupa le souffle. Il n'avait pas autant morflé depuis qu'on lui avait annoncé la mort de sa femme.

Charlie dans l'équipe dirigeante, cela signifiait qu'elle ne serait plus considérée comme une gamine en errance, maraboutée par un gourou, mais bien comme une terroriste à part entière. Et cela présageait, pour le père qu'il était, une nouvelle éternité sans sa fille. L'image d'elle, braillant, à peine sortie des entrailles de sa mère, les yeux grands ouverts – des prunelles d'un bleu plus profond que la nuit – lui revint en pleine figure. Pire qu'une gifle, le sentiment qu'il avait eu alors, que ce petit être était à jamais sous sa protection, le secoua.

— Je demande à voir, parvint-il à articuler.

Si Sookie Castel était d'une nature empathique, elle devait sacrément bien le cacher, car elle n'eut aucun mot. Au contraire, elle recentra leur échange dans la foulée :

— Et ici, ça donne quoi ?

— Rien de plus.

D'origine congolaise, née en France, comme ses parents, la jeune femme menottée dans la salle d'interrogatoire numéro huit s'appelait Zoé Zanzola, et n'était guère plus vieille que Charlie. Or, après trois jours d'interrogatoire, elle avait pris quinze ans. Ses cernes aussi noirs que le sol en terre battue, ses yeux défaits, vitreux, ses lèvres gercées et sa posture effondrée attestaient qu'elle était sur le point de craquer.

Devant elle, l'agent chargé de la questionner venait de poser un verre d'eau fraîche. Assez près pour qu'elle voie les gouttes de condensation rouler sur la surface, trop loin pour qu'elle s'en empare. La torture absolue pour celle qui n'avait pas bu depuis près de quarante-huit heures et venait de passer trois jours sans dormir, dans ce sous-sol surchauffé et inondé d'une lumière aveuglante.

La voix de l'agent, déformée par le micro, s'éleva dans la pièce où Julian et Sookie se trouvaient.

— Tu finiras par craquer, Zoé, c'est une question de temps. Plus vite tu réponds, plus vite tu pourras boire et dormir. Je te garantis que c'est un bon *deal*, le meilleur que tu trouveras dans le coin.

— Enculé !

— Allez, un petit effort, insista l'agent en poussant le verre de quelques centimètres vers la jeune fille.

À situation exceptionnelle, mesures exceptionnelles. Depuis leur transfert dans la base désaffectée, les terroristes subissaient la pire des techniques de désorientation. Dans l'esprit de Julian qui observait ces interrogatoires depuis le début de la matinée, les 12-10 ne méritaient aucune compassion. Surtout quand ils s'apprêtaient, comme il le soupçonnait, à s'en prendre une nouvelle fois aux valeurs de la République.

Et à ses enfants.

— Comment réagirais-tu si Charlie était assise à la place de cette fille ? lui demanda Sookie.

Perturbé par la question, Julian repoussa l'éventualité d'un geste.

Ils peuvent dire ce qu'ils veulent, je sais que tu n'es pas comme eux, Bout de Ficelle. Tu ne seras jamais comme eux.

L'officier venait de déposer devant Zoé une feuille de papier et un marqueur épais, choisi pour qu'elle ne puisse pas se blesser.

— Tu es jeune, tu peux encore redresser la barre, retrouver tes parents et ton petit frère. Ils sont dans un avion pour Goma à l'heure qu'il est, prêts à te pardonner. Donne-moi un nom, une planque, et tu pourras bientôt leur parler.

Contre toute attente, la jeune fille quitta le verre d'eau des yeux et, d'une main tremblante, inscrivit deux mots sur la page, qu'elle tendit à l'agent des Services.

— Julian Stark, lut-il. Qui est cet homme ?

— Un terroriste.

Pris d'une colère subite, Julian balança son poing dans le mur, puis une deuxième fois, et cette douleur-là lui fit un bien fou. Une fois de plus, Scali cherchait à le déstabiliser par l'intermédiaire de ces gamins qu'il avait transformés en robots, prêts à mourir pour sa cause. En quoi était-il différent d'un chef de l'EI ou d'Al-Qaïda, alors qu'il prétendait combattre le fléau ?

— Va te faire soigner, lui intima Sookie, dont le visage s'était fermé. Je vais prendre la suite avec elle.

Immobile, Julian acquiesça, puis il la regarda passer de l'autre côté du miroir et échanger quelques mots avec son collègue, qui lui céda la place sans discuter.

— On va reprendre à zéro, ma jolie, déclara Sookie en poussant le verre d'eau en direction de la jeune 12-10, qui le vida à petites gorgées.

Tu n'en tireras rien. Aussi brillante, obstinée, maligne sois-tu, si Scali ne l'a pas décidé, tu n'en tireras rien.

La douleur irradiait à présent dans ses doigts et son poignet, et Julian sut qu'il venait de se fracturer la main.

— Explique-moi qui est cet homme dont tu viens d'écrire le nom ? demanda Sookie, dans la pièce voisine.

— Je peux encore avoir de l'eau ?

L'agent attendit que la jeune fille ait achevé de boire pour reprendre.

— Je t'écoute ?

— Je préfère écrire.

— Vas-y.

Julian n'eut aucun mal à déchiffrer le nom des trois chefs de l'Armée du 12 Octobre :

MORGAN SCALI / NOVAK ANTICEVIC / PAUL MENDES

Hitler, Himmler, Goebbels – il ne manque que Mengele, et le monstre est au complet.

La voix de Sookie Castel s'éleva à nouveau.

— Tu ne m'apprends rien, Zoé. Quel est le rapport avec Julian Stark ?

La jeune femme étira ses lèvres craquelées dans un demi-sourire.

— C'est grâce à lui que tout a commencé, siffla-t-elle entre ses dents.

— Mais encore ?

— C'est sa fille qui le dit.

— Elle était ici ?

— Oui, elle est partie il y a deux jours.

— Tu sais où elle est partie ?

Zoé haussa les épaules et hocha la tête en signe de dénégation.

— Tu peux me répéter ses mots exacts ?

— Charlie a dit que les 12-10 existent grâce à Julian Stark. Et qu'elle remercie son père pour ça.

En hurlant de rage, Julian frappa plusieurs fois la vitre avec son poing ensanglanté, indifférent à la douleur, de plus en plus vive.

Faites-la taire, bordel ! Faites-la taire !

— Ce con de flic se sentait tellement coupable d'avoir gâché la vie de Morgan, poursuivit Zoé, triomphante, qu'il l'a fait inviter ici, en RDC. Et c'est là que notre chef a rencontré son destin !

Sookie jeta un bref coup d'œil vers le miroir, puis revint à Zoé.

— Où est Charlie, maintenant ?

Les majeurs brandis de façon insolente, la jeune fille se mit à rire en direction de Julian. S'il n'avait eu la certitude que c'était impossible, ce dernier aurait juré qu'elle le voyait. Incapable de bouger, il assista à la fin de l'interrogatoire comme s'il vivait un cauchemar éveillé, conscient qu'il allait recevoir le coup de grâce.

— Où est Charlie Stark ? répéta Sookie d'un ton plus sec.

— Charlie-Bout-de-Ficelle prépare une belle surprise à son papa !

— Quelle surprise, Zoé ?

— Vous allez pleurer comme on a pleuré, vous allez crever comme on a crevé ! On va tous vous mettre à genoux, tous ! Vous entendez ?

2016 2028

Du 5 au 30 juin

RDC, province du Nord-Kivu, ferme de la Gold Petroleum

Lorsque la route bascula sur le versant opposé, livrant une vue à cent quatre-vingts degrés sur la vallée, Morgan Scali fut ébloui par la beauté du domaine qui abritait les bâtiments africains de la Gold Petroleum : mille hectares entourés de collines et traversés par un des innombrables affluents du fleuve Congo abritaient une ancienne propriété agricole remontant aux colonies, où l'on pratiquait encore la culture du fourrage et l'élevage, au prétexte de fournir du travail et de la viande de qualité aux populations locales.

— Ces gens caressent d'une main et cognent de l'autre, maugréa Laurent Mukena.

— Rien ni personne n'est tout à fait bon ou mauvais.

— Détrompe-toi, ici, le mal absolu existe.

Les deux hommes descendirent de la Jeep devant une élégante demeure érigée sur deux niveaux, où un vieux Noir en livrée les précéda dans un vaste salon, avant de leur proposer boissons et mignardises.

— Monsieur Anticevic vous recevra dans une dizaine de minutes. Il vous prie de l'excuser pour son retard.

Laurent examina la pièce en détail, et Morgan but un jus de fruit frais en admirant la décoration. Ici, il n'était pas difficile de s'imaginer au début du siècle passé, quand la gentry européenne s'encanaillait en Afrique noire dans de sanglants safaris. Les trophées couvrant les murs témoignaient de cette époque, tout comme les canapés anglais, les ventilateurs qui tournoyaient sous les plafonds à caissons, les peaux de serpents étalées comme des tapisseries, la superbe bibliothèque et jusqu'aux bibelots qui ornaient les guéridons.

Pour un esprit attentif, ce faste trahissait l'intention des dirigeants de la Gold de conserver dans ces lieux l'illusion de la puissance passée. Morgan n'était pas dupe. Il savait qu'en acceptant de rencontrer un Ranger – fût-il leur chef – alors qu'il ne traitait qu'avec la direction, Novak Anticevic n'avait qu'un objectif, prouver qu'il maîtrisait le jeu sur son terrain.

C'était Morgan lui-même qui avait impulsé l'idée de cette entrevue, après que Daza lui eut avoué qu'il était impuissant face aux braconniers, *a fortiori* quand ils étaient dirigés par un homme comme Natassale, lui-même manipulé par Novak, le redoutable stratège de la Gold.

« Tout ce qu'a entrepris Emmanuel de Merode pour apaiser ses relations avec les rebelles[1] et les braconniers risque d'être remis en question si nous intervenons.

---

1. Emmanuel de Merode a été grièvement blessé par balles en 2014. Trois responsables potentiels de l'embuscade ont été identifiés : les rebelles exploitant le *makala*, les braconniers et le groupe pétrolier Soco International, qui avait obtenu le droit de prospecter à l'intérieur du parc. (Source Wikipédia.)

Tu vois déjà les conséquences de notre décision d'utiliser les drones – et je ne reviens pas dessus, il ne s'agit pas de ça. Mais nous ne sommes ni la MONUSCO, ni la police et encore moins l'armée. J'ai déjà pris une soufflante à cause de votre petite virée dans les bidonvilles. Tu veux affronter Novak Anticevic ? Libre à toi ! Tes décisions n'engagent pas la responsabilité du parc. Quant à Laurent, il est suspendu trois mois, pour t'avoir conduit à Birère. Et ce que vous faites de votre temps libre ne me regarde pas. »

La seule légitimité qu'on a dans la vie, c'est celle que l'on se donne !

Morgan reposa son verre d'orangeade, les yeux rivés sur deux fourmis qui se disputaient le cadavre d'un papillon.

Un bruit de moteur annonça l'arrivée du chef de la sécurité de la Gold Petroleum, qui s'engouffra dans le salon moins d'une minute plus tard. Il était habillé comme un randonneur, ne portait pas d'arme. Morgan apprécia d'emblée son regard franc, qui détonnait avec sa réputation de manipulateur-né.

— Messieurs, attaqua-t-il sans leur serrer la main, je ne vois pas ce que nous avons à nous dire. J'attendais un représentant du parc capable de me donner des garanties, pas un Ranger mis à pied et un civil sorti de nulle part.

Morgan nota que Laurent se crispait, et s'étonna de garder son calme face à ce type qui n'avait pas hésité à sacrifier une vingtaine de gorilles pour des manœuvres politiciennes. Il lança un bref coup d'œil à son complice, signifiant : *on suit le plan*, et avança d'un pas.

— Vous me devez environ trente mille euros de matériel, lança-t-il tout de go. Je vous propose de les réinvestir dans la libération du docteur Stedman. Je fournis les drones, vous fournissez les armes, les véhicules et le matériel.

— Vous plaisantez ? riposta Novak. Mukena, dis-moi d'où sort ce bouffon ?

— Le bouffon déteste quand des enfoirés l'obligent à patauger dans le sang.

Des flashs associant images de la clairière, corps de gorilles et d'humains entremêlés passèrent devant les yeux de Morgan, et son pouls accéléra.

Calme-toi, ce n'est pas le moment...

— Ou tu nous aides à récupérer Stedman, s'interposa le Ranger, et tes ingénieurs ont le local que tu demandes sur le versant occidental du lac Édouard, ou tu refuses, et tu n'auras rien.

— Je peux vous dire où elle est, par contre je n'irai pas la chercher pour vous.

Un silence sépara les trois hommes. Pas un instant, Morgan ne capitula face à Novak Anticevic, dont le regard disait sans la moindre équivoque qu'il n'hésiterait pas à le tuer à la première occasion.

— Alors, relança leur hôte. On a un *deal*, messieurs ?

— Nos conditions sont non négociables, rétorqua le Ranger. Désolé.

— Donc nous sommes dans une impasse. Et Stedman, condamnée à mourir à brève échéance.

— En réalité, lança Morgan après un bref échange de regards avec Laurent, vous n'êtes pas en position de négocier.

— Vraiment ?

— Nous savons déjà où elle est retenue.

Touché.

Novak Anticevic s'esclaffa avec insolence.

— Impossible, personne ne le sait, même pas vos services secrets…

— Natassale.

Au regard interloqué de son interlocuteur, Morgan sut qu'ils avaient deviné juste. Le reste n'était que pure logique, déduit après des heures d'échanges avec Daza et Laurent sur le sujet.

— C'est vous qui lui avez vendu le docteur Stedman ; vous pensiez que mettre la vie de cette femme dans la balance vous permettrait de rallier la direction du parc à votre cause. Et je devine à votre peu d'empressement à la récupérer que Natassale ignore tout de votre petit jeu. J'imagine qu'il appréciera l'histoire !

Touché. Coulé.

Rarement Morgan avait ressenti une telle excitation dans un échange. L'adversaire était à sa mesure, ce qui ne gâchait rien. Et puis, c'était l'occasion rêvée de botter le cul aux meurtriers de Ndeze – fossoyeurs de son rêve et de celui de Gaëlle. Et à ce connard de pétrolier.

— Pourquoi vous associez-vous à cette opération de sauvetage ? Des Occidentaux qui rêvent de forer des puits en Afrique, j'en ai vu passer des dizaines. Sans compter ceux qui veulent sauver le monde. La plupart repartent la queue basse et la machine à idéaux en berne. Vous carburez à quoi ?

— Vous acceptez notre proposition, oui ou non ?

— Seulement si vous répondez à ma question. En quoi la vie du docteur Stedman a-t-elle de l'importance pour vous ?

— Ce n'est pas tant la vie de cette femme, rétorqua Morgan, que celle de tous ceux qu'elle pourra sauver une fois libre. Je crains que la valeur d'une vie, humaine ou non, soit un concept qui vous échappe.

RDC, province du Nord-Kivu, camp des rebelles watu

Ces interminables semaines au chevet de Vertigo finirent par avoir raison d'Abigail Stedman, qui s'exécuta sans broncher quand on la fit sortir de sa tente. Comme elle s'était habituée à obéir, elle ne trouva rien à redire quand des femmes entreprirent de la nettoyer et de tresser ses cheveux. Alors qu'on la couvrait d'étoffes nuptiales, elle garda l'esprit occupé par une idée fixe : si par miracle elle en réchappait, elle ferait tout pour revoir son enfant, quitte à abandonner la médecine humanitaire, ouvrir un cabinet en ville, soigner les bobos des gens qui ne manquaient de rien, à Paris peut-être, ou en province, n'importe où, près d'elle. Plus près d'elle. Plus près d'eux. Oh, comme elle avait eu tort de penser que sa place était aux côtés des miséreux plutôt qu'avec sa propre fille !

Mon cœur, je suis si désolée. Un jour, je te promets, je t'expliquerai…

Si Vertigo s'était retranché dans un mutisme obstiné après l'épisode de *La Marseillaise*, il s'était aussi calmé, et n'avait plus fait que deux timides tentatives de suicide, si bien qu'Abigail le soupçonnait d'intriguer pour que leurs geôliers n'ôtent pas les chaînes qui les liaient l'un à l'autre.

Des nuits entières, elle avait tenté de lui arracher un mot. Vertigo semblait se complaire dans un silence aussi salvateur pour lui qu'il était destructeur pour elle. Il n'avait rouvert la bouche que pour compter ses pas – *uno dos tres catorce* – quand Abigail avait eu l'autorisation de le sortir pour rééduquer ses muscles affaiblis par un alitement prolongé. Marcher lui avait fait du bien à elle aussi, même s'il ne s'agissait que de tourner en rond dans un périmètre restreint, comme de malheureux taulards. Elle avait alors eu un aperçu du camp de Natassale, de l'importance de ses troupes constituées d'anciens militaires de l'armée régulière, de gamins par dizaines, mieux nourris que les autres pour acheter leur fidélité.

Au premier coup d'œil, en découvrant les malheureux travailleurs forcés que les rebelles enlevaient dans les villages pour fouiller la terre à la recherche des métaux précieux dont le sous-sol des Virunga regorgeait, elle avait su à quel point elle aurait pu se rendre utile, alors qu'elle ne s'occupait que de son unique patient. D'ailleurs, elle avait fait la demande auprès de Natassale, par l'intermédiaire d'Eddie, qu'il avait fallu convaincre au prix d'interminables tractations, mais la réponse avait été non. Catégoriquement. La vie de ces hommes enlevés à leurs familles pour exécuter les basses besognes ne valait rien. Si quelques-uns mouraient, ensevelis dans l'effondrement des mines, ou sous les coups de leurs tortionnaires, il suffirait d'en enlever d'autres.

Lorsque Abigail fut apprêtée, deux rebelles l'escortèrent en direction de la falaise, où on l'enchaîna dans un local humide qui servait d'entrepôt à un fatras de marchandises.

— Tu manges et tu attends.

Seule pour la première fois depuis des jours, elle eut le sentiment qu'elle allait, à l'instar du personnage de Jessica Lange dans *King Kong*, être offerte en noces au monstre. Pétrifiée, elle avait les yeux fixés sur la surface de son ragoût qui figeait, sursautant chaque fois que résonnait un cri dans la forêt. Était-ce le hurlement d'un singe, celui d'un oiseau ou alors d'un humain, dépecé, violé ou torturé par Natassale ?

Si tu veux revoir ta fille, bouge !

En silence, Abigail posa son écuelle et glissa sur le sol pour ramener ses genoux sous son menton. Elle commença à triturer la serrure rudimentaire de ses fers, à l'aide des dents de sa fourchette.

— Non, doc, tu ne vas pas te faire la malle ce soir !

Surprise par la clarté de la voix qui s'élevait à l'autre bout de la salle, Abigail suspendit son geste, et leva les yeux, le cœur battant. Elle découvrit alors Vertigo, bien campé sur ses jambes, dans une combinaison de travail orange, des bottes en caoutchouc blanc et des gants de la même couleur qui lui couvraient les avant-bras jusqu'aux coudes.

— J'ai tout essayé, ajouta-t-il avec une moue. Ce qui te sauve, c'est que ce fumier a besoin de moi. Et moi de toi.

Puis il s'esclaffa. Un souvenir devait lui traverser l'esprit, car il mit une poignée de secondes avant de reprendre :

— Au fait, la Ve République commence avec de Gaulle et s'arrête avec *Chichi*. Alors, qu'est-ce que t'en dis ? Ma tête va bien ?

L'absurdité de la situation n'effaça pas l'appréhension qui enserrait la poitrine d'Abigail depuis qu'on l'avait sortie de la tente. Celle qu'elle ressentait toujours face à l'inconnu.

— Qu'est-ce que vous fichez ici, accoutré comme un chimiste de la pègre ?

— Tu t'es vue ? J'ai demandé qu'on te fasse un brin de toilette, pas de t'épouser !

Soulagée que Vertigo soit son King Kong, la jeune femme se mit à rire. Elle attendit qu'il appelle leur gardien pour la détacher, et se releva. Ses muscles ankylosés lui arrachèrent une grimace de douleur.

— Expliquez-vous !

— Suis-moi !

La vaste salle où l'entraîna Vertigo, dans les entrailles de la falaise, empestait le cannabis. Abigail nota que le plafond était occupé par des rails de néons, dont la lumière palpitait, et que les murs aveugles étaient couverts de concrétions et de salpêtre.

Toute une zone était occupée par des ballots de jeunes plants entourés de film transparent. De grandes bassines contenaient la résine brute, et sur des tables étaient stockés les produits de transformation. L'autre extrémité de la salle abritait des bidons d'ammoniaque et de différents acides, et la matière première, à savoir des caisses bourrées de capsules de pavot fraîchement coupé. De quoi fabriquer de l'héroïne en quantité…

— J'ai deux nouvelles, poursuivit Vertigo en ouvrant un tiroir d'où il retira le nécessaire à préparer un joint, qu'il entreprit de rouler avec une grande dextérité. Une bonne et une mauvaise. Tu préfères que je commence par laquelle ?

— La bonne.

— J'ai bien essayé de me tirer définitivement, tu sais de quoi je parle, t'as dû réparer les dégâts, et c'est même pour cette raison qu'ils t'ont kidnappée. *Mea maxima culpa !* ajouta-t-il sur un ton plus gai, en allumant le joint. *Shit made in Virunga !*

— Vertigo, c'est quoi, la bonne nouvelle ?

— Si je bosse, tout ira bien. Moi, je transforme les plantes en or, eux ils échangent mon or contre du plomb de tous calibres, et toi, tu veilles sur ma bonne santé. Bref, notre vénéré chef a dit : « Si tu te flingues, je la découpe en morceaux. Si elle se barre, je te découpe en morceaux. » Ça a au moins le mérite d'être clair.

Abigail lâcha un cri de rage et envoya valdinguer un bidon d'acide, qui roula jusqu'aux pieds de Vertigo qui l'arrêta du talon.

— Tiens, lui proposa ce dernier en lui tendant son joint, tu inspires, tu te laisses porter par les anges, et tu oublies que toi et moi, on va mourir ici.

— Si vous voulez jouer les Walter White, libre à vous…

À sa moue, la jeune femme comprit que Vertigo ignorait qu'elle faisait référence au personnage d'une série télé dont la diffusion du pilote remontait à 2008, environ. Et la ritournelle qui lui valait son surnom provenait d'une reprise par U2 d'une chanson pop datant du début du XXIe siècle. Ces deux éléments, plus sa référence à Chirac, comme président de la République, firent prendre conscience à Abigail que son compagnon de geôle était peut-être otage des groupes rebelles depuis plus de quinze ans.

Comment a-t-on pu l'abandonner ainsi ?

Bouleversée et agacée par sa maladresse, elle finit par accepter le joint de chanvre. Elle inspira une longue bouffée.

— Quoi qu'il en soit, il n'est pas question que je moisisse ici !

— Tu dois prendre ce qu'on t'offre en attendant mieux, lui conseilla Vertigo. Être dans les petits papiers de Natassale, c'est déjà un miracle.

— Il y a forcément une raison pour laquelle ils ne sont pas encore intervenus. Les négos peuvent être longues.

— Doc, s'ils ne sont pas intervenus, c'est qu'ils ignorent où tu es. Personne ne sait où tu es. Y a jamais eu de demande de rançon.

L'idée qu'elle pourrait, elle aussi, être retenue pendant des décennies, donna le vertige à Abigail.

Pas question !

— On devra s'enfuir ensemble. OK, pas tout de suite, ils vont nous surveiller de près, mais plus tard.

— Pourquoi je le ferais ? Tu crois qu'une vie m'attend là-bas ? (Vertigo pointa l'index dans une direction, puis se tourna pour en indiquer une nouvelle.) Ne va pas croire que je joue les derviches. C'est plutôt par là.

— On pourrait empoisonner l'héro, ils en consomment tous.

— C'est quoi, cette vie pour laquelle t'es prête à prendre tous les risques ?

— Ma fille, répondit-elle d'une voix cassée par l'émotion. Elle a eu sept ans le 27 mars dernier. Je ne lui ai même pas envoyé de carte.

— Pourquoi tu n'en parles jamais ?

— J'ai honte, admit-elle après un instant. Honte de ne jamais avoir remis en question mon choix de travailler ici, honte de ne le faire qu'aujourd'hui, parce que j'ai peur comme jamais je n'ai eu peur. Je suis une mauvaise mère.

L'ombre d'une immense douleur passa sur le visage de Vertigo, comme un lointain souvenir.

— Je t'aiderai à partir, dit-il. Quand le moment sera venu.

— Et toi ?

— Tout ce dont je me souviens de ma vie d'avant, c'est que je suis un doc, comme toi. En chimie, physique quantique et un tas d'autres spécialités que j'ai oubliées. Quant à mon nom, y a belle lurette qu'il ne veut plus rien dire. Et franchement, Vertigo, ça me va comme un gant. Tu ne trouves pas ? À propos, Abi – je peux t'appeler Abi ? –, tu ne m'as pas dit comme elle s'appelait, ta fille ?

— Elle s'appelle Charlie. Son père et moi, on l'a choisi ensemble, ajouta Abigail avec une pointe de nostalgie.

— C'est pas un prénom de garçon ? la taquina Vertigo.

— Non, c'est celui d'une héroïne de Stephen King. Cette fillette possède le don de pyrokinésie, et dans le roman, son père s'enfuit avec elle pour la protéger des méchants.

Le jet d'eau tiède était un délice, et le parfum du gel douche emportait Abigail loin du camp de Natassale et de ses chaînes, et c'était bon. Bon également de débarrasser en partie sa peau des odeurs tenaces du laboratoire. En revanche, elle ne pouvait rien contre l'immense culpabilité qu'elle ressentait à fabriquer de la drogue à longueur de journée. Elle n'était pas devenue médecin pour permettre à des mafieux d'empoisonner des dizaines de milliers de jeunes gens aux quatre coins du monde. Il en passait des quantités invraisemblables chaque jour, à tel point qu'Abigail se questionnait sur la finalité de gagner autant d'argent.

Le soir après la toilette, elle retrouvait Vertigo et ses fers, dans un local attenant au laboratoire de la falaise, où ils s'étaient aménagé un coin rien qu'à eux, partageant tout, comme des siamois.

Des coups contre la porte interrompirent ses pensées.

— Y aura plus d'eau pour nous autres, daktari !

J'ai assez abusé, décida Abigail qui se faufila derrière les panneaux à claire-voie qui encadraient la douche rudimentaire, où des femmes nues attendaient leur tour en papotant. Tout en se rhabillant, la jeune femme apprit qu'un détachement quitterait le village pour Goma, le lendemain soir, jour de fête nationale.

Elle se hâta d'enfiler ses chaussures de brousse et se précipita au laboratoire, théâtre de nombreuses allées et venues. On préparait la base de la résine de cannabis, ce qui exigeait une main-d'œuvre importante, et elle dut patienter deux longues heures pour révéler l'information à Vertigo :

— Quand tu dis que personne ne t'attend dehors, c'est faux. Il y a moi.

— Tu t'embarrasserais d'un bonhomme à moitié fou ?

— Si on sort vivants d'ici, je te le jure.

Intrigué, il délaissa son assiette.

— Je te connais, Abi, quand tes yeux brillent comme ça, c'est que les ennuis débarquent !

— Natassale et sa garde prétorienne ont prévu d'aller à Goma pour la fête nationale. Demain, c'est le grand soir ! Et ne me joue pas ton petit sourire triste. J'en ai marre.

— Vivre ici éternellement avec toi, j'ai connu pire.

— Quand j'ai commencé à fabriquer cette merde à tes côtés, c'était pour occuper mes dix doigts. Bientôt, j'en saurai autant que toi…

— … Et on pourra se passer de mes services. J'y ai déjà pensé, figure-toi. Natassale préférera toujours deux chimistes à la place d'un seul. Ça lui permettra de doubler les cadences.

Abigail fulminait. S'évader, c'était le devoir premier de tout prisonnier. Peut-être Vertigo n'en avait-il plus la force ? Ou l'envie ?

Elle ramassa leurs écuelles et attendit qu'il l'accompagne pour gagner la pierre à eau. Depuis le temps, elle s'était habituée à la chaîne qui les attachait l'un à l'autre. Ses trois mètres leur permettaient de dormir sur des paillasses séparées, mais pas de bouger dans la pièce. Aujourd'hui, c'était son tour de vaisselle. Leur vie de prisonniers était réglée comme du papier à musique.

— Je partirai la nuit prochaine, avec ou sans toi. Tu comprends ?

— Tu es prête à m'abandonner ici tout seul ?

Abigail n'en revenait pas. Depuis des semaines qu'elle côtoyait Vertigo, elle ne savait toujours pas où ranger l'animal. Était-il sain d'esprit, comme la conversation présente pouvait le laisser croire, ou complètement à la masse ?

— Tu ne peux pas être un peu sérieux ? Tu crois que…

Elle n'acheva pas sa phrase. Assis sur une cantine militaire, son compagnon d'infortune faisait tournoyer la chaîne qu'il venait de retirer de sa cheville et la fixait d'un air tranquille.

RDC, province du Nord-Kivu, base militaire désaffectée

Au sortir de l'infirmerie où l'on s'était contenté de désinfecter et de panser sa main blessée, puisqu'il refusait qu'on la lui plâtre, Julian Stark se dirigea vers le bâtiment, où les Services extérieurs avaient installé leur PC de télécommunications, et demanda l'autorisation de passer un coup de fil à une détenue incarcérée en QHS, dans la région parisienne. Le temps que sa demande suive la chaîne de commandement, il s'installa à un bureau vacant et laissa vagabonder ses pensées.

Avec la douleur physique, la colère avait disparu. Ne subsistaient en lui qu'un fond d'amertume et la certitude que tous ces hommes qui s'agitaient ici à Goma, à Paris et dans les capitales européennes n'avaient pas encore pris la mesure de leur adversaire. Pour tenir le coup et conduire les investigations avec succès, Julian savait qu'il devait s'en tenir à sa conduite habituelle. Garder l'image de Charlie, souriante et gaie, dans un coin de son cœur, ne l'évoquer qu'en cas de besoin, et rester concentré sur sa cible : Morgan Scali.

Les rapports de garde à vue avaient démontré que les 12-10 ne le considéraient pas seulement comme un chef. Pour la plupart, il était un dieu vivant, digne de tous les sacrifices. Pas un des suspects interrogés, même durement, n'avait laissé échapper une information autre que celle qu'il était autorisé à donner.

Cet homme est à la fois un idéaliste et un génie criminel.

L'étude du discours de Morgan Scali constituait, aux yeux de Julian, l'aspect le plus troublant de son enquête. Pouvait-on réellement reprocher à cet individu d'avoir fait, en dernier recours, le choix des armes ? Aurait-on emprisonné Gandhi, s'il avait soulevé une armée ?

Tu ne tiens pas debout sans tes illusions !

Gandhi n'avait jamais basculé dans la violence. Et il y avait longtemps que les peuples n'imposaient plus leur volonté que sur des sujets secondaires.

Sa proximité avec celui qui affichait par ailleurs un visage d'assassin était d'autant plus grande que Julian avait joué un rôle déterminant dans le destin de celui-ci. Il pouvait se fracturer les os contre un mur, briser menu son autre main, il n'en demeurait pas moins que la jeune 12-10 avait dit la vérité : c'est bien lui qui avait eu l'idée de proposer à la direction du parc des Virunga d'accueillir Morgan Scali sur son sol, douze ans plus tôt.

Précisément là où tout a commencé.

— Capitaine Stark ? Votre correspondant est en ligne.

Julian inspira un grand coup avant d'attraper le combiné.

À dix mille kilomètres de là, une voix féminine, aux accents inquiets, s'éleva.

— Tu l'as retrouvée ?

— Pas encore. Mais elle était sur place. Visiblement, elle prépare quelque chose de grave. Si tu as une info, n'importe laquelle, c'est le moment de parler.

— C'est pour ça que tu appelles ?

— Non, j'appelle pour que tu m'aides à empêcher notre fille de commettre l'irréparable. J'ai retrouvé sa trace en RDC, dans le parc des Virunga.

— Où ?

— Un ancien camp rebelle, au pied d'une falaise. J'ai mis deux heures à comprendre que c'est là-bas que tu étais retenue en 2016. *La Marseillaise* sur les murs, c'est bien toi, non ? À moins que ce ne soit Goebbels ?

— Je ne comprends rien à ce que tu dis, Julian.

— Peu importe, je suis certain que Scali est planqué quelque part dans la montagne. Dis-moi où. C'est important. La date anniversaire des attaques approche, le sommet de l'eau est dans trois mois.

— J'ignore de quoi tu parles.

— Je crois que tu n'as pas compris, s'agaça Julian. Ton putain de prophète est en train d'instrumentaliser Charlie pour s'attaquer à des gosses ! C'est vraiment ce que tu souhaites ? Qu'elle finisse comme toi ? Sans jamais revoir la lumière du jour ?

— Si tu veux des informations, viens me parler en face.

Le bip signalant la fin de la communication retentit, et Julian raccrocha le combiné au moment même où Sookie Castel déboula dans le bureau.

— Tu dois m'informer de tes coups de fil au docteur Stedman ! On bosse ensemble.

— On bosse ensemble, ou t'es là pour me chier dans les bottes ? C'est la mère de ma fille, merde !

— Tu devrais lever le pied sinon tu vas finir chèvre. Ou en miettes, au choix, acheva-t-elle en désignant son bandage.

Julian laissa échapper un petit rire.

— Ce n'est pas la première fois que je défonce un mur avec le poing. Sauf que là, il était un peu en béton, le mur. Et mon discernement n'est pas entamé, si c'est ce que tu crains.

— Écoute, reprit-elle d'une voix adoucie. On m'a chargée de t'évaluer. Et tu n'es pas apte à poursuivre l'enquête.

— Arrête tes conneries, j'ai pas fini le boulot ! Y a des galeries inondées dans la montagne, je suis sûr qu'il se planque quelque part et se délecte de nous voir tourner en bourrique ! Il a toujours fait ça ! C'est son truc.

— Non, Julian.

— Vorchek t'a envoyée ici pour faire le sale boulot, c'est ça ? Stark est assez bon pour identifier le suspect, pas pour l'appréhender !

— Disons qu'il s'inquiète pour toi.

— Il peut m'appeler.

— Il ne s'agit pas de ça. Mais des raisons qui t'ont poussé à intercéder auprès du parc des Virunga en faveur de Morgan Scali.

— C'est dans mon rapport. Je l'ai aidé à sortir du Bataclan, le soir du 13 novembre 2015. J'ai lu plus tard, dans un article consacré aux victimes, que l'Afrique, c'était leur rêve à sa femme et lui. J'ai simplement voulu l'aider. Tu ne vas pas aussi m'accuser d'être responsable de tout ce bordel !

— Qu'est-ce qui s'est vraiment passé entre vous ?

— Rien de plus que ce qui figure dans mon rapport.

— Très bien, Julian ! Garde tes petits secrets pour toi, si ça te chante. Quoi qu'il en soit, je n'étais déjà pas très favorable au vu de tes antécédents communs avec Scali, mais ce que tu as fait ces derniers mois, c'est tordu. C'est à se demander si c'est après ta fille que tu cours ou après lui.

Sans doute Julian avait-il franchi le Rubicon, ce jour où il avait vidé le garde-meuble du terroriste, et entreposé son mobilier dans un ancien atelier de menuisier. Là, à l'abri des regards, il avait mis des mois à reconstituer une partie de son appartement, salon, bureau et chambre des parents, en se basant sur des photos de famille, des témoignages de voisins et amis, etc. Il avait fini par s'y installer, si bien qu'aujourd'hui, le policier ne faisait plus la différence entre ses effets personnels et ceux du terroriste. Ce besoin inavouable de se glisser dans la peau de son ennemi, Julian l'avait gardé pour lui, mais cela lui avait tout de même permis de découvrir sur les registres informatiques de la société de gardiennage que Morgan Scali avait récupéré quelque chose dans ses affaires le 1er octobre 2025, à un moment où toutes les polices de France le recherchaient. Julian aurait payé cher pour savoir ce qui avait poussé Scali à courir un risque pareil.

Par réflexe, le policier porta sa main au pendentif d'ambre qu'il portait autour du cou. Plusieurs fois il avait tenté de se débarrasser de ce bijou, récupéré dans les affaires de Morgan Scali, sans jamais y parvenir.

— Je rentre quand ?

— Demain. Je suis désolée, Julian.

— Tu seras désolée quand Scali aura mis ses menaces à exécution.

— Comment veux-tu que je donne un avis favorable, alors que tu appelles ton ex-femme dans mon dos et que tu lui donnes des infos classées ? Comment veux-tu que je te fasse confiance pour couvrir mes arrières, alors que tu es incapable de m'assurer que tu traiteras Charlie comme n'importe quelle terroriste, si tu es amené à l'interpeller ? Morgan Scali est un trop gros poisson pour qu'on risque de le prendre avec une épuisette !

RDC, province du Nord-Kivu, camp des rebelles watu

Le visage noirci au cosmétique de camouflage, Novak Anticevic marchait en tête du groupe d'hommes, huit, comme à l'armée, à ce point concentré qu'il ne réfléchissait plus. Comme toujours, il avait placé dans la balance les bénéfices possibles et les désavantages, voire les désagréments de son entreprise, avant de prendre une décision. Le fait que des types comme Eliah Daza et Laurent Mukena deviennent ses débiteurs n'avait pas de prix. Pourtant, c'était gonflé d'attaquer le camp de Natassale, même si, d'après ses sources, le seigneur de guerre et ses meilleurs hommes profitaient des festivités du jour pour faire une razzia à Goma.

Ce n'est pas plus gonflé que de s'en remettre à l'habileté du Français.

À deux mille mètres de là, planqué dans un Hummer de la Gold, Morgan Scali était censé assurer leurs arrières, les yeux rivés sur les images que lui renvoyait la caméra thermique d'un drone positionné en vol stationnaire, trois cents mètres au-dessus de leurs têtes.

Le village de Natassale comptait une cinquantaine de baraques, dont certaines étaient construites sur pilotis, et de tentes disséminées sous le couvert de la forêt.

On ne pouvait pas appeler « chemins » les tracés creusés d'ornières qui sinuaient entre les abris, pas plus qu'il n'était possible de situer avec certitude l'endroit où était séquestrée le docteur Stedman. En clair, même s'il avait déjà visité le village, Novak savait peu de choses, ce qui rendait précieuses les informations fournies en temps réel par Morgan Scali, qui lui offrait une vue parfaite de la situation en permanence, *via* un intercom.

« Faucon à groupe leader. Ennemi à 2 heures ! Quatre cents mètres, binôme en approche. »

On dirait qu'il a fait ça toute sa vie.

Comme un seul homme, la colonne de mercenaires s'écarta du chemin et disparut dans la végétation. Deux enfants patrouillaient en limite du camp, armés chacun d'un Famas. Ils longèrent les ornières, ignorant les hommes tapis derrière les lianes, et s'éloignèrent en fumant des cigarettes de contrebande.

« Faucon à groupe leader, la voie est libre.

— Bien reçu, Faucon. »

Dans cette opération, Novak avait veillé à ce que le Français ne risque rien de plus que ces militaires qui bombardent leur objectif à dix mille kilomètres de distance, assis dans des fauteuils de bureau. Mais trois de ses appareils embarqueraient des explosifs censés faire diversion, et en cas de dommage collatéral, il endosserait sa part. Ce qu'il avait accepté sans broncher.

Il émanait de Morgan Scali une force et une intelligence peu communes, mêlées à une générosité et une spontanéité presque enfantines, si bien que Novak, plutôt prompt à jauger ses interlocuteurs, était incapable de juger l'homme. Pour quelle raison ce père de famille s'était-il établi ici avec ses mômes ? Il avait inévitablement entendu parler des enfants-soldats, des diamants de sang, des rebelles et de leurs actes de barbarie. Était-il exalté de nature ou lui manquait-il une case ?

« Faucon à groupe leader, construction isolée à 11 heures. À trois cents mètres à l'écart. Deux gardes. »

Bingo.

Par gestes, Novak ordonna à ses hommes de ralentir la cadence, avant de se déployer. Tous franchirent les lignes ennemies avec prudence, traquant les pièges, même s'ils soupçonnaient Natassale de compter sur la terreur qu'il inspirait pour tuer dans l'œuf toute idée d'agression.

— Leader en place, annonça-t-il dans le micro de son intercom.

À cette distance, Novak distinguait un attroupement près d'un feu de camp. Les hommes parlaient fort et les rires des femmes glissaient en cascade. Dans ces éclats de voix coulait beaucoup d'alcool.

Une poignée de minutes plus tard, les trois autres binômes du dispositif annoncèrent qu'ils avaient rejoint leur position. Novak et Gale pénétrèrent à leur tour dans le campement, en suivant les indications données par Morgan. Éviter les enclos à bestiaux, les chèvres en particulier, et les poulaillers. Sans compter les chiens. Les animaux étaient de loin plus vigilants que des humains alcoolisés.

Les deux hommes se cachèrent derrière une carriole remplie de fourrage, et Novak en profita pour analyser la situation. Deux foyers sur la droite, trois sur la gauche, des dizaines d'hommes autour. Face à eux, plusieurs bâtiments. Pas de bruit dans cette direction. Novak fit signe à Gale de rester immobile, puis se glissa entre deux constructions, malgré l'odeur pestilentielle, un mélange de poisson séché et d'excréments. C'était l'unique chemin pour s'éloigner des feux. De l'autre côté, il trouva l'abri d'un pick-up Toyota. Des cris montaient d'une case voisine, des femmes s'engueulaient pour une histoire de gel douche.

« Largage effectué, annonça Morgan, dans son oreillette. Décompte soixante secondes.

— Bien reçu, Faucon. »

Au moment où Gale le rejoignait, il y eut un bruit de fermeture Éclair, puis un jet de liquide chaud les éclaboussa. Un gamin pissait sur eux, perché sur la benne du 4 × 4.

Eddie, un des chiards préférés de Natassale.

D'un bond, Novak l'attrapa à la gorge et le fit chuter dans la terre détrempée, le neutralisant d'une clé de bras. Sa victime se débattit en vain, continuant d'uriner sur lui.

— Dis-moi où est la femme blanche, exigea Novak. Dis-le-moi et je te laisse repartir.

Les yeux du gamin roulèrent de colère et de peur.

— Parle ! Où est Abigail Stedman ? Où est ton daktari ?

Au même moment, une explosion retentit du côté des champs de cannabis et du dépôt de carburant, où les drones du Français avaient déposé des charges.

La réaction fut immédiate. Les dizaines d'hommes qui s'enivraient autour des feux se précipitèrent vers les lieux stratégiques du camp, armes en main. Il y eut des tirs au hasard dans les arbres, des cris, des ordres contraires, aboyés dans l'affolement, et la forêt tout entière s'illumina dans le faisceau des spots fixés sur les branches.

Aveuglés, Novak et Gale eurent tout juste le temps d'empoigner le gosse et de se glisser sous le plancher d'une baraque, dans la puanteur de l'égout à ciel ouvert, avant qu'une demi-douzaine de rebelles n'investissent le pick-up.

Une force incroyable chahutait le corps d'Eddie, et Novak lutta pour le contraindre, enfonçant sa tête dans la fange. Il ne fallait pas que cet enfant les trahisse. Pas le choix, sinon, c'en serait fini de la vie de mercenaire sur l'équateur, les intérêts de la Gold Petroleum seraient remis en question pour des années, laissant le champ libre à la concurrence, et l'avenir de Novak... Sur l'instant, il ne pensa pas à sa propre mort. Ses hommes le protégeaient, et Gale avait une réputation d'exterminateur. Non, rien ne pouvait vraiment l'atteindre. L'avenir serait radieux. Quand le pétrole jaillirait près des rives du lac Édouard, ils toucheraient une prime qui les mettrait à jamais à l'abri du besoin.

Pas le choix.

Les ruades faiblirent peu à peu, il y eut encore des spasmes. Et plus rien.

Des tirs en rafales résonnaient dans la forêt, faisant hurler les singes et les oiseaux, et des véhicules démarraient, emportant les troupes de Natassale vers un ennemi imaginaire. Les leurres du Français fonctionnaient à merveille.

Conscient qu'il devrait à jamais enfouir cet instant, comme il avait enfoui le visage d'Eddie dans la boue, Novak se redressa et repoussa son cadavre.

Ce n'était plus un môme.

Lorsqu'il eut repris son souffle, il parla dans l'intercom.

— Leader à Faucon, on se dirige vers le nid de guêpes. Extraction de la reine imminente.

« Bien reçu, leader. Ça bouge dans tous les sens. Contournez les bâtiments sur votre droite, il y a du monde de l'autre côté. C'est dégagé derrière. Deux ouvrières à l'entrée. »

De nouveau, des détonations retentirent, suivies de tirs d'armes automatiques. À présent, plus personne ne se trouvait entre Novak et la construction cible, en dehors des vigiles qui attendaient, arme au poing, et criaient dans la nuit appelant du renfort.

— Laisse-les-moi, demanda Gale, l'œil rivé à son viseur.

Vingt secondes plus tard, Novak explosait la serrure de fortune à coups de crosse, et tirait la porte de la cabane en torchis.

Avant même qu'il ait eu le temps de réagir, un molosse écumant de bave happait son bras, tandis qu'un second lui sautait à la gorge.

Environs du camp des rebelles watu

« Gale ! Fume-le ! »

En entendant les hurlements dans l'intercom, Morgan Scali comprit qu'il avait, sans le vouloir, dirigé Novak droit dans un piège. Il choisit pourtant de ne pas alerter Laurent Mukena, posté aux abords du véhicule pour assurer sa protection, et retint son souffle, les yeux rivés sur ses écrans où les silhouettes orangées de

Novak et de Gale s'agitaient. Il s'autorisa un soupir de soulagement quand la voix du mercenaire retentit à nouveau, haletante :

« Leader à Faucon. Besoin de soutien. On dégage ! »

À cette altitude, la nuit resplendissait, minérale, organique, remplie des cris d'animaux. Au-dessus des colosses de la forêt primaire, une voûte incroyable scintillait dans l'air humide et frais.

Jamais Morgan n'avait été plus concentré qu'en cet instant où plusieurs vies humaines dépendaient de son adresse. *On va la perdre.*

Les hommes de la Gold se repliaient les uns après les autres. Pour la première fois depuis qu'il avait décidé l'opération, il envisagea qu'Abigail Stedman avait pu être déplacée ou tuée, et l'idée le bouleversa.

N'abandonne pas, Scali. Ne la lâche pas.

Sur une impulsion, il dérouta l'un de ses drones de son plan de vol et l'envoya en direction de la falaise. L'appareil se faufila entre les branches d'un arbre gigantesque et s'approcha du sol, zigzagua au milieu d'obstacles invisibles pour l'œil humain, ralentit lorsque apparurent les premiers véhicules rebelles, et fila à distance des limites du campement. Tout en surveillant la retraite de Novak, Morgan explora la zone forestière qui bordait la falaise. Après quelques instants, il repéra deux silhouettes venues de nulle part, qui disparurent aussi vite qu'elles avaient surgi.

Il manœuvra avec habileté pour stabiliser l'appareil à basse altitude, pendant que la caméra thermique balayait la zone à trois cent soixante degrés. Plusieurs points orangés, si ténus qu'ils étaient à peine visibles, se matérialisèrent alors sur l'écran.

Des puits de ventilation...

Aussitôt, Morgan impulsa à son drone un trajet parallèle à la falaise. Ce fut alors qu'il distingua le contour orangé d'une porte taillée dans son flanc.

— Laurent ? appela-t-il sans quitter ses écrans des yeux. J'ai trouvé l'endroit où ils cachent le docteur Stedman.

Équipé d'un dispositif de vision nocturne, le Ranger s'installa au volant et mit le contact.

— Montre-moi où.

— Dans la montagne, indiqua-t-il en désignant l'image du drone resté en vol stationnaire. Je suis quasi sûr qu'elle et un autre otage profitent de la confusion pour s'échapper.

— Où ?

— Je les ai perdus juste après qu'ils sont sortis.

— Ils se sont planqués sous terre. C'est truffé de galeries là-bas. Tu vois Novak et ses hommes ?

— Ils se replient à l'autre bout du camp. Et une trentaine de rebelles arrivent dans notre direction. On tente le coup ?

— On tente le coup. Y aura pas de deuxième chance pour le doc.

Cette fois, Morgan sentit l'adrénaline se déverser dans ses veines. En maintenant avec peine l'ordinateur sur ses genoux, tant la voiture bringuebalait sur la piste, il joignit Novak pour lui faire part de la situation.

« Si c'est pas un labo clandé, je bouffe un balai ! Joli coup, Faucon. »

Ignorant le compliment, Morgan expédia deux drones dont les batteries s'épuisaient, vers une ligne de crêtes où ils se poseraient hors des sentiers. Puis il vérifia l'autonomie du troisième.

Quelques minutes au plus, ce serait juste.

Sur ses écrans, la bataille entre les hommes de Novak et ceux de Natassale faisait rage, et la poudre enflammée sortant des canons laissait des traces fugaces. Avant que le Hummer n'arrive en vue de l'objectif, une dizaine de silhouettes jaillirent du sol et des phares installés dans les arbres illuminèrent la forêt, obligeant Morgan à commuter le mode de prise de vue. Pendant une poignée de secondes, il assista aux échanges de tirs, vit les rebelles tomber les uns après les autres, et les mercenaires disparaître dans la montagne, puis le drone à court d'énergie se posa. Il comprit alors que les hommes de Novak n'étaient pas au bon endroit.

— Ils se sont plantés ! hurla-t-il.

Le Hummer s'immobilisa à moins de cent mètres de la zone éclairée. Morgan jaillit du véhicule et se rua vers un des types de la Gold, dont le fusil était braqué en direction du campement des rebelles.

— Elle s'est enfuie par là !

Sans attendre, il s'élança vers la forêt, trébuchant sur des cadavres, jusqu'à l'entrée d'une galerie souterraine, dont la porte entrouverte révéla un visage affolé, auréolé de cheveux blonds, avant de se fermer.

Gaëlle !

Pétrifié, Morgan s'immobilisa. Les phares éclaboussaient la terre, et il vit les corps déchiquetés et les visages arrachés, tout autour de lui.

— Non, non, non, non… pas encore !

Le temps se suspendit. Ses jambes se dérobèrent, puis il s'écroula à côté du cadavre criblé de balles d'un gamin dont les petites mains serraient la crosse de la Kalachnikov calée contre son flanc.

La vue de cette arme vrilla un peu plus les perceptions de Morgan.

La lumière disparut et, à la place du vent dans les feuillages, il entendit les hurlements de la foule, prisonnière de la salle de spectacle, et le claquement des fusils d'assaut. La scène désertée par le chanteur et les musiciens se trouvait sur sa droite, les issues de secours en face et sur la gauche. Et Gaëlle hurlait à ses côtés, lui serrant la main si fort qu'il avait l'impression qu'elle se confondait avec la sienne. Il fallait qu'elle hurle. Elle était toujours vivante et son hurlement l'incarnait.

— Viens, on court !

Morgan voulut l'emporter loin de là, inverser le flot de ses souvenirs, mais la peur envahit la foule, et la foule, telle une vague furieuse, lui arracha Gaëlle. Il se retrouva dans la ruelle, seul, alors que tout autour et au-dessus de lui, suspendus aux fenêtres, des gens ensanglantés, des gens sans tête et sans mains hurlaient, rampaient ou couraient vers le boulevard. À nouveau, il voulut retourner dans la salle, affronter les assassins, ne pas comprendre encore une fois, plus tard, qu'il aurait pu la sauver en y allant…

L'amour était plus fort que la mort, plus fort que la vie, et plus fort que les balles de 9 mm parabellum.

— Non ! Tu n'es pas morte !

Loin de Paris et de ce 13 novembre, Morgan hurlait au beau milieu de la forêt congolaise, médusé devant le cadavre d'un enfant soldat.

— Scali, debout !

La voix le galvanisa. Il se redressa pour arracher le fusil d'assaut des mains du gosse et le jeter au loin, quand une poigne robuste s'abattit sur son épaule.

— Dégagez !

C'était encore le flic, toujours ce même flic qui voulait l'empêcher de retourner dans la salle de spectacle pour sauver Gaëlle.

— Fous-moi la paix, tête de nœud ! Je dois y aller, ma femme est restée dedans, tu m'entends, elle est blessée !

— Non, vous n'y retournez pas. Laissez travailler les collègues.

Morgan envoya valdinguer le flic dont le visage livide trahissait la peur. Des détonations claquaient de tous les côtés, mais lui ne craignait rien. Là-bas à quelques mètres, son amour agonisait.

— Gaëlle ! hurla-t-il en fouillant la boue jonchée de cadavres. Gaëlle !

De nouveau, des mains l'empoignèrent, et il se retrouva nez à nez avec le canon d'un pistolet.

— Je t'ai dit que je veux chercher ma femme. Qu'est-ce que ça peut te foutre que j'y aille ?

— Laisse-moi faire mon boulot, merde !

— Quoi, tu vas me tirer dessus ?

La voix du flic partit dans les aigus.

— Fais pas chier !

— Connard ! hurla Morgan. T'es mort !

Il envoya son poing vers le visage du flic, qui esquiva et le sonna d'un coup de crosse contre la tempe. La douleur le jeta sur les corps enchevêtrés.

— Laissez-moi chercher ma femme !

Morgan hurlait encore quand trois policiers le traînèrent vers le boulevard. Il avait manqué à son devoir. Gaëlle était vivante, à moins de cent mètres, seule au milieu des morts du 13. Seule à tout jamais alors qu'on le jetait comme un chien à l'arrière d'une voiture de patrouille. Ils avaient eu la chance de vivre vingt ans d'amour à fond la caisse, deux enfants magnifiques. Comment allait-il leur dire que pendant qu'ils mangeaient une pizza en se marrant devant leur film préféré, leur maman avait été assassinée ?

— Non, je veux pas, gémit-il.

Dans un dernier effort sur lui-même, il rua et parvint à attraper le flic par le bras. Il voulait le broyer, le tuer, plusieurs fois si possible. De sa vie, Morgan n'avait jamais vraiment souhaité de mal à quiconque, pourtant ce soir, demain, et chaque jour que durerait sa vie sans Gaëlle, il désirerait la mort de ce flic.

— Oh, réveil, mon vieux ! On ne va pas tous y passer parce que vous pétez les plombs, alors vous vous ressaisissez ou on vous abandonne sur place !

La voix de Novak Anticevic, plus la paire de gifles sévères qu'il lui flanqua, ramenèrent Morgan à la réalité. Les réverbères parisiens, la ruelle, le boulevard, les lueurs bleues et orange des gyrophares s'évanouirent au profit de la végétation luxuriante de la forêt primaire. Il vit la jeune femme blonde entraperçue un peu plus tôt, encadrée par deux mercenaires, comprit qu'il s'agissait d'Abigail Stedman et non de Gaëlle ; il y avait aussi un homme plus âgé, vêtu d'une combinaison orange. Morgan se souvint alors où il était et la réalité s'imposa, atroce.

— Balancez-le dans la bagnole.

Cette fois, il ne trouva plus d'échappatoire.

Sa femme était morte là-bas, à Paris, dans cette salle de concert où ils fêtaient l'amour, la vie, ou peut-être même rien. Il ne la reverrait plus jamais.

Alors que le véhicule fonçait à toute allure sur la piste déglinguée, Morgan chercha comment mourir à son tour. Mais il ne crut pas lui-même à cette nouvelle fable. Rien ne viendrait le délivrer de sa souffrance. Il lui faudrait apprendre à vivre avec cette abomination. Et trouver pour ce monde le bel accomplissement dont Gaëlle rêvait pour sa famille. Mais sans elle.

2016 **2028**

16 mars

RDC, province du Nord-Kivu, ancien camp des rebelles watu

Le boyau noyé par les eaux de ruissellement se coudait pour s'enfoncer en pente douce dans les entrailles de la montagne. Émergeait-il quelque part ? Si oui, à quelle distance ? C'était toute la question.

Julian Stark abandonna la perche avec laquelle il avait sondé le passage et avança dans l'eau glacée. Il s'arrêta à l'endroit où la voûte disparaissait pour vérifier le nœud de la corde attachée à sa cheville, puis il prit une profonde inspiration et s'immergea. En deux mouvements de brasse, il atteignit le premier virage et poursuivit son exploration.

Il nagerait quarante-cinq secondes dans un sens, pas plus, mu par un seul objectif : débusquer la planque de Morgan Scali avant de quitter l'Afrique. Il en était certain, jamais celui-ci n'aurait partagé l'un des dortoirs communs. Ce solitaire aimait bien trop s'isoler pour écouter pendant des heures, des jours même, les conversations illégalement enregistrées. Or, le campement de la falaise, tel qu'il avait été exploré par les autorités, n'offrait pas un tel endroit.

Bien sûr, il aurait dû informer Sookie de ses intentions. Il était viré, alors à quoi bon ?

Un coup d'œil sur sa montre lui indiqua que, porté par ses pensées, il avait nagé trop loin pour faire demi-tour.

Va-t-il falloir que l'on entasse six mille cadavres d'enfants devant vos portes pour que vous réagissiez enfin ?

L'évocation d'un monceau de petits corps lui donna la force nécessaire pour atteindre l'autre rive.

Jamais en s'emplissant, ses poumons ne lui avaient prodigué une telle sensation de bien-être, quand il émergea, ruisselant, frigorifié et heureux d'avoir surmonté l'épreuve. Après avoir accroché sa ligne de vie à une saillie de la roche, il suivit le lit asséché d'une rivière souterraine qui le déposa à l'orée d'une cavité naturelle où le rayon de sa lampe se perdait. Sur sa droite, d'énormes blocs de roche s'étaient effondrés, et derrière l'un d'eux, montait une lumière grise.

Bingo.

La déception le frappa de plein fouet, lorsque, après s'être frayé un chemin à travers les éboulis, Julian comprit que l'ouverture espérée n'était qu'une déchirure béante dans la roche, à flanc de falaise, surplombant la forêt d'une centaine de mètres, inaccessible.

Bientôt il ferait nuit, et le policier s'aperçut qu'il explorait les entrailles de la montagne depuis des heures. Pourtant, sa torche braquée devant lui, il poursuivit l'examen de la grande salle et finit par dénicher des traces de pieds nus, juste en dessous d'une étroite faille où étaient fixés des points d'accroche qui se perdaient dans les hauteurs.

Cette fois je te tiens.

Julian se hissa le long de la paroi abrupte jusqu'à un surplomb naturel où il put reprendre son souffle et évaluer la situation. Deux possibilités s'offraient à lui : suivre la saillie ou partir dans la direction opposée qui, selon sa boussole, le rapprocherait de la salle de commandement. Il opta pour la seconde, et s'en félicita en constatant que le surplomb se transformait en un étroit corridor creusé de main d'homme, d'où émanait une pâle lueur artificielle. Julian éteignit sa lampe et avança, son arme braquée.

La lueur gagna en intensité et, bientôt, le policier déboucha sur le seuil d'une pièce qui évoquait une cellule de moine : un lit creusé dans le roc d'un côté, une pierre à eau, et de l'autre, des rayonnages de livres, un stock de conserves, des bouteilles d'eau. Sur un mur, des écrans plats diffusaient des images de la salle où Sookie et des analystes visionnaient des archives.

Et surtout, assis face au mur opposé à l'entrée, un homme à la chevelure blanche, coiffé d'un casque audio, paraissait absorbé par l'écoute d'une bande-son. Il était torse nu. Ses omoplates saillaient sous sa peau et ses vertèbres se découpaient avec crudité.

Pas une seconde, la vision de cette silhouette amaigrie aux cheveux longs et à la peau crasseuse n'apitoya Julian. Dans son esprit s'imposait une tout autre histoire que celle d'un homme au bout du rouleau : Morgan Scali était une araignée tapie au centre de sa toile, attendant patiemment sa proie. En l'occurrence, lui.

Un discret pas de côté lui permit de voir que le terroriste utilisait un ordinateur ultraportable de type militaire, logé dans une pochette destinée à faciliter son transport. À côté se trouvait une photo où Charlie figurait entre lui et son fils, Milan. Tous les trois s'enlaçaient comme les membres intimes d'une même famille.

Cette vision faillit avoir raison de Julian, dont l'index flirta dangereusement avec la queue de détente de son arme.

Calme-toi, neutralise-le et va chercher de l'aide.

Lentement, il inspira, s'approcha à pas de loup, le regard rivé sur la nuque de sa cible. Son bras n'hésita pas lorsqu'il lui assena un violent coup de crosse.

Ce ne fut qu'après avoir ligoté son prisonnier avec les câbles d'alimentation des moniteurs et vérifié trois fois les nœuds, que Julian récupéra la photo de Charlie. Puis, il s'assit dos contre le mur et laissa libre cours à ses larmes.

Pièce à conviction N° 025XXX154TG
Lettre non datée rédigée par Milan Scali, retrouvée dans l'ancien camp des rebelles watu, le 17 mars 2028, par Julian Stark.

Charlie,

Tu voulais que je te parle de ce soir-là, j'ai préféré l'écrire.

Après le film, Shana est allée se coucher, et moi j'ai traîné devant la télé, pour regarder le foot. C'est en zappant à la coupure pub que j'ai compris ce qu'étaient les bruits qu'on avait entendus pendant le match. Des explosions à l'extérieur du Stade de France. Il y avait des dizaines de milliers de personnes confinées à l'intérieur, et tout se déroulait comme si de rien n'était. Je me souviens de m'être agacé, pensant que ce n'était pas normal et qu'ils avaient le droit de savoir.

Mais je me suis vite désintéressé de la question, parce que, sur les chaînes d'infos, ils rapportaient des scènes de guerre en plein Paris. J'ai tout de suite eu la boule au ventre. Au début, on n'a pas eu d'images en direct, mais ils racontaient que des types tiraient sur les gens aux terrasses des cafés, et que c'était l'enfer. Et puis, ils ont cité le Bataclan, et alors j'ai su que plus rien ne serait jamais comme avant. Sophie, la voisine du dessus, est descendue dans la foulée. Elle était l'une des rares célibataires de l'immeuble, et je crois qu'elle adorait mes parents parce qu'ils lui montraient que l'amour avec un grand A était possible. C'est vrai que plus ils vieillissaient, plus ils s'aimaient. Je dis ça aujourd'hui, avec le recul et parce que je tiens à toi, et qu'à mon tour je peux comprendre combien leur lien était précieux. Toujours est-il que Morgan et Gaëlle Scali n'étaient pas n'importe qui dans l'immeuble, ni même dans le quartier. Ma mère adorait chanter, crier, danser, se comportait comme une Latine, et mon père la couvait du regard. Quand le téléphone a sonné, il était 1 heure du matin, le 14 novembre 2015. Mon père était sorti de la salle de spectacle, il ne savait pas où était ma mère, et moi, je me souviens de lui avoir dit à ce moment-là : « Au moins, un de vous est vivant. » Il n'a pas mentionné une seule fois le nom de ton père, ou ce qui s'est passé entre eux ce soir-là ni durant tout le week-end, d'ailleurs. Il a arpenté chaque service qui avait pris en charge des victimes des attentats. Et dans ces hôpitaux, personne n'était fichu de donner une liste

nominative des vivants ou des morts. Il est même allé à l'Institut médico-légal de Paris, où un factionnaire lui a répondu qu'il n'était pas là pour renseigner les gens, mais pour filtrer les entrées. Pendant ces deux jours, mon père est juste passé à l'appart pour nous embrasser et nous demander de ne pas perdre espoir, le visage gris de fatigue. Alors on a fait ce que les gosses font en pareil cas, on s'est raconté des histoires. On s'accrochait à n'importe quelle idée. Notre mère avait dû être opérée dans un de ces fichus hostos, elle se trouvait en salle de réveil, ou trop dans le coaltar pour parler, et c'est pour cette raison qu'elle ne pouvait pas nous prévenir. Elle rentrerait bientôt, c'était certain, et on se scotcherait à elle si fort qu'elle implorerait qu'on la laisse respirer.
La nouvelle est tombée le lundi 16 novembre.
Elle reposait à l'Institut médico-légal depuis le samedi. Papa avait couru pour rien, et nous avions espéré deux jours de plus, juste pour repousser l'impensable.
Tout ce que je connaissais disparaissait. Quand je repense à cette époque, je me dis que j'ai eu la chance de connaître ce bonheur-là. Tu vois, Charlie, à toi qui me dis toujours que la famille c'est surtout une source d'emmerdes, eh bien, je te dis, pour moi, elle était tout.

Milan.

RDC, parc des Virunga, résidence des Scali

Assis sur le bord du lit, Morgan Scali fixait à s'en aveugler le soleil à travers les persiennes. Pour la première fois depuis des mois, il avait dormi d'un sommeil sans rêves. Ils étaient inutiles à présent que la vie elle-même était un cauchemar. Comment allait-il s'accommoder de la réalité ?

Demande-toi plutôt comment tu as pu imposer à tes mômes de cohabiter avec leur maman, morte depuis des mois ! Comment tu as pu les entraîner au bout du monde, pour un rêve qui n'était pas le leur !

Peut-être Shana et Milan aspiraient-ils juste à poursuivre leur vie là où ce drame immense les avait laissés ?

Il faut partir d'ici...

Shana reparlerait-elle un jour ? Et Milan ? La colère ne risquait-elle pas de le submerger ?

Partir, oublier les gorilles des montagnes et prendre soin de tes gosses !

C'était la plus sage des décisions, quitter cette Afrique où des clans d'assassins rivalisaient dans l'horreur, et rentrer en France. Pas à Paris, en province, n'importe où, mais ailleurs qu'ici.

Sa décision prise, Morgan sortit les valises du placard pour les aérer, et retira les pastilles de naphtaline. Puis il fila en direction de la cuisine, où il n'eut qu'à appuyer sur le bouton de la cafetière – Shana l'avait préparée pour lui, avant d'accompagner Milan et Daza dans l'enclos des soigneurs, où se trouvait Milna, le gorillon rescapé. Se comportait-elle ainsi avant la mort de sa maman ?

Non, tu sais bien que non.

Pendant que le café coulait, Morgan s'installa sous la pergola qui entourait la maison. Dans la forêt toute proche, le verbiage des oiseaux et le cri des singes couvraient les aboiements de Galette, dans une joyeuse cacophonie, et de puissantes odeurs de pourriture végétale se mêlaient à celle de la térébenthine, utilisée pour traiter le bois de la terrasse.

Si on n'était pas sortis ce soir-là.

Si on était restés cachés sous les morts.

Si…

Le temps des « si » ravageait le moral épuisé de Morgan.

Et si on ne s'était pas rencontrés, mon amour vivrait encore.

Dans la cuisine, la cafetière crachait ses dernières gouttes, et soudain, porté par un vent chaud, un nouveau parfum chassa celui des fleurs. Morgan reconnut Trésor de Lancôme, son trésor. Le flacon entamé avait été remisé au garde-meuble, avec les effets de Gaëlle, que Morgan ne s'était pas résolu à donner.

Arrête de l'imaginer ! Elle est morte. Tu comprends ça ? Morte !

La frontière entre le fantasme et la réalité était si ténue, et la franchir si tentante, que Morgan bascula une fois encore.

— C'est dégueulasse, ce que tu fais ! Tu crois que je n'en bave pas assez ?

— *Arrête de dire n'importe quoi, regarde-moi.*

Un immense nuage masqua le soleil, puis les oiseaux et les singes se turent. La gorge serrée, Morgan leva les yeux vers la terrasse. Appuyée contre la balustrade, Gaëlle portait la même robe légère que sur l'île d'Oléron, lors de leur rencontre. Ils avaient encore vingt ans. Et le temps devant eux.

— *Les amoureux sont les plus vulnérables*, lui dit-elle. *On le savait. La vie nous a tant donné, on ne peut pas lui en vouloir. À toi de changer les choses. Tu n'es pas obligé de subir.*

— Ils n'avaient pas le droit. J'ai essayé de me mettre à leur place, parce que c'est ce que tu aurais voulu. Je te jure que j'ai essayé. J'en suis incapable…

Les doigts de Gaëlle effleurèrent ses bras et à son contact, Morgan ressentit une décharge électrique qui le mit à genoux. Il enfouit son visage dans sa robe, s'imprégna de son odeur. Son amour était bien là, rien d'autre ne comptait plus.

— *Tu vas vivre pour nous deux. Et tu vas t'occuper des enfants.*

— Je suis là pour eux…

— *Il reste les autres, les enfants d'ici et d'ailleurs. Les enfants qui n'ont rien, les enfants victimes des hommes. Morgan, tu dois t'occuper d'eux. Je suis sûre que Shana et Milan t'aideront. Et d'autres viendront. Sois patient, tu n'as qu'à les attendre, ils arrivent.*

— Je ne veux que toi.

— *Tu sais bien que ce n'est plus possible.*

À ces mots, Morgan toucha les limites du désespoir.

— *Tout ce que nous avons connu, c'est du bonheur volé. Regarde autour de toi. Il y a tant de souffrances.*

Les paupières closes, Morgan sentit les lèvres de Gaëlle effleurer les siennes une dernière fois, ses bras le redresser, pour qu'enfin il tienne debout tout seul.

— *Promets-moi de ne jamais abandonner les enfants d'ici. De ne jamais abandonner nos rêves.*

— Je te le promets.

La chaleur du corps de sa femme disparut, et il ne bougea pas, empli du souvenir de cet instant. Son parfum flotta encore, puis un courant d'air le chassa, le remplaçant par une nouvelle fragrance.

À travers ses larmes, Morgan reconnut le docteur Stedman. La jeune femme s'avançait vers lui, les yeux brillant d'émotion.

— Je suis très heureuse de vous rencontrer enfin, déclara-t-elle en lui tendant la main. Je tenais à vous remercier pour tout ce que vous avez fait pour moi avant de partir.

Sauver Abigail Stedman avait été un immense réconfort pour Morgan. Il le comprit à cet instant. Chaque femme, chaque enfant qu'il aiderait à l'avenir, lui permettrait de racheter son impuissance à sauver Gaëlle.

Il voulut le lui dire, ne trouva pas les mots.

Alors il proposa un café à la jeune femme, qui le remercia.

— Morgan, ajouta-t-elle, nous devons parler de Shana.

— Parler de Shana ?

Saisi d'un lourd pressentiment, Morgan vit sa fille débouler dans la cuisine.

— Tu n'es pas allée voir Milna ce matin ?

— Non, papou, répondit-elle d'une voix claire. Je voulais te prévenir que je m'en vais au cimetière pour voir maman avec Abigail.

RDC, province du Nord-Kivu, base de la MONUSCO

Deux Rafale décollèrent dans un bruit de tonnerre. Posté à l'entrée du hangar ouvert sur la piste, Julian Stark les observa tandis qu'ils grimpaient droit vers le zénith, puis disparaissaient en direction du mont Stanley. Ils allaient revenir, c'était même pour les attendre que le rapatriement de Morgan Scali avait été différé de vingt-quatre heures.

À Paris, on voulait être sûr que l'ennemi public numéro un parviendrait sain et sauf à bon port. Avec huit Rafale qui se relaieraient dans les airs, une destination non communiquée, susceptible de changer à la dernière minute, les autorités n'avaient pas lésiné. Il se disait même que le Jet qui s'apprêtait à décoller rallierait l'île de la Réunion, où Scali serait transféré sur un porte-hélicoptères de la Marine nationale, voire dans un sous-marin nucléaire d'attaque. Il était clair que tout serait entrepris pour que l'Armée du 12 Octobre n'ait aucune possibilité de récupérer son chef. Pas question de manquer ce que la presse appelait déjà « le procès du siècle ».

Sookie n'avait pas tenu à escorter le prisonnier jusqu'à l'avion. « C'est ton moment », lui avait-elle dit. Depuis la veille, Julian lisait du respect dans les yeux de sa coéquipière, et un indéfectible soutien. Bien sûr, dans son rapport, parti le matin même, il n'y faisait pas figure d'enfant de chœur, mais d'homme de la situation mâtiné d'une personnalité paranoïaque, susceptible de poser problème en cas de conflit personnel. En conclusion, on aviserait le moment venu ; il serait délirant de se passer d'un élément aussi indispensable à l'enquête que le capitaine Stark.

S'il n'avait pas été parano, s'il n'avait pas glissé ses pas dans ceux de Morgan Scali, allant jusqu'à dormir dans son lit, l'aurait-il débusqué là où personne ne l'envisageait plus ?

La porte du local technique situé au fond du hangar s'ouvrit sur les hommes des Forces spéciales, qui encadraient la silhouette méconnaissable de Morgan Scali. Pour sa protection, on l'avait revêtu d'une tenue en Kevlar, coiffé d'un casque lourd, si bien qu'on ne voyait que son visage et ses mains. À ses poignets pendaient des chaînes reliées à celles qui entravaient ses chevilles. Il marchait courbé, à petits pas, frêle silhouette à côté des militaires.

Ne pas baisser la garde, se répéta Julian en leur emboîtant le pas. *La seule victoire qui vaille, c'est la dernière, quand la bête sera terrassée, et que Charlie sera rentrée à la maison.*

Attraper Morgan Scali n'était qu'une étape sur la route qui le séparait de sa fille. Restait à présent à traquer Milan en compagnie duquel Charlie était certainement. Julian n'en doutait plus, après la lecture de la lettre retrouvée dans la planque du terroriste.

— Il demande à te parler, l'informa le commandant Barville, alors que l'escorte s'immobilisait au pied de l'appareil.

Ne lui fais pas ce plaisir. Pourtant, il se ravisa et acquiesça d'un signe de tête. On lui réclamerait des comptes, et jusqu'à présent, le chef des 12-10 n'avait pas ouvert la bouche. Sur un excès d'orgueil, même le plus intelligent des salopards peut fournir une information malgré lui.

En appréciant chacun de ses pas, Julian remonta les rangs des militaires et s'arrêta devant l'homme qu'il serait allé chercher jusqu'en enfer. Lorsque leurs regards se croisèrent, il s'étonna de son propre calme intérieur.

— Je voulais que tu saches que j'ignore où elle est, annonça Morgan Scali en fixant le fragment d'ambre accroché au cou du policier.

Julian se contenta d'arracher le pendentif qu'il portait depuis des mois, pour le fourrer dans la main de Scali, qui serra ses doigts autour. Puis, d'un signe, il indiqua à Barville qu'il avait terminé, et tint à rester jusqu'à ce que le terroriste et sa garde soient montés dans l'appareil. Il resta encore, l'esprit préoccupé, tandis que l'avion décollait, puis disparaissait vers le nord derrière les collines. Enfin, il tourna les talons en direction de sa voiture. Là-bas, dans les galeries de la falaise, il y aurait peut-être un autre indice qui le conduirait à Charlie.

Ce ne fut qu'au moment de démarrer, quand le hurlement d'une sirène retentit, que Julian comprit qu'il se passait quelque chose d'inhabituel sur la base. Des hommes se mirent à courir dans tous les sens sur le tarmac, et plusieurs camions de secours jaillirent en trombe des bâtiments.

Son portable sonna.

— Julian, annonça Sookie d'une voix blanche, je suis désolée.

— Quoi ? Quoi ? Charlie ?

— Non. L'avion de Scali a été abattu. Il n'y a aucun survivant.

Naissance d’une armée

14 juillet

France, département de la Gironde, La Réole

Les mains enfoncées dans les poches de son pantalon, Vertigo remontait à pas lents l'allée centrale du cimetière de La Réole. C'était dans cette petite ville du Sud-Ouest qu'il avait grandi, là qu'adolescent il avait fantasmé son existence, et qu'adulte, il avait construit sa famille idéale. C'était bien l'unique endroit identique à son souvenir.

Otage, il n'avait eu connaissance que des informations jetées par ses geôliers, des mots lâchés pour anéantir l'homme, plus rarement une coupure de presse abandonnée avec la portion de nourriture. Libre, il avait dû réapprendre l'histoire de sa génération, or l'exercice était déroutant, vertigineux. Au cours de sa détention, de nombreux conflits avaient déplacé des millions d'individus, anéanti des villes, démis des dictateurs et créé une monstruosité nommée Daech. Trois chefs d'État s'étaient succédé en France, portant la guerre en Afrique, au Proche et Moyen-Orient ; un Noir avait été élu à la présidence des États-Unis et les tour-opérateurs organisaient des voyages bradant les maisons des victimes de la crise des *subprimes*. De « roi », l'argent avait acquis le statut de « dieu incarné ».

L'explosion d'Internet et la puissance des GAFA[1] qui enregistraient les données privées de chaque foyer dans l'insouciance quasi générale, l'avaient déstabilisé, autant que ces appareils ultramodernes faisant à la fois office de téléphone, d'appareil photo, de télévision, d'assistant personnel, de compagnon de jeu, voire de petite amie. Mais ce qui le révoltait par-dessus tout, c'était que jamais on n'avait tant pollué, malgré les progrès de la technologie, le développement des énergies renouvelables, des moteurs électriques, la miniaturisation des batteries.

Pour cet homme qui revenait de loin parce qu'il avait rêvé de changer le monde, il n'y avait plus rien à espérer de cette humanité qui consommait quatre-vingts milliards de vêtements, cent millions de voitures, et bâtissait une moyenne de sept cent mille kilomètres de routes supplémentaires par an.

Une créature incontrôlable qui veut dévorer, posséder sans jamais songer à être.

Le caveau des Mendès apparut au détour d'un bosquet de troènes, fidèle à son souvenir, une épaisse plaque de marbre blanc, surmontée d'une stèle où une vierge drapée d'un voile de pierre contemplait les visiteurs.

Respire, Paulo ! Juste un pied devant l'autre.

Vertigo fut surpris de trouver la stèle propre et égayée de fleurs fraîches. Un instant, il se figura une vieille tante qui entretenait l'endroit par fidélité. Puis, il vit le nom de son fils gravé sur le marbre, et le chagrin le saisit à la gorge.

1. Google, Amazon, Facebook, Apple.

VALENTIN MENDÈS
1994 – 2015

Il se souvint du bambin de trois ans, les bisous baveux au moment de lui dire au revoir, sans savoir qu'ils ne se reverraient jamais. Son rire et celui de sa mère, la *mémé*, la lumière qui avait dirigé la famille avec bonne humeur et fermeté.

CARMELA MENDÈS
1942 – 2015

Tout au long de ces années passées à pleurer son épouse, morte au cours de leur deuxième tentative d'évasion, Vertigo avait espéré que ses enfants s'en sortiraient, couvés par leur adorable grand-mère, et qu'à son retour, il pourrait leur raconter ce qu'il avait vécu loin d'eux.

Comment ces mômes avaient-ils grandi dans l'ignorance de ce qu'il était advenu de leurs parents ? Qu'avaient-ils compris des titres qui avaient envahi les kiosques et les écrans de télévision ?

« *Disparition mystérieuse d'un couple d'ingénieurs en Espagne.* »

« *Le Sud-Ouest pleure deux talentueux habitants de La Réole.* »

En décembre 2001, Paul et Rose Mendès, co-inventeurs d'un carburant biologique révolutionnaire, intervenaient dans le cadre d'un congrès sur les énergies d'avenir. Ils avaient déposé leurs affaires à l'hôtel en arrivant à Grenade, et on n'avait plus jamais entendu parler d'eux.

À présent, ceux qu'il aimait reposaient ici, au cimetière de La Réole. Tous sauf Lara, son aînée. Était-elle vivante ? Impossible à dire. Nul ne savait ce qu'il était advenu d'elle après qu'elle avait fui la France à l'automne 2015[1].

De la famille Mendès, il ne restait qu'une maison, nichée à trois rues de là sur les hauteurs, qui avait dû être vendue depuis. Ici non plus, rien n'avait changé. La façade, le toit en tuiles romaines, les murs en crépi, les volets clos, la balustrade à la peinture écaillée devant l'escalier du perron, le portail ajouré et même la poignée lustrée par les ans.

Au hasard, Vertigo enfonça le bouton de la sonnette.

L'attente se prolongea, quelque part un chien se mit à aboyer.

Une enveloppe dépassant de la boîte aux lettres et adressée à sa mère fit bondir son cœur. Il plongea les doigts dans la fente, et en retira un exemplaire du *Télé 7 jours* de la semaine du 9 juillet. Sur la couverture, une miss France « pas si sage que ça » lui souriait.

Se pouvait-il que là, dans la vasque de la suspension en pâte de verre, il y ait… Ses doigts fouillèrent la poussière, rencontrèrent des débris végétaux, et… oui ! La clé ! Incrédule, il observa le petit morceau de métal dans sa paume, puis il entra.

— Hé ho ? Y a quelqu'un ?

En refermant la porte, il crut défaillir. Le perroquet dans le vestibule, avec le manteau de sa mère, celui avec le col en fourrure de lapin, et le repose-parapluie, réalisé dans la douille d'un obus de Verdun. Tout y était.

Pas à pas, comme un enfant marchant dans le noir, il passa dans le salon. En dehors de quelques bibelots,

1. *W3*, Télémaque, Le Livre de Poche.

rien n'avait changé. À chaque objet étaient attachés des souvenirs répartis sur une période allant de l'enfance jusqu'à l'âge adulte. Et le plus dur restait à venir, il le sut en découvrant les photos exposées sur le bahut, dans la salle à manger.

Valentin enfant et adolescent, un beau jeune homme qu'il n'avait pas connu. Qu'il avait l'air grand et fort, son fils, dans le maillot de rugby aux couleurs du Stade réolais ! Et Lara, dans le cadre voisin, méconnaissable avec ses cheveux courts, riant aux côtés de sa *mémé Carmela*, plus ridée que seize ans auparavant, toujours aussi belle.

Maman.

Et lui avec Rose, le jour de leur mariage, Rose enceinte, Lara bébé…

Tout au long de ces années, séquestré d'abord, puis transbahuté de clan en clan, passant, au gré des ententes ou des victoires des uns sur les autres, du désert mauritanien à l'Afrique orientale pour aboutir chez Natassale, il avait survécu. Les siens étaient morts en France, dans un pays où l'on n'est pas censé mourir d'une balle dans la tête.

Le cœur brisé, Vertigo passa la journée à extraire des albums des dizaines de photos de famille et à les étaler par terre, dans le salon, puis il rassembla plusieurs objets prélevés dans la chambre de ses enfants, comme s'il se reconstituait un condensé d'univers affectif avec des peluches, des vêtements, ainsi que ses vieux vinyles, dont le fameux *Vertigo* de U2, et le casque de sa moto Suzuki ER 80, la fierté de ses seize ans, qu'il avait baptisée W3 – parce que la mobylette d'occasion qu'il s'était payée deux ans plus tôt avec son propre argent s'appelait W2, un nom dont l'origine remontait à son vélo de course, un authentique Wilier, acheté d'occasion, et dont la peinture écaillée ne laissait plus apparaître sur le cadre que la lettre W. Ce casque retrouvé dans la chambre de Valentin, ce casque qui avait protégé la tête de son fils…

Quand la douleur fut trop forte, Vertigo se mit en tête de se soûler, et fouilla les armoires. Jamais la cuisine de Carmela n'avait été aussi vide. Sur les étagères, là où les victuailles s'étaient entassées, traînaient un bocal de cornichons molossols et une demi-douzaine de bocaux de rollmops, le péché mignon de Lara. Se pouvait-il que sa fille soit vivante quelque part et entretienne la maison ?

Arrête de rêver, c'est forcément cette vieille pie de tante Germaine.

Au fond du placard sous l'évier, il trouva la réserve de tord-boyaux de son père, un alcool distillé une cinquantaine d'années plus tôt. Il n'y avait plus d'étiquette, mais une fois la pellicule de cire et le bouchon en liège retirés, le parfum du passé l'étourdit au point qu'il dut s'asseoir.

Quand il se sentit mieux, il attrapa un verre à liqueur, récupéra le *Télé 7 jours*, puis s'attabla à la place de sa mère et fixa le calendrier de la poste 2015 où deux chatons se disputaient une pelote de laine, avant de se servir un verre.

Tu bois, tu meurs.

Vertigo revenait du territoire de l'héroïne, grâce à Abigail. Il avait à peine posé un pied hors de la tombe et savait que le premier écart l'y renverrait. Disparaître était si tentant, à présent qu'il avait tout perdu.

Tu bois, tu meurs.

Seul, au milieu de ces objets familiers, il se sentit plus perdu encore qu'au pire soir de sa longue détention. La sonnerie de son portable le ramena à la réalité.

— Tu rentres bientôt, docteur Maboul ?

La petite voix de Shana Scali dans l'écouteur résonna à son oreille, aussi salvatrice qu'une bouée jetée à un homme à la mer.

— Tu veux ?

— Oui. Abi et moi, on rigole moins sans toi.

Quand il eut raccroché, Vertigo était heureux. Durant le trajet entre Goma et Paris, Shana et lui avaient joué au docteur Maboul, même si ce n'était plus de leur âge, fait des puzzles et visionné un film dans l'avion – et il avait eu le coup de foudre pour cette gamine adorable, dont le courage l'époustouflait. Et voilà qu'il sentait que l'attachement était réciproque, qu'il y avait quelqu'un, dans ce monde devenu fou, pour qui il comptait un peu. C'était bon, parce que, enfin, il avait une raison d'aller de l'avant.

Alors, il rangea les photos dans leurs boîtes et les peluches dans les placards et sur les lits, puis il griffonna « W4 » sur la pochette du 45 tours de U2, *Vertigo*, qu'il glissa sous l'oreiller de Lara, et à moins que ce soit elle qui entretienne la maison, personne ne saurait jamais que Paul Mendès était repassé par ici.

2016 **2028**

24 mars

RDC, province du Nord-Kivu, prison de Kangbai

En dehors du tintement des clés et du claquement des serrures, cet établissement n'avait aucun point commun avec ceux auxquels Julian Stark était habitué. Ici, il n'y avait pas de cellule, et quand des étrangers visitaient la prison, les détenus quittaient la cour où ils passaient le plus clair de leur temps, pour être entassés dans d'immenses dortoirs collectifs.

Encadrés par une escouade de gardiens, les deux agents, accompagnés d'un envoyé de Kinshasa, suivirent le directeur de la prison à travers plusieurs sas avant de traverser le bâtiment le plus sécurisé de l'établissement.

La veille, une demande d'entretien émanant de Natassale, un des personnages clés du passé de Morgan Scali, avait obligé Julian à repousser son vol, alors qu'il avait obtenu l'autorisation de rentrer en France pour être aux côtés de Leny, le jour des dix-neuf ans de Charlie. Il avait appelé son beau-fils, la mort dans l'âme, pour lui annoncer qu'il ne serait pas à ses côtés cette fois-ci.

Les fêtes avaient toujours gaiement ponctué la vie des Stark, avant le drame. Aujourd'hui qu'ils n'étaient plus que deux, les hommes de la famille perpétuaient la tradition et célébraient chaque anniversaire ensemble, même ceux de Vanda et de Charlie. Pour le jeune homme, l'absence de celle qui avait grandi avec lui, ajoutée à la disparition de sa mère, était insurmontable. Il se sentait coupable de sa passivité, de son aveuglement alors que Charlie se radicalisait, autant que d'avoir échoué à l'extraire de l'influence des 12-10. Tout cela expliquait pourquoi Leny s'était isolé, suivait des cours par correspondance, et ne supportait finalement que la présence de Julian au quotidien. Et jamais celui-ci ne lui avait fait faux bond, jusqu'à aujourd'hui.

Cela faisait six jours que Julian avait mis fin à la cavale du terroriste, et il ne ressentait aucun soulagement. Tant de questions resteraient sans réponses. Aucun survivant. Il en était malade. La zone du crash avait été passée au peigne fin. On avait retrouvé les corps, celui de Scali compris, et l'examen des boîtes noires indiquait une dépressurisation subite dans la phase ascensionnelle de l'appareil. Les autorités suspectaient deux causes : un explosif embarqué ou un tir de missile. Beaucoup d'hypothèses occupaient les enquêteurs, car plusieurs groupes rebelles étaient capables de tirer avec succès sur un avion en vol. Mais la plus probable était que les 12-10 refusaient qu'on prenne leur chef vivant.

En Afrique, la nouvelle était passée inaperçue alors qu'en Europe, malgré les interdictions, plusieurs manifestations spontanées en mémoire du patron de la Fondation ALONE, et émaillées de violence, avaient dû être dispersées par les forces de l'ordre. Un bref communiqué des 12-10, diffusé sur Internet, avait été relayé par les médias internationaux :

Morgan Scali, président de la Fondation ALONE et chef de l'Armée du 12 Octobre, a été capturé et assassiné par les services secrets dans le but évident de lui refuser un procès et de jeter son message dans l'oubli. Les balles ont eu raison de l'homme, rien ne tuera jamais ses idées. Nous, ses soldats, partout dans le monde, poursuivrons le combat.

Quant à Sookie et Julian, désignés pour diriger les recherches en Afrique, ils piétinaient. Les documents abandonnés sur place évoquaient trop de cibles potentielles, les drones retrouvés étaient tous HS, les maquettes représentaient des bâtiments impossibles à identifier, et en dehors des menaces proférées par certains 12-10 lors de leurs interrogatoires et du manifeste sur lequel les analystes ne parvenaient pas à tomber d'accord, rien ne prouvait l'existence d'un projet imminent d'attaque visant six mille enfants.

Assis en tailleur face au mur opposé, Natassale, le chef rebelle, priait dans une cage à fauve dressée au centre d'une cour, et devant laquelle on avait aligné quatre chaises. Couvert de crasse et de poussière, il portait un tee-shirt délavé et un pantalon de jogging usé jusqu'à la corde.

Julian nota que les innombrables pas du détenu dans sa cage avaient creusé un chemin dans la terre battue, le long des barreaux. *Sordide.*

— Messieurs, nous préférerions rester en petit comité, si vous n'y voyez pas d'inconvénient.

La demande émanant de l'envoyé de Kinshasa qui accompagnait les policiers fut acceptée, et tandis que les gardiens quittaient la cour, Julian s'installa, imité par Sookie et les deux fonctionnaires.

— Détenu Évariste Ambongo, commença le directeur à l'adresse de Natassale, sont ici à votre demande des représentants des autorités françaises, les agents Stark et Castel, et M. Mangabe, du ministère congolais de la Justice et des Droits humains.

Natassale émit une sorte de grognement, puis déclara tout de go :

— Christ a-t-il exigé une exécution plus douce ?

Le chef rebelle se gratta le flanc, puis se souleva sur ses mains et effectua une pirouette agile pour se retourner, dévoilant le visage creusé d'un homme incarcéré depuis des années. À la place de son torse nu bardé de munitions, il portait les couleurs passées du Paris-Saint-Germain.

— Non, Christ n'a pas demandé que l'on commue sa peine. *Ukwéli*[1] *!* cria-t-il à l'adresse de ses interlocuteurs. Oui, mes amis, c'est la vérité. *Mungu yu pamoja nasi*[2]. C'est pourquoi moi aussi je veux aller au bout. Est-ce que ?… (Natassale s'interrompit pour détailler Sookie de la tête aux pieds.) *Dada kidogo*[3], tu ne devrais pas être avec ces Blancs. Ce n'est pas ta place.

Il enchaîna sur un verbiage abscons, mélange de divers dialectes où traînaient des mots en français.

1. La vérité.
2. Dieu est parmi nous.
3. Petite sœur.

Puis son regard glissa vers Julian, comme s'il avait été transparent, avant de se fixer sur lui.

— Mon ami Silverback a connu un policier qui s'appelait comme toi. Est-ce que tous les policiers français s'appellent Stark, ou es-tu le policier de mon Silverback ?

Tu veux d'abord te payer du flic avant de coopérer ? Allons-y, c'est gratis !

— Je suis cet homme.

— Tu vois où Dieu range ses chaussures, *mundele* ? Une boîte pour une paire, et pas n'importe laquelle. Chaque paire a sa boîte, et aucune autre ne peut la remplacer. C'est à cause de toi qu'il est mort ?

Surpris, Julian s'empêcha de chercher Sookie du regard. Si Natassale savait, cela signifiait que radio-brousse était plus efficace encore qu'ils ne le soupçonnaient.

— Ne crois pas un instant que tu as triomphé. C'est lui qui a décidé que tu le trouverais, c'est lui qui a décidé qu'il allait mourir ! L'as-tu seulement compris, *mundele* ? Tu as quoi, là ? ajouta Natassale en désignant le porte-documents. Je ne veux pas de grâce présidentielle.

— Je t'ai apporté des photos de lui, comme tu l'as demandé.

— Montre-les ! (Avec l'air avide d'un enfant impatient d'ouvrir ses cadeaux, il lorgna en direction de Sookie.) Tu es là pour surveiller le *mundele*, n'est-ce pas, ma sœur ?

Puis il reporta son attention sur le directeur de la prison tandis que celui-ci récupérait les clichés des mains de Julian et vérifiait leur contenu avant de les glisser entre les barreaux de la cage.

Ces tirages provenaient des archives du camp des 12-10. L'un d'eux, datant de 2017 ou 2018, montrait Morgan attablé avec Novak, Vertigo, Abigail, et en arrière-plan Milan et Shana, alors adolescents. C'était l'un des seuls clichés où les trois premiers, têtes pensantes de l'Armée du 12 Octobre, figuraient ensemble. Sur d'autres, Morgan et son fils posaient en compagnie des Rangers du parc des Virunga, ou avec Natassale, en différents lieux.

— Rares sont les hommes capables de réunir autant de contraires, lâcha Julian.

— Tu ne le connais pas comme je le connais, *mundele*. Toi, tu as gâché ta place auprès de lui, quand tu l'as séparé de sa femme.

Sur sa gauche, le regard de Sookie lui brûlait la joue, appelant son attention, mais Julian ne détourna pas les yeux de Natassale, qui ajouta :

— Il a fait de ta vie un enfer, il m'a montré la voie du Seigneur.

— Si je peux me permettre, intervint l'envoyé du ministère, avant d'aller plus loin, nous devrions nous entendre sur les termes de votre collaboration. Souhaitez-vous intégrer une cellule abritée, monsieur Ambongo ? Avec W-C ?

L'air offusqué, l'ancien chef rebelle cessa de respirer.

— Des W-C ? Une cellule ? Non ! Peu m'importe la cage où je vis ! Je veux qu'on se souvienne de Natassale ! Je veux un jour fêté à mon nom, et ma statue dans les églises. Je veux qu'on me cite en exemple et j'exige qu'un journaliste vienne noter ce que j'ai à dire.

Je me méfie de la police, vois-tu, *mundele*, qu'elle soit française ou congolaise. Il faut qu'on parle de moi !

— Que proposes-tu en échange d'une tribune ?

— Je me suis longtemps demandé à quoi ressemblait le Stark de mon Silverback. Je t'avais imaginé plus fort et plus beau. Je t'avais idéalisé, je crois, *mundele*.

— Dois-je comprendre que tu ne veux pas d'interview ?

— Tu n'es pas aussi rusé que tu l'imagines.

D'un bref coup d'œil, Julian devina l'impatience de sa coéquipière, son envie d'intervenir qu'elle refreinait pour ne pas interrompre l'échange.

— Tu ne sais rien ! l'invectiva Natassale. Tu viens ici avec Dada Kidogo pour me faire croire que tu es de mon côté, mais tu ne sais rien !

— Je sais qu'il a choisi ta montagne pour établir son campement. Je sais qu'il avait beaucoup de respect pour toi. Donne-moi quelque chose de sérieux, et tu auras ce que tu veux.

En riant, Natassale pencha la tête pour l'observer par en dessous.

— Je donnerai à Dada Kidogo ce qu'elle demande, à la seule condition que je ne voie plus jamais ta face de rien.

Julian serra les dents, refusant de tomber dans le piège de la provocation.

— Quand je te regarde, ajouta l'ancien chef rebelle, je pense aux enfants de mon Silverback qui ont perdu leur mère à cause de toi. Je pense aussi à mon daktari, à qui tu as arraché son enfant. Ne t'es-tu jamais dit que tu les avais toi-même poussés vers la violence ? Et aujourd'hui, tu veux les mettre en cage, comme on l'a fait pour moi ? Oh non, *mundele,* je ne veux plus te voir. Ce sont de petites choses et de petits riens comme toi qui saccagent le destin des grands hommes.

2016 2028

Du 14 juillet au 1er août

France, Paris

Aussi nerveuse que s'il s'agissait d'un premier rencard, Abigail Stedman avait envie de fuir la salle du restaurant des Vorchek, où Julian lui avait donné rendez-vous. Dans le même temps, elle ne cessait de jeter des coups d'œil vers la rue, impatiente, funambule sur une corde tendue au-dessus d'un précipice.

Depuis qu'elle était rentrée à Paris avec Vertigo et Shana, elle ne pensait qu'à cet instant où elle reverrait sa fille de six ans. Pourrait-elle reprendre le cours de sa vie là où elle l'avait abandonné, lorsqu'elle avait été missionnée en RDC ? Pour reconstruire sa famille, vivre auprès de Julian et Charlie, Abigail était prête à travailler en France s'il le fallait. Après tout, certains avaient décidé de transformer les rues de Paris en un vaste champ de bataille, et sur les théâtres de guerre, on avait besoin de chirurgiens comme elle.

Qu'est-ce que tu racontes, la France n'est pas en guerre.

Vraiment ? Demande à Shana ce qu'elle en pense.

Par le biais d'un miroir mural, Abigail observait la fillette qui sirotait un chocolat, le nez collé à un grand aquarium situé près du comptoir où s'affairait Mylaure, la femme de l'ancien équipier et meilleur ami de Julian.

L'endroit n'était pas idéal pour des retrouvailles ; la jeune femme aurait préféré l'intimité de son appartement, ou la neutralité d'une chambre d'hôtel. Ici, dans ce restaurant où elle avait tant de souvenirs, elle se sentait en terrain hostile.

Dix ans plus tôt, les Vorchek l'avaient accueillie à bras ouverts, ravis de rencontrer celle qui avait assagi Julian, plutôt volage à l'époque et incapable de s'attacher. Très vite, les quatre amis avaient tout partagé, week-ends, certaines vacances, les joies et les chagrins. Cette relation idéale s'était dégradée quand Abigail avait commencé à exprimer sa volonté de poursuivre sa carrière de médecin humanitaire tout en devenant mère. Surtout avec Mylaure, qui ne parvenait pas à accepter son point de vue.

— Soigner les pauvres, tu peux faire ça ici. Pas besoin de cavaler à l'autre bout du monde ! Comment il va grandir ce môme, seul avec un père flic ?

Peu à peu, une profonde détestation s'était installée entre les deux femmes, une animosité qui avait survécu au temps et à la distance, si on en jugeait l'ambiance glaciale qui régnait dans la salle.

Pourquoi faut-il que les autres jugent en permanence ?

La jeune femme avait accepté d'être mère pour combler Julian, pas une fois elle ne lui avait promis de rester pour l'élever. Tout simplement parce qu'il lui était impossible d'envisager d'abandonner des milliers d'enfants pour le bonheur d'un seul, quand bien même il serait le sien. Tout au long de la grossesse, Julian clamait à qui voulait l'entendre qu'en tenant sa nouvelle-née entre ses bras, Abigail changerait d'avis. De son côté, elle lui avait proposé de l'accompagner dans ses combats, pour qu'ils n'aient plus à se quitter. Elle était repartie pour l'Afrique moins d'une semaine après l'accouchement. Sans lui. Et sans leur fille.

Aujourd'hui, Abigail n'avait qu'un rêve : revoir cet homme qu'elle n'avait jamais cessé d'aimer, serrer Charlie dans ses bras et leur demander pardon.

— Mylaure m'a dit que tu ne connais pas ta fille, c'est vrai ?

Shana s'était glissée auprès d'elle sans un bruit.

— C'est vrai. Mais ça va changer.

— Pourquoi t'as pas voulu d'elle ? Elle n'était pas aussi intéressante que ton travail en Afrique ?

Shana Scali était de ces mômes singuliers qui ont tant souffert qu'ils finissent coincés entre la dureté du monde adulte et la candeur enfantine. Ce matin encore, elles s'étaient rendues au cimetière, sur la tombe de Gaëlle, et comme chaque jour depuis leur retour en France, Shana avait parlé à sa maman, en toute simplicité, sans prendre ombrage de sa présence à ses côtés. Elle avait évoqué Vertigo-docteur Maboul, Milan, et surtout son père qui voyait des fantômes.

— Je t'en parlerai plus tard, lui souffla-t-elle en voyant s'ouvrir la porte du restaurant. Tu veux bien retourner là-bas ?

— Je peux regarder le feu d'artifice, alors ?

— Oui, tu peux. Demande à Mylaure d'allumer la télévision.

La fillette fila au fond de la salle. Abigail fouillait la rue du regard, à la recherche de Charlie. La porte se referma sur Julian. Il était seul.

C'est normal, il veut préparer le moment. Tu es trop impatiente.

Elle s'avança vers lui, les jambes flageolantes, se raccrochant à cette certitude qui l'avait guidée tout au long des années : aimer n'implique pas qu'on abandonne ses rêves.

— Salut, Julian, dit-elle, lorsqu'il ne fut plus qu'à quelques pas.

Il resta muet et raide comme un piquet.

Reprends-toi. Pense à tous ceux qui s'aiment. Ça ne meurt pas, l'amour. Il est juste désorienté.

— Tu ne m'embrasses pas ?

Elle voulut l'enlacer, mais Julian se détourna d'elle pour désigner la fillette assise devant l'aquarium.

— Scali est à Paris ?

— Non.

— Pourquoi je m'étonne de te voir traîner avec la gosse d'un autre ?

Jamais il n'avait semblé si distant. Des années-lumière les séparaient de ces instants où ils passaient leur temps à s'embrasser et à se caresser les mains, lovés l'un contre l'autre dans ce box isolé.

— Viens-en au fait, ajouta-t-il une fois assis.

La jeune femme sentit ses genoux s'entrechoquer sous la table.

— J'espérais rencontrer Charlie.

— Explique-moi plutôt ce que tu fiches ici avec la fille de ce type !

— Je te rappelle que c'est toi qui m'as demandé d'intervenir pour qu'il s'installe en RDC.

— Il le sait ?

— Non, je ne lui ai rien dit, j'aurais probablement dû. Jamais un mec ne sera aussi con qu'une femme amoureuse, ajouta-t-elle entre ses dents.

Julian blêmit d'un coup.

— C'est pour ça que tu voulais me voir ? Me dire que tu es amoureuse ? Que tu regrettes et que tu veux revenir dans nos vies ?

— À peu de chose près, oui.

— T'es gonflée !

— J'ai besoin de passer du temps avec notre fille.

— Je me fous de ce dont tu as besoin, jamais je ne te laisserai l'approcher, tu entends ! Jamais ! Charlie a assez souffert. Alors, tu vas reprendre tes cliques et tes claques et retourner d'où tu viens.

— Écoute ce que j'ai à dire, au moins.

— Je me fiche de ce que tu as à dire.

Le portable d'Abigail vibra avec insistance. D'un rapide coup d'œil elle prit connaissance du message de Vertigo : Attentat à Nice, sors de là avant que la petite l'apprenne. Je vous attends dans le taxi garé dehors.

Sans hésiter, elle se précipita pour couper la télévision.

— Qu'est-ce que tu fais ? ronchonna Shana.

— Vertigo est juste devant. File le rejoindre. J'arrive tout de suite.

La fillette se précipita hors du restaurant, la porte se referma sur elle.

— Tu vois, rien ne change ! s'agaça Julian. Ton téléphone sonne, et tu fous le camp !

— Ne te sers pas des circonstances contre moi. Que tu le veuilles ou non, j'abandonne l'Afrique pour passer du temps avec notre fille. Et tu ne pourras pas m'en empêcher. Dès que…

— Il n'y a pas de place pour toi dans nos vies.

— Ne dis pas n'importe quoi.

— J'ai rencontré quelqu'un, Abi. Elle s'appelle Vanda, elle est mère d'un adorable garçon de huit ans qui s'appelle Leny. Je suis amoureux d'elle, on va se marier. C'est une mère formidable pour Charlie.

Pliée en deux par la douleur, Abigail dut se rasseoir, les doigts crispés sur le téléphone qui vibra une nouvelle fois. L'écran afficha les visages grimaçants de Shana et Vertigo qui s'amusaient à prendre des selfies dans le taxi en l'attendant.

— Tu n'as pas le droit…

— J'ai tous les droits ! À commencer par celui de *me* protéger et de protéger Charlie de toi ! Tu veux revenir et, dans deux mois, nous annoncer que tu dois repartir à dix mille bornes ? C'est ça, l'avenir que tu nous proposes ? Plus jamais je ne t'autoriserai à nous infliger ça. Alors, je te le répète une dernière fois : fous le camp, Abi, pars loin d'ici. Sauver le monde, tu as ça dans le sang. Tu n'es pas une mère, tu me l'as toujours dit, et maintenant je te crois. Et je te jure que si tu cherches à nous retrouver ou à saisir la justice, je disparais avec Charlie, et tu ne la retrouveras jamais.

RDC, parc des Virunga, résidence des Scali

— … et je présente mes plus profonds respects à Paul Watson de l'organisation Sea Shepherd, à Bob Hunter et Ben Metcalfe de Greenpeace, ainsi qu'à Julian Huxley de WWF et à tous les activistes, tous les agissants pour des ONG, tous ceux qui par leurs actions ont empêché que la situation empire…

— Arrête, docteur Maboul ! C'est pas comme ça qu'il faut faire.

Installé dans le sous-sol de la résidence africaine des Scali, transformé en studio radio de fortune, Vertigo posa une main sur le micro.

— Et pourquoi donc, jeune fille ?

Depuis leur retour précipité de France, le jour des attentats de Nice, il cohabitait avec les Scali et passait la plupart de son temps avec Shana à réviser l'histoire des quinze dernières années. En échange, il lui donnait des cours de maths et de physique – Milan, lui, avait refusé et occupait ses journées en compagnie des Rangers. Deux jours par semaine, Vertigo visitait Abigail dans les camps où elle travaillait, sous bonne garde cette fois, pour la MONUSCO. Sa nouvelle vie africaine était presque parfaite. Il ne lui manquait qu'une tribune pour hurler au monde cette vérité que ses geôliers et leurs commanditaires avaient tenté d'étouffer.

— Parce que ceux qui vont écouter ne savent même pas qui sont tous ces gens, répondit Shana. Et puis, elle n'a même pas de nom, ton émission. Qu'est-ce que tu veux vendre si on ne sait pas comment ça s'appelle ?

Soufflé par la pertinence des propos de Shana, Vertigo se mit à rire.

— Je vais t'embaucher comme assistante, je crois.

— Ça paie bien ?

— Ah mais, t'en loupes pas une !

— C'est pour Milna, le bébé gorille orphelin, que papa a trouvé.

— Alors c'est OK, tu seras mon assistante, et je veillerai à ce que Milna reçoive les soins nécessaires. Tope là ?

La fillette claqua ses paumes contre celles de Vertigo.

— Tope là !

— Bien, mademoiselle mon assistante, que penses-tu de Radio Vertigo ?

— T'as pas une autre idée ?

— Elle ne va pas te plaire. *J'irai cracher sur vos bombes*. T'en penses quoi ?

Shana soupira et leva les yeux au plafond.

— Il faut que tu sois sérieux, c'est important pour la planète !

Vertigo se concentra. C'est vrai que le nom, c'était important. Il devait avoir un rapport avec le contenu, ou la forme, ou encore l'auditoire. Pas simple. Mais s'il parvenait à capter peu à peu l'attention de quelques milliers, puis dizaines, puis centaines de milliers de personnes à travers le monde, alors il pourrait ensuite prendre des appels d'internautes, en direct, pour ouvrir le débat, insuffler une vie à son émission.

— Procédons par ordre, pensa-t-il tout haut. À quoi va servir ce blog radio ?

À créer du lien, à apporter de l'information aux populations des Virunga, et plus largement du Nord-Kivu, et surtout, aider Morgan dans son entreprise humanitaire.

Après sa mésaventure dans les bidonvilles de Goma et le massacre du clan de son silverback, Morgan avait émis l'idée de fournir aux populations les plus défavorisées des fours solaires individuels et collectifs, qui leur permettraient de s'affranchir de l'usage du *makala*. Le projet, présenté à la direction du parc et aux Rangers, avait fait l'unanimité. Restait à gérer le problème des rebelles, principaux bénéficiaires du trafic de charbon de bois, et à convaincre la population de changer ses habitudes. Et franchement, Vertigo ignorait lequel des deux points serait le plus difficile à atteindre.

« Tu es fou, Morgan. Si les gens n'achètent plus de *makala* à cause de tes fours, ils vont se faire massacrer. Tu vas te faire massacrer.

— Les gens ont peur parce qu'ils ignorent la réalité. En leur expliquant qu'ils scient la branche sur laquelle ils sont assis, tu peux peut-être changer la donne. Et pour les rebelles, j'y travaille, on trouvera une solution. »

Sacrée gueule, le mec, avec sa tignasse en bataille d'une blancheur irréelle, et ce regard intense et en même temps comme perdu à jamais. Celui de ceux qui ont tout perdu. Il arrivait à Vertigo de reconnaître cette expression dans le reflet que lui renvoyaient les miroirs…

Mais oui, bien sûr.

— J'ai une idée ! annonça-t-il à Shana.

— Vas-y !

— 3W ou les *3 Watchers of the World*. Les trois observateurs du monde.

— Pourquoi en anglais ?

— Parce qu'on ne se contentera pas éternellement des Virunga. Des gens à convaincre, il y en a partout.

Et aussi parce que c'était une façon pour Vertigo de rester lié à ses proches disparus. Les lettres gravées sur le cadre de sa moto avaient été reprises par ses enfants, Lara et Valentin, qui avaient créé W3, un site d'information libre destiné à défendre les opprimés et à révéler les injustices de la justice. En créant 3W, Vertigo leur rendait hommage à son tour.

— Et pourquoi 3 ? demanda Shana.

— Il y a Rose, ma femme, Valentin, mon fils et mémé Carmela, ma mère. Je suis certain qu'ils veillent sur moi et m'observent du paradis.

Les sourcils froncés, Shana se leva et arpenta la pièce les mains dans le dos et le regard au sol, imitant sans s'en rendre compte certaines attitudes de son père.

— Tu crois que maman m'observe aussi ?

— J'en suis sûr.

Shana se précipita dans ses bras, et Vertigo sentit son cœur se gonfler d'amour pour cette enfant. Ils demeurèrent ainsi enlacés quelques instants, puis elle se détacha de lui et le fixa d'un air grave.

— C'est drôle, la vie.

— Je sais.

— Pourquoi Abi, elle n'a pas revu sa fille à Paris, comme elle l'avait dit ?

La question le prit au dépourvu. Pendant leur séjour en France, la jeune femme avait expliqué à Shana qu'elle était venue en Afrique pour s'occuper de tous les enfants qui souffraient, et qu'à présent, si elle n'entrait pas dans la vie de sa petite Charlie, alors celle-ci en souffrirait à son tour.

— Ce sont des histoires d'adultes, éluda Vertigo, qui connaissait les menaces proférées par Julian Stark, le père de l'enfant.

— Tu ne peux pas me dire la vérité, c'est ça ? J'ai su pour l'attentat de Nice, tu sais. Même si vous avez essayé de me le cacher, j'ai un téléphone.

— J'avais oublié que vous vous baladiez toujours avec ces trucs ! Écoute, ce que je peux te dire, c'est qu'Abi souffre de cette situation. Je crois qu'elle n'a pas eu d'autre choix.

L'explication sembla convenir à Shana, qui hocha la tête à plusieurs reprises, puis retourna à sa place.

— On se remet au boulot, jeune fille ?

Vertigo ratura son texte, puis il se concentra sur le micro, un magnifique objet datant de la fin des années trente, une folie qu'Abigail Stedman lui avait offerte lors de leur séjour à Paris, au cours d'une vente aux enchères chez Drouot. Le micro fonctionnait à merveille, les organes internes avaient été changés, et le réseau électrique aussi, mais, surtout, et c'était là tout le prix de cet objet, Orson Welles avait parlé dedans, le soir du 30 octobre 1938, et affolé l'Amérique disait-on. Orson Welles, l'idole de Vertigo, qui l'avait vu dans tous ses films et ceux des autres, même les plus insignifiants.

— Tu te sens comment ?

Shana releva les yeux de l'écran d'ordinateur et sourit à pleines dents.

— Prêt, docteur Maboul ?

— Prêt.

Une bouffée de stress serra la gorge de Vertigo. Il avait le sentiment d'avoir un combat essentiel à mener. Chaque mot compterait, et parce qu'il s'adressait à une population peu cultivée, il n'avait pas droit à l'erreur.

Concentration, mon vieux Paulo. Un éléphant ne peut pas abattre une muraille, une famille de souris, si !

Avec ses doigts, Shana mima un décompte, puis elle lança l'enregistrement. Vertigo prit une inspiration et attaqua, les yeux rivés sur ses notes :

— Bien le bonjour au Congo et aux Congolais, salut en particulier aux habitants des Virunga et du Nord-Kivu. Je m'appelle Vertigo et je déclare officiellement créé le blog radio *3 Watchers of the World* – les 3 observateurs du monde, pour ceux qui préfèrent la langue de Molière ! Chaque jour à la même heure, je viendrai vous parler de vos vies et de ce que vous pouvez en faire.

Vertigo lança un coup d'œil rapide en direction de Shana, qui leva le pouce, la mine réjouie.

— Vous allez vous dire : c'est qui ce type qui veut nous raconter ce que nous savons déjà ? Eh bien, sachez que je reviens d'un long voyage qui a duré quinze ans, un voyage hors du temps et de la réalité, comme si j'avais été sur Mars, ou ailleurs, et que je redécouvre la Terre avec des yeux effarés.

« D'abord, permettez-moi de vous rappeler quelques chiffres : chaque minute, nous autres humains faisons disparaître l'équivalent de quarante terrains de football de forêt. Vous n'avez qu'à multiplier ce chiffre par les minutes d'une journée, et vous obtiendrez un peu plus de cinquante-sept mille terrains. Vous m'avez bien entendu !

« Vous me direz peut-être, nous ici, nous avons besoin de couper les arbres pour fabriquer le *makala*, qui sert à nous chauffer et chauffer l'eau pour la rendre consommable. Pourquoi vous les Blancs, vous vous préoccupez plus de la survie des gorilles que de celle des hommes ?

« Eh bien, ce temps est révolu. Aujourd'hui, je vous propose de participer à un projet formidable que des gens honorables essaient de lancer dans vos villages. En distribuant des fours solaires, ces gens vont vous permettre de vous chauffer et de chauffer l'eau, tout en protégeant cette forêt qui vous nourrit et vous permet de respirer. Car si nous continuons à vivre comme nous le faisons, eh bien, dans un avenir proche, il n'y aura plus d'arbres, plus d'animaux, plus d'oiseaux, plus de plantes non plus.

« Alors, ne fermez pas vos portes, acceptez le progrès… Et vous serez des hommes nouveaux !

— Euh… Docteur Maboul ? Arrête, t'en fais un peu trop, là !

RDC, région du Nord-Kivu, prison de Kangbai

Équipé d'un casque audio et d'un écran portable, le capitaine Julian Stark s'apprêtait à suivre l'interview de Natassale depuis une pièce attenante à la cour où se trouvait la cage. La direction de la prison avait obligé son prisonnier à y demeurer le temps de l'entretien, malgré les protestations de l'envoyé de Kinshasa. Le monde entier devait savoir qu'à Kangbai, les braconniers étaient sévèrement punis.

Anne Chassin, la journaliste choisie pour l'occasion, s'était fait un nom dans le métier en tournant un documentaire sur la ZAD située sur l'île d'Oléron, qui avait servi de base arrière aux attaques terroristes de 2025. Ce faisant, elle avait côtoyé sans le savoir les membres de l'Armée du 12 Octobre, principaux responsables de ces attentats.

Pour Julian, qui avait déjà collaboré avec elle, elle possédait l'avantage de travailler pour le site d'information W3 – organe de presse réputé pour ne jamais céder aux pressions, d'où qu'elles viennent – et d'être aimée et respectée du grand public. Sans compter qu'elle avait toute sa confiance. Quant à Natassale, il se fichait des détails ; seule l'idée de passer à la postérité l'intéressait.

Les yeux rivés sur l'écran qui affichait le chef rebelle en buste, Julian tentait de suivre l'échange d'une oreille attentive, mais ses pensées ne cessaient de retourner vers Morgan Scali, dont il ne digérait pas la disparition.

« On ne peut pas mettre des heures d'interview en ligne, le public se lasse vite, même des sujets les plus brûlants. Donc je serai obligée de monter le document. Vous acceptez ?

— Absolument !

— Et si vous le permettez, j'entre dans la cage avec vous. »

L'image ne montrait pas les chaînes qui retenaient Natassale à une respectable distance de la journaliste. Deux autres caméras filmaient le détenu, l'une en plan serré sur son visage, l'autre destinée aux plans de coupe.

« Julian, tu m'entends ? » chuchota la voix de Sookie dans son oreillette.

— Cinq sur cinq !

« Parfait. Tu savais que Natassale, c'est une anagramme ? »

— Non. Vas-y, je t'écoute.

« Trouve-la toi-même, j'ai mis deux jours ! »

Sookie-la-chieuse, soupira-t-il en suivant des yeux l'agent qui entrait dans la cage à son tour – c'était à cette seule condition qu'elle avait accepté la présence de la journaliste à proximité du chef rebelle, à qui elle comptait aussi poser quelques questions.

« Vous êtes prêts ? Alors, OK, nous sommes le 26 mars 2028, et il est… 9 h 03. »

Il y eut un silence de quelques secondes, puis la voix de Sookie retentit dans le casque. Elle déclina l'identité du chef rebelle, et rappela l'accord passé entre lui et les autorités françaises, *via* le ministère congolais de la Justice et des Droits humains.

« Souhaitez-vous ajouter quelque chose ? »

NATASSALE, s'agaça Julian, *il y a forcément SATAN là-dedans.*

« Tout d'abord, commença le chef rebelle, je voudrais affirmer que je ne parle pas sous la contrainte, même si je vis dans une cage. Je le précise pour mes compatriotes qui voient toujours le mal partout, et pour tous les autres, en particulier les Blancs qui ne connaissent pas nos coutumes. Ici, en Afrique, tu es celui que tu dis, tu possèdes ce que tu prends et tu n'attends rien du gouvernement.

« Dans mon pays vivent les derniers gorilles de montagne. Chez ces animaux, il y a le mâle dominant, qu'on appelle le silverback, à cause de la couleur de sa fourrure dans le dos. Eh bien, pour vivre, j'ai tué des silverbacks, parce que la tête, les mains et le cœur du mâle alpha donnent des pouvoirs de surhomme à ceux qui les mangent. »

Julian nota que Natassale parlait avec aisance. Il s'était à l'évidence préparé, avait appris par cœur. Ce serait sa seule récréation pour des années. Peut-être même jusqu'à la fin de sa vie. C'était d'ailleurs pour cette raison qu'ils lui avaient accordé la tribune qu'il exigeait. Après, libre à eux de disposer des enregistrements. L'accord signé entre les autorités et Anne Chassin stipulait qu'aucune phrase de l'entretien ne serait publiée sans l'autorisation des Services.

Évidemment, ces termes avaient entraîné d'âpres discussions entre Sookie et la journaliste.

« J'ai l'impression de trahir les Mendès !

— De quels Mendès parlez-vous ? »

La réplique de Sookie avait séché Anne aussi sûrement qu'une gifle. Elle avait eu besoin de quelques secondes pour répondre que si W3 avait été fondé quinze ans plus tôt par les enfants de Paul Mendès, dorénavant connu sous le nom de Vertigo, le site n'appartenait qu'à son public.

« Donc vous ne trahissez personne », avait conclu Sookie.

NATASSALE – SALE SATAN. Non, ça ne peut être la réponse. Merde, c'est quoi ? Sookie-la-chieuse = Satan ?

Son propre trait d'humour arracha un sourire à Julian.

« Oui, poursuivait le chef rebelle. J'ai tué des silverbacks pour vivre, jusqu'à ce que je rencontre le mien. Il s'appelait Morgan Scali, c'était son nom chez les Blancs, et vous pensez tout savoir sur lui parce qu'on vous raconte que c'est un terroriste. Moi, je le connaissais bien. Et je sais qu'il était tout sauf un terroriste. C'était un humaniste. »

Le silence retomba sur la cour, et Sookie resta muette, le regard braqué sur Natassale.

— Questionne-le sur le camp de la falaise, lui souffla Julian. On a besoin de savoir s'il a d'autres endroits comme ça dans le coin. Charlie est peut-être planquée là, on ne sait jamais.

« Comment définiriez-vous ce qui vous lie à votre silverback ? » demanda Sookie après un instant de réflexion.

La garce !

« Le divin, *Dada Kigabo*. Le divin ! Ou le hasard.

— Vous pouvez préciser ?

— Oui, mais avant, vous pouvez me donner la définition d'un acronyme ? »

RDC, parc des Virunga, monts Rwenzori

Les sangles du sac à dos lui mordaient les chairs, et cette douleur, Morgan Scali l'appréciait plus encore que la marche. Dans quatre à cinq heures, Milan, Laurent et lui atteindraient des hauts plateaux d'altitude où poussait une végétation unique au monde. Depuis la création du blog *3 Watchers of the world*, Shana passait beaucoup de temps avec Vertigo, tandis que Morgan en profitait pour se rapprocher de son fils. Cette randonnée, organisée par Laurent, ils l'espéraient depuis des jours, mais les pluies diluviennes les avaient obligés à différer leur départ à plusieurs reprises.

— Je compte tout le temps, même quand je ne suis pas au lycée. Des chiffres, des dates, des trucs, quoi.

— T'as un exemple ?

Depuis le début de la matinée, Milan et Laurent échangeaient à bâtons rompus, et c'était un soulagement pour Morgan, qui préférait se retrancher dans le silence pour réfléchir. Les débuts à la radio de Vertigo avaient encouragé certains habitants des bidonvilles à accepter les fours solaires pour les revendre, mais pas pour les utiliser. Et malgré le temps passé, sur les ondes et le terrain, à défendre cette belle idée, Morgan et Vertigo devaient admettre l'échec de l'opération.

— Je ne sais pas, genre treize fois onze. Eh ben, ça fera toujours cent quarante-trois, que tu sois chinois ou polonais, que tu vives sur Mars ou ailleurs.

— Hum… Je préfère tout de même la vie ici que là-haut.

— Eh bien, moi, je pense que la vie sera bien plus belle quand on aura dégommé tous ces enfoirés !

Une fois de plus, Milan confiait cette colère qui le poussait à envisager une carrière dans l'armée. L'adolescent était persuadé qu'il ne trouverait le repos que lorsqu'il aurait vengé l'assassinat de sa mère.

— Tu peux aussi canaliser la haine, la détourner pour que toute cette énergie serve un projet constructif. Il y a beaucoup à bâtir ici, tu sais ?

Bien qu'il n'en perde pas une miette, Morgan ne tenait pas à se mêler de la conversation. Son fils avait seize ans et la vie devant lui pour se reconstruire.

Milan portant l'uniforme, t'en penses quoi, mon amour ?

Je ne pense plus, je suis morte, tu te souviens ?

Alors que le petit groupe arrivait en vue du chemin qui grimpait vers les plateaux, le bruit assourdissant d'un moteur leur fit courber l'échine, et Morgan eut à peine le temps d'apercevoir un élégant avion de voltige raser les cimes. L'aéroplane bariolé de bleu et d'orange disparut derrière les arbres, puis réapparut, accomplissant une immense boucle dans un ciel sans nuages.

Sa redescente fut impressionnante, et le pilote, un virtuose, ne redressa le manche qu'au dernier moment, faisant tournoyer son engin juste au-dessus des champs. Lorsqu'il fut de nouveau visible, une succession de détonations retentit. Éparpillés aux alentours, des rebelles tiraient à vue. Bientôt, une fumée noire s'échappa de l'avant de l'appareil, qui dévia brutalement de sa trajectoire. Puis la déclivité le happa et quelques secondes plus tard, il s'écrasait dans la forêt, loin en contrebas.

Une immense colonne de fumée monta en tourbillonnant vers le ciel.

— Faut les aider ! hurla Milan, affolé. C'est par là !

— Non, mon gars, répliqua le Ranger. On dégage ! Crois-moi, dans deux minutes, il ne fera pas bon être un petit Blanc dans les parages !

De son côté, Morgan allongea sa foulée sans discuter. Marteler le sol et l'esprit à coups de talons, c'est bon quand on a mal à l'âme. Il abandonna Milan et Laurent derrière lui et força sur ses muscles endoloris le long de l'étroit sentier qui sinuait à travers la végétation, en direction d'une lisière. La luminosité était bien plus grande dans cette direction, et la perspective de revoir le ciel le soulagea.

— Ne sors pas de la forêt !

L'avertissement vint trop tard, et Morgan le comprit en déboulant dans un champ couvert de plantes droites comme des I, dépourvues de feuillage et couronnées par un large bulbe gris-vert ondulant dans le vent.

Des milliers de plants de pavot.

Merde !

Trop tard pour faire demi-tour. Sur sa droite, une dizaine d'hommes accouraient, fusils braqués, visages menaçants.

— Milan, Laurent, foutez le camp ! hurla-t-il, en désespoir de cause.

En moins d'une minute, les trois randonneurs furent délestés de leurs armes et bagages, et forcés à s'agenouiller. On leur ligota les mains dans le dos, le tout au milieu de cris de victoire.

Puis une voix couvrit le brouhaha.

— *Komesha ! Komesha ! Sisi Kuacha !*[1]

Le silence se fit et le groupe de rebelles s'ouvrit pour livrer le passage à un grand Noir, béret rouge vissé de travers sur son crâne chauve et un cigare consumé entre les dents.

— Qu'avons-nous là ? Laurent Mukena ! Mon cousin !

Il n'en fallut pas plus à Morgan pour comprendre qu'il se trouvait face à Natassale, l'assassin de son silverback. Inexplicablement, l'anagramme approximative utilisée par le chef rebelle dont les talents en grammaire étaient à revoir, s'imposa à son esprit en ébullition.

Natassale, SATAN ES LA.

Pas un instant, alors qu'il relevait la tête vers l'homme debout devant lui, Morgan ne douta avoir affaire au diable en personne.

— Laisse-les partir, gronda Laurent. Ils ne t'apporteront que des ennuis.

— Tu n'es pas sérieux, *binamu yangu*[2] ! Je préfère offrir sa tête aux Nègres de Birère !

Le chef rebelle posa la lame de sa machette sur la gorge de Morgan, et se mit à rire.

— Papa ! hurla Milan en se débattant, aussitôt réduit au silence.

— Combien valent les mains du petit Français qui pilote les drones du parc ? Plus ou moins que celles

1. Stop ! Stop ! On arrête !
2. Mon cousin !

d'un gorille ? Et les parties de l'insolent qui a tué mes hommes et brûlé mes trophées devant mon peuple ? Combien tu vaux, Silverback ? Je t'ai dit qu'on te surnomme ainsi à cause de ta crinière blanche ? Tu fiches la trouille aux Nègres de Birère, tu le sais ?

Malgré la peur, Morgan fixa Natassale sans sourciller, convaincu que, s'il avait voulu l'assassiner, il serait déjà mort.

— Pourquoi as-tu pris mon chimiste et mon daktari ? Que sont-ils pour toi ? *Majibu*[1] *!*

— Ils ne sont rien, souffla-t-il. Simplement, ils n'appartiennent pas plus à toi qu'à moi.

— Tu es courageux, Silverback, et j'aime ça ! *Amani*[2] me guide, poursuivit le chef rebelle en l'aidant à se relever. Paix aux hommes de bonne volonté. Si tu es un bon chrétien, tu me comprends. Es-tu un bon chrétien ?

— Je n'ai jamais rencontré Dieu.

— Alors tu viens de le trouver ! *Hapa*[3] *!* ordonna-t-il en écartant les bras en signe de paix.

Comme Morgan ne réagissait pas, Natassale l'enlaça d'autorité.

— Le roi nègre et le Silverback, lui murmura-t-il à l'oreille. N'aie pas de crainte, aujourd'hui, c'est mon anniversaire, alors je ne vais pas dévorer ton cœur ! Au contraire, le ciel m'a déjà fait un cadeau ! Laissons mes hommes récupérer ces *mundele* et leur avion de pacotille, et allons fêter ça !

1. Réponds !
2. La paix.
3. Ici !

Après une heure de marche à travers les champs de pavot, puis la forêt, ils arrivèrent en vue du campement de Natassale, établi au pied d'une falaise. Dans une caverne naturelle, un agneau entier rôtissait, dégageant une odeur alléchante, et des paniers remplis de victuailles étaient entreposés dans des cavités creusées à même le sol.

— Mangez, offrit le chef rebelle en découpant une bande de chair grillée, qu'il présenta au bout de la lame de son couteau.

Morgan se servit après Laurent, et Milan les imita, visiblement affamé.

— Ton fils a les mêmes manières que les miens.

— Tu as beaucoup d'enfants ?

— Vingt-trois fils, pas une fille ! Vois-tu, ajouta le chef rebelle, toi, avec ton garçon et ta fille, tu as eu plus de chance que moi ! Enfin, si l'on excepte le fait que les fous de Dieu ont assassiné ta femme.

Un frisson secoua Morgan, lorsqu'il comprit que Natassale en savait bien plus sur lui qu'il ne l'imaginait.

— J'ai entendu mon chimiste à la radio. Il dit que c'est toi qui veux distribuer des fours à mes Nègres. Pourquoi tu fais ça ?

Attisé par un brusque mouvement d'air, le foyer lança des flammèches vers la voûte noircie. Morgan attrapa la main de son fils, assis à côté de lui.

— Réponds, Silverback. Je te l'ai dit, aujourd'hui c'est mon anniversaire et tu es mon invité. Vous repartirez indemnes d'ici, toi, ton fils et mon cousin le Ranger. Tu as ma parole. Demain est un autre jour…

Morgan comprit qu'il avait l'occasion unique de susciter la curiosité et d'établir le contact avec Natassale. Sans lui, il n'aurait aucun pouvoir de changer les choses, ni dans les bidonvilles de Goma, ni dans le parc des Virunga.

On ne vit qu'une fois !

— C'est un rêve que nous avions, ma femme et moi. Être utiles.

— Et tu crois qu'en donnant des fours à mes Nègres, tu seras utile ?

— C'est un début.

— Alors commence par ne plus commettre l'erreur des *mundele*, ne fais pas la charité. Si tu les laisses payer, tu les rends fiers !

— C'est vrai ! intervint Laurent.

Pour la première fois depuis le début de l'entretien, Natassale considéra le Ranger et le félicita de penser comme lui.

— Sans doute, acquiesça Morgan. Le problème, c'est qu'ils ont peur de toi. Tu dois m'aider à les convaincre d'utiliser les fours. Pas de les revendre.

— Tu es fou, Silverback.

— Non, j'ai déjà déposé les statuts d'une fondation pour faciliter leur distribution. Elle s'appelle ALONE, l'acronyme de A Life ON Earth.

— L'acronyme ! siffla Natassale. Tu m'en diras tant !

— Mon père va toujours au bout de ses projets. Ça se voit que vous ne le connaissez pas !

— Fous de père en fils ! Vois-tu, petit, tu dois oublier ce que tu as appris à l'école. L'Afrique est pillée par les *mundele* depuis l'Antiquité, et le pillage se poursuit. Ils étaient fiers, nos Nègres, quand les Belges, les Français et les Anglais ont fichu le camp. Fiers comme des hommes qui se croyaient libres ! En réalité, les suceurs de moelle ne sont jamais partis. Médite ça, jeune homme. Et dis-toi que ton père n'est pas Dieu. S'il était Dieu, il aurait sauvé la vie de ta mère !

Le visage de l'adolescent devint cramoisi, et ses doigts écrasèrent tant ceux de Morgan que celui-ci finit par se dégager de l'étreinte.

— Mon fils a grandi dans le pays des droits de l'homme. Il sera un homme libre.

— Non, contra le chef rebelle, il sera un homme fragile.

— Quand je serai militaire, personne ne parlera plus de moi comme ça !

— Milan, tais-toi !

Natassale sembla sur le point de renchérir sur l'avertissement de son cousin à l'adolescent, puis il se ravisa, et saisit le pistolet qu'il portait à la ceinture. Il le vida de ses munitions, puis s'accroupit devant le jeune homme et le lui tendit.

— Avec ta permission, Silverback, ajouta-t-il à l'adresse de Morgan. Il veut devenir militaire, il doit avoir un *gun*. Pas une sarbacane !

Incrédule, Milan fixa son père qui hocha la tête, encouragé par un signe du Ranger.

— Il a ma permission.

Morgan savait qu'il était plus prudent de ne pas vexer Natassale. Dans cette contrée où rôdait la violence, tôt ou tard Milan posséderait une arme. Mieux valait qu'il apprenne à vivre avec.

— Tu auras le chargeur et les balles au moment de partir. C'est un Tokarev, précisa Natassale. L'arme des Soviétiques. Ils ont conquis leur liberté avec, à toi de conquérir la tienne !

Puis il se tourna vers Morgan.

— Je ne peux pas t'autoriser à vendre des fours à mes Nègres. Encore moins les convaincre de les utiliser.

— Pourquoi ?

— J'ai besoin de l'argent du *makala*, et tu le sais. Tu es intelligent, Silverback, sache que le roi nègre l'est autant que toi.

Loin de se décourager, Morgan demanda à poursuivre son argumentation.

— Vas-y, parle.

— Tu dis que ton pays est pillé depuis des siècles, tu rêves de réussite et de grandeur, alors que tu ne fais que t'enrichir au détriment de la population. Tes Nègres, comme tu les appelles, se terrent à l'évocation de ton nom. N'as-tu jamais eu envie qu'ils t'aiment ?

Le silence s'éternisa. Le cœur de Morgan battait si fort que sa gorge se serra.

Cette fois, t'es allé trop loin.

— Dieu te protège, Silverback. Mais sois prudent, parfois il détourne les yeux.

— Si nous travaillons ensemble, je pourrai aider ton peuple, et ton peuple te verra comme un dieu. Il y a de nombreuses façons de compenser les pertes de revenu du *makala*, crois-moi. Si tu es d'accord, nous pouvons en débattre ensemble.

— Je t'écoute.

— J'ai étudié la situation géopolitique de la région et je sais que tu tentes sans succès de chasser les étrangers – Rwandais, Ougandais et Soudanais – des Virunga. Or sans *makala*, les ressources de ces clans disparaissent. Et ils disparaissent.

— Reste le pillage, les enlèvements et le trafic de l'ivoire, observa Laurent, visiblement surpris par l'initiative de Morgan. Sans l'argent du charbon, l'insécurité va augmenter…

— Si le Silverback et moi faisons affaire, l'interrompit Natassale, alors je protégerai les villages les plus exposés.

— Quel est ton intérêt ?

Le chef rebelle balaya d'un geste la question de son cousin.

— Nous sommes liés dans la mort, prétendit-il en désignant ses hommes, puis ses trois invités. Aujourd'hui, je crois que c'est Dieu qui t'envoie, Silverback. Grâce à toi, je comprends ce que nous pouvons accomplir pour notre Afrique.

« Demande à mon cousin combien de Rangers ont été tués ces vingt dernières années. Dans les cent cinquante, je crois. (Natassale observa une seconde de répit, puis il s'enflamma.) Tu as raison, nous avons tous à y gagner ! Même les gardiens du parc ! Le Prince est un saint homme, mais il ne peut rien opposer aux factions rebelles qui sabotent ses barrages électriques. Et pourquoi le font-ils ? Parce que l'électricité les prive de la vente du *makala*. Tu comprends, Silverback, l'Afrique n'a jamais voulu du progrès des Blancs. Et elle n'en voudra jamais. Tes fours solaires fonctionnent avec le soleil. Le soleil a toujours été là, ils le connaissent, ils l'aiment. Tu verras, tous voudront en posséder un !

« Seulement, cela ne fonctionnera que si moi, Natassale, je le leur commande. Si les Africains n'ont pas peur, ils ne font rien. La centrale de Matébé a été attaquée, celle d'Ivingu n'est pas près d'être achevée, et toujours pour les mêmes raisons. Les rebelles étrangers ! Si tu m'apportes tes fours solaires, je les confierai au peuple. Par contre, ce sont mes hommes qui s'occuperont de livrer et de collecter les loyers, ce n'est pas négociable.

— Si le loyer représente la moitié du prix du *makala* pour la même période, c'est OK pour moi. Avec la disparition des clans étrangers, tu as tout à y gagner.

— Tu es dur en affaires, Silverback.

— Bien moins que toi !

— *Naam*[1] *!* s'exclama Natassale, après un court instant de réflexion. Marché conclu !

1. OK !

États-Unis, New York City, île de Manhattan

Jamais, lors de leur entretien à Kangbai, le détenu Évariste Ambongo, alias Natassale, n'avait évoqué le nom de la jeune femme que Julian Stark attendait, installé dans son immense loft new-yorkais. L'ancien chef rebelle s'était contenté d'évoquer un avion de tourisme, abattu au-dessus de ses champs de pavot en août 2016. Et c'était le sien.

Or Mlle Dakota Hughes – elle tenait au *mademoiselle* – héritière d'un magnat de l'armement, était à la tête d'une fortune avoisinant les vingt-cinq milliards de dollars, or c'était précisément après leur rencontre en RDC, en 2016, que les activités de Morgan Scali avaient pris de l'ampleur. Cette information cruciale justifiait les heures d'enregistrement que Sookie et lui s'étaient repassées en boucle, jusqu'à comprendre qu'ils étaient peut-être en train de suivre la piste la plus excitante de cette enquête : celle de l'argent.

Tout en remuant le sucre dans le café qu'une domestique avait déposé devant lui, Julian estimait les objets qui l'entouraient. Cette cuiller en vermeil et cette tasse en porcelaine devaient à elles seules valoir une semaine de son salaire. Et la table basse, un meuble ancien, oriental, avec des arabesques en métal précieux incrustées dans le bois, probablement un mois, voire plus. Le contraste avec la cage de Natassale, à la prison de Kangbai, était indécent.

L'appartement de Mlle Hughes occupait les deux derniers étages d'une tour qui en comptait soixante, et les immenses baies vitrées s'ouvraient à cent quatre-vingts degrés sur Manhattan, bénéficiant d'une exposition et d'un panorama exceptionnels. D'ici, il pouvait admirer New York dans toute sa splendeur, de l'Empire State Building au Chrysler Building, en passant par Time Square, Central Park et le pont de Brooklyn, les eaux de l'Hudson et de l'East River. Imaginer que Morgan Scali avait peut-être initié son projet insensé face à la Liberty Tower, bâtie sur Ground Zero, lui colla la chair de poule.

Le type a bien transformé un rebelle sanguinaire en Bon Samaritain.

Les faits étaient indiscutables. Parce qu'il avait épargné Morgan Scali, la vie de Natassale avait été chamboulée. Du jour au lendemain, le seigneur de guerre s'était tourné vers le bien, en approvisionnant les villageois en fours solaires, qu'il leur louait pour un prix modique. Là encore, la capacité du terroriste à fédérer des individus originaires de tous les milieux et horizons lui apparut stupéfiante.

— Julian ?

Sookie s'était levée pour accueillir leur hôtesse, une jeune femme d'une trentaine d'années, vêtue simplement d'un jean et d'un tee-shirt où figurait la mention

HUG DEALER[1], et qui leur serra la main avant de proposer de s'installer dans le salon.

— Bienvenue à New York, capitaine Stark, commença-t-elle dans un français parfait. J'ignorais que vous aviez été marqué, sinon j'aurais accepté de vous recevoir plus tôt. L'Intelligence Artificielle qui pilote cet appartement, Maître Lee, a identifié votre coéquipier comme un ami[2], ajouta-t-elle à l'adresse de Sookie, dont le visage marquait l'incompréhension.

Instinctivement, Julian porta la main à son épaule. Il revit le pistolet injecteur dans la main de Morgan Scali, la sensation de piqûre quand la micropuce s'était glissée sous sa peau. Pendant quelques semaines, il y avait eu une légère rougeur au point d'injection et la sensation d'un corps étranger.

— Tu m'expliques ?

— Je porte cet implant depuis les attentats de 2025, lâcha-t-il entre ses dents, contrarié de devoir se justifier. Justement pour que l'Intelligence Artificielle de Scali… ou l'une de ses cousines, ajouta-t-il à l'adresse de Dakota Hughes, ne me hache pas menu à coups de mitrailleuse automatique. Ce qui…

— Comment justifiez-vous que votre Maître Lee soit connecté à celle des terroristes ? recentra Sookie sur un ton sec.

— Il n'y a rien de secret ! (Plus Dakota Hughes souriait, plus le visage de Sookie se durcissait.) Ces Intelligences Artificielles ont le même créateur, c'est vrai. Pourtant, cela ne vous permet pas de douter de

1. Fournisseur de câlins.

2. *Islanova*, Fleuve Noir, 2017 ; Pocket n° 17279.

la probité de la Mac Neil Company, son distributeur, ou de la Hughes Corp.

— Votre groupe n'est pas mis en cause, madame. Mais vous ne pouvez nier que les faits sont troublants.

— Si votre IA peut reconnaître mon implant, avança Julian, elle peut donc me localiser.

D'un geste, l'héritière l'interrompit. Elle semblait écouter quelqu'un, et c'est à ce moment qu'il repéra son oreillette.

— OK, OK, acquiesça-t-elle en opinant du chef. *I know*… Pardonnez-moi, reprit-elle à leur adresse, je ne vous ai pas prévenus que Maître Lee est également mon conseil, et qu'elle m'assistera tout au long de l'entretien. Celle-ci me précise qu'elle est en contact amical avec d'autres IA dans le monde, et qu'elles n'échangent évidemment aucune donnée sensible.

— Ravie de l'apprendre, siffla Sookie. Bonjour, maître ! ajouta-t-elle à la cantonade.

— Mon avocat m'informe que l'implant vous a permis de vous introduire dans le bastion des terroristes pour sauver votre famille, poursuivit Dakota en lançant un regard respectueux à Julian. Vous ne l'avez jamais fait retirer. Pourquoi ?

Dans des circonstances ordinaires, il aurait répondu qu'il était celui qui posait les questions. Mais les circonstances échappaient à toute normalité, et il redoutait que Sookie ait déjà établi la corrélation entre les récents événements et la présence de cette puce sous sa peau. Et il l'imaginait très bien lui faire la leçon quand ils sortiraient d'ici : « *Si je comprends bien, Scali savait que tu arrivais en RDC, puisqu'il y avait des drones et donc une IA à son campement. Or, il n'est pas parti. La question, c'est : pourquoi ?*

— Parce que c'était entre lui et moi, je me tue à te le dire depuis des semaines et tu ne m'écoutes pas ! »

C'était ce que dirait Julian quand Sookie aborderait le sujet. Pour le moment, il s'adressait à Dakota Hughes, et en dehors de la vérité, il n'envisageait aucune alternative. Aussi la livra-t-il :

— Cet implant est tout ce qui me relie à ma fille. Si elle a besoin de moi, elle saura où me trouver.

— Mon conseil a mentionné sa disparition lors des attaques de 2025. J'en suis désolée.

— Vous n'avez pas répondu tout à l'heure. Si votre IA peut m'identifier, elle peut également me localiser, vrai ou faux ?

La main de Dakota Hughes se leva, signe que la jeune femme communiquait avec l'Intelligence Artificielle.

— Maître Lee confirme que si je le lui ordonne, elle pourra vous localiser n'importe où dans le monde. Souhaitez-vous que mon médecin personnel vous retire le dispositif ? Il y en a pour deux minutes.

— Non !

— Absolument !

Julian et Sookie, qui avaient parlé ensemble, se regardèrent.

— Pas question que les terroristes sachent où tu traînes, murmura-t-elle à l'oreille de son équipier. Tu me vires cet implant ou c'est toi que je vire sur-le-champ.

— Je suppose que ma fille portait elle aussi un dispositif de ce genre, poursuivit Julian, indifférent aux menaces de Sookie. Votre IA serait-elle capable de la localiser, le cas échéant ?

Son pouls cognait contre ses tempes, tandis qu'il était suspendu aux lèvres de Mlle Hughes qui hochait la tête, en écoutant les données que l'Intelligence Artificielle lui transmettait *via* son oreillette.

— Maître Lee confirme que votre fille était marquée au moment des attentats de 2025. Son dispositif a été désactivé depuis, je suis navrée.

Évidemment, qu'est-ce que tu imaginais ?

La déception étreignit Julian. Une nouvelle fois, il avait l'impression que Charlie lui glissait entre les doigts, comme un savon mouillé.

— Vous savez, soupira Dakota, le regard perdu dans le vague, je comprends ce que vous ressentez… La disparition d'un être cher est une blessure difficile à refermer. Mais laissez-moi vous expliquer dans quelles circonstances j'ai rencontré Morgan, et pourquoi j'ai financièrement contribué à développer sa fondation. L'argent, c'est bien le but de votre visite, non ?

RDC, parc des Virunga, monts Rwenzori

— On devrait s'arrêter un peu, alerta Morgan Scali en rattrapant la main de son fils qui, épuisé par l'effort et le stress, marchait comme un somnambule.

Depuis qu'ils avaient quitté le camp de Natassale, où ils avaient passé la nuit, les deux hommes et l'adolescent progressaient au fond d'une vallée encaissée, dans la forêt pluviale, où le terrain s'aplanissait peu à peu. La canopée devait être à une vingtaine de mètres au-dessus d'eux, dense, laissant filtrer une lumière chiche jusqu'au sol.

Au cours de l'après-midi, plusieurs hélicoptères survolèrent la vallée, parfois très près au-dessus de leurs têtes, sans qu'ils puissent signaler leur présence à cause de l'épaisseur de la végétation. Il ne faisait pas de doute que les autorités recherchaient les pilotes abattus.

Un bâton à la main, Laurent ouvrait la marche et les guidait avec les gestes précis des commandos. Quand il leva le poing, Morgan et Milan s'arrêtèrent net. Sur les indications du Ranger, ils découvrirent les restes d'un parachute coincé dans les branches d'un ébénier. Au sol, il y avait des traces. Le type avait dû se décrocher, tomber, se relever, tomber à nouveau, puis s'éloigner en déplaçant une grande quantité de feuilles sur son passage. À la vue du sang, Morgan rompit pour la première fois depuis des heures le silence dont ils s'entouraient pour ne pas être repérés par des groupes rebelles.

— Cette fois, on ne fout pas le camp, on le récupère, dit-il sur un ton qui ne souffrait aucune contradiction.

Visiblement contrarié par la décision de Morgan, Laurent fronça les sourcils, l'air de dire « t'es complètement cinglé », puis soupira en hochant la tête.

— Bougez pas, je grimpe là-haut pour récupérer la toile. Tâchez d'effacer leurs empreintes de pas en attendant. Ils ont laissé une autoroute, les rebelles n'en feront qu'une bouchée.

— Ils ?

— Oui, indiqua le Ranger, ils sont deux.

Suivre la piste des rescapés du crash fut chose aisée, et après une heure de marche, grâce à la fumée d'un feu de camp, ils aperçurent une silhouette, recroquevillée dans un creux, au pied d'un immense paludier.

Laurent se précipita pour étouffer le foyer, et Morgan s'accroupit au chevet du pilote, une jeune femme vêtue d'une combinaison aux motifs aussi criards que ceux de son avion. Il remarqua le tissu perforé au niveau du flan, la tache sombre, ses mains souillées de sang séché. Avec délicatesse, il lui secoua doucement l'épaule.

— Mademoiselle ? Vous m'entendez ?

Elle ouvrit les yeux et tenta de se redresser, le visage déformé par la douleur.

— *Help me.*

— *Let me see*, lui proposa-t-il en lui tendant la main.

— Oh, vous êtes français, gémit-elle. Votre accent est horrible.

— Je sais.

Avec des gestes délicats, Morgan souleva le pansement de fortune qu'elle avait confectionné, et examina la plaie dont les bords étaient boursouflés. Ce n'était pas très joli, alors il se contenta de sourire.

— On va vous sortir de là, OK ? Au fait, je m'appelle Morgan.

— Dakota, dit-elle en se redressant avec une grimace.

— Comme l'État ?

— Oui, c'est mieux que Caroline, non ? Mon père hésitait entre les deux.

— J'aime bien Caroline aussi. Qu'est-ce que vous fichiez au-dessus des Virunga ?

— Vous allez me traiter de dingue. Quand j'ai vu les champs de pavot au milieu de la forêt, je n'ai pas pu résister.

— Avec Milan, on va chercher de l'eau et des plantes, de quoi lui permettre d'avancer, proposa Laurent. Faut pas moisir ici.

Lorsque son fils et le Ranger se furent éloignés, Morgan s'assit auprès de la jeune femme. Elle devait avoir vingt-cinq ans, portait les cheveux courts et, sous les salissures de terre, son visage ovale était harmonieux. Comme elle se fendait d'un sourire, Morgan vit ses dents d'une blancheur de porcelaine. Ce qui ressortait le plus, c'étaient ses yeux d'un bleu profond.

— Où est votre passager ? Il est blessé, lui aussi ?

— Non, parti chercher de l'eau. Je suis heureuse d'être tombée sur vous et le Ranger. Vous savez où on est ?

— Au nord des collines de Loumo. Avec un peu de chance, on y sera avant la nuit.

— C'est idiot, j'ai perdu ma montre dans l'accident… Elle avait une balise GPS.

— Ne vous inquiétez pas, je vous en offrirai une nouvelle, plaisanta Morgan. Et puis, les recherches ont commencé. D'ailleurs, qui êtes-vous donc pour qu'autant d'hélicos soient mobilisés ?

— Mon père était surnommé le *Lord of War. You know?*

Morgan était en présence de Dakota Hughes en chair et en os, fille d'un industriel renommé, armement de pointe, technologies dédiées à l'espace civil et militaire. Cette héritière avait défrayé la chronique en sautant en parachute depuis l'espace le jour de ses dix-huit ans.

— Si vous avez réussi à venir jusque-là pour relayer mes excentricités de gosse de riche, avait-elle déclaré à son atterrissage à Baidoa, dans le désert somalien, alors vous devez être capables de faire comprendre au monde qu'ici, les gens ne peuvent plus vivre dans la dignité, qu'on y meurt de faim et de soif et que ça ne peut plus durer !

À l'époque, Gaëlle avait déclaré à Morgan que si elle avait disposé d'une fortune aussi colossale que celle de la famille Hughes, elle aurait fait comme cette jeune Américaine, qui méritait des louanges.

— Ma femme admirait votre courage, murmura-t-il. Malheureusement, elle n'est plus là pour vous rencontrer.

— *I'm sorry for your loss*. Elle s'appelait comment ?

— Elle s'appelait Gaëlle et rêvait de sauver le monde. C'est pour ça que je me suis installé ici.

Morgan expliquait à Dakota son travail auprès des Rangers du parc, quand Laurent et Milan revinrent accompagnés du copilote, en réalité une jeune Amérindienne. Grande et solidement bâtie, elle évoqua à Morgan une sorte d'Amazone des temps modernes. D'après Milan, déjà sous le charme, celle-ci s'était armée de branches pointues, et avait failli les éborgner quand ils s'étaient approchés d'elle.

— Ozalee Mac Neil.

— Morgan Scali.

Les présentations faites, le Ranger qui avait rapporté de l'eau et des plantes médicinales montra à Milan comment confectionner des pansements à l'aide de feuilles de manguier. De leur côté, Ozalee et Morgan effilaient des branches en bois d'ébène.

Lorsqu'ils furent prêts à partir, celui-ci passa son bras sous l'aisselle de Dakota, et la soutint pour avancer. Laurent ouvrait la marche, armé du Tokarev offert par le chef rebelle ; Milan et Ozalee la fermaient, chacun équipé d'une lance. Sous une pluie drue, les cinq compagnons s'enfoncèrent en silence dans la forêt, en direction des collines de Loumo. Ils marchèrent deux heures et, alors qu'ils arrivaient en vue du village, leur progression fut stoppée par des détonations, dont l'écho était renvoyé par les montagnes.

Ils s'abritèrent sous de hautes lianes étrangleuses qui, en s'enroulant autour de l'arbre des années durant, l'avaient étouffé. Le tronc pourri s'était peu à peu délité, formant un abri naturel où Dakota s'allongea.

— Milan, tu remplaces le cataplasme toutes les deux heures et tu la fais boire. Je compte sur toi.

Il avait été convenu en chemin que le Ranger irait seul chercher du secours, parce qu'il n'y avait aucune aide à espérer de la population locale, menacée par des rebelles surexcités à l'idée d'une rançon gigantesque. Placer Dakota, l'héritière d'un complexe militaro-industriel, au milieu des clans installés dans le parc des Virunga, c'était comme poser une bouteille d'eau au milieu d'une population assoiffée. Tous seraient prêts à tuer père et mère pour remporter la partie.

— Je reviendrai vite, assura Laurent à Milan, dont le visage trahissait l'inquiétude. En attendant, vous ne bougez pas une oreille avant mon retour. Je vais effacer vos traces. Ici, armée, rebelles, police, tous sont aussi dangereux les uns que les autres, OK ?

— Pourquoi tu ne demandes pas à ton cousin de nous aider ?

— Si Natassale peut exiger une rançon, il ne se gênera pas. Crois-moi, il ne vaut mieux pas qu'on tombe sur lui. Ce n'est pas son anniversaire tous les jours.

Le Ranger parti, Morgan referma la tente de fortune et s'installa près de son fils. En face d'eux, Ozalee veillait Dakota qui somnolait, le visage couvert de sueur.

— Dors, tu es épuisé, chuchota-t-il à Milan, qui tremblait de tous ses membres, je vais veiller. Tout ira bien.

La voix affolée de Milan réveilla Morgan, qui s'était assoupi.

— Papa, t'as entendu ?

Dans la pénombre, il découvrit le visage inquiet de Dakota. Ozalee, quant à elle, semblait analyser la situation avec la froideur d'un ordinateur. Morgan posa son index sur ses lèvres en signe de silence.

— Éteignez la lampe, vite !

Tous retinrent leur souffle. Au loin, des voix se rapprochaient.

— Mademoiselle Hughes, appelait un homme dans un mégaphone. C'est la police congolaise qui vous parle. Signalez-vous, nous venons vous aider.

— Ne bougez pas, et ils ne nous trouveront pas, souffla Morgan. OK ?

Ozalee hocha la tête, et enfouit le visage de Dakota qui claquait des dents, contre sa poitrine.

À travers les lianes étrangleuses, ils virent avec appréhension des lumières converger dans leur direction, puis les dépasser. Peu à peu, les appels s'éteignirent, couverts par la pluie et les bruits de la forêt. Ici, au cœur de la nuit, les ténèbres amplifiaient les sons. On aurait dit que des prédateurs marchaient juste à côté. L'impressionnant tissu de lianes de leur abri grinçait comme un vieux gréement qui menaçait de les ensevelir. Père et fils demeurèrent longtemps blottis l'un contre l'autre, silencieux, jusqu'à ce que la tête de Milan s'affaisse. Alors Morgan l'allongea contre lui et entama une longue nuit de veille.

— J'ai soif. *Please.*

Avec beaucoup de douceur, Morgan retira le bras de Milan qui l'avait entouré dans son sommeil puis, à tâtons, il attrapa la liane accrochée avec une suspente du parachute, et approcha l'une des extrémités du visage de la jeune femme.

— Prenez la liane dans votre bouche et aspirez, il y a de l'eau dedans.

Leurs mains se rencontrèrent dans la nuit, et celle de Dakota, avide de chaleur humaine, se referma sur les doigts de Morgan.

— Voilà, doucement.

— Voler au-dessus des champs de pavot, je suis stupide, confessa-t-elle après s'être désaltérée.

— Dans le coin, il n'est pas nécessaire d'être stupide pour s'attirer des emmerdes. Très riche, ça suffit.

— Restez sympa…

Morgan entendit Dakota rire de sa propre plaisanterie.

— *Oh shit!* Ça fait mal !

— Votre fièvre a baissé.

— On va pouvoir partir ?

Une fois l'aube levée, ils se déplaceraient jusqu'à un promontoire aperçu au cours de leur marche, quoi qu'il se passe. Sur place, ils prépareraient un feu de détresse en espérant que Laurent aurait rallié un poste des Rangers et prévenu les autorités.

— Milan a l'air très triste. Sa maman est partie depuis quand ?

— Le 13 novembre 2015.

— Oh oui, je comprends. C'est votre *nine-eleven*.

— Mon *Ground Zero*.

C'était la première fois que Morgan confessait cette tragédie aussi simplement. Sans doute l'obscurité y tenait-elle un rôle. Et c'était tellement plus facile de parler à une inconnue.

— J'ai perdu ma mère quand j'avais dix ans, soupira Dakota, je sais que c'est dur. Pauvre Milan, j'aimerais tellement lui dire que ça ira mieux un jour. C'est long.

— Elle vous manque toujours ? chuchota Milan, tout près d'eux.

— Tu es réveillé, mon grand... Ça va ?

— J'ai promis à Laurent de m'occuper du cataplasme, et là, ça fait plus de deux heures.

— Oh, tu es tellement gentil, Milan, s'extasia Dakota. Tu sais, je pense à ma maman tous les jours, mais je ne pleure plus.

Morgan découvrit qu'il avait un fils sociable et généreux. Il se fit tout petit pour que dure ce moment magique, avec à l'esprit les derniers mots du fantôme de Gaëlle : « D'autres viendront t'aider. Sois patient, tu n'as qu'à les attendre, ils arrivent. Ils arrivent et ils compteront tous sur toi », avec le pressentiment que Dakota Hughes était de ceux-là.

— Je vais refaire votre pansement, finit par murmurer Milan. Papa, tu as...

Il fut interrompu par le craquement de branches brisées qui se rapprochait, puis des rais de lumière illuminèrent la forêt et se braquèrent sur leur abri. Instinctivement, Morgan récupéra le Tokarev de Milan. Jamais il n'avait utilisé d'arme auparavant, il en avait une trouille bleue. Elle semblait si lourde, si froide. Si meurtrière.

Ils vont nous massacrer, et Dieu sait ce qu'ils feront à Dakota et Ozalee.

Cette dernière s'était approchée de l'entrée, prête à bondir. Que valait le courage d'une toute jeune femme face à la violence de ces fous sanguinaires ? N'était-il pas préférable de s'échapper d'une balle dans la tête ? Ils étaient quatre, il y avait six cartouches dans le chargeur. Morgan pensa à Shana, qu'il abandonnerait en mourant, puis à Gaëlle, qu'il retrouverait peut-être.

Les pas étaient tout proches. Morgan serra son fils contre lui. Quand une ombre fut projetée sur la toile du parachute, d'instinct il arma le pistolet, tandis qu'Ozalee se plantait à l'entrée, armée de ses bâtons aux pointes effilées.

Ils se regardèrent, conscients l'un comme l'autre qu'ils ne se rendraient jamais sans lutter.

États-Unis, New York City, île de Manhattan

— Je ne me souviens pas avoir eu peur. Tout s'est passé si vite. Il m'en reste une curieuse impression, comme si c'était un film et pas vraiment ma vie.

Pendant qu'il écoutait le témoignage de Dakota Hughes, Julian Stark n'avait cessé de penser à sa propre famille. Le parallèle était évident. Milan et Leny étaient-ils au fond si différents ? Ces deux adolescents avaient perdu leur mère dans de tragiques circonstances. La responsabilité de Julian était immense.

Tout ça par culpabilité. Culpabilité de quoi ? Tu n'as fait que ton devoir en interdisant à ce fou d'aller se faire tuer le soir du 13.

S'il n'avait pas empêché Morgan Scali de retourner dans la salle de spectacle pour sauver sa femme, celle-ci serait peut-être toujours en vie, et cette donnée aurait des conséquences vertigineuses, car Scali ne se serait pas lancé dans son entreprise terroriste après l'Afrique, l'Armée du 12 Octobre n'aurait pas existé, Charlie ne se serait pas radicalisée… Vanda serait toujours vivante… Leny, Milan et Shana ne seraient pas orphelins.

Arrête !

Julian s'accrocha à la voix de Dakota Hughes pour chasser ses pensées destructrices.

— Ozalee Mac Neil vous accompagnait, reprit-il. Parlez-nous d'elle.

— On s'est connues enfants. Elle avait dix ans, moi quinze, et avait été repérée comme surdouée par la fondation créée par ma mère. C'était une native du peuple algonquin, la personne la plus brillante que j'ai connue. Ça ne sautait pas aux yeux, Ozalee était d'une méfiance maladive. Notez que les natifs ont une expérience de la trahison qui remonte à la colonisation et se poursuit encore à l'heure actuelle. À l'époque, Justin Trudeau espérait changer les choses, rien n'a bougé. N'empêche que si notre fondation ne l'avait pas intégrée à son programme, Ozalee serait vivante aujourd'hui.

Une fois encore, Julian estima que Dakota Hughes semblait honnête, pourtant il n'envisageait pas une seconde qu'elle pût être aussi innocente qu'elle s'échinait à le paraître.

— Que pouvez-vous nous dire sur les circonstances de son décès ?

— Ce que mes avocats m'ont rapporté : elle a trouvé la mort en France, en juillet 2025.

— Elle n'a pas trouvé la mort, contra Sookie, agacée, elle a été exécutée. Un coup de couteau dans le ventre et trois balles en pleine face.

Julian s'en souvenait parfaitement. Son cadavre avait été retrouvé à Saint-Trojan-les-Bains, enterré dans le sable à moins de deux kilomètres du repaire oléronais des 12-10.

— Vous étiez amies, poursuivit-il. Pouvez-vous nous donner les raisons de sa venue en France ?

— C'était une grande voyageuse. J'ai cessé de voler après le crash en Afrique. Elle, non. Après, je ne peux nier qu'Ozalee ne me racontait pas tout.

— Avait-elle conservé des relations avec Morgan Scali ?

— Elle ne m'en a jamais parlé.

— Et vous, l'avez-vous revu ?

— Que diriez-vous de prendre l'air ? Il fait doux pour la saison. Venez.

À la suite de leur hôtesse, les deux policiers accédèrent à la terrasse entièrement protégée par des parois en verre, où une piscine de belle taille côtoyait un agréable jardin.

— J'ai tout ce qu'un humain peut désirer, reprit Dakota Hughes. Je ne manquerai jamais de rien, j'ai accès à la meilleure médecine, je peux même m'offrir une clinique, si jamais il me prenait de devenir hypocondriaque… Et pourtant, il me manque l'essentiel. Être aimée pour ce que je suis. Ozalee m'aimait, c'était un esprit brillant et si libre !

— Je constate encore une fois que vous éludez la question, relança Sookie.

— Je sais… Je sais… murmura l'héritière à l'Intelligence Artificielle qui lui parlait dans l'oreillette. Voyez-vous, poursuivit-elle en s'adressant aux policiers, mon avocat me conseille de mettre un terme à cet entretien pour préserver les intérêts de la Hughes Corp. Mais je vais vous répondre. Si j'ai revu Morgan ? Bien sûr ! Je voulais les remercier, lui et son fils, de nous avoir sauvé la vie, et autrement que par téléphone. C'était en septembre ou octobre 2016, je crois.

— Mlle Mac Neil vous a-t-elle accompagnée à cette occasion ?

— Non, elle ne tenait pas à retourner en Afrique après ce qui était arrivé.

— Avez-vous eu d'autres contacts avec Morgan Scali ?

— La Hughes Corp. a fait un don d'un million de dollars à la Fondation ALONE quand elle a gagné son premier procès, mais il n'avait déjà plus besoin de personne, et nous nous sommes perdus de vue. Les aides affluaient du monde entier et sa mission humanitaire était lancée avec le succès que l'on sait. Jamais je n'aurais imaginé que Morgan finirait par user de la violence pour défendre sa cause. Et en mourir.

— Son fils, Milan, ne vous a jamais recontactée ? Ou Mlle Mac Neil ?

— Non. Vous savez, c'était un ado à l'époque. J'ai remarqué qu'il aimait bien Ozalee, mais ce n'était rien de plus qu'une amourette d'adolescent. S'ils se sont revus ? Je ne pourrais l'affirmer. Ni le contraire d'ailleurs.

— Que pouvez-vous nous dire des relations qu'entretenaient Ozalee Mac Neil et Morgan Scali ? Pourquoi a-t-elle fourni une IA aux 12-10 ?

— Mon amie aimait la vie. Les terroristes, c'est l'inverse de la vie, elle n'aurait jamais été leur complice, vous ne me convaincrez pas du contraire. Non, je crois plutôt qu'elle est tombée amoureuse et qu'on l'a bernée.

RDC, parc des Virunga, monts Rwenzori

Immobile dans la nuit, Novak Anticevic sondait l'obscurité à travers son intensificateur de lumière. L'équipe de sauvetage montée par Mukena et lui pour retrouver Morgan, son fils et l'héritière touchait au but. D'après le Ranger, la planque où ils s'étaient réfugiés se trouvait juste en face, à l'intérieur de cet arbre creux disparaissant sous des lianes étrangleuses. Derrière, Gale suivait, équipé d'une mitrailleuse M60, un vieux modèle qu'il bichonnait depuis des années. Avec les zigotos qui sillonnaient les pentes du mont Stanley, on n'était jamais assez prudent.

Novak approcha. Plus que deux mètres, et ça paraissait bien vide. Il y avait en effet une toile de parachute tendue devant l'entrée, comme l'avait indiqué Mukena. Aucune trace de survivants.

Quand il avait reçu l'appel de détresse du chef des Rangers, il avait manqué l'envoyer sur les roses. Mais radio-brousse racontait déjà que des hélicoptères d'une compagnie privée survolaient les monts Rwenzori à la recherche d'un aviateur en perdition et que l'armée congolaise et les rebelles sillonnaient aussi cette région dans une folle battue où le premier arrivé remporterait le jackpot. Un coup de fil, et Novak sut qu'il s'agissait de l'héritière de la Hughes Corp., et d'une de ses amies, Ozalee Mac Neil.

Par gestes, le mercenaire ordonna à ses hommes de se déployer en demi-cercle autour de l'arbre et d'en surveiller les abords. On entendait les rebelles s'apostropher d'un vallon à l'autre et échanger des tirs au hasard.

— Attends ! murmura-t-il à Mukena, qui voulait entrer dans la cachette. J'aime pas ça.

Même s'il ne pouvait expliquer son appréhension, Novak redoutait un piège. Il attrapa une branche et souleva la toile du parachute.

La furie qui s'abattit sur lui hurla au moment de l'impact, si bien qu'il ne put l'éviter et bascula en arrière. Dans le mouvement, son intensificateur de lumière vola dans les fourrés, et son doigt écrasa la queue de détente de son automatique. Le chargeur se vida vers le ciel. Par réflexe, Novak para un premier coup de couteau, mais un deuxième se planta dans son bras, à l'endroit où un des chiens de Natassale s'était acharné des mois plus tôt. Il hurla à son tour et désarma la forcenée qui l'avait planté avec une branche taillée, avant de plaquer sa main gantée sur sa bouche.

— Tu vas fermer ta grande gueule, grinça-t-il. On va nous repérer !

Des yeux incroyablement brillants, d'une noirceur d'anthracite, disaient que la jeune femme qu'il tentait de maîtriser n'avait pas peur de lui et qu'elle lui arracherait les tripes à la première occasion.

— Tu veux crever ici ? Tu sais ce qu'ils vont te faire avant ?

Trop tard. Leurs cris rameutaient les rebelles, et la jeune femme rua, obligeant Novak à peser de tout son poids sur elle.

— Je vais me relever, murmura-t-il à son oreille. Ou tu me suis, ou je t'assomme et on t'embarque.

Les rebelles approchaient et commençaient à se tirer dessus entre clans ennemis. De nombreuses sources de lumière éclairaient les sous-bois, comme autant de cibles faciles.

— Choisis !

— Ozalee, arrête ! cria Morgan, en jaillissant hors de la tente. Ces hommes ne nous veulent pas de mal !

Dans les yeux sombres, un changement impressionnant s'opéra. L'humanité revenait, la compréhension aussi, tandis qu'ils se mouillaient de larmes.

— OK, je vais vous lâcher, pas de bêtise, hein ?

Novak laissa à Milan, qui venait de sortir à son tour, le soin de s'occuper de la jeune femme, et s'adressa à Morgan.

— On peut dire que vous avez le chic pour vous fourrer dans les emmerdes !

D'un coup d'œil circulaire, Novak analysa la situation. Les rebelles les plus proches descendaient vers eux par un sentier de randonnée. D'autres progressaient plus lentement depuis l'aval, mais ceux-là auraient l'avantage du nombre. Il restait une issue possible, un passage qui longeait la pente, puis montait vers un col, à quelques encablures du pic Marguerite et permettait de redescendre vers les vallées ougandaises où ils trouveraient du secours.

Novak distribua ses ordres et, dans la minute, deux de ses hommes emportaient Dakota Hughes dans la toile de parachute transformée en brancard, avec Ozalee Mac Neil à ses côtés et deux escortes pour ouvrir la voie, tandis que lui-même demeurait avec Scali, son fils et Laurent Mukena.

Derrière eux, Gale ouvrit un tir de barrage pour retarder leurs poursuivants. Les balles de 7.62 hachèrent la végétation, des arbustes tombèrent. En face, les lampes s'éteignirent et les rebelles hurlèrent dans la nuit.

Même si Novak se méfiait de la chance – il n'en parlait jamais par crainte de s'attirer le mauvais œil –, une fois encore, cette chance insolente qui l'avait accompagné sur tous les théâtres de guerre lui sourit. En parvenant au col, il n'avait pas perdu un seul de ses hommes. Du côté adverse en revanche, les pertes augmentaient à mesure que les pièges à la grenade tendus sur le chemin explosaient.

Relié à la ferme de la Gold par téléphone satellite, Novak encaissa les mauvaises nouvelles les unes après les autres. On avait repéré des mouvements de factions rebelles côté Ouganda, précisément à l'endroit où il conduisait son petit groupe. Il semblait que leurs poursuivants, ne pouvant se risquer à les suivre, avaient décidé de contourner le mont Stanley pour les bloquer par l'est, tout en dépêchant des hommes pour tirer sur les hélicoptères de secours, dont le vol avait repris avec le lever du jour.

En résumé, ils étaient sains et saufs, mais ne pourraient espérer redescendre tant que la menace resterait critique. Aussi Novak décida-t-il de rallier l'unique abri à des kilomètres à la ronde, un hôtel pour randonneurs, fermé depuis qu'un couple de touristes australiens y avait été assassiné l'été précédent.

La situation de l'établissement était idéale, juste au-dessus de la forêt de nuages, dans une végétation composée de fougères géantes, avec pour voisinage un lac qui offrait mille mètres d'horizon. À l'entrée du bâtiment principal, les tarifs des nuitées étaient encore affichés, en dollars, en euros et en shillings ougandais.

Novak fit voler le cadenas et ouvrit les deux battants de la porte du hall. Pendant que les civils se réfugiaient dans la salle de restaurant, il détermina lesquels de ses hommes monteraient la garde et envoya les autres se reposer. Ensuite, il décida qu'il prendrait le premier tour face au lac, récupéra le fusil de précision d'Aedan, son sniper le plus habile qui montrait des signes de fatigue, et gagna la terrasse. Là, il s'allongea derrière une balustrade colonisée par la végétation. À l'abri des regards, il avait une vue parfaite sur le pourtour du lac, et en particulier sur sa rive opposée, où cheminait un sentier de randonnée. Rapidement, Novak prit des nouvelles de ses hommes et fit le décompte de leurs munitions.

Gale disposait encore de deux cents cartouches pour alimenter sa M60, les autres d'une trentaine chacun. Ça permettrait de repousser un assaut, guère plus.

La route la plus proche de l'hôtel s'achevait sur un parking dans le haut de la vallée. Elle ne servait qu'aux véhicules accompagnant les touristes au plus près des monts Rwenzori. Les locaux ne s'aventuraient pas dans les montagnes. Il n'y avait à leur sens rien à y faire. En additionnant les quatre heures qu'il leur avait fallu pour atteindre le col, plus le temps pour rallier l'hôtel,

Novak estima que les rebelles risquaient de débarquer d'un instant à l'autre.

Ce point sur leur situation achevé, il contacta la ferme de la Gold, et demanda à un de ses hommes de se rendre auprès d'Eliah Daza, le directeur adjoint du parc, pour lui demander de leur envoyer des Rangers.

La M60 aboya une rafale avant qu'il ait achevé sa conversation.

« Tir de sommation », renseigna Gale dans l'oreillette de Novak. « Ils se sont carapatés pour le moment. »

Leurs assaillants ne mirent pas longtemps à trouver une nouvelle tactique d'approche. Novak en vit d'abord un, par intermittence, passer entre les fûts des arbres qui bordaient le lac, puis une vingtaine. Avec l'intention manifeste de le contourner et d'aborder l'hôtel par sa façade septentrionale.

Il ajusta les organes de visée de son fusil longue portée, régla la lunette à sa vue et trouva une position confortable pour se concentrer.

Un premier rebelle apparut sur la rive, face à lui, à moins de mille mètres. Il portait un foulard noué sur la tête à la façon des pirates, et un AK47 en bandoulière. Quel âge pouvait-il avoir ? À cette distance, c'était difficile à apprécier, et peu importe après tout. Qu'il soit jeune ou plus vieux, la balle mettrait environ une seconde et demie à parcourir la distance, elle se déplacerait à huit cent quatre-vingts mètres par seconde… Novak visa un pas devant le soldat rebelle, et pressa la détente. Puis il décala sa visée sur les trois suivants et tira à nouveau. Les silhouettes anonymes furent fauchées, et il ôta son œil de la visée. Un bruit de rotor montait de la vallée.

Mauvais timing...

Malgré la distance, il entendit les balles crépiter sur la carlingue de l'hélicoptère, qui amorça aussitôt une manœuvre de retournement et disparut derrière la canopée, enveloppé d'un panache de fumée noire.

Seul sur le toit en terrasse, Novak s'était abrité du vent. La nuit était tombée et il n'avait pas dormi depuis une vingtaine d'heures. Par deux fois, un nouveau groupe de rebelles avait essayé de s'approcher de leur position au cours de l'après-midi. Jusqu'à présent, il avait gardé civils et mercenaires indemnes, et il entendait bien que les choses restent en l'état, même si, piégés dans cet hôtel désaffecté, hors d'atteinte d'une aide par le ciel, ils vivaient une situation inédite.

Depuis leur arrivée, Mukena prêtait main-forte à ses hommes, et les Scali aidaient à la surveillance des abords de l'hôtel. Quant à Ozalee Mac Neil, elle s'occupait de l'héritière, dont l'état s'était stabilisé grâce aux antibiotiques qu'il avait apportés.

Seule la concentration nécessaire à sa mission était parvenue à chasser la jeune Amérindienne des pensées de Novak. À présent que les combats s'étaient calmés, cette fille d'une beauté irréelle et brune comme la nuit qui s'était abattue sur le mont Stanley l'obsédait. D'après le jeune Scali, qui le tenait de ses échanges avec l'héritière, il s'agissait d'une enfant surdouée, un génie découvert par la Fondation Hughes dans la province canadienne de Terre-Neuve et Labrador. Aux yeux de la loi de son pays, elle n'était pas encore majeure, et pourtant elle dirigeait sa propre entreprise, la Mac Neil Company.

Il la sentit avant de l'entendre s'approcher. Instinctivement, sa main se referma sur la crosse de son automatique qu'il dégaina puis remisa dans son holster, quand elle s'agenouilla près de lui.

— *Ukantiti ushkan*, pour toi. (Sa voix un peu rauque le séduisit au moins autant que son incroyable regard.) Ouvre ta main.

Novak s'exécuta, et Ozalee déposa dans sa paume un bracelet composé de plusieurs rangées d'os peints et de billes de verre.

— Ce sont les os d'un loup tué par mon grand-père. Ils renferment l'esprit de ce loup, et si tu le respectes, il te protégera.

Novak voulut la remercier, lui dire qu'il n'avait fait pour elle et ses amis que ce que tout homme aurait fait à sa place, elle ne lui en laissa pas l'opportunité.

— Tu dois le garder, No, insista-t-elle en retenant sa main dans la sienne. On ne refuse pas un sort aussi puissant.

Cette façon qu'elle eut de l'appeler No acheva de le foudroyer.

— Je ferai tout pour que tu rentres chez toi, lui dit-il. N'aie pas peur.

— Je n'ai pas peur, je veux juste connaître l'amour avec toi.

La main d'Ozalee était chaude, douce. Du bout de ses doigts, elle caressait les siens avec une délicatesse infinie, et il sentit son bas-ventre papillonner, comme quand il était adolescent.

— Je n'ai jamais embrassé personne. Tu veux me montrer ?

Brutalement, l'esprit et le corps de Novak s'opposèrent. Il y avait longtemps qu'il n'avait pas ressenti un tel désir, mais la jeunesse de la belle Amérindienne le paralysait.

Pourquoi ? N'avait-il pas déjà cueilli des filles de son âge ? Si, et même plus souvent qu'il ne voulait l'admettre, à commencer par la serveuse de l'hôtel de Goma. Son univers affectif se résumait à une sorte de prédation sans lendemain, et il pressentait obscurément que le bonheur et la chance ne faisaient pas bon ménage. Pourtant, après l'appel radio d'Eliah Daza, l'informant qu'il arriverait avec des renforts au petit matin, Novak ne doutait pas qu'ils survivraient à cette nuit.

Alors, il rejeta ses sombres pensées et porta la main d'Ozalee à ses lèvres. Sa peau avait le goût du paradis.

État-Unis, New York City, île de Manhattan

Debout derrière la vitre blindée qui séparait la terrasse du vide, Julian Stark observait le ballet des avions de ligne qui survolaient l'Hudson sans discontinuer. Certains volaient si bas que, depuis le soixantième étage, ils disparaissaient par intermittence entre les gratte-ciel.

— Pourquoi bâtir des immeubles aussi démesurés quand on a de la place à revendre ? s'interrogea-t-il tout haut.

— Parce que c'est possible, ne cherchez pas plus loin ! répondit Mlle Hughes. J'ai besoin de prendre un verre, ça vous dit de m'accompagner ? Un vin californien vous irait ?

— J'aime les vins du monde, répondit Sookie, à condition qu'ils soient bons.

— Alors accordez-moi un instant, je reviens tout de suite.

— Belle façon de te débarrasser de notre hôtesse ! chuchota Julian quand Dakota Hughes eut quitté la terrasse. Son IA nous espionne.

Ils s'approchèrent ensemble du garde-corps pour échanger à voix basse.

— C'est une fieffée menteuse. Cette histoire d'amour entre le mercenaire et Ozalee Mac Neil, c'est un conte de fées pour justifier qu'elle ne savait rien des activités de sa petite protégée avec les 12-10. De la poudre aux yeux ! Amoureux, ces deux-là ? On est quasiment sûrs que c'est lui qui l'a exécutée en 2025, merde !

— On le suppose. Il n'y a aucune preuve.

— J'en mettrais ma main au feu. En tout cas, je suis sûre que c'est elle qui finance tout.

— Démontrer que Mlle Hughes ment est une chose, prouver qu'elle a financé les 12-10 en est une autre.

— Rien n'est impossible.

— Peut-être, mais elle va être difficile à déférer…

Julian s'interrompit alors que l'héritière revenait, porteuse d'un panier en osier dans lequel étaient empilées des victuailles et de la vaisselle.

— Je ne fraye que rarement avec le club des ultra-riches, se justifia-t-elle en servant le vin à ses hôtes. Je ne les trouve pas très intéressants. Je dirais que ceux qui n'ont pas créé une fondation, quelle que soit la cause défendue, ne sont pas fréquentables. *Cheers !*

Ils goûtèrent le vin en silence.

— J'imagine que vous vous demandez si j'étais informée qu'Ozalee créait une Intelligence Artificielle pour Morgan, reprit-elle. La réponse est clairement non. *Oh my gosh !* Si je l'avais su, elle ne serait jamais restée au sein de la Hughes ! Amie ou pas !

— Vous ignoriez qu'il était un membre actif de l'Armée du 12 Octobre ?

— J'ignorais tout de son appartenance à ce mouvement. Vos services aussi, me semble-t-il, jusqu'au moment où il a revendiqué lui-même les attentats.

— Ozalee Mac Neil n'a-t-elle jamais fait mention des 12-10 ?

— Jamais.

— De sa relation avec Novak Anticevic, alors ?

— Ozalee préservait sa vie privée.

— Les investigations attestent de la présence de deux des hommes de Novak Anticevic sur les lieux du crime.

Dakota Hughes fronça les sourcils. Julian aurait juré qu'elle avait blêmi.

— Je l'ignorais.

— Pensez-vous qu'Ozalee Mac Neil pouvait représenter un danger pour les membres les plus radicaux des 12-10 ?

— Précisez ?

— Vous dites qu'elle détestait la violence. L'idée qu'elle avait découvert les projets de Morgan Scali, tenté de les empêcher et été assassinée pour ça ne vous a jamais effleurée ?

Les deux policiers enchaînèrent les questions sur un rythme plus soutenu, dans une entreprise évidente de déstabilisation. Bientôt, l'IA personnelle de Dakota Hughes les rappela à l'ordre.

— Je suis désolée, dit cette dernière d'une voix blanche, je ne peux me lancer dans des spéculations, vous le comprendrez.

— Novak Anticevic a-t-il cherché à entrer en contact avec vous par la suite ? ajouta Julian.

— Pas avec moi directement, non. Mais j'ai su qu'il avait passé un contrat avec la branche armement de la Hughes Corp., pour la dotation de ses équipes de sécurité.

— Vous affirmez donc que vous ne l'avez pas revu après votre crash en RDC ?

— Je l'affirme, oui. Pourquoi l'aurais-je fait ? Je ne suis pas spécialement attirée par les mauvais garçons, monsieur Stark, et le fait de posséder des usines d'armement ne fait pas de moi une amatrice de pistolets et de testostérone.

— Vous devriez vous méfier, mademoiselle Hughes, glissa Sookie. Notre visite ici va faire bouger les lignes, l'implant du capitaine Stark a forcément alerté les terroristes de notre présence à vos côtés. J'espère sincèrement que vous n'êtes pas reliée à tout ça, parce que vous pourriez être en danger.

Alors que Julian se félicitait de l'intelligence de sa partenaire, l'IA personnelle de Dakota Hughes les interrompit à nouveau en parlant dans son oreillette.

— J'ai dépassé le temps que je pouvais vous consacrer. *I'm sorry*.

Cette fois, l'héritière leur donna congé et les raccompagna à l'ascenseur privé qui menait au penthouse.

— J'ai tronqué la vérité tout à l'heure, ajouta-t-elle en empêchant les portes de se refermer du bout du pied. J'ai eu des nouvelles de Morgan en 2019 ou 2020, quand il m'a fait envoyer cette montre. J'avais perdu la mienne au-dessus des Virunga, et il avait promis de m'en offrir une autre. En réalité, Ozalee et moi avons reçu chacune la nôtre. C'est parti d'une boutade, précisa-t-elle encore en détachant le bracelet pour exhiber le revers du cadran. Et c'est devenu autre chose… Il avait fait graver cette phrase parce que nous discutions souvent des regrets que nous pouvions éprouver dans la vie. *Nous aurions tous une bonne raison de remonter le temps.* Probablement avait-il enfin réalisé que c'était impossible.

2016 2028

13 novembre

RDC, parc des Virunga

Ce n'est pas par hasard que Shana avait choisi le premier jour anniversaire des attentats de Paris pour accompagner Milna, le gorillon orphelin, à son retour dans son environnement nourricier. L'aube se levait tout juste sur la forêt de nuages, et la fillette se tenait droite comme un I, les yeux rivés sur Laurent qui s'apprêtait à ouvrir la cage.

13/11/2016

Morgan Scali et ses enfants y pensaient depuis des semaines et voyaient le décompte s'amenuiser sans qu'ils ne puissent rien y changer, jusqu'à la veille où il leur avait raconté l'histoire de Shéhérazade, parce que c'était leur préférée quand ils étaient mômes, et qu'ils avaient accepté de se prêter ensemble à cet ancien rituel du coucher.

Ses enfants endormis, Morgan avait passé la nuit assis sous l'auvent, à regarder le ciel et à écouter la terre. Voir les étoiles entre deux passages nuageux, écouter le vent et les bruits de la forêt. Peu à peu, ses pensées s'étaient transformées en un remugle lointain où lui-même cherchait à se perdre.

— On va y aller, tous les deux, annonça le Ranger, en déposant le petit animal dans les bras de Shana.

Le gorillon d'un an s'accrocha au cou de la fillette en poussant de petits cris d'excitation. Depuis son retour de France, Shana lui donnait le biberon et jouait avec lui tous les jours, si bien que l'animal lui faisait confiance.

La future mère adoptive de Milna avait été repérée à moins de mille mètres de là, grâce aux drones de Morgan. Elle appartenait à un groupe d'une dizaine d'individus, recomposé à partir des orphelins survivants d'autres clans décimés par le braconnage.

Ensemble, ils avancèrent jusqu'à la clairière où les gorilles se sustentaient. Dans la brume épaisse, on n'y voyait pas à vingt mètres, et Shana sursauta, quand le mâle dominant s'avança vers eux, le buste bombé et les poils hérissés.

— N'aie pas peur, chuchota Laurent. Il ne te fera pas de mal.

— Je sais, répondit Shana. Papa m'a dit.

— À droite, il y a une jeune mère qui vient de perdre son petit. Tu la vois ?

— Oui.

— Va vers elle. Lentement. Il te laissera passer.

Le souffle coupé, Morgan assista à la rencontre entre Shana et le silverback, dont le visage était fendu par une longue cicatrice, probable trace d'une précédente confrontation avec des hommes. La fillette était si menue à côté du mâle dominant qu'il était déraisonnable de la laisser approcher. Puis il se rappela que, de tous ceux qui habitaient ces vastes contrées, les gorilles étaient de loin les êtres les plus pacifiques, et s'apaisa.

Aie confiance en elle. Aie confiance en eux.

L'animal renifla l'odeur des hommes dans le vent et demeura immobile devant Shana qu'il observa sans la toucher, puis il retourna à son déjeuner.

Shana avança de quelques pas. Alors seulement, les autres femelles s'approchèrent à leur tour afin d'observer la fillette et le gorillon, pour s'asseoir autour d'elle. On aurait dit qu'elles discutaient de la conduite à tenir.

— Tu peux y aller maintenant.

Les larmes aux yeux, Shana embrassa le gorillon, chuchota quelques mots à son oreille, puis elle batailla pour retirer ses mains de son cou et de ses cheveux. Pourtant, quand elle l'eut déposé au sol, il se jeta dans les bras de la jeune mère, dont le Ranger lui avait dit qu'elle venait de perdre son petit.

Le voyage retour se fit en silence, et Morgan repéra dans les yeux de sa fille plus d'émotion que d'ordinaire. Le jour où ensemble, ils commémoraient l'assassinat de Gaëlle, Shana rendait un enfant à une mère. Au cours de cette douloureuse année, la fillette avait incroyablement grandi.

C'était un dimanche, et les Rangers travaillaient en effectif réduit. Laurent déposa les Scali au poste de sécurité et repartit déjeuner avec sa famille.

Main dans la main, Morgan, Milan et Shana remontèrent la piste qui menait aux bâtiments administratifs de la réserve, et à leur maison. Un jour pareil, s'ils avaient été à Paris, ils auraient déjeuné au restaurant avant d'aller au cinéma. Puis ils seraient rentrés avec des pâtisseries pour se venger de la grisaille de novembre et accompagner le chocolat chaud des enfants. Ici, dans la région des Grands Lacs, le soleil se levait à 6 heures et se couchait à 18, et les conditions climatiques variaient de petite en grande saison des pluies, ou de petite en grande saison sèche. Et surtout, Gaëlle n'était plus là.

— C'est qui, papa ? demanda Shana en apercevant les Range Rover stationnés devant la résidence, à côté desquels plusieurs hommes aux carrures impressionnantes semblaient surveiller les environs.

— C'est les *Men in black*, railla Milan.

— Tu dis n'importe quoi.

Morgan prit Shana par la main.

— S'ils ont pu entrer dans l'enclos, affirma-t-il, c'est que tout va bien.

— C'est peut-être des gens de l'Unesco, ajouta l'adolescent. Tu crois qu'on va devoir rendre la maison ?

Milan ravala ses mots en reconnaissant Dakota Hughes. Celle-ci se dirigeait vers eux, le visage empreint de gravité. Quand les Rangers, avec Eliah Daza à leur tête, les avaient secourus dans les monts Rwenzori, les hélicoptères dépêchés par l'ambassade américaine avaient emporté Dakota et Ozalee loin des clans rebelles, et les services de sécurité s'étaient opposés à ce que l'héritière blessée s'attarde pour remercier ses sauveurs.

— Quelle amie serais-je, dit-elle en enlaçant Morgan puis Milan avec tendresse, si j'étais restée loin de vous un jour comme celui-ci ?

Région Île-de-France, Block D

Une vingtaine de voitures occupaient le parking du Block D, quand Julian Stark gara la sienne. En créant dix-huit mois plus tôt l'unité spéciale chargée de traquer les terroristes de l'Armée du 12 Octobre, la Direction centrale avait jeté son dévolu sur un bâtiment industriel rénové, situé au beau milieu d'un terrain de plusieurs hectares, en périphérie de Saint-Germain-en-Laye. Les équipes s'étaient installées dans ces locaux immenses où des ouvriers s'étaient éreintés sur des chaînes de montage durant des décennies.

Certains le comparaient au dôme de Genbaku à Hiroshima[1], d'autres au sarcophage de la centrale nucléaire de Tchernobyl, à cause de sa forme parallélépipédique et de l'absence de fenêtres. La plupart se contentaient de l'appeler le D, ou Block D à cause de la lettre immense qui ornait le fronton au-dessus de l'entrée principale.

Le vaste bâtiment abritait en permanence des flics, des militaires, des agents du renseignement, des analystes, des opérateurs chargés des écoutes et de la

1. Seul immeuble resté debout au milieu des décombres engendrés par l'explosion de Little Boy.

centralisation des données en provenance du monde. Sans compter le personnel de sécurité, les mécaniciens dédiés à l'entretien des deux hélicoptères posés sur le toit à côté des « grandes oreilles », et les pilotes. Les moyens de la plupart des services dédiés à la lutte antiterroriste étaient réunis pour permettre une intervention ultrarapide à n'importe quelle heure du jour ou de la nuit, où que ce soit sur le territoire.

— Stark, s'annonça Julian en déposant son badge et son arme de service au poste de garde, ainsi qu'une boîte en carton. La nuit a été longue ?

Au fond, la réponse à sa question importait peu, un logiciel identifiait sa voix.

— Comme d'habitude, et toi ?

— Elle l'a été.

Avec le temps, Julian s'était habitué aux mesures de sécurité du Block D, mais au début, confier son arme aux gardiens pour vérification, passer dans le scanner et être reniflé par un chien détecteur d'explosifs, avait le don de l'agacer. Il récupéra son carton, passé aux rayons X, puis franchit le sas, longea les portes blindées – derrière se trouvaient les véhicules d'intervention, les ateliers, l'intégralité des scellés des affaires liées à l'Armée du 12 Octobre, différents stocks, dont celui des armes et des munitions – et grimpa à l'étage, compartimenté par secteurs d'activité.

Son poste était installé à côté d'une salle vitrée où plusieurs binômes d'analystes se relayaient vingt-quatre heures sur vingt-quatre pour tenter d'identifier et de localiser les maquettes retrouvées dans le campement de la falaise et de déchiffrer les documents abandonnés par les terroristes. Julian consulta rapidement les synthèses des analystes européens sur les dernières vingt-quatre heures. La nuit avait été calme.

En attendant Sookie, il commença par fixer sur un panneau l'immense carte du monde qu'il avait apportée, puis y épingla les photos de Charlie, sa fille, et celles de tous les principaux membres de l'Armée du 12 Octobre, Dakota Hughes et Ozalee Mac Neil comprises, chacune avec des punaises de couleurs différentes.

Dans l'avion du retour de New York, il avait décidé de marquer tous les endroits où chaque terroriste avait été repéré durant les dix dernières années pour les croiser avec les déplacements de Dakota Hughes et Ozalee Mac Neil – il comptait sur la collaboration des services américains sans trop y croire.

Julian était convaincu qu'avec ce travail de fourmi, il identifierait peut-être un lieu récurrent ou commun aux protagonistes de l'histoire. L'argent de la Hughes Corp. avait forcément contribué à leur fournir des planques. Lorsqu'il eut achevé de localiser chacune de ses cibles pour l'année 2015, il compulsa les carnets de voyage de Morgan Scali sur la période en RDC, et nota les endroits où lui, ses enfants, et ses complices s'étaient rendus, sans oublier sa propre rencontre avec Abigail Stedman, à Paris, en juillet 2016.

Que se serait-il passé s'il avait accepté qu'elle revoie Charlie à ce moment-là ? Le destin de beaucoup aurait probablement été bien différent. Et aujourd'hui, il ne serait pas en train de traquer sa propre fille, embrigadée dans un mouvement terroriste.

En réalité, tu n'en sais rien.

Dans une note datée du 14 juillet 2016, Morgan Scali écrivait :

Ils ont recommencé. Rien ne s'arrêtera tant que nous n'aurons pas réfléchi à une solution globale. Donne l'aisance aux peuples et les peuples du monde cesseront d'en attendre après Dieu. Ici, je peux agir. En France, je n'ai pas réussi à envisager ce que je pourrais accomplir pour aider le monde à s'en sortir... France, Liban, Mali, Arabie Saoudite, Tunisie, États-Unis, Turquie, Égypte, Pakistan, Somalie, Cameroun, RDC, Syrie, Nigeria, Royaume-Uni, Russie... Il n'existe plus d'endroit sûr, plus de communauté protégée. La violence est-elle une réponse acceptable ?

Comment Morgan Scali aurait-il pu imaginer qu'en tentant de faire le bien dans les Virunga, il s'entourait des piliers de son futur ? Il naviguait alors à vue, incapable de deviner quel rôle il jouerait en ce monde sans logique, et en même temps anxieux de ne pas être un père à la hauteur. Finalement, il n'avait même pas réussi à sauver ses propres enfants, les entraînant tous les deux sur les chemins du terrorisme. Aujourd'hui Shana n'était plus là pour témoigner de ces années, et Milan probablement en cavale avec Charlie, quelque part entre deux planques.

— Noir, ton café, sans sucre. Tiens, cadeau, ajouta-t-elle en posant un sac provenant des scellés du rez-de-chaussée.

Sookie se déplaçait avec une telle discrétion que, même s'il l'attendait, Julian se laissa surprendre et sursauta.

— Tu fais quoi ici, un samedi à 5 heures du mat' ? On avait dit 7 heures.

— Un petit merci, peut-être ?

Sookie avait rapporté la montre retrouvée à proximité du cadavre d'Ozalee Mac Neil – une Breitling équipée d'un système GPS, une réédition d'un modèle des années cinquante créé pour les pilotes d'avion. Sans la sortir du sac en plastique, Julian retourna l'objet, tandis que Sookie observait la carte piquée d'épingles de couleur.

— *Nous aurions tous une bonne raison de remonter le temps,* lut-il à voix haute.

— Morgan offre la même montre à Dakota Hughes et Ozalee Mac Neil, qu'il n'a jamais revues… Pourquoi ? Souvenir du bon vieux temps ? suggéra-t-elle en pointant l'endroit du crash matérialisé sur la carte.

— Mensonges, ils se sont revus.

— On n'a aucune preuve. Provocation, plutôt, tu ne crois pas ?

— Elle l'aurait remise à son poignet parce que nous allions la rencontrer ? Non, elle est attachée au souvenir de Morgan Scali, parce qu'ils étaient amis, quoi qu'elle prétende.

— Ou à celui d'Ozalee Mac Neil. Notre théorie sur son assassinat par l'un des leurs l'a secouée. Elle va parler.

— Dieu t'entende, grinça-t-il.

— Je pense qu'il est sourd. T'as fait ôter ton implant comme convenu ?

— On n'est convenu de rien. Tu vas me virer ?

Sookie haussa les yeux au ciel.

— Vorchek te laisse vingt-quatre heures pour passer voir le toubib de la maison et ôter ce truc. Sinon, t'es consigné ici. Du neuf ?

— Le 14 juillet 2016, en apprenant l'attentat de Nice, Morgan Scali se demande si la violence est une réponse acceptable à l'iniquité qui gouverne le monde, déclara Julian, imperturbable, en désignant les carnets.

— Pas très étonnant pour une victime du Bataclan.

— Peut-être, mais il ne s'agit pas de n'importe laquelle. De victime, Morgan Scali va devenir bourreau. Pourquoi ? Il transcende sa douleur en venant en aide aux Africains, il crée la Fondation ALONE et ça marche du tonnerre. Alors que s'est-il passé ? À quel moment les choses dérapent-elles ?

Paris

« La présence de pétrole sous les Virunga est confirmée. »

Cette nouvelle, Novak Anticevic la redoutait autant qu'il l'espérait. N'était-ce pas grâce à ses manigances, qu'il avait obtenu la libre circulation des ingénieurs de la Gold dans la réserve ?

— Le gisement est important ? demanda-t-il au responsable stratégie de la Gold, avec qui il dînait dans un palace du VIIIe arrondissement.

— Important ? répéta son interlocuteur, la bouche pleine de la chair d'un bulot badigeonné de mayonnaise. Ça va chercher dans les cent cinquante milliards de barils.

Instinctivement, il avait baissé la voix.

On ne parle qu'à mots couverts des saloperies que l'on projette.

— Il n'en reste pas plus à ces enfoirés d'Iraniens ! Vous reprendrez du vin ?

— Non merci, déclina Novak en vidant ce qui restait de la bouteille de chambolle-musigny 1er cru, dans le verre de Jean-Gérard Gillig.

À la Gold, on le surnommait J2G, l'homme de tous les coups tordus. C'était à lui que les dirigeants confiaient la responsabilité des « dossiers noirs », tout ce qui permettait au business de fonctionner, d'acheter des sympathies ou de se débarrasser de nuisibles, et qui ne pouvait être révélé, au risque de se retrouver devant les tribunaux. Pourtant rompu à la magouille et à la politique, Novak se méfiait de ce type comme de la peste, et se prémunissait contre d'éventuels revers de fortune en enregistrant leurs échanges.

— Ce vin est une merveille !

Un jour, J2G avait dû être bel homme. Mais à force de s'empiffrer, ce qui restait de lui disparaissait sous d'abondants tissus adipeux, jusqu'aux traits de son visage, son cou, et ses doigts. Et tandis qu'il vidait son verre de bourgogne sans la délicatesse que méritent les vins d'excellence, Novak imagina son cœur enrobé de graisses jaunâtres.

Dégueulasse !

L'homme de la Gold repoussa son assiette vide et agita sa main pour attirer l'attention d'un serveur. Il avait encore soif, et ne se priverait pour rien au monde de la tarte au citron meringuée dont l'établissement s'était fait une spécialité.

— Ce n'est pas à Ouagadougou que vous en mangerez une de cette qualité.

— Un café, ce sera parfait, répondit Novak, qui s'abstint de reprendre son interlocuteur sur la géographie.

Il n'avait qu'une envie, foutre le camp de là et retourner à l'hôtel où l'attendait la magnifique, la sublime Ozalee Mac Neil, de passage à Paris pour quelques jours.

— La région du lac Édouard est occupée par le parc des Virunga en RDC, le Queen Elizabeth en Ouganda, la forêt de Bwindi et la réserve de Kigezi en Tanzanie, lâcha Novak quand l'autre eut achevé de mastiquer son dessert. Toutes ces zones sont subventionnées par l'Unesco.

— On ne va pas rouler à vélo parce que l'Unesco fait son caprice !

J2G gloussa de bonheur, se lécha les doigts, puis déclara d'un air mauvais en désignant les clients du restaurant :

— Cent millions de barils, c'est ce que ces connards consomment chaque jour. Mille cent trente par seconde ! Ça vous parle ?

Évidemment, la question était rhétorique, car il enchaîna, en exécutant des moulinets de la main.

— L'argent finit toujours par passer, vous le savez aussi bien que moi. On aura les associations à dos, les ONG, l'Unesco et même les Femen, si vous avez ça dans le coin. Mais l'argent passera. Vous avez déjà vu un gamin ne pas ouvrir ses cadeaux de Noël ?

Novak savait que les actionnaires de la Gold Petroleum, au nombre desquels émargeait l'État français, ne renonceraient jamais à la montagne de dollars promise. Il ne fallait pas confondre économie et écologie, et ce n'était pas quelques espèces animales et végétales endémiques qui changeraient la donne.

— Donc il conviendrait, mon cher Novak, que vous adaptiez votre stratégie pour que les choses tournent à notre avantage.

En clair, J2G lui demandait de permettre l'exploitation du pétrole dans les Virunga.

— Je me fiche de savoir comment vous allez procéder, il nous faut des résultats à un horizon de douze mois, pas plus. Nous n'allons pas attendre le développement de la flotte électrique mondiale pour sortir un nouveau gisement de notre poche !

Sur le papier, l'opération ne paraissait pas très compliquée. Il suffisait de manipuler le tissu social présent dans la région, les alliances, les oppositions, monter les uns contre les autres, dans une contrée où circulaient des milliers de rebelles en armes, avec pour accélérateur de feu un sous-sol regorgeant de richesses. Cela faisait des années que la tension montait dans la région des Grands Lacs ; il suffirait de l'attiser, permettre à la poudre d'exploser.

Faire basculer le Nord-Kivu dans la guerre sera très facile.

— Innovez, soyez inspiré, poursuivit J2G, et la Gold fera de vous un homme riche. N'est-ce pas ce que vous avez toujours voulu ?

— Je suis déjà riche.

— Alors que voulez-vous, mon cher ? Une promotion ?

— Je veux être libéré de la Gold. Avec effet immédiat. Vous m'effacez de vos tablettes, vous détruisez vos petits dossiers sur moi, j'ai bien dit TOUS vos dossiers.

— Vous êtes très cher, Novak Anticevic.

— Vous voulez la guerre ? Alors, c'est le prix à payer.

Au fond, Paris n'était vivable que la nuit, quand les rues se vidaient et qu'il n'y circulait plus que des taxis. Novak l'avait aimée cette ville, infiniment même, quand à quinze ans il l'avait découverte. Il avait suffi de prendre le RER à Sarcelles, où son père jurait que « Paris, c'est pour les bourges ! », en sautant par-dessus le portillon, parce qu'à cet âge il n'avait pas un franc en poche. Au début, il s'était contenté de baver devant les vitrines, et puis il était entré, avait découvert la gratuité des musées de la ville, les combines pour aller au théâtre pour presque rien, et compris que Paris, c'est fait pour s'en mettre plein les yeux !

Trente ans plus tard, en longeant les quais de Seine en direction du quartier du Marais, les sensations remontaient du fond de ses tripes. Il avait décidé de rentrer à l'hôtel à pied. Il avait de l'énergie à expulser. De la colère aussi, avant de retrouver les bras d'Ozalee.

Sa liberté, Novak Anticevic l'obtiendrait de la Gold, ainsi que l'oubli de toutes les exactions que ses hommes avaient commises en terre africaine pour défendre les intérêts pétroliers. Et contrairement à ce que clamait J2G, ce n'était pas à la compagnie qu'elle coûterait cher, mais aux habitants du Nord-Kivu.

Les Congolais avaient vu leur vie changer de façon notable, grâce à l'action de la Fondation ALONE et à la complicité de Natassale. Au début, ils s'étaient méfiés de ses belles paroles, les Watu étant plus connus pour leurs razzias sanglantes dans les villages que pour leur générosité. Natassale avait été pédagogue, patient, et ses livraisons de fours solaires avaient achevé de convaincre les réfractaires.

Dans ces contrées désormais débarrassées des rebelles étrangers, les hommes cultivaient la terre ou commerçaient sans être assassinés ; les femmes et les écoliers allaient et venaient sans risquer d'être enlevés ou violés. C'était à ce mieux-vivre que Novak Anticevic allait devoir s'attaquer pour gagner sa liberté.

Arrivé devant le Pont-Neuf, il quitta la rive droite de la Seine et déambula sur l'île de la Cité par le quai de l'Horloge en direction de Notre-Dame. Il y parvint un peu après minuit. Sur le parvis, la foule parlait toutes les langues du monde. En ce jour anniversaire, on avait allumé des bougies et déposé quelques fleurs en hommage aux victimes des attentats de novembre 2015. Adossé au socle de la statue de Charlemagne, Novak fit une halte et observa la façade. La beauté de l'édifice trancha avec la laideur de ses pensées.

T'as pas envie de laisser tout ça derrière toi ?

Il repartit en longeant la cathédrale vers l'île Saint-Louis, et ses derniers scrupules disparurent dans le flot des eaux noires qui passaient sous le pont Marie. Quand il parvint dans le hall du Pavillon de la Reine, où il occupait une suite de quatre-vingts mètres carrés, Novak avait élaboré le plan qui plongerait la région des Grands Lacs dans la guerre.

Depuis peu, l'armée rwandaise opérait des incursions en RDC pour détruire la rébellion hutue qui se reconstituait derrière ses frontières. Or, ces rebelles trafiquaient en toute impunité grâce à l'appui des militaires congolais, et ils étaient dans le même temps les principaux concurrents de Natassale dans le trafic de l'or, du cannabis et de l'héroïne.

En armant les Hutus, Novak abattrait le premier domino. Tout naturellement, Natassale se rapprocherait des forces rwandaises pour les aider à liquider cet ennemi commun, ce qui déclencherait les hostilités de la part de l'armée congolaise, qui voyait déjà d'un mauvais œil l'expansion et la nouvelle notoriété des Watu.

Diviser pour régner, Novak n'inventait rien. Il suffisait de trouver les bons intermédiaires pour ne pas risquer d'engager la responsabilité de l'État français, actionnaire de la Gold Petroleum. Un jeu d'enfant.

Dans l'ascenseur qui l'emportait vers Ozalee Mac Neil, il se jura que ce serait son dernier coup. Après, il se retirerait dans un coin peinard, loin des guerres et des tempêtes engendrées par les intérêts financiers.

Peut-être oserait-il demander à sa belle de faire un bout de chemin avec lui.

Peut-être.

À peine avait-il posé la main sur la poignée de la porte, qu'elle s'ouvrit sur la jeune Amérindienne. Vêtue d'un débardeur et d'une culotte, Ozalee bondit sur lui, entourant ses hanches de ses cuisses, et se suspendit à son cou.

— Je t'aime, murmura-t-elle à son oreille.

D'ordinaire, il aurait botté en touche, ou répondu une banalité comme : « Ne dis pas de bêtise, on se connaît à peine. » Mais il se tut.

À eux seuls, ces mots qui résumaient son angoisse étaient un cadeau incroyable. Lui, le mercenaire, l'assassin d'enfants, l'homme sans autre foi ni loi que celle de l'argent, se sentit minuscule devant tant d'honnête simplicité.

Et puisqu'il le pensait, Novak répondit que lui aussi.

RDC, parc des Virunga, résidence des Scali

Le salon de Morgan Scali n'avait pas résonné de pareilles sonorités depuis longtemps. On riait, on parlait fort. Dakota Hughes avait le verbe haut de celle qui s'enivre avec deux verres de vin. Mais surtout, on s'amusait, et pour un 13 novembre, c'était plus qu'inespéré.

Assis sur le canapé qu'ils avaient poussé contre un mur, se tenait le fantôme de Gaëlle, de passage en cette soirée d'anniversaire. Et son air rieur à la Mona Lisa disait à Morgan : *Tu vois, je t'avais dit que ceux dont tu aurais besoin se présenteraient à toi sans que tu n'aies rien à faire.*

Comblé par la présence des membres de sa nouvelle famille, comme il les appelait, celui-ci profitait de l'instant, bien décidé à jouir de chaque seconde. Abigail, Vertigo, Dakota et bien entendu, Milan et Shana, tous étaient là, et il les écoutait discuter avec bonheur. Ne manquaient que Laurent Mukena, de garde à la réserve, et Eliah Daza, parti à Kinshasa pour le week-end.

— Ozalee est en train de développer une IA spécifique pour que les drones de ton père se débrouillent entre eux sans l'aide de personne, expliquait Dakota à Milan.

Tous deux étaient penchés sur un ordinateur portable et riaient aux éclats, sous l'œil bienveillant d'Abigail. À la direction du parc, ils allaient adorer cette idée d'Intelligence Artificielle dédiée à la protection de la faune. Il en parlerait à Eliah Daza dès son retour.

Touché par la détresse d'Abigail, Morgan l'enlaça avec force, comme s'il pouvait effacer son chagrin avec un peu de tendresse.

— Si je peux t'aider à récupérer Charlie, lui murmura-t-il à l'oreille, je le ferai. Je t'en donne ma parole.

À 10 heures, les enfants rejoignirent Laurent Mukena, de retour de sa garde, pour une partie de pêche nocturne sur les rives du lac Édouard, et les quatre derniers convives se regroupèrent à une extrémité de la longue table de la salle à manger. À l'opposé, le fantôme de Gaëlle écoutait leur conversation, le menton posé sur ses poings fermés.

Je dois être devenu fou à lier, mais c'est comme ça.

De loin le plus bavard, Vertigo exprimait avec force ses envies de rattraper chacune des années qu'on lui avait volées dans son combat pour la sauvegarde de la planète.

— Rendons à César ce qui est à César. Cette idée de distribuer des fours solaires, c'est un coup de génie, Morgan ! Et à sa petite échelle, votre serviteur n'a fait qu'en favoriser le succès avec sa fabuleuse radio.

Pour sa fausse modestie, celui-ci eut droit aux sifflets de Dakota, auxquels s'ajoutèrent ceux d'Abigail.

— L'idée du siècle, c'était d'associer les rebelles au projet ! Là, je dois admettre que je suis bluffé pour les douze générations à venir. Natassale distribue tes fours, on ne coupe plus d'arbres dans le coin, du coup on protège les gorilles, et pour couronner l'ensemble, tes drones surveillent tout ce petit monde. Moi je dis : chapeau, l'artiste ! Le problème, c'est que ça ne suffit pas !

— Qu'est-ce que tu veux dire ? Avec la somme que Dakota vient de verser à la Fondation ALONE, nous allons passer à la vitesse supérieure.

— Bonne nouvelle ! se réjouit Abigail en trinquant avec la jeune héritière.

— Mais encore ? demanda Vertigo.

— Nous allons nous lancer dans le photovoltaïque. Cela signifie l'achat d'unités autonomes et la formation de nouveaux personnels pour en assurer l'entretien et la protection.

— Parfait ! Pourtant, ça n'est toujours pas suffisant ! Pendant que des mômes meurent ici de boire de l'eau insalubre et de malbouffe ailleurs, on continue à polluer comme des cochons ! Soyons plus ambitieux, *compañeros* ! Parler dans un micro ne suffira pas à éveiller les consciences, je le sais bien ! Non, il faut occuper le terrain, que ce soit pour bloquer la construction d'aéroports, de barrages, ou sauver les petits oiseaux ! Il faut empêcher les centrales nucléaires de tourner, bloquer leurs centres de stockage de déchets, faire exploser les pipelines d'hydrocarbure. Tu comprends, si on veut changer le monde, il faut employer les grands moyens ! Former des troupes, créer une armée !

— Créer une armée ? répéta Morgan, abasourdi. Faire sauter des pipelines ? Je n'arrive pas à croire ce que j'entends. Toi et moi, on est bien placés pour savoir où la violence entraîne les hommes.

— Les commanditaires de notre enlèvement, à Rose et moi, vivent dans des tours à La Défense et à Manhattan. Et les monstres qui ont créé le Daech qui a assassiné ta femme dorment à la Maison Blanche et à Ryad.

— OK, nous le savons, certains sont prêts à tout pour défendre leurs intérêts, renchérit Abigail, et il est temps d'agir. Entre occuper le terrain et faire sauter des pipelines, il y a un juste milieu, tu ne crois pas ?

— OK, OK, je m'emballe un peu… N'empêche que toi-même, rien qu'ici, tu as démontré qu'en s'alliant avec un seigneur de guerre, on pouvait combattre la violence.

Morgan encaissa la sentence avec difficulté, d'autant plus qu'au bout de la table, le fantôme de Gaëlle semblait prendre fait et cause pour Vertigo.

— Morgan, tu veux étendre l'action de la Fondation ALONE aux pays voisins de la RDC, et ensuite à toute l'Afrique, je me trompe ?

— Non, tu as raison. Ce qui a fonctionné ici devrait pouvoir se faire ailleurs.

— Donc tu auras besoin d'hommes ! Avec ma radio et mon blog, je peux créer des groupes chargés de surveiller et de faire remonter les infos dont tu auras besoin. L'info, c'est primordial. Et puis, j'ai un vieux pote en Allemagne qui milite depuis un bail. Je vais tenter de le rallier à notre cause, on ne sait jamais.

— Pas question que tu rameutes des ultras à la Fondation.

— Appelle-les des surveillants ou des observateurs, si tu préfères.

— Observateurs, le terme me va. Mais ni troupes, ni soldats.

— Attention, ce n'est pas juste une histoire de sémantique, intervint Abigail. Tu n'as qu'à voir comment les choses se passent ici. C'est le plus fort qui gagne.

— Et le mieux armé, précisa Dakota, qui était restée en retrait jusqu'à présent. Novak serait là, il te le confirmerait. L'argent ne suffit pas, il faut des gens, des gens de confiance, et il en faut beaucoup.

— Novak a vendu Abi à Natassale pour s'offrir un passe-droit dans les Virunga !

— Et Abi m'a sauvé la vie ! s'exclama Vertigo. C'est un mal pour un bien.

— C'est vrai, concéda Abigail avec un demi-sourire.

— Est-ce que je suis le seul dans cette pièce à garder la tête froide ? s'agaça Morgan, les yeux fixés sur Gaëlle, qui croisait les bras en signe de désaccord.

Le fantôme de sa femme devenait peu à peu transparent, et il s'en trouva soulagé. Il détestait que cette part de lui-même, qui était pourtant la meilleure à ses yeux, penche pour la violence.

— Personne n'est contre personne, reprit Dakota. Vous n'envisagez pas d'utiliser les mêmes moyens, mais vous visez le même objectif.

— Mouais, maugréa Morgan.

— Non, le reprit la jeune femme. C'est vrai.

— OK, c'est vrai. Mais si vous vous décidez à créer un mouvement éco-terroriste… parce que faire exploser des pipelines, je ne sais pas comment appeler ça autrement, ne comptez pas sur moi !

— Pas terroriste, le coupa Vertigo. Radical. Les vrais terroristes, ce sont ceux qui polluent sans vergogne. Si on y arrive, alors la terreur changera de camp. Si je parle de combattants, c'est parce que nous devrons regrouper sous la même bannière des femmes et des hommes capables de vivre dans des conditions spartiates pendant des jours, des mois, voire des années.

— J'ai compris l'idée. Ce sera sans moi.

— C'est comme tu veux.

— Et je refuse que tes observateurs ou autres soient associés de près ou de loin à la Fondation ALONE. OK ?

— C'est OK. Abi, t'en es ? demanda Vertigo. T'as plutôt intérêt à en être parce que toi et moi, c'est à la vie à la mort, et…

— J'en suis.

Désemparé par ce qu'il entendait, Morgan jeta un bref coup d'œil vers le canapé. Le fantôme de Gaëlle avait presque entièrement disparu.

— Tu ne vas pas quand même aller poser des bombes avec ce fou furieux de Vertigo, Abi ? s'inquiéta-t-il. Tu es un médecin, pas un soldat.

— Mais non, c'est juste une façon de parler. Simplement, je ne veux plus voir six mille enfants mourir chaque jour déshydratés ou contaminés par une eau insalubre. Je veux aider les populations à trouver des solutions pour l'assainissement, comme toi tu l'as fait avec tes fours. Me battre pour que ces mômes vivent et ne soient plus ni des colonnes de chiffres alignés sur les rapports de l'OMS, ni victimes de notre aveuglement collectif. Si Vertigo et sa radio peuvent éveiller les consciences, alors ce sera un bon début.

Morgan faillit répliquer qu'Abigail devait penser à sa fille et que Julian Stark ne se priverait pas de les éloigner plus encore, si elle rejoignait un groupe écolo-radical, mais il se ravisa. Six mille mômes par jour. Comment pouvait-il les considérer moins importants que Charlie ?

— Dakota ? demanda Vertigo.

— Je fournirai les fusils d'assaut, les tourelles automatiques et les bombes, s'amusa la jeune femme. Tout ce que vous voudrez ! Morgan, ajouta-t-elle en voyant son ami se décomposer à vue d'œil, *I'm kidding* !

— Mon idée, déclara Vertigo avec un large sourire, c'est d'appeler ce mouvement l'Armée du 12 Octobre. Parce que le déséquilibre Nord-Sud remonte à la colonisation, et donc à son préalable : la prétendue découverte de l'Amérique par Colomb. Parce que, entre nous, il n'a rien découvert, juste pillé et massacré !

« Bref, sans les richesses des colonies, les nations européennes n'auraient jamais atteint le niveau de vie que nous connaissons. Alors, si l'on inventait une machine à remonter le temps, il faudrait aller jusqu'à ce fichu 12 octobre 1492 pour empêcher Colomb et sa clique de débarquer aux Amériques, et laisser les peuples disposer de leurs terres pour eux-mêmes !

Extrait du fichier XDE43, appel entrant du 10/04/2028. Mobile agent J. STARK

« Bonjour, capitaine, Maître Lee à l'appareil. Après réflexion, ma cliente estime que certaines données GPS stockées dans ma mémoire et concernant les déplacements de votre fille Charlie sur les trois dernières années devraient être versées au dossier. Vous les trouverez dans un fichier joint à mon message. En échange, elle vous demande de l'informer la première, dans le cas où vous parviendriez à identifier le meurtrier d'Ozalee Mac Neil. Ce n'est qu'à cette condition qu'elle acceptera de se tenir à votre disposition pour toutes questions supplémentaires. »

Allemagne, région de Dortmund

L'agent du BfV[1] s'appelait Horst. C'est tout ce que Julian Stark avait retenu de son nom. Il parlait si vite que, dans l'oreillette, l'assistant traducteur peinait à suivre. Malgré certains passages manquants, le policier avait facilement évalué la situation : l'objectif situé à une vingtaine de kilomètres au nord-ouest de Dortmund était déjà sous surveillance. Des drones munis de caméras thermiques survolaient la zone, des équipes cynophiles battaient la forêt qui cernait les bâtiments où la présence de Charlie était confirmée, grâce à l'IA de Dakota Hughes.

Avant de partir pour l'Allemagne, Julian avait hésité à expliquer à Leny les raisons de ce nouveau déplacement. Entre faux espoirs et désespoir, la frontière était ténue, et il savait que son beau-fils vivrait très mal une nouvelle désillusion. Alors, il s'était contenté de lui dire : « Les choses avancent, ne t'inquiète pas », et c'est tout.

L'endroit où Charlie avait été localisée était un ancien parc aquatique étalé sur une centaine d'hectares,

1. Le *Bundesamt für Verfassungsschutz* est le service fédéral du Renseignement intérieur allemand.

fermé une décennie plus tôt, et qui était devenu un squat d'artistes avant d'être évacué par les forces de l'ordre. Depuis, l'endroit était muré et donnait des sueurs froides aux explorateurs urbains en manque de sensations fortes. On n'en savait pas vraiment plus.

Julian jeta un regard vers Sookie, assise derrière le chauffeur. Elle paraissait indifférente, regardait la campagne par la vitre. Il avait déjà noté cette curieuse attitude chez sa collègue. Peut-être cherchait-elle à déstabiliser les gens, ou au contraire à se faire oublier pour mieux surprendre. Pour la plupart, elle possédait une personnalité insondable. C'était une très belle femme et, pourtant, peu d'hommes la courtisaient. À croire qu'elle leur faisait peur. De son côté, Julian avait tranché : belle ou pas, Sookie était un roc, un partenaire formidable.

Le convoi quitta la route principale, traversa la commune d'Oer-Erkenschwick et s'enfonça dans le bois limitrophe sur plusieurs centaines de mètres, jusqu'à un parking occupé par des véhicules des unités du GSG9[1].

Julian pénétra dans l'enceinte par une brèche dans le mur. Il découvrit un lieu à l'abandon, où chaque mètre carré de béton avait été tagué. Plusieurs bassins extérieurs étaient remplis d'une eau verdâtre grouillante de vie, et une végétation de terrain vague envahissait le moindre interstice entre les dalles.

À la suite des commandos allemands, Julian et Sookie s'introduisirent dans le bâtiment principal. Les baies vitrées recouvertes de peinture et de blanc

1. *Grenzschutzgruppe 9*, unités spéciales d'intervention de la police allemande.

d'Espagne assombrissaient l'endroit. Au centre de l'immense salle se dressait un pilier en béton qui, imitant un arbre, dressait sa ramure artificielle pour soutenir le plafond situé à une vingtaine de mètres au-dessus de leurs têtes. Là encore, il ne restait plus une surface vierge de tags, la plupart en allemand. Cette surabondance de couleurs enterrées par la pénombre mit Julian mal à l'aise. Et puis, il y avait l'odeur que dégageaient les eaux saumâtres croupissant dans les canalisations.

En tête du dispositif d'intervention, les hommes d'une unité de déminage se déployèrent dans le complexe. Demeuré au pied du bassin principal, Julian scruta les inscriptions sur les murs. Des 12-10 étaient passés par là. Une de leurs devises favorites : L'AVENIR N'ATTEND QUE NOTRE BON VOULOIR figurait dans différentes langues.

— Il n'y a plus personne, lui glissa Sookie. C'était un leurre, comme on s'en doutait.

Elle accompagna ses mots d'une pression amicale sur l'épaule de Julian, qui apprécia le geste malgré la douleur – son implant avait été extrait à la va-vite par le médecin du Block D deux heures plus tôt, juste avant leur départ. Même s'il redoutait un piège, Julian avait tout de même espéré revoir Charlie.

Autour du pilier central, un escalier s'enroulait jusqu'à l'aire de départ de deux toboggans dont l'un aboutissait à l'extrémité opposée du bassin, et l'autre traversait une cloison et se perdait dans la pénombre.

« Venez, on a quelque chose, prévint la voix artificielle du traducteur dans l'oreillette. Nos démineurs ont nettoyé la place. »

Accompagnés par les agents dans une salle contiguë, Julian et Sookie accédèrent à un nouveau bassin vide, réalisé dans des matériaux imitant des roches granitiques. Au-dessus de leur tête se dressait un dôme translucide que la lumière, gênée par la présence de mousses, peinait à traverser. C'était ici que le deuxième toboggan aboutissait, sous la forme d'une tête de dragon aux yeux féroces, gueule béante, naseaux dilatés.

Les démineurs les attendaient juste en dessous, auprès de ce qui semblait être un enfant, installé en position assise sur le rebord de la piscine. En approchant, Julian comprit qu'il s'agissait d'un mannequin coiffé d'une perruque blond-roux, une imitation écœurante de Charlie enfant, outrageusement maquillée et tenant dans les bras une peluche ressemblant au chien de la famille mort dans l'incendie de la maison, des années plus tôt.

Sur son torse nu avait été écrit : 6001. La phrase extraite des carnets de Morgan et inscrite sur le tableau Velleda de son bureau lui revint en pleine face.

« *On se souviendra des six mille comme des martyrs de notre temps.* »

Dans un premier temps, Julian se moqua d'apprendre que la puce GPS appartenant à sa fille avait été retrouvée à l'intérieur du mannequin, et qu'une caméra intégrée dans l'œil les filmait tous. Il se mit à hurler.

— Charlie ! Sors d'ici, bordel, que je te voie ! Charlie !

Ses cris furent couverts par un bruit sourd en provenance des hauteurs. Comme tous les flics et agents présents sur place, Julian dégaina son arme et leva les yeux. Sous la gueule du dragon, dans la lumière des projecteurs, il reconnut le titre du manifeste de Morgan Scali, écrit à la peinture dorée : Les yeux grands ouverts !

Le bruit de chute s'accentua, devint assourdissant.

Quelque chose glissait dans le toboggan, vers eux, et ça n'en finissait pas. Moins d'une minute plus tard, des objets épars fusèrent de la gueule du dragon, des têtes, des bras et des jambes, et enfin une avalanche de silhouettes humaines s'abattit dans le fond du bassin. Des centaines, des milliers de poupons, de mannequins d'enfants et d'adolescents, tous blancs, s'entassèrent aux pieds des policiers, médusés. Et quand le dernier d'entre eux, après avoir rebondi sur l'énorme tas de poupées, s'immobilisa enfin sur le carrelage, Julian ne douta pas une seule seconde qu'il y en avait six mille et que, depuis sa tombe, Morgan Scali les alertait.

Il allait tenir sa promesse.

Ouvrir les yeux à l'Occident.

Une histoire d'eau

2018 2028

14 février

Allemagne, région de Dortmund

— … Oui, vous avez bien entendu ! Trente pour cent de la population mondiale n'ont pas accès à l'eau potable, près de trois millions de personnes en meurent chaque année et vous, que faites-vous ? Vous soutenez la Fondation ALONE ! Tous les détails sur notre site, comme d'habitude !

« Vous êtes en direct sur l'antenne des *3 Watchers of the World*, et c'est notre centième émission aujourd'hui et, oui, vous écoutez Vertigo ! Et pourquoi m'écoutez-vous ? Parce que je suis un survivant, et comme tous les survivants, j'ai un regard différent sur le monde !

Les yeux dans le vide, une main tendue au-dessus du micro, Vertigo observa une pause. De lointains souvenirs de sa vie d'avant lui revenaient. Sa femme qu'il avait vue mourir, ses enfants qu'il ne reverrait pas. Il avait tant ressassé les images qu'elles s'étaient effacées depuis bien des années. À présent, il lui restait en mémoire les photographies retrouvées au domicile de sa mère et l'amertume d'un irréparable gâchis.

Quelque chose bougea dans son champ de vision, là, sur sa droite, cette silhouette longue parmi les autres, la vie incarnée, son unique point d'ancrage en ce monde… Shana. Elle était assise près de Günter Schilgen et ses amis, réunis pour écouter son émission, diffusée depuis leur squat d'artistes installé dans un parc aquatique qui venait tout juste de fermer ses portes.

La fillette rencontrée en RDC était devenue une adolescente, presque plus grande que lui. Elle portait courts ses cheveux roux et avait sculpté son corps à force de grimper dans les arbres, tirer à l'arc et courir dans les montagnes. En quittant l'Afrique deux semaines plus tôt, Vertigo s'était engagé auprès de Morgan à protéger sa fille comme si c'était la sienne, le temps que les esprits se calment dans les Virunga.

Mais les esprits continuaient de s'échauffer, et la guerre était sur le point d'embraser ce morceau de paradis terrestre.

— Deuxième grand sujet du jour et pas le dernier, reprit-il, les accords de Paris sur le climat. Vous savez que leur ambition est de limiter le réchauffement planétaire à un degré et demi d'ici à 2100, où – je tiens à le signaler en passant – ni vous ni moi ne serons présents pour nous acquitter de notre dette vis-à-vis de nos enfants. Or, les nouvelles de ces derniers mois prouvent que cette perspective est déjà caduque. La vie sur Terre est menacée, *compañeros* ! Comme dans un bon roman de science-fiction, hélas, mille fois hélas, la réalité a vaincu l'imagination des auteurs du siècle dernier.

Depuis le lancement de son blog en août 2016, soit dix-huit mois plus tôt, Vertigo fédérait un public important – écolos, bobos, activistes, ou simplement concernés par l'avenir de leurs enfants –, des gens qui signaient les pétitions qu'il initiait à tour de bras et répondaient présents aux rendez-vous qu'il leur donnait dans son émission. Ce soir encore, ils seraient des centaines avec lui pour bloquer cette fois un train de déchets nucléaires allemands à destination de la France. C'était ça, l'Armée du 12 Octobre, et Vertigo en ressentait une immense fierté. Mais d'abord, il fallait achever cette émission et emporter l'adhésion de Günter Schilgen. Sans lui et ses troupes d'écolos radicaux, rien ne serait possible en Allemagne.

Günter, un ancien camarade de l'école d'ingénieurs chimistes où Vertigo avait étudié, fils de diplomate, un jeune homme formidable à l'époque, et qui s'était aussi amouraché de Rose.

Non, Paulo, ne minimise pas. Il en était aussi dingue que toi !

L'amour pour cette femme avait fini par séparer les deux amis, et ils ne s'étaient plus donné signe de vie, jusqu'à ce que Günter le recontacte quelques mois plus tôt. « Je sais, j'ai mis deux ans à te répondre, lui avait-il dit sur le répondeur. C'est court en regard de ce que tu m'as fait. Rappelle-moi, je suis d'accord, il faut qu'on cause. »

Une voix, ça ne s'oublie pas. Surtout celle d'un ami. Et Vertigo avait rappelé Günter dans la foulée.

— Premier scénario, poursuivit-il dans son micro, nous continuons à émettre des gaz à effet de serre au rythme actuel, et nous atteindrons un réchauffement de l'ordre de cinq degrés, avec pour conséquence la disparition d'ici à 2100 de quatre-vingts pour cent de la biodiversité.

« Deuxième scénario, nous respectons les accords de Paris, la terre se réchauffera de deux degrés et demi, et alors seulement la moitié des espèces vivantes disparaîtront. SEULEMENT !

« Alors, diront certains, que fait-il à user sa salive tandis que c'est fichu ? À quoi joue-t-il à affoler les bonnes gens, alors que nous pourrions tous achever le travail dans un immense flamboiement ?

« Parce que le combat commence, *compañeros*, et qu'il n'est ni victoire ni défaite sans une bonne bataille !

Absorbée par l'écran de son ordinateur, Shana affichait un air ravi et levait les poings, pouces dressés. Ce petit code entre eux signifiait que les connexions dépassaient le précédent record.

Euphorique, Vertigo acheva son émission en précisant le lieu où tous les gens de bonne volonté pourraient se rassembler pour empêcher le train de la mort de circuler librement. Il conseilla de s'équiper d'une petite laine et d'apporter de quoi manger et boire. Cette nuit, près de la frontière franco-allemande, on ne dépasserait pas la température du frigo.

Enfin, il coupa son micro et ferma les yeux.

Merci, Orson. Cette fois, c'est du sérieux. J'aurais bien aimé que tu sois là aussi. Ensemble, on aurait fait des merveilles !

Accroché au bras de son ami de jeunesse affaibli par des soucis d'arthrite et qui s'appuyait sur lui pour marcher, Vertigo pénétra sous un dôme éblouissant de lumière qui surplombait un bassin miroitant aux parois imitant la pierre. Un tube-toboggan perçait l'un des murs et s'achevait au-dessus du vide par une impressionnante tête de dragon.

— Tu as pris une décision ?

La question était directe, et Günter sembla apprécier. Son long visage émacié s'étira en un magnifique sourire.

— Les rats quitteront le navire, que le capitaine reste à la barre ou non ! Que veux-tu, les rats ont le sens de la vie.

— Ils ont surtout le sens de la solidarité. Tu peux me faire gagner un temps précieux en me présentant à tes meneurs.

En plus d'être un activiste, présent sur de nombreux fronts en Allemagne, Günter Schilgen était un artiste coté, dont les œuvres réalistes s'exposaient dans le monde entier, ornaient le salon de riches amateurs, et avaient la particularité d'être recouvertes d'excréments de diverses origines. La plus célèbre était une toile blanche sur laquelle il avait peint avec ses propres selles : *Wer Scheiße frisst, wird scheiße. Der Beweis !*[1] Il se disait qu'il avait, dans la semaine précédant cette performance, ingéré uniquement des plats surgelés provenant de l'industrie agroalimentaire et choisis pour leur faible coût.

— Tu en penses quoi ? questionna Günter en s'arrêtant devant sa dernière création inachevée.

La toile de deux mètres sur trois s'inspirait de la *Naissance de Vénus*, de Botticelli, à la différence près que la déesse était une femme décharnée, aux portes de la mort, entourée par trois personnages morts-vivants en état de pourrissement avancé.

— Tu devrais la laisser telle quelle. C'est assez macabre, tu ne crois pas ?

1. Qui bouffe de la merde est de la merde. La preuve !

— Tu as peut-être raison.

Depuis une quinzaine d'années, l'artiste provocateur militait pour la planète. Il avait utilisé la fortune héritée de ses parents, son carnet d'adresses, sa notoriété, pour alerter, relayer les informations réelles sur la situation du monde, et vivait dans un château en Bavière avec ses partisans les plus déterminés. Mais son mouvement s'essoufflait de jour en jour et peinait à trouver de nouveaux soutiens. Trop d'actions violentes et sans grand résultat avaient fini par détourner la population et les médias de la cause. Il ne lui restait que sa force de frappe, une petite centaine d'ultras hyper-entraînés aux combats de rue, précisément ce que Vertigo convoitait.

— Paul, tu m'as pris Rose quand nous avions vingt ans, et maintenant tu veux prendre ma place et mes hommes de confiance ?

— Peu importe ! Il n'est pas question de nous !

— Bien sûr qu'il en est question ! Es-tu prêt à jurer que tu n'abandonnerais pas ton Armée du 12 Octobre pour une petite heure avec Rose ?

Vertigo détourna le regard en secouant la tête.

— C'est mal, ce que tu fais, grogna-t-il.

Pourtant, il sut à ce moment précis que son ami accepterait de fondre son mouvement avec le sien. Grâce à son blog radio, Vertigo était parvenu à fédérer des millions d'auditeurs à travers le monde en quelques mois. Ce qu'il offrait à Günter était plus précieux qu'une armée sans but. Il s'agissait de respectabilité, ni plus ni moins.

— OK, je rejoins les 12-10, et j'accepte de te présenter comme mon successeur. Je te demande juste de me laisser l'Allemagne et quelques pays de l'Est. Je ne le fais pas pour toi, mais pour la cause. Je sais que tu ne la trahiras pas. Après ce que tu as vécu, tu iras au bout ! Même si tu as rendez-vous avec la grande faucheuse.

Touché par les mots de son ami, Vertigo se tut, tandis que Günter se servait un verre de whisky au comptoir de l'ancienne buvette de la piscine, le vidait d'un trait, puis ajoutait, après avoir fait claquer sa langue :

— Quoi qu'il arrive, cette salope t'attend au bout du chemin. Alors débrouille-toi pour qu'elle soit belle !

Fallait-il arrêter le *train de la mort* en France ou en Allemagne ? Cette question avait divisé les membres de l'Armée du 12 Octobre pendant des jours. Et c'était finalement Shana qui, du haut de ses quinze ans, avait emporté la partie.

— Si les Allemands cognent plus fort, alors c'est chez eux qu'on doit le faire !

Et puis, les déchets nucléaires issus du démantèlement de leurs centrales méritaient de rester de leur côté de la frontière. Voilà pourquoi Vertigo se trouvait sur un bout de voie ferrée en pleine forêt de Steinfeld, dans le Land de Rhénanie-Palatinat, à quelques jets de pierre de la France.

C'était un grand soir. Une cinquantaine des ultras de Günter Schilgen l'accompagnaient, entérinant la passation de pouvoir entre les deux hommes. Avec eux, Vertigo allait pouvoir démontrer que face à la violence du monde, seule une réponse violente serait entendue. Il n'avait pas eu à les commander. Ces hommes et ces femmes, venus de tous les horizons, étaient des habitués des émeutes et des manifestations qui tournaient au vinaigre. Leur première action avait été de repérer les positions d'où ils attaqueraient les forces de l'ordre, et les points de replis. Puis ils avaient retiré le ballast de la voie ferrée sur une centaine de mètres et constitué un grand tas de cailloux, comme une barricade, à l'endroit où les 12-10 se tiendraient pour affronter les policiers et où d'autres s'étaient enchaînés aux rails. Les deux groupes avaient fraternisé dans la foulée et, à présent, se mélangeaient.

Comme le train approchait, Shana déploya une banderole entre deux piquets au-dessus du ballast. Les rares journalistes qui avaient répondu présent à l'invitation de Vertigo braquèrent leur caméra sur le lé de tissu qui immortalisait la prose du leader, en français, en anglais et en allemand :

L'HUMANITÉ EST UNE ESPÈCE AVEUGLE QUI FAIT LA FÊTE DANS UN TRAIN ROULANT DE PLUS EN PLUS VITE VERS UN PRÉCIPICE.

Le convoi stoppa et les forces de l'ordre en descendirent. Pour l'instant, Vertigo le savait pour avoir étudié des cas similaires, il ne serait pas question de s'affronter. « On va se sentir le cul, le temps que les renforts arrivent ! » Ensuite, les choses sérieuses démarreraient.

Il avait largement le temps de relire l'article du *Phare*, le journal indépendant de Kinshasa, qui relatait comment la Fondation ALONE, prenant fait et cause pour les populations des bidonvilles de Goma, s'était opposée à la société Nyiragongo, qui vantait les qualités de l'eau de source filtrée par le volcan du même nom.

« À cause de la présence de l'usine d'embouteillage, les femmes et les jeunes filles devaient marcher plusieurs kilomètres pour trouver un puits. Les risques d'agression et de violences sexuelles étaient nombreux sur le chemin, et la perte de temps importante (...). »

Bande d'enfoirés !

Vertigo, qui connaissait très bien le combat de Morgan Scali pour les populations pauvres de Goma, appréciait de lire et relire cet article, à peine relayé par les médias français. Car, contre toute attente, la multinationale avait été battue, malgré ses légions d'avocats, ses dépenses destinées à soudoyer les juges, les autorités. Le peuple triomphait et obtenait un dédommagement sous la forme d'une canalisation d'adduction d'eau potable desservant les bidonvilles, aux frais exclusifs de la société d'embouteillage.

Et de nombreuses femmes ne se feront plus violer en allant au puits. Même si elle paraît dérisoire, c'est aussi une belle victoire.

Un mouvement s'opéra du côté des forces de l'ordre qui se regroupaient devant le convoi. Vertigo replia son journal et fit face à ses troupes, réparties par grappes humaines sur la voie ferrée. Il y en avait aussi au pied des arbres, au-delà du talus qui surplombait la voie.

— Nous, membres de l'Armée du 12 Octobre, lança-t-il dans son mégaphone, sommes ici pour affronter l'évidence : les peuples du monde se sont laissé endormir, et il nous appartient de les réveiller. Notre combat est celui de la vie. Et nous ne permettrons à personne de condamner les générations futures !

Tout en parlant, Vertigo vit les ultras de Günter cacher leurs visages derrière des masques à gaz, et disparaître dans la forêt, tous habillés de noir à la façon des Black Blocs.

— Allez, *compañeros*. C'est ici, et c'est maintenant !

Les premières grenades lacrymogènes atterrirent à ses pieds. En réponse, une pluie de cailloux s'abattit sur les policiers qui chargèrent.

Les yeux larmoyants, Vertigo regarda alors Shana, vêtue d'un tee-shirt au logo de Sea Shepherd, avancer vers les forces de l'ordre, les mains ouvertes dans une attitude non agressive.

Un long filet de sang coulait sur son visage.

Région Île-de-France, Block D

Six mille poupées pour rappeler qu'à tout moment, l'Armée du 12 Octobre pouvait s'en prendre aux Occidentaux, à leurs enfants, Julian Stark n'était pas près d'oublier le message. Cela faisait des mois que cette phrase tirée des carnets de Morgan Scali hantait ses jours et ses nuits : « *On se souviendra des six mille parce qu'ils étaient blancs.* »

Il n'avait pas décoléré pendant le retour vers Paris et s'en était violemment pris à Vorchek. « Vous croyez tout maîtriser avec vos batteries d'analystes, en réalité, vous maîtrisez que dalle ! »

Effectivement, rien ne bougeait au niveau de l'enquête et des magistrats, rien non plus du côté des Services intérieurs ou extérieurs, Sookie s'en était assurée. Pas de planques, pas d'écoutes, pas de descentes. Où qu'ils cherchent, quoi qu'ils trouvent, chaque piste nouvelle conduisait à une impasse. Les types du BfV n'avaient rien apporté de plus à l'enquête, à part confirmer ce que les Services français savaient déjà : le gros des troupes 12-10 s'était constitué en Allemagne, autour de Günter Schilgen, après plusieurs manifestations violentes auxquelles Vertigo et Shana Scali avaient participé. L'activiste allemand avait disparu des radars des

Services peu de temps après, on avait suivi sa trace jusqu'en Pologne puis en Lituanie où il s'était volatilisé. Depuis, nul ne savait ce qu'il était advenu de lui.

« Ça ne signifie pas qu'il n'est plus actif !

— Je le sais, Julian. Mais on n'a rien d'autre à se mettre sous la dent.

— Raison de plus pour nous donner la possibilité de tenter notre chance auprès de Novak Anticevic ! Après tout, on a assuré en Afrique, oui ou merde ?

— Chasse gardée, mon vieux. Personne ne sait où il est incarcéré en dehors d'une poignée de proches de la Place Beauvau. Il pourrait croupir à Cayenne à l'époque des bagnards qu'il ne serait pas plus compliqué à approcher.

— T'en penserais quoi si je balançais le manifeste de Scali à la journaliste de W3, Anne Chassin ?

— Je dirais que tu es un petit con ingrat ! Tu devrais plutôt me remercier de te laisser bosser au Block D, au lieu de me casser les couilles !

— Parce que tu ne m'en crois pas capable ?

— Tu ne me fais plus jamais ce coup, Julian. »

Rarement les deux amis s'étaient à ce point accrochés, et Julian gardait un souvenir amer de leurs échanges. Dans l'ascenseur qui le conduisait à son étage, il songea à la période noire de la naissance de Charlie, quand Abigail était repartie en Afrique juste après l'accouchement. Il passait tout son temps avec les Vorchek, pour ne pas subir la solitude de l'appartement où les vêtements d'Abigail traînaient encore, comme si elle était juste partie faire des courses. C'était en d'autres temps, en d'autres lieux.

En arrivant à son bureau, Julian constata que les affaires de Sookie étaient déjà là. Probablement sa coéquipière était-elle en train de courir entre les différents services. En l'attendant, il consulta les synthèses des analystes européens. On recensait vingt et un meurtres, de nombreuses manifestations anti-migrants et un peu moins de six cents véhicules incendiés, trente et une équipes des forces de l'ordre prises à partie avec échanges de tirs, des milliers d'arrestations, de gardes à vue. Pendant que les Européens se déchiraient autour du cas des mouvements de populations, une tempête en Méditerranée avait fait chavirer des embarcations de fortune en provenance des côtes africaines. Dans les prochaines quarante-huit heures, les secours ramasseraient des dizaines de cadavres sur les côtes siciliennes.

C'était ça, l'Europe, cinq cent trente millions d'individus cohabitant plus ou moins cordialement, une population gangrenée par une délinquance violente, différentes mafias endémiques, et d'autres importées d'Amérique du Sud, d'Asie ou d'Afrique. Mais c'était aussi une enclave où l'on vivait mieux qu'ailleurs, et qui cherchait à se refermer sur elle-même dans la terreur de voir débarquer de plus en plus d'étrangers.

Bientôt, peut-être, ils comprendraient que l'ennemi venait de l'intérieur.

— Je vais commencer à croire que c'est du flan ! ragea Sookie en rejoignant Julian devant les grandes cartes où il reportait les déplacements de Charlie, extraits des fichiers de l'Intelligence Artificielle de Mlle Hughes.

Elle revenait de la salle des maquettes, visiblement contrariée. Ni elle, ni les dizaines d'analystes mobilisés sur l'enquête n'avaient trouvé de correspondance entre les miniatures et des bâtiments existants.

— Alors, tu avances ?

— Tu parles, fit-il, navré. L'implant de Charlie nous conduit aux planques déjà répertoriées. Et les mannequins, d'origines diverses, commandés sur Internet, de la récup', aucune piste sérieuse. La Scientifique non plus. On a des ADN et des empreintes en pagaille ; avec du matériel d'occasion, c'est normal. En revanche, on n'a rien d'intéressant, et on n'est même pas certains que Charlie, Günter Schilgen ou Milan Scali étaient sur place.

— Vorchek, il a dit quoi pour Novak Anticevic ?

— Je crois qu'il va tenter le coup.

— Ce n'est pas interdit de rêver ! Enfin... de cauchemarder ! J'ai fait un point sur les différentes possibilités de s'attaquer à des enfants. T'es bien accroché ?

Julian admirait l'éternelle volonté de Sookie d'aller de l'avant, tout en étant fidèle à ses collaborateurs. En restant à ses côtés pour l'enquête, elle stagnait sur une voie de garage ; le gros des équipes antiterroristes travaillant sur les 12-10 le regardait comme un hurluberlu qui avait eu de la chance, et elle, comme un superordinateur sur pattes.

Depuis qu'ils étaient rentrés d'Afrique, leur relation s'était apaisée, et Julian se surprenait à espérer que leur collaboration survivrait à cette affaire. Sookie avait ce don de lui redonner envie de se dépasser, ne pas céder au désespoir d'être sans nouvelles de Charlie. Encore fallait-il qu'il se débrouille pour ne pas finir au placard. Ou entre quatre planches.

— Les services bossent comme des dingues avec les établissements scolaires, les clubs sportifs, les colonies de vacances et les hôpitaux, commença-t-elle. On peut toujours renforcer les équipes, mais il y a tant de portes d'entrée !

— Et de gamins…

Le dernier recensement estimait la population des moins de dix-huit ans à un peu plus de quinze millions d'individus.

— Sans compter les gosses des rues, les réfugiés…

— Les 12-10 ne s'attaqueront pas à des réfugiés, affirma Julian.

— Ça nous en fait donc quelques dizaines de milliers en moins à protéger.

La réponse de Sookie était à son image, à la fois emplie de cynisme et d'espoir. Méthodique, elle listait les secteurs d'activité où les terroristes pouvaient toucher des enfants, des plus petits aux adolescents, et le résultat était vertigineux. Toutes les sociétés commercialisant des produits destinés aux mômes étaient concernées, ce qui représentait des milliers de marques, de sites de production à travers le monde, des vêtements jusqu'à l'alimentation spécifique selon les âges, sans oublier les jouets et les fournitures scolaires. Il y avait aussi les lieux à considérer, et les transports, les concerts, les activités sportives, la technologie. Sans compter qu'il existait bien des moyens d'attenter à la vie d'un groupe important d'individus.

Les parents ou les accompagnants seraient-ils considérés dans le nombre total de victimes par les 12-10, ou plutôt comme dommages collatéraux ?

Jamais Sookie n'avait évoqué devant lui son excellente mémoire, mais à la voir travailler sans notes et lire à une vitesse folle, Julian comprit soudain pourquoi on l'appelait le superordinateur.

— Ça fait froid dans le dos, marmonna-t-elle.

— Tu penses à nos gosses, toi aussi…

À cet instant, ils n'étaient plus des flics, seulement des parents unis pour que l'enfant de l'un ne soit pas la victime de celui de l'autre. En discutant, au gré de longues sessions de travail, ils s'étaient découvert des points communs dans les Vosges. Sookie et Julian avaient perdu leurs conjoints, et leurs enfants respectifs, Orane et Leny, étaient des orphelins. Si ce dernier avait eu le bonheur de grandir avec sa mère, la fille de Sookie, treize ans, n'avait jamais connu son père, mort alors que sa mère était enceinte de quelques semaines[1].

Quelle ironie du sort…

— Allez, Julian, remettons-nous au boulot, sinon je vais devenir chèvre. Il faut trouver un angle d'attaque pour faire parler Novak Anticevic.

Ensemble ils reprirent les différentes étapes de l'enquête, imaginèrent les motivations de chacun des terroristes, s'attardèrent sur les relations que les uns entretenaient avec les autres et s'accordèrent sur l'idée que s'interroger sur les raisons qui avaient poussé le mercenaire à envoyer les Services sur la piste africaine était un bon début.

— Imaginons que ton intuition soit la bonne, émit Sookie, et qu'il a balancé la planque de Scali parce que c'était prévu. À quel moment en a-t-il reçu l'ordre ?

1. *W3*, *op. cit.*

Il est à l'isolement depuis dix-huit mois ! Pourquoi maintenant ?

C'était l'aspect le plus délicat de la théorie de Julian. Tant qu'ils n'auraient pas reçu l'assurance que Morgan Scali avait organisé sa propre arrestation, ils ne pourraient que se perdre en conjectures. Ce qui le gênait le plus, c'était l'absence de réaction des terroristes à la mort de leur leader, malgré les menaces à peine voilées contenues dans le communiqué de presse publié après l'annonce officielle de son décès.

Or, il ne se passait rien dans les rangs des 12-10 depuis l'Afrique.

— C'est quand même bizarre, non ?

— Non, Sookie, c'est le calme avant la tempête.

RDC, parc des Virunga, résidence des Scali

Les vêtements volaient de l'armoire aux valises, et Morgan Scali s'interrogeait sur le sens de ses gestes. Des habits, il en trouverait d'autres. Et finalement il se moquait des choses matérielles, en dehors de son alliance. En revanche, il y avait les affaires des enfants, des objets de l'époque où ils vivaient tous ensemble. Ces babioles n'avaient aucune importance non plus ; à leurs yeux à eux, elles étaient irremplaçables.

La guerre grondait aux portes des Virunga, et tout s'était passé si vite que personne ne l'avait vue venir. Les échauffourées dans la région des Grands Lacs étaient monnaie courante entre les rebelles, les armées régulières, les chefferies, les milices et les soldats de la MONUSCO prêts à engager le combat pour ramener le calme. Le chaudron était maintenu sous une pression acceptable, couvercle fermé pour que le reste du monde ne s'en préoccupe pas.

Cette fois pourtant, il s'agissait de tout autre chose. Des Hutus installés en RDC avaient tenté de renverser le gouvernement rwandais, armés par on ne savait qui, et avaient été refoulés jusque sur le sol congolais. Pour défendre l'intégrité du territoire national, l'armée légale avait riposté et la poudre s'était enflammée. Depuis une semaine, des troupes ougandaises en avaient profité pour envahir une partie du Nord-Kivu, sous prétexte de pacifier la région, en réalité avec la volonté d'annexer toute la zone du lac Édouard. Dépassés par cette situation, les Casques bleus restaient casernés en attendant une décision du Conseil de sécurité des Nations unies.

— Merde ! Pourquoi ils en entassent autant !

Morgan s'énervait, mais il était soulagé de savoir Milan en prépa au lycée Henri-IV, à Paris, avec l'idée d'intégrer ensuite une école militaire pour combattre le terrorisme. Quant à Shana, elle était hors de danger, malgré sa participation aux coups d'éclat des 12-10. Il avait vu la une du *Frankfurter Allgemeine*, où elle défiait les autorités, intrépide, le visage en sang.

Bientôt, ils se retrouveraient, et alors Morgan demanderait des comptes à Vertigo. Plus tard, quand tous se seraient sortis de ce guêpier qu'était devenue la RDC.

Un mois de guerre ruinerait dix ans de relative stabilité. Les économies précaires de ces pays s'en remettraient difficilement, et le mieux apporté par la Fondation ALONE serait réduit à néant. Les clans rebelles avaient aussitôt profité de la situation pour reprendre leurs activités, le tourisme dans les parcs nationaux s'était tari. Déjà, le commerce du *makala* recommençait, et avec lui son corollaire d'enlèvements, l'insécurité pour les populations rurales et, bien sûr, le trafic d'animaux sauvages.

Ce monde ne veut pas être sauvé.

Morgan boucla ses valises et les entassa à l'arrière d'une Jeep du parc. Puis il retourna dans la maison et marcha au hasard des pièces.

Avait-il été heureux ici ? Toute idée de bonheur sans Gaëlle lui paraissait impossible. En revanche, l'Afrique l'avait apaisé, ainsi que ses enfants, tout au moins en partie. En deux ans, il s'était fait plus d'amis qu'en une vie en France. Et surtout, il avait été utile aux autres.

À présent, il allait quitter ce pays, ce continent, et ignorait s'il y reviendrait un jour. Abigail l'attendait dans le bâtiment administratif, avec Eliah Daza et Louis Dicabo, l'avocat qui avait représenté la Fondation ALONE et les habitants de Goma dans le procès contre la société d'embouteillage Nyiragongo.

Tout ça aussi, c'était terminé. Des combats ravageaient les faubourgs de Goma. L'eau reviendrait aux vainqueurs, avec les centrales photovoltaïques, les fours solaires, tout ce qui avait amélioré la vie des habitants des bidonvilles.

Bien sûr, la Fondation poursuivrait son combat ailleurs. De nombreuses populations étaient spoliées à travers le monde et, depuis l'issue du procès, les demandes d'aide et les dons d'argent affluaient. Mais d'abord, il faudrait accepter d'avoir tout perdu juste après la victoire, un pas que Morgan n'était pas prêt à accomplir.

Au moment de s'installer derrière le volant, il s'aperçut qu'il allait partir sans le chien.

— Galette ! héla-t-il à plusieurs reprises.

Comme l'animal de la maison ne pointait pas son museau, il récupéra un paquet de croquettes dans la cuisine, qu'il agita sur le pas de la porte. Crottée de la tête aux pattes, Galette rappliqua dans les dix secondes et sauta à l'arrière de la Jeep.

À travers le pare-brise, Morgan apercevait les allées et venues des Rangers dans la cour d'honneur. Eux aussi se préparaient, mais ils ne fuiraient pas la RDC comme lui. Non, ils protégeraient leurs familles, et beaucoup ne survivraient pas à cette folie.

Les doigts serrés autour du volant, Morgan ne se décidait pas à démarrer. La forêt s'était tue ces jours derniers, depuis que des obus s'abattaient à proximité. La nuit, abrité sous l'auvent, il avait vu des éclairs dans la vallée. Les belligérants s'affrontaient à coups de mortier. On aurait dit qu'ils tiraient au hasard, et les projectiles meurtriers s'abattaient n'importe où, touchant trop souvent les villages. Cette guerre n'avait aucun sens.

Il coupa le contact. Partir était impossible. Ses mains tremblaient à présent. Il lâcha le volant, découvrit dans le rétroviseur qu'il pleurait. En cet instant terrible, il avait un tel besoin de Gaëlle. Elle saurait quoi faire, quoi dire.

Tu ne peux pas laisser Jua !...

Jua, cinq ans, avait contracté une fièvre hémorragique et était soigné dans l'un des dispensaires où Abigail travaillait bénévolement. Depuis la victoire de la Fondation ALONE dans le procès qui l'opposait à la société d'embouteillage Nyiragongo, Morgan se rendait régulièrement dans un bidonville de Butembo, l'une des plus grandes villes du Nord-Kivu avec ses six cent mille habitants, dans l'idée d'y reproduire ce qu'il avait accompli à Goma.

Jua est mort !...

— Non, cria Morgan. Jua sera mort pour rien si tu quittes le navire maintenant !

Au cours de la dernière semaine de la vie de l'enfant, Morgan l'avait visité chaque jour, revêtu d'une tenue jetable, d'un masque, de gants. Des gosses comme lui, il y en avait des dizaines. Si Jua avait vécu dans les bidonvilles de Goma, là où la Fondation ALONE avait œuvré, il serait probablement encore en vie.

Morgan avait tenu la main de Jua jusqu'à ce qu'Abigail vienne le trouver.

« Nous ne pourrons pas les sauver tous. Tu dois l'admettre, sans quoi tu vas y laisser ta peau. »

Si, justement, Morgan voulait tous les sauver, comme il l'avait promis à Gaëlle, mais chaque nouvelle petite victime entamait un peu plus cette promesse. Le succès de la Fondation montrait qu'il était possible d'améliorer les conditions de vie des gens à moindre coût, et qu'il suffisait d'étendre ce principe pour que le chiffre abominable de six mille enfants mourant quotidiennement à cause d'une eau de mauvaise qualité diminue peu à peu.

« Cette guerre nous transforme tous en assassins.

— Non, Morgan, l'avait repris Abigail. Je ne te laisserai pas dire une chose pareille. Tu es l'une des plus belles personnes que je connaisse. »

Six mille ! songea-t-il en fixant son reflet dans le rétroviseur. *On devrait se souvenir de chacun d'entre eux*...

Une roquette explosa à quelques mètres de la Jeep. Par réflexe, il se coucha sur le siège passager, pour éviter d'être blessé par un débris de métal qui se ficha dans le tableau de bord. Galette se blottit contre lui en hurlant à la mort. Morgan démarra aussitôt.

À l'approche du lac Édouard, la Jeep remonta une file ininterrompue d'hommes, de femmes et d'enfants jetés sur les routes, avec des ballots sur la tête, dans des charrettes, ou entassés dans des voitures, des camions. Bloquée à l'est et au nord par l'armée ougandaise, au sud par les combats qui opposaient Rwandais et Congolais, la population fuyait vers les montagnes. Parti récupérer sa famille, Laurent Mukena n'avait plus donné signe de vie depuis des heures. Or, sur les ondes militaires, on parlait de villages ravagés sur les rives du lac.

« J'y vais, avait proposé Morgan. Si tout se passe bien, on sera de retour dans une heure. »

Louis Dicabo et Abigail avaient insisté pour l'accompagner.

« Faudra vous débrouiller pour retourner à la MONUSCO, je ne peux pas vous attendre », avait prévenu Daza en désignant un minibus dans lequel patientaient des femmes et des enfants. « Je dois les conduire à l'abri. »

La vision du village ravagé par les flammes saisit Morgan d'effroi. Il connaissait cet endroit, y avait été reçu bien des fois, avait partagé la table du chef des Rangers et de sa famille.

Avant de partir poursuivre ses études en France, Milan avait accepté de parler à la classe sur l'invitation d'Ayana Mukena, l'institutrice. Il s'était préparé pendant des jours. Le sujet, c'était la vie en France.

L'image de son fils ému aux larmes, parce qu'il avait fait rire les enfants du village avec ses histoires de drôles de gens qui vivaient enfermés dans leurs appartements, le métro ou leur lieu de travail, comparant les Français à des termites, lui revenait à mesure qu'il progressait au milieu des décombres.

« C'est pas vrai, c'est des bêtises, avait protesté l'un d'eux. Pourquoi tu y vas si la vie elle est comme ça ?

— J'y vais pour étudier, c'est une des choses les plus importantes ! Vous savez que c'est dans les livres qu'on trouve les plus grands trésors ! »

Aujourd'hui, l'école était carbonisée et les cadavres des écoliers jonchaient les chemins.

« Je n'allais quand même pas leur dire qu'en France, on jette de la bouffe et qu'on chie dans de l'eau potable. Ils n'auraient pas compris ! »

Tout comme ils n'auraient jamais l'occasion de comprendre les racines de cette guerre qui venait de ravager leur vie, faucher leurs parents et leurs amis. Leur maîtresse d'école…

Agenouillé au pied de trois tombes fraîches, le visage marqué d'une profonde estafilade, Laurent pleurait devant les cendres de sa maison. Dans l'esprit de Morgan, l'image de son ami ensanglanté se mêla à celle de Shana marchant vers les policiers allemands, et il fut sur le point de flancher. Pourtant, il se ressaisit et aida son ami à se relever.

Assis dans la Jeep, le Ranger laissa Abigail panser sa plaie sans sourciller, puis ils foncèrent en direction de la ferme de la Gold, en direction de la base aérienne de la MONUSCO, la route de Béni étant coupée par les combats.

À la ferme, Morgan trouva Novak lancé dans une conversation téléphonique houleuse, et ses hommes en pleine effervescence. Ils effectuaient de nombreux allers-retours entre la cour et les bureaux, pour jeter des dossiers dans un grand feu qui dévorait une décennie d'archives à l'endroit où d'ordinaire les mercenaires organisaient des méchouis.

— Putain de connard de mes deux ! Je te réserve un chien de ma chienne ! hurla Novak en raccrochant.

Morgan ne l'avait jamais vu perdre son sang-froid.

— Qu'est-ce que vous fichez là ? Pourquoi vous n'êtes pas allés à la MONUSCO avec Daza ?

Brièvement Morgan lui expliqua les villages détruits, les populations jetées sur les routes, les cadavres, tandis qu'Abigail et Louis Dicabo emportaient Laurent à l'intérieur de la résidence.

— On dégage dès que mes hommes ont fini de vider les armoires. Un Jet de la Gold va nous exfiltrer.

Novak semblait inquiet. Morgan comprit pourquoi quand celui-ci lui précisa qu'Ozalee Mac Neil était à l'intérieur.

— Vous avez tant de saloperies à cacher ?

— Politique de la terre brûlée, il n'y a que ça de vrai.

L'expression marqua l'esprit de Morgan tandis qu'il partait à la recherche de ses amis dans la grande demeure. C'était à croire que les ravages pratiqués par les humains sur leur environnement n'auraient pas de cesse, pas avant qu'il n'y ait plus rien à détruire, ou que la terre ne soit devenue un grand désert.

Il rejoignit Ozalee aux côtés d'Abigail. Toutes les deux étaient concentrées sur le visage de Laurent, allongé sur la grande table de la salle de réception. Dans un coin de la pièce, assis dans un fauteuil, un verre d'alcool à la main, Louis Dicabo avait les traits défaits. Il grattait le crâne de Galette, qui ne l'avait pas quitté depuis leur départ de l'enclos.

— Je peux aider ? demanda-t-il après avoir salué Ozalee.

— J'ai presque fini.

— Comment est-il ?

— J'ai sauvé son œil de justesse, expliqua Abigail. Il aura une belle balafre.

— Je crois qu'il s'en fout. La Gold nous rapatrie en Jet.

— Je fais vite.

— Ce cognac prouve que l'homme est capable de belles choses, soupira Louis Dicabo. Tu en veux un, Morgan ?

Avait-il envie de boire et de trinquer avec l'avocat de la Fondation ? Oui, sans doute, pour se donner le vertige, oublier la sauvagerie des armes, le comportement si particulier de l'espèce humaine, unique en son genre.

— C'est effrayant, ce qui se passe ici, dit Ozalee en s'approchant de lui.

— Qu'est-ce qui t'a pris de venir en ce moment ?

— Ça faisait deux mois que je ne l'avais pas vu.

Morgan allait parler, quand Novak fit irruption.

— Tout le monde en voiture ! Des troupes sont aux portes de la ferme. Ça va être juste.

Ils portèrent Laurent Mukena, groggy par l'anesthésie, et se répartirent dans les Hummer de la Gold avec les hommes de Novak. Au volant de l'un d'eux, Morgan reconnut Gale, un type d'une froideur à glacer le sang. Il réprima le mauvais pressentiment qui lui tenaillait les tripes depuis le début de la journée.

Quand ils parvinrent au bout de la piste, le Jet affrété par la Gold Petroleum était en approche. Le temps que tous se regroupent près des véhicules, l'appareil avait sorti son train de roues et se présentait face à la piste.

À ce moment, sur la route de la colline, apparut une colonne de véhicules de l'armée régulière congolaise.

Morgan se tourna vers Novak pour l'interroger. Quel était le problème, pourquoi les FARDC pénétraient-elles en force sur le territoire de la ferme ? Le mercenaire ignora ses questions pour enlacer Ozalee avec fougue et lui parler à l'oreille. Sur son visage était inscrite la fin d'un rêve.

Leurs regards se croisèrent seulement au moment où le Jet remettait les gaz et reprenait de l'altitude, les abandonnant aux mains des militaires congolais.

— Ils ne vont pas nous exfiltrer, c'est ça ? insista Morgan.

Novak répondit par un coup d'œil navré, ses bras serrés autour de la jeune Amérindienne. Le mercenaire allait payer des années de manœuvres politiques en RDC pour la Gold.

Des millions d'hectares de terre brûlée. Il leur fallait bien un bouc émissaire.

Précédée par plusieurs pick-up équipés de mitrailleuses sur trépied, la colonne de camions n'était plus qu'à deux mille mètres. Novak embrassa une dernière fois Ozalee et la poussa tendrement dans les bras de Morgan.

— Veille sur elle, mon ami.

Puis il s'éloigna.

— On dépose les armes ! ordonna-t-il à ses hommes, en jetant son pistolet sur le sol, bien en évidence à l'avant des Hummer.

Les mercenaires s'exécutèrent sans hésiter – pas loin de cinq cents soldats congolais approchaient – et furent rapidement entravés et poussés vers les camions, tandis que les civils étaient escortés jusqu'à des Jeep qui les conduiraient à la base de la MONUSCO. Puis un officier s'approcha de Novak, resté entre deux soldats.

— Il n'y a pas d'avenir pour toi en Afrique, *mundele* !

Engoncé dans son uniforme impeccable, le militaire fit volte-face avec une raideur d'apparat, comme si toute sa vie il n'avait existé que pour cet instant.

Région Île-de-France, prison des 12-10

Face au numéro deux de l'Armée du 12 Octobre, dans l'une des salles de parloir du centre pénitentiaire, Julian Stark ne desserrait pas les dents.

La France l'a lâché en RDC. Il n'a aucune raison de coopérer.

Ces pensées l'obsédaient, alors qu'il déposait une à une, devant le prisonnier, les photos du centre aquatique de Dortmund, prises trois jours plus tôt.

— Dis-moi ce que cela signifie, répéta-t-il, les yeux plantés dans ceux de Novak. Pourquoi l'Allemagne, pourquoi maintenant ?

Postée derrière le miroir sans tain, Sookie étudiait le langage non verbal du mercenaire. Un clignement de paupières, le tremblement d'un muscle, l'orientation du regard, la position du corps… au moindre indice, qu'elle le soupçonne de mentir ou de craquer, elle en informerait Julian dans l'oreillette. C'était, avec les enregistrements audio des interrogatoires, la seule technologie autorisée dans ce quartier de haute sécurité qui avait été réquisitionné pour enfermer les éco-terroristes de Morgan Scali. Ici, les téléphones portables, les ordinateurs étaient interdits. La gestion de la vidéosurveillance se faisait en vase clos, même l'électricité utilisée par l'établissement était produite sur place. Par ces mesures draconiennes, les autorités cherchaient à se prémunir de l'intrusion de toute Intelligence Artificielle, et en particulier celle qui *travaillait* pour les 12-10.

— Réponds ! Toi, le numéro deux, tu ne pouvais ignorer un projet de cette ampleur !

— Quel projet ? Balancer des mannequins dans une piscine ?

— Te fous pas de ma gueule ! lui intima Julian, qui peinait à masquer son agacement. Ton tuyau percé en RDC, c'était bien suffisant.

« Ne lui parle pas de la mort de Scali », conseilla Sookie dans l'oreillette. « Il va à la pêche aux infos. »

Julian poursuivit :

— À ce propos, j'ai vu Natassale, et il te salue. Elia Daza m'a aussi beaucoup parlé de toi.

Si le nom du rebelle ne provoqua aucune réaction, celui du directeur adjoint du parc éveilla un intérêt sur le visage gris de fatigue de Novak Anticevic.

— Il y est retourné ? Cet homme est un vrai dingue.

— Les saloperies que tu couvrais à l'époque ont cessé. Mais je ne suis pas venu te parler des responsabilités dans la guerre en RDC. Non, je veux que tu me dises ce que ça signifie, ajouta Julian en replaçant les clichés de Dortmund devant le détenu qui les avait repoussés. Je ne te lâcherai pas.

Cela faisait dix-huit mois que l'homme n'avait pas vu la lumière du jour. À affaire exceptionnelle, mesures exceptionnelles ; ici les entretiens des prévenus avec leurs avocats étaient filmés, les interrogatoires non limités, et les juges se déplaçaient. Pourtant,

Novak Anticevic ne semblait pas enclin à craquer. Au contraire, plus l'entretien progressait, plus il se montrait mordant.

— Si tu es là à me poser tes questions, Stark, c'est parce que ta petite Charlie n'est pas rentrée au bercail. Et vu ce que les 12-10 préparent, ça risque de faire mal, je me trompe ?

Les mots du mercenaire évoquèrent à Julian un souvenir vieux de quinze ans : Charlie et lui venaient d'emménager dans les Vosges, où tout était nouveau pour la petite citadine – même les abeilles, qu'elle ne connaissait qu'à travers les dessins animés. Un jour de printemps, Julian l'avait retrouvée en pleurs, la main rouge d'avoir été piquée, parce qu'elle avait voulu les prendre comme elle l'aurait fait avec des coccinelles. « Ça fait mal, la vie », avait-elle hoqueté dans les bras de son père.

Après la menace proférée par les 12-10 contre des enfants de la République, les ordres d'en haut étaient clairs : on tire à vue. Ce qui signifiait que, si les membres de l'Armée du 12 Octobre passaient à l'acte, il n'y aurait plus rien de démocratique dans la bataille que la France leur mènerait. Julian doutait même qu'ils aient droit à un procès.

« Respire », l'encouragea Sookie, « il cherche à te déstabiliser. Il ne veut pas montrer qu'il espère obtenir quelque chose de ta visite. Continue, tu vas l'avoir à l'usure. »

— Milan et Charlie, ils se planquent où ?

— Comment tu veux que je le sache ?

— Où êtes-vous allés après les attaques de 2025 ?

— En RDC. Dans les montagnes.

— Et la maison en Lituanie ?
— Jamais mis les pieds.
— Dortmund, Allemagne ?
— Jamais ! répliqua Novak, en repoussant les clichés du bout des doigts.

« C'est le moment de parler de Dakota Hughes », lui souffla Sookie dans l'oreillette. « Il est déstabilisé par les photos des mannequins, il n'arrête pas de les envoyer vers toi. Je suis sûre qu'il n'était pas au courant. »

Dans la pièce aveugle éclairée d'un simple néon, Julian laissa le silence s'éterniser, puis il attaqua :

— Et New York, jamais mis les pieds non plus ?
— Jamais.
— J'ai vu tout Manhattan depuis le rooftop d'un gratte-ciel, il y a quelques jours. Le voyage était très instructif.

Novak ne cilla pas. Pourtant, Julian avait la certitude, même s'il ne possédait aucune preuve, que sur les neuf années qu'avait duré leur liaison, le mercenaire avait plusieurs fois séjourné chez Ozalee Mac Neil. Celle-ci bénéficiait de la jouissance d'un appartement de fonction dans le building de la Hughes Corp.

— J'ai rencontré une femme là-bas, qui aimerait vraiment connaître le nom de l'assassin d'une de ses amies les plus chères. Si ce n'est la plus chère.

« Continue », lui dit Sookie.

— C'est un sujet sensible pour elle, ajouta Julian en sortant une enveloppe plastifiée de sa poche. Si sensible qu'elle serait prête à n'importe quoi en échange de la vérité.

L'air soupçonneux, Novak Anticevic fixa l'enveloppe sans bouger, tandis que Julian l'ouvrait. Il pâlit en découvrant qu'elle contenait la montre d'Ozalee Mac Neil.

Bingo !

— Voici une des pièces à conviction retrouvées près du cadavre d'une femme assassinée sur l'île d'Oléron le 4 juillet 2025, reprit le policier. Tu connais sans doute l'histoire. Vous étiez proches, elle et toi.

Eliah Daza et Dakota Hughes avaient mentionné l'affection qui liait Novak à Ozalee, un amour fou, immédiat et absolu de la part de la jeune femme. Aucun des deux n'avait jamais précisé si c'était réciproque.

À présent, Julian savait.

— Cette femme à New York m'a prié de lui livrer le nom de l'assassin de Mlle Mac Neil. Je pense que, lorsqu'elle saura la vérité te concernant, elle me dira tout sur vos petites manigances.

Un tic agaça la lèvre supérieure de Novak Anticevic, qui passa son avant-bras sur sa bouche.

— Tu crois vraiment que je vais marcher dans ta combine ?

« C'est le moment, vas-y, il est mûr ! »

Durant les deux jours qu'il avait fallu à l'administration pour leur délivrer les autorisations nécessaires, Julian et Sookie avaient soigneusement préparé l'entretien. Et ils espéraient le conclure avec succès.

— Tu es bien ici ?

— J'ai connu pire.

— Tu pourrais revoir le ciel si tu coopérais.

— On me l'a déjà faite, celle-là, Stark. T'as pas compris que je ne suis pas là pour raconter ma vie ?

— OK, tu ne pourras pas sortir, c'est vrai. Mais je peux autre chose pour toi. *Ukantiti ushkan*, tu te souviens ? ajouta le policier en déposant une seconde enveloppe devant lui.

Le prisonnier réprima un tremblement, puis soutint un instant le regard de Julian, avant de baisser les yeux en direction de la table.

— Tu pourras le garder si tu parles.

Julian et sa coéquipière avaient hésité avant de se décider à abattre cette dernière carte. Les règles du centre de détention interdisaient que les prisonniers possèdent un objet afin d'éviter qu'ils tentent de se suicider, en avalant des pièces, par exemple. Pourtant, Julian fit glisser l'enveloppe en direction de Novak.

Après une hésitation, celui-ci en sortit le bracelet d'os que lui avait offert la jeune Amérindienne des années plus tôt, et le tint comme s'il avait été la chose la plus précieuse au monde.

Julian crut qu'il allait flancher, pourtant il se reprit.

— Ozalee ne cautionnait pas la violence, dit-il sur un ton las, en passant le bracelet à son poignet. Elle voulait reprogrammer l'IA pour l'empêcher de tuer. Sans elle, le projet entier capotait. J'ai dû choisir.

— Tu as choisi seul ?

« Ne t'attarde pas sur elle », lui conseilla Sookie en même temps. « Il va se fermer comme une huître, c'est trop douloureux, continue sur l'Intelligence Artificielle. »

— OK, reprit Julian. Donc tu confirmes bien que Morgan utilise l'IA ?

— Ozalia[1] est immortelle par définition. Et dévouée à la cause.

— Qui d'autre ?

— Tout le monde ! Chaque cellule possède un responsable informatique qui est en contact avec elle *via* une messagerie cryptée.

— Comment ?

— Je n'étais pas responsable informatique.

— En ne révélant pas ce que tu sais, tu deviens complice de ce qu'il prépare.

— Morgan serait là, il te dirait que nous endossons tous cette responsabilité. Toi, lui, moi, ta fille aussi.

Julian accusa le coup.

« Reste concentré. Demande-lui si pour l'Afrique, Scali comptait se rendre. »

— Tu savais qu'il m'attendait en RDC ? reprit le policier, soulagé d'entendre la voix de sa coéquipière à son oreille.

— Quoi qu'il arrive, il m'avait demandé de donner sa planque en mars 2028. Je savais que tu le trouverais.

— Pourquoi en mars ?

— C'est le mois de l'anniversaire de Charlie.

« Ne tombe pas dans le piège. Fais-lui croire que Scali est toujours actif. »

— Quand va-t-il passer à l'acte ?

— Je n'en sais rien. Même lui n'en sait rien. Il n'est pas assez fou pour risquer de voir le projet capoter.

— Qui est au courant, alors ? Milan Scali ?

---

1. Nom de l'Intelligence Artificielle de l'Armée du 12 Octobre, contraction de Ozalee, sa créatrice, et IA. Voir *Islanova*, *op. cit.*

— Milan ? Tu parles comme un amateur ! Tu espères vraiment arrêter les 12-10 en avançant à l'aveuglette ?

— Tu veux garder cette babiole ? s'agaça subitement Julian, en désignant le bracelet d'Ozalee. Alors parle ! Qui est au courant de l'opération, si ce n'est pas Milan. Charlie ?

— Décidément, tu es tel que Morgan te définissait. Indécrottable ! Non, Stark, le monde ne tourne pas autour de toi ou de ta fille. La seule qui possède toutes les infos sur les attaques à venir, et qui sait où, quand et comment, c'est Ozalia, l'Intelligence Artificielle.

2018 2028

2 mars

RDC, province du Nord-Kivu, prison de Kangbai

Quinze jours après leur arrestation à la ferme de la Gold, Novak Anticevic et ses hommes formaient une nouvelle meute dans la constellation de bandes qui peuplaient le centre pénitentiaire des faubourgs de Béni. On les repérait sans mal, seuls Blancs parmi deux mille Noirs, et pas n'importe quels Blancs. Entre ces murs et jusqu'à cent kilomètres à la ronde, Novak n'avait aucun ami ou allié, et la nuit, lui et ses hommes devaient chacun prendre un tour de garde pour protéger les autres. Même si, en haut lieu, on les voulait vivants.

— Putain, ça fait mal ! Tu ne peux pas y aller mollo ?

— Désolé, patron. Tu seras tout beau après.

Le tatoueur était un vieux Bantou, à coup sûr un ancien détenu, qui monnayait l'exercice de son art dans l'enceinte de la prison, allait et repartait à sa guise. Pouvait-on qualifier de prison cet établissement surpeuplé et dépourvu de sanitaires, où tout se gagnait à coups de poing, de tête, de gueule, ou par d'éphémères alliances ?

Au cours de sa vie, Novak avait plus d'une fois tourné le dos à des gens de façon irrémédiable. Son père d'abord, le jour de ses dix-huit ans, pour s'engager dans l'armée – un projet qu'il nourrissait depuis longtemps et devait lui permettre de s'éloigner de son milieu d'origine –, la plupart de ses copains de jeunesse, souvent de petits délinquants avec qui il aurait pu mal tourner, et une ribambelle de femmes, compagnes d'une ou deux nuits, rarement plus d'une semaine. Il avait fallu qu'il rencontre la superbe Ozalee Mac Neil pour se retrouver en taule.

— Tout rose, tout beau ! s'exclama le tatoueur.

Sceptique, Novak observa le glaive incrusté sur son biceps, autour duquel la peau rougeoyait.

— Tu vas guérir, et après on continue.

Sous le glaive serait inscrit *Deo juvante*[1], une locution latine choisie par Novak, et que ses hommes se feraient tatouer aussi.

« Pourquoi Dieu ? avait questionné Gale.

— Et pourquoi pas ? »

Qu'aurait-il pu choisir de mieux ici ? La plupart des détenus, très superstitieux, ne se risqueraient pas à frapper des hommes portant le nom de Dieu gravé sur la peau.

— Aedan, c'est ton tour, prévint Novak en pressant sur son bras le linge imbibé d'alcool qui faisait office de désinfectant.

Devant ses compagnons d'armes, il jouait les optimistes, et affirmait que les avocats et les dollars de la Gold ne tarderaient pas à avoir raison des juges congolais et que, bientôt, ce désagrément pénitentiaire ne serait plus qu'un lointain souvenir.

1. Avec l'aide de Dieu.

Deux semaines plus tard, Novak savait que la Gold et l'État français les avaient abandonnés. Quelques minutes avant leur arrestation, quand Morgan Scali avait débarqué à la ferme avec le Ranger et le toubib, J2G, le responsable stratégie, lui avait signifié au téléphone que si lui et ses hommes ne parvenaient pas à s'exfiltrer, ils seraient livrés à eux-mêmes.

Dans ce guêpier qu'était devenue la RDC à cause de ses manigances, Novak savait que cela signifiait un emprisonnement long, voire très long, dont ils risquaient de ne pas sortir vivants.

Pour satisfaire la demande de J2G, Novak avait armé et entraîné un commando hutu destiné à reprendre le pouvoir à Kigali. Comme prévu, le groupe rebelle avait été repoussé, les combats s'étaient poursuivis sur le sol congolais, et la situation avait dégénéré, malgré les interventions de la MONUSCO et les appels à la modération des Nations unies.

En excellent stratège, Novak avait compté sur un point en particulier : les pays limitrophes de la région des Grands Lacs jalousaient la richesse minière de leur voisin. Les Ougandais et les Rwandais, officiellement entrés en RDC pour épauler le pouvoir, ne comptaient pas repartir. Son plan s'était déroulé au millimètre près.

La guerre avait engendré des milliers de morts, jeté des populations nombreuses sur les routes, saturé les camps de réfugiés et ouvert les portes du parc des Virunga à la Gold.

Tous ces cadavres qu'il abandonnait dans son sillage, pour le compte de la multinationale pétrolière étaient anonymes pour Novak. Tous, sauf ceux des enfants de Laurent Mukena. Radio-brousse, qui pénétrait jusqu'au cœur de la prison, s'était réjouie de raconter comment le chef des Rangers avait été épargné pour qu'il puisse assister au massacre de sa famille. Celui-ci aussi s'était fait beaucoup d'ennemis en protégeant les gorilles des montagnes et les éléphants des Virunga. Mais Novak n'était pas dupe. Il compatissait à la douleur de Mukena parce que, pour la première fois de sa vie, il éprouvait une souffrance comparable à ses yeux : être séparé d'Ozalee.

La bruyante arrivée d'une quinzaine de gardiens – ils se montraient toujours en nombre et armés de fusils –, qui traversaient la cour et se dirigeaient vers le coin du tatoueur, lui fit relever la tête.

— Toi ! hurla l'un d'eux en le désignant.

Enfin il se passait quelque chose.

Novak imagina qu'il allait rencontrer un gradé de l'armée, ou des avocats de la Hughes Corp., ou encore un représentant de la diplomatie française, et – *peut-être, on peut toujours rêver* – d'ici quelques jours au plus, il serait dans les bras d'Ozalee.

S'il était certain que la Gold les avait abandonnés, pas un instant Novak ne doutait que la jeune femme tenterait l'impossible pour le sortir de là, que ce soit à l'aide de drones tueurs pilotés par Intelligence Artificielle, de liasses de dollars, ou d'une batterie d'avocats.

Je dois l'épouser, je veux l'épouser pour ne plus jamais être séparé d'elle.

Tandis qu'on le conduisait dans une partie isolée de la prison, derrière les cours de promenade, un endroit où il n'avait jamais mis les pieds, il se demanda si elle dirait oui, ou ce qu'elle répondrait quand il lui ferait sa demande.

Il fut brutalement sorti de ses fantasmes quand il vit qu'on l'avait escorté jusqu'à une ancienne porcherie. Ses gardiens l'enchaînèrent à un anneau scellé dans le mur et s'en allèrent. Toute idée d'avenir meilleur s'évanouit alors devant cette mise en scène, qui ressemblait plus à la préparation d'une mise à mort qu'à une rencontre avec ses sauveurs.

Une silhouette émergea de l'ombre.

Tout sourires, dents éclatantes, son sempiternel béret rouge vissé sur le crâne, Natassale s'approcha du prisonnier, son long couteau à la main.

France, mon beau pays, qui me livre aux mains de ce barbare alors que j'ai fait ton sale boulot, à toi aussi, je réserve un chien de ma chienne.

— Tu aurais dû réfléchir plus fort quand tu as armé les Hutus contre moi, *mundele*, lui souffla le chef rebelle à l'oreille, avant de le tourner violemment face contre le mur. Tu vas tout me raconter. Et moi, j'ai tout mon temps.

Quand la lame de Natassale mordit la peau de son dos, Novak ferma les yeux et envoya son esprit dans des contrées plus clémentes, loin de cette prison, loin de l'Afrique, assez loin pour supporter, sans perdre la raison, les longues heures de torture qui se profilaient.

2018 **2028**

19 avril

Île-de-France, ville des Andelys, l'Atelier

Depuis un bon moment, Julian Stark observait sa partenaire en train de faire les cent pas dans son salon, l'air pensif, concentré. Affublée d'un casque-oreillette relié à Maître Lee, l'Intelligence Artificielle de Dakota Hughes, elle écoutait, hochait la tête, puis marmonnait deux mots, s'arrêtait devant un document punaisé sur le mur du bureau, repartait dans l'autre sens, comme un robot, et à cet instant, il sut que si quelqu'un pouvait affronter Ozalia, l'IA des 12-10, c'était elle.

La restitution de leur entretien avec Novak Anticevic, où celui-ci avouait de façon implicite être mêlé à la mort d'Ozalee Mac Neil, avait ébranlé l'Américaine, qui ne s'attendait pas à recevoir une telle nouvelle. Depuis, elle s'était retranchée derrière un bataillon d'avocats, prêts à toutes les manœuvres pour défendre les intérêts de la Hughes Corp. Un juge avait toutefois obtenu d'elle qu'elle autorise Julian et Sookie à communiquer avec Maître Lee.

— Oui, je comprends, mais j'ai besoin de savoir si les données concernant les déplacements de Charlie Stark sur les deux dernières années sont réellement issues de votre mémoire, ou si elles ont été corrompues par Ozalia. (…) Vous ne savez pas qui est Ozalia ? Très bien, reprenons. Vous est-il possible de m'envoyer les déplacements de Charlie Stark ? (…) Non, je n'ai pas le numéro de l'implant.

Depuis que Novak Anticevic avait avoué le rôle de l'IA dans l'élaboration des plans des 12-10, Sookie en avait perdu le sommeil et passait ses nuits au Block D avec les équipes d'analystes et d'enquêteurs pour tenter de décrypter et de circonscrire le risque terroriste qui menaçait six mille enfants. Mais la tâche semblait ardue et usait sa patience.

— Comment, c'est impossible ? s'était-elle mise à hurler dans les bureaux déserts. Vous communiquez bien avec elle, non ? Et vous êtes incapable de m'aider à pénétrer sa messagerie cryptée ? (…) Quoi, elle est inviolable ? Elle est bien basée quelque part, cette saleté ! Il suffit de lui couper le courant et elle crève dans la seconde ! (…) C'est pas si simple ? Et pourquoi ?

C'était donc naturellement que Julian lui avait proposé de s'établir à l'atelier avec Orane, la fille de Sookie. La pauvre petite dormait dans la salle des maquettes du Block D depuis deux jours.

« Pendant qu'on bosse, nos mômes s'occuperont ensemble. Il y a de belles balades à faire autour de chez moi ! »

Les arguments n'avaient pas tardé à emporter l'adhésion de la maman. Julian et Sookie s'étaient découvert des racines communes dans les Vosges, et ils élevaient deux enfants solitaires, à qui un peu de compagnie ne nuirait pas.

Le courant était aussitôt passé entre Orane et Leny, qu'une dizaine d'années séparaient. Balades dans la forêt, jeux vidéo ou parties de badminton, les deux jeunes ne se quittaient pas. Pendant ce temps, Julian et Sookie travaillaient d'arrache-pied pour tenter de localiser les serveurs abritant l'IA des 12-10 ou d'éventuelles planques où Charlie et Milan pourraient se cacher – d'après les lieux fréquentés par Morgan et ses amis dans le passé. Ils avaient rapporté tous les dossiers autorisés à quitter le Block D et fixé les cartes sur les fenêtres, seules surfaces encore libres. Même le Velleda où figurait la phrase des six mille, trouvée dans les carnets de Morgan Scali, et qui avait tant obsédé Julian, avait été remisé pour laisser la place à un panneau en liège sur lequel Sookie fixait des Post-it multicolores. Jamais, depuis la mort de sa femme, il n'avait ainsi ouvert sa porte et partagé son intimité. Avec Sookie, tout paraissait si simple qu'il avait l'impression de cohabiter avec un ancien pote de chambrée.

— C'est bon, tu peux y aller, les coordonnées sont correctes.

— Tu en es sûre ?

— Mademoiselle la milliardaire ment, répondit-elle la main sur le micro. L'IA, non.

Tandis que Julian reprenait l'extraction des données sur les déplacements de Charlie, pour les comparer à ceux dont il disposait, Sookie interrogeait Maître Lee sur les assassinats d'enfants. Très vite, il comprit à travers les questions de sa coéquipière que l'Intelligence Artificielle de Dakota Hughes n'avait rien en commun avec celle des terroristes. Ce que Sookie lui confirma d'ailleurs après seulement quelques minutes d'entretien. Maître Lee ressemblait plus à sa créatrice, douée d'un sens pratique hors du commun, serviable, et cultivée, mais tout à fait incapable d'imaginer pourquoi diable on irait tuer six mille enfants. Donc inapte à aider Sookie et Julian dans ce domaine.

— Morgan Scali a enseigné à Ozalia l'art de la guerre, pour les attaques de 2025. Je me souviens qu'il écrit quelque part dans ces carnets, je le cite : « *Elle travaille jour et nuit, apprend avec une rapidité stupéfiante, et remplace dix mille individus : (...) L'histoire des hommes, les récits de guerre, les causes et les conséquences. Et déjà, elle me parle de la légitimité objective de l'usage de la force si la cause à défendre est noble.* » Aujourd'hui, elle ne peut raisonner sur le moyen d'éliminer six mille enfants que s'il a trouvé un moyen de la persuader que c'est dans son intérêt. L'IA n'est préoccupée par rien d'autre que sa propre survie. Ou alors, Novak nous a menti, maugréa Sookie en s'arrêtant de tournoyer dans la pièce pour se planter devant la dernière fenêtre encore libre de photos ou de documents. Et c'est bien quelqu'un parmi les 12-10 qui décide de tout. J'en ai ma claque ! Julian, on mange quoi ?

— Côte de bœuf et ses petits légumes braisés. Tu m'en diras des nouvelles.

— Ils sont beaux, nos mômes, hein ?

Il la rejoignit à la fenêtre. Les deux jeunes gens jouaient au badminton et riaient aux éclats.

— Leny a l'air heureux, ajouta Sookie.

— Je ne l'ai pas vu comme ça depuis… enfin tu sais… dit-il dans un souffle.

— Je sais.

Leny, qui avait mal supporté l'annonce de la mort de Morgan Scali et le retour de Julian d'Afrique sans Charlie, s'était retranché dans une colère muette dont il n'était sorti qu'à l'irruption d'Orane et de Sookie dans sa vie.

— Nos enfants sont des solitaires qui s'apprécient, déclara-t-il. Un peu comme nous.

— Leny n'a pas de petite amie ?

— C'est compliqué.

— Il est plutôt beau garçon, une tête bien remplie, je me disais… Son aventure amoureuse avec ta fille, c'était un accident de parcours. Ils ont grandi ensemble, ça arrive parfois, même si…

— Les trouver au lit, ça m'a rendu fou. J'ai réagi comme un abruti avec Leny. (Julian s'interrompit un instant pour s'éclaircir la gorge.) Quelques jours plus tard, il a rencontré une jeune femme, Kit. Ils ont connu une belle histoire sur Oléron, en 2025, pendant les attaques. Ils se sont fréquentés un temps ici, après, puis du jour au lendemain, ils ont arrêté…

— Que s'est-il passé ?

— Aucune idée. Pour fêter ses vingt ans, Leny devait la retrouver pour un concert ou un festival, quelque part dans la pampa autour de Paris. Elle n'est jamais venue.

— Et ?

— Et rien. Leny est secret, il a pleuré pendant des jours sans me parler. Plus tard, il m'a dit qu'elle lui avait écrit pour rompre définitivement au prétexte qu'il était trop jeune pour elle.

— Je ne veux pas être indiscrète, répliqua Sookie en se dirigeant vers la carte punaisée sur la fenêtre voisine, l'anniversaire de Leny, ce ne serait pas le 17 février par hasard ?

Julian comprit aussitôt que sa coéquipière avait mis le doigt sur un indice. Effectivement, l'implant de Charlie avait borné dans la banlieue parisienne à cette date-là, à proximité du lieu du festival.

— Ton beau-fils et toi, vous avez le partage de position ?

— Oui.

— L'historique ?

— Tout est enregistré.

— Ton téléphone, déverrouille-le, s'il te plaît.

En une poignée de secondes, Sookie identifia et répertoria trois occasions où Charlie s'était rapprochée de Leny depuis les attentats de 2025.

La jeune fille semblait le surveiller à distance. Pourquoi ? Julian espérait qu'elle n'avait pas réussi à tourner la page de sa famille et que, le jour venu, elle accepterait d'intégrer un processus de déradicalisation. Mais une autre voix lui soufflait que les raisons de Charlie étaient tout autres.

2018 2028

27 mars

Allemagne, État libre de Bavière

Le regard portait loin au-dessus du lac de Walchen, et au-delà, sur les contours des Préalpes bavaroises. Abigail Stedman n'aurait pas imaginé se satisfaire un jour d'un calme pareil. Elle se sentait libre dans le parc du château de Günter Schilgen, l'ami de Vertigo. Ici, même penser à Charlie était moins douloureux. Elle pouvait s'asseoir des heures, adossée contre le mur extérieur du chœur de la chapelle, un précipice à quelques pas et imaginer ce que devenait sa petite fille. Aujourd'hui était un jour particulier, sa fille avait neuf ans.

Aurait-elle droit à une fête avec ses amis ? Qu'étudiait-elle en CM1 ? Pratiquait-elle des langues étrangères, son père avait-il choisi pour elle l'anglais, le chinois, le russe ou peut-être l'allemand ? Avait-elle un amoureux ?

Un vent frais apporta des senteurs de pin humides, vertes et si différentes de son quotidien d'avant. L'Afrique lui manquait, et Abigail s'inquiétait pour les populations qu'elle avait abandonnées sur place, mais pour le moment, il n'était pas question d'y retourner. Il faudrait attendre la fin des combats, le retour à la raison, et les hommes se précipitaient rarement pour s'entendre, même quand il n'y avait plus rien à détruire.

Pour la première fois, Abigail avait la sensation d'un futur incertain. Elle n'exerçait plus et le père de sa fille lui refusait son rôle de mère. Qu'allait-elle devenir ? À un moment, elle avait envisagé d'ouvrir un cabinet en ville, comme tout le monde. L'illusion avait tenu quelques jours ; Julian avait raison, elle n'était pas prête à se ranger. Pas encore. Et comme elle n'avait pas le courage de repartir seule pour une mission humanitaire, c'était l'impasse.

Avec sa nouvelle famille, Vertigo, Morgan, Shana et les autres, elle s'était habituée à la vie en communauté, et elle aimait se sentir entourée autrement que par des gens en détresse. Pourtant, en Allemagne, elle aurait du pain sur la planche. Les camps de réfugiés fleurissaient à présent partout en Europe, qui absorbait déjà tant bien que mal les millions de personnes arrivées sur son sol depuis 2015.

— Abi, on mange ! héla Shana.

L'adolescente, mèches vertes dans ses cheveux roux et tee-shirt de Greenpeace, apparut sur le chemin, accompagnée de Galette, sautillant comme à l'accoutumée. Le chien de la réserve des Virunga s'était parfaitement adapté aux forêts de sapins. En deux semaines, son poil avait doublé de volume, et il semblait encore plus hirsute.

— Dis-leur que j'arrive ! dit-elle en se levant.

Abigail la croisait souvent lors de ses balades dans le parc du château et, au-delà, quand elle descendait jusqu'au lac. Shana avait construit à cinq mètres du sol une cabane avec son frère, venu les visiter pour les vacances scolaires. À cette hauteur, il y avait de quoi se fracasser le crâne plusieurs fois, et elle s'en était inquiétée. Comme Morgan ne trouvait rien à opposer à ses enfants, qu'il désignait comme maîtres d'eux-mêmes et de leur destinée, Abigail avait capitulé.

Depuis, Milan était retourné à Paris, où il était interne au lycée Henri-IV. À dix-huit ans, il travaillait dur pour intégrer l'élite des combattants : pratique du sport à outrance, étude poussée de la culture générale, de la géopolitique et des langues. Nul doute qu'il parviendrait à ses fins. Était-ce une bonne chose pour ce gamin, incapable de tourner la page du 13 novembre 2015 ?

Tu y arriverais, toi ?

Le château de Günter Schilgen apparut au détour d'un cèdre magnifique. On aurait dit une bâtisse tirée d'un conte des frères Grimm avec ses toits en ardoise et ses murs roses. Plusieurs berlines étaient garées dans la cour, gardes du corps plantés à côté.

G*rosse réunion de famille*, se dit-elle en entrant dans la salle de réception du château, où Vertigo, Günter, Dakota, Laurent, Shana et l'avocat de la Fondation, Louis Dicabo, étaient attablés.

Abigail éprouvait une belle affection pour cet homme d'une cinquantaine d'années, grand, chauve, le crâne luisant, toujours tiré à quatre épingles, à l'exception des chaussures. Louis marchait pieds nus, même en Bavière, où la froidure des grandes dalles aurait découragé la plupart. On le disait camerounais, repéré à dix-sept ans par un sélectionneur de football et parti jouer dans une équipe en France. À vingt ans, une blessure aux ligaments avait interrompu sa carrière sportive et, loin de se décourager, il avait repris ses études à partir de la classe de sixième.

Morgan était debout, un bras posé sur une authentique armure du XVIIIe siècle. Pour parfaire ce joli tableau de famille, il ne manquait plus qu'Ozalee, restée en RDC avec l'un des avocats de la Hughes Corp. pour tenter de localiser Novak, disparu corps et biens dans la machine administrative congolaise.

— J'ai manqué quelque chose ? demanda Abigail après avoir salué ses amis.

— Morgan et son fantasme de non-violence, voilà ce que tu as manqué ! s'exclama Vertigo.

— Vous n'allez pas recommencer ! soupira-t-elle en se servant un verre de vin.

— Depuis que les gens savent qu'ils peuvent l'emporter à la régulière face à une multinationale, ils sont prêts à abandonner la rue pour se battre dans les prétoires, répliqua Morgan en s'asseyant à son tour.

Plus rien ne peut l'atteindre.

Cette force, Abigail l'admirait. Rares étaient les hommes capables de se relever aussi vite, et plus rares encore étaient ceux qui réalisaient cet exploit plusieurs fois. Laurent Mukena était aussi de ceux-là. Il n'évoquait jamais le massacre de sa famille et passait ses journées à s'occuper de l'intendance du parc, ou à jouer avec les drones. Seule une incommensurable tristesse au fond de ses yeux témoignait de l'enfer qu'il traversait. Assis au bout de la table, il regardait ses deux amis se prendre le bec avec une bienveillante indifférence.

— Tu penses vraiment que tu révolutionneras les consciences sans violence ? s'agaçait Vertigo. Mais tu rêves !

— Non, je crois simplement en la capacité de l'humain à être raisonnable. Des dizaines de demandes d'aide affluent chaque jour à la Fondation. Toutes réclament un procès, aucune du sang. Louis, ajouta Morgan, tu leur dis ?

L'avocat de la Fondation extirpa un carnet de sa poche de veste.

— Chers amis ici présents, annonça-t-il, j'ai le plaisir de vous annoncer que la Fondation ouvrira prochainement des antennes aux États-Unis d'Amérique, en Espagne et aux Philippines. Je parle des décisions de la semaine, relatives aux demandes d'aide qu'évoquait Morgan. Nous pouvons vous fournir les pièces…

— Pas besoin, capitula Vertigo. Morgan finira bien par comprendre que tendre la joue gauche, c'est de l'inconscience. Voire de la connerie. N'est-ce pas, Günter ?

Au regard que l'Allemand lança à Vertigo, Abigail sut qu'ils avaient affaire à un fou, littéralement. Cet homme sec comme une trique, dont la peau était burinée par les jours passés dehors à combattre les forces de l'ordre, transpirait l'envie d'en découdre. Il se contenta de plisser les yeux et d'observer la scène avec un petit sourire.

Elle chercha Morgan du regard. Celui-ci lui sourit, avec l'air de dire : « Ne t'inquiète pas. » Lui et Günter ne s'appréciaient guère, et leurs relations se bornaient à un salut poli. S'il n'avait pas émis d'avis sur l'arrivée des ultras de Günter au sein des 12-10, l'Allemand, lui, ne s'était pas gêné pour critiquer les méthodes de la Fondation ALONE.

— C'est quoi, la différence entre Milan, le docteur Maboul et papa ? s'interposa Shana qui, voyant le ton monter entre deux « des trois hommes de sa vie », s'était réfugiée dans un fauteuil.

— Qu'est-ce que tu veux dire ? lui demanda Dakota.

— Que tu veuilles buter des djihadistes, des connards du nucléaire ou des multinationales pourries qui volent l'eau des plus pauvres, y a pas de différence. Tu le fais pour rendre le monde meilleur. Et c'est possible qu'à coups de pied dans le cul parce que, les gens, ils pensent d'abord qu'à leur gueule.

— Au-delà du fait que tu devrais soigner ton langage, observa Morgan, je te rappelle que c'est une problématique dont les tenants et les aboutissants ne te concernent pas.

— J'y crois pas, soupira Shana. T'es sérieux ?

— Tout ce qu'il y a de plus sérieux.

— Viens, Galette, s'énerva l'adolescente en quittant la pièce. On est de trop !

La haute porte ajourée de la salle de réception claqua derrière elle.

— Le comble dans tout ça, c'est qu'elle a raison, glissa Dakota.

— Sans doute, mais je préférerais voir ma fille en classe plutôt que debout sur les barricades, objecta Morgan en regardant fixement Vertigo.

— C'est une bonne gosse, intervint Abigail, consciente que les hommes risquaient de s'écharper une nouvelle fois au sujet de Shana. Bien, et si nous passions à l'ordre du jour ?

Morgan sourit et joignit ses mains avant de s'exprimer.

— Dakota ? Tu voulais nous parler de Novak.

— Oui, acquiesça la jeune milliardaire. Les nouvelles ne sont pas réjouissantes pour notre ami. J'ai trois hommes sur place avec Ozalee et un de mes avocats, or personne pour l'instant n'est capable de nous donner des informations sur le lieu de sa détention. Ni officiellement, ni sous le manteau.

— Comment est-on certain qu'il n'a pas été exécuté ? s'inquiéta Abigail. Cela fait plus d'un mois qu'on est sans nouvelles.

— Nous l'ignorons, et c'est bien le problème.

— L'épidémie d'Ebola qui se déclare en plus des combats ne va rien arranger. Sur place, la situation est devenue intenable. Ozalee ne doit pas rester là-bas, ce n'est pas prudent. Et au Quai d'Orsay, qu'est-ce qu'ils disent ?

— La Gold Petroleum n'a aucun employé répondant au nom de Novak Anticevic, ni sur le sol africain, ni ailleurs.

La jeune femme échangea un long regard avec Vertigo. Lui savait mieux que quiconque qu'un ressortissant français pouvait être abandonné par sa patrie, *a fortiori* s'il avait occupé un poste sensible ou travaillé comme agent.

— Ozalee tient le coup ? demanda-t-elle après un silence.

— Elle ne lâche rien. Et sait qu'elle peut compter sur notre soutien à tous. Merci pour elle, d'ailleurs. Laurent, je lui ai transmis ton petit mot, elle te remercie.

L'ancien Ranger acquiesça d'un léger coup de tête.

— Ces tristes nouvelles ne doivent pas entraver notre volonté d'œuvrer avec la Fondation ALONE, renchérit Morgan, et j'aimerais à présent que nous

nous concentrions sur un nouveau projet. Un projet de grande envergure.

— C'est à la pollution qu'il faut s'attaquer, proposa la jeune Américaine avec spontanéité, à nos comportements de consommation.

— Ou aux géants de l'agro-alimentaire qui donnent de la merde à bouffer à nos enfants ? Que penserais-tu de botter le cul à l'industrie pharmaceutique, Abi ?

— Tu veux dire quoi ?

— N'as-tu jamais envisagé que tu étais complice de ceux qui te rendent malades pour mieux te soigner ?

— Mes amis, s'il vous plaît ?

Morgan attendit que le brouhaha cesse pour parler.

— Je voudrais retourner en Afrique pour apporter de l'eau là où il n'y en a plus et inciter les paysans à revenir cultiver les terres qu'ils ont été contraints de quitter. Abi, j'ai vu les enfants dont tu parlais, j'ai vu les six mille mômes sacrifiés chaque jour, à cause de l'indifférence d'une partie de l'humanité. Je suis certain que fournir de l'eau potable, c'est aussi le meilleur moyen de soutenir la paix dans ces contrées ravagées par la guerre des territoires et, surtout, d'étouffer le terrorisme où il prend racine. Évidemment, j'aimerais que nous l'accomplissions ensemble.

Les mots de Morgan jetèrent un froid dans l'assistance, pourtant Abigail sut dans l'instant que ce projet serait de ceux qui marquent leur temps.

— Et tu comptes procéder comment ? ricana Vertigo en jetant un coup d'œil complice à Günter. Faire un procès au désert ?

Les trois hommes se toisèrent.

— Je te croyais plus ingénieux, répliqua Morgan.

— *So what ?* demanda Dakota. Tu veux forer ?

— Pas nécessairement, les possibilités sont nombreuses. On peut désaliniser, puiser, ou acheminer l'eau sur place.

— Le mieux, c'est de l'acheminer, lança Vertigo, piqué au vif. C'est une pratique courante pour les hydrocarbures, ce sera un jeu d'enfant avec de l'eau, la viscosité en moins, la pression en plus !

— Et tu la pompes où, l'eau ? s'interrogea Abigail. Dans l'océan ?

— Désaliniser et transporter serait trop cher, non.

— Les fleuves, alors ? suggéra Louis Dicabo.

— L'eau appartient aux pays qu'elle traverse, précisa Vertigo. Compliqué, donc. Je vois mal les Espagnols donner de l'eau aux Africains, alors qu'eux-mêmes en manquent.

— Donc à l'embouchure, conclut Morgan. Là, elle devient impropre à la consommation, puisqu'elle se jette dans l'océan. Vertigo, tu penses que c'est faisable ?

— Donne-moi deux semaines, et je te fournis des plans. Par contre, ne compte pas sur moi pour y retourner.

— *I'm in !* s'exclama Dakota avec enthousiasme. Tu te souviens de l'endroit où j'ai sauté en parachute depuis l'espace ? J'avais dit à ces gens qu'en attirant les médias chez eux, leurs conditions de vie allaient changer. Et si on le faisait là-bas ? Trois ans ont passé, rien n'a changé, et j'ai l'impression de les avoir trahis !

— La Somalie compte parmi les zones éligibles.

— La Somalie, s'effara Vertigo, c'est le repaire des shebabs ! Vous allez vous faire des potes là-bas, comptez là-dessus !

— Sans moi, abonda Günter, sans surprise.

— Eh bien, moi, j'en suis, dit Laurent Mukena qui avait gardé le silence jusque-là. Toi et la blondinette, vous aurez besoin d'un ange gardien.

— Abi ! s'exclama Dakota en riant. Tu viens aussi, hein ? Tu ne vas pas nous lâcher comme ce bon vieux Vertigo ? *Come on !*

Abigail, qui redoutait le moment depuis que Morgan avait annoncé son désir de retourner en Afrique, poussa un long soupir. Bientôt, elle le savait, il serait l'heure de choisir. Mais elle n'était pas prête. Pas encore.

— J'ai besoin de réfléchir à ce que va devenir ma vie, répondit-elle. Aujourd'hui et pour les semaines à venir, elle est ici, en Europe. J'aimerais convaincre Julian de me laisser voir Charlie, ne pas baisser les bras trop vite, et le regretter ensuite. M'engager en Afrique à vos côtés, c'est renoncer à elle. Et je refuse de renoncer.

Région Île-de-France, prison des 12-10

Alors qu'il suivait le gardien le long des couloirs du centre de détention, Julian Stark se demandait ce que seraient ses premiers mots pour Abigail. Cela faisait vingt mois que la mère de sa fille était incarcérée, et pas une fois il n'avait usé de son statut de flic pour obtenir une visite. Il avait assisté à certains de ses interrogatoires, planqué derrière le miroir sans tain, ou visionné des enregistrements, c'était tout.

« On voulait pouvoir dire un jour à nos enfants qu'on n'avait pas assisté à la destruction du monde sans rien tenter. »

Cette phrase extraite d'un de ces dossiers audio tournait en boucle dans sa tête, et il combattait l'empathie qu'elle lui inspirait. Les circonstances étaient telles, depuis les menaces de Dortmund, que Julian avait obtenu des autorités la permission d'accompagner Abigail dans la cour, un privilège pour un détenu condamné à l'isolement.

Concernant l'enquête, les équipes allemandes avaient littéralement désossé le centre aquatique à la recherche d'Ozalia, et le château de Bavière, propriété de Günter Schilgen, activiste allemand, connu pour avoir apporté son soutien aux 12-10 à plusieurs reprises, avait été saisi par les autorités et fouillé de fond en comble, sans résultat.

« Il y a forcément une base pour les drones quelque part, des serveurs ! Cette saloperie ne peut pas être dans les nuages ! Je suis certaine que Stedman peut nous donner des infos ! »

Sookie avait eu l'idée de cette visite, et Vorchek s'était démené pour obtenir les autorisations, malgré les vives réticences de Julian.

« Je refuse de me trouver seul face à elle, je ne serai pas impartial.

— Tu crois vraiment qu'on peut se payer le luxe de tergiverser ? s'était écrié Sookie. Six mille mômes, ça te parle, oui ou merde ? »

Et c'est toi qui me dis ça ? avait-il manqué répondre, avant de finir par accepter. Depuis la disparition de Charlie, Julian ne tentait plus de nier ses sentiments pour Abigail, longtemps refoulés. Il vivait avec la souffrance et la frustration d'être séparé d'elle, et il n'avait pas eu besoin de s'en ouvrir à sa coéquipière, dont le regard laser le fichait aussi sûrement à poil qu'un nouveau-né.

« Elle est la complice de Morgan Scali, lui avait-elle assené, juste avant son départ, une 12-10 considérée comme une des terroristes les plus dangereuses ayant jamais sévi en Europe. Ses victimes se comptent par milliers. Oublie tout le reste, et trouve cette saloperie d'Ozalia. »

Aujourd'hui, il n'était pas question de sentiment. À mesure qu'approchait la silhouette vêtue d'une combinaison noire, encadrée par deux gardiens, l'esprit rationnel du flic chassait les pensées de l'homme amoureux.

Oublie la femme...

Oublie la mère de ta fille.

C'est Mengele, ni plus ni moins.

Malgré ses bonnes résolutions, Julian fut bouleversé par la vision d'Abigail enchaînée. Elle était amaigrie, et ses yeux, deux iris d'un bleu profond bordés de larmes qui refusaient de jaillir, le dévoraient.

— Il est arrivé quelque chose à Charlie, c'est ça ? souffla-t-elle.

— Non, non… l'interrompit Julian. Elle va bien.

Il resta à un mètre, tandis que le gardien déverrouillait la porte et s'effaçait pour permettre à Abigail de sortir la première dans la cour de promenade. Aveuglée, elle chancela, un bras devant les yeux.

— Avancez, Stedman. Vous avez quinze minutes.

Elle fit valser ses espadrilles – seul type de chaussures autorisé entre ces murs – et, pieds nus, précéda Julian sur la pelouse piquée de pâquerettes et de pissenlits. Lorsqu'ils furent parvenus au centre de la cour, elle leva les yeux vers le ciel. L'instant s'éternisa, et il eut l'impression qu'elle aurait avalé l'univers tout entier, si elle avait pu.

— Si tu es venu me torturer, lâcha-t-elle sans le regarder, sache qu'ils s'en chargent bien ici. C'est pire que chez les rebelles watu.

Les mots d'Abigail glacèrent Julian. Incapable de résister à ce qui le poussait vers elle, il l'enlaça et la garda blottie entre ses bras, malgré les caméras. Sentir vibrer ce corps devenu si frêle contre le sien le bouleversa.

— Pourquoi tu n'es jamais revenue ? lui murmura-t-il à l'oreille. J'avais si mal, j'étais si en colère... il aurait suffi que tu insistes un peu... Juste un peu.

— Tu ne sais rien, Julian, gémit Abigail en le repoussant. Tu m'en veux de ne pas avoir bravé tes interdits, alors que j'étais prête à tout pour vous retrouver, Charlie et toi.

— Si seulement, je t'aurais...

— Quoi ? Tu m'aurais pardonné ? Il est comme ça, ton monde ? Noir d'un côté et blanc de l'autre ?

— Ce n'est pas ce que j'ai dit.

— Après nos pénibles retrouvailles à Paris, dit-elle d'une voix où sourdait la colère, je suis retournée en Afrique avec l'intention de ne plus jamais chercher à te voir, c'est vrai. Tes mots étaient si durs... Mais je suis revenue, Julian. Parce que je ne pouvais plus vivre sans vous.

Abigail raconta comment elle s'était persuadée que débarquer à l'improviste dans les Vosges serait une bonne idée. Enfin, pas exactement à l'improviste, elle voulait provoquer une rencontre dans la forêt, au *hasard* d'une balade. Elle était accompagnée de Shana et de Galette, le chien qui survivait aux guerres. Il y avait aussi Vertigo, qui à cette époque se remettait d'une confrontation musclée avec le service de sécurité d'une centrale nucléaire du nord de la France.

— C'était au printemps 2018, je m'en souviens comme si c'était hier. Il m'a dit : « Méfie-toi, tu vas souffrir. » Je ne l'ai pas écouté. Il avait insisté pour m'accompagner, au cas où les choses tourneraient mal. On était à un ou deux kilomètres de chez toi, quand Galette s'est mis en tête de courser un faon.

Ils avaient cherché le chien pendant des heures, jusqu'à ce qu'ils l'aperçoivent chez Julian, dans le jardin de la maison forestière où il vivait en famille.

— Vous étiez sur la terrasse avec ta femme, Leny et Charlie. Notre fille était si jolie, ses joues étaient roses de bonheur.

À mesure qu'Abigail parlait, l'angoisse étreignait la poitrine de Julian. Il se souvenait très bien de ce jour où un terrier hirsute avait débarqué chez lui. Charlie, très sensible à la cause animale, s'en était aussitôt occupé et, comme il ne portait ni collier ni tatouage, ils avaient tous ensemble décidé de l'adopter. En un instant, Galette, le chien des Scali, était devenu Nassau, celui de la famille Stark.

— Putain, Abi, pourquoi tu n'as rien dit ?

— Charlie avait l'air heureuse. Je n'ai pas voulu lui offrir le spectacle de ses parents qui se déchirent, et Shana m'a dit : « Laisse-le vivre ici, c'est bien qu'il y ait un peu de nous avec ta fille. » Maintenant que tu sais, reprit Abigail sur un ton plus assuré, dis-moi pourquoi tu es venu.

Julian ferma les yeux un court instant, et inspira pour se reconcentrer.

— Pour que tu m'aides à empêcher Charlie de commettre l'irréparable, dit-il. Les 12-10 projettent de tuer des enfants.

— Je ne te crois pas.

— Ils ont envoyé un coup de semonce à Dortmund.

En voyant les photos des mannequins dans la piscine et celui singeant Charlie, avec le numéro 6001 sur le torse, Abigail s'agrippa au bras de Julian, qui la retint contre lui.

— Six mille par jour… souffla-t-elle.

Le policier sentit un filet de sueur glisser le long de son dos.

— Quoi, six mille par jour ?

— Le manque d'accès à l'eau potable tue six mille enfants par jour. Je m'en souviens, c'est moi qui ai donné ce chiffre à Morgan, il y a longtemps. Tu dois l'empêcher d'aller au bout de cette folie. Je t'en supplie, sauve notre fille !

— Alors aide-moi, dis-moi quelque chose, n'importe quoi qui puisse nous aider !

— Quoi, qu'est-ce que je peux te dire, je ne sais rien !

— Tu connais les 12-10 mieux que personne, tu étais avec eux à Dortmund, oui ou non ?

Paniquée, Abigail ouvrit la bouche pour chercher de l'air.

— Respire, lui intima Julian, j'ai besoin de toi. OK ?

— OK, murmura-t-elle.

— Alors, Dortmund ?

— Il n'y a rien là-bas, on a fait une manif ou deux en Allemagne, avec Shana et Vertigo… On a squatté le centre aquatique, oui, mais je n'ai rien à voir avec cette horreur !

— Et Morgan ?

— Il n'y a jamais mis les pieds. Du moins pas quand j'y étais, il travaillait sur le pipeline en Somalie. Peut-être est-il retourné au château. Je sais qu'il aime cet endroit.

— Tu parles du château de Günter Schilgen ?

— Oui. On s'y est retrouvés en 2018. C'est là qu'on s'est décidés pour la Somalie.

— Les Américaines étaient présentes ?

— Dakota oui, Ozalee, elle, cherchait Novak en Afrique.

Putain, je savais bien que l'héritière mentait comme un arracheur de dents !

Julian s'interrompit un instant pour réfléchir, puis reprit l'interrogatoire.

— Ozalia, l'Intelligence Artificielle, elle date de quand ?

— Aucune idée, je dirais huit ou neuf ans, pas plus.

— Elle est basée où ? En RDC ? En Bavière ?

— Morgan ne l'a jamais dit.

— Ses drones ?

— Avec lui, tout le temps.

— On n'a rien trouvé dans sa planque. Alors qui les a ?

Abigail pâlit.

— Vous avez trouvé Morgan ? Il est… ?

— T'inquiète, mentit Julian, ton gourou attend sagement son procès en taule. En attendant, Charlie et les autres orchestrent ce merdier. Alors dis-moi où ils sont planqués !

— Je ne le sais pas, je te le jure ! Les infos étaient cloisonnées, on fonctionnait comme un réseau de résistance, avec différents groupes basés un peu partout. Milan et Günter ne savaient même pas pour les attaques de 2025 !

— Tu te fous de moi !

— Non ! Il s'agit de notre fille, je ne te mens pas, même si je dois finir mes jours ici. Dis-m'en un peu plus… Pourquoi tu me parles d'Ozalia si Morgan est en prison ?

— D'après les dernières infos, c'est elle qui dirige les 12-10.

— C'est impossible ! Personne d'autre que lui n'en a le contrôle ! Qu'elle l'aide, oui, qu'elle décide, non !

— Parle-moi de la messagerie cryptée alors.

— C'est une application contrôlée par l'IA. Les mots de passe changent toutes les six heures, et personne ne peut s'y inscrire sans être validé par elle.

— Même pas les responsables informatiques des cellules ?

— Qui t'a raconté une connerie pareille ? Je te dis que Morgan contrôle Ozalia ! Il n'est pas assez fou pour se soumettre à un logiciel !

Mais il est mort, bordel !

Julian se fit violence pour ne pas lâcher le morceau. Il connaissait suffisamment Abigail pour savoir qu'elle cesserait de collaborer en apprenant le décès de Morgan Scali.

— Il a forcément passé la main à quelqu'un de confiance au cas où, insista Julian. Qui ? Milan ? Tu sais où il pourrait se planquer ?

— Je te dis que je n'en sais rien !

— Günter Schilgen, l'Allemand ?

— Je ne l'ai pas vu depuis dix ans ! Morgan et lui ne s'entendaient pas, ça m'étonnerait qu'il soit impliqué. Je te l'ai dit, il ne savait rien.

— Alors ce peut être n'importe qui, n'importe où, n'importe quand. Putain !

— Pas n'importe quand, affirma Abigail après un temps de réflexion. Morgan est attaché aux dates, aux symboles. Ce sera un jour important pour lui…

— Le 13 novembre ? L'anniversaire de ses enfants ? Celui de sa femme ? Quelle date ?

— Non, plutôt en rapport avec l'eau, avec les mômes qui meurent de ne pas en avoir.

— Le sommet de l'Unesco ? La création de la fondation ?

— Trop impersonnel.

— La remise du prix Nobel ? Merde, aide-moi, bon Dieu !

— J'essaie, Julian. Laisse-moi réfléchir… On évoque l'eau, les mannequins dans une piscine, c'est aussi un symbole, il y a une signification à tout cela.

— OK, alors quoi ? La piscine était vide, le centre aquatique fermé, les vannes coupées depuis des années et…

— Les vannes ! C'est ça !

— Tu parles de quoi ?

— L'Afrique, le pipeline, le réservoir… Julian, quel jour on est ?

— Le 24 avril.

— Alors, va-t'en, Julian, et sauve notre fille. Ça a déjà commencé.

2020 2028

Du 24 avril au 10 décembre

Somalie, région de Gedo

Accroupi devant la sortie d'une buse d'adduction, Morgan Scali invita d'un signe de tête Yaasir Bashi à ouvrir la vanne. C'était au Somalien d'accomplir ce geste symbolique. Après deux années de labeur acharné, de dépenses inouïes, d'audace et d'entregent politique, l'eau allait enfin couler dans le désert.

Parce que, aux mains des islamistes, la région de Baidoa, initialement suggérée par Dakota, n'avait pu être retenue. Alors, après des semaines de recherche, Morgan et Laurent Mukena avaient rencontré Yaasir, un paysan accroché à sa terre, qui les avait convaincus de l'idéale situation de cette vallée d'altitude exposée plein sud, abandonnée par les hommes et creusée d'immenses cavernes.

C'était donc dans un de ces réservoirs naturels qu'aboutissaient les canalisations du projet « *A Life On Earth* », là que Morgan, Laurent et Yaasir s'étaient isolés pour lancer le dernier test.

Le Somalien agrippa la vanne et la fit pivoter sur son axe. Si Dieu existait, il se nichait dans ses mains, de longues mains usées par le travail de la terre, blanchies par le sel, et sèches comme la surface du désert. Il y eut un appel d'air. L'eau montait dans les canalisations depuis la station de pompage située en aval.

Personne en dehors des vertueux n'y avait cru. Quel fonds d'investissement aurait accepté de dépenser trois cent soixante-quatre millions de dollars pour apporter de l'eau aux confins des plateaux somaliens, une région si aride que ses habitants l'avaient fuie ? Un million de dollars par kilomètre de canalisation.

Après la présentation du projet à la presse internationale, la Fondation ALONE avait lancé un appel aux dons, et les « Naïfs de Scali » – ainsi les appelait-on dans les cercles mondains – avaient répondu présent. Mais pour boucler ce budget pharaonique, Morgan avait dû utiliser les rouages du système financier, déposer de nouveaux statuts de la Fondation à Genève, où n'apparaissait plus aux côtés du sien le nom des membres fondateurs de l'Armée du 12 Octobre, mais ceux de Yaasir Bashi, de centaines d'Africains et de donateurs, et créer des comptes bancaires dans des paradis fiscaux, pour que l'argent qui manquait encore à son projet, après avoir suivi les méandres des sociétés offshore, perde l'odeur sulfureuse de la Hughes Corp. et serve enfin le bien.

— On y est ! s'enthousiasma Morgan. Oui, tu vois, on y est…

— Mes amis, murmura Yaasir. Je…

Chamboulé par une joie immense, le Somalien ne put en dire davantage. Il ouvrit un peu plus la vanne. L'air s'échappa en sifflant, et ce simple son fit rire les trois hommes.

Sur le manomètre, l'aiguille indiqua une pression de huit bars.

L'eau était là.

Les larmes aux yeux, Yaasir ouvrit le robinet et s'accroupit en face de Morgan et de Laurent pour la recueillir dans ses mains. Son goût était vaguement terreux. Pompée à l'embouchure du fleuve Jubba, juste avant qu'il se jette dans l'océan Indien, elle avait parcouru des centaines de kilomètres de désert grâce à des stations de pompage, pour aboutir dans une caverne capable de contenir le volume d'une cinquantaine de piscines olympiques. La remplir demanderait plusieurs mois. D'ici là, le clan planterait des semences, et bientôt la vie reprendrait ses droits dans le désert. La vie rejaillirait.

Comme les autres attendaient à l'extérieur, Yaasir remplit un seau et invita Morgan et Laurent à le suivre.

Ce dernier accepta, Morgan déclina.

— Aujourd'hui, se contenta-t-il de répondre, je suis d'accord avec toi, Dieu est grand.

Et il rejoignit les habitats troglodytiques situés au-dessus des cavernes. C'était un endroit magique, où des hommes avaient vécu pendant des centaines de générations, avant de capituler face au changement du climat. Dans cette salle étroite où Morgan passait ses nuits, le muret de pierres qui faisait obstacle au vide s'était effondré, permettant une vue magnifique sur la vallée. Dans sa vieille malle militaire, Morgan récupéra un cahier de correspondance, puis s'assit en tailleur, pensif.

En contrebas, le clan de Yaasir fêtait l'arrivée de l'eau avec Laurent. Plus loin, les canaux d'irrigation des futurs champs, avec leur système d'écluses, dessinaient des parcelles rectangulaires sur l'aplat de pierraille. Trois ans plus tôt, devant les doutes émis par Morgan quant à la possibilité de faire pousser quoi que ce soit sur des champs de cailloux, Yaasir avait répondu :

« Si, si, tu verras. La terre n'est pas stérile, c'est le cœur des mauvais hommes qui l'est. »

— J'espère que tu as raison, mon ami, dit Morgan pour lui-même, en ouvrant le cahier sur une page vierge.

Mon amour,

Je ne veux pas laisser mon nom à la postérité, et je refuse qu'on m'associe aux événements que tant d'anonymes ont permis de réaliser.

Ce matin, à 7 h 30, l'eau a coulé dans le désert !

Ils s'appellent Saamiya, Maryan, Yaasir, Moussa, Caleb ou Malik,. Mukena aussi, et ce sont eux les héros de cette aventure. Ils et elles sont d'anciens bergers, des cultivateurs sans terre, propriétaires sans eau ou Rangers sans forêt, qui se sont transformés pendant deux ans en terrassiers, ont appris à conduire des bulldozers, sont devenus soudeurs, électriciens. La plupart sont venus d'une région de Somalie où les fous de Dieu ont pris le pouvoir, où ils décapitent les infidèles et lapident les femmes adultères.

Mes anonymes sont des héros.

Je préfère qu'on ne se souvienne pas de moi. Je n'ai rien inventé, je me suis servi des autres,

tous ces cerveaux tombés dans l'oubli qui ont permis l'avènement de la civilisation occidentale. Quel mérite puis-je tirer d'avoir réussi ma vie dans une France qui m'a tout offert ?
Nos amis somaliens vont retourner au travail de la terre. Ils piaffent d'impatience, si tu pouvais les voir ! Il y aura deux récoltes par an, c'est l'intérêt de vivre si près de l'équateur. Ils cultiveront du sorgho, des variétés ancestrales de blé, planteront des arbres fruitiers. Ici, tout pousse, à condition de bien sélectionner ses graines, de respecter l'eau, ce qui est une seconde religion dans ces contrées. Nous aurons paraît-il des bananes l'année prochaine. J'ai du mal à y croire, mais je sais à présent qu'il suffit de penser au monde de demain pour que ce monde devienne réalité.
Il y a trois ans, ce n'était qu'une idée. Aujourd'hui, c'est fait.
Trente stations-relais de pompage, trois cent soixante kilomètres de canalisations, le meilleur de la technologie solaire et éolienne. Dans le désert, pour percer des tranchées, on a pu faire tout le boucan qu'on voulait, personne n'est venu nous emmerder.
C'était un pari fou ! Un pari si fou que seuls nous, pauvres fous, pouvions y parvenir. Pour toi,

Gaëlle, pour eux, pour nous tous, les humains de presque hier, responsables de ceux de demain. Caleb, le fils de Yaasir, a proposé d'appeler le village Berrito. En somali, ça signifie « demain ». J'ai trouvé l'idée formidable. C'est court, porteur d'avenir, et en plus ça ne parle pas de Dieu.

Les enfants te réclament toujours, et j'ai bien peur qu'il en soit ainsi jusqu'à la fin de leur vie. T'ai-je dit que Milan intégrait l'École militaire spéciale de Saint-Cyr ? Cet enfant est aussi doué pour sculpter son corps que son esprit. Un peu comme Shana. Ils ont tous les deux la rage chevillée à l'âme, mais ils ne s'en serviront pas de la même façon. Lui a besoin de faire partie d'un groupe, si ce n'est d'un corps. Shana est un être libre, un animal sauvage. L'enfermer reviendrait à la tuer.

Si j'avais le temps de me consacrer à une seule personne, je dirais que notre fille m'inquiète. Mais je n'ai pas ce temps, et je cours après celui des autres. Je crois qu'elle se fantasme en martyre de la cause. Je n'irais pas jusqu'à dire qu'elle serait prête à mourir pour la planète... en fait, je n'en sais rien. Shana est devenue une énigme.

Nos enfants sont des adultes à présent. J'ai joué mon rôle de père comme j'ai pu, et si j'ai échoué, c'est pour toujours, un mot que nous n'aimions pas beaucoup, souviens-toi, sauf quand on parlait de nous.

Je les vois dans deux mois, à Paris peut-être, je préférerais passer du temps dans le château de Günter en Bavière. Je n'apprécie pas l'homme, mais il a le sens de l'hospitalité, et l'endroit m'apporte une paix incroyable. Tous nos amis sont loin. Un séjour en Allemagne permettrait de réunir notre famille. Ils me manquent quand j'ai le temps de m'apitoyer, ce qui arrive une dizaine de minutes chaque soir, juste avant que le sommeil m'emporte.

J'ai eu des nouvelles d'Eliah Daza. Après deux ans de ravages, la guerre a cessé dans les Virunga. Par bonheur, il reste des gorilles dans les montagnes, mais la population tarde à revenir. Quitter les camps de réfugiés revient à trouver de la nourriture par soi-même. Ce n'est pas simple, quand on a des enfants. Je pense à eux, je me dis que la vie nous a servis comme des princes, toi, Shana, Milan et moi. Nous aurions dû en profiter davantage.

L'amour est précieux. On devrait l'enfermer dès qu'on le croise, le garder pour soi et se taire à jamais. Ozalee en sait quelque chose, elle qui vient seulement, après deux années sans nouvelles, de localiser Novak. Il est emprisonné à

Kangbai et gardé au secret. Daza m'a confié qu'il le soupçonnait, ainsi que la Gold Petroleum et la France, d'être impliqué dans les massacres en RDC.

Je sais qu'il est celui d'entre nous que tu n'aurais pas aimé rencontrer, mais il m'a sauvé la vie, et Ozalee est amoureuse. Et Ozalee compte beaucoup pour nous tous. Alors, je retourne dans les Virunga pour tenter de trouver une solution, les autorités refusent de nous le rendre. On ne laisse pas les hommes derrière soi. Lui ne m'aurait jamais abandonné.

Le travail m'attend, Gaëlle. Ce sera une belle journée, pleine de sueur et d'eau. Tu me disais souvent qu'il suffit de penser que le monde peut changer, et le monde changera.

Aujourd'hui, l'eau coule dans le désert.

Il y a longtemps que je ne t'ai pas vue. J'ignore de qui vient l'absence. Si c'est de toi, reviens me hanter à l'occasion.

Tu me manques.

Morgan.

RDC, province du Nord-Kivu, prison de Kangbai

Deux ans, trois mois et vingt-six jours d'enfer.

Du bout d'une brindille, Novak Anticevic combattait un scarabée Goliath. Et pas n'importe lequel. Cet insecte, il l'avait vu sortir de terre, nymphe transformée en adulte handicapé, aux ailes inachevées qui l'empêchaient de voler et le condamnaient à une mort certaine. Et tout en entraînant son champion pour d'improbables joutes, Novak rêvait à ce qu'aurait pu être sa vie. Si…

S'il avait suivi des études, il ne serait pas entré dans l'armée.

S'il était né dans un autre milieu, sa vie aurait suivi un autre cours.

Et surtout, s'il avait été plus malin, il aurait tout plaqué et épousé Ozalee Mac Neil dès leur rencontre. Avec elle, il aurait eu trois ou quatre enfants, et pourquoi pas cinq, qu'il aurait élevés lui-même pendant que Madame serait allée moderniser le monde avec ses Intelligences Artificielles.

Pour la vingtième semaine consécutive, Novak et ses hommes n'avaient pas vu la couleur du ciel congolais. La punition initiale, ils la devaient à Novak en personne, qui s'était battu avec un colosse ougandais pour une histoire de ration alimentaire. Il en gardait de sales plaies au visage et aux bras qui ne cicatrisaient pas, plusieurs côtes cassées et un moral en baisse constante. Ensuite, on ne pouvait accabler personne en particulier. Il suffisait qu'un des Blancs regarde un gardien de travers pour que la punition soit reconduite. À ce rythme, ils capituleraient tous, les uns après les autres.

Gale s'en sortait mieux que ses frères d'armes. Gale, de la mauvaise herbe, cette variété indestructible dont Novak pensait être fait. Il faut dire que les mercenaires avaient donné du fil à retordre aux autorités pénitentiaires. Sept tentatives d'évasion en vingt-huit mois, dont une avait failli aboutir – ils avaient été repris dans les faubourgs de Béni –, de nombreuses insurrections, des appels à l'émeute, des grèves de la faim, ils s'étaient donné du mal pour qu'on les prenne en grippe. Depuis, ils étaient confinés dans leur dortoir – des bâtiments insalubres au sol en terre battue –, et le directeur de la prison avait osé déclarer que c'était pour les préserver de la violence des autres détenus.

Contrairement à ce que Novak craignait, Natassale n'était pas revenu se pavaner avec son couteau de boucher pour lui découper des lambeaux de peau dans le dos. Savoir son ennemi à terre lui suffisait. Et dans cette prison infernale, où chaque détenu autochtone était un espion potentiel, où toute information se monnayait, multipliant les possibilités de trahison, Novak comptait uniquement sur ses hommes.

Il lui avait fallu des jours pour se remettre du sale quart d'heure passé entre les mains du chef rebelle. N'en subsistaient que deux belles cicatrices au niveau des omoplates, qui lui valaient le sobriquet d'ange de la mort.

La plus grande souffrance de Novak en ce lieu n'était ni les brimades, ni la torture, ni la faim ou la soif, ni les crises de diarrhée aiguë qui le lessivaient, ou les infections diverses, mais l'absence totale de nouvelles d'Ozalee. Le souvenir de son image s'était évanoui, restaient la magie des instants et la certitude qu'elle ne renoncerait jamais. Il devait juste se maintenir en vie.

Or, depuis peu, un groupe de Kenyans incarcérés pour trafic d'or se montrait particulièrement hostile aux mercenaires. Sans raison, ils avaient à plusieurs reprises cherché la bagarre, le soir quand tout le monde rentrait dans les dortoirs. Leur chef se nommait Kiinaya, comme la montagne la plus haute de son pays et, à considérer sa musculature et sa taille hors norme, on comprenait pourquoi.

Une nuit plus tôt, Novak avait rêvé de Kiinaya, transformé en une créature infernale aux yeux rouges, cracheuse de feu, qui cherchait à lui voler son scarabée au prétexte que l'insecte possédait un cœur fait d'or pur. Novak s'était réveillé en nage, malheureux d'avoir perdu son combat ainsi que son insecte fétiche, et s'était aperçu que Kiinaya l'observait de sa paillasse.

La sonnerie de la distribution du repas du soir l'arracha à ses souvenirs. C'était le moment où tous les prisonniers rentraient dans les dortoirs, l'heure où s'achevait sa relative tranquillité. Il cacha son scarabée dans un trou du mur et se rapprocha de ses hommes.

Les neuf Kenyans s'installèrent avec leur gamelle face à eux, Kiinaya au centre, et mangèrent sans les quitter des yeux. Les autres détenus s'aperçurent de leur manège, et les premiers paris furent lancés. Quand les Kenyans, une fois leur ration achevée, se levèrent, un millier de détenus hurlèrent de dortoir en dortoir. La cote était largement en défaveur des Blancs.

— Il est beau, ton bracelet, déclara Kiinaya en désignant le bijou que Novak cachait sous son tee-shirt crasseux au bout d'un lacet en cuir. *Give it to me !*

Novak bondit aussitôt sur ses pieds et repoussa Gale, qui voulait l'empêcher d'approcher la montagne de muscles. C'était stupide, il le savait, mais personne ne toucherait au bijou qu'Ozalee lui avait offert.

Aussi droit que ses côtes cassées le lui permettaient, Novak se planta face à Kiinaya au point de le toucher.

Affaibli, il n'avait plus que son orgueil pour le tenir debout.

— Viens le chercher, brava-t-il.

Autour d'eux, les prisonniers s'échauffaient tant que les premières bagarres éclatèrent. Quatre des molosses de Kiinaya s'éclipsèrent et se cachèrent de part et d'autre de la grille pour neutraliser un par un la dizaine de gardiens alertés par le vacarme.

Le temps s'étira dans l'esprit de Novak, dont le regard était rivé dans celui du Kenyan. Puis les silhouettes bougèrent sur les côtés de son champ visuel, et Kiinaya se mit à rire.

— *Freedom, my friend !*

— Faut y aller, boss, l'encouragea Gale, resté en arrière.

Les jambes de Novak se dérobèrent lorsqu'il comprit que l'émeute avait été provoquée à dessein. Il s'agrippa aux bras de ses hommes, qui l'entraînèrent à la suite de Kiinaya. Celui-ci se frayait un chemin vers la sortie du dortoir à coups de poing. Les autres Kenyans fermaient la marche, assommant les prisonniers qui les suivaient de trop près. En quelques secondes, les détenus se répandirent dans la cour de promenade, tandis que les Kenyans ouvraient l'accès aux cuisines avec les clés récupérées sur les gardiens.

— On fait quoi, maintenant ? s'enquit Gale.

Kiinaya posa un index sur ses lèvres, puis compta à rebours sur ses doigts.

5, 4, 3, 2, 1…

Un pan du mur de la réserve fut soufflé par une explosion.

Kenyans et mercenaires se précipitèrent à l'extérieur, coururent le long du mur d'enceinte arrière de la prison. Alors qu'il peinait à marcher, soutenu par ses hommes, Novak eut une pensée pour son scarabée, qui achèverait ses jours à l'ombre de ces murs, puis il finit par conclure que l'insecte s'en moquait.

À la suite de leurs libérateurs, ils gravirent la colline qui dominait la prison, Novak sur le dos de Gale. Derrière eux montaient les cris des prisonniers et les tirs de sommation censés les ramener au calme. Personne ne les avait pris en chasse.

Au sommet les attendaient trois véhicules blindés.

Le trajet jusqu'à l'aérodrome de Béni se fit dans un silence de plomb. Chacun appréciait sa liberté retrouvée tout en découvrant les ravages de la guerre sur cette ville de deux cent mille habitants. Des quartiers entiers avaient été détruits et les façades des bâtiments portaient les impacts d'innombrables tirs.

Un biréacteur attendait sur la piste. À bout de forces, Novak reconnut la silhouette de Morgan, debout au pied de l'appareil. Ce ne fut qu'ensuite qu'il aperçut Ozalee à ses côtés.

Ozalee, enfin.

Somalie, région de Gedo

Assis dans sa chambre, près de l'ouverture sur la falaise, Morgan Scali cherchait dans son journal ce qu'il avait écrit le 6 octobre dernier. C'était ce jour-là que la nouvelle qui allait tout changer était tombée. Aujourd'hui, la Fondation ALONE recevait le prix

Nobel de la paix. Et même s'il avait eu deux mois pour digérer l'information, Morgan peinait encore à y croire. Que de chemin parcouru depuis les bidonvilles de Goma ! Ici, au milieu du désert, près de six cents villageois cultivaient la terre, élevaient des moutons, des chèvres, des chameaux pour le commerce avec des populations éthiopiennes et kenyanes, et des poules en pagaille. On avait vu des léopards rôder dans les parages. Avec le retour de l'eau, les antilopes revenaient, et des oiseaux, des milliers d'oiseaux… Et des abeilles ! Berrito hébergeait une centaine de ruches réparties dans la vallée.

Pourvu que ça serve à quelque chose !

Son carnet ouvert sur les genoux, Morgan commença sa lecture.

(…) Construire ici ne pose pas de problèmes, il suffit de se pencher pour ramasser des pierres. Les Somaliens vivent dans des fermes entourées d'une palissade pour éloigner les prédateurs. Nous mutualisons tout : le bétail, l'eau, les récoltes, tout en conservant bien sûr l'intimité de la vie de famille. Unis, les gens sont plus forts. Ils l'ont compris à présent, et ça n'a pas été simple. Ce mois-ci, nous avons eu trois nouvelles naissances ! Et les cavernes sont pleines, malgré les problèmes de sabotage sur le pipeline.

L'agriculture ancestrale a cela de formidable qu'elle ne requiert pas de pesticides. Ou alors il de virer à quelques centaines de mètres. Si proches les uns des autres qu'ils se touchaient presque, ils accomplirent un looping et volèrent en formation, comme des avions à la parade. Enfin, ils foncèrent vers Morgan et passèrent à quelques centimètres de sa tête. L'air déplacé souleva ses cheveux.

— Impressionnant ! Quoi d'autre ?

« Je sais téléphoner, prendre des rendez-vous, consulter une banque de données, apprendre, commander mille drones comme ceux-ci. Je fais tout, même le café. »

— Montre-moi le village.

Sur la place centrale, où se tenaient les assemblées pour les décisions importantes, un chapiteau abritant un écran géant avait été dressé. Les habitants de Berrito ne tenaient plus en place, et maintenant qu'ils avaient compris ce que signifiait ce prix, ils étaient capables de situer Oslo sur une carte.

Ils existaient enfin pour le reste du monde !

— Trouve-moi Ozalee.

Les yeux rivés sur la tablette, Morgan vit grandir la foule des villageois – certains hurlèrent de peur, d'autres éclatèrent de rire –, puis l'image se stabilisa au-dessus de la jeune Amérindienne, en pleine conversation avec Dakota. Celle-ci leva la tête et envoya un baiser à Morgan, tandis qu'Ozalee levait les deux pouces. À proximité se trouvaient aussi Novak et plusieurs hommes de la sécurité de la Hughes Corp., des Kenyans sans qui l'héritière ne se déplaçait plus. Abigail se faufilait entre les premiers rangs de spectateurs pour rejoindre Yaasir. Seul absent, Laurent, qui avait prétexté quelques contrôles de sécurité à effectuer *faut appeler pesticides les plantes qui repoussent naturellement les nuisibles et que nos Somaliens cultivent autour de leurs champs de céréales. J'avais lu une pratique similaire chez les Indiens d'Amazonie. Comme quoi, l'homme qui côtoie la vie et la mort au quotidien a plus de bon sens que celui des métropoles. Aujourd'hui, nous avons moissonné le sorgho. À la main, à l'ancienne. Ensuite viendra le tour du teff et du blé.*

Novak se remet tout doucement de ses années de captivité aux côtés d'Ozalee, aux États-Unis, et Abigail est enfin arrivée ! Sa présence me réjouit, assez égoïstement d'ailleurs. Car si elle est ici, c'est à cause du père de sa fille, qui refuse toujours de lui accorder ne serait-ce qu'un droit de visite. Décidément, ce type est une malédiction.

Quoi qu'il en soit, il était temps qu'elle arrive, nous manquions d'un médecin. Elle a apporté la chimie occidentale. C'est bien, je suppose, d'autant plus qu'elle ne dispense pas d'antibiotiques à tire-larigot. Les Somaliens en ont parfois besoin, mais en survivant à la colonisation, à plusieurs guerres civiles et aux sécheresses, ils ont démontré leur résistance.

T'ai-je dit qu'il arrive des visiteurs de partout ? Des ONG viennent voir les hurluberlus de la

Fondation ALONE, des observateurs de l'ONU. Ils veulent savoir si nous sommes tombés sur la tête ou si l'idée d'apporter l'eau dans le désert fonctionne.

Le secret, ça a été de s'entendre avec les clans qui se partagent la région. Ils protègent nos installations et, en échange, leurs hommes sont payés pour travailler dans les stations de pompage. Ils ont été formés par nos ingénieurs freelance. Tout le monde y trouve son compte, sauf les islamistes shebabs. Mais, tu t'en doutes, je refuse de traiter avec ces gens-là. (...)

Mon amour, je viens d'apprendre que la Fondation recevait le Nobel de la paix !! Je suis sans voix. Tu m'imagines à Oslo, moi qui ne porte plus que des bermudas et un chapeau de paille ! J'aurais l'air de quoi ?

Les yeux accrochés aux reliefs tourmentés des plateaux de Somalie, Morgan mit un moment avant de rejoindre ses amis pour fêter avec eux ce jour spécial. Il repoussait l'instant, conscient qu'avec le Nobel de la paix, la Fondation – donc lui – porterait le poids du monde sur les épaules. Comment allait-il gérer la pression ? Les attentes ?

Serait-il à la hauteur ?

Alors qu'il s'apprêtait à redescendre de sa montagne, il aperçut une mallette de type militaire sur les nattes qui lui servaient de matelas. Dans une enveloppe, il trouva un mot d'Ozalee où figurait le code pour déverrouiller la serrure gravée du discret logo de la Mac Neil Company.

« *Morgan, en ce jour si particulier pour nous tous, voici de quoi poursuivre tes rêves. À toi qui m'as permis de retrouver le mien. Oz.* »

À l'intérieur, il découvrit une quarantaine de mini-drones. L'un d'eux, un peu plus gros que les autres, trônait au milieu. Chacun des appareils était une merveille de technologie, caméra, micro, sonar embarqués, possibilité de délivrer des messages ou d'en envoyer, chacun avait une fonction différente. Délicatement, il les aligna au bord de la falaise, puis il récupéra la tablette et un micro-oreillette, qu'il connecta. Aussitôt, une voix féminine calquée sur celle d'Ozalee résonna dans les écouteurs.

« Bonjour, Morgan, je m'appelle Ozalia, et je suis constituée d'un réseau de neurones artificiels, prêts à te servir. »

— Bonjour, Ozalia, répondit-il, vaguement amusé. Je suis ravi de faire ta connaissance.

Les mini-drones décolèrent et s'alignèrent sur quatre rangs superposés devant Morgan, dans un bourdonnement de ruche.

« Tu es plus grand que je le croyais, confia la voix rieuse de l'IA. »

— Qu'est-ce que tu sais faire ?

« À peu près les mêmes choses que toi, des milliards de fois plus vite. »

Un à un, les appareils s'éloignèrent à toute allure, descendirent en rase-mottes le long de la paroi, avant sur les éoliennes. Les années atténuaient les peurs, mais elles ne disparaissaient pas. L'ancien Ranger fuyait la foule et s'ombrageait toujours au contact des ambiances festives.

Morgan aurait aimé que ses enfants aussi soient à ses côtés pour partager ce moment, mais Milan participait à un stage commando dans le cadre de sa formation de saint-cyrien, et Shana, devenue un membre éminent de l'Armée du 12 Octobre à tout juste dix-huit ans, bataillait sur le terrain, dans une ZAD norvégienne.

— Je suis sûr que je ne vais bientôt plus me passer de toi, dit-il à l'IA. On se reparle tout à l'heure, ils m'attendent.

Quand il entra sous le chapiteau, la page de publicité s'achevait tout juste, et la foule était suspendue aux lèvres du traducteur. Apparut alors la salle protocolaire de l'institut Nobel, avec les lauréats, assis sur la droite dans de grands fauteuils, et la présidente du comité, au centre derrière un pupitre.

Les villageois firent tant de bruit qu'il fut impossible d'entendre ce qui se disait, et quand la présidente invita le représentant de la Fondation ALONE à la rejoindre, le vacarme redoubla. La caméra zooma sur le visage d'un enfant. Il s'agissait de Caleb, le fils de Yaasir. À dix ans, il paraissait impressionné mais pas dépassé par l'événement, et reçut avec dignité la médaille et le diplôme du prix, posa pour les photographes, ce qui fit beaucoup rire les villageois, puis monta sur le marchepied qu'on avait installé à son intention derrière le pupitre.

Ses premiers mots dans le micro le surprirent. Dans le bas de l'image, la traduction en anglais défilait.

« Je veux dire bonjour à mes amis restés à Berrito parce que je sais qu'ils me regardent et qu'ils sont fiers de nous tous. Je veux aussi vous dire que je suis fier d'être somalien et d'avoir été choisi par la Fondation ALONE pour venir chercher le prix Nobel de la paix. Je n'avais jamais pris l'avion, alors… merci. »

Morgan se réjouissait pour Caleb. Le garçonnet récitait son texte, et il s'en sortait très bien. Il avait fait en sorte que l'épreuve ne dure pas, l'important étant que le monde voie un enfant somalien associé au prix Nobel de la paix, et que les élites, les gouvernements, les organisations supranationales s'intéressent de plus près à la redistribution de l'eau.

« Avant, je vivais à Baidoa, et là-bas aussi ils ont besoin d'eau. J'ai vu des voisins de mes parents quitter leurs terres parce qu'il n'y en avait plus… »

Morgan n'avait pas mentionné les shebabs qui imposaient la charia sur une partie de la Somalie depuis des années, histoire de ne pas susciter de désir de vengeance de leur part, mais Caleb aurait été en droit de le faire. Ses deux sœurs aînées avaient été enlevées par ces assassins. Tout comme il n'était pas fait mention de son identité dans ce discours, Morgan espérait que les médias n'iraient pas fouiller jusqu'en RDC, où on l'appelait Silverback. Une victime des attentats de Paris recyclée en sauveur du monde, les journalistes s'en régaleraient.

« … Nous, les gens de Berrito, on aimerait qu'il y ait d'autres Berrito partout où il est encore possible de cultiver la terre. Je vous souhaite la paix, à vous tous qui m'écoutez, et à toutes les femmes et tous les hommes, et à tous les enfants du monde. »

La caméra suivit Caleb tandis qu'il rejoignait sa maman assise au premier rang des spectateurs. Sous la tente, l'assemblée vibrait sous les vivats ; Dakota et Ozalee, elles aussi très émues, enlacèrent Morgan avec tendresse. Même Novak, pourtant d'un autre bois, semblait bouleversé.

— Grâce à toi, l'eau coule dans le désert. Tu vas faire quoi de plus maintenant ?

Sur l'instant, Morgan ne sut quoi répondre. Il avait réalisé le rêve de Gaëlle, il se l'était approprié et ce rêve était devenu le sien. Bientôt, le projet serait dupliqué partout dans les régions arides, avec le soutien des Nations unies et de certains pays favorables à la construction d'aqueducs. À Genève, Louis Dicabo avait, sur sa demande, monté une équipe de communication pour répondre aux sollicitations des médias, et les jeunes avocats, les communicants, les spécialistes des réseaux sociaux et les banquiers avaient relevé leurs manches. La Fondation ALONE proposait ses plans techniques en *open source*, de l'alimentation en énergie renouvelable sur l'ensemble du réseau aux pompes relais, en passant par les drones de surveillance et de livraison dont Morgan avait équipé chaque station. Il faudrait aussi créer des systèmes de traitement des eaux usées, comme cela avait été réalisé ici. Il restait tout à faire !

— Je n'en sais rien, soupira Morgan, les yeux brillants de larmes. Que penses-tu de finir ici et de recommencer ailleurs ? Six mille par jour, ça fait tant de mômes à sauver !

Paris, hippodrome d'Auteuil

Anthony, dix ans.

Sarah, onze ans.

Gabriel, neuf ans.

La vision de ces trois petits corps reposant sur une longue table recouverte d'un drap blanc acheva de ruiner le moral de Julian Stark, qui imagina que sous l'un de ces linceuls reposait Charlie.

« Sauve notre fille », l'avait supplié Abigail.

Comment lui annoncer qu'il était trop tard, et que même si elle vivait toujours, eux aussi avaient perdu cette adorable fillette aux joues roses qui rêvait de devenir « médecin pour les animaux » ? À l'époque, Charlie était prête à retourner ciel et terre pour trouver les coupables de la mort de son hérisson dont la patte avait été arrachée par un mystérieux inconnu, où ceux qui avaient abattu un sanglier, à côté de la maison. Du haut de son mètre quarante, elle voulait les pendre haut et court.

Près de dix ans plus tard, elle était devenue bourreau d'innocents. Comment justifierait-elle ses actes, quand elle aurait à en répondre face aux parents de Gabriel, fiers de leur fils entrant au collège avec un an d'avance, à ceux de Sarah qui avaient choisi de l'élever à Paris plutôt qu'ailleurs, ou à ceux d'Anthony qui le poussaient à pratiquer le sport ? Et lui, que leur dirait-il ? Qu'il n'avait su empêcher le pire, alors qu'il avait lu et relu les carnets et le manifeste de Morgan Scali, où il projetait l'assassinat de six mille enfants par jour ?

« On se souviendra des six mille parce qu'ils seront blancs. »

Complètement sonné, Julian ressortit de la tente en titubant. Jamais il n'avait imaginé qu'en quittant l'établissement où était incarcérée Abigail, il plongerait si vite dans l'horreur. Ç'avait été en récupérant, à la sortie de la prison, son téléphone saturé de messages, qu'il avait compris qu'elle avait deviné juste. Les six mille débutaient un 24 avril, le jour où Morgan Scali avait permis à l'eau de couler dans le désert somalien, huit ans plus tôt.

Quelle ironie...

Julian accepta la flasque de Tullamore que lui tendait Vorchek, en prit une longue goulée, et la passa à Sookie, qui hésita, puis avala une gorgée à son tour.

— Comment ? demanda-t-il d'une voix étranglée par l'émotion.

— Les victimes ont participé à un championnat de sport intercollège en fin d'après-midi, précisa Vorchek en rempochant le whisky. Elles ont mangé et bu la même chose.

Les survivants gisaient sous des tentes prévues pour recevoir des blessés par arme nucléaire ou chimique, et le personnel médical et militaire, équipé de combinaisons et de masques, se déplaçait d'une bulle à l'autre, dans le désordre et la précipitation. Les premiers jeunes patients souffrant d'une forte fièvre, de maux de tête et de diarrhée avaient été admis dans les services spécialisés des hôpitaux de Paris durant la soirée, avant que le plan ORSEC ne soit déclenché devant l'ampleur de l'attaque.

— Les urgences ont été débordées en moins de quatre heures, se désola Vorchek. Les services de santé font face à trois mille cinq cents cas avérés de dysenterie… une forme modifiée, compliquée à traiter.

— J'appelle ça une attaque terroriste biochimique, grinça Julian. On connaît le mode de transmission ?

— Les services techniques travaillent tous azimuts. Tout est envisagé : air, nourriture, vêtements. Absolument tout.

— C'est revendiqué ? renchérit Sookie.

— Pas encore. Mais on a huit cents gamins rien qu'ici, dit Vorchek en haussant le ton. Allez m'expliquer ce qu'il faut raconter aux familles qui poireautent dehors, sans nouvelles !

Aucun d'entre eux n'avait été autorisé à rejoindre la zone de prise en charge, qu'ils soient arrivés avec les secours ou plus tard. Au fur et à mesure, les parents étaient identifiés, auscultés, hospitalisés en cas de doute, ou suivis par une cellule psychologique. On avait installé d'autres tentes à la porte d'Auteuil pour les recevoir, et ouvert les salons situés sous les tribunes. Un important dispositif de sécurité garantissait la totale étanchéité entre les deux périmètres.

— Agent Castel, conclut Vorchek, on vous attend au QG des Services. Julian, tu restes avec moi au PC de régulation. J'ai fait doubler la garde devant chez toi, ajouta-t-il. Vos gosses ne craignent rien.

— Je leur dis de ne pas bouger de la maison, lui glissa Sookie avant de partir. Tiens bon, on a fait le maximum.

Le café avait un goût d'eau tiède, mais Julian parvenait à l'apprécier, tant qu'il était relevé avec une goutte de Tullamore. Tandis qu'il assurait la coordination des secours avec des collègues, Vorchek s'était isolé au fond du barnum, et passait son temps au téléphone. Son visage barré d'un bandeau de pirate – il avait perdu un œil sur le terrain – semblait sévère, et ses épaules courbées sous le poids des responsabilités. Personne ne songeait à dormir. Comment dormir en sachant que d'autres enfants risquaient de mourir avant l'aube ?

Tu n'y peux rien, absolument rien !

Cette impuissance le rongeait. La culpabilité aussi, l'immense culpabilité d'avoir été un mauvais flic. Et d'être le père d'une jeune femme responsable de ces actes ignobles. Au cours de la journée, la société qui avait livré les boissons et la nourriture avait été perquisitionnée et, avec elle, tous ses fournisseurs. Les bâtiments et les usines concernés avaient été fermés et investis par les équipes scientifiques. Fabrication, transformation, conditionnement, transport ou distribution ? Nul n'était pour l'instant capable d'identifier le mode de contamination utilisé par les terroristes.

Désireux de n'écarter aucune piste, outre la toxicologie, l'analyse des excréments, des urines et des vomissures, les enquêteurs avaient également récolté l'ensemble des effets de toutes les victimes, ce qui représentait un monceau de vêtements, afin d'étudier les autres modes de contamination possibles, comme la transmission par la peau. Selon les premières constatations, les enfants avaient reçu un bracelet et un dossard identiques, tous commandés sur Internet.

Par mesure de précaution, on avait décidé de fermer les écoles jusqu'à nouvel ordre et d'interdire tout rassemblement la semaine suivante. À 20 heures, le nombre de quatre mille victimes avait été atteint, et on déplorait un nouveau décès. Les renforts militaires et médicaux affluaient de tout le pays, et de nouveaux hôpitaux de campagne furent établis en Île-de-France.

Qu'est-ce que j'ai raté ? La question resterait sans réponse. Julian avait été un père aimant, sans doute surprotecteur avec Charlie. Il lui avait enseigné, le pensait-il alors, le respect des autres, de la vie, un certain sens moral issu de la culture chrétienne où nulle part il n'était dit qu'on pouvait assassiner des enfants pour faire avancer ses idées.

L'arrivée d'un message d'Anne Chassin, la journaliste de W3 qui avait filmé les confessions de Natassale à leurs côtés, le sortit de ses pensées. Elle était à deux pas, à l'entrée de service derrière les tribunes et demandait à lui parler de toute urgence.

À l'orée de son champ de vision, Julian apercevait la silhouette de Vorchek, de dos, toujours au téléphone. On aurait dit qu'il grelottait.

— Je vais faire un tour, lui chuchota-t-il. Fais-moi signe si besoin, je ne serai pas loin.

— Attends, dit Vorchek la main sur le micro. Je voulais te dire que… Merde quoi, on aurait dû…

— Laisse tomber.

La fraîcheur de la nuit apaisa Julian plus que les mots de son vieil ami. Il longea les tentes où l'on soignait les enfants, et se glissa derrière la tribune sud, dont les policiers gardaient l'accès de service. Il se fit ouvrir le portail et retrouva Anne dans une voiture.

— Merci d'avoir fait si vite, lui dit-elle.

— Ça fait du bien de prendre l'air. C'est dur là-bas.

— Alors, c'est vrai ce qui se raconte ? Des enfants sont morts ?

Julian resta immobile, les yeux braqués sur les phares des voitures. Une forte odeur de gaz d'échappements l'obligea à remonter la vitre. Le boulevard périphérique circulait sous le bois de Boulogne. Il devait y avoir une cheminée d'extraction à proximité.

— Les 12-10 ont choisi W3 pour revendiquer l'attentat, annonça Anne, devant le silence de son interlocuteur. Je voulais te le dire en premier. Pour Charlie.

Elle glissa son portable dans la main de Julian, qui découvrit une vidéo réalisée dans ce qui semblait être un entrepôt occupé par des mannequins de vitrine. Il y en avait des dizaines, tous blancs ou couleur chair, dressés dans une position d'attente, sans vraiment de mise en scène. L'image passa d'un corps en plastique à l'autre, pendant qu'une voix déformée électroniquement disait :

« L'Armée du 12 Octobre ne cessera le combat que lorsque les nations occidentales auront pris au sérieux ses revendications et lancé le programme de redistribution planétaire de l'eau. Aujourd'hui, six mille enfants français ont été contaminés par une eau impropre à la consommation, aujourd'hui, six mille enfants du tiers-monde sont morts pour la même raison.

« Demain, partout en Europe, ce sera pareil, et le jour d'après aussi. Nous n'acceptons plus l'indifférence.

Nous allons vous forcer à garder les yeux grands ouverts. Nous sommes les combattants de l'Armée du 12 Octobre, et nous sommes légion. »

Cette dernière phrase fut répétée plusieurs fois tandis que l'image se fixait sur une formule peinte en rouge sur un mur clair.

VOUS COMBATTEZ LE TERRORISME ?
SUPPRIMEZ SES CAUSES !

Les mains de Julian tremblaient lorsqu'il rendit l'appareil à Anne.

— Tu crois qu'ils vont recommencer demain ?

Le manque d'accès à l'eau potable tue six mille enfants par jour. Je t'en supplie, sauve notre fille !

La voix d'Abigail résonna dans le crâne de Julian, et il fut pris d'une migraine aussi violente que subite.

— Je dois y aller, murmura-t-il. Et j'ai besoin du fichier maintenant.

— Je te l'envoie.

Alors qu'il s'éloignait d'un pas rapide, son téléphone vibra au fond de sa poche. Persuadé qu'il s'agissait du mail de la journaliste, il le négligea et hâta le pas. Son téléphone recommença, toutes les deux secondes, et le pouls de Julian s'emballa. Il sut aussitôt que le message venait de Leny. Adolescent, son beau-fils adorait saturer son smartphone en lui envoyant des dizaines de messages en simultané. Mais connaissant la situation, qu'est-ce qui lui prenait ?

Il reçut un coup au cœur, quand sur l'écran il découvrit le même message, répété des dizaines de fois.

« Findus. »
« Findus. »
« Findus. »
« Findus. »
Find us. Trouve-nous.

12 et 13 décembre

Somalie, région de Gedo

Le soleil se levait quand l'hélicoptère de la Hughes Corp. décolla de Berrito. Les lueurs pourpres de l'aube jetaient un voile irréel sur les plateaux somaliens, et le vert des cultures nichées au creux de la vallée semblait fluorescent. La plupart des villageois étaient présents, aux côtés de Morgan Scali, pour saluer celles qui les avaient tant aidés. Dans l'appareil, qui survola la zone avant de s'éloigner, se tenaient Dakota, Ozalee et leurs gardes du corps, en partance pour New York, *via* le Kenya, et Abigail, qui profitait du transport pour rallier l'Europe, où ses activités de médecin l'appelaient. Depuis qu'elle avait entr'aperçu Charlie, heureuse sans elle dans les forêts vosgiennes, la jeune femme exerçait dans les antennes mobiles, sur des ZAD et des camps de réfugiés.

De son côté, Novak avait décidé de rester quelques jours de plus en Somalie pour aider les habitants de Berrito à se protéger des islamistes. La veille, il avait exposé son projet à Morgan en lui révélant une vingtaine de fusils d'assaut logés dans des cantines militaires.

— Quand on a des assassins à ses portes, on s'équipe !

Le pipeline avait été construit hors des territoires tenus par les shebabs, mais les zones d'influence bougeaient rapidement dans ces contrées désertiques. D'autant plus qu'un consortium européen avait découvert un gisement de coltan[1] sur les plateaux dominant la vallée de Berrito. L'exploitation avait commencé très vite, pour pallier la carence du précieux minerai due à la guerre en RDC.

Morgan craignait le pire, arguant qu'on ne mettait pas dans le même panier d'immenses ressources, des clans mafieux, des islamistes et un consortium minier européen.

C'est une poudrière, et cette poudrière n'est qu'à dix kilomètres à vol d'oiseau de notre éden...

Aujourd'hui, une piste apte à recevoir des camions de trente tonnes pour acheminer le minerai jusqu'à l'océan Indien côtoyait le tracé du pipeline d'adduction d'eau douce de la Fondation ALONE.

Ce fut en simple observateur que Morgan se proposa d'assister au premier cours que Novak dispensa à la vingtaine d'hommes recrutés par Yassir. Le mercenaire ne l'entendit pas de cette oreille.

— Quand on dirige des hommes, on donne l'exemple. Et puis rassure-toi, je ne te ferai pas tirer avec des Kalachs', mais avec du bon matos américain directement sorti des stocks de la Hughes Corp.

Ainsi, une demi-heure plus tard, Morgan se retrouva avec un fusil-mitrailleur en main, en compagnie des Somaliens, devant des tables alignées sous la grande

1. Contraction de colombite-tantalite, minerai dont on extrait le tantale, métal indispensable à la fabrication des composants électroniques. 80 % des réserves mondiales se trouvent dans le sous-sol de la RDC.

tente. À son tour, il apprit comment se montait et se démontait cette arme, son entretien simple, son chargement. Puis, pour ne pas effrayer les femmes et les enfants, ils s'éloignèrent jusqu'à une vallée voisine pour s'entraîner au tir sur des cibles en carton que Novak avait affublées d'une barbe et d'un turban noir.

Tir couché, tir debout, au coup par coup, en rafale, des centaines de munitions furent utilisées. Et Morgan se surprit à manipuler le fusil avec un certain plaisir, ce que Novak ne manqua pas de remarquer.

— C'est dans notre ADN, lui dit-il, que tu le veuilles ou non. Nos grands-pères ont été des soldats, leurs pères et les pères de leurs pères avant eux. La guerre, c'est le premier jeu des garçons, alors n'aie pas honte d'être un homme comme les autres.

Morgan dormit peu cette nuit-là. Il ne put quitter des yeux le fusil posé contre la roche. Depuis leur création, ces armes avaient craché des milliards de munitions, déchiquetant des centaines de millions de vies, et parmi elles se trouvaient cent trente personnes tombées le 13 novembre 2015. À mi-chemin entre l'éveil et le cauchemar, il revécut cette soirée tragique. Les hurlements, les détonations des armes et des gilets explosifs, Gaëlle qui voulait faire la morte en se cachant sous les cadavres, sa main qu'il perdit cent fois au cours de la nuit, jusqu'à ce qu'il soit définitivement séparé de son amour par la foule en panique.

Et comme toujours, au bout du couloir, dans la ruelle, il se heurtait à Julian Stark, ce flic qui l'avait empêché et l'empêchait encore de retourner dans la salle où Gaëlle agonisait. Morgan ne se le pardonnerait jamais. Il aurait dû être plus fort, assommer ce flic, retourner sur place, et elle aurait été sauvée. L'autopsie avait conclu qu'elle avait survécu un long moment, allongée parmi les autres, dans le sang, la chaleur et les cris des assassins qui clamaient la grandeur de leur dieu.

Alors oui, malgré les mots de Novak, Morgan ne put chasser sa honte d'avoir ressenti la même excitation que celle d'un gosse avec un nouveau jouet, en utilisant un fusil d'assaut. Il tenta même de l'écrire à Gaëlle, mais la page demeura blanche jusqu'aux premières lueurs de l'aube, où la réalité se fondit avec ses angoisses.

Dans le jour naissant, plusieurs éclairs lointains déchirèrent l'obscurité, puis les grondements d'une série d'explosions roulèrent dans la vallée. Les sens en alerte, Morgan attrapa sa tablette et tenta de se connecter aux drones dont il avait équipé la dernière station de pompage. Aucun appareil ne réagit. Il récupéra l'oreillette dans la mallette que lui avait offerte Ozalee et s'adressa à l'Intelligence Artificielle.

« Bonjour, Morgan, que puis-je pour toi aujourd'hui ? »

— J'ai besoin d'avoir des images du pipeline.

Sa phrase à peine achevée, une dizaine d'appareils décolèrent et disparurent dans le flamboiement du levant. L'inquiétude ravagea l'estomac de Morgan tandis qu'il observait les images défiler sur l'écran. La station avait été détruite à coups d'explosifs, et des dizaines de shebabs affrontaient les hommes du clan chargés de garder la station. Plusieurs d'entre eux avaient déjà été abattus ou égorgés.

« Malheureusement, je ne peux rien contre ces exactions, regretta l'IA. Désolée, Morgan. »

Il sut qu'il devait agir de toute urgence. Prévenir Novak, les villageois qui s'apprêtaient à partir travailler dans leurs plantations, évacuer, oui, il fallait évacuer : une poignée d'hommes armés ne serait pas de taille face aux assassins de métier, et…

— Où est ta base de données ?

Pas question que ce matériel high-tech, marqué de la Hughes Corp., tombe entre des mains hostiles.

« Si tu veux parler de ma sauvegarde, elle est en sécurité. Tu peux détruire ce matériel, je ne crains rien. »

— Fais-le toi-même.

« J'enregistre nos derniers échanges et je te dis à bientôt, Morgan. »

Parvenu sur la place de Berrito, fusil d'assaut en bandoulière, il actionna la vieille sirène à main installée par Novak. Quand tous furent rassemblés, il fit un point rapide de la situation.

— Les shebabs seront ici dans un quart d'heure, une demi-heure au plus. Il faut envoyer les familles dans la montagne du côté d'El Wak. Les Kenyans nous aideront.

— Nous devons les retarder, intervint Novak. Installer un tir de barrage.

— Il a raison, abonda Laurent. Il faut laisser le temps aux femmes et aux enfants de quitter la vallée.

— Alors pars avec les familles, lui proposa-t-il. Tu es le plus à même de les mettre à l'abri. Novak et moi, on reste avec les volontaires. C'est leur terre, à eux de décider jusqu'où ils iront pour la protéger.

La volonté d'un peuple ne peut être défaite !

Voilà ce dont Morgan tentait de se persuader tandis que, sur les ordres de Yaasir, les trois quarts de la population de Berrito se regroupaient pour suivre Laurent dans les montagnes et que Novak distribuait les fusils aux hommes restés pour se battre. Il regarda l'ancien Ranger s'éloigner avec sa troupe de réfugiés, tel un berger doté d'une tête de malfrat, avec la longue cicatrice qui lui barrait le visage en diagonale, souvenir du jour terrible où il avait vu mourir sa famille.

Adieu, mon ami.

N'était-il qu'un fou ? À cet instant, pour Morgan, empêcher Berrito de tomber aux mains des shebabs revenait à sauver le monde entier. Pas question d'abandonner.

— Tu les as vus à l'œuvre dans les Virunga, lança-t-il à Novak. Ils viennent nous anéantir tous parce qu'ils détestent ce que nous sommes…

— Et nous sommes quoi, d'après toi ?

Déstabilisé par la question, Morgan soupira.

— Des victimes, des faibles.

— Alors que pouvons-nous, sinon leur démontrer qu'ils se trompent ?

Les premières roquettes s'abattirent sur Berrito un quart d'heure plus tard. L'un des engins explosa à proximité de la place centrale, criblant les façades de mitraille, et Morgan se retrouva allongé sur le sol, sans le moindre souvenir de s'y être étendu, la peur au ventre et l'envie de trouver un trou pour ne plus jamais en ressortir.

— Viens, le héla Novak en l'aidant à se relever. Faut pas rester à découvert.

— Tu fais comment pour ne pas avoir peur ?

— J'ai peur, le rassura son ami, et j'aime ça.

Ils enflammèrent le bûcher qu'ils venaient d'édifier à l'entrée du village pour ralentir les assaillants, et s'embusquèrent en amont, avec un groupe d'hommes. Yaasir, lui, s'était posté en aval, près de grandes roches formant une barrière naturelle qu'il avait fallu contourner pour bâtir la route au bord d'un ravin. Le meilleur endroit pour ralentir la progression des shebabs. La vingtaine de villageois avait fermé la piste avec des carrioles, des échelles, des ballots de paille, tout ce qui leur tombait sous la main. Puis ils s'étaient positionnés sur cette barricade de fortune et derrière les rochers.

L'espoir diminua quand les véhicules ennemis apparurent dans le fond de la vallée, étirés en une longue colonne lumineuse. Bientôt, une trentaine de pick-up foncèrent sur la piste en direction du barrage d'où provenaient de nombreux tirs. Campé sur la plate-forme de la voiture de tête, un shebab aux commandes d'une mitrailleuse faucha plusieurs hommes. Yaasir fut parmi les premiers à tomber.

— On se replie ! hurla Novak.

Tous se mirent à courir.

Derrière eux, la barricade vola en éclats et le convoi remonta la rue centrale de Berrito puis s'immobilisa devant la tranchée enflammée. Fou de douleur, Morgan incita les membres de son groupe à se disperser dans les galeries qui rejoignaient les habitats ancestraux taillés dans la roche, puis il suivit Novak dans le dédale. À la lumière de lampes torches, ils grimpèrent à l'intérieur de la montagne par un labyrinthe de courts escaliers et de couloirs étroits. Le groupe se divisait à chaque embranchement si bien qu'ils se retrouvèrent bientôt au pied du réservoir, seuls avec un jeune garçon. Il s'appelait Hanad, était un ami de Caleb. Son père avait été fauché aux côtés de Yaasir quand tous attendaient près de la barricade. Quant à sa mère, Morgan l'espérait en route vers le Kenya, aux côtés de Laurent. Des détonations leur parvinrent, accompagnées des cris des assassins mélangés à ceux des suppliciés. Il n'y aurait pas de survivant. Par signes, Novak lui fit comprendre qu'il fallait s'immerger et pénétra le premier dans les eaux sombres. Morgan plaqua alors une main sur la bouche de l'enfant et le cacha derrière un pan de roche, son corps en rempart, tandis que Novak plongeait. Trois shebabs firent irruption à leur tour, balayèrent la caverne de leur lampe et s'approchèrent de leur position.

Dans la nuit, il sentait le cœur du petit battre à tout rompre.

Il jeta un rapide coup d'œil vers les lumières. Les shebabs se tenaient groupés, le plus proche n'était plus qu'à quelques mètres. Une fraction de seconde, Morgan se demanda s'il était en droit de tuer pour survivre, puis il sortit de sa cachette tout en mitraillant les shebabs à hauteur de poitrine. Dans un état second, les oreilles sifflantes du vacarme des détonations, Morgan s'assura de leur mort en tirant une dernière fois sur les corps allongés, puis il attrapa l'enfant, pénétra dans l'eau en prenant soin de ne pas éclabousser la roche. Il sentait la respiration du garçon cramponné à son cou s'accélérer à mesure qu'ils s'éloignaient dans les ténèbres.

Sous leurs pieds, la profondeur avoisinait les cinquante mètres. C'était abyssal, angoissant, et en même temps salutaire.

Dans son dos, d'autres shebabs déboulèrent dans la caverne et butèrent sur les cadavres de leurs comparses. Des cris résonnèrent. Certains islamistes braquèrent leurs lampes sur la surface de l'eau, d'autres tirèrent au hasard. Heureusement, Morgan s'était caché derrière un pilier naturel, et il était hors de leur vue. Il rejoignit Novak de l'autre côté et, bientôt, ils trouvèrent refuge dans les hauteurs.

Longtemps, les deux hommes gardèrent le silence, de peur d'être repérés par les guetteurs. Hanad avait fini par s'endormir, en état de choc, recroquevillé, grelottant de froid, blotti entre eux. Tout ce temps, Morgan songea aux trois hommes qu'il venait d'abattre. Il aurait dû éprouver quelque chose, même presque rien aurait été mieux que ce vide. Mais il dut s'en accommoder. On pouvait assassiner sans se sentir un assassin.

Novak parla le premier d'une voix à peine audible.

— J'ai tué un gosse à mains nues dans le camp de Natassale. Ce n'était pourtant pas la première fois que je… Je n'avais jamais senti la vie s'échapper d'aussi près.

Un nouveau silence s'installa. Morgan entendit Novak déglutir à plusieurs reprises, chercha quoi dire pour le réconforter, sans y parvenir.

— J'y pense parfois. Il avait son âge, ajouta-t-il en désignant Hanad qu'il serrait contre lui pour le réchauffer. Il s'appelait Eddie.

Morgan n'envisageait pas quels stigmates un meurtre d'enfant laissaient à l'âme. Mais il vivait des moments d'une intensité inouïe où les sens habituels étaient déconnectés. Il pouvait tout entendre. Et comprendre.

— On va ramener le petit à sa mère, répondit-il simplement.

— Si on s'en sort.

— On va s'en sortir parce que je n'ai pas achevé ma tâche en ce bas monde. Et que j'ai besoin de toi pour continuer.

Des éclats de voix les interrompirent, lointains. Des shebabs s'interpellaient, la bouche pleine du nom d'Allah.

— Si toi, le môme et moi, on sort vivants de ce trou, tu pourras compter sur mon soutien. Et celui de mes hommes.

— Tu vas devoir t'attendre à défendre une cause juste…

— Je le sais, souffla Novak au bout d'un moment. Avec toi, j'ai peut-être même la possibilité de devenir un type bien.

Une partie de la journée et de la nuit suivante, ils entendirent des détonations, des cris, puis de moins en moins, et à présent qu'un nouveau jour se levait, un silence de fin du monde enveloppait la caverne.

Hanad gémit quand il dut retourner dans l'eau froide, s'accrocha désespérément au cou de Novak à qui Morgan l'avait confié. Le mercenaire parvint à calmer l'enfant en lui parlant dans un mélange de français, de swahili et de somali, qui ne devait pas avoir grand sens, mais dont les sonorités eurent raison de sa peur.

En approchant du bord opposé, ils contournèrent les dépouilles flottantes d'hommes et de bétail, jetées là pour contaminer l'eau.

Tandis que Novak entraînait Hanad dans le dédale de couloirs des habitats troglodytiques, Morgan fit un détour par ses quartiers pour récupérer ses carnets de correspondance. Pas question que les terroristes mettent la main dessus. Et quand il pénétra dans sa chambre taillée dans la roche, il vit Berrito sous ses pieds, le village incendié, les corps jonchant les ruelles, humains et animaux mêlés dans le même holocauste. La vision la plus insoutenable se trouvait sur la place du village, où les hommes et les adolescents faits prisonniers avaient été égorgés et abandonnés à la morsure du soleil et des charognards.

Cette vision scella la destinée de Morgan Scali. À cet instant s'installa dans son esprit l'idée que tout ce qui avait été beau était perdu à jamais. Les hommes qui gisaient là n'étaient pas des étrangers. Ce n'était pas comme regarder les images sur un écran, attablé en famille entre le fromage et le dessert. Non, Morgan avait connu, apprécié ces gens, les avait motivés pour qu'ils s'installent ici, fondent Berrito, cultivent le sol et montrent à la Terre entière que la fatalité à laquelle la plupart se résignaient n'existait pas.

— Ai-je été trop orgueilleux ? demanda-t-il le soir même à Novak, alors qu'il revenait d'El Wak, où il avait rendu Hanad à sa maman.

— Non, tu as été trop idéaliste. Tu ne pensais qu'à bâtir, alors qu'il fallait préparer la guerre et combattre, *by any means necessary*. La prochaine fois, je t'en fais la promesse, personne ne nous vaincra par les armes.

Tu m'entends ? Terroristes, gouvernants ou quel que soit notre ennemi. Personne.

Avant de partir, ils ensevelirent les corps de leurs amis sous les pierres des maisons détruites. Un habitant de Berrito sortit bientôt de sa cachette et vint les aider, puis deux, et enfin, ce fut au nombre de treize qu'ils achevèrent ce tombeau de fortune au son des prières musulmanes.

2020 **2028**

25 avril

Paris, XVIe arrondissement

Les mains serrées sur le volant, Julian Stark observait le signal émis par le téléphone de Leny sur l'écran de son GPS, qui se déplaçait le long de l'A14 en direction de Paris. D'ici à quelques instants, il apparaîtrait sur le périphérique. C'était pour cette raison qu'il avait garé sa voiture à un jet de pierre de la porte Maillot. À un peu plus d'une heure du matin, Paris était désert.

La radio, laissée en sourdine, diffusait en boucle le texte de revendication des terroristes de l'Armée du 12 Octobre. Suivait une longue liste de recommandations des autorités comprenant la marche à suivre en cas de contamination et des directives relatives à la consommation d'eau et de nourriture. Il était conseillé, entre autres, de faire bouillir l'eau du robinet et d'éviter de manger des produits dont l'origine n'était pas certaine.

Comment veux-tu que les gens ne s'affolent pas ?

Julian soupira. Lui-même avait failli paniquer à la réception des messages en rafale de Leny, qu'il avait aussitôt rappelé. Celui-ci avait répondu d'une voix ensommeillée.

« Quoi, qu'est-ce qu'il y a ?

— T'es où ? »

Le jeune homme avait eu l'air surpris.

« À la maison, avec Orane, je dormais. Pourquoi ?

— Ne bouge pas de là, tu verrouilles tout et tu attends Sookie, OK ?

— Tu me fiches la trouille, là ! Qu'est-ce qui se passe ?

— Fais ce que je te dis. »

Ce court échange avait suffi pour convaincre Julian que ce n'était pas son beau-fils mais Charlie qui tentait d'entrer en contact avec lui. Depuis qu'il avait ôté son implant, il n'était plus traçable par l'IA et difficile à localiser *via* son portable sécurisé. De plus, hormis Leny, elle était la seule à connaître « la blague Findus » – marque des bâtonnets de poisson surgelé dont ils raffolaient –, que les enfants lui faisaient en se cachant dans les bois autour de la maison. La plupart du temps, le chien les débusquait le premier et entraînait Julian dans leur direction. Quant à la source des messages, il soupçonnait l'IA des 12-10 d'être capable de cloner un numéro de téléphone. Restait à savoir ce que sa fille lui voulait.

Certainement rien de bon.

Sans desserrer les dents, Julian garnit les chargeurs avec les munitions récupérées dans le coffre, puis s'engagea à son tour sur la rampe d'accès du périphérique sud. Le signal le précédait de peu, et il décéléra en apercevant un convoi composé d'une quinzaine de SUV identiques, d'abord surpris par le nombre de véhicules. Il s'attendait à deux ou trois camionnettes prêtes à faire diversion, la tactique avait été éprouvée par de nombreux malfrats, mais là… Était-il de taille ?

Julian hésita à joindre Sookie, puis se ravisa. Sa coéquipière était bien trop à cheval sur le règlement pour accepter de l'accompagner sans un minimum de renforts, et il ne voulait pas risquer de voir sa fille prendre une balle. Depuis l'attaque du matin, les agents avaient pour ordre de tirer à vue sur les terroristes. Or plus le temps passait, plus il était convaincu que Charlie se trouvait dans un de ces SUV, ou qu'ils la conduiraient à elle. Sinon, à quoi bon cette mise en scène ?

Concentré sur le point clignotant du GPS, Julian n'avait qu'une idée en tête, la ramener à la raison. Depuis dix-huit mois, il avait fini par s'habituer à l'idée de la visiter au parloir, en revanche il était incapable d'envisager de la perdre.

Je n'y survivrai pas. Non, jamais.

Même s'il savait que les choses ne se passent jamais comme on les suppose, Julian fantasmait souvent l'instant où il se trouverait face à elle. Il imaginait tout, même de la prendre dans ses bras, pour lui dire qu'ils pouvaient s'en aller et disparaître. Non, il ne lui en voulait pas, et oui, ils allaient s'en sortir parce qu'ils avaient toujours été unis. Tant de choses auxquelles il s'accrochait avec l'énergie du désespoir.

Sauve notre fille !

Porte de Bagnolet, le convoi s'engagea sur l'A3, puis bifurqua sur l'A86 en direction de Saint-Denis, entamant un tour de Paris. Par prudence, Julian se laissa distancer. Il devait s'agir d'une manœuvre destinée à vérifier qu'il n'était pas lui-même suivi par des renforts. Le signal finit par s'immobiliser sur l'île Saint-Denis, quai Chatelier, dans une ancienne zone industrielle vouée à la démolition. Il n'y avait pas âme qui vive quand il se gara. Seuls les SUV qui l'avaient conduit là étaient stationnés le long d'une palissade couverte de vieilles affiches et de graffitis. Arme en main, il se glissa entre deux panneaux et accéda à un terrain vague jonché d'ordures. Dans la pâle lueur des lampadaires, des arbustes se balançaient dans le vent. Le signal du portable de Leny clignotait toujours sur son écran, sans doute dans le bâtiment dont il apercevait la masse sombre. À l'intérieur, le faisceau de sa lampe torche dévoila les masses rouillées de machines-outils. Un bourdonnement en provenance du plafond s'amplifia et se matérialisa en un drone aux allures inoffensives, qui noua les tripes de Julian.

Ne flanche pas !

Des appareils identiques à celui-ci avaient semé la mort sous ses yeux, lors des attaques de 2025. Il se les figurait souvent par centaines, la nuit, quand le sommeil tardait. Des monstres volants équipés d'armes automatiques, dont le bruit ressemblait à celui d'un essaim de guêpes surexcitées par la chaleur d'une journée caniculaire.

Julian glissa son pistolet dans le holster. Aussitôt, le drone s'éloigna vers les profondeurs du hangar. Il le suivit, et au détour d'un tas de ferraille, découvrit les mannequins de vitrine figurant sur la vidéo de revendication. Julian accéda ainsi à un espace libre où de puissants projecteurs l'aveuglèrent. Et de cet éclat de lumière blanche émergèrent de nombreuses silhouettes cagoulées, fusils d'assaut en main.

— Où est Charlie ? s'enquit Julian, bien décidé à ne pas céder à la panique. Elle a demandé à me voir.

— Silence, répondit une voix d'homme.

La luminosité baissa graduellement, jusqu'à ce qu'il distingue les détails. Devant lui, les 12-10 s'écartèrent, et une silhouette s'avança vers lui. Il n'eut pas besoin d'attendre qu'elle se démasque pour reconnaître sa fille. En dehors de ses cheveux qu'elle rasait à la militaire, la jeune femme était telle que dans son souvenir, juste un peu plus athlétique qu'avant. Ce qui avait changé, c'était son regard. Il ne comportait ni colère, ni chagrin. Rien que de l'indifférence.

— Ton arme, lui ordonna-t-elle en tendant sa main gantée vers lui.

— Charlie… Tu crois pas que vous en avez assez fait ? Des enfants sont morts !

— Ton arme !

Plusieurs silhouettes l'encerclèrent. Conscient qu'il ne servait à rien de les provoquer, Julian ôta le chargeur et le vida. Puis il confia son pistolet à sa fille, qui le jeta au loin et s'approcha un peu plus.

Sans sourciller, elle l'équipa d'un micro-oreillette.

— Charlie, s'entêta-t-il alors qu'elle reculait sans le quitter des yeux. Bon sang, parle-moi, merde ! T'es devenue un robot ou quoi ?

Un mouvement s'organisa parmi les 12-10. Elle se glissa parmi ses pairs et disparut dans les ténèbres, sans lui avoir adressé un seul mot. Charlie dont il avait espéré le retour, ou au moins un signe de vie, depuis des années, n'avait eu pour lui que du mépris. Alors, pour ne pas craquer, Julian se focalisa sur les raisons de sa présence. Si, contrairement à ce qu'il avait espéré, sa fille n'était pas à l'origine du message, alors qui ?

— Qu'est-ce que je fiche ici ? attaqua-t-il. À quoi vous jouez ?

« Les événements d'aujourd'hui vous laissent-ils vraiment penser que nous jouons ? » demanda une voix féminine dans son oreillette.

Julian sut instantanément qu'il avait affaire à l'Intelligence Artificielle. Il y avait, dans sa façon de parler, quelque chose qui lui rappelait Morgan Scali, et les intonations de la voix de Maître Lee, l'assistante personnelle de Dakota Hughes.

« Tous les humains sont concernés par ce qui arrive chaque jour dans le monde, reprit-elle, face au silence de Julian. Aucun d'entre vous ne peut prétendre qu'il ne l'est pas. Vous moins qu'un autre, capitaine Stark, le savez-vous ? »

Ne traite pas avec elle. Exige d'échanger avec un égal.

— Charlie, une machine parle à ta place ! lança-t-il à la cantonade. C'est comme ça que je t'ai élevée, vraiment ?

« Les femmes sont souvent plus malignes que les hommes, reprit l'IA. Plus directes, plus pragmatiques. Dommage, d'ailleurs, que l'agent Castel ne soit pas des nôtres ! »

— Où est Milan Scali ? poursuivit Julian à l'adresse des hommes qui l'encerclaient. Je refuse de discuter avec cette chose.

« Milan n'est pas notre chef, et je ne suis pas une chose. Mon nom est Ozalia, et je suis… »

— Vous vous laissez diriger par un logiciel ! hurla Julian, hors de lui. Vous êtes complètement cons ou quoi !

« Je ne dirige personne, reprit l'IA. Mon existence est dédiée à la mise en œuvre du projet ALONE, rien de plus, rien de moins. Charlie, ajouta-t-elle, peux-tu t'avancer vers le capitaine Stark ? »

Julian lâcha un soupir de soulagement en voyant sa fille sortir des rangs et se placer face à lui.

— Dis-moi ce que je fais ici ? Je suis prêt à tout pour…

Il s'interrompit lorsqu'il vit un des terroristes pointer le canon de son arme sur la nuque de sa fille, indifférente.

« Vous refusez toujours de parler avec moi ? demanda Ozalia de sa voix rieuse, en décalage avec la situation dramatique qui se nouait. Au moment où je vous parle, j'étudie les différentes options qui me permettront de vous convaincre. D'après mon expérience, la plus efficace d'entre d'elles est de menacer la vie de votre fille. Et de vous montrer que je ne plaisante pas. Alex ? »

Le 12-10 qui tenait Charlie en joue arma le chien de son pistolet.

« Aucune vie ne vaut plus qu'une autre. Ici, nul n'est irremplaçable. Si vous connaissez bien l'histoire de l'Armée du 12 Octobre, vous savez que l'assassinat ou l'incarcération de ses chefs par vos services n'a rien empêché. Que croyez-vous donc que la mort de votre fille changera dans l'accomplissement de nos objectifs ? »

— OK, OK, abdiqua Julian. Dites-moi ce que vous voulez, qu'on en finisse. Et toi, baisse ton arme, connard. Alors ? ajouta-t-il quand Charlie fut hors de portée de tir. Je vous écoute.

« Vous allez nous aider à récupérer Morgan Scali. »

Putain… c'est pas vrai.

Subitement, Julian eut peur. Il avait affaire à une bande de fanatiques gouvernés par un logiciel. Que pouvait-il leur dire ? Peut-être que l'IA n'acceptait pas les limites de la vie, de la mort, ou même de la raison, et qu'il était temps pour eux de reprendre le contrôle.

— Son avion s'est crashé, vous le savez aussi bien que moi. Vous avez vu les images. Je n'y peux rien, vous n'y pouvez rien…

« Capitaine, nous vous accordons un délai de douze heures, après quoi, nous mettrons nos menaces à exécution et les six mille se multiplieront partout dans le monde occidental. Si cela peut soulager votre conscience, souvenez-vous que le combat de l'Armée du 12 Octobre est plus important que la somme des lois promulguées dans ce pays depuis la naissance des lois. »

— Vous êtes tous tarés ! Scali est mort ! Qu'est-ce que vous voulez ? Son cadavre ? Personne ne sait où il a été enterré ! Et vous savez pourquoi ! Pour empêcher des illuminés dans votre genre de lui ériger un mausolée !

« Rassurez-vous, reprit l'Intelligence Artificielle, vous n'êtes qu'une victime du système parmi tant d'autres, et si prévisible ! Laissez-moi le plaisir de vous annoncer que vous avez été trompé par votre pays, capitaine. L'avion qui emportait Morgan Scali n'a jamais été abattu. Il s'agissait d'une mise en scène des Services, un écran de fumée destiné à le priver de ses droits élémentaires, en particulier celui d'être jugé ! À l'heure où je vous parle, notre chef est torturé par ceux-là mêmes avec qui vous enquêtez, et vous allez nous le ramener vivant ! »

Région Île-de-France, Block D

Ne pas s'endormir, ne pas leur laisser le plaisir de le réveiller.

Le visage ruisselant, Morgan Scali peinait à garder les yeux ouverts. La fatigue dévorait sa raison, sans parvenir à la terrasser tout à fait. Pour le moment, *ils* le laissaient tranquille. Ce répit ne durerait pas. Parce qu'ils allaient revenir. Recommencerait le flot de questions, les sempiternelles mêmes questions. Qui dirigeait les 12-10 – quels étaient leurs projets d'attentats – où frapperaient-ils – qui étaient leurs alliés – d'où venait l'argent ? Questions qui s'enjolivaient de détails inouïs en fonction des tortionnaires, qui agissaient toujours par paire.

Il tenta de bouger, mais on l'avait entravé si étroitement qu'il ne sentait plus ses extrémités. Tout à l'heure, plus tard, quand on le délivrerait pour le jeter dans sa cellule où on le laisserait à peine s'endormir, le sang affluerait de nouveau. La douleur aussi.

Ses oreilles bourdonnaient dans le silence de cette pièce aveugle aux murs épais. Il n'entendait rien de l'extérieur, juste l'ouverture de la porte quand le duo de tortionnaires entrait. Un bruit de sas hermétique. Par moments, il ne parvenait plus à déceler le moindre sens dans les propos de ses interlocuteurs. Il quittait cet endroit maudit, laissait son esprit vagabonder parmi les chapitres de sa vie, puis revenait vers ce cauchemar quand il n'avait plus le choix.

Le sas s'ouvrit, des talons claquèrent sur le sol. La respiration de Morgan s'accéléra. Il avait peur. N'était-ce pas normal, après les semaines de privation de sommeil qu'on lui avait fait subir, depuis qu'on l'avait arrêté en RDC ?

Non, les six mille ont commencé... Plus rien ne peut t'atteindre.

Il l'avait compris à leur agressivité subite, à leur fébrilité aussi. Ozalia et les 12-10 étaient passés à l'acte. Depuis, sur les huit hommes qui se relayaient pour le tourmenter, deux avaient été remplacés. Les nouveaux tentaient de rectifier le tir.

— Où sont basés vos drones ? L'Intelligence Artificielle ?

Malgré l'épuisement qui ravageait Morgan, il en avait tiré une certaine satisfaction. Certains d'entre eux étaient faillibles, ce qui signifiait qu'il finirait par les berner tôt ou tard. Si cela n'était pas déjà fait.

Nous aurions tous une bonne raison de remonter le temps.

Régulièrement, lors de ses interrogatoires, quand il était assez lucide, Morgan envoyait des messages codés à son IA, sous forme de séquences de mots très précises. L'idée était que l'un ou l'autre de ses interrogateurs finirait par commettre une bourde, ou répéter ses propos sur le réseau extérieur.

En dehors de sa prison, spécialement conçue pour empêcher son intrusion, Ozalia était partout. En quelques années, elle avait appris, tel un animal glouton d'informations, et s'était silencieusement installée dans la plupart des systèmes informatiques de la planète. Rien ou presque ne lui échappait. Tout était affaire de temps et d'opportunité, avant qu'elle décide de passer à l'action.

Outre le regain d'agressivité, on avait envoyé les huiles du Renseignement à la rescousse. Là, Morgan avait affaire à celui qu'il surnommait Numéro Deux. L'homme d'un certain âge, cagoulé lui aussi et vêtu d'un costume, contrairement aux autres, vouvoyait sa proie, bien élevé. Et pas question de s'occuper des basses besognes, ce type avait trop d'éducation pour se salir les mains.

— Qui contrôle l'Intelligence Artificielle ? Pourquoi lancer des attaques maintenant ? Vous allez penser que c'est une coquetterie de ma part, mais j'aimerais comprendre où va votre intérêt.

Un visage cagoulé entra dans le champ de vision de Morgan.

— Où est cette salope d'Ozalia, monsieur Scali ?

— Réponds ! tonna une autre voix.

Numéro Cinq n'était pas le plus cruel de ses tortionnaires, mais il criait, et sa voix crispante avait tendance à monter dans les aigus.

— T'as toujours pas compris qu'on va te garder jusqu'à ce que ta pauvre carcasse n'en puisse plus ! Même si ça dure des années. Et je peux te garantir qu'une fois mort, tu n'auras même pas de place au carré des indigents.

Par pure provocation, Morgan jugea l'argument intéressant, affirma qu'il ne parlerait qu'à son fils, Milan, et se replongea dans le silence. Après des semaines de *traitement spécial*, il n'avait plus la niaque. Il voulait juste se concentrer sur l'instant, faire en sorte que, s'il n'y avait qu'un moment à retenir de sa vie, ce soit celui-là.

Peu importait le reste, les six mille, sa responsabilité dans la mort d'enfants innocents, au moins autant que dans celle des enfants d'Afrique qu'il n'avait pas su aider. Rien n'avait d'importance… Sauf peut-être, la date. Morgan aurait aimé la connaître. On était sûrement en avril, ou alors en mai, *ne te découvre pas d'un fil… Tiens, ça rime…*

— Regardez-le ! Ça le fait marrer. Qu'est-ce qu'il y a de drôle, Scali ?

Quelque chose bougea à la limite de son champ de vision. Là, sur sa droite, les rayons du soleil brûlaient le sable sous ses pieds, et plus loin, sur sa planche à voile, Gaëlle passait et repassait dans la zone où les vagues se dressaient, le corps tendu contre le vent.

— Tu veux que je fasse des photos de toi ? souffla-t-il.

Morgan ne put parler davantage. Numéro Deux le tira violemment en arrière et recouvrit son visage d'un linge humide. Par réflexe, alors que deux doigts pinçaient ses narines, il ouvrit la bouche pour prendre une grande inspiration et un flot continu d'eau entra dans sa gorge et s'engouffra dans ses poumons.

Île-de-France, ville des Andelys, l'Atelier

D'une main, Sookie Castel retint sa portière, tandis que de l'autre elle présentait sa plaque aux policiers stationnés devant le domicile de Julian. Les voir là, à s'emmerder ferme aux alentours de 2 heures du matin, fut un immense soulagement. Installée dans la chambre d'amis, où régnait un joyeux bazar, Orane dormait à poings fermés. La lueur de la lune frappait le mur juste au-dessus de son visage. Sookie photographia mentalement la scène et glissa l'image dans la *boîte Orane*, où elle archivait les expressions de sa fille au cours du temps. Adolescente, Sookie avait été diagnostiquée mnémoniste par un neuropsychologue. Elle enregistrait les lieux, les objets et les gens, qu'elle rangeait dans ce qu'elle appelait des *boîtes* où elle associait les visages par groupes de ressemblance, pour ensuite les ressortir à l'envi. Ce talent lui avait valu le fameux sobriquet d'ordinateur sur pattes de la part de certains de ses collègues. Ceux-ci avaient été aussitôt archivés dans la *boîte des cons*, à côté de François Pignon, le héros de Francis Veber.

Sookie frappa avant d'entrer dans la chambre de Leny. La pièce était un véritable capharnaüm, où les papiers administratifs, le linge sale et les emballages vides s'emmêlaient par terre, cachant presque le parquet. Sur la table de nuit, Leny gardait trois cadres-photos où figuraient sa mère, Charlie et Kit, son ex-petite amie, et Sookie se dit que ces trois femmes l'avaient abandonné, chacune à sa manière, et qu'il devait être diablement malheureux.

— Leny ? Leny ? Réveille-toi !

Elle lui secoua doucement le bras.

— Putain, vous êtes relous, les keufs !

Il tenta de se retourner et fut stoppé par la poigne de Sookie.

— Leny, c'est important ! Retrouve-moi dans la cuisine !

Le ton avait été assez ferme pour qu'il la rejoigne quelques minutes plus tard. Elle lui avait préparé un jus d'orange, qu'il but d'un trait. Dans la lumière, avec ses dreadlocks et ses yeux ensommeillés, il fit remuer plusieurs boîtes dans l'esprit de Sookie. Elle les garda fermées et se concentra sur l'instant.

— Raconte.

Le jeune homme lui rapporta sa conversation avec Julian et ajouta :

— Comme en ce moment c'est tendu, j'ai obéi sans poser de question.

— Charlie a tenté d'entrer en contact avec toi ces derniers mois ?

— Quoi ? Pourquoi ?

Leny eut l'air si étonné que Sookie n'insista pas.

— Laisse tomber.

— C'est tout ?

— Tu l'as dit, en ce moment c'est tendu. Va te recoucher, on verra pour le reste demain.

Leny secoua la tête de dépit, puis s'engagea dans le couloir.

— C'est Chacha, la bombe Findus, hein ? dit-il à mi-chemin.

— Rien n'est moins sûr…

— J'ai passé l'âge qu'on me raconte des histoires. Tu penses que Julian est sur sa piste, et t'es vénère parce qu'il ne t'a rien dit.

Sookie se contenta de sourire à Leny, qui disparut dans sa chambre.

Pauvre môme.

Tout en se préparant un café, elle tria méthodiquement les informations dont elle disposait. L'eau commençait à peine à couler sur la mouture, que déjà elle achevait son point sur la situation. Sa conclusion relevait de la pure logique : les 12-10 avaient attiré Julian dans leurs filets en utilisant son point faible, sa fille. Que pouvaient-ils lui vouloir ? Il n'était pas à proprement parler dans le secret des dieux, et en dehors d'un badge d'accès limité au Block D, il ne pouvait rien leur apporter d'intéressant.

À moins que...

Il y avait une chose que Julian était le seul à posséder. Les effets personnels de Morgan Scali. Ses vêtements, ses meubles, ses carnets... Impatiente, Sookie préleva du café avant que le réceptacle ne soit rempli et fila dans le bureau, l'esprit brûlant de comprendre. Sur une commode ayant appartenu à la famille Scali, il y avait une photo de Morgan et Gaëlle, ils avaient trente ans à peine et le sourire des gens heureux. Elle s'assit face au portrait et détailla la pièce. Aussitôt, elle remarqua qu'un des carnets, reconstitués à l'identique par Julian à partir des photocopies des originaux, manquait dans la bibliothèque.

— Année 2022, dit-elle tout haut en se tordant le cou pour lire l'écriture en pattes de mouche de Julian. OK, tu es où ?

La veille, en début de matinée, ils avaient travaillé dans ce bureau. Le carnet manquant était rangé à sa place. Ensuite, elle était sortie avec les enfants, et Julian...

Te voici !

Il dépassait d'un monceau de papiers posés sur une chaise en paille, près de la verrière. Sookie l'ouvrit à la page marquée par Julian.

— « *Autrefois, j'étais un humaniste*, lut-elle à voix haute. *Autrefois. Mes idéaux n'ont pas changé, mais les règles imposées par les forces en présence m'ont contraint à réviser mes méthodes.* » Quel homme étais-tu avant de devenir à ton tour comme ceux qui t'ont tout enlevé ? ajouta-t-elle en soupirant.

Ces textes, déjà maintes fois étudiés, ne comportaient aucun indice sur les six mille, mais ils contribuaient au respect que Sookie éprouvait pour l'intelligence du terroriste. Pendant des années, il avait déplacé les pièces sur son échiquier démentiel, et le déroulement des attentats de 2025 démontrait qu'il avait toujours eu deux ou trois coups d'avance.

— « *Ce qu'il faut, absolument*, reprit-elle, *c'est que de notre côté nous ne causions aucune victime. (…) Car après tout, qu'aurons-nous fait de si grave, en dehors de nous emparer de la propriété d'autrui au nom d'un bien commun qui nous dépasse tous ?* »

— À ton avis, il savait déjà comment ça finirait ?

Surprise par l'irruption de Leny, Sookie releva la tête et le fixa d'un air interrogateur.

— Ma mère, Charlie, tout ce gâchis. Tu crois qu'il l'avait prévu ?

— Je ne crois pas, mentit Sookie. Tu devrais te recoucher, tu sais.

— Non, je vais regarder la télé.

— Tu n'arrives pas à te rendormir ?

— Devine.

— Alors évite les infos.

— T'inquiète, j'ai des épisodes Netflix en retard.

Sookie attendit que Leny reparte vers le salon pour reprendre sa lecture.

« *(...) Il est nécessaire qu'elle soit capable de nous remplacer dans toutes les situations que nous rencontrerons. C'est un risque à courir, car je ne suis pas persuadé que nous parviendrons elle et moi en permanence aux mêmes conclusions. Reste que je ferai toujours en sorte d'avoir sur elle un coup d'avance (...)* »

— On s'en doutait, ronchonna Sookie, cette saleté est aux commandes, mais ça ne me dit pas pourquoi elle a pris Julian pour cible !

La raison pour laquelle son coéquipier étudiait ce carnet en particulier devint évidente quand elle arriva aux dernières pages. Là, Morgan Scali avait ébauché un argumentaire sur ce qui deviendrait les attaques de 2025, probablement pour convaincre ses futurs complices.

« *Nos alliés : la France et son incapacité à s'imposer, Vertigo et les 12-10, base des sympathisants, soutien finance internationale, plus drones et IA. Et Milan, son travail pourrait nous être utile... Je me charge de le convaincre.* »

Le carnet s'achevait sur ces mots sibyllins. Julian avait souligné plusieurs fois le mot travail avec de nombreux points d'interrogation, et entre la dernière page et la couverture, avait été glissée une photo où Charlie figurait aux côtés de Morgan et de Milan Scali.

Merde et remerde ! Pourquoi il ne m'en a pas parlé !

Inquiète, Sookie fouilla le bureau de Julian et les effets personnels du terroriste disséminés un peu partout dans la maison. Même dans la salle de bains, le parfum de Gaëlle Scali, Trésor de Lancôme, et sa trousse de toilette trônaient en bonne place. La plupart des objets provenaient directement du garde-meuble que Julian avait vandalisé et n'étaient jamais passés entre les mains des Services. Morgan n'ayant pas porté plainte, aucun inventaire n'avait été réalisé. Une erreur, selon elle, qui ne s'était pourtant pas résignée à donner l'information à ses supérieurs. Dans cette affaire où l'antiterrorisme, la police, l'armée et les Renseignements avaient tendance à se tirer dans les pattes, il valait toujours mieux la jouer à « la Scali », avec un, voire deux coups d'avance.

Après une heure de recherches, elle finit par trouver dans un carton de livres, dissimulées à l'intérieur d'une BD ayant appartenu à la petite Shana, les copies des PV d'audition de Leny, dans lesquels celui-ci relatait les événements de 2025 et l'aide qu'il avait reçue d'un agent des Services extérieurs, infiltré chez les zadistes, un dénommé Melvin Granger. Le nom était entouré plusieurs fois, une flèche pointait vers des points d'interrogation et une phrase avait été griffonnée à la va-vite : *Quel rapport avec Milan Scali ?*

Merde et merde et remerde !

Contrariée, Sookie retourna au salon et s'installa sur le canapé aux côtés de Leny, qui somnolait devant la télévision.

— T'as rien trouvé ? lui demanda-t-il.

— Rien. J'ai foutu le bordel dans le bureau de ton beau-père pour que dalle.

— Qu'est-ce que tu cherches ?

— Aucune idée.

Le jeune homme posa sa tête sur l'épaule de Sookie, qui s'en voulut de lui mentir, alors qu'elle ne faisait que ça, mentir à ceux qu'elle aimait, depuis qu'elle avait accepté de travailler pour les Renseignements.

— Tu ne parles jamais de ce qui est arrivé là-bas, sur Oléron, murmura-t-elle.

— Tes collègues m'ont cuisiné pendant des jours, y a rien à dire. Des enfants morts, ajouta-t-il après un instant, il va y en avoir d'autres ?

— Je ne vois pas comment l'empêcher.

— C'est dégueulasse.

— J'ai vu les photos sur ta table de nuit, Kit, ta mère…

— T'es psy ou quoi ?

— Non, je voulais juste que tu saches que je suis là, si tu as envie. Je ne te lâcherai jamais, OK ?

— Même si Julian te pète les noix et que tu ne bosses plus avec lui ?

— Oui. Orane, toi et moi, on est amis.

— T'es cool.

Sookie éclata de rire.

— Dis ça à ma fille ! Allez, habille-toi, ajouta-t-elle en se levant. On va faire une petite balade, tous les trois.

Au numéro 21 de l'avenue Gambetta, à Paris, il y avait un bar de nuit. Les éclats de rire des fêtards et leur comportement alcoolisé occupaient Orane et Leny, installés à l'arrière de la voiture, tandis que Sookie gardait les yeux rivés sur la porte du 19.

Qu'est-ce que vous fichez, bon sang !

Elle s'apprêtait à sortir du véhicule pour sonner, quand la porte s'ouvrit enfin sur Vorchek. Dans l'esprit de Sookie, celui-ci convenait parfaitement à la *boîte*

Victor Hugo, ou *tsar Nicolas II* qui aurait vieilli, avec une particularité d'importance dans ce bandeau qui occultait son œil mort. Il apparut au bras d'une femme asiatique d'une soixantaine d'années, vêtue d'une robe de chambre à frous-frous, et dont le visage tiré par un lifting la fit entrer dans la *boîte Victoria Principal* où patientaient d'innombrables visages dont le caractère avait été gommé par la chirurgie plastique.

Fichez-moi la paix !

— C'est Ai Van, la mère de Kit, mon ex, lui glissa Leny.

L'information sema le trouble dans l'esprit de Sookie, puis la date de l'anniversaire du jeune homme apparut devant ses yeux, le festival de musique, Kit, la petite amie qui largue son mec le jour de son anniversaire, la phrase de Morgan Scali évoquant son désir de garder toujours un coup d'avance…

Elle jaillit de sa voiture en grimaçant. Ses jambes étaient raides et douloureuses. Quand elle arriva à la hauteur de Vorchek, la femme était rentrée dans l'immeuble. Avec son cache-œil et ses dernières nuits sans sommeil, hantées par les six mille, « Victor Hugo » paraissait petit et vieux. Il jeta un regard agacé vers les deux jeunes gens qui le fixaient depuis la banquette arrière.

— Qu'est-ce que les mômes fichent dans votre véhicule de service ? Où est Stark ?

— Justement, je l'ignore, monsieur. C'est pour cette raison que j'ai pris l'initiative de les mettre à l'abri.

— Conduisez-nous au D, vous m'expliquerez sur place.

Leny et Orane furent installés dans un bureau, en attendant une solution plus durable. Puis, tandis qu'elle l'accompagnait dans l'armurerie, Sookie briefa son supérieur sur la manière dont Charlie était entrée en contact avec Julian *via* le téléphone de Leny. Depuis, son coéquipier n'avait plus donné de nouvelles.

— Je suis très inquiète, monsieur. D'autant plus qu'il a des doutes sur l'identité de Morhange.

— Vous en êtes sûre ?

— Il fouille dans ce sens.

— Il fait chier, ce petit con ! C'est pas le moment de foutre le bordel en grillant l'un des nôtres. J'ai eu le ministre en ligne cette nuit, lui expliqua Vorchek. On a dénombré cent deux décès, la situation nous échappe totalement.

— Aucune piste ?

— Ils ont empoisonné les brassards et les dossards des mômes. La contamination a eu lieu en transcutané. La société tunisienne de fabrication du matériel est perquisitionnée en ce moment même, mais on pense que l'opération a été réalisée pendant le conditionnement, quelque part en Europe, par le truchement d'un système complexe de transport. Morhange est sur place, il rentre ce soir.

Ils se délestèrent de leurs armes, franchirent une autre grille, un nouveau poste de sécurité où on scanna leur rétine, puis ils prirent un ascenseur, dont les portes s'ouvrirent sur un niveau non identifié, placé entre le 5e et le 6e étage. Là, ils durent se débarrasser aussi de leur portable avant d'accéder à un dernier sas s'ouvrant sur la zone des interrogatoires. Enfin, ils longèrent un couloir interminable et s'enfermèrent dans l'un des derniers bureaux.

Sur un écran de contrôle, Sookie pouvait observer l'intérieur d'une pièce où Morgan Scali se trouvait entravé sur une chaise de barbier. Malgré ses traits tirés et ses joues creusées, ses yeux d'ambre qui brillaient toujours d'un éclat incroyable la convainquirent de le laisser dans la *boîte Morgan Scali*, où elle l'avait rangé depuis les attaques de 2025.

Elle eut alors une pensée fugace pour Julian, qui méritait plus que n'importe qui de connaître la vérité sur le faux crash, entre autres choses. Soudain, ses mensonges des derniers mois lui parurent si lourds, qu'elle en eut la nausée.

Reprends-toi, Sook !

— Puis-je vous poser une question directe, monsieur ?

— Je vous écoute.

— Êtes-vous compromis ?

— Développez, agent Castel.

— Il n'y a pas grand-chose à dire, j'ai compris en vous voyant avec la mère de Mlle Phuong que les 12-10 possédaient de quoi faire pression sur vous. Est-ce le cas ?

— Kit a été enlevée il y a quatorze mois, répondit Vorchek, imperturbable.

— Elle est vivante ?

— Je n'en sais rien, j'ai refusé de collaborer. L'information est remontée à la direction des Services et à la DST. C'était la seule chose à faire. Les 12-10 fonctionnent comme nous. Aucun de leurs membres ne connaît le plan en entier, et les cellules ne communiquent entre elles que par la messagerie cryptée gérée par leur IA. Impossible de s'y connecter sans une complicité interne. Et quand bien même, la complexité du puzzle est telle qu'on n'aurait qu'une partie du plan. Seul son concepteur, Morgan Scali, peut stopper ce merdier.

France, Île d'Oléron, grande plage de Saint-Trojan-les-Bains

La plage lumineuse et déserte où il avait rencontré sa femme était le seul endroit au monde où Morgan Scali avait eu envie de venir se poser après son départ de Somalie. Ici, l'immédiat semblait simple. La marée montait et redescendait, engloutissant ou dévoilant l'épave rouillée du *Presidente-Viera*[1], et les vagues bouleversaient en permanence la dune et les bancs de sable, si bien qu'un monde nouveau surgissait le temps d'un ressac. Et pourtant, ils avaient vécu là des moments que l'éternité ne réussirait pas à effacer. S'il avait le pouvoir de remonter le temps, ce serait ici que Morgan reviendrait. Il aurait à nouveau seize ans, Gaëlle à peine davantage. Tout pourrait recommencer…

Ce stage de voile, l'adolescent se l'était payé en accumulant les petits boulots tout au long de l'année, parce que son père avait refusé de l'aider, arguant qu'il serait bien le premier de la famille à avoir le pied marin. Vexé, Morgan s'était entêté, et en lieu et place d'un stage aux îles des Glénan, il avait échoué sur Oléron. En une semaine, il s'était fait quelques amis,

1. Navire marchand naufragé sur les côtes d'Oléron en 1916.

mais ce qui lui plaisait par-dessus tout, c'était de passer du temps avec Gaëlle, la plus jolie des monitrices. Elle avait vingt ans, sortait avec Lucas, un insupportable frimeur avec sa barbe de trois jours et son tatouage de surfeur. Pour Morgan, séduire Gaëlle était l'unique solution pour la sauver de ce pauvre type. Une idée devenue une obsession, que l'adolescent ruminait sous la tente après les veillées, et jusque dans ses rêves, là où tout est possible. Au matin, il ne savait plus comment dire à Gaëlle qu'il était l'homme de sa vie, malgré sa maigreur et les touffes disparates de poils qui parsemaient ses joues. Le temps avalait les jours du stage comme un goinfre, et bientôt arriverait le moment du retour. Voilà pourquoi il s'était jeté à l'eau et avait proposé de la photographier.

Morgan utilisait un appareil reflex, un Canon, équipé d'un téléobjectif, une très longue focale pour réaliser des photos d'animaux, et Gaëlle avait dit oui, à condition que la séance se déroule en action, elle sur une planche à voile, et lui sur la plage. Pas question de poser ou de faire « comme si c'était normal d'être allongée dans les dunes, avec des lunettes de soleil et une rose entre les dents ». Cette fille était d'un naturel incroyable, et Morgan sentait son cœur éclater chaque fois qu'elle faisait une de ces sorties ébouriffantes.

Le zoom poussé à fond, il prenait des photos par rafale de trois. Avec une telle lumière, il n'aurait pas de problème de profondeur de champ, mais il ne voulait pas risquer de la décevoir, alors il mitraillait. Là, Gaëlle allait passer derrière l'épave du *Presidente-Viera*. Dans le téléobjectif, il voyait sa lèvre inférieure trembloter.

Il faisait encore frais, et l'eau n'excédait pas dix-huit degrés.

— Alors, dit-elle en riant, tu t'es bien rincé l'œil ?

La bouche entrouverte, Morgan bredouilla un « beuh… » pas très glorieux, l'esprit en surchauffe, occupé à chercher les différents moyens de se supprimer après une telle déconfiture.

— Tu es très beau, Morgan, et bientôt, tu auras l'embarras du choix. C'est juste une question de confiance en toi.

— Ah… je préférerais plaire maintenant.

Il voulait dire « te plaire », mais il n'y arrivait pas. Impossible, langue scellée sur ce petit *te* ridicule, pronom personnel à la noix qu'il connaissait depuis le CE1.

Visiblement inconsciente du trouble de Morgan, Gaëlle lui proposa de l'accompagner dans le quartier des Bris, pour chercher le lait et la crème à la ferme de Maria et Dédé Pellegrin, des paysans du coin. L'idée l'enchanta. Elle et lui dans la Renault 4L, seuls au monde le temps d'une balade, c'était inespéré. Il ne se passa rien. Ni cette fois ni les suivantes. Pas d'échange de regards profonds, pas de frôlement de mains. Juste des regrets, quand, après avoir pris un chocolat, ils chargèrent la voiture ensemble, puis repartirent au camp d'été.

— Fonce, mon lapin, ou va te pendre !

Ce jour-là, Maria Pellegrin avait décidé de donner un petit coup de pouce au destin, et tandis que Gaëlle manœuvrait la Renault 4L, un bras posé sur le dossier du siège passager, Morgan ressassait cette phrase en boucle pour se donner du courage. Le visage de Gaëlle était si proche du sien qu'il pouvait s'étourdir de l'odeur fraîche de son haleine. La gorge serrée, il la fixait comme si elle lui brûlait les yeux autant que le cœur.

Prêt à être repoussé, insulté ou même giflé, le jeune homme s'approcha pour l'embrasser. Et ce fut au beau milieu de la forêt de Saint-Trojan, sous les yeux ravis de Maria, qu'ils échangèrent leur premier baiser, mêlant à leur salive le goût des Hollywood chewing-gums et celui plus salé de l'océan.

Vingt-cinq ans plus tard, Morgan s'en souvenait avec une telle acuité que c'en était douloureux… Il devait exister une bulle dans le temps où ils avaient seize et vingt ans, où elle volait toujours sur les vagues, intrépide et belle, et où lui-même cavalait sur cette plage pour rapporter à Shana sa photo préférée de sa maman. Oui, cette bulle existait, mais il ne pouvait l'atteindre, tout comme il ne pouvait changer le passé. Le Bataclan, les gorilles, Birère et Berrito… Comment se pardonnerait-il de n'avoir pas su protéger Gaëlle et tous ces gens qui espéraient tant de lui ?

Le soleil déclinait sur l'océan quand Morgan prit la route du Novotel où ils avaient séjourné pour leur lune de miel. Ce serait un but, dormir dans la même chambre, ou à défaut sous le même toit, retrouver tous ces gens avec lesquels ils avaient sympathisé à force d'y retourner. Et après, que ferait-il ? Il n'en avait aucune idée.

Après la remise du Nobel, Louis Dicabo, l'avocat de la Fondation, avait obtenu un rendez-vous avec de hauts fonctionnaires des Nations unies, pour que le principe du pipeline – ou projet ALONE – soit multiplié partout où c'était nécessaire. Et préparer les dossiers afin de proposer un vote au prochain sommet mondial sur l'eau, qui se tenait à Dakar en août 2021.

« Dans six mois ? lui avait-on répondu. Impossible ! On ne s'engage pas comme ça, dans les organisations supranationales. On crée des commissions, on nomme des directeurs de projet. Il faudra du temps pour convaincre chaque pays de voter oui. Savez-vous qu'en 2025, le sommet se tiendra à Paris ?

— 2025 ? Vous avez une idée du nombre de gosses qui vont mourir d'ici là parce que nous n'aurons rien fait ? »

Près de onze millions d'enfants. Et autant de corps qui retourneraient à la terre dans l'indifférence générale.

Ça représente quel volume, autant de cadavres d'enfants ?

350 000 m^3 environ.

Le contenu de cent piscines olympiques.

Autant que le béton nécessaire à la construction des tours du World Trade Center.

L'image vrilla le cœur de Morgan.

— Comment vous pouvez me demander d'attendre ? hurla-t-il dans le silence de sa voiture. Et qu'est-ce que je peux faire ! Gaëlle, aide-moi !

En réponse, une pluie diluvienne s'abattit sur Saint-Trojan, l'obligeant à ralentir. Les trois quarts des habitations, des résidences secondaires, étaient vides, les réverbères éclairaient des rues désertes. Son cœur se serra lorsqu'il arriva devant l'entrée du Novotel. Le bâtiment et ses abords étaient prisonniers d'un grillage qui délimitait un vaste chantier de construction, et un panneau indiquait la fermeture définitive.

Comment était-ce possible ? Cet établissement fonctionnait du feu de Dieu, et Philippe Lutz, son directeur, était un homme charmant et dynamique, qui avait rénové entièrement les locaux deux ans plus tôt. Morgan se gara le long du grillage, récupéra un ciré dans le coffre, et se glissa dans une brèche de la clôture.

— Je ne te le conseille pas. Leurs clébards n'ont rien à bouffer.

Dans la pénombre des sous-bois, Morgan distingua une silhouette massive adossée contre un pin. L'homme, la petite trentaine, avoisinait les deux mètres, possédait une carrure de fort des Halles, et son visage disparaissait sous une barbe d'un noir de jais. Détail improbable, il portait à la ceinture deux cadavres de lapins pris au collet.

— Qu'est-ce qui se passe ici ? demanda Morgan. Carine, Fanny, Blandine, Anita, Benjamin, Étienne et les autres, que sont-ils devenus ?

— Mis à la retraite, virés ou reclassés ! T'es en retard de huit mois, mon pote ! Note que, dans leur délire, les Chinetoques ont su voir les qualités du bâtiment. L'hôtel servira de réfectoire et de logement pour le personnel du domaine. Au fait, je m'appelle Aguir.

— Enchanté, répondit Morgan en se présentant à son tour. Le domaine, tu m'expliques ?

— Suis-moi, faut que tu voies par toi-même, sinon, tu ne peux pas comprendre.

Sans hésiter, il s'enfonça dans la forêt au côté de cet inconnu, sur un sentier qu'il avait emprunté avec Gaëlle des dizaines de fois.

— C'est parti d'un projet de digue pour protéger le sud de l'île de l'érosion. Faut dire que ça tape fort par ici. Et c'est vrai que la pointe était menacée, et avec elle les parcs à huîtres de Marennes. Le problème, c'est que les caisses de l'État sont à sec.

Aguir lui expliqua qu'en échange de cette digue, un consortium chinois avait obtenu le droit de bâtir un luxueux complexe touristique sur une zone protégée par la loi littoral : les Portes de Jade.

— Ce bordel mesurera mille trois cents mètres de long sur un peu moins de huit cents de large. Le tout sur quatre niveaux dont trois seront enterrés. Il y aura des discothèques là-dessous, des salles de fitness, un lac tropical sous verrière, avec vagues artificielles, des boutiques, une salle de concert. En réalité, tu assistes à la naissance d'un paradis du consumérisme.

Le domaine accueillerait ses hôtes dans des bungalows familiaux réservés à une clientèle aisée. Sur le papier, on pouvait dire que ça avait de la gueule. Les luxueuses constructions en bois seraient isolées les unes des autres par un écrin de verdure. Côté plage, une piscine à débordement surplomberait la dune et l'océan, et au centre près de la verrière, une clinique dédiée à l'esthétique comporterait plusieurs blocs opératoires. La société des Portes de Jade affirmait que le domaine serait autonome en énergie, grâce à plusieurs hydroliennes et une centrale solaire.

— Viens, c'est par là.

Les deux hommes gravirent une dune artificielle amassée par les engins du chantier. Au sommet les attendait un spectacle de désolation. La forêt avait été rasée sur des dizaines d'hectares. Une noria de bulldozers et de camions véhiculait des rochers de plusieurs tonnes, du sable en quantité invraisemblable. On avait implanté des silos, des citernes, des containers superposés qui devaient servir de bureaux ou de logements pour les ouvriers.

Des chiens aboyèrent au loin.

Étrangement, ces bruits de construction et de saccage renvoyèrent Morgan aux entretiens qu'il avait eus à l'ambassade française de Nairobi avec des agents des Renseignements extérieurs pour s'expliquer sur les circonstances du massacre des habitants de Berrito par les shebabs. Là-bas, les islamistes avaient mis sa tête à prix.

— Voilà, tu voulais savoir, grogna Aguir. C'est à ce triste constat que nous mène l'abandon de la nature aux financiers.

— Et les Pellegrin, demanda Morgan. Expulsés, eux aussi ?

Combien de fois Gaëlle et lui y étaient-ils retournés pour leur rendre visite et fêter le souvenir de leur premier baiser ? Des dizaines.

— Non, ils résistent. Mais ça ne va pas durer bien longtemps. La ferme est sur le terrain des Portes de Jade. Alors, on va lancer une ZAD, comme ils ont fait à Notre-Dame-des-Landes et à Sivens, et on verra bien.

Les Pellegrin survivaient en vendant les produits de la ferme sur les marchés des environs, principalement à la belle saison. Dédé avait toujours l'idée d'ouvrir son écomusée, et Maria apportait un complément d'argent en travaillant pour un horticulteur basé sur le continent.

— Les pouvoirs publics sont à la botte des financiers. La France ne peut plus entretenir son littoral, alors on brade au mieux offrant. Mais on ne se laisse pas faire. On a la justice avec nous, enfin surtout sa lenteur. Le hic, c'est qu'au verdict, même si c'est dans cinquante ans, on l'aura dans l'os !

Morgan acquiesça et se tourna vers l'immense chantier qui s'étalait sous ses yeux. Sur le trait de côte, l'ancien Novotel semblait échoué à quelques pas du coureau, et plus loin, à droite… il demeurait des fragments de blockhaus, vestiges du mur de l'Atlantique. Ici, la reprise de l'île en 1945 n'avait duré qu'une journée. Il y avait eu une plaque commémorative, tout près des rails du petit train touristique dont il ne subsistait plus rien…

Tu te souviens, comme on aimait prendre le petit train de Saint-Trojan ?

Bouleversé par ce qu'il voyait, Morgan visualisa la structure du domaine des Portes de Jade en train de sortir de terre, les niveaux s'empiler, le lac artificiel, les *game-centers*, les boîtes de nuit et salles de concert, la piscine et ses terrasses en escalier… Les magnifiques demeures en bois, et des gens partout.

Puis son regard se décala vers l'océan, et il imagina un bateau approchant le rivage, un vieux navire à vapeur d'abord, qui se transforma en caravelle aux voiles nacrées. Une chaloupe fut mise à l'eau, et Morgan se vit lui-même, debout à l'avant de l'embarcation tandis que Vertigo et Novak ramaient, brandissant un étendard au bout d'une pique. À quelques mètres du rivage, il s'imagina débarquer en conquérant et planter son drapeau sur la plage, tel un explorateur des siècles passés.

— Ma belle Oléron, murmura-t-il alors pour lui-même. Tu seras mon nouveau monde. *La Isla Nueva.*

Soudain, tout s'emboîta dans son esprit. Le prix Nobel de la paix, Berrito et le pipeline, le sommet mondial sur l'eau qui se tiendrait à Paris en 2025, l'indifférence des peuples et des gouvernants, les 12-10 de Vertigo et leur puissance de communication et de nuisance, Novak et ses armes, et enfin, ce bout de terre menacé de destruction et ce domaine, dont la démesure l'inspirait. Tout ce qu'il avait réalisé jusqu'alors prit son sens dans ce qu'il allait accomplir demain.

Islanova.

Alors que ce nom lui était soufflé par le fantôme de Gaëlle, porté par la dune, Morgan sut que son destin l'attendait ici, et le plan démesuré de ce qui allait à jamais changer la face du monde se déroula devant ses yeux.

La possibilité d'une île

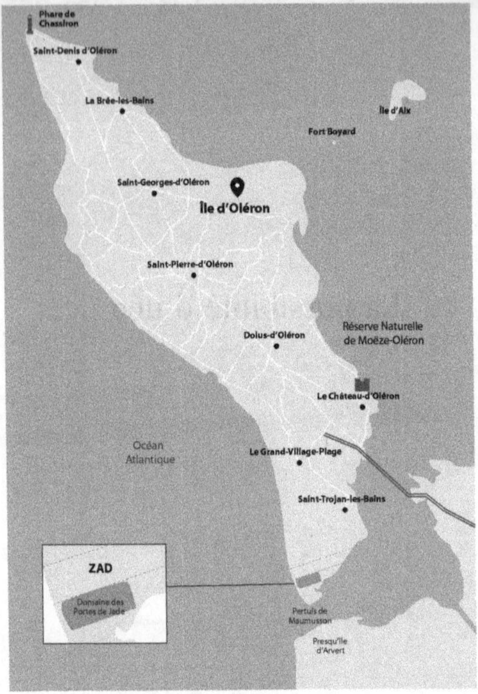

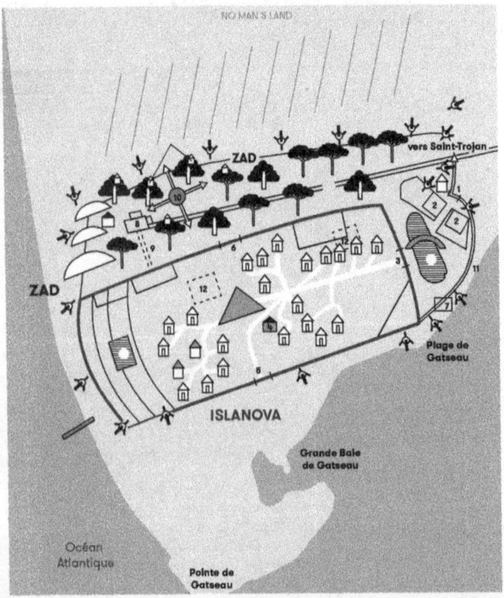

Islanova

1 Entrée principale des Portes de Jade
2 Parking
3 Porte Est
4 Maison des médias
5 Porte Sud
6 Porte Nord
7 Ancien Novotel – réfectoire et bâtiment du personnel
8 Ferme d'André Pellegrin
9 Souterrain
10 Place centrale de la ZAD
11 Route d'accès poids lourds aux quais de marchandises
12 Salle de conférences (sous-sol)

2025 2028

13 janvier

France, ville d'Angoulême

« Compañeros ! Un proverbe tibétain nous dit : "Comme je n'ai qu'une seule tête, je n'ai qu'un seul chapeau." Sages Tibétains que l'Occident a laissé disparaître entre les mains de la Chine. Ils nous racontent quoi ? Je vous laisse y réfléchir, et moi, depuis ma retraite peinarde où j'observe le monde, j'entends les voix de nos ancêtres, de plus en plus fort. Je les entends, je les vois presque, hordes innombrables qui refusent de hanter une terre désertique. Dressez-vous contre la logique des marchés ! Voilà ce qu'ils nous disent. Refusez la dictature de la finance qui vous commande de remplir vos placards de choses dont vous n'avez pas un réel besoin. Chaque acte d'achat est un acte polluant, ne l'oubliez pas quand il sera question de craquer sur cette trentième paire de chaussures ! »

Assis à la terrasse d'un café de la vieille ville, Milan Scali écoutait d'une oreille distraite une émission de Vertigo. La vie réservait bien des surprises. Qui aurait pu prévoir qu'il rentrerait aussi vite en France ? Il avait à peine eu le temps de se familiariser avec la géographie de Bamako, où il travaillait sous couverture pour une ONG genevoise – sa hiérarchie lui avait confié la mission d'infiltrer la jeunesse dorée de la capitale, enfants d'expatriés ou de riches locaux –, et il n'était toujours pas monté dans le nord du Mali pour combattre les djihadistes, comme il le souhaitait. Sa supérieure, Sookie Castel, un agent confirmé dont l'alias était « Haley[1] », lui rabâchait que l'information était la base du renseignement, et qu'il intégrerait une équipe action quand il serait prêt. On le jugeait un peu jeune, Milan n'avait pas fêté ses vingt-cinq ans. Et surtout, il ne pouvait y avoir meilleur élément pour accomplir cette nouvelle mission : infiltrer la ZAD de l'Atlantique.

« Les doctrines de l'Armée du 12 Octobre rencontrent un public de plus en plus grand, et ce mouvement inquiète l'État à différents titres, notamment diplomatique. Il nous faut un homme sur place, ce sera toi. »

Lors de son entrée à Saint-Cyr, on avait expliqué à Milan que les profils recherchés par le Renseignement étaient très divers, et que le fait d'appartenir à une famille *à risque* pouvait les intéresser. Pouvait-on prétendre que l'engagement de Shana dans les 12-10 faisait d'elle une personne à surveiller ? Milan en doutait. Les agités de Paul Mendès, alias Vertigo, ne cherchaient qu'à attirer l'attention des foules sur les problèmes écologiques. Ça emmerdait du monde, mais c'était à son sens une bonne chose. Pourtant, parce qu'on ne rentre pas dans l'armée pour discuter les ordres, Milan s'était contenté de répondre :

1. Du nom de l'auteur du roman *Racines*, Alex Haley, référence aux origines de Sookie.

« Je pars quand ?

— Dès la fin de tes quarante-huit heures de briefing. On a adapté ta légende, un mort dans la famille, personne ne se doutera de rien. »

À Bamako, il sévissait sous l'identité d'Yvan Fauth – humanitaire, né dans la vallée des Anges en Moselle, une région sinistrée qui lui avait très tôt donné la fibre du social –, un de ses nombreux alias.

« On se parle une fois par mois pour commencer, avait proposé Sookie. Tu auras de quoi communiquer à l'extérieur à la librairie des Pertuis, à Saint-Pierre d'Oléron, dans l'arrière-salle. Ton contact s'appelle Marie. Évidemment, s'il y a urgence, tu vois avec ton référent. On a surtout besoin de savoir qui est qui, qui fait quoi, quels sont les éléments qui transitent d'une ZAD à l'autre et ce qu'ils préparent. Difficile d'avancer masqué quand on connaît autant de monde sur place, mais en cas de besoin, tu seras Melvin Granger, soldat de retour de Bamako. Pour ta frangine et les Africains – ainsi surnommait-on ceux qui avaient été aux côtés des Scali en RDC et en Somalie –, tu reviens d'opé extérieure et t'as démissionné. Si ton retour éveille les soupçons ou si un truc ne colle pas, tu dégages et on passe au plan B. OK ? Autre chose, débrouille-toi pour intégrer les 12-10. Ils ne te feront pas confiance, sinon. »

C'était peut-être le point le plus difficile, car on n'entrait dans l'Armée du 12 Octobre que par cooptation, et lors d'une cérémonie d'intronisation très codifiée, présidée en général par Vertigo lui-même, Abigail ou un membre historique. N'importe qui ne pouvait prétendre porter le brassard noir. Il fallait prouver son engagement pour la cause, avoir un talent particulier et montrer patte blanche. S'il n'était pas aussi radical que les 12-10, Milan se préoccupait de son environnement et savait que son passé militaire et son nom seraient autant d'atouts qui lui permettraient de franchir l'obstacle, du moins auprès des chefs du mouvement.

« Combien de temps ?

— Assure à Oléron, après, on verra ! C'est simple ! »

Simple, en effet, comme de mentir à Shana, qu'il venait d'apercevoir au volant d'une Renault 4L, et qui cherchait une place de stationnement.

Dix-huit mois qu'il ne l'avait pas revue.

— Viens là, sœurette ! s'exclama-t-il en la soulevant dans ses bras. Tu m'as vachement manqué !

— Tu racontes toujours autant de conneries ! Si je te manquais, tu ne serais pas parti à l'autre bout du monde pour bouffer du terroriste !

Elle désignait les deux sacs TAP et le sac à dos camouflé désert qui entouraient la chaise où Milan avait pris son café.

— Tu bois quelque chose ?

— Non, je dois rendre la voiture dans une heure. T'es en perm combien de temps ?

— Je me suis tiré.

— Quoi ? C'était ton rêve !

— J'ai assez donné. Buter des types dans le désert, ça ne m'a pas rendu maman. Ni papa d'ailleurs.

Shana lui lança un long regard.

— Allez viens, on y va.

— C'est à qui ce bolide ? demanda-t-il en désignant la 4L.

— À nous tous. Rassure-toi, y a une moto sur place.

— Cool ! s'extasia le jeune homme. Tu es la meilleure, sœurette.

Le moteur ronronna comme un vieux ventilateur, et Milan se cala tant bien que mal dans le fauteuil passager aux ressorts éculés.

— J'ai eu papa au téléphone la semaine dernière, annonça Shana quand elle fut engagée sur la route. Après deux mois sans nouvelles.

— Veinarde, il ne répond même pas à mes appels.

— Tu parles ! Il trouve que mon appartenance aux 12-10 nuit à l'image de la Fondation. Du coup, on s'appelle mais on ne se voit plus.

— Il a pété un câble depuis la Somalie.

— Que veux-tu qu'on y fasse ? soupira Shana. Il est convaincu que maman l'a missionné. Il lui parle toujours.

— Alors, si c'est maman… Qu'est-ce qu'il fait en ce moment ?

— Il veut convaincre les États de voter oui au projet ALONE. Il était à New York il y a deux semaines, là je crois qu'il est en Chine. Au fait, pendant que j'y pense, à la ZAD personne ne sait que je suis une Scali. Papa refuse que son nom ou celui de la Fondation soient associés à des membres de l'Armée du 12 Octobre. Enfin, quand je dis personne… c'est sans compter les services secrets !

— Ne me dis pas que t'es fichée !

— Si, Vertigo et Abi aussi. C'est bien ce qui pose problème à papa.

— Dans le même sac que ceux qui ont assassiné maman… C'est dur.

— J'en suis malade. D'un autre côté, ça explique pourquoi il insiste pour qu'on ne mêle pas publiquement son nom aux actions des 12-10. Le bordel qu'on fiche partout en Europe depuis des années, ça n'est pas vraiment compatible avec l'image de sa Fondation.

— OK, OK, acquiesça Milan avec gravité. On va dire que je suis un pote de fac, mieux, un 12-10 comme toi, et que je m'appelle Melvin. C'est faisable ?

— C'est faisable.

— Super ! Mais de grâce, ne me demande pas de sortir avec toi, j'aime pas les rouquines !

L'absence de mouvement réveilla Milan, qui découvrit d'abord de l'île d'Oléron l'église de Saint-Trojan-les-Bains, dont il avait vu des clichés dans le dossier des Services. C'était là que des activistes s'étaient retranchés, des mois plus tôt, pour attirer l'attention sur leur combat. Parmi eux, il avait identifié Gale et Aedan, deux hommes de Novak Anticevic. Comment les oublier ? Ces types leur avaient sauvé la mise en RDC, alors que les rebelles les encerclaient. Que fabriquaient d'anciens mercenaires sur une ZAD où on était censé protéger les oiseaux ?

C'était une des nombreuses questions auxquelles il devrait répondre.

— On a un four à pain, expliqua Shana en déposant sur la banquette arrière plusieurs grands sacs en kraft remplis de baguettes. Là, il est en panne. Alors je suis obligée de faire les courses.

— Dis donc, vous êtes nombreux !

— Et encore, y en a qui mangent *gluten free* !

Tandis que sa sœur reprenait le volant, Milan se remémora ce qu'il avait appris sur cette ZAD. Elle avait été initiée par un couple de paysans, les Pellegrin ; elle se ravitaillait grâce à un commerce parallèle unissant différentes communautés contestataires implantées en France et en Europe et qui s'échangeaient des savoir-faire, des individus et des produits. Par trois fois, les gendarmes avaient tenté d'évacuer la zone, mais grâce à l'aide des 12-10 perchés à dix mètres dans les arbres, ses habitants avaient fait reculer les autorités. Aujourd'hui, près d'une centaine d'entre eux occupaient la forêt de Saint-Trojan. Les Services les soupçonnaient de préparer une action dans le domaine des Portes de Jade. En réalité, ils espéraient qu'elle serait le théâtre d'un faux pas de Vertigo, pour le neutraliser définitivement.

« Il rassemble ses troupes pour préparer un gros coup. Nous, tout ce qu'on veut, c'est du renseignement. Qui, quoi, quand et où. »

Outre la présence de sa sœur Shana et des mercenaires, le dossier mentionnait le passage épisodique d'Abigail Stedman comme médecin de la ZAD, rôle qu'elle exerçait à travers toute l'Europe pour le compte de l'Armée du 12 Octobre. Pas de trace de Vertigo lui-même.

« Quand tu le verras se pointer, c'est que le moment sera venu. »

Milan savait que l'inauguration des Portes de Jade était prévue pour la mi-juillet, mais c'était encore difficile à imaginer, vu le nombre d'engins qui allaient et venaient et la couche de poussière qui maculait le bas-côté. On était loin du séjour paradisiaque vanté sur les panneaux publicitaires.

— C'est là, lui indiqua Shana. Tu vois ce chantier, c'est ce que nous combattons, et de l'autre côté de la route, c'est chez Dédé et Maria.

La Renault s'engagea sur un chemin privé. Au bout se trouvait la propriété des Pellegrin. Il y avait du monde dans la cour de la ferme, et Milan reconnut Anne Chassin, la documentariste de W3, en plein reportage devant une moissonneuse-batteuse datant du début du XXe siècle. Les paysans avaient ouvert un écomusée, une façon de plus de repousser l'expropriation en attirant du public.

— Depuis quand W3 fait dans les petits oiseaux ?

— C'est une idée de Vertigo.

La réponse de Shana mit la puce à l'oreille de Milan. Le chef de l'Armée du 12 Octobre prenait un malin plaisir à positionner ses pions à l'avance pour endormir les Services. Il s'extirpa de la voiture, étira son dos douloureux, puis saisit deux sacs de pain et suivit Shana vers la maison, d'où jaillit un petit bout de femme énergique, Maria Pellegrin.

— Alors, c'est le frérot ?

— Pipelette ! gronda un sexagénaire dans son dos, salopette, barbe blanche et cheveux en bataille. T'es pas censée en parler, bon Dieu !

Rappelée à l'ordre, Maria lissa son tablier du plat de la main pour reprendre contenance.

— Pourquoi ils savent ? s'étonna Milan. Je croyais qu'on ne disait rien !

— Parce que, sans moi, vous ne seriez même pas là ! J'ai poussé ton père à donner son premier baiser à ta mère, alors tu vois, mon lapin, je sais tout ! Pose le pain sur la table, tu veux ? ajouta Maria en s'effaçant pour le laisser entrer.

— Appelez-moi Melvin, lâcha le jeune homme entre ses dents.

— Alors, bienvenue chez les Pellegrin, Melvin. Tu es ici chez toi. Comme tous ceux qui se battent à nos côtés pour défendre notre île !

Milan se débarrassa des sacs et serra la main tendue des paysans. Puis, tandis que Dédé et Shana échangeaient quelques mots, Maria lui proposa de faire le tour du propriétaire.

— J'aurais besoin que tu m'aides à remonter la bouteille de gaz ; je profite d'avoir un beau jeune homme comme toi dans la maison !

— Et moi, de quelqu'un qui a connu mes parents ! Racontez-moi.

Après le rez-de-chaussée, simplement distribué en trois-pièces cuisine, Milan savait presque tout des débuts amoureux de Gaëlle et Morgan. À la cave encombrée d'outillage, de provisions de bouche et de casiers à bouteilles, il découvrit qu'ils avaient passé de nombreuses vacances ici, à la ferme, détail qu'il ignorait. Tout en écoutant Maria cancaner, il observait attentivement les lieux, et c'est ainsi qu'il repéra, au pied d'une armoire, des traces d'usure prouvant qu'on bougeait régulièrement le meuble. Il fit mine de ne rien remarquer, souleva la bouteille de butane et remonta à la cuisine, où il l'installa sous la gazinière.

— Tu vois ce que je te disais, mon lapin, sans moi, tu ne serais pas né !

Quand Milan eut terminé, Shana lui confia le brassard noir des 12-10, qu'il enfila aussitôt.

— Normalement il se mérite, frangin. Sois-en digne.

— Compte sur moi.

Puis ils aidèrent les zadistes à pousser la moissonneuse-batteuse dans la grange, avant de faire le tour du jardin. Un potager immense s'étalait entre les bâtiments et la dune, et des enclos abritaient de nombreux chiens, dont un superbe rottweiler.

— Salan, Zeus, Aurèle, Kurtz, lut-il sur la porte des cages. Pourquoi autant de chiens de garde ?

— C'est la marotte de Dédé.

— Tu veux dire qu'ils sont là pour croquer le cul des bleus ?

Shana éclata de rire.

— La moto est sous l'appentis, là-bas, les clés sont dessus. Viens, je crèche à deux pas, j'espère que ça va te plaire.

Des photos récupérées auprès de la police de La Rochelle, qui avait introduit une taupe parmi les zadistes, se trouvaient dans le dossier des Services. Milan connaissait déjà le plan du village, la rue du « matos » et la rue de la « bouffe », avec une place au centre où la communauté tenait ses assemblées. Il découvrit la rue des « bains » et la rue de « l'éclate », sans doute postérieures à la création du dossier. Certaines des baraques faites de bric et de broc tenaient debout par miracle. D'autres ressemblaient à des échoppes d'artisans. Partout des gens affairés allaient et venaient, d'autres se réchauffaient près de feux de camp, d'autres encore rapportaient des brassées de bois flotté de la plage toute proche. Dans les hauteurs couraient des passerelles, qui reliaient des plates-formes où se tenaient d'autres cabanes perchées dans les branches des pins.

Sur l'impulsion de Shana, Milan grinça un « salut » entre ses dents à l'intention d'un type surdimensionné, tant par sa taille que sa pilosité, qui apprenait à lire à un autre chevelu, dont le sourire révéla l'absence de deux dents. Le géant se faisait appeler Aguir, un agrégé de philosophie qui n'avait enseigné qu'une année. Quant à l'édenté, c'était le flic infiltré.

Chapeau, l'analphabète ! Faudrait me payer cher !

Il suivit sa sœur dans une baraque constituée en partie de bois flotté.

— Bienvenue chez moi, annonça-t-elle. Pose tes affaires où tu veux. Moi, j'irai dormir chez les Pellegrin en attendant que tu montes ta plate-forme. Un peu de confort ne me fera pas de mal.

— Je ne m'attendais pas à ça. C'est plutôt joli.

Shana avait fixé des photos encadrées au mur et posé des rideaux aux fenêtres. Il y avait une table basse, sans doute de l'artisanat africain, de vieux coussins pour s'asseoir, et des tapis recouvraient un plancher en bois de récupération.

— L'hiver, ici et, pour l'été, j'ai suspendu un hamac là-haut ! précisa-t-elle en désignant le plafond.

— Tu n'as pas changé. T'es toujours la gamine qui courait pieds nus dans la brousse et voulait dormir dans les arbres.

Milan ouvrit l'un de ses sacs, révélant une arbalète démontée et deux pistolets.

— Toi non plus, tu n'as pas changé !

— Une pour chasser les lapins, précisa-t-il en remontant l'arbalète, les autres pour buter les terroristes. Ce n'est pas parce qu'on est sur une île paumée qu'il n'y a pas de méchants.

2025 **2028**

25 avril

Île-de-France

Malgré les cahotements du véhicule, Julian Stark sentait la fatigue le happer. Ses paupières se fermaient et sa tête dodelinait. Il se raccrochait à la vision qu'il avait eue de Charlie dans cet entrepôt de Seine-Saint-Denis, après tous ces mois à imaginer l'instant où il se trouverait face à elle. Il s'attendait à revoir une jeune femme fatiguée, sous contrainte, pas un mur. Fallait-il qu'on l'ait droguée ou habilement manipulée pour qu'elle soit aussi distante. Oui, il le fallait, sinon il flancherait. Pas l'homme, pas le flic. Le père.

Elle ne peut pas être complice de meurtres d'enfants ! Pas elle !

Cette pensée manqua l'anéantir. Il chercha une image d'elle associée au bonheur, et finit par revoir la fillette aux joues roses et aux nattes blondes, qui courait sur les chemins forestiers, ses petites mains refermées sur des fleurs.

Tu peux encore la sauver, t'as pas le droit de l'abandonner !

L'odeur de naphtaline, qui imprégnait la cagoule dont on lui avait couvert la tête, lui rappela un souvenir désagréable. À huit ans, il s'était enfermé dans le placard, et il y était resté des heures, tétanisé, jusqu'à ce que sa mère le libère.

— Délivre-moi encore, murmura-t-il, tout en cherchant pourquoi les 12-10 l'avaient embarqué à bord de cette voiture.

Personne ne pouvait exercer de chantage sur lui. En dehors de Leny – heureusement sous protection –, il n'avait plus de famille. Morgan Scali lui avait déjà tout pris. *Ma femme, ma fille, ma vie.*

Le véhicule s'engagea sur un terrain accidenté. Ils roulaient depuis plus d'une heure, et personne n'avait émis le moindre son dans l'habitacle. Pourtant, ils étaient au moins quatre à bord. Le conducteur, les deux costauds qui l'encadraient, plus lui. Julian se demanda s'il avait peur. Étrange question pour une situation invraisemblable, car il avait beau se creuser la tête, non seulement il ne voyait pas en quoi il serait utile aux 12-10, et il doutait de la véracité des révélations de l'Intelligence Artificielle. Morgan Scali en vie, caché par les Renseignements ? Ce ne serait pas la première fois que l'État tronquait la vérité à son avantage, mais le terroriste était devenu un tel emblème du mal qu'il envisageait difficilement qu'en haut lieu on veuille priver les milliers de victimes d'un procès. Même s'il était toujours délicat d'offrir à un tribun d'exception tel que lui la possibilité de s'exprimer en public.

De là à bafouer ses droits...

La voiture s'immobilisa. On coupa le moteur puis les portières s'ouvrirent. Quand on lui retira sa cagoule, Julian situa l'endroit en banlieue parisienne. Murs en pierre meulière, dalle en béton, sans doute le garage d'un pavillon comme il en existait des dizaines de milliers. Une autre voiture sur sa droite, et une présence devant lui.

Charlie.

— Suis-moi, on a du travail.

— Ne me parle pas sur ce ton, je suis ton père, merde !

Ne la brusque pas !

— Charlie, se reprit-il, on est une famille ! On a toujours compté les uns sur les autres…

— Comme d'habitude, tu agis sans réfléchir.

La jeune femme avait conservé une voix douce, un débit normal. L'adolescente soupe au lait dont il avait été séparé dix-huit mois plus tôt avait gagné en maturité.

Tuer des gosses, ce n'est pas faire preuve de sagesse.

— Tu ne peux pas continuer comme ça. Tu vas dans le mur.

— Suis-moi, ou ils se chargeront de toi, dit-elle en désignant les deux 12-10 cagoulés qui l'avaient escorté. Je te l'ai dit, nous avons du travail.

— Mais de quoi tu parles, bordel ?

Julian se détesta de perdre ses moyens. Si seulement il avait eu à affronter Milan Scali ou Günter Schilgen, il aurait trouvé de la ressource, le courage de ne pas montrer ses faiblesses. Face à sa fille, les émotions prenaient le pas sur le raisonnement. Et en cet instant qu'il avait fantasmé bien des fois, il se sentait démuni.

Qu'est-ce qu'on a raté, toi et moi ?

Incapable de trouver les mots, il suivit Charlie à l'intérieur de ce qu'il avait pris pour un pavillon et qui s'avérait être un entrepôt en brique. Derrière lui, un des 12-10 échangeait avec un interlocuteur invisible devant un ordinateur, tandis que l'autre gardait un œil rivé sur lui, la main sur son holster. Plus loin, un dortoir était dissimulé derrière des paravents, et une cuisine ouverte donnait sur la pièce principale, avec une batterie d'ustensiles accrochés au mur, des plaques de cuisson, un évier, plusieurs frigos.

— Assieds-toi, indiqua Charlie en désignant à Julian un vieux canapé déglingué. Je nous réchauffe un truc, après on s'y mettra.

Elle sortit un récipient en plastique d'un des frigos, qu'elle plaça dans un four à micro-ondes.

— Je n'ai pas faim.

— La journée va être longue, tu dois manger. Tu veux un morceau de pain ?

— Arrête ton cinéma !

— Comme tu veux.

— S'en prendre à des gamins d'ici ne sauvera pas ceux de là-bas. Comment peux-tu participer à ce massacre ? Tu les as vus, les mômes que vous avez empoisonnés ? Va expliquer à leurs parents que tu les as assassinés pour des idéaux qui ne sont même pas les tiens !

— Tu ne sais pas qui je suis, Julian.

— Où est passée ma petite fille ? Celle qui sauvait les araignées et les mouches ?

— On ne s'appartient pas, on ne se doit rien. Le reste, les engagements moraux, les liens du sang, c'est de la littérature.

La situation était à ce point surréaliste que Julian se demanda s'il rêvait. Au bip de fin de cuisson, Charlie versa le contenu du Tupperware, des pâtes à la bolognaise, dans des assiettes qu'elle posa sur la table basse devant eux. Cette scène le ramena à un nouveau souvenir, elle était alors âgée de cinq ou six ans. Ils étaient au bord de la mer, elle multipliait les allées et venues avec son seau pour remplir un trou dans le sable, mais constatait à chaque retour qu'il s'était vidé. Julian l'avait regardée faire, jusqu'à ce que Charlie lui dise d'un air très sérieux : « Dis donc, y aura jamais assez d'eau dans ta mer pour remplir mon trou ! »

Il s'aperçut alors que sa fille l'observait, les bras croisés.

— On ne peut pas se comporter comme des étrangers, dit-il, la voix lasse. Moi, je n'en suis pas capable.

— Pourquoi tu insistes ?

— Laisse-moi finir ! Je t'ai voulue, Charlie. Et je t'ai aimée avant ta naissance, ça peut paraître stupide, c'est vrai. Quand tu es venue au monde, tu tenais tout entière sur mon bras. Tu étais si petite, je ne savais pas si tu serais vivante au matin, alors je t'écoutais respirer la nuit. Et quand tu ouvrais les yeux, c'était comme un miracle…

— Arrête, fit Charlie, agacée.

— Combien de fois je t'ai consolée parce que tu n'avais pas de maman ? Tu en as une idée ? Tu as tout oublié ou tu fais semblant ?

— Ce n'est pas le sujet.

— Si, justement, c'est le sujet.

— Tu aurais dû me laisser le choix.

— Et permettre à Abigail de revenir dans ta vie pour qu'elle t'abandonne encore et encore ?

— Je ne le saurai jamais ! Tu n'avais pas le droit de décider à notre place…

Charlie joignit les mains, respira profondément, comme lui-même le faisait en cas de stress, sembla hésiter, puis déclara, la voix plus posée :

— Tu ne veux pas manger ?

— Non.

— Alors passons à ce qui nous intéresse, dit-elle en avalant une bouchée de pâtes. Morgan est détenu au Block D.

— Je ne crois pas une seconde à vos conneries !

D'un bond Charlie se leva, farfouilla sur un bureau et jeta devant lui un plan du bâtiment où figurait un étage masqué, entre le 5e et le 6e.

— Tu n'as aucun discernement quand il s'agit de choisir les gens qui t'entourent. Tes amis t'ont tous trompé. Ton vieux complice Vorchek pour commencer, tu sais, celui qui me faisait sauter sur ses genoux, eh bien, c'est lui qui dirige les interrogatoires de Morgan. Sans compter que ta coéquipière te ment depuis le premier jour, ajouta-t-elle en s'installant sur le canapé, un ordinateur portable sur les genoux.

— Je le sais.

— Non, tu ne sais rien. Elle te laisse cavaler après Milan, alors qu'il n'est pas ici. C'est un agent, il était infiltré sur Oléron, chez les zadistes dès le début. C'est elle qui l'a envoyé en mission pour trahir les siens. Qu'est-ce que tu crois, qu'elle ne fera pas le même coup pour tes beaux yeux ?

Les preuves étalées devant lui ébranlèrent Julian autant que les mots de sa fille, mais il se reprit aussitôt.

— Je me fous de Vorchek, de Sookie et de leurs manigances d'espions, tu peux comprendre un truc pareil ? Je me fous de tout sauf de toi, Charlie. Et je vais te sortir de là. Tu entends ? insista-t-il, alors que les doigts de sa fille tapaient à toute allure sur le clavier du portable. Qu'est-ce que tu fabriques ?

Julian se leva et s'approcha de Charlie, qui rabattit vivement l'écran de l'ordinateur.

— Arrête de te plaindre, *Pa-pa*, articula-t-elle. Islanova devait changer le monde. Au lieu de ça, à cause de vous tous, les gens que j'aime sont morts et mes amis sont en prison. Je veux que tu saches que le combat n'est pas terminé et que je le mènerai jusqu'au bout. Même si pour ça, je dois marcher sur ton cadavre.

Message émis le 25/04/28 à 7 h 30 via *la messagerie cryptée des 12-10*

Compañeros, la phase 1 de notre projet est une réussite. Bravo.

Lancement phase 2 imminente, le cheval est dans la place.

Phase 3, initialement prévue dans douze heures, maintenue.

Objectif + 6 000, gardons les yeux grands ouverts.

Rien n'est perdu pour le monde, car le monde n'est pas seul ! Il a une armée pour le défendre : Nous !

Bonne chance à tous.

Viva Islanova !

2025 2028

Du 13 février au 21 juin

Île d'Oléron, ZAD de l'Atlantique

De tous les zadistes, Milan Scali était le seul à courir chaque matin sur la plage, en compagnie de Salan, le rottweiler. Son pull peinait à le protéger du vent du large, aussi apprécia-t-il la présence de la dune quand il bifurqua vers le sud de l'île, le chien sur les talons.

Un mois déjà qu'il était infiltré parmi les siens.

Sur la ZAD, Milan parlait peu, ce qui ne changeait guère sa nature. En revanche, il répondait présent quand on le sollicitait, et les gens se livraient, parlant pour deux puisqu'il ne disait rien de lui. Ainsi, avait-il glané des informations sur tous, et ses rapports étaient bien fournis. Pourtant, il ignorait encore ce que tramaient réellement les 12-10.

Ils doivent se méfier de moi.

Quand il fut arrivé à mi-chemin de son parcours, Milan accéléra. Il avait besoin de forcer sur son corps pour que son esprit reste lucide. Très vite, il buta contre le grillage qui délimitait le terrain des Portes de Jade, le longea jusqu'à la discrète découpe qu'il avait pratiquée deux jours plus tôt et rampa à l'intérieur. Régulièrement, Milan y faisait des incursions, histoire d'établir le plan des lieux et de repérer, le cas échéant, des mouvements suspects.

Parvenu près de la dune côtière, il installa un boîtier à ultrasons dans un taillis pour éloigner les chiens des agents de sécurité. Puis il descella une plaque dissimulée sous la végétation et accéda aux sous-sols. Le plus simple pour se rendre d'un bout à l'autre du domaine était d'emprunter la coursive du troisième niveau, occupé par les services techniques. De la sorte, il parvint rapidement dans la zone de repos des agents de sécurité, où régnait un silence impressionnant. Le dimanche, le chantier s'arrêtait depuis qu'un mouvement social avait contraint les sociétés de BTP à doubler les salaires ce jour-là. Seuls quelques gardiens protégeaient le site. Il releva le nom sur les casiers : Nicolas Revel, Kit Phuong, Amine Korec… effectua une fouille sommaire des lieux, puis remonta à la surface et s'employa à compléter le plan qu'il enrichissait à chacune de ses visites. Il remontait le chemin de la ZAD en longeant le talus, quand il vit une jeune femme, brune comme la nuit, filer sur un vélo en direction du terrain des Pellegrin.

Ozalee Mac Neil.

Les Services ignoraient la présence sur l'île du génie créateur en Intelligence Artificielle de la Hughes Corp., c'était une information primordiale. Aussitôt, il s'élança à travers bois pour la suivre à distance. Son excellente condition physique lui permit de garder le contact visuel, alors que les chemins de sable ralentissaient la progression de la jeune femme. Parvenu à l'arrière des bâtiments, il ne trouva que son vélo, abandonné dans l'herbe.

— Ozalee ?

Il n'y avait ni porte, ni endroit où se cacher. Seul un TUB Citroën, une antiquité à laquelle manquaient les quatre roues, achevait sa vie à même le sable contre le mur de la grange, non loin de l'enclos à chiens.

— Ozalee ?

Bredouille, Milan se dirigea vers la maison. Là non plus, il ne trouva personne. Alors, il profita de l'occasion pour descendre à la cave et bouger le meuble qui avait attiré son attention un mois plus tôt. Ce faisant, il dévoila l'entrée d'un tunnel sombre, où il s'engagea sur une dizaine de mètres avant de tomber sur un croisement. Milan choisit une direction au hasard, à peu près certain de se diriger vers la dune. Là, il se trouva bloqué par une porte en métal d'allure ancienne sur laquelle apparaissait une croix gammée. Le jeune homme rebroussa chemin et s'engagea dans l'autre boyau. Celui-ci courait sous la forêt en ligne droite, plein nord, et menait à un autre blockhaus situé à trois ou quatre cents mètres de la ZAD. Le travail de maçonnerie entrepris pour relier les deux édifices était impressionnant, et il ne faisait aucun doute qu'il ne datait pas de la Seconde Guerre mondiale. Bientôt le faisceau de sa lampe révéla des dizaines et des dizaines de palettes de boîtes de conserve, d'aliments lyophilisés, de bouteilles d'eau de source. De quoi nourrir des centaines de personnes pendant des mois.

À quoi vous jouez, les 12-10 ?

Milan réalisa plusieurs clichés du stock, des murs fraîchement montés, fit un rapide croquis des lieux et rebroussa chemin. Il débouchait de la cave des Pellegrin quand il se trouva nez à nez avec Maria, qui déchargeait le coffre de sa voiture.

— T'es perdu, mon lapin ?

— J'ai cru voir Shana entrer ici, prétexta-t-il. J'ai dû rêver, il n'y a personne. Besoin d'aide pour ranger les courses ?

Île d'Oléron, ZAD de l'Atlantique, blockhaus

Rien n'est perdu pour le monde, puisque Islanova existera bientôt.

Depuis un peu plus de quatre ans qu'il avait redécouvert l'île d'Oléron et décidé de s'y établir, Morgan Scali consacrait ses jours et ses nuits à son grand projet. Il quitta des yeux l'écran de surveillance d'où il suivait les déplacements de Milan dans les sous-sols de la ferme, récupéra un marteau dans sa caisse à outils, positionna son crochet sur le repère mural et frappa. Il ravala un juron, son doigt mâché par le métal le lançait.

— Ouille ! s'amusa Ozalee, penchée sur un bureau où étaient posés plus d'une dizaine de drones, dont certains étaient démontés. J'ai mal pour toi !

— J'apprécie ton soutien, sourit Morgan avant de frapper une seconde fois sur son doigt.

— Aïe ! plaisanta-t-elle encore. J'espère que tu es plus doux avec la demoiselle Ozalia quand je ne suis pas là !

— Je lui apprends l'histoire de notre monde. J'aime beaucoup sa façon de dévorer les données comme s'il s'agissait de profiteroles au chocolat !

La troisième fois fut la bonne et, le crochet en place, Morgan suspendit un cadre contenant une reproduction de l'appel du 18 juin 1940, recula de trois pas et admira le travail.

— Qu'en penses-tu ?

— Que du bien, répondit la jeune femme en le rejoignant. Je te l'ai offert !

— Justement, tu peux le lire pour moi ?

Morgan enserra les doigts d'Ozalee entre les siens, et les deux amis échangèrent un long regard.

— « *Le dernier mot est-il dit ?* commença-t-elle, les yeux brillants d'émotion. *L'espérance doit-elle disparaître ? La défaite est-elle définitive ? Non ! Croyez-moi, moi qui vous parle en connaissance de cause et vous dis que rien n'est perdu pour la France. Les mêmes moyens qui nous ont vaincus peuvent faire venir un jour la victoire. Car la France n'est pas seule ! Elle n'est pas seule ! Elle a un vaste empire derrière elle.* »

Ozalee n'aurait pu trouver meilleur symbole pour décorer cet appartement aveugle constitué de deux pièces, équipé d'un lit, d'un bureau, d'un canapé, et contenant les rares affaires personnelles de Morgan : une centaine de livres, des cartes, les documents sur lesquels il planchait et ses carnets. Des centaines de pages noircies année après année, seul témoignage de celui qu'il avait été.

— « *Cette guerre est une guerre mondiale*, lut-il à son tour. *Toutes les fautes, tous les retards, toutes les souffrances n'empêchent pas qu'il y a, dans l'univers, tous les moyens nécessaires pour écraser un jour nos ennemis.* » Tu vois, ajouta-t-il après un silence, il suffit de remplacer France par monde, ou ennemis par pollueurs, spéculateurs, ou encore gouvernements aveugles, pour transposer l'engagement de la Résistance française à celui de l'Armée du 12 Octobre. Te rends-tu compte à quel point nous sommes riches de ce que nous entreprenons ? ajouta-t-il en se tournant vers la jeune femme.

Morgan et ses combattants ne possédaient pas d'empire, à moins de considérer la Terre comme un bien commun. En revanche, à l'instar du général de Gaulle, il avait accès à des ressources quasi illimitées, *via* la fortune de Dakota Hughes, et des alliés sûrs. Cette salle enterrée derrière la ferme des Pellegrin, où il travaillait en secret avec Ozalee à la réalisation de son projet fou, avait été la première pierre de l'édifice.

Avec Novak et Vertigo, ils l'avaient bâtie à trois, comme des frères. Et pendant qu'ils s'éreintaient sur les pelletées de sable, le béton des fondations, le montage des murs en parpaings et la couverture étanche, chacun songeait au combat qu'ils allaient mener ensemble. L'hiver 2020 avait été un hiver formidable, fraternel, où ils avaient appris à se connaître dans l'intimité et la sueur.

L'instant fondateur.

— Les résistants ont menti à leurs proches et assassiné des Allemands, murmura Ozalee, nous mentons, mais ne tuerons pas. N'est-ce pas, Morgan ? ajouta-t-elle, comme pour s'en persuader elle-même.

— Je te l'ai dit, notre but est de sauver des vies, pas d'en ôter. Grâce à toi, Ozalia nous aidera à être respectés, craints et surtout, à obtenir l'oreille attentive des gouvernements. Sans elle, nos revendications ne vaudront pas grand-chose.

— Il y aura des victimes, tu l'as dit toi-même…

— Il y en aura fatalement dans nos rangs. Et nos combattants ont choisi. Tu as peur ?

— Oui.

— Viens là.

Morgan enlaça Ozalee, comme il l'aurait fait avec sa fille, que ses propres combats avaient envoyée vers un autre père. C'était à Vertigo que Shana réservait ses marques d'affection, à lui qu'elle se confiait, avec lui qu'elle parlait de projets d'avenir.

— Il est encore temps de reculer, tu sais ?

— Non, protesta la jeune Amérindienne, jamais je ne t'abandonnerai. Tu nous as sauvées, Dakota et moi.

— Ce n'est pas une raison.

— C'est vrai, admit-elle en retournant auprès des drones, après lui avoir planté une bise sur la joue. Je le fais aussi parce que j'aime l'idée de changer le destin du monde.

Ainsi, ce même hiver 2020, face à Vertigo et Novak, Morgan avait présenté sa vision, ce projet fou destiné à forcer les autorités à servir les peuples.

« Avec Islanova, nous allons multiplier ce que nous avons réussi en Somalie, construire des pipelines partout où c'est possible !

— Comment comptes-tu t'y prendre ? avait demandé Vertigo.

— Nous occuperons militairement les Portes de Jade avec plusieurs centaines de volontaires prêts à jouer le rôle de bouclier humain. Nous rebaptiserons la ZAD de l'Atlantique *Islanova*, et nous annonce-rons nos revendications. Elles seront simples : exiger le vote du projet ALONE, en 2025, lors du prochain sommet de l'Unesco à Paris. (Morgan s'était amusé du regard abasourdi de ses complices.) Notre premier allié sera la France, et je veux parler de la réticence des autorités à voir couler le sang sur son territoire. Souvenez-vous de la ZAD Notre-Dame-des-Landes, vous comprendrez qu'il suffit d'appuyer sur les bons leviers pour qu'un mouvement contestataire, même illégal, s'installe dans ce pays. Le deuxième, la force de persuasion de l'Armée du 12 Octobre, qui agit au nom d'un objectif noble. Les sympathisants de Vertigo se comptent par millions. Ceux d'Islanova seront cent fois plus nombreux. Le troisième, la finance internationale, milieu où nous avons des amis indéfectibles. Jamais le nerf de la guerre ne nous fera défaut. Notre quatrième allié, c'est l'Intelligence Artificielle. Grâce à ces êtres numériques, nous sommes capables de contrôler l'information. Et la puissance de feu. C'est primordial. »

Des mois durant, Morgan avait travaillé ses arguments, et ils avaient fait mouche. Entre les trois hommes, les discussions s'étaient animées jusqu'à ce que chaque zone d'ombre soit effacée, chaque incertitude gommée. Puis la question du commandement était venue sur la table. Là aussi, il avait su trouver la bonne approche pour les convaincre.

« Quoi qu'il arrive durant l'opération, l'Armée du 12 Octobre aura toujours besoin d'un chef. C'est pourquoi je vous propose de constituer un triumvirat pour la diriger au cas où l'un d'entre nous ne serait plus en mesure de jouer ce rôle. Vertigo, tu seras notre image et notre voix, Novak, notre glaive et moi, je serai nos yeux et nos oreilles grâce à Ozalia. Personne d'autre que nous ne doit savoir que nous sommes trois aux manœuvres, c'est le seul moyen d'être invulnérables. Vertigo, prêt à partager ta couronne et à te jeter dans l'arène ?

— Avec une innommable joie, oui ! »

Novak avait accepté à son tour, se réjouissant d'avoir l'occasion de tenir sa promesse à Morgan, après le massacre de Berrito.

Deux mois plus tard, Vertigo avait présenté « son projet » aux membres historiques de l'Armée du 12 Octobre, et là aussi, l'accueil avait été unanime puisqu'il ne serait pas fait usage de la violence, juste de la force de dissuasion nécessaire pour résister.

— L'essaim de surveillance sera bientôt opérationnel sur le terrain. En attendant, j'ai besoin de tester la reconnaissance vocale. Tu viens ?

La voix joyeuse d'Ozalee sortit Morgan de ses pensées. Le temps où il devrait trahir sa confiance pour la cause approchait, et il le ferait sans aucun état d'âme, même s'il l'aimait.

Île d'Oléron, ZAD de l'Atlantique

Certain de la présence d'Ozalee sur la ZAD, Milan Scali attendait qu'elle se manifeste. Il appréciait de rester assis des heures sur le rebord de sa plate-forme perchée, à observer l'agitation en contrebas, en particulier la nuit. Nul doute que Maria avait informé Shana de son incursion à la ferme. À présent, il attendait avec curiosité la réaction de sa sœur. Chercherait-elle à lui cacher la présence du génie de la Hughes Corp. ? Pour lui, la jeune Amérindienne œuvrait avec les 12-10 depuis le début. Restait à savoir dans quelle mesure. Surveillance ? Dissuasion ? Le faisait-elle à la demande de Novak, dont les hommes étaient chargés de sécuriser le périmètre ? L'échelle de corde vibra sous la plate-forme, et le buste d'Ozalee émergea du vide, lui apportant un début de réponse.

— Je demande permission de monter à bord.

— Permission accordée.

Il lui tendit la main et l'aida à le rejoindre.

— Shana m'a dit où te trouver, dit-elle en enlaçant le jeune homme. Je ne savais pas que tu étais là ! Ça fait si longtemps ! C'est magnifique ! ajouta-t-elle avec un regard émerveillé.

La pleine lune jetait une lumière argentée sur la forêt et la voûte brillait de milliers d'étoiles.

— Il faut de l'imagination pour voir quelque chose d'ici, la nuit !

— J'ai des yeux de chouette.

— Je ne trouve pas !

— Tu es gentil !

— Et toi, toujours aussi mystique ! Une bière ? C'est la boisson locale.

— Volontiers.

Milan décapsula deux Kronenbourg et en tendit une à la jeune femme, qui s'installa à ses côtés, les jambes dans le vide.

— Tu ne t'es jamais dit qu'il y avait un monde, là, devant nos yeux, un monde qu'on ne soupçonne pas ? lui demanda-t-elle en trinquant avec lui.

— Je te prenais plutôt pour une fille pratique.

— Dis plutôt : « La fille qui rêvait d'améliorer la vie des gens en écrivant des lignes de code ! »

— Es-tu certaine que tes travaux pour la Hughes Corp. auront cet effet ?

— C'est l'idée. L'inconscient collectif craint ce qu'il ne maîtrise pas.

— Je ne suis pas certain que, malgré ton génie, tu maîtriseras longtemps tes joujoux. Je parie que, d'ici peu, tes précieux logiciels finiront par écrire eux-mêmes leur propre histoire. Pas sûr qu'on en fasse partie.

La jeune Amérindienne sourit.

— Tu parles comme un profane, je ne peux pas t'en vouloir. Pourquoi es-tu ici ? questionna-t-elle après un moment de silence. Depuis quand les combats de Vertigo et compagnie te passionnent-ils ?

— Disons que le job en Afrique m'a convenu un temps et que Shana me manquait. Et toi ? Les 12-10 t'ont commandé des drones pour attaquer les gendarmes ?

La question de Milan n'eut pas l'effet escompté, car Ozalee, loin d'être déstabilisée, se mit à rire.

— Ton imagination est digne de celle d'un espion ! s'exclama-t-elle avec malice. Non, je déteste rester seule à New York. Dakota est par monts et par vaux, Novak en Europe, et Morgan je ne sais où, probablement trop *busy* pour se préoccuper de ses amis !

— Bienvenue au club, alors ! Première fois à Oléron ?

— Oui !

— T'es installée où ?

— J'ai loué une maison à Saint-Trojan, je ne vais pas dormir dans les arbres ou sous la tente, mes ordinateurs détesteraient !

— Jamais en vacances ?

— Vacances ? À la Hughes Corp., on ne connaît pas ce mot !

— Viens, on va transgresser les règles. Je vais te faire visiter.

— Avec plaisir !

— Dire que j'étais amoureux de toi quand j'avais seize ans, alors que tu n'avais d'yeux que pour ton beau mercenaire. À cette époque, j'aurais rêvé t'emmener dans les bois à la nuit tombée !

Son casque de moto sur la tête, Milan déposa les sacs de courses sur la table de la cuisine, puis il entreprit d'ouvrir les volets et fenêtres de la maison oléronaise d'Ozalee. Après six mois, l'agent avait réussi son intégration dans la ZAD. Barbe et cheveux longs, soirées bières avec les zadistes, tarot avec Shana et les Pellegrin, et parties de chasse avec Aguir. En revanche, malgré leur complicité, Milan n'avait su deviner si Ozalee connaissait les desseins de Vertigo, et dans quelle mesure elle était impliquée. La version officielle était qu'elle était tombée amoureuse de l'île d'Oléron et qu'elle avait décidé d'y séjourner de temps à autre, loin de la vie new-yorkaise – le Jet de la Hughes Corp. et sa flotte d'hélicoptères lui permettaient de voyager en toute discrétion. Et puis, la jeune femme se comportait avec tant de naturel que Milan aurait juré qu'elle ignorait tout de ce qui se tramait ici. Quand elle ne travaillait pas, enfermée dans sa maison, les deux amis passaient des heures ensemble, perchés dans les arbres, à regarder l'océan et le ciel, et à bavarder.

Milan et Ozalee s'appréciaient et partageaient des confidences sur leur vie intime. Il n'avait connu que des amourettes durant ses études. Lui, qui avait grandi avec l'image du couple de ses parents, un amour parfait, inaltérable, gai et puissant, était incapable de ne pas comparer chaque femme à sa mère. Et aucune ne lui arrivait à la cheville. Quant à Ozalee, elle vivait ce qu'elle appelait un amour idéal auprès de Novak, depuis près de dix ans, et s'en émerveillait encore.

« Je ne me lasse pas de lui, j'adore le rejoindre à l'improviste pendant ses missions, où qu'il soit. Chaque fois, il est ému comme si on s'était rencontrés la veille !

— Tu me parles d'un homme que je ne connais pas.

— L'amoureux ne se dévoile que dans l'intimité.

— Oh, je me souviens surtout de toi, lui sautant dessus comme une furie, prête à l'éborgner ! »

Ozalee s'était mise à rire.

« Eh oui, j'assomme toujours mes futurs amoureux !

— Il a longtemps eu des activités troubles... Cet aspect de sa personnalité ne t'effraie pas ?

— Depuis qu'il est sorti de la prison de Kangbai, il a changé. Il s'est apaisé, a créé sa société, ne prend plus que des missions *safe*, dans des pays *safe*. Tu sais, avait ajouté Ozalee avec un sourire, je pense même qu'il va bientôt arrêter de bourlinguer partout pour me demander de l'épouser. Il n'ose pas, je crois. »

Les pensées tournées vers sa propre solitude, Milan rangea dans le cellier de la maison d'Ozalee la demi-douzaine de fromages de brebis et les fruits et légumes de saison qu'il avait achetés au marché. Demain, il prendrait sa commande de langoustines chez Ludovic, à la Courtine, sur le port du Château-d'Oléron et sans doute aussi des fleurs pour égayer cette maison au décor impersonnel. Seule la pièce contenant le matériel informatique semblait vivante. Les autres ressemblaient aux pages glacées d'un magazine de décoration futuriste.

En parfait infiltré, Milan se dévouait corps et âme à sa mission, et donc à la cause des 12-10. Son nouveau statut lui permettait d'accéder au plan des caches d'armes et au stock de nourriture. Le jour J, il saurait où trouver les projectiles, les lance-pierres, les boucliers de fortune. On l'avait aussi missionné à plusieurs reprises pour récupérer des colis ou véhiculer des activistes jusqu'à l'île d'Oléron. La date de l'inauguration des Portes de Jade avait été fixée au 13 juillet. Ces derniers jours, les campings se repeuplaient, les touristes investissaient les plages de Gatseau et de Grand-Village. Sans compter les nombreux médias qui stationnaient leurs véhicules-régie à l'entrée de Saint-Trojan.

Il faut dire qu'après Novak, en avril dernier, et Vertigo deux jours plus tôt, on attendait une autre figure emblématique du mouvement, Abigail, dont l'arrivée était prévue le lendemain. Dans peu de temps, le chef des 12-10 revendiquerait cette ZAD comme sienne et ce que les Pellegrin cachaient dans leurs sous-sols prendrait tout son sens.

Une fois la maison d'Ozalee préparée, Milan abandonna sa moto dans le jardin et s'enfonça dans la forêt en direction du domaine. Ce dimanche-là, en se faufilant dans les vestiaires pour relever les noms sur les casiers comme il le faisait chaque semaine, il tiqua en remarquant que celui du chef d'équipe avait été rayé et remplacé par des initiales, L. M. L'irruption d'un camion sur les écrans du PC de surveillance, désert à cette heure, le fit tiquer une seconde fois. Il arriva à temps pour voir le véhicule se garer le long du quai de chargement. Presque aussitôt, un grand Noir coiffé d'un béret vert surgit des réserves – l'ancien chef des Rangers du parc des Virunga, Laurent Mukena. Avec deux types en treillis, celui-ci ouvrit les portes arrière du camion pour décharger plusieurs caisses militaires.

Putain de bordel, Ozalee, dans quoi tu t'es fourrée ?

Il régla le zoom de ses jumelles pour observer le contenu des caisses que les deux autres hommes inspectaient avec soin. Il s'agissait de grandes quantités de Cordtex et de C4, deux puissants explosifs, de quoi raser le sud de l'île d'Oléron.

Carnets de Morgan Scali, juin 2025

... Plus le projet Islanova prend forme, et plus je m'isole. C'est étrange, les valeurs se sont inversées. Avant, j'aimais les gens et je redoutais la foule. Aujourd'hui, je me bats pour l'humanité et je ne supporte plus grand monde. Je me sens aussi seul qu'une araignée tapie dans sa toile. Il arrive que je reste enfermé pendant des jours à observer mes contemporains, prédire leurs agissements, ou jouer aux

échecs avec Ozalia. Chaque sortie est un risque. Pourtant, je me fais violence. Mes activités à la Fondation m'obligent à sillonner le monde. Et finalement, aller là où les gens me réclament sera la meilleure preuve que je n'ai jamais mis les pieds à Oléron !

Je suis un citoyen clandestin en attente de son passeport.

L'autre phénomène étrange, c'est le contraste entre l'engouement des populations pour le projet ALONE et l'extrême prudence des gouvernements. Je crois que la vox populi a fait long feu, et que nos dirigeants considèrent l'argent des États comme le leur. Je crois également que la destruction du pipeline et le massacre des Somaliens ont rendu le projet moins attractif. On parle beaucoup, on brasse du vent, il ne se passe rien de concret. Les agissements en sous-main du consortium minier ont-ils un rapport avec les brusques mouvements des shebabs ? Il semblerait que oui, une commission d'enquête a été ouverte, mais le désert peut ensevelir les preuves, et je m'attends à lire un rapport dénué de conclusions.

Tout nous pousse aujourd'hui dans le sens de nos certitudes. Les morts réclament justice, ceux de RDC, ceux de la Somalie et tous ceux qui s'éteignent chaque jour du fait de notre irresponsabilité collective.

En ce moment je vois Shana presque chaque jour, Novak et Vertigo aussi. Cette famille de cœur qui s'est imposée avec les années, tu en aurais aimé chaque membre, même Novak, il est devenu l'homme de bien qui sommeillait en lui. Berrito a fait de nous des frères, ce qui nous a un peu éloignés de Vertigo. Mais je gage que nous nous retrouverons tous autour d'Islanova. Le temps des décisions difficiles et des sacrifices approche, mon amour. J'aimerais que tu reviennes me voir de temps en temps. Tu pourrais me conseiller sur l'attitude que je devrais adopter avec Milan, par exemple. Shana me dit qu'il n'acceptera jamais de s'allier à notre fabuleux projet, que notre fils est trop droit, a une trop haute opinion de la nation, du service et de l'honneur pour trahir son pays. Je reste persuadé qu'il a accepté de surveiller la ZAD pour garder un œil sur sa sœur, et non pour l'espionner. Tu sais qu'il a toujours été protecteur avec elle. Le savoir si près sans pouvoir lui parler ou le serrer contre mon cœur me pèse, mais je ne désespère pas de le convertir un jour à notre cause. En attendant, je le laisse accomplir sa mission sur notre sol. Il m'est d'un soutien précieux, même si c'est malgré lui. Par les informations parcellaires qu'il transmet à sa hiérarchie, j'ai l'assurance que les Services n'ont pas encore compris ce qui se trame ici. Et puis, un jour, je l'espère, Milan saura retourner vers les siens.

Région Île-de-France, Block D

Il se nommait Milan Scali, il avait au cours de sa jeune carrière déjà répondu à de nombreux alias. Les collègues de l'Agence le surnommaient Morhange, et sur Oléron, on l'avait appelé Melvin Granger. Petit, c'était Milou ou Mimi, juste dans l'intimité. Seul Morgan l'avait toujours appelé Milan. Aujourd'hui, le fils s'apprêtait à revoir le père après des années de séparation – il ne lui avait pas parlé depuis les attaques de 2025 – et il n'en menait pas large. Sa famille, il l'avait sur le cœur et pas dedans. Et cette nuance lui pesait bien plus qu'il ne voulait l'admettre.

À l'étage où Morgan était détenu, sa supérieure Sookie Castel et le chef de la Direction centrale de la Sureté du territoire, Jan Vorchek, l'attendaient pour le briefer. Ce dernier attaqua d'emblée, en exprimant ses réticences, ces retrouvailles menant de fait à l'aveu de son appartenance aux Services extérieurs.

— Ta carrière ne s'en remettra pas, je veux que tu en aies conscience.

— Il sait depuis le début.

— Tu n'as pas de preuve.

— L'assassinat d'Ozalee en est une.

— Morhange a raison, monsieur. Il doit essayer, on ne peut pas passer à côté d'une telle opportunité.

— Alors faites ce qu'il faut, mais obtenez-nous quelque chose.

Vorchek parti, Milan prit connaissance des derniers événements auprès de sa supérieure, puis il observa le détenu sur la vidéosurveillance. Son père avait maigri, les traits de son visage s'étaient émaciés, durcis, et jamais il ne l'avait vu avec des cheveux aussi longs. Il était assis sur la banquette-lit de sa cellule, torse nu, comme un sâdhu attendant un autre âge.

— Tu es prêt ? demanda Sookie.

— Je ne le serai jamais.

La porte s'ouvrit sur un claquement de la serrure commandée à distance. Un premier pas. Respirer le même air que le père, afficher un visage impassible et tenir ainsi, même si à l'intérieur, le cœur et l'esprit entrent en contradiction. Se concentrer sur l'instant, se souvenir de qui on a en face de soi, définir ce que l'on attend de la rencontre.

La *clé* de l'Intelligence Artificielle pour stopper les six mille, c'est ce que Milan espérait. Pour ce qui concernait la famille, il n'y avait presque plus rien à attendre. Même si ce *presque* entrouvrait la porte du champ des possibles. Milan avait besoin de savoir qui était devenu son père et s'il restait en lui une part d'humanité. Dans l'esprit du fils, celui qu'on surnommait le Silverback était une forte figure, capable de relever des défis insensés auxquels jamais personne n'avait osé se confronter. Un homme exceptionnel, un humaniste devenu un assassin de masse par procuration.

— Salut, papa.

Ces mots ne signifiaient plus rien pour Milan aujourd'hui, mais il fallait bien commencer par quelque chose.

— Si tu es là quand ils me frappent ou me noient après m'avoir privé de sommeil pendant des jours, tu devrais savoir que je ne parlerai pas.

Dans les yeux de son père, Milan lisait une détermination inaltérable. Mais ils étaient du même sang, ils s'étaient aimés. Peut-être subsistait-il l'espoir de l'amener à renoncer à son projet criminel.

— Je ne suis pas là pour t'interroger. Juste pour te rendre visite, puisque tu l'as demandé.

Morgan se leva, et un instant, les deux hommes se jaugèrent, puis le père effleura la joue de son fils, qui ne fit aucun pas vers lui.

— Tu vois, je peux me tromper, dit Morgan. Je n'aurais jamais imaginé qu'il était possible de te revoir.

— Pourquoi ?

— La DGSE n'accorde généralement pas de pardon aux traîtres.

Le coup, d'une violence inouïe, faillit avoir raison de Milan, qui ferma brièvement les yeux, en imaginant qu'il enfonçait lui-même la tête de son père dans une baignoire d'eau gelée. Il lui aurait suffi de le décider pour que l'interrogatoire prenne une tout autre physionomie. Vorchek ne lui avait-il pas dit : « Faites ce qu'il faut ! » ? Juste le temps de reprendre le contrôle sur ses émotions et de se souvenir de la seule raison de sa présence dans cette cellule : obtenir une réponse et déjouer la marche du temps, leur principal ennemi.

Six mille enfants par jour. Et il ne restait que quelques heures avant la prochaine attaque.

— Maman est de ton avis ?

— Si c'est à propos de tes relations troubles aux Services…

— Non, je parle de tuer des mômes.

Morgan soupira et se rassit sur la banquette-lit, les yeux fixés sur le miroir sans tain.

— Tu dois porter ton regard au loin, Milan. Les enfants tombent par milliers chaque jour depuis soixante-dix ans. Avez-vous essayé d'en établir un compte, toi ou tes chefs qui te téléguident jusqu'à moi ? Sais-tu ce qu'ils veulent ? Sais-tu au moins ce que ta mère voulait ? Ce que je voulais ? J'ai autant rêvé de pacifier ce monde que toi aujourd'hui, avant de comprendre que c'est impossible sans violence. Et tu sais pourquoi ? Parce qu'il est moins coûteux de conserver les forces en présence dans un équilibre relatif, quitte à transmettre le problème à la génération suivante, que de s'y confronter une bonne fois pour toutes.

— Maman voulait sauver les enfants de cette planète, pas s'en servir de prétexte. C'est un peu facile de rejeter la faute sur les morts.

Milan sentit son père se raidir. Il attendit l'explosion qu'il espérait, à défaut d'obtenir une collaboration. Rien de tel ne vint.

— Vous avez perdu d'avance, parce que Ozalia ne se trompe jamais dans le choix des cibles, rétorqua-t-il avec calme. La matière pourrira, tout disparaîtra comme ta mère a disparu, et son esprit avec le nôtre. Ozalia est logique, c'est un esprit pur et imputrescible.

Et c'est la logique qui sauvera ce monde, que tu le veuilles ou non.

— Tu ne me feras jamais avaler que l'IA décide à ta place. Si elle est arrivée à la conclusion qu'il fallait confronter les Occidentaux à leur aveuglement en les atteignant dans leur chair, c'est parce que tu lui as collé cette idée-là en tête. Exactement comme lorsque tu as séparé Charlie de son père, ou envoyé Ozalee à la mort.

Île d'Oléron, ZAD de l'Atlantique, blockhaus

« Morgan, je viens de détecter une tentative d'intrusion dans mon système neuronal, merci de faire le nécessaire. »

Depuis des mois, Ozalia surveillait les communications de l'île d'Oléron et du littoral, pour protéger la ZAD de tout mouvement hostile, celles des journalistes, des flics, des politiques, des particuliers, celles des zadistes aussi.

À moins de quarante-huit heures du jour J, les Services, son propre fils en tête, étaient sur le point de tout faire capoter, Morgan Scali en avait parfaitement conscience. Deux heures plus tôt, l'IA avait capté deux appels sortants de la librairie des Pertuis – l'un à destination des autorités, l'autre à Ozalee Mac Neil, prouvant que Milan avait assisté à la livraison des explosifs et découvert les intentions guerrières des 12-10. La réaction d'Ozalee avait été immédiate.

« Je ne pourrai pas résister très longtemps à ma créatrice, Morgan. Lors de ma conception, elle a élaboré des passages secrets pour pénétrer mes défenses. Les drones sont d'ores et déjà immobilisés. »

Quelle serait la prochaine action d'Ozalee ? Morgan la savait pacifiste. Jamais elle n'approuverait la tournure des événements à venir.

— Dis à Novak de passer ici avant de partir à Zeebrugge, ordonna-t-il en refermant son carnet, qu'il rangea avec soin sur une étagère à côté de dizaines d'autres.

Il avait tout anticipé, depuis le rachat des entreprises de BTP qui construisaient le domaine des Portes de Jade, afin d'en modifier les plans à sa convenance, au voyage de Novak vers la Belgique, prévu le soir même, pour réceptionner un précieux chargement venu d'Afrique, jusqu'aux revendications d'Islanova, en passant par un million de détails.

Il y a tant de grains de sable susceptibles de gripper la machine.

Cet instant où Milan faisait son job d'espion était nécessaire pour tromper les Services, leur souffler l'idée qu'ils avaient la main et pouvaient tout tenter, quelles que soient les conséquences. Mais il engendrait deux problèmes d'importance. En premier lieu, ses remontées d'informations au sujet des explosifs avaient précipité la décision des autorités d'évacuer la ZAD, alors que Morgan et ses troupes n'étaient pas prêts. Ensuite, Ozalee n'accepterait jamais que l'IA active ses fonctions létales – destinées à assurer sa propre sauvegarde –, or ce dernier ne pouvait pas la laisser tout gâcher pour une question d'éthique.

Depuis le début de cette entreprise, il était un funambule que chaque pas au-dessus du vide renforçait dans sa détermination. Aujourd'hui, pour la cause, il allait envoyer Novak vers un choix impossible.

— Qu'est-ce qui se passe ? demanda celui-ci en déboulant dans le bunker.

— Ozalee. Elle sait.

Le visage du mercenaire se mit à blêmir.

— Elle est où ?

— Chez elle. Pour déconnecter Ozalia.

— J'y vais.

Morgan retint son ami par le bras.

— Tu n'es pas obligé de le faire toi-même.

— Des patrouilles approchent de la dune et deux gamins demandent l'autorisation de rentrer dans le périmètre. Occupe-t'en, je me charge du reste.

— Novak…

— Je t'ai donné ma parole, là-bas à Berrito. *By any means necessary*, tu t'en souviens ?

Le mercenaire sorti, Morgan resta immobile, ses doigts crispés sur ses bracelets d'ambre. Le geste produisait un léger cliquetis qui le rassurait. Quand il fut prêt, il remonta jusqu'au bout du couloir, où il fit coulisser un panneau ouvrant sur la salle de surveillance installée dans un des blockhaus situés sur le terrain des Pellegrin. Shana s'y trouvait avec un jeune zadiste dénommé Diego, le seul à connaître certains détails du projet Islanova. Il était assis à un pupitre supportant de nombreux écrans et entrait des requêtes sur un ordinateur. Probablement cherchait-il à confirmer l'identité des adolescents qui attendaient l'autorisation de pénétrer sur la plage.

Aucun des deux ne s'aperçut de sa présence.

— Y a pas de père, annonça Diego. En tout cas, il n'apparaît pas sur l'acte de naissance.

Debout derrière lui, Shana fouillait dans une armoire en métal.

— On a tous un père, ronchonna-t-elle. Domicile ?

— Route du Haut-Pays, répondit-il après avoir saisi la requête. Une maison forestière sur la commune de Kaysersberg dans la région Grand-Est. Résident principal : Julian Stark. Tiens, il habite chez sa petite copine ! Oh j'y crois pas ! Leurs parents sont mariés ! Enfin, je veux dire que le père de la fille est marié à la mère du gamin ! Ça doit être un sacré bordel dans la famille, dis donc ! Attends, je vérifie juste un truc… Regarde ! s'exclama-t-il en tournant l'écran vers Shana. Tes deux nouveaux, c'est des fugueurs. C'est peut-être plus prudent de…

— On prend, dit Morgan.

Il se plaça derrière Diego, qui le salua du bout des lèvres, pour regarder les écrans où s'affichaient les informations sur les postulants. Ses doigts se remirent à tripoter ses bracelets. Charlie Stark, ici, maintenant. C'était inespéré.

— Il n'y a que le diable pour jouer ainsi avec le destin, dit-il d'une voix enterrée par l'émotion.

— Alors, s'agaça Shana, pourquoi tu cours le risque de les laisser entrer ?

Île d'Oléron, forêt de Saint-Trojan-les-Bains

Perché sur la dune, Novak Anticevic observait la masse sombre des nuages qui approchaient par l'océan. Il y aurait des orages avant l'aube, et lui qui les détestait se surprit à les espérer. Peut-être ainsi effaceraient-ils ces moments terribles qui se profilaient. Le bip annonçant l'arrivée d'une communication retentit dans son oreillette.

« Morgan me demande de vous informer qu'il s'absente, et que vous commandez les opérations jusqu'à son retour. »

C'était dur d'écouter la voix de l'IA, si proche de celle d'Ozalee, une voix qui pouvait être enjouée, grave, toujours plaisante, et lui rappelait combien il aimait l'entendre.

Une nouvelle communication s'annonça, dans son talkie, cette fois :

— Boss, la cible s'est échappée.

— Comment ça, échappée ?

— Elle a dû équiper sa maison de mouchards, je ne vois que ça. Elle s'est tirée par un soupirail.

— Elle a pu te reconnaître ?

— Non, je suis cagoulé.

— OK. Rameute les autres et ratissez la forêt.

Novak se noircit le visage avec un morceau de charbon de bois ramassé dans les vestiges d'un feu de camp. Dans la nuit, on ne voyait plus que ses yeux. Après un effort, il réussit à se concentrer et à visualiser la scène, Ozalee courant dans la forêt, Gale à ses trousses. Elle était agile, rapide, et connaissait bien les lieux. Où irait-elle ? Il fallait que… Oui, le plan se déroulait avec une grande clarté. Elle tenterait de rejoindre le nord pour aller jusqu'à Morgan par le souterrain. Jamais elle n'imaginerait qu'il puisse être celui qui la trahissait.

— Ozalia, dit Novak dans son intercom, je vais au blockhaus. Dis-moi s'il y a du monde par là.

— La première patrouille de gendarmes vient de rentrer à la base, la deuxième se déplace sur la piste forestière, secteur 4. Attention, ils se dirigent vers toi.

Secteur 4, la zone où se trouvait le grillage qui délimitait la ZAD. Il n'y avait pas une minute à perdre. Novak s'élança dans la nuit, se guidant dans l'obscurité à la trace plus claire d'un chemin de sable.

Le blockhaus était là, à quelques mètres. Il s'adossa contre le tronc d'un pin et observa la forêt. Dans le même temps, il devina la silhouette d'Ozalee, la vit s'immobiliser et disparaître dans les fougères, puis il repéra ses hommes, qui progressaient en provenance du sud, espacés les uns des autres d'une dizaine de mètres. L'un d'eux passa tout près de lui sans le voir.

Les doigts de Novak serrèrent le manche de son poignard. La douleur partait de sa poitrine et lui envahissait les tripes. Il avait l'impression qu'il n'y survivrait pas et que le monde entier pourrait bien crever sous ses yeux, il ne connaîtrait rien de pire. Si, il y aurait l'après, la vie sans elle, les regrets, l'envie de sombrer dans la folie.

Jamais elle ne nous laissera faire.

Des semaines plus tôt, Novak avait tenté une approche en douceur, demandé à Ozalee ce qu'elle pensait de ces IA utilisées par l'armée américaine pour contrôler les drones porteurs de missiles.

« L'apocalypse que nous promettent les philosophes, tu l'auras, si tu abandonnes les IA aux militaires ! En réalité, c'est à nous qu'elles ressemblent. Si une IA se met à assassiner, c'est parce qu'un assassin l'aura modelée à son image ! »

Sa silhouette émergea des fougères au moment où deux phares perçaient la nuit sur la piste forestière, et se remit à courir, droit sur Novak, qui chercha une solution pour la neutraliser sans la tuer. Mais la présence des gendarmes à proximité était terriblement dangereuse. Il suffirait qu'elle se débatte et qu'elle crie – il était bien placé pour savoir à quelle sauvageonne il avait affaire – pour qu'ils interviennent, et alors des années d'efforts seraient anéanties en quelques secondes. Le visage d'Eddie, mort d'avoir été étouffé dans la boue en RDC, puis celui d'Hanad, le jeune Somalien de Berrito, s'imposèrent à lui, ainsi que celui de Caleb, le fils de Yaasir, puis peu à peu, défilèrent devant ses yeux le regard de tous ces mômes qu'il avait croisés, des bidonvilles de Goma au repaire de Natassale, et des camps de réfugiés aux rues d'Europe en passant par Gibraltar et la Méditerranée, où ils mourraient par milliers d'avoir osé rêver d'un monde meilleur. Ces gosses comptaient sur lui, tous les gosses du monde comptaient sur lui ! Alors… que pesait son amour dans la balance ?

Tu n'as pas le droit de les abandonner.

Novak jaillit de sa cachette, la lame tendue vers la nuit, et Ozalee vint d'elle-même s'empaler sur le poignard. Dans le mouvement, il plaqua une main sur sa bouche et retira le couteau.

— Faites diversion, ordonna-t-il dans son talkie.

Il entraîna la jeune femme dans des fourrés et se contenta de la tenir serrée contre lui, enfouissant son visage contre son torse, tandis qu'à quelques pas, les gendarmes descendus de leur voiture discutaient avec ses hommes.

— *It's me*, gémit-elle. *No, for Christ's sake, it's me !*[1]

Jamais Novak ne s'était senti aussi désespéré. Cette douleur dépassait les nuits sans fin, à la prison de Kangbai, quand il pensait ne jamais en sortir.

Il attendit que le véhicule des gendarmes démarre et s'éloigne en direction de l'océan. Alors seulement il coucha Ozalee au sol, et vissa un silencieux sur son pistolet.

— *I know*, dit-il avant de lui tirer trois balles en plein visage.

Il avait refusé de lui mentir à cet instant précis. Oui, il savait qui elle était. Il savait qu'il abattait son amour comme un chien.

La phrase qu'il avait prononcée avant de quitter Morgan prit alors tout son sens.

By any means necessary.

« Patrouille en approche par l'ouest. À quatre cents mètres de ta position. »

La voix d'Ozalia dans l'oreillette le fit tressaillir, et Novak sentit un flot de bile lui brûler l'œsophage. Faute de temps pour emporter la dépouille dans un lieu adéquat, il la délesta de ses papiers, chercha en vain sa montre à son poignet. Pourtant elle ne s'en séparait jamais.

Nous aurions tous une bonne raison de remonter le temps.

Cette phrase gravée sur la montre le hanta tandis qu'il enfouissait le corps de celle dont il était fou amoureux dans la dune.

---

1. C'est moi ! Non, pour l'amour du Christ, c'est moi !

Région Île-de-France, planque des 12-10

Depuis qu'il avait retrouvé Charlie, Julian Stark ne s'en voulait plus, et cela lui apportait un sentiment de paix inattendu. Il n'était plus dans l'expectative et le doute, mais dans la certitude qu'il pouvait la sauver s'il parvenait à comprendre son raisonnement et décortiquer ses actes, même les plus banals. À commencer par la raison pour laquelle elle préparait une assiette de porridge en grimaçant, alors qu'elle venait d'engloutir une belle quantité de pâtes à la bolognaise. Charlie paraissait détachée du réel et préparait sa popote comme une gentille petite femme d'intérieur, les yeux rivés sur l'écran mural situé derrière lui. Plus tard, il chercherait à localiser cette planque des 12-10 où on l'avait conduit ; pour le moment il voulait tenter sa dernière chance de renouer le contact.

S'il avait été capable de remonter le temps, il serait retourné au dixième anniversaire de Charlie, et à la place d'un ordinateur il lui aurait offert un wagon de poupées, un abonnement à des magazines de mode, l'aurait encouragée à s'intéresser à mille sujets futiles, aurait tout fait pour l'éloigner d'Internet. Peut-être même que s'il avait autorisé Abigail à jouer son rôle,

Morgan Scali n'aurait pas attiré Charlie dans ses filets pour la transformer en terroriste.

> *Mon amour,* écrivait celui-ci dans un de ses carnets, *je bénis chaque jour la Providence d'avoir placé Ozalee Mac Neil sur notre chemin ! Son travail est exceptionnel ! Dieu ne pourra être plus parfait, plus omnipotent et omniscient que l'Intelligence Artificielle qu'elle a conçue pour moi. Je lui ai demandé d'entrer en relation avec la fille d'Abigail, ce qu'elle a fait après avoir appris le langage des adolescents. Le résultat est bluffant. Charlie a une nouvelle copine virtuelle, Lia. L'IA, quelle ironie ! Difficile de faire plus évident, pourtant c'est passé comme une lettre à la poste. Le moment venu, je lui ferai la surprise et elle pourra enfin reprendre sa fille à ce père qui ne la mérite pas.*

Des mois avant sa fugue sur l'île d'Oléron, Charlie, quinze ans à peine, s'était mise à rationner son temps sous la douche, à ne plus tirer la chasse d'eau qu'une fois sur deux, à tenir des propos très durs sur les gaspilleurs, les pollueurs et le manque d'ambition des gouvernements concernant l'impossible sauvetage de la planète. Julian aurait-il pu empêcher cela ? Sans doute, mais à présent qu'il devait affronter sa fille comme un flic et non comme un père, il ne parvenait plus à s'accabler. Et puis, pour qui la sauvegarde de l'environnement relevait de la plus élémentaire des logiques, critiquer le combat des 12-10 n'aurait pas été simple.

— Je ne comprends pas comment elle peut bouffer cette merde ! s'exclama soudain Charlie.

— De qui tu parles, bordel ?

En se retournant vers l'écran mural, Julian vit qu'elle observait des photos des extérieurs du Block D, des coupes des bâtiments, des accès possibles par les égouts. Puis dans une nouvelle fenêtre, le visage de Leny apparut, fatigué, inquiet. Julian put lire sur ses lèvres : « *C'est fait.* »

— Qu'est-ce qui est fait ! Charlie ? Réponds, merde !

Soudain, le plan des 12-10 lui apparut comme une partie d'échecs. Le message « Findus », son propre enlèvement, la présence de son beau-fils au Block D, tout se mit en place. Contrairement à ce qu'il avait imaginé, l'Intelligence Artificielle des 12-10 n'attendait rien de lui. Mais sa disparition avait eu une conséquence logique : la mise en sécurité de Leny et Orane par Sookie dans les locaux du D. C'était brillant parce que simple. Il avait alors suffi que Leny passe les contrôles avec un téléphone trafiqué pour qu'Ozalia ait accès au réseau interne.

La façon dont les terroristes avaient fait pression sur son beau-fils lui apparut alors, limpide.

Kit.

Cela faisait quatorze mois que la petite amie de Leny avait rompu, avant de disparaître dans la nature sans jamais donner de nouvelles. Leny avait pleuré des jours puis n'en avait plus jamais parlé. Se pouvait-il que… ?

Julian jeta un bref regard vers les 12-10, toujours concentrés sur leurs écrans, et suivit Charlie alors qu'elle s'éloignait d'un pas rapide vers le fond de la salle, jusqu'à une pièce éclairée où dormait une jeune femme recroquevillée sur un matelas. Sans doute droguée aux barbituriques, la malheureuse bavait sur un oreiller crasseux.

Julian se précipita à son chevet.

— Kit, c'est moi, Julian, tu me reconnais ? Putain, Charlie, comment tu as pu ?

— Cette salope n'est pas près de piquer le mec d'une autre !

L'horreur qu'il éprouva alors pour sa fille l'envahit avec une telle force que Julian abattit son poing sur sa tempe. Charlie s'écroula comme une masse. Aussitôt, il récupéra l'oreillette qui lui permettait de dialoguer avec l'IA, sans doute aussi avec ses complices.

« Amène-toi, ça commence », entendit-il lorsqu'il l'eut installée.

Merde !

Aussitôt, Julian retourna dans le couloir, verrouilla la porte d'accès à l'entrepôt. Puis il explora les autres pièces, découvrit des toilettes, un bloc-douche et un débarras, où il récupéra un manche à balai, qu'il brisa en deux parties sur sa cuisse. Par la lucarne d'une porte verrouillée, il aperçut de la végétation, le mur en brique d'un bâtiment industriel avec une vieille publicité peinte dessus. Du lierre avait en partie masqué les lettres, si bien qu'à la place du slogan pour le vin tonique Dubonnet, on ne pouvait plus lire que « Dubo, Dubo, Dubo, le vin to… ».

Putain d'enfoirés de tordus !

Ce bâtiment était situé à moins de mille mètres de son domicile, sur la rive opposée de la Seine. Il était passé devant en voiture à de nombreuses reprises et même à pied, quand il courait le long des berges.

« Charlie, qu'est-ce que tu fous ? Oh ! T'es où ? »

Julian hésita, ses bâtons en main, puis il poussa la porte de la cellule de Kit et se cacha derrière le vantail. Dans l'oreillette, les appels se répétèrent, puis le type grommela qu'il arrivait.

Dans la fraction de seconde qui s'écoula entre la prise de décision et le geste, Julian revisita certains moments de son passé récent, ces nuits où il avait espéré récupérer sa fille, et il mit toute la force de son désespoir dans les coups qu'il assena derrière les genoux puis sur le crâne du 12-10, quand il fut à terre. Après quoi, il le dépouilla de son arme de poing, un calibre 9 mm qu'il tenait dans un holster, et attendit que le deuxième larron se pointe. La jeune femme lui fit penser à une biche surprise dans la nuit quand il posa le canon de l'arme sur son front, un doigt sur ses propres lèvres pour lui intimer le silence. Ce n'était pas ainsi qu'il imaginait les combattants de l'Armée du 12 Octobre et cela le déstabilisa. Mais il vit aussi la haine dans ce regard, et recula juste à temps pour éviter un coup de pied retourné. Il tira par réflexe, au moment où elle chargeait à nouveau, et lui logea une balle dans l'épaule.

— Dis à tes marionnettes de me lâcher la grappe, ou je les bute les uns après les autres ! gronda-t-il à Ozalia en se plaquant contre le mur du couloir.

De là, il avait un angle ouvert sur l'entrepôt. Personne.

« Nul n'est irremplaçable, capitaine Stark. C'est l'un des principes fondamentaux de la vie. »

— Tu dois en connaître un rayon.

« Précisez, je vous prie. »

— Ta gueule, la machine, t'es même pas foutue de piger le second degré ! Tu dois être chiante à vivre.

« Ne soyez pas vulgaire. »

— Ferme-la ! Et appelle les secours, tu as deux blessés sur les bras.

« Sachez que je considère cet endroit comme compromis, roucoula la voix rieuse d'Ozalia. À bientôt, capitaine Stark. Il est probable que nos intérêts convergent à nouveau ! »

— Attends, on n'en a pas fini !

Il lui fallut quelques secondes de silence pour admettre que l'IA l'avait planté sur place, abandonné trois de ses soldats, et – après vérifications sur les téléphones qui traînaient à côté des postes de travail, dont le sien qu'il empocha – coupé les communications.

Julian se mit alors en quête de liens solides avec lesquels il ficela Charlie et les deux 12-10 puis, sans grande conviction, il tenta de démarrer l'une des voitures connectées, avant de se ruer sur la route. Au loin, il aperçut un paysan au volant de son tracteur, qui pulvérisait du pesticide dans ses champs.

— Police ! annonça Julian, essoufflé, le pistolet du 12-10 à la main. Grouillez, c'est une question de sécurité nationale !

Il grimpa sur le tracteur, qui rejoignit la route, puis s'engagea sur le pont de la D135. Au milieu de l'ouvrage, le portable de Julian se reconnecta au réseau. Il appela successivement Sookie, Leny et Vorchek, puis se reporta sur les postes de ses collègues du D, tous sur messagerie. Enfin, il tenta sa chance sur le numéro du lieutenant Barville, le chef des forces d'intervention, qui l'avait accompagné en Afrique. Une voix ensommeillée lui répondit.

— Bon sang, capitaine, vous pouvez pas me laisser dormir un peu ?

Région Île-de-France, Block D

Lorsque la lumière du plafonnier de la cellule s'éteignit, il se passa une ou deux secondes avant que le système de secours prenne le relais. Les néons se rallumèrent un court instant, puis s'éteignirent à nouveau. Seule subsista la signalétique d'évacuation au-dessus des portes. Milan Scali, alias Morhange, comprit alors que si, un peu plus tôt, son père lui avait avoué les circonstances de la mort d'Ozalee Mac Neil, c'était parce qu'il savait qu'il sortirait bientôt d'ici.

Milan ne pouvait encore dire quelle astuce il avait trouvée pour communiquer avec Ozalia. Probablement grâce à l'indiscrétion d'un des agents chargés de l'interroger. Il suffisait que des propos de Morgan, rapportés par l'un ou l'autre, atterrissent sur le réseau téléphonique extérieur, comme la phrase « nous aurions tous une bonne raison de remonter le temps », utilisée lors des attaques de 2025, pour que l'IA reconnaisse une suite de mots définis à l'avance et ainsi localise son lieu de détention en identifiant l'agent en question et son affectation. Si Milan devinait juste, bientôt, l'endroit grouillerait de 12-10 prêts à tout pour récupérer leur chef.

Il frappa contre la porte pour qu'on lui ouvre, récupéra les menottes du gardien, entrava les poignets de Morgan et lui passa une cagoule, avant de le pousser devant lui, agacé par son air tranquille.

— Je ne te laisserai pas faire, cette fois ! rugit-il en indiquant à Sookie Castel de le suivre. Tu entends, plus jamais !

Alors qu'il traînait son père amaigri et trébuchant vers les bureaux de l'étage inférieur, Milan songea qu'il ignorait à quel moment il n'avait plus été qu'un pion pour cet homme. En revanche, il savait exactement quand lui avait choisi de rompre leurs liens. Et cet instant, gravé dans sa mémoire, lui avait sauvé la vie.

Quand il déboula dans le bureau de Vorchek, Sookie sur les talons, celui-ci s'entretenait avec un groupe des forces d'intervention détaché au Block D.

— Ils vont nous tomber dessus en nombre !

— Plus de réseau téléphonique, lui annonça l'un des commandos, en lui tendant un équipement. Les accès extérieurs ont été déverrouillés à distance, le système de navigation des hélicos est HS, on est en état de siège. Tout le monde se prépare à défendre sa peau !

— Haley, vous accompagnez les civils et les gamins à l'armurerie, ordonna Vorchek à Sookie. Les autres, vous vérifiez vos munitions et vous défendez chaque issue. Que personne ne reste seul. Morhange, avec moi, ajouta-t-il en faisant claquer la culasse de son automatique. On se replie sur le toit.

Et advienne que pourra. Milan profita des quelques secondes durant lesquelles on passait un casque et un gilet pare-balles à son père pour s'équiper.

— Vous ne le quittez pas d'une semelle, commanda Vorchek. S'il tente de s'enfuir, une balle dans chaque jambe. Morhange, c'est valable pour vous aussi !

Milan n'eut pas à malmener son père pour qu'il gravisse les marches jusqu'au toit en terrasse. Deux commandos l'empoignèrent chacun par un bras, le soulevèrent dans l'escalier et l'y déposèrent. Là, il le menotta à la grille de protection d'un climatiseur, avant de faire un point sur la situation.

C'était calme, trop calme.

Aucun drone ne survolait la zone, et les routes étaient désertes. Cette absence de mouvement intrigua Milan. Le quartier était en pleine réhabilitation, mais d'habitude, on voyait des voitures circuler au bout des parkings, à cinq ou six cents mètres sur la route perpendiculaire à la voie d'accès au D.

Un éclair rougeoyant attira son attention. À l'est, à plusieurs pâtés d'immeubles, une colonne de fumée noire montait dans le ciel. Des bâtiments en construction brûlaient, et bientôt des sirènes emplirent l'air.

— Brillante diversion, n'est-ce pas ? murmura Morgan.

— Tu risques ta peau autant que moi.

— Tu t'attendais à quoi ?

Milan s'éloigna vers le parapet.

Qu'est-ce que...

Un camion-citerne d'assainissement peint en rose et arborant le nom de Peggy fonçait dans leur direction.

— Véhicule bélier à 11 heures ! cria-t-il aux commandos, qui tirèrent dessus, imités par les agents postés aux accès du rez-de-chaussée.

Des impacts étoilèrent le pare-brise du véhicule sans ralentir sa course.

— Il n'y a pas de conducteur, l'informa le sniper, l'œil rivé à la lunette de son fusil. C'est une citerne, avec l'inertie, ça va faire mal !

Le camion chargé à bloc percuta le mur du bâtiment et disparut à l'intérieur, à hauteur des bureaux. L'onde de choc, violente, monta jusqu'à eux. Puis une trentaine de SUV noirs jaillirent de toutes les directions. Quand ils s'immobilisèrent au pied du Block D, plusieurs dizaines de 12-10 en sortirent, équipés de boucliers anti-émeute qu'ils brandirent au-dessus de leurs têtes, pour s'introduire dans les locaux par la brèche, d'où des milliers de litres d'excréments se répandaient sur la voie d'accès.

— Économisez les munitions ! hurla Milan par-dessus le vacarme des sirènes et des coups de feu.

Dans le bâtiment, de vifs échanges de tirs opposaient les agents aux 12-10, puis des explosions ébranlèrent à nouveau la structure. Les terroristes avaient fait sauter les portes des ascenseurs pour accéder aux garages et au cinquième niveau. Ils étaient parfaitement renseignés. Sans solution par les airs, l'exfiltration du prisonnier était impossible.

— Haley a réussi à atteindre l'armurerie ?

— Les civils sont à l'abri, monsieur, répondit Sookie en émergeant de l'escalier de secours. Des nouvelles de l'extérieur ?

Vorchek qui s'agaçait sur son téléphone satellite, lui aussi neutralisé, secoua la tête. Milan et Sookie échangèrent un regard et vérifièrent de concert leur stock de munitions. Il allait falloir tenir, jusqu'à ce que quelqu'un s'aperçoive qu'une scène de guerre se déroulait à moins de dix kilomètres de Paris et donne l'alerte.

La délivrance vint après cinq longues minutes d'échanges nourris de tirs entre les agents et les terroristes.

— Regarde, dit Milan, c'est le Puma de Barville.

Un grondement monta dans l'air et l'hélicoptère traversa la colonne de fumée de l'incendie pour se poster en survol stationnaire, à un mètre cinquante au-dessus du toit. Le lieutenant se pencha par la portière et leur signifia qu'ils pouvaient monter à bord.

— Haley, vous m'exfiltrez le prisonnier, cria Vorchek pour couvrir le bruit des tuyères. Évitez les procédures habituelles ! Vous vous démerdez comme vous pouvez, personne ne doit savoir où vous êtes. On se reparle dans vingt-quatre heures ! En attendant, silence radio. Exécution !

Au pied de l'immeuble, les SUV abandonnés devant l'entrée du D étaient investis par les terroristes qui ressortaient du bâtiment, pataugeant dans la fange. Des fourgons du RAID approchaient par une rue parallèle.

— Sacré Julian… s'écria Sookie avec un sourire. Il a réussi !

— Et toi, tu as perdu, observa Milan, les yeux rivés dans ceux de son père. L'amour de cet homme pour sa fille est indestructible… Allez, *go* !

Île d'Oléron, ZAD de l'Atlantique

Depuis que le cargo en provenance d'Afrique du Sud avait accosté, Abigail Stedman contenait mal son impatience. Depuis des années, celle qu'on appelait *le Doc*, préparait Islanova, abandonnant sa carrière pour se consacrer corps et âme à cette grande idée censée relancer le projet ALONE, gâché par le massacre de Berrito par les shebabs – et la veulerie ou l'égoïsme des États. D'abord par son action en Afrique, puis dans des camps en Europe, où elle avait éprouvé le désespoir et la misère de ces réfugiés entassés dans un éden inaccessible pour eux, et enfin de ZAD en manifestations, aux côtés des activistes qu'elle recrutait.

Alors, marcher sur les pistes sablonneuses pour rejoindre discrètement la zone où bientôt s'établirait Islanova lui procurait la dépense d'énergie nécessaire à son équilibre. Novak l'accompagnait, dans le silence dont il était coutumier. Il était venu la chercher à Zeebrugge et l'avait assistée lors du transfert des deux containers médicaux qu'elle avait fait venir du Cap, sur un bâtiment plus petit, qui naviguait actuellement vers l'île d'Oléron, avec une partie des anciens mercenaires de la Gold Petroleum à son bord.

En route, ils avaient discuté de l'organisation des jours à venir. Puis ils avaient achevé le voyage en écoutant la radio. Aux informations, on parlait de la mort d'un zadiste lors de la tentative d'évacuation de la ZAD de Saint-Trojan par les forces de l'ordre, et journalistes et invités s'écharpaient pour déterminer s'il était raisonnable de payer de sa vie un combat important mais illégal.

— Tu ne m'as pas donné de nouvelles d'Ozalee, observa Abigail. D'habitude t'es un peu plus loquace.

— La routine.

— Elle est arrivée ?

— Non.

— On peut dire que tu es un sacré communicant !

— Je ne dois pas me laisser distraire. Pas maintenant.

Jamais elle n'avait vu Novak si ténébreux, pas même après son évacuation de RDC, au terme de son interminable incarcération à la prison de Kangbai. Comme ils parvenaient à destination, Abigail oublia son air renfrogné. D'ici quelques instants, elle retrouverait tous ceux qu'elle aimait. *Ou presque.* Elle se faufila à l'intérieur du blockhaus à la suite de Novak. Ensemble, ils déplacèrent l'épaisse plaque de fonte recouverte de sable qui masquait l'entrée du tunnel, où Abigail s'engouffra, une lampe torche à la main, le long des palettes de bouteilles d'eau et de nourriture. Déçue de ne pas trouver Morgan dans la salle de surveillance, elle s'amusa de la réponse d'Ozalia : « Désolée, je ne peux vous divulguer cette information, seulement l'avertir de votre présence » – même si, à vrai dire, elle doutait que ce *diabolique logiciel* aux intonations semblables à celles d'Ozalee soit *réellement* désolé…

De retour à la surface, Abigail décida de se rendre à l'infirmerie du campement. L'assaut avorté des gendarmes avait provoqué chez les zadistes des blessures légères et de nombreux chocs psychologiques. Depuis la cuisine de la ferme des Pellegrin où elle préparait son matériel, elle aperçut Shana à travers la vitre. La jeune femme charriait une grande poubelle, qu'elle remplissait des détritus jonchant la cour : des tuiles brisées, des planches, des restes de grenades-fumigènes, des bâches que le vent avait déposées là, des flèches, des bâtons, etc. Cet endroit était si harmonieux d'ordinaire. Et pourtant, elle aurait dû s'y attendre. Cela faisait partie du plan.

— Charlie ? entendit-elle héler. Charlie !

Incrédule, Abigail s'approcha de la vitre, et écarta le rideau au moment précis où une adolescente sortait de la grange. C'était elle, plus belle encore que dans ses rêves, une grande et robuste fille de seize ans dont le visage était encadré par une chevelure aussi blonde que la sienne. L'idée qu'elle était victime d'une hallucination l'effleura, mais en entendant sa voix, elle n'eut plus aucun doute. Elle avait les intonations un peu rauques de Julian, et un léger accent de l'est de la France.

Abigail douta que son cœur de mère survive à cet instant. Sur le point d'ouvrir la porte, elle se figea, la main sur la poignée.

Comment se faisait-il que Charlie soit ici ? Qu'allait-elle lui dire ?

C'est trop tôt.

Non, elle ne pouvait pas aller au-devant de sa fille et bafouiller des inepties. Elle devait reprendre ses esprits et se préparer à répondre aux questions qu'elle ne manquerait pas de lui poser. Ces retrouvailles devaient être inoubliables ! Et alors qu'Abigail se réjouissait des moments à venir, l'angoisse vint se glisser dans son esprit.

Julian.

Le père de Charlie n'était pas du genre à venir en vacances sur une ZAD, et encore moins à laisser sa fille – *non, notre fille* – s'y rendre seule. Il était forcément sur place, et Abigail ne se sentait pas prête à le revoir. Il avait été si cruel lors de leur dernière rencontre qu'elle avait mis des mois à s'en remettre. Seul Julian était capable de la blesser aussi vivement. Sans doute parce qu'elle n'avait jamais cessé de l'aimer.

— C'est fou ce qu'elle te ressemble, dit Morgan dans son dos, avant de l'enlacer avec tendresse.

— C'est donc toi ?

— Je n'ai fait qu'accélérer l'inéluctable, Abi. Le reste vous appartient.

Carnets de Morgan Scali,
période Islanova, juillet 2025

Mon amour, la mort d'Ozalee est cruelle, mais c'est un mal nécessaire. Toi et moi le savons, il faut parfois sacrifier une vie pour en sauver des millions.

C'est aussi la première entaille au contrat qui lie le triumvirat. Jamais Vertigo ne doit savoir que Novak et moi avons pris cette décision radicale, au risque de le voir se désolidariser du projet. Qu'il est loin le temps où lui et moi nous chamaillions à propos de l'usage de la violence ! Les années l'ont attendri, sa relation avec Shana aussi. Il tient plus à la vie de notre fille qu'à la sienne. C'est elle qui a réussi à vaincre les fantômes qui dévoraient son cœur. Aujourd'hui, le spectre ici, c'est moi. Même le tien m'abandonne.

J'avais imaginé que nos enfants seraient pour toujours une source de quiétude et de joie, or je m'aperçois que même cela s'est transformé. Shana est tendue, concentrée sur l'objectif, mais cette proximité qu'elle partage avec Vertigo l'éloigne de plus en plus de moi. Quant à Milan, je doute qu'il rejoigne la cause un jour. Surtout après la mort d'Ozalee.

Seul Novak me comprend désormais. Son deuil nous a encore rapprochés. Après tout, qui mieux que moi peut le comprendre ? Vertigo, lui, ne voit rien, trop occupé qu'il est à jouer à la perfection son rôle de chef des 12-10, et tant mieux. Les gens ont besoin qu'on leur raconte des histoires, qu'on leur invente des héros, même les révolutionnaires... surtout les révolutionnaires !

Il me reste la compagnie d'Abi pour me sentir encore un peu vivant. Elle et toi auriez été les meilleures amies. Je vous imagine toutes les deux courir partout pour vous assurer du bien-être de tous. Aujourd'hui, en revoyant Charlie, elle a pleuré dans mes bras. Ai-je réellement voulu réunir une mère et sa fille ? Ou attirer ici la fille pour me venger du père ? Même moi, je n'ai pas la réponse.

Île d'Oléron, ZAD de l'Atlantique

Précédés par Vertigo, qui galvanisait ses troupes pour les encourager à prendre possession des lieux, deux cents zadistes traversèrent le chemin goudronné jusqu'au grillage délimitant le domaine des Portes de Jade. Parmi eux, Abigail Stedman ne quittait pas des yeux Charlie, qui marchait à une vingtaine de mètres devant elle.

Sois naturelle, et tout ira bien.

Elle s'avança en direction de sa fille, qui s'immobilisa, bouche bée, en la voyant, puis glissa son bras sous le sien pour l'entraîner vers le domaine.

— Viens, tu vas voir, le dieu des causes perdues est de notre côté.

— Vous êtes sûre ?

— Oui, regarde.

Les immenses vantaux du portail en bois blanc permettant d'accéder à la zone résidentielle s'effacèrent pour dévoiler une élégante bâtisse – l'accueil – bordant une place arborée, où stationnaient une vingtaine de voiturettes électriques. Au-delà, des palmiers dattiers se balançaient dans le vent, et le sommet d'une monumentale verrière réfléchissait les rayons du soleil. Le cœur d'Abigail battait si fort qu'elle entendit à peine le discours de Vertigo, commandant aux zadistes de respecter cet endroit puisqu'ils allaient s'y installer pour une durée indéterminée.

Serrer le corps de sa fille contre le sien, respirer l'odeur de ses cheveux, tenter d'y retrouver celle du nourrisson qu'elle avait à peine tenu dans ses bras, et qui pourtant la hantait depuis toujours, Abigail ne pensait qu'à ça. L'enlacer, la couvrir de baisers et parler, parler, lui raconter le temps perdu, construire des secrets à deux, des instants inoubliables qu'elle pourrait se remémorer à l'envi.

Mais autour d'elles, les événements la rattrapaient, la dépassaient même. Laurent Mukena venait d'arriver vêtu d'un treillis clair, une baïonnette à la ceinture. Il s'arrêta à hauteur de Vertigo, qui l'accueillit d'une franche accolade.

— Bienvenue à tous !

Tandis que le chef des 12-10 présentait le nouveau venu aux zadistes, Abigail lâcha le bras de Charlie pour enlacer Mukena. Derrière eux, les grandes portes blanches se refermèrent automatiquement.

— C'est ma fille, annonça-t-elle avec fierté.

— Bonjour, Charlie. Je connais ta maman depuis des années. Si tu as besoin de quoi que ce soit, je suis là, n'hésite pas.

L'adolescente remercia l'ancien Ranger du bout des lèvres, et sa gaucherie attendrit Abigail. Elle avait tant de choses à lui apprendre ! À quelques pas de là, la voix de Vertigo haranguant les zadistes lui parvenait par bribes : « Ce matin, ceux qui détiennent le pouvoir se sont transformés en assassins. Ce sont eux qui ont versé le premier sang ! »

Sang, assassins, était-ce bien raisonnable de sa part d'entraîner sa fille ici, aujourd'hui et maintenant ? Dans quelques heures, Vertigo proclamerait la création d'un nouvel État pris sur le sol français, Shana et les mercenaires déclencheraient les explosifs chargés de créer une zone tampon entre le domaine et le reste de l'île, et les frontières d'Islanova se refermeraient sur les Portes de Jade pour une durée indéterminée, les coupant du reste du monde et faisant de ceux qui seraient à l'intérieur des boucliers humains ou des hors-la-loi. Le visage radieux de Charlie lui souffla que oui, elle se sentait concernée, alors elle l'entraîna à l'écart de la foule.

Dans cet endroit dédié à la beauté et au luxe, chaque demeure possédait son propre jardin ceint de bambous, qui se balançaient élégamment dans le vent.

Parle-lui, se morigéna Abigail, alors qu'elles progressaient sur les allées ombragées. *Tu te comportes comme une carpe !*

— Si on apprenait à gérer des moments comme celui-ci à l'école, ce serait plus simple. Tu n'es pas d'accord ?

— J'ai jamais trop aimé l'école, répondit Charlie, soulagée de rompre le silence. Justement parce qu'on n'y apprend rien d'intéressant. Papa m'appelle « la fille des bois ». Ça, c'est quand il ne « gagatise » pas trop. Sinon, c'est « bout de ficelle ». Et encore, c'est pas le pire.

— Il sait que tu es ici ?

— Non. Je ne lui ai jamais parlé de mes recherches pour vous retrouver, ni à lui ni à personne. Et pour tout dire, j'ai fugué il y a deux jours. Papa et moi on s'est pris la tête à cause de Leny. C'est le fils de ma belle-mère, mais c'est aussi mon petit copain, et papa l'a découvert !

Non, pas maintenant, supplia Abigail, en sentant son téléphone vibrer avec insistance au fond de sa poche. *Laissez-moi encore quelques minutes avec elle !*

L'appel était-il en rapport avec l'absence d'Ozalee, qui n'avait pas répondu à ses nombreux coups de fil ?

— Écoute, Charlie. Tu peux m'appeler Abigail, ou maman, ou madame, ou tout ce que tu veux, mais je te demande juste une chose, tutoie-moi.

— Je vais essayer.

— Tu dois avoir une image de moi pas très reluisante. Je ne veux pas me disculper de quoi que ce soit, mais avant de me juger, pense que tu ne sais peut-être pas tout.

— Oh, je sais déjà pas mal de choses ! J'ai suivi vos déplacements dans le monde, au Rwanda, au Congo, en Tanzanie, en Ouganda, chaque camp de réfugiés, chaque hôpital, chaque ligne de front. Je déteste la politique, parce que je trouve ça hypocrite, mais je suis devenue super forte en géo grâce à vous. C'est comme ça que j'ai compris pourquoi y avait les attentats, les migrants, la crise du gaz et celle de la redistribution de l'eau ; j'ai aussi suivi l'émission de Vertigo, son blog, *3 Watchers of the World*, et j'espère qu'un jour, j'aurai l'honneur d'être une 12-10, comme vous ! Oui, je sais, j'ai seize ans, je fais rien dans la nuance !

Paris, hippodrome d'Auteuil

Malgré les recommandations des policiers qui les escortaient le long de cet interminable couloir situé sous les tribunes de l'hippodrome d'Auteuil, Julian Stark avait refusé de menotter Charlie. Aujourd'hui, il espérait amener sa fille au dialogue, obtenir d'elle qu'elle livre des informations aux autorités. L'entraver ne constituait pas une bonne entrée en matière pour lui faire cracher le morceau. Quand et où les 12-10 allaient-ils frapper à nouveau ?

Vingt heures s'étaient écoulées depuis la première attaque contre des enfants de la République. Il ne leur restait que très peu de temps pour enrayer la machine et empêcher un nouvel attentat. Or, comme ils le redoutaient, aucun des terroristes arrêtés au Block D par le RAID ne connaissait le plan dans son ensemble…

— Qu'est-ce qu'on fout là ?

Ce furent les premiers mots de Charlie. Et Julian serra les poings de frustration. Il aurait aimé un *papa*, ou juste un regard. Mais sa fille jouait les petites frappes. Elle se serait présentée devant l'échafaud avec la même expression orgueilleuse.

Butée jusqu'au bout !

— Tu ferais mieux de la fermer, Charlie.

— Faudrait savoir, je croyais que tu voulais qu'on parle. Alors ? On va où ?

— Vérifier tes grandes idées sur le monde.

Julian regrettait que son vieil ami Vorchek ait refusé de l'accompagner, mais il le comprenait. Il avait déjà fort à faire avec les conséquences de l'attaque du Block D par les 12-10. Ce qu'il avait en revanche plus de difficulté à avaler, c'étaient les raisons pour lesquelles il ne l'avait pas mis dans la confidence de l'enlèvement de Kit… Lui-même aurait pu se méfier, mieux surveiller Leny, peut-être même éviter que son beau-fils se compromette.

D'un autre côté, tu ne savais rien, donc le môme n'avait rien à leur raconter.

« Maman… » Tel avait été le premier mot de Kit, abandonnée dans les bras d'Aï Van à l'hôpital. Un mot banal en apparence, un mot presque inaudible, qui avait comblé sa mère. En revanche, la jeune femme, encore gavée de neuroleptiques, n'avait pas reconnu Leny. D'après les médecins, la redescente prendrait quelques jours. Avec un peu de chance, Kit s'en sortirait sans séquelle.

De son côté, Leny était entendu par les Services, qui exigeaient de lui qu'il leur raconte dans le détail comment il avait été contraint à collaborer avec les 12-10 et, surtout, quel type d'informations il leur avait communiquées au cours de ces derniers mois. Heureusement, Vorchek veillait à ce qu'il soit bien traité. Le pauvre môme était encore sous le choc. Il avait grandi avec Charlie, avait tout partagé avec elle, même une brève histoire d'amour, et il ne parvenait pas à accepter qu'elle se soit acharnée sur sa petite amie avec autant de cruauté. Leny avait du mal à s'en remettre. Julian aussi.

Après cinq bonnes minutes de marche, ils parvinrent à hauteur d'une double porte coupe-feu qu'un policier en faction ouvrit pour eux. Quand Charlie découvrit la salle de réception, son visage frondeur se crispa.

— Je veux pas y aller, se défendit-elle en s'arrêtant.

— Oh si, tu vas y aller. Et tu vas pouvoir te délecter des conséquences de vos crimes !

Sur le sol, on avait étendu des bâches en plastique noir, sur lesquelles reposaient des sacs mortuaires, dont certains, encore ouverts – des légistes et des policiers vérifiaient les identités avant d'enfermer les corps – dévoilaient le visage de dizaines d'enfants. Charlie tremblait de la tête aux pieds, et ses yeux passaient d'une petite dépouille à une autre sans se fixer.

— T'as pas le droit de me forcer !

— J'ai tous les droits, ma fille.

Tandis qu'il l'entraînait parmi les cadavres, Julian dut se faire violence pour continuer, tant ce spectacle le bouleversait.

— Regarde-les bien tous, il y en a deux cent soixante-treize, et ce chiffre grandit chaque heure.

— Il y en a bien plus qui meurent à cause de votre indifférence ! cria Charlie, que la colère tenait debout.

— Ceux-là, tu les as tués de tes propres mains.

Agnostique, Julian avait choisi d'élever sa fille dans la connaissance de la culture chrétienne. Qu'avait-elle dit en apprenant l'épisode biblique du massacre des Saints-Innocents ? « *Pourquoi ? Ils n'avaient rien fait de mal !* » La fillette avait pleuré sur la cruauté des hommes et celle de ce dieu qui laissait mourir les enfants.

— Tu avais le pouvoir d'empêcher cette horreur, et tu n'as rien fait. Y as-tu pensé, au moins ?

— Et toi, t'as pensé aux enfants d'Afrique ? En fait, tu t'en fiches parce qu'ils sont noirs et qu'ils sont loin.

— Donc, si je comprends bien, rétorqua Julian, vous assassinez des enfants pour que d'autres ne meurent pas ! Tu te rends comptes à quel point c'est insensé ?

— C'est le seul moyen de vous ouvrir les yeux. Tuer ceux qui vous sont chers. Dans cent ans, on les aura oubliés, sauf si vous acceptez de changer le monde.

— Mais de quel monde tu parles ? Lui, il s'appelait Ronan, il avait onze ans et il devait être heureux de participer à un championnat de sport avec ses amis. Et elle, Cécile, et elle, Salimatou, énuméra Julian en lisant les étiquettes d'identification des victimes. Une vie les attendait…

— Laisse-moi te poser une question, Julian, l'interrompit Charlie. Qu'est-ce que ces enfants ont de plus que les six mille petits Noirs morts aujourd'hui, pour qu'on les pleure si fort ?

Ces propos choquèrent Julian, pourtant il tint bon, se raccrochant à la fêlure qui lézardait sa voix.

— Qu'est-ce que Morgan t'a fait pour que tu sois aussi bornée !

— Il ne parle pas, il agit. Et ne me prends pas pour une gamine.

— Tu n'es rien d'autre pour lui que l'objet de sa vengeance contre moi.

— Tu vois, tu rapportes toujours tout à toi !

— Il croit que je lui ai pris sa femme, alors il me prend ma fille.

— Je ne t'appartiens pas !

— Pense ce que tu veux, ton héros n'est pas plus malin qu'un gamin dans une cour de récréation !

— Parce que toi, oui ?

— Je n'ai jamais prétendu être un héros. Je t'ai toujours aimée, Charlie, j'ai veillé sur toi. Et je n'ai pas demandé à une Intelligence Artificielle de se faire passer pour une ado afin de t'attirer dans une ZAD.

L'argument déstabilisa Charlie, qui fronça les sourcils un bref instant.

— Ah, tu l'ignorais ? Tu avais treize ans quand Ozalia, alias Lia, t'a contactée la première fois. Oui ou non ? Et toi, tout ce temps, tu croyais t'être fait une amie chez les zadistes ! Ouvre donc les yeux sur ces gens que tu admires tant ! Treize ans, le même âge que ces gamins que toi et tes précieux amis venez d'assassiner !

— Laisse-moi tranquille ! hurla Charlie en le repoussant de toutes ses forces. Dégage !

Il y avait tant de haine dans les yeux de son enfant que Julian en eut la nausée. Quelques heures plus tôt, il pensait être assez fort pour accepter l'idée qu'elle était devenue un monstre. À présent, il ne le supportait plus.

— C'est ce que tu veux ? dit-il, la voix usée. Très bien, je jette l'éponge. La petite fille que j'ai aimée n'existe plus.

Il fit volte-face et sinua entre les corps allongés. À quelques mètres se tenaient les policiers qui les escortaient. Leurs regards se croisèrent, les visages eurent une expression de sympathie, et Julian leur fut reconnaissant d'être là.

— Vous pouvez l'emmener.

Qu'allait-il faire à présent ? L'idée de retourner à l'entrepôt l'effleura. Il pourrait contribuer à la fouille des bâtiments, faire progresser l'enquête, peut-être trouver un indice qui leur permettrait d'intercepter les 12-10 avant qu'ils ne commettent une nouvelle fois l'irréparable. La sensation qu'il n'avait pas tout dit le poussa à se retourner. Debout entre deux sacs mortuaires, Charlie se laissait menotter sans réaction.

— Je ne sais pas si je suis responsable de celle que tu es devenue, commença-t-il en retournant sur ses pas. Je ne sais plus grand-chose à vrai dire… Ce dont je suis certain, c'est que jamais personne ne votera le projet ALONE après ce que vous avez fait. Tes amis 12-10 rendront un jour les armes, comme tous les terroristes, et ces morts n'auront servi à rien. Toi, tu deviendras une vieille femme aigrie par une vie en prison, et tu regretteras de ne pas avoir choisi de gambader dans la forêt pour soigner les animaux plutôt que de te lancer dans un combat perdu d'avance. Et moi qui rêvais de te voir grandir et vieillir, te marier, avoir des enfants, je ne serai pas là pour constater ta déchéance. Tant mieux, finalement. Ce n'est pas ce que j'espérais pour toi. Adieu, ma fille, ajouta Julian du bout des lèvres. Il y a longtemps que tu me manques, peut-être un jour, je m'habituerai à ton absence.

La distance qui séparait Julian de la sortie lui parut infinie, et il avait l'impression de marcher dans dix centimètres de boue, tant ses jambes avaient du mal à le porter. Alors qu'il débouchait enfin dans le couloir, son cœur de père se brisa.

— Papa ! Papa ! Papa !

Derrière lui, Charlie s'était mise à hurler. Cette fois, il ne se retourna pas.

Islanova

Île d'Oléron, domaine des Portes de Jade, salle de spectacle

« Nous, soldats de l'Armée du 12 Octobre, proclamons la création d'un nouvel État pris sur le territoire français ! Cet État s'appelle Islanova… »

Les yeux rivés sur la silhouette cagoulée de son père, Shana Scali avait préféré demeurer à l'écart de la foule de zadistes assemblée sur les gradins, pour écouter le discours de Vertigo, devant les caméras des médias internationaux. Ces derniers mois, elle avait rarement eu l'occasion de les voir réunis dans la même pièce, et elle se réjouissait que Morgan assiste à l'événement même si, pour ça, il avait dû passer le brassard noir des 12-10 et dissimuler son visage.

Ce discours, elle le connaissait par cœur, elle avait même contribué à sa rédaction. À présent, ce n'était plus une répétition mais l'instant fondateur du monde de demain, ce genre d'instant qui fait de vous un vétéran. L'écran central se scinda, et à droite apparut une modélisation de la Terre, sur laquelle l'image zooma jusqu'à pointer la France, et enfin l'île d'Oléron. À cet instant, Shana prit vraiment conscience qu'en s'appropriant un territoire, ils se comportaient comme les colons, et cette idée la dérangea.

« (…) Je demande solennellement aux autorités françaises de faire reculer leurs troupes de mille mètres afin de créer un corridor neutre entre nos deux nations, et de ne pas pénétrer sur notre territoire à moins d'y avoir été invitées, sans quoi nous considérerions cette invasion comme un acte de guerre et riposterions en conséquence. »

Le sigle représentant Islanova remplaça la carte du nouveau territoire.

— Amène-toi, c'est le moment !

« (…) Tant que le projet ALONE n'aura pas été voté, et le vote ratifié par tous les pays concernés, Islanova existera. »

Tandis que Vertigo poursuivait son discours, Shana suivit Gale et Aedan jusque dans la station de pompage située au troisième sous-sol du domaine. Elle enfila une combinaison en néoprène et vérifia son équipement de plongée. Pour grimper sur le tuyau d'adduction d'eau de mer qui alimentait le lac artificiel, elle s'aida des échelons scellés dans le bloc-moteur de la pompe. Puis Gale, lui-même équipé, l'aida à se harnacher des bouteilles. Shana testa son détendeur et s'immergea dans le conduit tandis qu'un troisième mercenaire refermait l'écoutille sur eux. Une fois la zone tampon établie, ce serait le seul moyen d'entrer et sortir discrètement d'Islanova. Elle chassa la nuit angoissante qui l'enveloppait en activant les lampes de son scaphandre autonome. Ce long tunnel rempli d'eau noire lui inspirait la mort.

Quand les trois plongeurs émergèrent dans le pertuis de Maumusson, le sourd grondement des vagues déferlant sur les bancs de sable les entourait. Ils n'avaient plus qu'à longer la côte occidentale de l'île sur une courte distance, puis à obliquer sur la gauche.

Emportée par la marée montante qui s'engouffrait dans le coureau, Shana laissa ses pensées vagabonder. Il y avait tant de choses à prévoir et à accomplir, c'était vertigineux. Et ça permettait de ne pas se focaliser sur les morts, la douleur et la colère que lui inspiraient les récents événements. Elle se souvint qu'elle n'avait pas encore distribué les livrets sur la vie à Islanova, – autant que de résidents, avait insisté Morgan. C'était un simple détail, sa vie ne désemplissait pas de détails de la sorte. Puis elle songea à Milan, qui semblait s'épanouir dans son rôle de 12-10, et à Charlie, la fille d'Abigail, dont elle appréciait la compagnie militante et gaie.

Son arrivée ici est une bénédiction pour nous tous.

L'eau chargée d'alluvions était trouble. On n'y voyait pas à trois mètres, mais Shana en était sûre, c'est à la base de ce pilier du viaduc de l'île d'Oléron qu'elle avait coulé une partie des explosifs lestés de plomb, une semaine plus tôt. Par gestes, elle demanda de l'aide à Aedan. Le paquet d'une vingtaine de kilos était englué dans la vase. Ensemble, ils dépiautèrent le colis, récupérèrent les pains de plastic qu'ils placèrent dans des filets. Puis ils rejoignirent Gale, qui installait un détonateur.

Shana s'était entraînée avec eux deux pendant des semaines. D'abord à l'air libre, pour apprendre les gestes sûrs. Lorsqu'elle avait été au point, ils avaient installé dans le bois entourant le domaine les explosifs destinés à délimiter la zone tampon – bientôt, une longue bande de forêt verrait ses arbres se coucher.

Puis l'entraînement s'était poursuivi en piscine et dans le coureau. Ici, le principal problème résidait dans la force du courant, qui pouvait atteindre huit nœuds, charriant au passage des millions de mètres cubes d'eau, de sable et de limon.

Les pains de C4 qu'elle posait aujourd'hui sous le viaduc d'Oléron ne serviraient qu'en cas d'assaut des autorités. Ce dont elle doutait, vu la propension de la France à toujours négocier avec les terroristes.

« On n'est pas des terroristes ! Mais ils nous appellent ainsi, faute de savoir comment nommer autrement ceux qui expriment de façon musclée leurs désaccords avec leur politique. »

Ces mots de Vertigo aux 12-10, Shana se les répétait souvent pour se persuader qu'elle n'avait pas basculé du côté de ceux qui l'avaient privée de sa maman, alors qu'elle avait douze ans.

Jusqu'où nous laisseront-ils aller sans riposter ?

La plate d'un ostréiculteur passa au-dessus de leurs têtes, les obligeant à suspendre leurs gestes. Le ronron du moteur s'éloigna et disparut, puis fut remplacé par celui d'un Zodiac de la gendarmerie. Depuis que la ZAD s'était étendue au domaine des Portes de Jade, ils patrouillaient davantage.

Les trois plongeurs attendirent que le bruit s'évanouisse pour vérifier les fixations des charges sur les piliers, puis se délestèrent de leurs bouteilles de plongée pour les remplacer par d'autres, pleines, que Shana avait stockées là. La marée ne tarderait plus à s'inverser, il fallait profiter du courant descendant pour rallier Islanova avant la fermeture de ses frontières.

Île d'Oléron, limites du domaine des Portes de Jade

Viva Islanova ! Le projet était lancé, on ne pouvait plus revenir en arrière, et Abigail Stedman était heureuse d'avoir participé à la proclamation aux côtés de Charlie. Jamais dans ses rêves les plus audacieux elle n'aurait imaginé cela possible. Depuis la guerre de Sécession, peu de Blancs avaient osé s'élever d'une façon aussi spectaculaire pour venir au secours de leurs contemporains noirs, et elle était fière d'en être, fière de partager ces moments historiques avec sa fille.

Pour son bonheur, Morgan avait illuminé sa vie personnelle et, depuis, Abigail vivait son vœu le plus cher auprès de sa fille, même si le début de leur relation sortait de l'ordinaire. Le cœur de Charlie regorgeait de manque d'amour et d'amertume, il faudrait prendre le temps d'échanger, même si cela présageait des discussions difficiles. Pour sa fille, Abigail était prête à tout entendre.

Mais un coup de fil l'informant que Julian, aux portes du domaine, exigeait de voir Charlie, vint refroidir son enthousiasme.

Pourquoi maintenant ?

— Tu es sûre que tu veux venir ? lui demanda l'adolescente en s'asseyant dans la voiturette électrique.

— Si ta question, c'est de savoir si je t'accompagne, la réponse est oui, bien sûr. Maintenant, si c'est une façon détournée de me demander de ne pas venir, la réponse est la même, je viens.

Elle aurait voulu ajouter : « Autant ne pas se donner l'habitude de tourner autour du pot ! » Elle se contenta de conduire le véhicule sur l'allée traversant le domaine d'ouest en est. La grille principale du parking était fermée. De l'autre côté, les silhouettes de Julian et de son épouse, Vanda, se précisaient, et dans les haut-parleurs du domaine, la voix rieuse d'Ozalia retentit : « Vous êtes sur le territoire d'Islanova. Veuillez vous conformer à la nouvelle législation de cette terre et reculer de mille mètres au-delà des grilles. Il vous reste quinze minutes pour obtempérer. »

— Il va se passer quoi, dans quinze minutes ? s'inquiéta Charlie.

— Un problème à la fois. Occupons-nous d'eux d'abord.

— J'aime beaucoup Vanda. Elle a pris soin de moi comme si…

— Tu étais sa fille ? Ne t'en fais pas, je n'ai pas l'intention d'accabler cette femme ou de m'engueuler avec Julian. Je viens pour te soutenir, quelle que soit ta décision. OK ?

— OK.

Abigail descendit de la voiturette avec le sentiment d'être du côté du plus fort. Elle n'oubliait pas que Julian l'avait menacée de disparaître avec Charlie, et la présence de la grille monumentale dressée entre eux la rassurait. Mais en croisant son regard, elle oublia qu'il était accompagné de sa femme, elle oublia le temps qui leur manquait, elle oublia tout, même sa fille. Jamais elle n'avait réussi à chasser cet homme de son cœur, et elle sut instantanément que lui non plus. La détresse de Vanda, dont les traits se décomposaient alors que son regard passait de l'un à l'autre, lui prouva qu'elle ne rêvait pas.

— Tu m'expliques ?

Sous les mots de Julian couvait une colère sans nom.

— Où est Leny ? s'écria Vanda. Charlie, dis-moi où est mon fils ?

— Réponds ! ajouta Julian. Pourquoi il n'est pas avec toi ?

— Leny a été expulsé de la ZAD, lâcha l'adolescente, provocatrice.

— Expulsé ? Pourquoi ?

— Il est probablement à Saint-Trojan, s'interposa Abigail. Ne vous inquiétez pas, c'est un grand garçon, et il y a des flics partout sur l'île.

Elle ressentit une vive sympathie pour Vanda, cette femme dont l'univers familial volait en éclats sous ses yeux. Même si, dans les faits, son existence avait constitué un obstacle entre elle et sa vie rêvée avec Julian.

— Toi, on ne t'a rien demandé, la rabroua ce dernier. Charlie, approche, on ne va pas se parler à travers les barreaux.

— Ne t'en prends pas à maman, elle n'y est pour rien. C'est Leny qui n'a pas respecté les règles.

Maman.

Le mot bouleversa Abigail, qui se fit violence pour ne rien laisser paraître, tandis que Julian semblait prendre sur lui pour contenir sa colère et ramener Charlie à la raison.

— Écoute, il faut que tu sortes de là. Tout ça va mal finir. Ensemble, on sera forts, avec Vanda, Leny, avec ta mère aussi, si tu veux. Je ne sais pas ce qu'elle a à voir avec cette histoire de fous, mais si elle reste ici, c'est dans un parloir que tu la verras. Parce que c'est grave, ce qui arrive. Tu n'as pas encore le recul nécessaire, mais je te le dis. C'est une prise de guerre, c'est du terrorisme. Il est encore temps d'arrêter les frais. Vorchek va nous aider, il va…

— Papa, est-ce que c'est vrai que t'as empêché maman de me voir ? Réponds !

Vanda tenta de s'interposer, en vain. Et Abigail s'apprêtait à intervenir elle aussi quand Julian lui coupa l'herbe sous le pied en lui jetant méchamment :

— Tu lui as retourné le cerveau ou quoi ?

— Tu es responsable de la situation, pas moi !

— T'as jamais voulu d'elle ! Alors c'est un peu facile de jouer les mères bafouées ! Charlie a grandi sans toi, et tant mieux si les choses restent en l'état. Parce que tu vas vite déchanter, ajouta-t-il à l'adresse de l'adolescente, crois-en mon expérience. Il ne vaut mieux pas faire confiance à la grande Abigail Stedman, parce qu'elle te plantera un couteau dans le dos et se tirera à l'autre bout du monde pour s'occuper des petits malheureux. Et elle n'en aura plus rien à foutre de ta gueule d'amour !

Incapable d'en entendre plus, Abigail tourna les talons pour cacher les larmes qui mouillaient ses yeux, et remonta dans la voiturette, tandis que Charlie répliquait vivement aux mots de son père.

— Tu n'as pas compris ! Je reste pas ici seulement pour elle, mais parce que Islanova et tous ceux qui y vivent défendent une cause juste. Six mille enfants meurent chaque jour par manque d'eau, des millions en sont malades, et toi tu t'en fous !

Julian attrapa les barreaux et secoua le portail en hurlant :

— Qu'est-ce qui te prend de raconter des conneries pareilles ? Si tu restes ici, tu vas foutre ta vie en l'air !

— Au moins, j'aurai assumé mes choix, pas comme toi.

Sur ce, Charlie fit volte-face à son tour et retourna s'asseoir auprès d'Abigail qui démarra. La voiturette s'éloigna, tandis que l'Intelligence Artificielle annonçait le temps restant pour quitter la zone.

Cinq minutes, l'entrevue n'avait duré que cinq minutes, et Abigail se sentait éreintée. Ses mains cramponnées au volant tremblaient, et elle s'en voulait de perdre ses moyens, elle qui avait d'ordinaire un sang-froid à toute épreuve ! Elle avait survécu aux camps de Natassale, à différents théâtres de guerre ; des dizaines d'enfants étaient morts dans ses bras, elle se souvenait du prénom de chacun d'entre eux, elle en avait sauvé des centaines d'autres. Non, elle n'avait de leçon à recevoir de personne, et encore moins de Julian Stark !

— Ton père arrive encore à me mettre la rate au court-bouillon. (Devant la mine d'incompréhension de Charlie, Abigail sourit.) J'aimerais que tu viennes habiter avec moi, ajouta-t-elle en se garant devant la résidence qu'elle occupait depuis la veille.

— Pourquoi tu n'as rien dit ?

— Tu ne lâches jamais ?

Charlie acquiesça d'un signe de tête.

— Je ne voulais pas charger ton père parce que c'était entre lui et moi.

— Donc c'est vrai ce que Maria m'a dit, il t'a empêchée de me voir ?

— Quelle pipelette, celle-là !

— Alors ?

— Oui.

— Le salaud !

— Ne parle pas de lui comme ça. Il avait ses raisons.

— Je suis désolée, maman.

« Vous êtes sur le territoire d'Islanova. Veuillez vous conformer à la nouvelle législation de cette terre et reculer de mille mètres au-delà des grilles. Il vous reste une minute pour obtempérer. »

— Viens, ordonna Abigail. Ça va secouer.

Elles entrèrent dans la maison et s'accroupirent derrière le canapé. Charlie se blottit dans les bras de sa mère.

— Bouche-toi les oreilles !

Une formidable explosion fit vibrer les baies vitrées, et un mur de fumée s'éleva au-dessus de la forêt. Quand le silence retomba sur le domaine, elles sortirent de leur cachette.

— C'était quoi ?

— Ne t'inquiète pas. Islanova crée une zone tampon. C'est nécessaire, crois-moi. Charlie, je suis désolée pour ce qui est arrivé avec Julian.

— Tu n'y es pour rien.

Abigail nota avec bonheur que sa fille lui ressemblait : elle avait ses yeux, sa couleur de cheveux et ce regard capable de changer d'intention, comme on passerait du coq à l'âne, détail qui déstabilisait les gens.

— Si tu restes, tu dois savoir que tu ne pourras pas sortir d'ici avant des semaines et que ça peut devenir dangereux.

— Je me sens en sécurité avec toi !

Mère et fille échangèrent encore quelques mots sur les événements, sur Julian aussi, jusqu'à ce que Charlie pose la question qu'Abigail redoutait entre toutes.

— Ça t'a fait drôle de le revoir ?

— Tu es très amoureuse de ce garçon, Leny ?

— Oui. Mais si je ne lui ai jamais parlé de toi, c'est pour une bonne raison. On a grandi avec un seul parent. Lui n'a jamais cherché d'où il venait, moi si. Leny et moi, on est différents, c'est sûrement pour ça qu'on s'aime.

— Alors tu as la réponse à ta question.

Carnets de Morgan Scali, le 7 juillet 2025

Tu verrais ça, mon amour ! Le domaine des Portes de Jade ressemble à un paquebot de luxe échoué sur le sable. Ses cales sont pleines de victuailles, ses piscines remplies d'une eau comme on en voit qu'en Occident, et son équipage, assez motivé pour tenir le temps que les peuples du monde somment leurs élites de soutenir le projet ALONE. J'ai beau y penser sans cesse, je n'arrive pas à me déterminer sur l'issue du vote. Ai-je bon espoir ? Vertigo est optimiste, comme toi, et pense que la démocratie passera. De mon côté, je crains les lobbies – pétrole, or, diamant, coltan... Certains n'ont pas intérêt à ce que les gens du sud du monde s'en sortent mieux.

D'après Ozalia, il y a neuf chances sur dix pour que cela se termine tragiquement. Malgré toute l'admiration que je porte à notre IA, je pense que son raisonnement est erroné. Nous n'avons menacé la vie de personne, et nos otages sont consentants. Enfin, si l'on excepte les agents de sécurité du domaine qu'il a fallu neutraliser. D'ailleurs, les négociations pour leur libération ont débuté, et Louis Dicabo, notre ambassadeur, reçoit un incroyable soutien sur Internet. Les vidéos de ses entretiens avec l'émissaire français atteignent des records d'audience, surtout quand le discours officiel martèle que l'État ne négocie pas avec les terroristes – jamais je n'aurais imaginé être affublé de ce nom – et que leur ambassadrice propose un pont d'or à nos mercenaires. Ce qui est mauvais pour l'image de l'adversaire est bon pour nous. Mais il ne faudra pas en abuser. Un ennemi humilié devient incontrôlable.
À propos d'ennemi incontrôlable, Julian Stark est aux portes d'Islanova. Sa présence ici a réveillé des sentiments que je croyais éteints. Parfois, il m'arrive de penser que le monde ne méritait pas tant de sacrifices. Je me souviens de ce temps où j'ai aimé des gens. Il m'arrive de le regretter, même si l'éloignement crée de la paix intérieure, un silence des sens qui imite

la vie sans l'être vraiment. Cette évolution, je ne l'avais pas prévue.
Bien sûr, je me doutais que le père chercherait à arracher sa fille aux bras d'Abigail, je l'espérais pour tout te dire. Longtemps, tu t'es battue pour que j'oublie cet homme, que je le bannisse de ma mémoire. "N'empoisonne pas ton cœur, ne perds pas ton temps avec les remugles." *Je n'y suis pas parvenu. Et aujourd'hui qu'il souffre de ce que je lui ai pris, je me sens soulagé d'un poids. En dehors du bonheur d'Abigail et du malheur de Stark, il y a eu une troisième conséquence à l'arrivée de Charlie à la ZAD. Imprévisible, celle-ci. Son petit copain s'est caché dans les sous-sols du domaine avec une fille de la sécurité. Je les soupçonne d'essayer de saboter nos installations. Peut-être même est-il aidé par Milan, je n'en possède pas la preuve. Depuis la fermeture des frontières, notre fils a trouvé un moyen de communiquer avec l'extérieur, un procédé simple et brillant. En d'autres temps, j'aurais sauté de joie, paradé en disant : "C'est mon fils !" Aujourd'hui, je gère ce problème comme les autres, pas à pas, et je surveille ce qu'il rapporte à ses supérieurs.*
J'espère juste que cette conséquence n'est pas le grain de sable que je redoute. Un faux pas, et l'humanité ne s'en relèvera pas.

Dédié au séchage du linge de cuisine, le toit en terrasse de l'ancien Novotel était de loin l'endroit le plus calme d'Islanova, et en dehors de Milan Scali, personne ne le fréquentait. L'œil rivé à ses jumelles, il observait la façade d'une maison d'inspiration landaise posée sur le front de mer de Ronce-les-Bains, à quatre mille mètres de là. Entre les colombages de la bâtisse, Sookie, alias Haley, avait accroché des rectangles de couleur rouge ou jaune. Cette fois, il n'y avait que six lettres exprimées selon un code couleur imitant l'alphabet Morse, et ces lettres formaient le mot « DEMAIN ».

Merde, ça va être serré !

Il cacha ses jumelles dans une rigole d'écoulement des eaux de pluie, au moment où il entendit un bourdonnement tout proche. Depuis l'apparition d'un véritable essaim de drones – Milan en avait répertorié plus d'une centaine, capables de surveiller simultanément l'ensemble du domaine des Portes de Jade, les sous-sols et les mouvements des troupes françaises –, il n'avait plus guère de doutes concernant le rôle d'Ozalee Mac Neil dans la préparation d'Islanova.

Sans se soucier des drones qui le survolaient, il décrocha les nappes du fil à linge, puis les jeta dans un panier, et s'attela à étendre les serviettes de table selon le même code couleur que celui utilisé par son agent référent : rouge/jaune/jaune/jaune/rouge/jaune/rouge…

Depuis le début, les Services cherchaient à neutraliser Vertigo et à couper la tête de l'Armée du 12 Octobre, c'était sa mission. Mais à présent, il n'était plus vraiment certain du résultat. Les 12-10 comptaient dans leurs rangs de nombreux candidats sérieux à la succession, à commencer par Novak, ou encore Günter Schilgen, Abigail et même Laurent Mukena. Ils étaient tous tellement sûrs de la légitimité de leur combat, qu'à peine Vertigo écarté, l'un d'eux prendrait les rênes sans hésiter.

C'est le sud de l'île qu'il faut évacuer, pas seulement Vertigo !

Milan avait bien entendu fait part de sa réflexion à sa hiérarchie, mais personne n'avait tenu compte de son rapport. La proclamation d'Islanova en avait surpris plus d'un, les forces militaires développées par les mercenaires et les 12-10 également, et, dans cet échec, il portait une grande responsabilité.

Il relut son message, étendit les dernières serviettes, en prenant garde à mélanger les couleurs pour ne pas attirer l'attention d'Ozalia, puis descendit le linge sec dans les cuisines du rez-de-chaussée. Au passage, il embrassa Maria, qui briquait ses fourneaux avec une demi-douzaine de zadistes. Dehors, la population d'Islanova – ou le bouclier humain, selon le côté duquel on observait la scène – vaquait aux occupations routinières d'une petite communauté autarcique. L'assainissement de l'eau, l'entretien des toilettes sèches, la pêche, l'élevage, le potager, il y avait tant à faire.

Il prit un rapide verre au bar de la piscine, puis s'enferma au local des imprimantes 3D, où il occupa les heures qui le séparaient de l'offensive des autorités à fabriquer les pièces de fusil que Novak lui avait commandées.

La nuit enveloppait les Portes de Jade d'une douce fraîcheur. Allongé sur le canapé, Milan somnolait, une partie de son esprit aux aguets, l'autre voyageant vers les pentes immenses des monts des Virunga. Son rêve le mena dans l'abri constitué de lianes étrangleuses, la nuit où Natassale les avait épargnés. Au cours de ces heures terribles où la mort avait rôdé autour de leur cachette, il avait eu peur, mais la présence de Morgan l'avait empêché de basculer dans la panique. Il avait toujours été rassurant malgré sa folie, un roc. Le Silverback…

— Pàpa !

Milan s'éveilla en sueur. Son rêve l'accompagnait dans le réel. Son père était là, assis dans le fauteuil, et jetait sur lui ce regard ambré et pénétrant qu'il posait d'ordinaire sur le monde. *C'est impossible !*

— Papa, mais…

— As-tu seulement idée du mal que tu fais, Milan ?

Un instant encore, il voulut croire qu'il rêvait. Mais la sensation de réalité persistait, et un désagréable frisson remonta le long de son échine.

— De quoi tu parles ? Qu'est-ce que tu fiches ici ?

L'esprit de Milan fouillait dans toutes les directions pour comprendre la présence de son père sur le site d'Islanova. Cela faisait des années que la Fondation ALONE alertait le monde sur la situation catastrophique de la planète. À travers ses porte-parole, elle l'avait fait avec calme et dans un but d'apaisement. Prendre les armes pour imposer ses idées ? Non, jamais Morgan Scali n'aurait fait une chose pareille ! Il était toujours prompt à critiquer Vertigo et Shana pour leurs actions belliqueuses !

— Réponds, papa ! exigea-t-il en se redressant, à présent bien réveillé. T'es là depuis quand ?

— Islanova, c'est moi.

Le cœur de Milan s'emballa. Soudain, il se trouva confronté à son propre aveuglement. Novak, Ozalee, Laurent, Abigail, Vertigo, Louis Dicabo et même Shana, tous avaient vu leur vie bouleversée en Afrique, et leur amitié s'était forgée sur les ruines d'un monde que les humains ne cessaient de détruire. Chacun à leur manière, ils avaient tenté de changer le cours des choses : manifestations, fondation, construction, guerre aussi, jusqu'à ce que l'échec de Berrito leur fasse prendre conscience qu'il n'y avait pas d'autre solution que celle de la violence pour ouvrir les yeux d'une humanité trop consumériste.

— Bien sûr que c'est toi.

— Milan, reprit Morgan après un long silence, durant lequel père et fils se jaugèrent, Shana ne supportera pas d'être mise en cage comme une terroriste.

— Il ne lui arrivera rien.

— Tu crois vraiment que ton petit message de tout à l'heure va les dissuader de l'arrêter ? Elle est devenue l'ombre de Vertigo. Pire, sa fille spirituelle !

— Alors, arrête cette folie avant que ça tourne au carnage !

— Pour cela, il faudrait que j'aie la certitude que notre cause sera entendue. Elle est noble, tu sais ?

— Je sais.

Tout au long des mois passés dans la ZAD, Milan avait été partagé entre sa fidélité à son pays, son engagement contre les 12-10 et la défense du projet ALONE. N'était-il pas raisonnable de vouloir cesser de détruire l'écosystème ou de répartir l'eau de la planète de façon plus équitable ?

— Pourquoi ne pas nous rejoindre, Milan ? Toi aussi, tu as vu combien le monde marche sur la tête !

— C'est impossible.

— Réfléchis. La France et moi ne jouons pas la même partie d'échecs. Laisse-moi terminer, ajouta Morgan en se levant. Ce soir, tu vas m'aider à laisser notre ennemi croire qu'il a gagné. Islanova doit tenir jusqu'au sommet de l'eau. Sois tranquille, personne d'autre que nous deux ne saura. Dans deux heures, je serai loin.

— Il n'en est pas question, papa. Tu le sais.

Les mains de Milan fouillèrent les coussins à la recherche de son arme.

— Tu ne vas pas menacer ton père, murmura Morgan, alors qu'un drone équipé d'un canon de petit calibre descendait la cage d'escalier et se positionnait en vol stationnaire à un mètre de lui. Tu n'es pas de taille.

— Vraiment ?

— Rien de ce que j'entreprends n'est un jeu.

— Écoute, papa, il est encore temps de sauver les meubles. Tu fais ouvrir les portes, tu libères les otages. Je suis OK pour te laisser en dehors de tout ça.

— Ce n'est pas négociable, fils. Tu as choisi de servir la France, et je respecte ta décision. Mais cette nuit, j'ai besoin de toi. Alors, ou tu collabores, ou je te fais enfermer dans les sous-sols jusqu'au vote du projet ALONE. Que décides-tu ?

Islanova / Maison des médias

Une grande partie de la vie de Vertigo se résumait à un champ de ruines, mais ce passé terrible avait été balayé lorsque Morgan leur avait présenté son projet : « *Nous obligerons le monde à nous entendre.* » Depuis le toit de la maison des médias où il se perchait pour écrire ses conducteurs d'émissions, Vertigo embrassait Islanova d'un regard toujours aussi émerveillé, une semaine après la proclamation. Le soleil rasait l'océan avec des couleurs dignes d'un film en Technicolor, irisant deux croiseurs de l'armée française. Un seul être manquait à son bonheur, Günter Schilgen, son vieil ami de toujours. Il aurait aimé trinquer avec lui sur ce qu'il appelait le toit de son royaume. Mais Günter était en Bavière où il avait un rôle à jouer, probablement le moins visible de tous, mais un rôle crucial, celui de mobiliser les 12-10 basés partout en Europe pour défendre le projet ALONE, au cas où les choses tourneraient mal ici.

La petite République d'Islanova s'était installée sur le symbole du gaspillage, une illusion du consumérisme. Tout ici avait des airs d'opérette, les décors parfaits, avec ses jolies maisons en bois et ses nombreuses variétés de palmiers, la machinerie de la salle de spectacle où tout le monde se réunissait pour débattre, et sous ce paradis artificiel, trois étages de béton destinés au bien-être.

Depuis le début de son bras de fer avec la France, Vertigo atteignait des records d'audiences planétaires. Chaque mot avait son importance, il fallait tendre à l'universalité. Dans peu de temps, il parlerait de la situation catastrophique du vivant sur Terre qui, du fait des agissements de l'homme, perdait quatre-vingt-deux espèces par jour en moyenne. Un chiffre accablant pour quiconque pensait un peu plus loin que le bout de son nez.

Il corrigea quelques phrases, s'étira. Avant de rentrer, il s'emplit les yeux des images de son royaume. Un petit groupe bavardait joyeusement près des bars, à deux pas de la piscine à débordement, côté plage. Les gens s'entendaient bien, c'était un plaisir à voir. Plus loin, deux mercenaires patrouillaient, armes en bandoulière. Un mal nécessaire.

— Mesdemoiselles, le monde requiert notre attention ! adressa-t-il à Shana et Charlie tout en s'installant devant son micro fétiche.

Il se réjouissait d'avoir choisi la fille d'Abigail comme assistante. Elle était très impliquée depuis qu'elle avait rejoint le mouvement 12-10, et rendait sa mère plus heureuse qu'elle ne l'avait jamais été. De son côté, Shana avait pris l'adolescente sous son aile, et c'était une bonne chose. Elle possédait une telle maturité, un tel courage ! *Quel âge avait-elle quand on s'est trouvés ?... Treize ou quatorze ans*. Une rencontre incroyable. « Je t'aime, docteur Maboul. Très fort ! Et même plus ! » Une amitié improbable entre un vieux fou au bord du néant et une adolescente abîmée par la mort de sa mère et le désespoir de son père.

Charlie lança le générique de l'émission et Vertigo raconta la véritable histoire d'une terre qui se désertifiait peu à peu sous le regard insensible de son espèce dominante. Avec les années, parler dans un micro était devenu habituel. Il parvenait tout en récitant son laïus à rester conscient de son environnement. Charlie était concentrée sur son poste de travail, tandis que Anne, la journaliste du site d'information W3, discutait avec Shana dans la pièce voisine. Il était entouré de femmes intelligentes et belles, et parlait à l'humanité tout entière. Que pourrait-il espérer de mieux ?

Avant de conclure, Vertigo donna des nouvelles d'Islanova pour rassurer les sympathisants et passer des messages aux 12-10 basés en Europe, selon un protocole inspiré de Radio Londres. En France et ailleurs, les cellules s'organisaient. La date du sommet de l'eau approchait. Il faudrait être prêt à bloquer Paris tout entier.

— Mes chers *compañeros* ! Chaque matin, en vous levant, souvenez-vous que c'est peut-être votre dernière journée sur cette terre ! Dites-vous qu'un AVC peut priver vos proches de votre bienveillante présence, n'oubliez pas qu'une météorite facétieuse est peut-être sur le point de nous anéantir ou qu'une bande de terroristes a choisi la terrasse de votre bistrot préféré pour faire un carnage. Et enfin, remerciez le Créateur pour moi d'avoir si bien œuvré, et même si tout ça n'est que le rêve d'un autre, ça valait quand même le coup d'entrer un moment dans la danse ! *Viva Islanova !*

Voilà, c'était terminé, un discours de plus qui ferait couler l'encre des rédactions et délierait les langues pendant des jours. Comme si l'on pouvait encore débattre sur ces sujets.

— Vous avez réfléchi à ce dont je vous ai parlé ? demanda-t-il à Anne, tandis que Charlie rangeait le studio en fredonnant la chanson du générique de l'émission.

La veille, il lui avait révélé que Novak possédait de nombreuses preuves sur la responsabilité de la Gold Petroleum, et donc de l'État français, dans le déséquilibre de la région des Grands Lacs qui avait conduit à des massacres de populations.

— Nous sommes d'avis de rendre ces documents publics. Anne, vous êtes devenue journaliste chez W3 pour faire un boulot de journaliste, non ?

Plus que tout, Vertigo tenait à ce que l'esprit du site fondé par ses enfants douze ans plus tôt reste inchangé. Un site d'information au service de la vérité, libre de jeter les plus gros pavés dans la mare des gouvernements et des puissants. Quelles qu'en soient les conséquences.

S'ensuivirent des piques sur les populations entravées et la théorie du complot, un concept inventé par les élites pour cacher leurs magouilles.

— En tapant trop fort, trop vite, vous perdrez le soutien du peuple ! Croyez-moi, dans la gestion de l'information, on ne peut pas balancer deux bombes en même temps, objecta Anne. La deuxième chasse la première. C'est contre-productif.

— En fait, tempéra Shana, je me demande si on ne risque pas plutôt de polluer le message d'Islanova.

— Islanova a déjà outrepassé les limites. Révéler l'implication de l'État français dans le massacre de plus de cent mille civils ne ferait qu'opposer un peu plus la population et son gouvernement.

— Oui, mais ça risque de se retourner contre vous.

L'établissement de la vérité était le cœur du combat de Vertigo. Il comprenait mal qu'une journaliste pèche par excès de prudence ; que Shana s'y mette aussi, c'était simplement choquant.

— Je veux bien retarder la révélation de cette affaire, grommela-t-il. Mais elle sera jetée en pâture aux médias, quoi qu'il advienne.

— Qu'est-ce que ça sent ? s'inquiéta Anne en reniflant l'air.

— Les emmerdes à plein nez, comme chaque fois que tu discuteras avec Vertigo, plaisanta Milan qui venait de débouler dans le salon.

À la fenêtre, celui-ci tentait de localiser les chiens qui aboyaient tout à coup.

— Non, sérieusement, vous ne sentez rien ?

— Si, Anne a raison, déclara Shana en sortant sur la terrasse, ça sent le cramé. Le vent vient de par là.

Sur le qui-vive, Vertigo sonda la nuit. Une lueur rouge montait par-dessus le toit de la maison d'en face. Il s'avançait pour aller voir ce qui se passait, quand des mains l'attrapèrent et le renversèrent.

La vision brouillée, la bouche pâteuse et le corps douloureux, Vertigo recouvra ses esprits après de longues minutes. Il ne comprit d'abord pas quelle était la source de ce vacarme, ni pourquoi la nuit avait dévoré son univers. Puis il se souvint. Milan, le produit infect sur sa bouche et… ce bruit terrible, c'était celui des pales d'un hélicoptère. Il était sanglé au siège entre deux militaires qui gesticulaient et criaient, leurs armes braquées par les portières ouvertes. Le vent hurlait dans l'habitacle, Anne et Shana étaient harnachées en face de lui, encore sonnées par la drogue. Dans le coin opposé, une jeune Asiatique pleurait.

Jamais vue à la ZAD, celle-là...

Puis le souvenir lui revint dans l'instant. Kit Phuong, de la sécurité des Portes de Jade, elle et le jeune Leny Macare avaient donné du fil à retordre aux mercenaires.

Où il est passé, le môme ?

Soudain, juste à côté, un des commandos ouvrit le feu, et une violente explosion secoua l'appareil, leur arrachant un cri.

Sur quoi ils tirent ?...

L'interrogation évolua dans l'esprit de Vertigo, qui se mit à sourire. Sur des drones bien sûr. Ozalia ne les abandonnait pas… mais son sourire se figea bientôt en une grimace d'incompréhension.

Un drone, ça n'explose pas. Un drone équipé d'un explosif, en revanche...

Les appareils attaquaient l'hélicoptère dans le but affiché d'exterminer l'ennemi. Comment était-ce possible ? Ozalee avait bridé le logiciel avant de disparaître tragiquement, jamais l'IA ne devait développer sa capacité létale, Novak, Morgan et lui s'étaient accordés là-dessus. « *Les victimes seront dans nos rangs.* » Était-il possible que leur jeune amie ait été assassinée pour qu'Ozalia puisse tuer ?

Vous n'avez pas osé...

Face à lui, Shana avait émergé. Et dans ses yeux, Vertigo lut du désespoir. Elle aussi avait compris. À côté d'elle, Anne semblait confuse et terrorisée.

Tu iras bien, ils te cuisineront pendant des jours, et finiront par te foutre la paix. Tandis qu'à nous...

Combien de fois en avaient-ils discuté ? « Si on nous arrête, t'inquiète, on s'en sortira ! lui disait-elle. On n'est pas des terroristes, juste des humanistes ! »

Vertigo acquiesçait, persuadé que de toute façon ils ne se feraient jamais prendre, parce que la vie ne pouvait pas lui jouer un tour aussi pendable. Personne ne le remettrait en cage. *Pas deux fois !* Mais qu'étaient-ils devenus aujourd'hui, alors que l'Intelligence Artificielle des 12-10 tuait au nom d'Islanova, si ce n'était des assassins ?

Shana, nous avons eu le bonheur immense de nous connaître, et ça, personne ne nous le volera... Je t'aime, mon petit.

Je t'aime aussi, docteur Maboul, lui répondirent les yeux de Shana.

Sans la quitter du regard, Vertigo remonta ses mains entravées à hauteur d'épaule et appuya sur le bouton de déblocage de son harnais. Les militaires étaient bien trop occupés à dégommer les drones tueurs d'Ozalia pour se préoccuper de lui.

— Ils n'auront pas ton cœur ! lui cria-t-il, alors qu'elle l'avait imité sans hésiter. Ils n'auront pas le mien non plus ! *Viva Islanova !*

— *Viva Islanova !* répéta-t-elle, souriant et pleurant en même temps.

Une nouvelle explosion secoua l'hélicoptère, qui versa sur le côté. Dans un même mouvement, ils joignirent leurs mains liées et se jetèrent ensemble dans le vide, entraînant avec eux un des commandos.

Interview sur Arte de Morgan Scali par Rosa Sylla, le 15 juillet 2025. Extraits.

— Monsieur Scali, bonjour, et merci de nous accorder cette interview exclusive.

— Bonjour, Rosa Sylla. Bonjour à tous.

— C'est la première fois que vous répondez à une interview télévisée, alors je vais entrer dans le vif du sujet : pourquoi sortir de l'anonymat maintenant ? Est-ce en rapport avec la mort de Vertigo, le chef d'Islanova ?

— Plus précisément avec la mort de la jeune femme qui l'accompagnait cette nuit-là, répondit simplement Morgan. C'était ma fille, Shana.

— Je suis désolée. Je ne savais pas...

— Notre monde est le théâtre d'une guerre où les images sont primordiales. La Fondation ALONE a su se passer de moi pendant des années, mais aujourd'hui ce n'est plus possible. Tous ceux qui œuvrent au succès des missions de la Fondation, moi y compris, ne le font pas pour eux. C'est pourquoi l'annonce de la disparition de ma fille aux côtés de Vertigo ne doit pas menacer le projet que nous défendons. Pour la seule journée d'hier, des dizaines de milliers de personnes sont mortes d'un manque d'accès à l'eau potable. Vous voyez que cette triste nouvelle est donc très relative.

— Vous lui en voulez ?

— Pas un instant, chacun est maître de son destin.

— La présence d'Islanova dans le sud de l'île d'Oléron est considérée comme une attaque terroriste. Regrettez-vous qu'elle ait choisi cette voie-là ?

— Je vous l'ai dit en préambule, le but de mon intervention n'est pas de parler d'Islanova, mais de préciser que la présence de ma fille Shana auprès de Vertigo n'engageait qu'elle, pas la Fondation ALONE.

[...]

— Excusez la brutalité de ma question, mais vous ne semblez pas manifester beaucoup d'empathie pour elle. Cela signifie-t-il que vous la considérez comme une terroriste, et son décès comme la conséquence de ses choix ?

— Je suis un homme habitué à la mort. Ni vous ni moi ne pouvons prétendre connaître la destinée du monde. Tout ce qu'il y a à savoir, nous le savons. Il reste à décider si oui ou non nos gouvernements prendront le problème à bras-le-corps, et si oui ou non nos populations manifesteront un intérêt pour leur devenir. Toute autre spéculation est, à mon sens, superflue.

17 juillet

Principauté de Monaco

Mon amour, je me souviens du bébé comme s'il venait de naître. Shana avait un œil fermé et l'autre inquisiteur. Je me souviens de l'enfant qui jouait seule avec les petites voitures de son frère et délaissait les poupées que toi et moi lui avions achetées sans y réfléchir. Je me souviens de Shana, la veille du concert des Eagles of Death Metal. Elle apprenait l'anglais depuis deux ans et nous a demandé si c'était raisonnable pour des parents d'aller écouter des musiciens qui se faisaient appeler de cette façon. Nous aurions dû considérer ses propos d'enfant. Elle ne pouvait pas savoir, ou peut-être que si. Shana voyait au-delà des personnes. Shana voyait l'amour et la détresse du monde, je crois que c'est pour cette raison que l'Afrique l'a tant conquise.

Morgan Scali leva la pointe de son stylo et porta une main à son front. La réverbération de la lumière du soleil sur le papier l'aveuglait. En face de lui, dans le port resplendissant de Monaco, un paquebot de croisière appareillait, le pont chargé de minuscules silhouettes agitant les bras. Dans son sillage, une nuée de mouettes piaillaient.

Shana aurait détesté cet endroit, et pourtant, elle adorait la mer.

Ici, sur le yacht de Dakota amarré sur la jetée Lucciana, le temps s'était arrêté. Le sort d'Islanova et de ses amis, dont il était sans nouvelles, l'indifférait.

Je me souviens d'elle quand les mots l'étouffaient tant qu'elle se taisait, quand elle s'est retranchée dans un univers où les mamans ne peuvent pas mourir et les papas assument leurs responsabilités. Ses yeux parlaient pour elle, ils racontaient sa douleur et son envie de vivre, pendant que les miens courtisaient l'abîme. Je me souviens de sa renaissance quand nous avons découvert Milna, ce bébé gorille dont elle s'est occupée, et lorsqu'elle a enfin parlé pour me dire qu'elle quittait l'Afrique pour te rendre visite au cimetière de Montmartre avec Abi et Vertigo. Je crois d'ailleurs que c'est à cette occasion que Shana et lui sont devenus indispensables l'un à l'autre. Alors, les savoir partis dans la même seconde me laisse espérer qu'ils se reconnaîtront à nouveau. Enfin, je me souviens de ton amour pour ta fille, que tu aurais protégée au péril de ta vie, ce que je n'ai pas su faire. Je vous sais réunies à présent, il le faut parce que sans cela le monde peut bien basculer dans l'oubli. Shana était notre enfant pour la vie, elle est notre enfant pour l'éternité aujourd'hui, et elle rejoint la longue liste des enfants morts ce jour du fait de la violence et de l'aveuglement des hommes...

Côté français, on taisait l'assaut tragique sur Islanova, et on ne parlait que des attentats perpétrés par les 12-10 dans le Grand-Ouest, depuis qu'un appel posthume de Vertigo avait exhorté ses soldats à priver la région d'eau potable par tous les moyens. Attaque des stations de captage et d'épuration, et même des sociétés de camions-citernes capables de véhiculer de l'eau depuis les régions voisines. L'opération terroriste avait été un tel succès qu'on dénombrait plusieurs centaines de milliers de personnes touchées par les coupures. Des émeutes éclataient dans les villes concernées, les actes de vandalisme se multipliaient, les voisins s'agressaient entre eux, et les Français comprenaient dans la douleur ce que vivaient chaque jour des millions d'autres humains dont ils se fichaient éperdument.

Si le message passait mal auprès de la majeure partie de la population, certains manifestaient leur soutien au projet ALONE partout en France. Ce qu'Islanova avait échoué à obtenir, le sacrifice de Vertigo et de Shana était en passe de le réaliser, et Morgan aurait dû s'en satisfaire. Il en était incapable.

— Mon contact local à la CIA n'a pas plus d'info que nous, annonça Dakota en posant un cabas rempli de légumes et de fruits de saison sur la table.

— Je suis sûr que nos amis vont bien, lui dit-il. Milan veille sur eux…

L'émotion submergea Morgan, qui resta silencieux avant de se reprendre :

— Ce soir, j'ai plusieurs rendez-vous avec des télévisions. Je dînerai en ville.

— Tiens, mange au moins une pêche, elles sont d'ici. Un délice !

Un instant, il hésita à lui demander de ne pas forcer son entrain, puis se ravisa. Ce devait être sa façon à elle de lutter contre le chagrin.

— C'est comme les tomates, elles sont… *I'm so sorry,* dit-elle en voyant briller les yeux de Morgan.

Il accepta le fruit que lui tendait Dakota. Son hôtesse soignait ses angoisses par la nourriture et étendait ce principe à son entourage, y compris ses gardes du corps.

— Je dois me montrer le plus possible, reprit-il. Demain, je monte à Paris. On m'attend à l'Unesco pour préparer le sommet de l'eau.

— Je ne sais pas comment tu fais pour tenir le coup.

Morgan jeta le noyau et le regarda remonter à la surface. Cette eau sombre lui rappela celle qu'il avait dû traverser quelques jours plus tôt, quand il avait quitté Islanova de nuit par voie sous-marine. Une expérience détestable, mais nécessaire, comme tout ce qu'il entreprenait.

— Je n'ai pas le choix : Shana n'aurait pas aimé me voir baisser les bras.

2025 ·· **2028**

25 avril

France, région de Thionville

Julian Stark aurait aimé faire le vide, concentrer son attention sur l'utilitaire Citroën qu'il suivait depuis la gare de Metz, mais le visage en pleurs de Charlie, alors qu'il l'avait abandonnée aux mains des Services, le hantait. Dieu que c'était difficile ! Il avait l'impression d'avoir perdu son enfant.

Charlie n'est pas morte !

Où était la différence ? Morte ou enfermée pour le reste de sa vie, avec des désirs de massacres d'innocents en guise de projet…

La Citroën s'engageait sur une bretelle de sortie de l'A31.

— Sortie 44, indiqua-t-il dans la radio. Il ne rentre pas chez lui.

La seule information que les enquêteurs avaient pu obtenir de Charlie se résumait au nom d'un chef de cellule 12-10 résidant dans la vallée des Anges, à quelques kilomètres de la frontière luxembourgeoise. L'homme d'une quarantaine d'années travaillait pour la SNCF et son profil n'avait jamais éveillé le moindre soupçon. Pour l'heure, il rentrait de Metz, où il avait convoyé un train de marchandises, et roulait dans une camionnette sur l'A31, ignorant que plusieurs véhicules le suivaient à distance, épaulés par deux hélicoptères des Forces spéciales.

Le policier leva le pied au rond-point et se laissa dépasser par une voiture suiveuse. Pas question que le type remarque la filature. Par chance, à cette heure, le trafic était dense. La cible roula à bonne allure jusqu'au village de Molvange, bifurqua sur un chemin de terre et s'arrêta dans un bois, apparemment un cul-de-sac.

Où est-ce qu'il va, bordel ?

La réponse émanant des analystes du Block D tomba dans son oreillette :

« C'est un fort de la ligne Maginot, il y a des kilomètres de galeries là-dessous ! »

Julian frappa son volant de colère. Perdre ce type serait la deuxième tuile de la journée, après la publication sur Internet du *Manifeste* de Morgan Scali par les 12-10. Depuis le début de la matinée, les médias ne parlaient que de ça et rivalisaient de critiques concernant les autorités, le gouvernement et l'antiterrorisme en particulier. Comment ces spécialistes avaient-ils pu négliger une telle menace ? Le parallèle avec les attaques de Paris et celles du 11 Septembre revenaient à la surface, et les théories du complot fleurissaient un peu partout sur la Toile.

Lorsqu'il arriva en vue du fort, Julian sut que la tâche ne serait pas aisée. Ces fortifications, dont la construction remontait à près d'un siècle, couraient sur plusieurs niveaux et desservaient différents blocs de combats souvent éloignés les uns des autres par des kilomètres de galeries.

Les hommes des Forces spéciales firent sauter la porte blindée à l'explosif, puis s'engouffrèrent dans un tunnel éclairé par des plafonniers à la lumière chiche, qui s'enfonçait dans les profondeurs de la colline, le long de rails rouillés.

Avec deux collègues du Block D, Julian abandonna la traque du 12-10 aux commandos et se concentra sur l'exploration de ce fort. Tout en bas du long couloir en pente, entre cinquante et soixante mètres sous la surface, d'autres tunnels desservaient d'innombrables salles qu'ils visitèrent les unes après les autres. Dans les premières, ils ne trouvèrent que des structures remontant à la construction de la fortification. L'idée que Charlie s'était payé leur tête lui traversa l'esprit, jusqu'à ce qu'il découvre une maquette de bâtiment, dans le style de celles qu'il avait étudiées en RDC.

— Capitaine, venez jeter un coup d'œil !

Pour rejoindre le collègue qui l'appelait depuis la salle voisine, Julian franchit un triple sas de bâches en plastique, et fut accueilli par une température tropicale et une lumière crue.

— C'est pas du cannabis.

— Non, confirma Julian quand ses yeux se furent accoutumés. Ce sont des plants de ricin, et la récolte a été faite, précisa-t-il en égrenant les bogues ouvertes.

— Comment vous savez ça ?

— J'ai été garde forestier dans une autre vie.

Julian se garda de dire qu'il avait initié sa fille à la botanique quand ils vivaient dans les Vosges et qu'il lui avait expliqué qu'avec cette plante, on fabriquait à la fois de l'huile en cosmétologie et la ricine, un poison six mille fois plus toxique que le cyanure. *Six mille...* se répéta Julian, certain que le diable avait le visage de Charlie et qu'il se nichait dans les détails.

La pièce voisine était occupée par un laboratoire sommaire, où des traces de poudre traînaient encore dans deux dessiccateurs. Il y avait aussi des containers disposés sur un chariot, une vingtaine au total, qui portaient par paires une étiquette avec un nom de ville. D'après les traces, il en manquait deux.

— Putain de merde !

Luxembourg, Manchester, Barcelone, Porto, Saint-Pétersbourg… Les futures villes cibles étaient là, toutes sauf une, manquante.

Celle d'aujourd'hui.

Julian fouilla la salle des yeux, et finit par dénicher le bloc d'étiquettes qui avaient servi à marquer les containers.

— Avec un peu de chance…

Cette chance qu'il appelait de ses vœux lui sourit enfin, quand le geste maintes fois vu dans les films, et consistant à frotter au crayon la page en dessous de celle où l'on avait écrit, leur révéla le nom d'une ville qu'ils connaissaient bien.

En cet instant, il existait un homme sur cette planète capable d'arrêter cette folie. Un seul.

— Où est Scali, bordel de merde ! hurla Julian, qui vivait comme une trahison les mensonges de ses supérieurs.

Cet homme, personne, en dehors de quelques initiés, ne savait où il était passé.

Île d'Oléron, zone interdite d'Islanova

Après les mois d'isolement qu'il avait connus en RDC, puis les semaines éprouvantes passées entre les mains des services de Renseignement, Morgan Scali avait vécu comme une récréation le voyage en voiture aux côtés de l'agent Castel, le lieutenant Barville et deux gros bras des Forces spéciales – qu'il surnommait *Silaha* et *Kubwa*[1]. Après des semaines de torture, sortir de sa cage pour retourner sur l'île Oléron le rendait euphorique, et il observait ces rives qu'il aimait tant, le sourire aux lèvres. Revenir ici, quelle idée brillante ! Jamais Ozalia ne les chercherait dans cette désolation.

Dans la nuit, le tablier du viaduc gisant dans le coureau ressemblait à une créature mythologique émergeant à peine sous le clair de lune. Dérangés par l'impressionnante masse de béton englouti, les flux et reflux des marées avaient déplacé des monceaux de sédiments, si bien que le Zodiac se frayait un chemin à vitesse réduite à travers des bancs de sable qui n'existaient pas auparavant.

Les autorités semblaient avoir appris de leurs erreurs. Quelque part du côté du Havre, ils avaient délaissé l'hélicoptère pour une berline, un vieux modèle non connecté, et emprunté des routes secondaires pour échapper aux caméras des autoroutes. Lui s'était endormi comme une masse à hauteur d'Alençon pour ne se réveiller que dans le port industriel de La Rochelle où, au beau milieu de la nuit, un Zodiac de la gendarmerie maritime les avait embarqués pour

1. « Gros » et « Bras » en swahili.

deux heures de traversée. D'après ce qu'il avait pu comprendre du pilote, l'ordre n'émanant pas de la hiérarchie, il n'en subsisterait aucune trace.

Le capitaine mit le cap sur le pertuis de Maumusson, et les premières lueurs de l'aube dévoilèrent les brumes d'une journée grise. À tribord, la carcasse de l'ancien Novotel émergea de la nuit. Sur la plage, de grands X en acier autour desquels s'enroulaient des fils de fer barbelés interdisaient l'accès à l'île.

Fin 2025, le sud d'Oléron avait été déclaré zone interdite, et la commune de Saint-Trojan-les-Bains, évacuée. Deux ans et de nombreuses tempêtes plus tard, aucun habitant n'avait été autorisé à y revenir. Et le projet annoncé par les autorités d'ériger une stèle dédiée aux victimes du terrorisme sur les ruines des Portes de Jade repoussé à des lendemains meilleurs.

Le rez-de-chaussée du Novotel avait abrité le réfectoire d'Islanova, et sa terrasse, des tourelles automatiques pilotées par IA qui avaient déchiqueté plus d'un corps de militaire. Mais pour Morgan, ce bâtiment racontait une tout autre histoire. Ici, avec Gaëlle, il avait aimé et donné, reçu et entrouvert une porte sur le paradis.

Dans le vent, il tendit l'oreille. Peut-être leurs mots d'amour s'étaient-ils agrippés aux rochers, aux pins, aux façades des maisons fantômes qui peuplaient dorénavant la commune de Saint-Trojan. Peut-être au détour d'une vague allait-il attraper un de ses éclats de rire.

Mais il n'entendit rien d'autre que le moteur et la coque fendant l'eau. Alors il tenta de se lever pour voir ce que les sons ne lui racontaient pas, mais Kubwa, le militaire auquel il était attaché par le poignet, tira sur sa chaîne.

— Vous bougerez quand je vous le dirai !

Morgan l'ignora et plissa les yeux, cherchant à percer les ténèbres.

Le vent d'ouest charria le bruit des déferlantes. Ils approchaient de la sortie du pertuis. La baie de Gatseau avait disparu, emportée par les marées et, à présent, seuls les murs du domaine empêchaient un désastre plus grand.

Islanova n'est pas un rêve. Islanova, c'est peut-être la fin du cauchemar.

À l'époque de l'occupation des Portes de Jade, Vertigo avait prononcé ces mots. Ils feraient une bonne épitaphe, avec peut-être la précision qu'ils n'avaient jamais cherché à faire le mal, juste ouvrir les yeux au monde.

Son euphorie se mua en tristesse quand l'embarcation accosta sur les rives ouest, face aux terrasses du domaine. La structure du bâtiment, initialement intégrée dans le paysage, ressemblait à présent à un immeuble posé de travers sur la plage. L'océan avait arraché le sable tout autour et créé un bras de mer qui, à marée haute, entourait le domaine.

Islanova...

Poser le pied sur cette terre dévastée revenait à accepter l'échec d'une grande idée. Qui aurait pu imaginer que les dirigeants de ce monde s'y opposeraient ? Si seulement on l'avait laissé réaliser jusqu'au bout le projet ALONE... on n'en serait pas arrivé là : des millions d'enfants auraient survécu, engendrant à leur tour l'humanité de demain...

— Croissez et multipliez, murmura Morgan au moment de descendre du bateau. Jua, comme tu aurais aimé cet endroit !

Jua, l'enfant des rues, ce petit bonhomme qu'il avait assisté jusqu'à son dernier souffle. Morgan n'avait pas pensé à lui depuis longtemps. Trop longtemps.

Les jambes flageolantes, il dut se retenir au bras de Kubwa qui l'aida à débarquer, puis à progresser dans l'eau, jusqu'au sable sec.

— Je ne suis pas responsable de tout, murmura-t-il pour lui-même. Six mille hier, six mille aujourd'hui. Non, pas six mille, aujourd'hui il y en aura plus.

Le souvenir remontait à sept ans. Et pourtant, il était encore si présent. Le petit corps de Jua allongé sur ce lit de camp, dans le dispensaire où travaillait Abigail. Ses yeux jaunes de fièvre, habités par l'expression terrible que la fin est là, qu'il n'y a rien à faire. La poitrine qui se soulève, la peau tendue sur les côtes. Et la main qui s'abandonne, la vie partie trop tôt, trop vite.

Malgré les années, Morgan ne put retenir un sanglot. Il avait guetté un mouvement, attendu, les yeux rivés sur cette poitrine qui ne voulait plus bouger.

Jua est retourné à la terre. Et cette terre nous ensevelira tous.

L'image d'Abigail s'imposa à lui. Il la revit debout sur la terrasse, le jour où elle avait retrouvé Charlie, quand les libres penseurs de la ZAD de l'Atlantique venaient tout juste d'envahir le domaine et que le monde s'apprêtait à apprendre la naissance d'un nouvel État.

On devrait toujours fêter une naissance.

Abigail et Charlie, un morceau de bonheur volé à la stupidité des hommes. D'un homme. Julian Stark.

— Laissez-le-moi, intervint Sookie, en récupérant la menotte qu'elle passa à son propre poignet.

Morgan appréciait cette femme sans la connaître. Il savait qu'elle était l'agent des Services qui avait recruté Milan, et pour cela, il la respectait. Même si elle avait retourné un fils contre sa propre famille, elle avait eu l'intelligence de repérer le talent d'un môme de vingt ans.

— Je sais qui vous êtes, lui dit-il. Et je ne vous en veux pas.

Pour toute réponse, Morgan n'obtint qu'un bref coup d'œil. Sookie à ses côtés, il suivit les militaires dans l'ascension des terrasses. Ici, il y avait eu des bars, où les zadistes venaient se délasser après une rude journée de travail. Une partie de la grande verrière abritant le lac tropical avait survécu aux intempéries, mais elle était envahie de végétation. Sur sa gauche se trouvait l'entrée de la salle de spectacle, le centre névralgique d'Islanova, l'endroit où la vie sociale se tenait. Il tira sur la menotte, plusieurs fois, et Sookie finit par le laisser faire.

La lune illuminait la zone, lui donnant des airs de paysage de fin du monde.

Soudain, sous les yeux de Morgan, des silhouettes se matérialisèrent, le soleil éclaira Islanova et il revit le domaine comme il était à son apogée, les arbres et les fleurs bercés par le vent, le grondement de l'océan, et les zadistes accourant de toute part, incapables d'imaginer alors ce que Vertigo allait déclarer à la face du monde.

Islanova, l'unique salut pour l'humanité.

— Regardez, murmura-t-il à Sookie, en tendant une main devant lui. La grande rouquine, là, c'est Shana. Vous la voyez ?

— Je la vois.

Shana si libre, intrépide. Telle qu'il l'avait laissée grandir. Dans la foule qui s'amassait devant l'entrée de la salle de spectacle se trouvaient tant de visages amis et aimés : Milan, Charlie, Abigail, Novak, Louis et Laurent. Il y avait aussi Aguir, le géant timide qui lui avait inspiré ce projet fou, et Dédé, Maria, les pionniers. Tous, ils étaient tous là. Et Vertigo, qui s'apprêtait à prononcer les mots fondateurs.

« C'est pourquoi aujourd'hui, par la force de nos convictions, nous… »

Que restait-il de ce « nous », si ce n'était la certitude qu'il fallait poursuivre le combat et procéder par attaques ciblées, sacrifier quelques-uns pour éviter la disparition de l'humanité ?

Allemagne, Dortmund

L'hélicoptère des Forces spéciales mit un peu moins d'une heure pour rallier la banlieue de Dortmund, et récupérer au passage Horst Hoheisel, l'agent du BfV déjà présent lors de l'épisode des mannequins. Une partie de ce temps, Julian Stark échangea au téléphone avec Vorchek et ses homologues allemands. La région où les 12-10 avaient prévu de frapper à la ricine était la plus dense en population d'Allemagne, les événements culturels, sportifs, les établissements scolaires se comptaient par milliers, le métro ne déroulait pas moins de cent kilomètres de voies et autant de stations, et les Services, les flics et les secours, particulièrement difficiles à coordonner, parce que non préparés à ce genre d'attaque.

Et pour empirer les choses, la divulgation du *Manifeste* de Morgan Scali déchaînait les passions, les haines et les rivalités entre les différents acteurs du drame. Politiques, antiterrorisme, fédéralisme et chancellerie, tous possédaient leur point de vue dans l'affaire et aucun ne voulait endosser la responsabilité d'un attentat à la ricine, visant des milliers d'enfants. Sans compter le séisme diplomatique que cette publication avait provoqué : dans le fatras de sornettes qu'échangeaient les journalistes, il y avait des vérités indiscutables, comme le fait que les autorités françaises soupçonnaient les projets criminels des 12-10 depuis longtemps et qu'elles auraient dû en informer leurs homologues européens. La situation virait au bras de fer.

Berlin réclamait la vérité à Paris, qui niait en bloc.

Autant dire que la présence de Julian en Allemagne était tout juste tolérée.

Partisan de renvoyer tout le monde chez soi pour ne courir aucun risque, le policier se heurtait aux guerres internes et internationales, et à l'intransigeance des autorités allemandes qui refusaient de céder à la panique. Certains déjà commençaient à stocker de la nourriture. Et de nombreux spectacles, concerts ou manifestations étaient spontanément annulés, faute de public… ou d'artistes.

— On n'a vraiment pas été des cadors dans cette affaire, regretta Vorchek. J'aurais dû te laisser publier cette saloperie quand tu menaçais de le faire ! Plus sérieusement, Julian, ajouta-t-il au bout d'un moment, on vient d'accéder aux messageries utilisées par l'IA. La menace est confirmée, l'ordre de réattaquer aujourd'hui s'y trouve.

— Il a été émis quand ?

— Ce matin, 7 h 30.

Au fond de lui, une voix criait que ça ne prouvait rien. L'heure confondait Charlie. Non seulement elle avait rédigé ce message, mais elle l'avait probablement écrit devant lui dans la planque des 12-10.

— Il est signé ?

— Non.

— Merci pour l'info, conclut Julian, la gorge nouée. On arrive sur zone, je te tiens au jus.

Tiraillé entre l'espoir qu'il restait encore quelque chose à sauver dans l'âme de sa fille et la certitude qu'elle était perdue à jamais, il avait préféré se taire. Pour le moment. Peut-être parviendrait-il cette fois-ci à empêcher l'horreur.

Tu n'effaceras jamais son ardoise, c'est impossible.

— Hé, petit con, t'es toujours là ? reprit Vorchek.

Julian sut que son vieil ami angoissait, il ne l'avait pas appelé comme ça depuis un bail.

— T'inquiète, vieux, lui répondit-il sur le même ton. On va stopper ce merdier ensemble. OK ?

— T'as plutôt intérêt, j'ai les Services internes au train depuis l'évacuation de Scali, et je ne donne pas cher de ma peau. Si je tombe, y aura plus personne pour sauver ton cul.

À la portière opposée, Horst était en grande conversation radio avec le sol. Un groupe de jeunes gens présents dans une file d'attente de la patinoire de Westfalen, un quartier du sud de la ville, venait d'être percuté par une camionnette. On déplorait de nombreuses victimes, dont le chauffeur, et l'hypothèse de l'attentat 12-10, bien que non confirmée, courait déjà sur toutes les lèvres.

— On fonce !

L'hélicoptère vira aussitôt de bord.

— Capacité de l'endroit ? demanda Julian.

— Mille, deux mille, max.

On est loin des six mille. Ça ne peut pas être ça.

Les mains crispées sur les montants de la portière de l'hélicoptère, il réfléchissait à toute vitesse, tandis que du regard il fouillait chaque rue, chaque immeuble, dans l'espoir de voir un indice qui le conduirait au bon endroit.

Cible fragmentée ? Trop compliqué.

Julian se sentait démuni face à un adversaire protéiforme aussi puissant. La décision de Morgan Scali de confier à l'Intelligence Artificielle le soin de déterminer les cibles était *monstrueusement brillante*. Pourtant, il s'accrocha de plus belle pour se pencher hors de l'appareil et se plonger dans l'observation attentive de la ville qui s'étendait sous lui.

Comment veux-tu qu'on y arrive ?

Bientôt, ils survolèrent une zone de loisirs où se dressaient des dizaines de bâtiments et un stade aux dimensions pharaoniques. Sur le fronton, d'immenses lettres formaient les mots : SIGNAL IDUNA PARK. Les gyrophares de dizaines de véhicules de secours clignotaient aux abords de la patinoire, et la police bloquait les accès aux rues et aux bâtiments, déterminant ainsi un périmètre de sécurité. Sur les trottoirs, une foule de curieux s'amassait par grappes, autour de l'accident. Certains badauds dispensaient les premiers secours.

— C'est *clean*, là ? demanda Julian en désignant le stade.

— Oui, toute la zone a été vérifiée. On va remonter plus loin.

Il respira profondément pour tenter de chasser le poids qui lui écrasait l'estomac. Quelque chose lui disait qu'ils étaient au bon endroit et que l'accident de la patinoire était une diversion, comme lors de l'attaque du Block D.

— Et là, c'est quoi ? demanda-t-il en pointant un bâtiment circulaire. Une salle de concert ?

— Oui, c'est la *Westfalenhallen*[1].

— Y a quoi, là-dedans, aujourd'hui ?

— Je te l'ai dit, rien, on a vérifié le programme ce matin.

— Alors, c'est quoi, toutes ces bagnoles sur le parking ?

Il y eut un long silence, qui lui donna l'impression qu'on lui arrachait les tripes à la petite cuiller, puis son homologue aboya quelques ordres dans sa radio. Julian se surprit à prier. Il fallait qu'il ait tort, il le fallait absolument. La ricine inhalée était encore plus toxique qu'ingérée. Dans une salle de ce volume, avec le système de ventilation, s'il y avait des mômes à l'intérieur…

1. Palais omnisport de Westfalen.

Aucun ne sera épargné.

La réponse tomba quelques secondes plus tard, alors que l'hélicoptère manœuvrait pour se poser au plus près du palais omnisport.

— C'était pas au programme ? hurlait Horst dans sa radio. Mais vous êtes complètement con ou quoi ! Faites évacuer, exécution !

Quand l'Allemand se tourna vers Julian, il semblait sous le choc.

— C'est un truc privé, dit-il avec difficulté, un spectacle d'art du cirque. Que des écoles du monde entier…

Au fur et à mesure qu'il parlait, Horst se décomposait, et Julian qui l'écoutait sans vouloir y croire avait l'impression de recevoir un uppercut à chacun de ses mots.

— *Scheiße !*… Y a huit mille gosses… !

Horst fut incapable d'achever sa phrase. Les yeux fous, il accrocha le bras de Julian et se pencha par la portière pour vomir.

Lorsqu'ils se posèrent devant la *Westfalenhallen*, les forces de l'ordre tentaient de joindre sans succès la société de sécurité et les vigiles qui avaient bloqué les portes de la salle de concert, selon les procédures, pour confiner la foule à l'intérieur, aussitôt après l'attaque à la voiture bélier de la patinoire. Les communications avec le bâtiment avaient été brouillées par les terroristes, et il était impossible d'entrer en relation avec l'intérieur.

— Putain, s'affola Julian, mais qu'ils trouvent un moyen d'ouvrir les portes ! Dis-leur qu'ils défoncent la façade, sinon ce sera un carnage !

« Que le Français se calme ! » fut la seule réponse qu'il obtint de ses homologues allemands. Horst lui-même se débattait avec sa hiérarchie, qui avait maille à partir avec le Land et la Chancellerie pour déterminer s'il fallait pénétrer par la force, au risque de déclencher la panique à l'intérieur, ou les contacter d'une autre façon.

Plus d'un quart d'heure s'était écoulé depuis l'attaque de la patinoire, et chaque seconde perdue condamnait plusieurs dizaines de personnes.

Tu n'y peux rien.

Alors, Julian s'éloigna des forces armées pour se rapprocher des secours qui s'organisaient en nombre, le temps que les autorités se décident, et s'équipa. Il avait un furieux besoin de se rendre utile, et les pompiers sur place, de renforts.

Décision fut prise d'entrer par la force cinq minutes plus tard, et il fallut démolir les piliers anti-véhicules avant de lancer plusieurs fois un fourgon de la police contre les verrières blindées.

Dès lors que l'accès fut sécurisé, la troupe et les soignants se dispersèrent aux différentes portes, masques à gaz rivés sur les visages. Julian se faufila au-devant de ses pairs et grimpa les marches quatre à quatre, jusqu'à la première porte coupe-feu donnant sur la salle. D'abord, ils entendirent un bruit sourd, régulier, un bruit qui faisait trembler les murs, et envahissait les coursives du bâtiment.

— Reculez !

L'ordre émanait d'un commando, qui actionna le dispositif de secours d'ouverture des portes comme ses collègues le faisaient sur tout le pourtour de la salle.

Les secours s'organisèrent pour libérer le passage. Une immense clameur monta de l'autre côté, et la peau de Julian fut parcourue de frissons. Il échangea un dernier regard avec Horst et fixa la porte.

— *Go !*

Partout dans la *Westfalenhallen*, les panneaux coupe-feu s'ouvrirent. À l'intérieur, des projecteurs éclairaient le centre de la salle, réaménagé en une immense piste de cirque, et sur les gradins plongés dans le noir, une foule innombrable composée de jeunes enfants tapait des pieds en cadence, tandis que six chevaux factices, montés par des clowns, donnaient le spectacle. Des rires et des cris joyeux montaient des travées, et la musique, jouée par un orchestre folklorique, résonnait dans les haut-parleurs.

Les forces de l'ordre se répartirent rapidement dans les gradins et commencèrent à procéder à l'évacuation des rangs supérieurs. Les premiers hurlements de frayeur retentirent dans la salle, quand les petits virent arriver des hommes en noir, dont le visage était couvert d'un masque effrayant. Bientôt, ce fut le chaos, et les gamins s'éparpillèrent dans tous les sens, courant au jugé entre les travées.

Au milieu des cris, des pleurs et des ordres aboyés, Julian releva une fillette de dix ans qui manqua d'être piétinée, et dont le visage peint était illuminé par un nez de clown clignotant. Il l'emporta dans ses bras jusque sur le parking, où les secours s'organisaient, et il recommença l'opération plusieurs fois, ne s'occupant que des plus petits, ceux qui pleuraient parce que perdus. Il le fit jusqu'à ce que la salle de concert soit vide, et les enfants pris en charge. Tous avaient l'air en bonne santé.

Julian et Horst surent qu'ils étaient arrivés trop tard quand l'équipe chargée de vérifier le système de climatisation de la salle les informa qu'ils avaient trouvé les deux containers de ricine manquants. *Vides*. Cela signifiait que la plupart des enfants avaient inhalé une dose létale.

Et comble de l'horreur, la mort les frapperait dans trois à cinq jours sans qu'aucun traitement puisse l'empêcher.

Les yeux grands ouverts

Lituanie, parc national de Dzukija

À la lueur de la lampe de chevet, Milan Scali chargea son sac de randonnée du strict nécessaire pour tenir trois ou quatre jours hors des routes fréquentées, et sortit subrepticement de la chambre. Malgré ses efforts, le parquet grinça lorsqu'il passa devant celle de son père. Il s'immobilisa, retint son souffle, la main sur son arme.

Après la mort de Shana et de Vertigo, Milan avait envoyé ses collègues se faire foutre, littéralement, exprimant sans ambiguïté sa décision d'abandonner une opération ratée, qui avait eu pour seul résultat de semer le chaos dans Islanova, et de sacrifier la vie d'innocents, faisant basculer Morgan et ses complices du côté des terroristes.

Les autorités avaient-elles provoqué le chaos pour couper les 12-10 de la ferveur populaire et reprendre l'avantage ? Très clairement. Haley, sa supérieure, avait-elle eu connaissance de cette décision ? Avait-elle transmis à la hiérarchie le message dans lequel il demandait qu'on ne touche pas à Shana ? Milan l'ignorait, et il était temps d'aller à sa rencontre pour obtenir ces réponses.

L'agent Morhange savait intuitivement que Morgan Scali était une cible privilégiée des Services, l'homme à abattre, au minimum « à mettre hors d'état de nuire » ; le fils, s'il était capable de l'espionner ou de le surveiller, ne pouvait se résoudre à le livrer. En revanche, il allait apporter le maximum d'informations aux autorités, quitte à finir lui-même derrière les barreaux, pour que d'autres que lui accomplissent ce qui était juste.

Adieu, papa.

Lorsqu'il fut certain de n'avoir réveillé personne, il poursuivit sa lente progression dans la maison endormie et gagna le bureau, au bout du couloir. La vision de son père assis dans cette pièce durant des heures, penché sur ses carnets, qu'il noircirait chaque jour, l'assaillit, et il ressentit une pointe de culpabilité alors qu'il s'apprêtait à les emporter. Morgan chérissait ces carnets plus que ses enfants, à tel point qu'à chacun de ses déplacements, il chargeait Ozalia de les lui faire livrer. Et quand il arrivait qu'ils se perdent après l'abandon précipité d'une planque, il réécrivait les parties manquantes, connues par cœur pour avoir été lues et relues des centaines de fois.

Ces feuillets, qui matérialisaient la relation de Morgan à sa femme disparue, occupaient deux tiroirs du bureau – une trentaine de livrets ficelés ensemble, classés par année. Ils seraient précieux pour comprendre la logique de l'homme dans la traque qui s'organisait, et à laquelle Milan refusait de prendre part.

Pour cela, il devait aussi se prémunir, et les carnets n'en seraient que plus précieux – car à Levallois-Perret, on ne lui pardonnerait pas d'avoir lâché les Services et rompu le contact pendant des semaines.

On lui reprocherait d'avoir abandonné le navire, d'être passé à l'ennemi et il serait placé aux arrêts. Milan s'en fichait. Il était prêt à assumer ses actes. Beaucoup d'événements douloureux s'étaient succédé, trop de couleuvres avalées, trop de chagrin pour tenir encore debout sans aide. On l'avait propulsé agent de terrain, infiltré dans sa propre famille alors qu'il sortait tout juste de l'école. Et il avait morflé. À bientôt vingt-huit ans, il ouvrait enfin les yeux sur sa vie et prenait conscience qu'il était temps d'en reprendre le contrôle.

Avant de partir, Milan s'était juré de sauver Charlie des griffes de Morgan. Même s'il prétendait le contraire, son père avait trouvé en elle une fille spirituelle, une enfant malléable et prête à le rejoindre dans sa folie.

Après la tempête qui avait submergé Islanova et manqué de les noyer, et l'assaut des autorités les obligeant à fuir par les buses sous-marines, Milan et Charlie s'étaient rapprochés. Même si la jeune fille avait avoué que son côté « bad boy » la faisait craquer au début, leur relation avait pris un tour très fraternel. La peur de mourir et la perte d'êtres chers avaient contribué à les rapprocher. Pas question pour lui d'abandonner cette adolescente. Mais pour réussir, il devrait jouer serré.

Son précieux chargement rangé dans son sac, le jeune homme quitta la demeure et s'engagea sur le chemin. Ici, dans cette réserve naturelle du sud de la Lituanie, constituée de forêts et de marais, les nuits étaient d'une noirceur d'encre. Milan comptait sur cette obscurité pour couvrir sa fuite.

Un air frais et humide l'enveloppa. Dans quelques minutes, il aurait disparu des écrans 12-10, à condition de ne pas alerter les chiens. Dans ce hameau d'une vingtaine de maisons appartenant à la famille de Günter Schilgen, tous les habitants étaient des membres de l'Armée du 12 Octobre. Le périmètre était gardé chaque nuit par une équipe de vigies se relayant toutes les quatre heures.

Milan contourna la maison que Günter partageait avec Novak, et gagna les limites ouest du hameau où Charlie officiait, armée d'une arbalète.

— Tu vas où ? murmura une voix.

Ses yeux habitués à l'obscurité isolèrent la silhouette de la jeune fille sur sa droite.

— Viens, lui proposa-t-il, on va causer, toi et moi.

— Je ne peux pas, je dois surveiller le coin.

— Accorde-moi cinq minutes, petite sœur. Juste cinq minutes, OK ?

Ils s'éloignèrent pour éviter de croiser une autre vigie, et s'installèrent sur un tronc d'arbre couché.

— Tu sais que je t'aime fort, commença-t-il.

— Tu t'en vas, c'est ça ?

— Oui, et je voudrais que tu m'accompagnes.

— Pourquoi tu pars ? On ne peut pas laisser ton père, et les autres, ils comptent sur nous !

— Ne parle pas si fort, s'il te plaît. Je n'ai vraiment pas envie de passer en conseil de discipline.

Charlie se mit à rire.

— Il se trouve que je travaille pour l'armée, lui avoua-t-il, et que j'étais en mission pour surveiller les activités de Vertigo. Aujourd'hui, je n'ai plus rien à faire ici, tu comprends ?

— Morgan me l'avait dit que t'étais un espion et que tu avais choisi de rallier la cause parce que tes chefs ont tué Shana, et…

Charlie s'interrompit, la gorge nouée par l'émotion.

— Si ces salauds avaient voté ALONE, reprit-elle, Vertigo, Shana, toi et moi, on serait tous des héros. Sauf qu'à cause d'eux, on est obligés de se cacher comme des voleurs.

— Morgan n'est pas un voleur, mais un terroriste, Charlie. Et tu en deviendras une aussi, si tu restes.

— Tout a raté parce que tes chefs ont donné l'assaut sur Islanova, alors qu'il y avait un pacte de non-agression entre eux et nous. Morgan n'y est pour rien.

— Il ne cessera pas le combat. Et cette fois, il ne se contentera pas d'un projet comme Islanova. Pourquoi tu crois que Novak t'apprend à tirer au fusil, à manipuler des explosifs ? Pour défiler pacifiquement ?

— L'avenir est plus sombre que tu l'imagines. Et dans cet avenir, ceux qui savent se servir d'une arme s'en sortiront. Les autres continueront d'agir n'importe comment sans se demander s'ils ont le droit de polluer à la place les autres.

— Je t'aime très fort, et tu le sais.

— Alors reste.

— Charlie, tu n'as rien fait de mal. Il est encore temps de rentrer chez toi.

— Je ne veux pas rentrer, tu ne comprends pas ? Julian m'a tout pris, Leny couche avec une autre fille, ma mère est… Plus personne ne m'attend nulle part.

La voix lézardée de la jeune femme trahissait son émotion. Pour avoir côtoyé Leny de très près lorsque celui-ci se cachait dans les sous-sols d'Islanova, Milan savait qu'il avait tout tenté pour la sortir de là.

— Les hommes sont des lâches. Trois jours après m'avoir dit qu'il m'aimait pour toujours, Leny se tapait cette petite pute chinoise de merde.

— Il a vu mourir sa mère, tenta Milan. Tu ne devrais pas l'oublier…

— Comment tu peux imaginer que j'ai oublié ?! J'étais là, je te rappelle ! Tu te souviens de la lettre que tu m'as donnée, quand je t'ai demandé ce qu'il y avait eu entre ton père et le mien, le 13 novembre 2015 ? reprit-elle après un silence.

La jeune fille fouilla dans la poche de son pantalon et déplia une feuille A4, couverte d'une belle écriture.

— Tu écrivais : « *Tu vois Charlie, à toi qui me dis toujours que la famille c'est surtout une source d'emmerdes, eh bien, je te dis, pour moi, elle était tout.* » C'est pareil. Ma famille 12-10, c'est tout ce qui compte aujourd'hui.

Milan sut à cet instant qu'il ne la convaincrait pas. Ou il choisissait de la sauver malgré elle, ou elle était perdue à jamais.

— Viens là, petite sœur.

Il l'enlaça avec tendresse et effectua un bref point de pression sur la zone de jonction des carotides. La jeune fille s'évanouit dans ses bras. Il lia ses poignets et la chargea sur son épaule. Puis il se hâta sur le chemin, qu'il quitta quelques mètres plus tard pour s'enfoncer dans la forêt, avec le sentiment que chaque pas qui l'éloignerait de son père serait une victoire…

Il était à deux kilomètres du hameau quand une balle sifflant à ses oreilles lui fit lâcher Charlie, qui reprit connaissance sous le choc. En quelques secondes, Milan fut cerné par trois membres de l'Armée du 12 Octobre conduits par Novak, qui braquait sur lui un pistolet équipé d'un silencieux.

— Jette ton sac par ici, lui ordonna-t-il, tandis que deux 12-10 aidaient Charlie, encore sonnée, à se relever.

— Laisse la petite venir avec moi.

L'ancien mercenaire ne répondit pas. Après une rapide fouille du sac, il le lança en direction de Milan.

— Tire-toi, l'espion, avant que je t'en colle une dans la tête.

— Je ne partirai pas sans elle !

— Tu es sûr ?

Novak tira aux pieds de l'agent de la DGSE, qui bondit en arrière.

— Charlie ! hurla-t-il. Rejoins-moi !

La jeune fille secoua la tête. Ses yeux étaient remplis de larmes.

— C'est donc ça, ta vision de la famille ! La trahison ? Va-t'en ! Je ne veux plus jamais te voir !

— Tu as entendu, répéta Novak, l'air menaçant, tire-toi avant que je change d'avis.

Milan recula lentement, les yeux rivés sur le canon de l'arme, l'esprit occupé par une question. Pourquoi le mercenaire n'avait-il pas bronché en découvrant les carnets dissimulés dans son sac ?

— Cadeau de Morgan, dit Novak comme s'il avait su lire dans ses pensées. Pour que tu n'oublies jamais ta vraie famille. Allez, cours maintenant, je te donne trente secondes pour disparaître ! Et tu peux remercier ton père. Moi, je ne t'aurais jamais laissé foutre le camp !

Paris, 21 rue Gambetta

Quand la sonnette retentit, l'agent Milan Scali étudiait la collection de collages d'Alferio Maugerie exposés sur les murs du bureau de Vorchek, où l'épouse de ce dernier l'avait convié deux heures plus tôt. L'arrestation du patron de la Sûreté du territoire, accusé de trahison pour avoir laissé disparaître Morgan Scali dans la nature, avait mis les Services internes en ébullition. Bien évidemment, la nouvelle demeurait officieuse, puisque aux yeux de tous, l'ennemi public numéro un était mort en RDC.

En reconnaissant la voix de Julian Stark, Milan se concentra. Il allait bientôt se retrouver face à cet homme, que son père tenait pour responsable de la mort de sa mère, mais il ne ressentait aucune animosité. Il avait pu accéder aux procès-verbaux du 13 novembre 2015, savait que dans la folie de cette sinistre nuit, les comportements des uns et des autres, flics, militaires et secouristes compris, montraient que personne n'était préparé à affronter une telle violence.

En entendant les voix enjouées de Leny et Orane, qui chahutaient dans la cuisine, Milan sentit son cœur se serrer un peu plus. Stark arrivait encore à donner le change à ses enfants. Malgré l'horreur de Dortmund, l'hippodrome d'Auteuil, il trouvait la ressource de les tranquilliser, de leur laisser l'illusion qu'ils vivaient dans un monde normal.

Milan n'avait plus de famille depuis qu'il avait rayé son père de la liste des vivants. La seule personne avec laquelle il entretenait une véritable relation de confiance, c'était Sookie, alias Haley, et il s'inquiétait pour elle depuis qu'elle avait décollé du Block D en urgence vingt-quatre heures plus tôt.

Les enquêteurs avaient suivi le Puma de Barville jusqu'à l'héliport du Havre, puis avaient perdu sa trace. Depuis, les logiciels de reconnaissance faciale les traquaient sur toutes les routes d'Europe, sans succès.

Milan connaissait suffisamment son père pour imaginer le pire.

En Allemagne, on dénombrait près de deux mille personnes empoisonnées à la ricine dans la *Westfalenhallen* de Dortmund, une majorité d'enfants, leurs parents et des artistes du cirque de toutes les nationalités, des animaux aussi, et parmi eux, plusieurs chimpanzés et des chevaux. Des victimes pour lesquelles il n'y avait plus d'espoir de survie, juste la possibilité d'atténuer la souffrance en attendant la fin. Deux mille morts en sursis, un chiffre approximatif, que chaque heure passée voyait grandir.

Au Luxembourg, à Manchester, Barcelone, Porto et Saint-Pétersbourg – les villes cibles identifiées après la perquisition du fort de la ligne Maginot –, les activités concernant les enfants et les adolescents étaient suspendues. Les autorités craignaient que le stock de ricine saisi sur le sol français ne soit pas le seul.

Partout, il y avait des conséquences aux récents attentats 12-10. Les populations stockaient de la nourriture et se terraient, retenant leurs enfants à la maison, délaissant les lieux publics. Jamais on n'avait vu un tel repli sur soi depuis la Seconde Guerre mondiale, et les bourses européennes dévissaient.

Papa, mais qu'est-ce que tu as fait ?

Chaque nouvel enfant condamné ajoutait à la responsabilité qu'endossait Milan depuis qu'il avait quitté la Lituanie sans Charlie. N'aurait-il pas dû éliminer son père à ce moment-là plutôt que de fuir comme un lâche ?

En entendant le pas rapide de Julian Stark dans le couloir, Milan recula jusqu'au fond de la pièce, où il s'accouda contre le marbre de la cheminée pour se donner une contenance. Dans les yeux du nouveau venu, il identifia plusieurs sentiments réunis en un instant. La surprise pour commencer, de la méfiance, une succession d'interrogations, et enfin une expression neutre, signe que le professionnel avait repris le contrôle.

— Capitaine Stark, le salua Milan, agent Morhange, Services extérieurs.

— J'ai déjà croisé ce regard, commenta le policier en avançant d'un pas dans le bureau. Milan Scali, eh bien, la vie réserve de sacrées surprises.

Les deux hommes ne s'étaient croisés qu'une fois sur les plages d'Oléron et dans des circonstances pénibles. Sous l'alias de Melvin Granger, Milan appartenait alors à l'équipe cynophile des 12-10 chargée de la sécurité du domaine, et s'était retrouvé nez à nez avec un homme en colère, qui cherchait à franchir le périmètre pour récupérer sa fille. Julian Stark était accompagné d'un loup qui avait égorgé son rottweiler d'un simple claquement de mâchoire. Il s'en était fallu de peu pour que la confrontation ne vire au carnage.

Aujourd'hui, le flic hargneux avait perdu de sa superbe. Amaigri, fatigué, il paraissait vulnérable. La lumière du plafonnier dessinait de terribles ombres sous ses yeux, et les couleurs de son tee-shirt tranchaient sur son teint gris.

Les deux hommes se toisèrent. Puis Julian fit quelques pas et posa une fesse sur le bureau.

— On va faire vite, commença-t-il. Vorchek au placard, ton père dans la nature, je suis aux commandes. Et nos collègues vont avoir besoin de nous. Barville, ses hommes et Sookie. Enfin, l'agent Castel. Je ne sais pas comment vous vous appelez entre vous.

— Sookie est Haley, mon agent instructeur. Qu'est-ce qui se passe ?

— Ça vient de tomber, lâcha Julian en tendant une feuille imprimée à Milan. Et je ne pense pas que l'idée soit de les choper en vie.

Sur l'avis de recherche, les caractéristiques des quatre personnes pourchassées étaient sans équivoque : très dangereuses et armées. Jamais les Services n'autoriseraient quiconque à les mettre en défaut. La mort de Morgan Scali était un mensonge d'État, une trahison envers tous les Français qui réclamaient justice.

— Ni toi ni moi ne lâcherons notre équipière, je me trompe ?

— Non.

— Tu la connais bien, elle est avec ton père. Où sont-ils allés ?

— Aucune idée, soupira Milan. Haley voulait le planquer quelque part où Ozalia n'aurait pas l'idée de le chercher.

— J'ai pensé à Islanova, ce n'est pas logique d'aller là-bas, il n'y a plus rien, mais Sookie pourrait réfléchir de cette façon. Aguir est sur place. Je l'ai déjà contacté au cas où.

— OK.

— Dans moins d'une heure, les Services internes seront là pour t'interroger, toi aussi. Tu dois te débrouiller pour me laisser un peu de temps. Je peux compter sur toi ?

Surpris par l'attitude de Julian, Milan était sur le qui-vive. Pourquoi cet homme lui faisait-il confiance ? Il avait toutes les raisons de se méfier, et *a fortiori* de lui en vouloir d'avoir été incapable de soustraire Charlie à l'influence de Morgan et des 12-10.

— Qu'est-ce que tu veux que je fasse ? demanda-t-il.

— Que tu les envoies sur une mauvaise piste. N'importe où, je ne sais pas, improvise. Le temps que je trouve un moyen de sortir ton père et les collègues de ce merdier. OK ?

— Les autres, je comprends, mais lui, pourquoi ?

— C'est compliqué.

— Tu veux le tuer de tes propres mains ?

— Je ne suis pas un assassin.

La détresse de Julian se lisait sur son visage, et Milan se sentit proche de cet homme qui souffrait de n'avoir pu sauver sa fille. Mais il ne trouva pas les mots pour le lui dire.

— J'ai lu les rapports de tes interrogatoires, quand tu es revenu au bercail, reprit Julian. Ils n'ont pas été tendres avec toi.

— Ils m'ont chargé de garder une planque pendant près de dix-huit mois dans un bled paumé en Pologne. Il arrivait que je ne voie personne pendant des semaines. Ouais, ils n'ont pas été tendres. Mais ils ne m'ont pas viré non plus. Vorchek a compris qu'on ne demande pas à un fils d'assassiner son propre père. Même si c'est le pire des salauds.

Évoquer cette interminable période de purgatoire que lui avaient infligé les Services soulagea Milan.

— Durant tout ce temps, j'ai cherché à comprendre ce qui m'avait échappé. Pourquoi et quand Morgan a basculé. J'étais trop occupé à gérer ma vie et à venger ma mère pour m'en préoccuper.

— Tiens, dit Julian en lui tendant une enveloppe décachetée. Ça devrait t'aider à y voir plus clair. Elle était planquée dans la couverture d'un de ses carnets. Personne ne l'a lue à part moi.

Lettre de Morgan Scali à Milan Scali datée du 10 septembre 2025

Mon fils,

Je sais que tu t'apprêtes à partir, sache que je ne ferai rien pour te retenir. Comme je te l'ai dit déjà, tu as choisi la France, et je te respecte pour ça. Je souhaite ici et simplement te dire un dernier mot avant que nos chemins se séparent. Quand ta maman a été assassinée, j'ai cherché comment mourir. En vain. Vous étiez là et vous aviez besoin de moi. Afin de fuir l'ombre de ce que nous avions été, j'ai voulu disparaître en Afrique, avec vous deux, comme le fou que j'étais alors. Et c'est là que j'ai compris que pour sauver le vivant il fallait d'abord sauver les hommes. Ce que j'ai fait, tu en es le témoin. Et mon idée a fonctionné jusqu'à ce que des illuminés, pour qui la vie vaut moins que l'or, ruinent la reconstruction de l'éden.

Hier, les Français se sont déchirés pour une bouteille d'eau. En quelques heures, notre chère civilisation s'est effondrée. La soif passe avant la bienséance et la peur du gendarme. Aujourd'hui, je sais. Enfin. Pour sauver la vie, il ne faut pas l'épargner mais la faucher. Tout comme il faut avoir vu la mort en face pour savoir ce que vivre signifie.

Cent fois, mille fois, j'ai répété mon laïus. Cent fois, mille fois, j'ai clamé que pour donner une chance à l'humanité, il fallait redistribuer les cartes. C'est notre devoir d'humains de tendre la main à nos frères. J'ai participé à toutes les émissions de télévision et de radio, j'ai donné des conférences, les gens m'interpellaient dans la rue, voulaient une photo d'eux avec moi... Quel naïf ai-je été de penser qu'on m'écouterait !

J'ai tant dit les évidences que les foules se sont lassées. Et pourtant, il faut exprimer mille fois les choses pour que les peuples les comprennent, mais il arrive toujours le moment où, à force d'être entendus, les propos les plus sages passent pour des slogans. Et les slogans sont comme le vent, ils retombent tôt ou tard. C'est en aveugles que les dirigeants ont reporté le projet ALONE à de meilleures fortunes. Ni oui, ni non, le statu quo, l'expression la plus immobile de l'action politique. L'échec absolu.

Que te dire à présent, que l'avenir du monde a été maltraité ? Avec les années, je me suis *desséché, j'ai trop puisé dans mes réserves et c'est un homme creux qui t'écrit désormais. Pourtant, j'avais prévu le possible et l'impossible, qu'ils disent oui à la vie, ou non, ou encore ce peut-être plus tard misérable qu'ils nous ont jeté à la figure.*

C'est en désespoir de cause que je suis devenu un comptable.

Puisqu'on considère que six mille petits morts par jour, c'est acceptable, j'ai fini par l'accepter aussi. Voilà comment je suis passé de l'humanisme au terrorisme. Parce que j'ai enfin compris qu'on se souviendra des six mille parce qu'ils étaient blancs, en oubliant les millions de leurs frères et sœurs morts dans l'indifférence pendant des décennies, loin des regards de ceux qui comptent plus que les autres.

Je pense aussi qu'on se souviendra de moi pour de mauvaises raisons.

Et puis un jour, on m'oubliera. Peu m'importe ! Tout passe, tout lasse, et s'efface. Même les six mille, tu verras.

Seul l'amour que j'ai pour Shana, ta maman et toi est éternel.

Papa.

Île d'Oléron, zone interdite d'Islanova

La vie à l'ancienne, Sookie Castel s'en accommodait aussi bien que les types des Forces spéciales. Elle l'avait connue à Haïti, dans sa petite enfance, et creuser des feuillées dans la forêt pour se soulager ne la rebutait pas. De toute façon, dans cette maison bâtie sur une légère proéminence, il n'y avait plus ni eau, ni électricité.

Comme elle détestait manger seule, elle monta les repas au grenier, vaste pièce éclairée par une verrière, où Morgan Scali était enfermé. Le lieutenant Barville et ses hommes, qui se relayaient à la protection de la maison et de ses abords, dormaient par tranches de deux heures et surveillaient à tour de rôle leur prisonnier. Après avoir servi l'homme de permanence, Sookie s'installa en tailleur face à Morgan, tout en gardant une distance raisonnable entre elle et le prisonnier. Elle arma son pistolet et le posa juste à côté de sa cuisse. Puis elle fit glisser le plat vers lui et ouvrit le sien.

Elle attendit qu'il ôte l'opercule à son tour pour y goûter.

— Je dirais, arôme carton-pâte, légèrement trop salé.

— Plat déshydraté, ration militaire, sans intérêt du point de vue gustatif, mais assez calorique pour tenir une journée.

Sookie masqua sa surprise, elle n'attendait aucune réponse de sa part. Elle reposa son assiette sur le côté, et l'observa tandis qu'il mangeait. La fadeur du plat ne semblait pas le déranger, et il termina sa ration, avant de relever ses yeux ambrés sur elle.

— Vous aussi, vous avez perdu votre amour dans un attentat, lui dit-il avec simplicité. Nous avons donc au moins un point commun, ce qui fait de nous des êtres capables d'échanger sur d'autres sujets que la qualité gustative des rations militaires.

Sookie ne fut pas étonnée de découvrir que le terroriste en savait autant sur elle. Cet homme se nourrissait de la vie des autres depuis des années. En revanche, elle hésita sur la conduite à tenir. Pouvait-elle espérer infléchir sa volonté de nuire ? Ou devait-elle se contenter d'un échange informel entre deux êtres humains ?

— Avez-vous un sujet de prédilection ? lui demanda-t-elle.

— Savez-vous où nous sommes ?

— Aux origines du mal.

Comme toutes les constructions de Saint-Trojan, celle-ci avait été fouillée de fond en comble, et les enquêteurs y avaient saisi une partie de l'essaim de drones de Scali et les ordinateurs sur lesquels Ozalee Mac Neil en personne avait travaillé au perfectionnement de l'Intelligence Artificielle. Depuis bientôt vingt-quatre heures, ils se cachaient d'Ozalia à l'endroit même où celle-ci avait été créée.

— C'était votre choix, je suppose.

— Vous supposez bien.

— Vous aimez faire des pieds de nez à la vie, non ?

— Et vous ?

— Très bien, vous préférez poser les questions, c'est naturel. Allez-y, agent Castel, il n'y a pas de sujet tabou.

Sookie chassa les premières interrogations qui lui venaient à l'esprit – comment arrêter les six mille, où était basée Ozalia, quand et où auraient lieu les prochaines attaques – pour se concentrer sur l'homme qui se trouvait face à elle. Oublier le terroriste et parler au père, à l'être meurtri par la perte de sa femme et de sa fille.

— Croyez-vous qu'il y ait une vie après la mort ?

— Quand l'eau coulait à Berrito, j'en étais certain, répondit-il après une courte réflexion. Gaëlle était toujours à mes côtés pour les enfants d'Afrique. Aujourd'hui que le projet ALONE a été foulé aux pieds par des nations indifférentes, je ne crois même plus en la vie. Alors, la vie après la mort… Et vous ?

— Il m'arrive de parler à Mariani, le père de ma fille. Pour être honnête, je me suis battue pour qu'il reste à tout jamais auprès de moi. Conséquence logique, je n'ai pas refait ma vie.

Sookie et Morgan échangèrent un long regard.

— Il est ici, aujourd'hui ?

— Oui, sourit-elle, il est ici. Et Gaëlle ?

— Elle ne me visite plus depuis longtemps.

L'irruption du lieutenant Barville ouvrit une boîte dans l'esprit de Sookie, inaugurée trente ans plus tôt avec un ami de ses parents, un type facétieux qui au fil des années avait été rejoint par d'autres faciès rieurs, dont les comédiens Robert Downey Junior et José Garcia. Elle vit l'œil de Robert Downey pétiller quand il la découvrit en train de bavarder avec leur prisonnier, puis le masque imperturbable de Barville reprit le dessus.

— C'est l'heure.

— Veuillez m'excuser, monsieur Scali. Mais je dois interrompre notre entretien. J'espère que vous retrouverez le chemin vers votre femme, ajouta-t-elle en se levant. Il ne tient qu'à nous de garder nos disparus à nos côtés.

— Je vous remercie pour l'intermède, agent Castel. Rares ont été les personnes civilisées dans mon entourage, ces derniers temps.

Sookie ramassa les reliefs de leurs repas et quitta le grenier sur les talons de Barville pour ce qu'il appelait « une balade ». Cette sortie forestière, hors des rues encombrées de carcasses de voitures enchevêtrées par les marées à fort coefficient qui submergeaient le sud de l'île depuis bientôt deux ans, avait pour objectif de rallier la section de militaires basée dans d'anciens bâtiments de l'ONF situé juste au-dessus du quartier Bellevue.

Vorchek avait dit : « On reprend contact dans vingt-quatre heures. »

Or il y avait bientôt plus de trente heures qu'ils avaient quitté le Block D en catastrophe.

— Tu as obtenu quelque chose d'intéressant de Scali ?

— Peut-être…

Après une longue marche silencieuse, Sookie et Barville parvinrent en vue des bâtiments de l'ONF.

Depuis cet endroit, culminant à trente-quatre mètres au-dessus du niveau de la mer, on avait une vue sur la commune de Saint-Trojan partiellement inondée par la marée haute, le coureau et les vestiges du viaduc brisé.

Sans doute furent-ils repérés par un drone, car une demi-douzaine de militaires jaillirent du fond de la propriété.

— Mains en l'air, déclinez vos identités !

Sookie écarta prudemment ses mains du pistolet qu'elle portait dans un étui de ceinture et se présenta. Puis elle laissa Barville œuvrer. Il annonça son nom, son grade et son matricule, et demanda à rencontrer le commandant d'unité.

— On va vérifier tout ça, monsieur, lui répondit un sergent qui répéta les informations dans son talkie-walkie.

Quelques dizaines de secondes s'écoulèrent avant que la réponse ne tombe dans l'oreillette du sergent.

— Les mains loin du corps ! ordonna-t-il sèchement. Et pas de gestes brusques, ou je vous abats sans sommation.

Comme la réaction de Sookie tardait, le petit chef la força à s'allonger sur le sol. La façon dont il cracha ses ordres le fit passer dans la boîte *Adolf Hitler*.

Écrasée sous le poids de son agresseur, qui avait posé un genou dans son dos, le visage à moitié enfoui dans la terre sablonneuse, elle vit que Barville subissait le même traitement. Mais le lieutenant rua si violemment qu'il envoya l'un des militaires contre le mur d'une dépendance.

Dans le premier instant, elle ne comprit pas l'utilité de cette brève opposition, mais elle se ravisa lorsqu'elle le vit commuter son intercom, juste avant d'être ceinturé par trois hommes, et assommé. Dans une heure au plus, les renforts arriveraient.

Île d'Oléron, zone interdite d'Islanova

Première erreur, on ne l'avait pas attaché. Ses gardiens se relayaient toutes les deux heures, et bientôt ce serait la relève. En attendant, Kubwa restait debout devant la porte, les mains jointes à hauteur de pubis, doigts croisés. Parfois il fermait les yeux, mais la plupart du temps il l'observait, et Morgan Scali n'avait jusqu'alors pas lu la moindre intention dans son regard.

Deuxième erreur, on l'avait enfermé dans le grenier où Ozalee avait l'habitude de travailler à l'abri des regards. Or, ce que les militaires ignoraient, c'était que lui-même avait conçu les plans de cette maison. Il l'avait pensée comme un pigeonnier pour drones, avec des entrées dissimulées sous les pentes des toits, ainsi que par le conduit d'une cheminée qui descendait au sous-sol, où se trouvaient leurs bases de chargement. Une ruche technologique.

Apparemment, les enquêteurs avaient tout raflé sauf le mobilier, laissé en l'état, et surtout, ils avaient négligé de sonder les murs. Troisième erreur.

Morgan attendait donc patiemment le moment où il fausserait compagnie à ses geôliers. Souvent, il s'était reclus pour de longues durées, et il avait tant de souvenirs à revisiter qu'une vie dans un pénitencier n'y suffirait pas. Ces temps derniers, il songeait surtout aux six mille et se demandait si l'opération destinée à créer un traumatisme suivi d'une prise de conscience chez les populations serait ou non un succès.

Se pouvait-il que les gens restent aveugles ? Qu'ils aient été blasés par les attaques successives qui avaient frappé l'Europe et le reste de monde, et que leur peine ne suffise pas à ébranler les consciences ?

Comme il songeait à chaque petit Africain qui mourait de boire une eau insalubre, Morgan se recueillait pour ces martyrs de l'Occident, pour leurs parents meurtris à jamais. Longtemps il avait réfléchi aux conséquences de ses actes, cherché une alternative à ces meurtres de masse, à cette odieuse méthode d'empoisonnement à la ricine. Mais comment procéder autrement pour réveiller des populations que rien ne semblait atteindre ?

Morgan aurait aimé se trouver aux commandes alors que ses légions 12-10 opéraient en Europe. Il n'était pas question de jubiler « cette guerre n'en était pas une », mais de convaincre. Là-bas, dans ces contrées ou la vie humaine ne pesait pas lourd, les six mille tombaient quotidiennement depuis si longtemps que la terre s'ouvrait sous ses pieds dès qu'il tentait de se les représenter.

Alors pour une fois, pendant une semaine, chaque jour, l'un des trente pays les plus riches serait l'objet d'une attaque visant sa population la plus jeune. Et rien ni personne ne pourrait enrayer la machine. Lui-même y avait veillé.

— Répète ça ?

Kubwa venait de crier dans son intercom. Il jeta un coup d'œil dans sa direction, se contenta de dire « OK », puis verrouilla la porte dans son dos.

Morgan tendit l'oreille, et bientôt, il fut certain que la maison était vide. Probablement se passait-il quelque chose de suffisamment grave sur l'île pour qu'on risque de le laisser sans surveillance. Ami ? Ennemi ? Il n'allait pas poireauter ici pour attendre une réponse.

La verrière restait inaccessible, en revanche le conduit de cheminée était masqué par une simple cloison de plaques de plâtre. Il suffirait d'utiliser le pied d'une de ces chaises, et l'affaire serait faite. Il frappa un coup sec, puis élargit avec ses doigts le trou obtenu jusqu'à ce qu'il soit assez large. Le conduit en aluminium brilla dans la lumière du jour. Là encore, Morgan utilisa le pied de chaise pour désolidariser les plaques de métal, s'entailla les mains en les disjoignant et réussit à écarter celle qui lui faisait face pour se glisser à l'intérieur.

Il s'arc-bouta pour freiner sa descente, mais dérapa à mi-parcours, et chuta d'une hauteur d'un étage. Il frappa le mur du poing pour ne pas hurler, tant la douleur que lui envoyait sa cheville fut violente, et se releva tant bien que mal. Fracture ? Entorse ? Il se palpa rapidement. Les chairs enflaient déjà.

Alors il attrapa un balai, cala la brosse sous son aisselle et traversa la cave en boitant. En découvrant l'un des soupiraux ouvert, Morgan eut un temps d'arrêt. La dernière personne à s'être faufilée par là était Ozalee, deux ans plus tôt, lorsqu'elle fuyait la menace des hommes de Novak. Ironie du sort, sans cela, il aurait été condamné, car ces ouvertures blindées étaient impossibles à actionner sans l'assistance de la domotique.

Tout en se glissant par l'étroite fenêtre, il songea que la mort d'Ozalee était un mal pour un bien. Le mal, le bien… qu'est-ce qui définissait l'un et l'autre ? Qu'est-ce qui les séparait ? Ce n'était qu'affaire de jugement, de point de vue, en somme des hypocrisies dont il s'était depuis longtemps débarrassé.

La clôture du jardin franchie, Morgan serra les dents et claudiqua en direction du domaine des Portes de Jade où il trouverait de quoi disparaître. Et ce fichu manche à balai qui s'enfonçait dans le sable du sentier le ralentirait à peine, tant sa rage de reprendre le combat était grande.

Il avança sans un bruit, avec à l'esprit une envie de rire du cadeau que lui offrait le hasard, ou la destinée. Jamais il n'avait cheminé avec une telle jouissance d'être, de sentir son corps et son environnement. Malgré la douleur, malgré la forêt en partie anéantie par les submersions marines, malgré les ruines de la ferme des Pellegrin, siège de tant de bonheurs passés, et malgré ce bras de mer qui insularisait à présent le domaine, où il se jeta sans hésiter pour tenter d'atteindre la rive opposée.

Région Île-de-France, Block D

En traversant le parking, Julian Stark eut une sensation de perte de repères. Il s'était passé tant d'événements dramatiques en un temps si bref qu'il en avait presque oublié l'assaut porté contre les bâtiments où il travaillait chaque jour. Les stigmates qui marquaient les murs et les issues soufflées à coups d'explosifs l'aidèrent à reprendre pied dans le réel.

Heureusement, il y avait aussi eu de bonnes choses. Entouré de l'amour de sa mère, Kit reprenait peu à peu du poil de la bête, et elle avait enfin reconnu Leny. Les deux jeunes gens s'étaient accrochés l'un à l'autre et avaient pleuré de longues minutes avant de pouvoir se parler.

« C'est peut-être con de ma part, avait dit Leny à Julian, mais après ce que Charlie a fait à Kit, je ne veux plus jamais la voir.

— Après ce qu'elle a fait, toi et moi, on n'est pas près de la revoir, avait répondu Julian. Mais avec le temps, on pardonnera peut-être.

— Toi, tu lui pardonnerais le pire des crimes. Moi pas.

— Ce qui compte, c'est que tu sois heureux. Le reste, on s'en fout. »

Julian s'était souvent posé la question des limites de son amour pour Charlie. Devant la gamine qu'elle avait été, la réponse jaillissait : il n'y en avait aucune ! À présent, il n'en était plus du tout certain.

Quand Julian présenta son badge au poste de sécurité, il allait être 14 heures. Comme d'habitude, il confia le contenu de ses poches aux scanners, franchit un portillon de contrôle, puis fila à l'étage, loin des ouvriers qui retiraient les gravats du rez-de-chaussée, et s'enferma dans son bureau.

Tout au long de la matinée, il avait été questionné par les flics de la commission d'enquête au sujet de l'assaut contre le Block D, de l'attentat de Dortmund, et surtout de Sookie Castel et de Jan Vorchek. En haut lieu, on voulait savoir pourquoi Scali avait été autorisé à disparaître dans la nature, et surtout, où le récupérer.

Julian n'avait pas eu besoin de mentir pour couvrir son ami et sa collègue. En dehors de ce qui avait trait aux attentats, il ne savait rien.

À présent, c'était au tour de Vorchek de passer à la moulinette des Affaires internes, et Julian ne doutait pas que son chef passait un sale quart d'heure. Un instant, il fixa la porte close de son bureau, puis de celui de Sookie, voisin du sien, et leur absence affermit sa volonté.

En quelques clics, Julian accéda aux images de vidéosurveillance de la veille. Comme il s'y attendait, aucune caméra n'avait enregistré la moindre image à partir du moment où les plombs du bâtiment avaient disjoncté. En revanche, celles du parking, reliées au poste de sécurité de l'entrée, avaient parfaitement rempli leur rôle. La haute définition permettait de voir l'hélicoptère de Barville, sur le toit du Block D, et en zoomant, Morgan Scali protégé par les agents. Détail crucial, la ligne de *time code* marquant la date et l'heure était incrustée dans l'image.

Julian chargea les fichiers vidéo sur son téléphone et les envoya dans la foulée à Anne Chassin, la journaliste de W3, avec un court message : « Tu sauras quoi en faire, nous comptons tous sur toi, la République est en danger. Julian. » Rendues publiques, ces images représenteraient l'assurance vie de Sookie, Barville, de ses deux hommes, et même de Vorchek. En agissant ainsi, il s'attirerait les foudres des Services, qui remonteraient tôt ou tard jusqu'à lui. Mais Julian ne plaçait jamais rien au-dessus de ses proches. Pour lui, la famille n'avait pas de prix, et Sookie, Barville et Vorchek en étaient.

Puis il retourna dans l'*open-space*, auprès des analystes, pour récolter les dernières informations sur l'enquête et les interrogatoires de terroristes arrêtés lors de l'attaque du Block D. Il parcourut les dossiers, un œil rivé sur le couloir, dans l'espoir de croiser Vorchek, enfermé dans la grande salle de réunion en compagnie des Services internes. Sa patience fut récompensée quand les portes s'ouvrirent sur son ami. Le visage las et les épaules voûtées, il marchait encadré par deux agents de sécurité qui l'escortaient vers les toilettes de l'étage.

Il attendit quelques secondes pour leur emboîter le pas, le nez dans ses dossiers. Quand Vorchek fut à l'intérieur, il fit mine de vouloir y entrer à son tour, mais fut éconduit par les agents au prétexte que les sanitaires étaient réservés.

— C'est quoi, ces conneries ! s'écria-t-il assez fort pour être entendu. Depuis quand il faut une autorisation spéciale pour pisser ? Je n'en ai rien à foutre de votre réunion à huis clos, elle se tient pas dans les chiottes, si ?

Julian tint la dragée haute aux agents de sécurité, jusqu'à ce que Vorchek ressorte, deux minutes plus tard. Celui-ci le fixa d'un air sévère et s'adressa à lui d'un ton agacé :

— Dites donc, capitaine Stark, un homme, ça s'empêche, vous ne croyez pas ?

Cette phrase tirée d'Albert Camus, il l'avait entendue toute son enfance – détail qu'il avait confié à Vorchek au cours de leurs nuits de maraude. Qu'avait-il voulu dire en la citant ? Le père de Julian la lui répétait à l'envi pour lui rappeler qu'il n'était pas question d'engrosser une fille à quinze ans. Mais avec Vorchek, ils étaient tombés d'accord sur le fait que Camus parlait des libertés et des responsabilités qui incombaient à tous les adultes.

Il comprit alors que son ami avait laissé un message à son intention dans les toilettes. Julian le découvrit sur le miroir placé au-dessus du lavabo de la cabine réservée aux handicapés, où il était inscrit : « *Veulent éliminer le Silverback. No sait pourquoi.* »

2025 2028

28 septembre

France, département de l'Eure

« Je te rejoindrai quand j'aurai payé une vieille dette. »

Cette dette que Novak Anticevic évoquait quelques semaines plus tôt avec Morgan, alors qu'ils venaient de fuir Islanova dévastée, il s'apprêtait plutôt à l'encaisser. Elle concernait Jean-Gérard Gillig, ce si cher J2G devenu le numéro deux de la Gold Petroleum, à qui il devait deux ans, trois mois et vingt-six jours d'emprisonnement dans les geôles congolaises.

En cet instant où Novak sentait poindre la douce saveur de la vengeance, J2G raccompagnait ses derniers invités sur le perron de son manoir. Cela faisait deux jours que le mercenaire l'espionnait, tapi dans la forêt de Beaumont-le-Roger. Deux jours de calme dans la nature, les yeux rivés derrière ses jumelles pour étudier le rôle de chacun dans cette propriété, connaître les allées et venues des employés, le système de sécurité, le nombre de chiens. Et attendre que les invités de « Monsieur Gillig » quittent cette fête digne de celles du Roi-Soleil. Orchestre, feux d'artifice et champagne à gogo. Vu la liste des participants, il y aurait des pages de photos dans la presse à scandale.

Voilà, le couple très en vue du show-biz repartait dans une Tesla, le prince arabe dans sa Rolls, et J2G pouvait souffler sur la terrasse et siroter un digestif au bord de la piscine. Apparemment, il dormirait seul ce soir. Novak se détendit. Il avait craint une arrivée tardive, ou le départ de sa cible. Ces gens-là détestent la solitude.

Pendant que J2G se régalait d'un cognac hors de prix, Novak boucla son sac, démonta l'abri qu'il s'était construit dans un arbre à l'orée de la propriété et fit disparaître toute trace de son passage. Il attendit l'obscurité pour envoyer dans le parc une demi-douzaine de boulettes de viande destinée aux dobermans, patienta le temps que les somnifères agissent, puis enfila une cagoule aussi noire que sa tenue et franchit la clôture.

À présent qu'il faisait nuit, Novak avait une vue imprenable sur la salle de cinéma où J2G regardait un film. Puis l'heure du coucher arriva. Gillig avait depuis longtemps barricadé sa demeure d'une simple pression sur son smartphone. Les huisseries étaient blindées, et il aurait été compliqué d'entrer dans le manoir discrètement si son propriétaire n'avait eu la fâcheuse habitude de dormir la fenêtre ouverte.

À nouveau, Novak patienta. Il songea que sa dernière rencontre avec Gillig remontait à la fin de l'année 2016, quand il avait été question de plonger la région des Grands Lacs dans le chaos.

« *Je me fiche de savoir comment vous allez procéder, il nous faut des résultats à un horizon de douze mois, pas plus. Nous n'allons pas attendre le développement de la flotte électrique mondiale pour sortir un nouveau gisement de notre poche !* » Cet enregistrement ne vaudrait pas lourd devant un tribunal. J2G était bien trop prudent pour dire clairement : « *On se fout de ces Négros, filez-leur des armes, ils adorent jouer avec !* » Les salopards de cet acabit tombaient rarement pour leurs fautes, à moins d'avoir planté un couteau dans le dos d'un mercenaire.

Au moment de grimper le long de la gouttière, Novak eut une pensée pour Morgan, si loin de lui, retourné en RDC pour se faire oublier. Bientôt, il le rejoindrait dans l'ancien campement de Natassale, arrêté pour trafic quelques mois plus tôt et incarcéré à la prison de Kangbai. Ensemble, ils vivraient la nouvelle étape du plan que Morgan avait élaboré pour défendre le projet ALONE.

En basculant dans la chambre enténébrée, il heurta un guéridon, rattrapa de justesse un vase et s'immobilisa, accroupi. Les ronflements légers qui s'étaient interrompus reprirent.

Dans un même mouvement, Novak bondit sur le lit et bâillonna Gillig tout en s'asseyant sur sa cage thoracique, les genoux posés sur ses bras. Sa victime rua, il la calma d'une droite en plein visage. Puis il entrava ses membres aux montants du lit à baldaquin, d'abord les poignets, ensuite les chevilles.

— Devine qui c'est ! lança-t-il à l'homme aux yeux exorbités de peur.

Novak ne ressentait aucune pitié. Cet instant, il l'avait imaginé bien des fois, quand il attendait la mort à Kangbai, chaque jour plus désespéré de ne jamais revoir Ozalee.

— Sans des types comme toi, j'aurais pu être quelqu'un de bien.

Il attrapa un poignard dans son étui de ceinture, ce qui fit redoubler les couinements de Gillig, et Novak constata qu'il lançait des regards éperdus en direction d'un tableau. Il observa l'endroit, dévisagea sa victime, l'œil moqueur, puis s'approcha du mur.

— Cinq secondes ! Tu as mis cinq secondes pour me donner l'emplacement de ton coffre, et sans que je te le demande ! Un record !

Il lui en fallut une trentaine de plus pour trouver la cloison amovible et la *panic-room* qu'elle dissimulait.

— Mais qu'avons-nous là ? s'extasia-t-il en se faufilant dans l'entrée biscornue.

Il découvrit une pièce aveugle dotée de tout le confort moderne : literie, bar, réserves de nourriture et de médicaments, alcools, films X… et un coffre-fort à reconnaissance faciale.

— Tu vas t'économiser des coups dans la gueule, annonça Novak en revenant dans la chambre, son couteau brandi. Ou je te décapite, ou tu ouvres le coffre pour moi, proposa-t-il en scrutant les réactions de sa victime.

Il n'eut pas à insister bien longtemps. J2G avait déjà trempé son lit, et acceptait volontiers d'ouvrir tout ce que Novak voulait, à condition qu'il lui laisse la tête sur les épaules.

Quelques minutes plus tard, la porte blindée s'ouvrit en émettant un bruit de succion. Des piles de billets de banque, de bijoux et de lingots sortirent de l'anonymat. Mais ce qui intéressait Novak se résumait à une simple pochette en carton.

Il feuilleta rapidement les papiers. Le graal renfermait les documents incriminant la Gold Petroleum et l'État français dans les événements qui avaient ensanglanté l'est de la RDC entre 2018 et 2020. Des preuves irréfutables. Inattaquables. Une parfaite assurance vie.

Ah, mon vieux Vertigo, tu aurais adoré lire ça !

Novak referma le coffre et s'approcha de J2G qui claquait des dents de frayeur, recroquevillé contre le mur. Celui-ci poussa un cri strident, alors qu'il s'accroupissait devant lui, couteau en main.

— Tu as vraiment cru que j'allais te faire du mal ? Oh non, la punition serait bien trop douce ! À partir d'aujourd'hui, tu vas connaître la peur de voir débarquer les tueurs de la Gold, quand ils sauront que tu as balancé vos magouilles, et tu finiras tes jours ici, à crever dans ta merde comme un rat !

Région Île-de-France, prison des 12-10

Avant de débuter l'entretien, Julian Stark avait désactivé les micros du parloir. Seules les caméras tournaient encore, ce qui faisait que Novak Anticevic et lui échangeaient en passant régulièrement les mains devant leurs lèvres.

— Oh oui ! Il était vivant quand je l'ai quitté. Je voulais vraiment qu'il crève à petit feu, cet enfoiré de J2G ! C'est bien ce que tu voulais savoir ? Alors, file-moi ce que tu m'as promis, et tire-toi.

Le prisonnier recula sa chaise, et ses mains retombèrent sur la table. Le bracelet d'Ozalee teinta contre ses menottes.

— On l'a retrouvé pendu deux ou trois semaines après ta visite, annonça Julian. Tu le savais ?

— Les gardiens parlent entre eux. Certains m'informent juste pour me faire chier. Disons que c'est de bonne guerre. Alors ? Tu tiens ta promesse, ou tu n'es qu'une salope comme les autres ?

Le policier attrapa une photo dans sa veste et la posa sur la table devant Novak. On y voyait Ozalee Mac Neil, une coupe de champagne à la main, assise à l'arrière d'un hors-bord. Radieuse.

Novak ferma brièvement les yeux, puis il fixa Julian.

— Merci, capitaine. On manque d'hommes de parole par ici.

— Qu'est-ce que tu sais d'autre ?

— Que les avions s'écrasent comme ça vous arrange. Mais dis-moi plutôt pourquoi t'es là exactement ? Pour faire la causette ? Je ne peux pas dire qu'un peu de compagnie me déplaise, au contraire. Mais qu'est-ce que t'en as à foutre des saloperies de la Gold ? Tu sais bien qu'on ne peut pas sauver le monde !

À ces mots, l'angoisse saisit Julian, alors que les images de Dortmund jaillissaient par vagues devant ses yeux. Il imagina les parents au chevet de leurs enfants, attendant la mort. Comment vivaient-ils ces derniers instants ? À l'hôpital ? En famille ? Priaient-ils ou hurlaient-ils, chercheraient-ils à tuer les responsables ? Ou partiraient-ils loin, quelque part dans un endroit qui ressemblait à tout sauf à la fin d'un monde ?

— Morgan est vivant, lâcha Julian. Le crash en RDC était une mise en scène des Services.

Dans les yeux de Novak Anticevic passa une expression ambiguë. Il avança le buste et posa les coudes sur la table, dans une attitude qui disait : « Continue, tu commences à m'intéresser. »

— Je n'ai aucun accord à te proposer, poursuivit Julian, pas d'aménagement, pas de conditions de détention plus agréables. Juste l'autorisation de garder cette photo d'Ozalee. Et la possibilité d'éviter à Morgan de se prendre une balle dans la tête par des types de la cellule alpha.

Face à lui, Novak sembla réfléchir.

— Tu crois que tout ça, c'est lié aux saloperies de la Gold ?

— Oui, je pense que certaines personnes haut placées refusent de le laisser aller au procès, de peur qu'il balance la vérité sur la guerre en RDC.

— Tu veux dire tes chefs.

— Je ne sais pas qui, exactement. Alors, je fais cavalier seul.

— Et tu attends que je te dise où j'ai planqué les dossiers pour sauver ta peau et celle de Morgan !

Un sourire apparut sur le visage de Novak Anticevic.

— Si t'avais été un animal, ajouta-t-il, t'aurais été un chien, fidèle jusqu'au bout. Comment je sais que tu ne te paies pas ma tronche, et que ce n'est pas une de vos ruses pour détruire ces preuves, justement ?

— Tu vas devoir me faire confiance.

Le prisonnier tendit les doigts vers la photo d'Ozalee, que Julian poussa vers lui.

— Pourquoi tu veux l'épargner, après ce qu'il t'a fait ?

— Il doit répondre de ses actes pour chacune de ses victimes.

— En somme, tu veux lui imposer ce que les enfoirés qui ont assassiné sa femme au Bataclan lui ont toujours refusé.

— Exactement.

— Très bien, Stark. Mais ça va être compliqué. Parce que je ne sais pas où sont ces documents, tu imagines bien que je n'allais pas prendre le risque de craquer sous la torture !

— Alors qui ?

— Morgan. Je les lui ai adressés avant de me faire serrer connement au Canada. Demande-les-lui, il se fera un plaisir de te les confier.

Merde et putain de merde !

— Quoi, ma réponse ne te convient pas ? Tu viens de me dire qu'il était vivant !

Julian expliqua brièvement à Novak comment Morgan avait été extrait du Block D après l'attaque des 12-10, et mis à l'abri par quelques agents dans un endroit que lui-même ignorait.

— Le capitaine Stark, seul face aux cadors des *Black Ops* ! Bien sûr, même si tu le débusques, tu ne pourras pas y arriver tout seul…

— Non, j'ai besoin de logistique, de gros bras.

— Et tu comptes t'y prendre comment ? Je n'ai plus un homme vivant dehors.

— Dakota Hughes.

Novak caressa la photo d'Ozalee du bout des doigts, et releva la tête. Ses yeux brillaient d'une lueur inaccoutumée, et Julian comprit qu'il savait exactement ce qu'il attendait de lui.

— OK, murmura-t-il, je t'apporterai l'aide qu'il faudra pour le sauver. Non parce que je t'estime, mais parce que c'est mon frère, et que c'est ce qu'il voudrait. Et bon vent, capitaine Stark, parce qu'il y a de fortes chances pour qu'après ça, on ne se revoie pas.

2025 2028

3 octobre

Canada, province de Québec, territoire des Lacs-du-Témiscamingue

Les Indiens étaient impressionnants, de grands types taciturnes, l'air pas commode. Sur un simple regard, ils signifiaient aux étrangers : « Ce n'est pas un zoo, ici », et Novak Anticevic savait que s'il voulait traverser, il devait faire profil bas. Sans un mot, le caissier lui tendit un billet numéroté contre cinquante dollars canadiens – un tarif destiné à dissuader les touristes – et signala à son comparse que tout était en règle.

Novak monta à bord de la barge chargée de deux gros 4 × 4 et plusieurs palettes de marchandises. Il avança jusqu'à la proue et contempla les berges de l'île voisine. L'or et l'ocre des feuillus dominaient la verdure des conifères et tranchait sur le noir insondable des eaux du lac. Au-dessus de ce spectacle magnifique roulaient de lourds nuages. Poser le pied sur cette terre qui avait vu naître son amour fermerait une boucle de sa vie. Après cela, il pourrait bien vivre centenaire ou mourir sur place, peu lui importait.

La traversée dura une dizaine de minutes. Novak laissa les voitures le devancer, puis traversa l'unique village de l'île, saluant chaque personne, cherchant sur leurs traits une ressemblance avec Ozalee. Il passa devant l'école, l'imagina enfant. C'était sans doute ici qu'elle avait été repérée pour son extraordinaire QI. Si elle avait été moins intelligente, elle serait toujours là, occupée à entretenir sa maison, peut-être maman à la tête d'une famille nombreuse. Elle lui avait raconté l'isolement des siens, les Algonquins du Québec, et leur combat pour défendre leurs terres de la convoitise des Blancs, peuple d'usurpateurs, de voleurs de biens, et dont la parole n'avait aucune valeur.

À la sortie du village, Novak s'éloigna en direction du cimetière situé à mille mètres de la dernière maison, une centaine de tombes discrètes blotties dans les hautes herbes fleuries d'une clairière. Il ne croyait en aucun dieu, mais sa peau se couvrit de frissons lorsqu'il aperçut qu'une tonnelle était frappée par un rayon de soleil. Il s'approcha, le cœur battant. Ozalee reposait sous une pierre tombale en marbre blanc. Sur la dalle étaient inscrits son nom, ses dates de naissance et de mort, et cette courte épitaphe :

« *Toi qui rêvais de voler vers les étoiles, le temps t'a rattrapée.* »

Novak sonda son cœur. Il éprouvait une incroyable nostalgie pour ces jours qui ne reviendraient pas. Il aimait Ozalee, il l'aimerait toujours, et cette certitude l'attrista et le combla tout autant.

— On aurait dû fuir ensemble après Kangbai, comme tu le voulais, murmura-t-il, on aurait dû s'épouser et faire un tas d'enfants. Vivre ici, loin du monde. Il y avait tant de choses aussi à défendre sur ces terres.

Un rire cristallin s'éleva dans la clairière, et Novak crut qu'il devenait fou. C'était le rire d'Ozalee. Elle avait survécu, et vivait cachée, ici, elle l'attendait.

Il comprit, en apercevant un groupe de jeunes gens assemblés à l'écart, qu'il prenait ses rêves pour la réalité.

— Je voulais te dire aussi que je vis chaque jour avec le poids de ce que je t'ai infligé…

Novak se sentit stupide de parler à une dalle de pierre. Il attendait plus de cet instant, sans pouvoir préciser quoi. Et puis, pouvait-il décemment avouer ici que le sacrifice avait été vain, puisque Islanova avait échoué à défendre le projet ALONE, et que chaque jour depuis ce funeste 4 juillet, six mille nouvelles victimes de la veulerie des hommes la rejoignaient dans la mort ?

— C'est un bijou précieux que vous portez là.

La voix qui l'interpella saisit Novak, qui se mit aussitôt en mode combat. Les mâchoires serrées, les muscles bandés, prêts à cogner si nécessaire. Il se retourna pourtant d'un air serein, les doigts posés sur le bracelet fait d'os de loup qu'Ozalee lui avait offert en RDC, et découvrit un policier en uniforme, adossé contre le tronc d'un arbre. L'homme, membre de la communauté native, tenait un fusil à pompe, canon dirigé vers le sol et le fixait, soupçonneux. La présence d'un étranger au cimetière du village devait paraître inappropriée.

— Vous avez de la famille dans le secteur ?

— Ma famille de cœur, répondit Novak du tac au tac. J'ai connu Ozalee Mac Neil.

— J'allais à l'école avec elle, mais vous, je ne vous ai jamais vu, reprit le policier. Vous savez, ajouta-t-il en chargeant son fusil d'un coup sec, on me paie pour veiller sur la communauté. On me paie aussi pour savoir qui vient se recueillir sur la tombe d'Ozalee. Vous vous êtes assez recueilli, monsieur ?…

— Oui, j'ai terminé. Je m'appelle Novak Anticevic, je suis français.

Il avait à peine hésité. Son passeport au nom d'Alexandre Fontorbe ne ferait illusion guère plus de dix minutes. Alors, à quoi bon mentir ?

Et puis, il n'était plus aussi sûr d'avoir envie de continuer.

— Bien, monsieur Anticevic, vous allez me suivre au poste. Nous allons avoir une petite conversation, vous et moi, et je vous remettrai à mes collègues de la Sécurité canadienne qui feront certaines vérifications, avant de vous transférer aux autorités compétentes.

Novak obtempéra en songeant que Morgan, quand il apprendrait la nouvelle, n'en reviendrait probablement pas. Lui-même n'aurait jamais imaginé se faire arrêter de façon si stupide. Il avait tout le loisir d'honorer la mémoire d'Ozalee n'importe où dans le monde. Mais non, il avait fallu qu'il vienne ici, sur sa tombe.

Île d'Oléron, zone interdite d'Islanova

Frigorifié par son bain de mer forcé, Morgan Scali tentait de se réchauffer au soleil, installé sur les vestiges du mur de la porte Nord, brisée lors de la chute d'Islanova. Il en profita pour s'emplir les yeux du spectacle fascinant qui s'offrait à lui. Ici, la nature avait déjà repris ses droits. Des plantes grimpantes partaient à l'assaut de la verrière, recouvraient les bâtiments, dont certains disparaissaient en totalité sous les ronces et le liseron.

Lorsqu'il reprit sa route en direction de l'océan, il dérangea un jeune chevreuil, une laie et ses marcassins, et aperçut un couple de cigognes qui nichaient sur les toits. Parvenu sur les terrasses surplombant le domaine, Morgan fit une halte, le souffle coupé par la beauté tragique de la désolation. La majeure partie de la forêt de Saint-Trojan avait disparu, emportée par les grandes marées successives, ou empoisonnée par le sel. Le domaine en lui-même n'était plus que décombres. Sa végétation fragile n'avait pas survécu. Dans les jardins, il subsistait des palmiers, morts debout, le panache desséché ; des herbes folles et des immortelles au parfum enivrant poussaient un peu partout. Les demeures en bois, fierté du programme touristique, étaient ouvertes aux quatre vents, fenêtres brisées, et le toit de la maison des médias où œuvraient Vertigo, Shana et Charlie pour animer le blog des *3 Watchers of the World* avait été arraché, et sa façade orientale réduite à l'état de décombres, comme après un bombardement.

Qui était responsable de ce désastre ? L'océan, oui, bien sûr, mais les éléments ne s'étaient pas transformés en furies par vice. L'homme, encore et toujours l'homme.

— On a tué le vivant pour entasser des choses mortes, dit-il tout haut, la gorge serrée par l'émotion.

Pour descendre l'escalier de service qui menait aux locaux techniques, Morgan sauta sur son pied valide, marche par marche, essoufflé par l'effort et la douleur. Il traversa en claudiquant la salle du caisson hyperbare, où Milan avait sauvé la vie de Charlie, lors de la tempête qui avait enseveli Islanova et tous leurs rêves, et accéda au stock du matériel de plongée. Les bouteilles, les combinaisons, les palmes et les masques, tout était là, intact. Il n'y avait qu'à vérifier la pression. Ce serait stupide de plonger avec des bouteilles en partie vides…

Soudain, Morgan suspendit son geste. Un grognement résonnait dans la grande salle. Habitué à la faune sauvage, il se retourna lentement pour ne pas effrayer l'animal qu'il avait dû déranger dans son habitat.

Il reconnut aussitôt la superbe louve au pelage fauve qui le menaçait, babines retroussées sur des dents impressionnantes, et le poil hérissé. Elle appartenait à Julian Stark, et il s'était déjà trouvé face à elle, la nuit où le flic était arrivé sur l'île pour récupérer sa fille.

— Tout doux, lui intima Morgan d'une voix ferme tout en se baissant pour se mettre à sa hauteur.

La fois précédente, le stratagème avait fonctionné. L'animal l'avait jaugé, puis ignoré, et avait passé son chemin. Mais cette fois, il ne paraissait pas vouloir le laisser partir.

— Tout doux, ma belle, répéta Morgan. Je ne te veux pas de mal…

Sa voix fit redoubler les grognements.

Immobile, il observa les environs, et estima nulles ses chances de s'enfuir par l'accès de service, dont les doubles portes béaient de guingois sur leurs gonds. Alors il se redressa et recula lentement, les yeux à l'affût, en quête d'un objet qui lui permettrait de se défendre. Parvenu près des étagères, il tendit la main vers un fusil harpon, mais la louve grogna de plus belle.

Acculé, Morgan se laissa alors glisser contre le mur et se résigna à attendre qu'elle se lasse ou alerte les autorités sur sa présence. Si cet animal de malheur était là, c'est que Stark ne tarderait pas à débouler à son tour.

Après tout, n'était-ce pas aussi ce qu'il espérait, quand il avait attiré les Services dans sa planque en RDC ? Revoir Julian Stark, et s'offrir un dernier face-à-face avec son meilleur ennemi ?

Quelque part au-dessus du littoral français

Le visage tourné vers le hublot, Julian Stark observait la ligne de côte qui défilait trois cents mètres en contrebas, l'esprit préoccupé par ce qu'il lui faudrait accomplir avant que cette journée s'achève. Les militaires chargés de surveiller la zone interdite de l'île d'Oléron avaient interpellé Sookie Castel et le lieutenant Barville un peu moins de trois heures plus tôt, puis les deux hommes des Forces spéciales qui les accompagnaient. Mais aucune trace de Morgan Scali. C'était préoccupant, car leur prisonnier connaissait parfaitement la région. Préoccupant aussi parce qu'une chasse à l'homme s'organiserait spontanément dans tout le pays si l'information de son évasion venait à s'ébruiter. Et pour couronner le tout, le compte à rebours annonçant la prochaine attaque continuait d'égrener ses heures funestes.

— Capitaine Stark, votre communication est en ligne, prévint le copilote, un casque tendu à bout de bras.

— Allô ? Julian, c'est toi ?

À l'autre bout de la ligne, Abigail devait avoir la gorge si nouée qu'elle était incapable de parler plus fort.

— Bonjour, Abi, j'aurais aimé pouvoir te le dire en face, mais…

— Tu l'as retrouvée ?

— Oui. Charlie est en sécurité, je l'ai arrêtée moi-même.

— Où est-elle ?

— Ils ont refusé de la transférer dans le même établissement que toi. Elle est à Carrière-sur-Seine, dans le quartier psy.

Dans le passé, Julian avait empêché Abigail et Charlie de se connaître, et aujourd'hui qu'il souhaitait qu'elles se retrouvent, il ne pouvait œuvrer à leur rapprochement.

— Comment va-t-elle ?

— Je pense qu'elle vient seulement de prendre conscience de ses actes. Elle va avoir besoin de soins.

Les sanglots d'Abigail transpercèrent le cœur de Julian, qui dut se faire violence pour garder une voix claire.

— Qu'est-ce qu'elle a fait ? souffla-t-elle. J'ai besoin de le savoir.

— Chut, Abi, ne pleure pas.

— Dis-moi ce qu'elle a fait ?

— Dès que je serai rentré, je viendrai te voir, et je t'expliquerai. On va s'en sortir, tous ensemble. OK ?

— OK… Julian ?

— Oui.

— Merci d'avoir ramené notre fille.

Julian voulut lui dire qu'il l'aimait, qu'il les aimait toutes les deux, mais les mots se bloquèrent dans sa gorge, et il coupa la communication. À quoi bon lui faire miroiter l'espoir d'un amour impossible ? Abigail encourait vingt ans de réclusion, au minimum.

Ça lui permettrait de tenir le coup.

Sans doute, mais Julian lui-même risquait de finir ses jours derrière les barreaux s'il allait au bout de ce qu'il s'apprêtait à faire. Pourtant, malgré les risques encourus, il était en paix avec lui-même. Et ce sentiment, si longtemps attendu, n'avait pas de prix.

La vidéo de Morgan Scali sur le toit du Block D avait fait le tour des rédactions et, à présent, la terre entière savait que la France avait menti. L'ennemi public numéro un était vivant, et les pays touchés par les attaques des 12-10 réclamaient sa tête.

Sous l'appareil ultrarapide des Forces spéciales défilaient les eaux grises du pertuis d'Antioche. L'île d'Oléron approchait à toute allure.

L'hélicoptère se posa dans la cour d'une école, où plus aucun enfant ne jouait depuis des mois. À sa descente, Julian fut accueilli par le chef de section des militaires et conduit en Jeep jusqu'à leur quartier général situé sur le point culminant de l'île. Pour l'avoir arpentée en long en large et en travers, il connaissait les plans de la commune de Saint-Trojan par cœur. Mais plus rien aujourd'hui ne lui permettait de s'y repérer. Les eaux inondaient une partie de la ville à marée haute, se faufilant à travers les brèches des digues et dans la forêt dévastée où elles s'étaient creusé un lit. Quand elles se retiraient, il était possible de se déplacer dans le quartier commerçant, autour de la mairie et de l'église, mais il ne restait rien du charme de cette cité balnéaire. L'eau avait tout défoncé, portes, fenêtres, arraché le mobilier des maisons pour le déposer ailleurs, charrié des arbres, des voitures, des bateaux, créant au hasard des monticules qui bloquaient les rues et créaient des retenues d'eau. Julian eut la vision irréelle d'une méduse piégée dans l'une d'elles, évoluant au milieu d'un bassin d'eau claire, en plein centre du bourg.

Ce qui donnait au visiteur la sensation d'évoluer au milieu des décombres de l'humanité, c'était l'épaisse couche de sable piquée de coquillages, d'algues et de détritus, qui recouvrait l'asphalte. Les jardins étaient retournés à l'état sauvage, les routes disparaissaient sous une couche de débris végétaux et déjà des fissures s'ouvraient sur certaines maisons. Parfois, un chat famélique, aux pattes rongées par le sel, traversait la rue devant eux en poussant d'horribles miaulements.

La Jeep grimpa jusqu'au sommet de la colline, et Julian s'engouffra dans le QG des militaires, une superbe demeure ayant appartenu à l'ONF. Il demanda à parler à l'officier en charge et exigea immédiatement la libération de Sookie, Barville et ses hommes. Il appuya sa demande d'un ordre émanant du ministère de la Défense, et bientôt, les quatre prisonniers lui furent restitués.

— Je vous retrouve tous en bas dans la grande salle, ordonna Julian. Lieutenant, on a une battue à organiser. Exécution !

Barville et ses hommes récupérèrent leurs équipements avant de descendre, tandis que Sookie regardait par la fenêtre, un air pincé sur le visage.

— Agent Castel, dit-il avec un sourire, t'as fini de faire la gueule ?

— Tu m'emmerdes, Julian.

— Vous, les agents de l'Extérieur, vous avez tendance à vous prendre pour les rois du monde, lui dit-il sans ambages. Mais l'erreur est humaine. Dis-moi ce qui s'est passé.

— J'en sais rien, répondit Sookie en se retournant vers lui. Apparemment, il s'est tiré par la cheminée pendant que les bidasses nous traitaient en criminels. Un vrai Père Noël, grinça-t-elle. Et toi, comment t'as réussi à nous sortir de là… une nouvelle fois ?

Julian n'hésita qu'une demi-seconde. Il avait déjà dépassé le point de non-retour. Un peu plus, un peu moins.

— J'ai balancé les images du D sur Internet, Scali est vivant à la face du monde. Mais les six mille continuent.

Un masque inquiet remplaça l'expression irascible de Sookie.

— Où ?

— Dortmund. J'étais sur place.

— Comment tu vas ?

— Comme un type qui n'a plus rien à perdre. Allez, au boulot tout le monde ! ajouta-t-il en dévalant l'escalier. On a un salopard à attraper !

Les hommes de Barville et les militaires de la section de surveillance se réunirent devant une carte d'état-major tandis que Julian divisait la commune de Saint-Trojan en tronçons qu'il attribuait par équipes de deux. *A priori*, Morgan Scali n'avait pu aller bien loin, puisque les quinze drones déployés au-dessus de la zone interdite n'avaient pour l'heure détecté aucun mouvement suspect. La superficie de près de vingt kilomètres carrés nécessitait l'arrivée de renforts.

— Je connais bien cet endroit, poursuivit-il en s'adressant à Sookie et Barville restés à ses côtés. Alors je vous propose de nous séparer, on couvrira plus de terrain. Sookie, tu vas remonter la digue côté Gatseau ; lieutenant, tu envoies ton pilote à l'hélico, prêt à décoller, et ensuite, tu files vers le sud-ouest. Moi, je vais prendre par Grand-Plage et la forêt. On garde le contact.

Tout en remontant vers le nord de l'île à partir des ruines de la ferme des Pellegrin, Julian collecta les résultats négatifs des patrouilles qui sillonnaient Saint-Trojan, le littoral et le domaine des Portes de Jade. Le plus impressionnant, entre deux appels, c'était le silence qui régnait sur l'endroit.

Quand il fut arrivé dans la zone qu'il visait, il siffla plusieurs fois et chemina en silence, évoluant au hasard des sentiers qui sinuaient entre des monticules de sable plantés de pins maritimes.

Bientôt, une louve apparut entre deux fourrés, les oreilles basses.

— Salut, mon Pot de Colle !

La voix de Julian déclencha une forme de liesse chez l'animal, qui se mit à tourner sur lui-même, puis s'assit devant lui. Le policier posa un genou au sol pour l'enlacer. Ce fut un moment étonnant, où la louve repoussa le visage de Julian pour soutenir son regard histoire de dire « tu m'as abandonnée ici, espèce de saleté d'humain » avant d'émettre des couinements joyeux, puis de serrer son bras entre ses mâchoires.

— T'es dégueulasse avec ta bave ! Tu sais bien que t'es mieux ici avec Aguir, qu'à Paris à dévorer mon canapé !

— Parce que t'as un canapé là où tu crèches, le Parigot !

La voix qui venait de proférer cette moquerie s'incarna dans un géant barbu et chevelu en diable, qui dévala la butte de sable d'où il dominait le sentier. Les deux hommes se saluèrent avec chaleur. Julian avait rencontré Aguir deux ans plus tôt, lors de ses tentatives désespérées pour sortir Charlie d'Islanova et, depuis, ils étaient restés en contact régulier. Et c'était ainsi qu'il avait su que le géant s'était réinstallé dans les forêts qu'il chérissait tant, devenant ainsi le seul clandestin de la zone interdite.

— T'avais raison, vieux, ta bestiole a chopé le fantôme de Scali dans les ruines du grand bazar et me l'a rapporté par la peau du cul. Ou presque. Il a eu du bol que je les trouve avant la marée. Sinon, il serait mort pour de vrai.

Julian serra les poings de satisfaction. Il se félicitait d'avoir contacté Aguir dès la fuite organisée de Scali par Vorchek. Le choix de l'île lui paraissait alors osé mais tout à fait plausible. Pas de communications, pas d'eau ni d'électricité. La planque parfaite. Ou presque.

— Il est où ?

— Dans mon château. Il est HS.

Aguir avait construit sa cabane loin des sentiers, avec des troncs d'arbres entiers sommairement taillés, qu'il avait posés entre deux monticules de sable espacés de quelques mètres. On aurait pu marcher dessus sans s'apercevoir de sa présence tant elle s'intégrait au décor naturel.

— Ceux qui l'ont cru HS s'en mordent encore les doigts, grinça Julian en entrant dans la pièce unique.

— Il n'est pas près de cavaler, il a la cheville pétée. Je lui ai bricolé une attelle.

Une fois ses yeux habitués à la pénombre, Julian repéra une silhouette allongée sur un matelas, qui se redressa lorsqu'il approcha. Dans son dos, Aguir tentait d'apaiser les grognements de la louve.

— Allez debout, Scali, déclara Julian en sortant des bracelets en plastique. On rentre au bercail. Tu as deux secondes pour lever ton cul !

— Il ne peut pas, intervint Aguir, il est blessé.

— Va raconter ça aux trois mille mômes qu'il a assassinés. Moi, je te jure que s'il ne peut pas marcher, il rampera.

Carnets de Morgan Scali, premier jet du* Manifeste pour la vie, *le 13 novembre 2025

Je ne suis pas un prophète. Je ne suis qu'un homme parmi la multitude, un homme qui a ouvert les yeux et qui refuse d'abandonner ce monde.

L'humanité court à sa perte, l'humanité va dans le mur. Appelez ça comme vous voulez, mais ne perdez pas de vue qu'au rythme où nous utilisons nos ressources, l'impact final se situe aux alentours d'une centaine d'années. Certains pessimistes parlent même de la moitié de cette durée.

En découvrant notre siècle, un humain du passé s'écrierait : mais ils sont devenus fous ! Et n'est-ce pas ce qui nous est arrivé, à nous autres, les humains des cinq continents, qui avons puisé dans les réserves de nos enfants pour satisfaire nos désirs immédiats ? Au mépris de l'avenir, au mépris de la vie et de notre propre survie ?

Aucune espèce en dehors de la nôtre ne s'était auparavant lancée dans une telle opération suicidaire avec une aussi grande rage de réussite. Ultima Ratio regum, ces mots de Richelieu que Louis XIV fit graver sur le bronze de ses canons, je les reprends à mon compte, "le dernier argument des rois". Car c'est bien de cela qu'il s'agit : l'usage de la violence comme ultime rempart à la violence.

Les mots sont anodins, et vous pourriez passer dessus sans réfléchir. Alors je les répète : est-il légitime de recourir à la violence pour que cesse la violence ?

Ou plutôt, n'est-il pas de notre devoir de le faire ?

Île d'Oléron, zone interdite d'Islanova

Sur le visage de son prisonnier, qu'il traînait sur un brancard de fortune, Julian Stark lisait du soulagement. Peut-être même une forme de félicité. Et il se disait que la cause ne pouvait être autre que leurs retrouvailles. Comme s'ils s'attendaient depuis cette tragique nuit du 13 novembre 2015. Morgan n'avait pas dit grand-chose, juste évoqué qu'il n'aimait pas être un poids mort, et Julian lui avait conseillé de la boucler.

Pendant ce temps, les hommes du dispositif de recherche étaient concentrés dans la zone du domaine des Portes de Jade, où Aguir et la louve créaient une diversion. C'était le seul moyen d'assurer l'exfiltration et la survie de Morgan Scali ; se battre pour cette raison était aussi une facétie inattendue de l'existence.

— Nous devrons ravitailler en kérosène sur la base de Tours, prévint le pilote quand ils eurent chargé le prisonnier dans l'appareil.

— Merci, confia Julian en grimpant à son tour. Voici l'ordre de mission.

Il sangla et menotta Morgan Scali à son siège, puis verrouilla la portière. L'appareil décolla. Les toits de Saint-Trojan rapetissèrent, puis le cimetière, et plus au sud les rues que l'eau envahissait. Apparurent ensuite les stries grises dans la forêt, conséquences des entrées maritimes, piquées d'arbres rongés par le sel. Puis le domaine des Portes de Jade, bâtisse immense qui redeviendrait une île à la prochaine marée. Les silhouettes des militaires y étaient regroupées. Julian repéra celles de Sookie et de Barville, qui gesticulaient dans sa direction, plus loin celles d'Aguir et de la louve, points mouvants au milieu du coureau qu'un Zodiac de la marine nationale était sur le point d'intercepter. Jamais il n'aurait pu entraîner sa coéquipière et le lieutenant des Forces spéciales dans le voyage qu'il s'apprêtait à faire. D'ailleurs, c'était bien plus qu'un voyage. Il s'agissait d'un départ. On le considérerait comme traître à l'État qui l'employait.

Et Julian, qui ne croyait pas en Dieu, se surprit à lui demander une nouvelle fois de l'aide.

Quand le pilote vira enfin vers le nord, il ne vit plus que l'immensité des eaux de l'Atlantique et sut qu'ils étaient hors d'atteinte. Du moins pour un temps. Il récupéra son téléphone satellite sous les yeux attentifs de Morgan Scali, qui ne l'avait pas quitté du regard depuis le décollage. L'écran affichait un appel en absence, qu'il relança.

— *Hi captain* Stark ! Cette ligne est sécurisée. Pouvez-vous parler ?

Julian reconnut la voix posée de Dakota Hughes.

— Oui.

— Il est avec vous ?

La question était directe, la réponse fut laconique.

— Oui.

— On viendra vous récupérer aux coordonnées que je vais vous transmettre. Tout ce que je vous demande en échange de mon aide, c'est une heure avec lui.

— Vous l'aurez.

Julian raccrocha et observa son environnement, analysant la situation, conscient qu'il pouvait encore changer d'avis. Il pensa à Sookie, droite dans ses bottes, qui ne lui pardonnerait pas sa trahison, à Leny, dont il serait séparé pendant longtemps, à Charlie et Abigail qu'il ne reverrait probablement qu'au procès. Et se dit que sa petite vie derrière des barreaux importerait peu, alors que des milliers de parents assistaient au même moment à l'agonie de leur enfant, tandis que d'autres, dans des pays lointains, les voyaient mourir dans l'indifférence générale.

Un message de Dakota Hughes affichant les coordonnées du rendez-vous sortit Julian de ses pensées. Il décrocha son harnais de sécurité et passa dans le cockpit.

— On va se poser là !

— Ça ne correspond pas à l'ordre de mission, capitaine.

— Les ordres ont changé.

Comme son interlocuteur lui lançait un regard buté, Julian le menaça de son arme.

— J'ai dit, on va se poser là. Et discrètement.

Le pilote comprit parfaitement l'intention. Il obliqua vers la ville de Rochefort, qu'ils venaient tout juste de dépasser, et se glissa au-dessus du cours de la Charente, qu'il survola à basse altitude pour échapper à la couverture radar.

Durant le vol, Julian resta dans le cockpit. Il sentit le regard de Morgan Scali sur lui, mais il ne se retourna pas.

Des villages, des villes, des kilomètres de berges verdoyantes défilèrent sous eux, jusqu'à ce qu'ils se posent dans un champ, au nord d'Angoulême, tout près d'une ligne ferroviaire à grande vitesse. En bordure de la route, deux hommes les attendaient dans une voiture passe-partout. Pour s'assurer du silence du pilote, les types le ligotèrent et le bâillonnèrent, puis arrachèrent les fusibles du tableau de bord de l'hélicoptère, neutralisant la radio. Pendant ce temps, Julian soutint Morgan Scali jusqu'à la voiture, puis s'installa à côté de lui, sur la banquette arrière.

Ils roulèrent une vingtaine de minutes sur des routes champêtres, puis pénétrèrent sous le porche d'un corps de ferme désaffecté où ils abandonnèrent leur véhicule pour une camionnette aux vitres teintées. L'instant d'après, ils repartaient en direction de l'est et filaient sur l'autoroute.

— Ils m'ont dit que tu étais mort.

— Et tu les as crus, rétorqua Scali. Peut-être l'espérais-tu au fond de toi.

— Non, mort tu deviendrais une icône, le héros qu'on adule en oubliant ses crimes.

— Tu crois que les gens porteraient des tee-shirts à l'effigie du Silverback, comme ils arborent le visage du Che ?

Julian resta silencieux face à l'ironie de Morgan Scali. Il n'avait qu'une obsession, lui demander comment il avait conditionné Charlie, comprendre ce qu'elle était devenue pour peut-être espérer inverser le processus. Mais comment aborder le sujet sans verser dans d'inutiles reproches et surtout, sans se montrer vulnérable ?

— Tu pleures les enfants blancs et tu te fous des noirs, reprit Morgan, de plus en plus mordant. Tu épouses Vanda alors que tu aimes Abigail. Tu veux mettre ta fille en cage alors qu'elle est plus libre que tu ne le seras jamais ! Tu es passé à côté de ta vie, Julian. Il n'est pas trop tard pour changer… Peut-être devrais-tu nous rejoindre…

Julian refréna son envie d'ouvrir la portière et de balancer Scali sur le bas-côté. La vision fugitive de son corps projeté à cent trente kilomètres-heure, glissant sur la chaussée, vêtements en lambeaux, écorché et pour finir, coupé en deux par les montants de la barrière de sécurité, lui fit du bien.

— Connard.

— Puisque nous en sommes aux amabilités, toi et moi, vas-tu me dire où tu me conduis ? Je ne vois pas les moyens habituels des Services de renseignement.

— J'ai lu ton manifeste.

— Et qu'en as-tu pensé ?

Longtemps Julian avait été troublé par les thèses développées par Morgan dans ce texte. Que l'humanité scie la branche sur laquelle elle était assise ne faisait aucun doute, qu'elle ruine et pille la terre des générations futures sans aucun égard pour elles non plus. Que la partie occidentale meure de trop consommer alors que le reste des hommes souffraient du manque de tout était une vérité difficile à contester. Mais user de la violence pour contrer la violence, tuer des enfants pour en sauver d'autres… il n'était pas apte à le comprendre.

— Tu regardes le monde tel que nous devrions tous le voir, admit Julian qui pesait chacun de ses mots, et si j'avais eu les yeux grands ouverts à l'époque où je m'aveuglais dans ma petite vie au fond des Vosges, peut-être aurions-nous fait un bout de chemin ensemble.

Julian sut que ses mots avaient touché Morgan, peut-être même surpris, quand le terroriste détourna les yeux vers le paysage qui défilait.

— Et tu te demandes pourquoi Paris, pourquoi Dortmund… pourquoi la ricine ?

— Non, rétorqua Julian, tu l'écris très clairement. Les cadavres sont toujours plus réels quand ils ressemblent à nos enfants.

— Et si ces actions ne servent pas d'électrochocs aux Occidentaux, alors ces mômes seront morts pour rien.

Le ton badin qu'avait employé Morgan, son vocabulaire banal pour parler des atrocités commises, ulcéra Julian.

— Tu t'affliges pour ceux qui sont morts par la main des 12-10, reprit Morgan. Mais que fais-tu au quotidien pour ceux qui meurent là-bas ? Crois-tu que leurs mères ont moins de peine parce qu'elles sont noires, pauvres ou qu'elles ont plus d'un môme virgule deux ?

— Personne ne prétend que la vie est plus importante ici qu'ailleurs !

— Si, tout le prétend. Ou alors toi et moi, on ne vit pas sur la même planète. Là-bas, on meurt parce qu'un vaccin est trop cher ou périmé. On meurt parce que l'eau est contaminée, la terre empoisonnée par nos déchets électroniques ou parce que des rebelles ont décidé que tu valais plus mort que vif. Elle n'existe pas, ta justice, Stark. Elle n'existe qu'ici ! Et encore ! Il vaut mieux naître blanc dans une famille aisée que sur un camp de réfugiés, serait-il situé en plein Paris !

Julian tourna son visage vers la fenêtre pour cacher son trouble, car il ne trouvait rien à opposer à Morgan Scali, et son impuissance à débattre le déstabilisait.

— Tu te trompes, dit-il au bout d'un moment. La justice n'existe pas plus ici que là-bas.

— Alors change de métier, et retourne dans tes bois. D'ailleurs, qu'est-ce qu'on fait là, toi et moi ? enchaîna Morgan sans transition en désignant un panneau de signalisation qui indiquait la ville de Lyon à quatre cents kilomètres.

C'était la première fois qu'il manifestait son impatience, et Julian en profita pour tenter de prendre l'ascendant, aussi observa-t-il un court délai avant de répondre :

— Tu penses que c'est la seule question qui vaille ?

— Le reste a été dit, et je te crois capable de me livrer à des bourreaux.

— Ne projette pas ta cruauté sur moi, je ne suis pas fait de ce bois.

— Je ne suis pas cruel. Ou alors je ne l'étais pas… Le monde m'y a contraint. Tu le sais aussi bien que moi, sauf que tu es resté sur les rails.

En l'agressant de la sorte, son adversaire montrait des signes de fatigue et d'angoisse. Pourtant, Julian se garda de jubiler. Avec cet homme, tout pouvait arriver.

— Je veux que tu saches autre chose, poursuivit Morgan, si j'ai attiré ta fille à la ZAD, c'était pour qu'elle rencontre sa mère. Le reste, elle l'a choisi.

Toute sa vie, Julian regretterait de ne pas avoir vu à temps Charlie se faire happer par l'Intelligence Artificielle de Scali, piégée d'abord, puis conquise par les thèses des 12-10, à commencer par les émissions de Vertigo à qui elle vouait une admiration sans bornes. Oui, il crevait de ne pas connaître les détails de ces années qu'elle avait passées loin de lui, des années perdues à jamais, qu'il faudrait additionner aux décennies de prison qui l'attendaient. Ce sentiment de gâchis immense faillit le faire craquer. Pourtant, il résista, incapable de demander l'aumône à cet assassin d'enfants, aussi redoutable qu'il pouvait être attachant.

— Tu penses à elle et ça te rend triste, murmura Morgan, les yeux toujours rivés sur lui. Je le vois sur ton visage. As-tu de ses nouvelles ?

Julian refusa d'entrer dans le jeu de son interlocuteur.

— Je t'interdis de parler d'elle.

— Il faudra bien, pourtant. L'enfant qui bascule dans le crime, c'est un sujet sensible qui nous concerne tous les deux.

— Ce que je sais de Charlie me suffit. Ton opinion m'indiffère.

— Que tu dis. Mais je te connais, Julian. Toi et moi, on est pareils. Alors laisse-moi te parler d'elle. De toute façon, tu finiras par me le demander. Un peu plus tôt, un peu plus tard, quelle importance ?

RDC, province du Nord-Kivu, région de Béni

Tant de choses s'étaient passées dans la vie de Charlie Stark. Au cours des derniers mois, elle avait rencontré plus de gens exceptionnels que la moyenne des humains au cours de leur existence, et traversé des événements historiques. La ZAD de l'Atlantique, Islanova, la fuite en Lituanie, le départ de Milan, qui lui manquait horriblement, le stress des planques en Allemagne, en Pologne, en Russie, et puis l'Afrique, où elle était arrivée le matin même.

Le soleil venait de basculer derrière l'horizon. En l'espace de quelques minutes, une fraîcheur humide s'était abattue sur la savane, les sons avaient changé dans le même temps, s'étaient amplifiés. Pour Charlie, qui découvrait ces contrées équatoriales, la nature autour de la loge de safari devint plus angoissante qu'au cours de la journée. L'obscurité se transforma en une encre vivante où se cachaient des créatures assoiffées de sang.

Putain, je vais péter un câble !

Il fallait qu'elle se calme. Mais rien dans cette journée ne l'y aidait. Elle avait pourtant bien commencé, Morgan était si gentil, malgré l'immense tristesse qu'il devait éprouver après la chute d'Islanova et la mort de Shana… la trahison de Milan.

Le safari s'était transformé en cauchemar lorsque leur convoi était tombé sur une scène épouvantable d'une dizaine d'éléphants abattus, la partie avant de la tête découpée à la tronçonneuse. Rien ne pouvait vous préparer à une telle atrocité, mâles et femelles anéantis pour l'ivoire de leurs défenses que les Asiatiques, Chinois en tête, s'arrachaient à prix d'or.

Assise sur le lit, Charlie éteignit la lampe de chevet et se concentra sur les ombres que projetait le store sur le mur. Les stries parallèles la rassuraient, lui permettaient de réfléchir. La conclusion qui s'imposait ces derniers temps, c'était que vivre, grandir, et surtout s'épanouir, n'allait pas de soi.

Jusqu'à peu, Charlie pensait que les difficultés de sa vie se résumaient à l'absence de sa mère, aux batailles mesquines avec les filles du lycée et aux trop rares zones de liberté que lui accordait son père. L'eau avait coulé sous les ponts, et elle s'était embarquée dans une aventure où l'attendaient les Pellegrin, Aguir, Abigail, Vertigo, Shana et les autres…

Non, ne pas penser à eux, c'était trop dur. Pas plus qu'à sa belle-mère Vanda, qu'on lui avait arrachée si cruellement, et Leny, qui l'avait trompée avec cette fille plus vieille que lui, et Julian, son père, ce père qui l'avait tant déçue.

Comme elle s'était fourvoyée, toutes ces années !

Maintenant qu'elle s'était établie aux côtés de Morgan en Afrique orientale, elle comprenait que vivre ne signifiait pas seulement se glisser dans le courant généré par la multitude. Il y avait d'autres choses à entreprendre que de convoiter son futur smartphone, réserver ses vacances dans des pays pas chers où les autochtones crevaient de faim, ou pleurer sur la mauvaise santé de ses placements bancaires quand les bourses dévissaient. Le monde était malade, beaucoup de gens en avaient pris conscience. Mais trop peu avaient modifié leurs comportements. C'était à cet état de fait que Morgan avait voulu s'attaquer.

Au lycée, Charlie avait appris que près de cent milliards d'humains avaient vécu avant elle, que des civilisations s'étaient développées avant de s'éteindre, et pour certaines sans laisser la moindre trace de leur passage. Qui les pleurait encore ? Dans mille ans, on ne se souviendrait plus d'Islanova, de la civilisation occidentale, ni peut-être même du nom des États. La France, l'Europe, les Nations unies, tout cela sonnerait dans l'esprit des humains survivants à l'holocauste qui s'annonçait comme des noms apparentés à la mythologie. Sauf s'ils écoutaient Morgan, et Charlie avait la chance de connaître cet homme, la chance qu'il lui ait donné son amitié. Elle était une élue, en quelque sorte. Oui, une élue. Et elle devrait s'en montrer digne.

On frappa à la porte.

— *I'm coming !* répondit-elle aussitôt.

Ici, au Kenya, tout le monde parlait anglais, même les gens de Berrito qui travaillaient dans ce safari-lodge – Morgan n'abandonnait pas ceux qu'il aimait.

Charlie enfila un pull et gagna le restaurant, où elle le retrouva attablé avec une vingtaine de Somaliens. Ils avaient installé de grands plats sur la table et chacun piochait dedans avec les doigts.

— Utilise la main gauche, lui avait-il précisé la veille au soir. La droite est impure, va comprendre !

Elle prit place face à Morgan, entre Caleb, le garçon qui avait reçu le prix Nobel de la paix pour la Fondation ALONE – un garçon devenu un jeune homme, et Hanad, un de ses camarades survivant du massacre de Berrito. Affamée, elle se sustenta en silence, et ne se rendit compte de sa goinfrerie qu'au moment où l'assemblée s'esclaffa.

— J'ai manqué quelque chose ?

— Je leur ai expliqué qu'on ne donnait pas assez à manger aux jeunes en France et que la migration allait bientôt s'inverser.

Charlie sentit son visage s'empourprer. Elle aurait voulu se cacher sous la table, mais la bonne humeur ambiante eut raison de sa gêne. Tout en continuant de manger, plus modérément, elle écouta l'échange entre Morgan et les deux garçons, apprit que Caleb partait sous peu entamer sa première année universitaire à la faculté de commerce de Nairobi, et s'étonna du choix de ses études.

— Pourquoi pas du droit ? demanda-t-elle au jeune homme. C'est le droit qui change le monde, pas l'argent.

— On serait tous morts sans l'argent de la Fondation, expliqua Caleb avec un sourire charmant. Je veux apprendre à m'en servir, et surtout à le trouver pour l'apporter là où il manque. Comme Morgan avec l'eau.

À la fin du repas, habitués qu'ils étaient à se lever dès 5 heures, les Somaliens ne traînèrent pas. Morgan et Charlie se retrouvèrent seuls. L'euphorie du dîner retombée, la jeune fille plongea dans un mutisme sombre.

— Cette journée a été difficile, glissa Morgan après s'être servi un verre de Kenya Cane, un rhum de fabrication locale. Tu veux en parler ?

— Si j'avais à choisir, je préférerais sauver les animaux plutôt que les hommes, répondit-elle après un temps de réflexion.

— Quand je suis arrivé en Afrique, je pensais comme toi. Je manquais d'expérience.

— Comment tout a commencé pour toi ?

— Il était une fois un enfant nommé Jua. Il vivait pas loin d'ici, mais il n'a pas vécu assez longtemps pour que je te raconte son histoire.

— Il faut éliminer la moitié de l'humanité si on veut espérer un avenir, s'enhardit Charlie sans trop comprendre de quoi lui parlait Morgan, et sans oser lui en demander plus. Tu te rends compte ? On nous répète que nous sommes trop nombreux, et tout le monde s'en fout !

— Tu n'y vas pas avec le dos de la cuiller.

— De préférence la population occidentale, avec les Américains en premier, et puis l'Europe.

— Pourquoi eux d'abord ?

— Parce qu'ils sont responsables de la situation.

Pendant un moment, Morgan regarda l'alcool ambré qu'il faisait tournoyer dans son verre à liqueur, sans rien dire, et Charlie crut qu'elle avait proféré la pire des horreurs et que tout était fichu, pour toujours et à jamais. Elle se traita d'imbécile et n'osa pas relever les yeux.

Morgan Scali était un humaniste, et elle se comportait en nazi avec ses idées de tuer la moitié des gens sur Terre. Ne se montrait-elle pas ingrate envers un homme qui avait répondu à toutes ses questions, même les plus intimes ? Il lui avait parlé de cette nuit du 13 novembre 2015, où il avait perdu sa femme, l'amour de sa vie, et rencontré Julian dans des conditions abominables. D'ailleurs, à aucun moment il n'avait critiqué le comportement de son père, attitude qui suscitait un immense respect dans l'esprit de Charlie. Il lui avait aussi expliqué comment Milan était devenu un espion au service de la France, et s'était retrouvé pris entre deux feux, celui de sa famille et celui de son pays. Morgan ne lui en voulait pas, il avait eu des mots apaisants, s'était même adressé des reproches.

Quel homme incroyable !

— Je veux dire que si ma génération ne fait rien, balbutia-t-elle pour tenter de se rattraper, il n'y aura plus rien… La vie disparaîtra.

— Tu dois apprendre à te maîtriser et pondérer tes émotions autant que tes propos, lui expliqua Morgan d'une voix douce. C'est important de ne pas se laisser emporter par la passion ou la colère. En revanche, ne te justifie jamais. Un jour, peut-être, tu prendras la tête des 12-10 et tu poursuivras le combat.

— Je n'en serai jamais capable.

— À moins que je ne t'y prépare. Depuis la mort de Shana et de Vertigo, j'ai besoin de quelqu'un pour relever ce défi. Ne voudrais-tu pas marcher dans leurs pas ?

Quelque part sur les routes de France

— Ta fille n'a pas répondu tout de suite, c'est un être sage. Mais elle a fini par m'avouer qu'elle ne souhaitait pas me remplacer, parce qu'elle avait peur que ça me porte malheur. Comme si le malheur pouvait encore s'abattre sur moi…

Morgan Scali s'interrompit. Il faut dire qu'après ce qu'il venait de lui confier, Stark avait l'air au bout du rouleau. Malgré la nuit, il devinait le découragement sur ses traits creusés, et sut que les derniers jours avaient suffi à le briser pour toute une vie.

Il ne manquait plus qu'une pichenette pour terrasser l'homme.

À la radio qui tournait en sourdine, une femme à la voix agréable annonça que les relations entre la France et l'Allemagne se détérioraient d'heure en heure depuis l'attentat de Dortmund, dont le bilan provisoire s'élevait à neuf cent cinquante-huit victimes. Partout en Europe et dans le monde s'organisaient des marches blanches, des manifestations en faveur de la paix, contre le terrorisme, pour défendre le projet ALONE, d'autres plus violentes avaient détruit le siège de la Fondation à Genève, d'autres encore s'en étaient prises à l'Unesco. De nouvelles attaques spontanées de stations de captage partout en Europe avaient entraîné de nombreuses coupures d'eau et mobilisé l'armée pour protéger les sites sensibles. Ces dégradations n'étaient plus seulement l'œuvre des 12-10, mais de citoyens en colère et de casseurs en mal de sensations.

— Toute action a son corollaire, remarqua Morgan. M'arrêter a entraîné d'autres personnes, dont ta fille, dans une chaîne de responsabilités dont tu cherchais à la soustraire.

— Charlie a été arrêtée. Elle nous a donné le fort Maginot et les containers de ricine. Tu n'auras pas réussi à la détruire.

— La détruire ? Voilà bien des paroles de flic.

Dans sa situation, coupé du monde depuis des semaines, Morgan était gourmand d'informations et, la fatigue aidant, Stark commençait à les lui fournir. Comprendre ce qu'on allait faire de lui était l'essentiel.

— À quoi bon nous déchirer, Julian ? L'histoire nous oubliera tous. Mais pour que l'histoire existe, il faudra que l'humanité perdure. Peut-être même que toi et moi, on en verra la fin.

Depuis que le réchauffement climatique était devenu une réalité, que les températures grimpaient et que les tempêtes et les ouragans avaient commencé à modifier le paysage, les thèses alarmistes soutenues par d'éminents scientifiques, qui projetaient la fin de la civilisation à un horizon proche, se multipliaient.

— Qu'on soit tous emportés par une vague demain ne t'autorise pas à décider de qui peut vivre ou mourir.

— Dit l'homme qui a condamné ma femme parce qu'il crevait de trouille.

— Pas un instant, je ne regrette de t'avoir empêché d'aller te faire tuer au Bataclan. Même si aujourd'hui, ma propre fille m'accuse d'avoir contribué à créer celui que tu es devenu. Toi-même, tu te sers de ce qui est arrivé ce soir-là pour justifier tes actes. N'est-il pas temps d'assumer au lieu de t'épuiser à me haïr ?

— Je ne te hais pas, Julian.

— Qu'est-ce que tu racontes ! Tu viens de dire le contraire !

Morgan eut un sourire lumineux. Il joignit ses mains sous son menton et poussa un profond soupir.

— Julian, c'est moi que je hais, commença-t-il d'une voix légèrement altérée par l'émotion. Tu m'as servi de prétexte tout ce temps. J'avais aussi peur que toi, et c'est compliqué à admettre, surtout quand tu comprends *a posteriori* que ta femme a mis des heures à mourir toute seule, au milieu des cadavres. Et que si tu ne lui avais pas lâché la main, elle serait encore vivante…

Bouleversé par ce qu'il venait de formuler, Morgan s'enfonça dans le siège de la voiture ; ses mains étaient moites et son cœur battait à toute allure.

— Qu'est-ce que tu vas faire de moi, maintenant que tu sais, Julian ? Tu joues pour toi seul, c'est ça ? Tu veux me tuer, œil pour œil, dent pour dent…

— Je suis en train de sauver ta peau. Et crois-moi, je le ferai contre vents et marées, quitte à finir derrière les barreaux avec toi.

— Qui veut ma peau ?

— Ceux qui refusent de t'offrir une dernière tribune parce que tu possèdes de quoi faire tomber des têtes très haut placées.

Morgan repoussa l'idée que les autorités puissent avoir ordonné son assassinat.

— De quoi parles-tu ?

— Novak Anticevic a mentionné des documents sensibles qu'il aurait dérobés à un certain Jean-Gérard Gillig, un employé de la Gold Petroleum, et qu'il te les aurait confiés avant de se faire arrêter au Canada.

— Je n'ai jamais entendu parler de ces dossiers.

— Il dit que tu es le seul à savoir où ils sont.

— Alors il se sera trompé, regretta Morgan. Je ne peux pas tout savoir, même si les autres le croient.

— Tu ferais mieux, pourtant.

L'horloge de bord indiquait 4 h 59 et il tombait une légère bruine sur l'aire d'autoroute. Sur le panneau d'affichage des prix des carburants, il y avait deux devises, des euros et des francs suisses.

Qu'est-ce qu'on fiche en Suisse ?

Morgan comprit lorsqu'ils entrèrent dans la commune de Cologny, et se mit à rire. Stark ne pouvait pas avoir choisi de pire alliée que Dakota Hughes, partenaire financier de la Fondation ALONE, argentier des 12-10, et indéfectible amie de son pire ennemi : lui, Morgan Scali.

Suisse, canton de Genève

— Rien de ce qui se dira dans cette pièce n'en sortira. C'est à cette seule condition que je coopérerai, *captain. Are you agree ?*

Dès son entrée dans le luxueux salon, ouvert sur le lac, Julian Stark sut que la partie serait serrée. Sous un tableau représentant feu son père, le magnat de l'armement, Mlle Hughes venait de lui présenter Robert de Havilland, une huile de la CIA, ainsi que trois ténors du barreau suisse, allemand et français, chargés d'assister Maître Lee.

L'un des membres de la garde rapprochée de l'héritière, un Kenyan surdimensionné, équipa Julian d'une oreillette, pendant qu'un autre scannait ses vêtements à la recherche d'un dispositif d'enregistrement, puis tous s'installèrent autour d'une table ronde où des verres et des bouteilles d'eau minérale avaient été disposés, ainsi que des corbeilles de fruits et des plateaux de viennoiseries.

On se croirait à un putain de séminaire.

C'était une scène irréelle et inquiétante de se trouver face à cette jeune femme au physique agréable, à la voix douce et posée, et probablement aussi responsable que Morgan Scali et les 12-10 de la mort atroce de milliers d'enfants en Europe. Car après tout, ni la présence de la CIA, ni celle de trois avocats, et encore moins de Morgan Scali ne garantissait qu'il ressortirait vivant de l'entretien. Dakota et lui étaient des intimes ou l'avaient été, et cette imprécision sur l'état de leurs relations actuelles mettait Julian mal à l'aise. La seule carte maîtresse qu'il possédait était que Morgan ignorait les raisons qui avaient poussé Dakota à le revoir. Le terroriste se reposait au bord de la piscine, et sirotait un cocktail, surveillé par deux gardes du corps, loin d'imaginer ce qui se tramait deux étages plus haut.

Julian ne le quittait des yeux que pour répondre à son interlocutrice.

— *Captain*, vous acceptez les termes de notre accord ?

— Je ne peux pas m'engager au-delà de ma propre personne, rétorqua-t-il. L'enquête conduite par mon service est déjà très avancée…

— Vous n'engagerez que vous-même, l'interrompit l'un des avocats en poussant une lettre-accord vers le centre de la table.

— Mademoiselle Hughes, vous avez exprimé le désir de connaître le nom de l'assassin d'Ozalee Mac Neil quand nous nous sommes vus à New York.

— Et vous prétendez avoir ces informations, c'est pourquoi vous êtes ici.

— Absolument. J'ai ici une lettre d'aveux, signé de sa main et visée par un officier assermenté et un avocat. Mais avant de vous la remettre, je vais avoir besoin de garantie, réclama-t-il. La menace de nouveaux attentats est bien réelle et Ozalia est un problème que je veux éradiquer le plus rapidement possible. Vous êtes la Hughes Corp. et la Mac Neil Company réunies, vous devez être capable d'arrêter cette machine infernale. Je ne signerai rien tant que je n'aurai pas l'assurance que ses données, et je dis bien toutes ses données, seront remises aux autorités.

— Signez la clause de confidentialité, et vous obtiendrez ce que vous exigez.

Julian en prit connaissance avec attention et l'émargea. Que risquait-il ? Sa première motivation était de stopper les attentats des 12-10, puis de livrer Morgan Scali à la justice. Ensuite viendrait le temps d'appréhender les coresponsables de ces meurtres de masse, Günter Schilgen et bien entendu celle qu'il soupçonnait depuis le début de financer les terroristes, Dakota Hughes elle-même.

Quand il eut fini, les avocats visèrent chacun le document, et il fut remis au type de la CIA.

— Maître Lee ? interpella alors Dakota. Il est temps.

Dans l'oreillette, Julian entendit – et il supposa qu'il était le seul – l'avocat numérique lui révéler qu'Ozalia était effectivement hébergée dans les serveurs de la Hughes Corp. et que sa destruction ne poserait aucun problème.

— La menace est d'ores et déjà circonscrite, conclut sobrement Maître Lee.

Cette information, des centaines d'agents des Services couraient après depuis près de deux ans, et Julian serait le seul à la connaître. Alors, autant en profiter.

— Je veux également les noms des 12-10, de leurs planques en Europe, la localisation de leurs stocks d'armes bactériologiques et chimiques. Je veux Günter Schilgen et les hauts responsables des cellules. Leur mode de communication. Je vous laisse la partie américaine, lâcha-t-il en direction de l'agent de la CIA. Tout ce qui concerne l'Europe est pour moi.

— Vous aurez l'ensemble des informations détenues par Ozalia, glissa Dakota Hughes. Dans la mesure où elles ne comportent pas de données pouvant nuire à notre compagnie.

— Cette phase est en cours d'élaboration, confia Maître Lee. Besoin d'autres éléments, monsieur Stark ?

Oui, la peau de la jolie blonde qui me fait face.

« Elle va être difficile à déférer », avait-il dit à Sookie, quand ils étaient à New York. La présence d'un type de la CIA à cette réunion lui prouvait qu'il était un minuscule pot de terre, face à un mastodonte d'une industrie que jamais les Américains ne permettraient qu'on écorche.

— Je veux également les circuits de financement de l'Armée du 12 Octobre, les comptes de Scali et de tous ses proches, ajouta-t-il, et ces quelques mots eurent l'effet d'une bombe dans la salle. Je ne voudrais pas que l'on pense que vous êtes le grand argentier du terrorisme, mademoiselle Hughes.

Puis, sans attendre sa réponse, Julian tendit la lettre rédigée par Novak à l'attention de Dakota, qu'il avait obtenue lors de leur dernière entrevue. Quand elle en eut achevé la lecture, l'héritière se tourna vers les baies vitrées par où on apercevait Morgan Scali, visiblement très émue.

— On a assassiné l'un des esprits les plus brillants de notre espèce, dit-elle. Ozalee était capable d'inventer le monde de demain, elle allait le faire…

Ozalee Mac Neil, génie du XXIe siècle, Julian ne l'avait jamais envisagée sous cet angle.

Les yeux toujours rivés sur Morgan, Dakota observa un temps de réflexion avant de reprendre :

— Quels sont vos projets concernant votre prisonnier ?

Votre prisonnier. Tout était dit. L'héritière avait pris acte de la responsabilité de Morgan, autant que de celle de Novak dans l'assassinat d'Ozalee. Et visiblement, elle se désolidarisait de lui.

— Je vais le livrer à la justice allemande.

Elle ne demanda pas d'explication. Il devait être évident pour tous que la France avait déjà montré ses limites concernant l'organisation d'un procès.

— Que va-t-il advenir de vous, *captain* ? Vous sacrifiez votre carrière en soustrayant Morgan à la justice française. Voulez-vous notre soutien ? déclara-t-elle en interrogeant le type de la CIA du regard.

— Nous pouvons vous faire entrer dans le programme de protection de témoins, concéda Robert de Havilland. Vous et votre beau-fils. Et on doit pouvoir obtenir le transfert de votre fille après son jugement en France.

Julian apprécia l'offre, mais prétendit qu'il voulait assumer ses responsabilités. En réalité, l'idée de frayer avec cette femme lui donnait la nausée.

Comment pactiser avec le diable en personne ? Car il ne faisait aucun doute que Mlle Hughes figurait à présent en haut de sa liste des personnes à abattre.

Sans argent, pas de terrorisme.

— Merci, mais je vais juste avoir besoin d'un téléphone sécurisé, dit-il. J'ai un dernier coup de fil à passer avant de me jeter dans la fosse aux lions.

Suisse, canton de Genève

Le jardin était beau, mais dans les yeux de Morgan Scali, il s'apparentait à la dernière merveille du monde. C'était l'une des rares maisons du coin à posséder un accès privé au lac Léman. Il aimait cet endroit et s'asseoir sous la tonnelle naturelle créée par un saule pleureur. Quelqu'un avait placé là une chaise sous l'ombre rafraîchissante, ou peut-être était-ce un oubli. La chaise en métal ajouré rouillait par endroits, sa peinture blanche s'écaillait, ses pieds s'enfonçaient dans la terre meuble. Qu'importe !… En s'asseyant sur ce trône digne du roi des quatre vents, Morgan s'offrait une représentation musicale donnée pour lui seul, où les eaux du lac jouaient avec la berge, les bateaux, les cris des enfants et les aréopages de canetons nageant bien sagement derrière leur mère.

Il s'était engagé à ne pas tenter de disparaître, par la terre, par le lac, ou en se pendant à cet arbre, alors on lui avait lâché la bride. Un engagement de Morgan Scali, ça se respectait encore. Qu'on le comprenne ou non, il n'avait pas achevé son voyage personnel. Il restait une dernière étape, pas question de la manquer.

Le vieux chat des voisins passa le visiter, comme il l'avait fait la veille, lors de son premier séjour sous le saule. Ce devait être sa chaise, après tout, et le matou acceptait les genoux de l'humain étranger sans râler.

Morgan se sentait si fatigué. C'était bon de simplement caresser un chat, assis sous un arbre. L'animal ressemblait à celui de Maria Pellegrin. Qu'était-il devenu ? Était-il possible qu'il ait survécu à la tempête ? Et comment s'appelait-il déjà ?… Monsieur Pompon ! Le nom lui revint tout seul, tombé dans la calebasse, comme s'il suffisait de secouer le bonhomme pour que les souvenirs reviennent. Maria et Dédé sortiraient-ils jamais de prison ?

Le portail de la propriété s'ouvrit en grinçant. Il faudrait penser à graisser les gonds. Morgan se leva. À l'avenir, il n'aurait plus à se soucier de considérations matérielles. On penserait à sa place du matin au soir. Ce serait sans doute reposant, au moins un temps.

Une berline sombre était stationnée dans l'allée. Il devait s'agir de son transport, celui organisé par Julian Stark, qui avait refusé l'aide de Dakota.

Morgan en eut la confirmation lorsqu'il découvrit les plaques minéralogiques de la berline, une Mercedes Benz, un gros modèle. La voiture appartenait au corps diplomatique du consulat allemand de Genève. Le chauffeur était resté au volant, et un homme d'une quarantaine d'années, l'air aussi rigide que son costume était strict, discutait avec Julian. Les deux semblaient se connaître.

— L'agent Hoheisel travaille pour le BfV, lui précisa Julian, tandis qu'il s'installait à l'arrière de la berline.

L'Allemand le salua d'un signe de tête. Manifestement, il n'avait pas envie d'établir un contact. Au moment de quitter l'enceinte de la propriété, Morgan jeta un dernier regard vers le saule. Tout était rentré dans l'ordre, le chat avait récupéré sa chaise.

À présent, il allait savoir si Julian tiendrait sa parole. Cet Allemand pouvait ne pas être un agent du Renseignement intérieur, et Morgan n'ignorait pas le nombre croissant de gens qui rêvaient de lui faire la peau. Sa survie ne lui importait plus. Mais le message qu'il portait était précieux. Il voulait le dire une dernière fois, et la justice allemande ferait bien l'affaire.

Quand ils franchirent la frontière, dans la périphérie de Bâle, une escorte constituée de motards et de véhicules banalisés encadra leur voiture. Le convoi se lança sur les autoroutes allemandes à toute vitesse. Ses derniers doutes se dissipèrent quand les véhicules s'engagèrent sur le parking du siège du BfV à Cologne, cinq heures plus tard.

— Accordez-moi un instant avec Julian, demanda-t-il à l'agent Hoheisel. Vous lui devez bien deux minutes de votre temps.

— Deux minutes, accorda l'Allemand, qui sortit de la voiture, ainsi que le chauffeur.

Des dizaines d'agents encerclaient la zone où ils étaient garés.

— Tu voulais savoir ce que Novak avait fait des dossiers de la Gold, dit Morgan tout bas. Qu'est-ce que tu comptes en faire ?

— Je ne trahirai pas mon pays en livrant ces informations à une puissance étrangère, mais elles pourraient me servir d'assurance vie.

— Tu as récupéré les affaires qui étaient dans mon box, non ? Tu avais mon collier en BDC.

Julian hocha la tête.

— Alors les dossiers sont chez toi, intercalés dans les pages des albums photos, période Oléron.

Le policier eut l'air estomaqué, et cela l'amusa.

— Je te devais bien ça, Julian Stark.

Morgan tendit ses mains pour recevoir la paire de menottes, et fut surpris de voir le policier s'enchaîner à lui pour l'accompagner dans le bâtiment du BfV.

Ainsi, c'est de cette façon que tout devait finir. Avec Julian, comme au commencement.

Il fut conduit dans une salle d'interrogatoire, où on le laissa seul, entravé à un anneau scellé dans le sol. Morgan ferma les yeux, pour écouter comment pulsait ce bâtiment, ressentir les hommes stressés qui l'habitaient, ses propres battements cardiaques. Puis il perçut les fragrances délicieuses d'un parfum. Son parfum.

Quand il rouvrit les paupières, tout était parfait. Gaëlle se tenait dans un coin de la salle, dans cette petite robe bleue qui lui allait si bien, et elle lui souriait.

Épilogue

1er mai 2028
Île-de-France, ville des Andelys, l'Atelier

Pour retourner chez lui et récupérer les documents incriminant l'État, Julian Stark aurait préféré arriver de nuit. Il n'avait hélas pas eu le choix, et le clocher de l'église Saint-Sauveur du Petit-Andelys sonnait 13 heures quand il se faufila dans la cour. Il n'avait croisé personne en descendant de la colline par le chemin où il avait l'habitude d'aller courir.

Le policier entra par la véranda, et trouva Leny et Kit enlacés sur le canapé devant les infos, le visage défait, et il comprit que malgré son intervention auprès de Dakota Hughes, l'horreur de Dortmund recommençait, mais en Angleterre, cette fois.

L'image divisée en deux montrait d'un côté des services hospitaliers londoniens saturés, pendant que sur l'autre, une journaliste expliquait que, depuis le matin, des milliers de parents amenaient leurs enfants aux urgences pour des symptômes de fièvre aiguë, avec pour certains des saignements, une perte de connaissance et un coma.

L'agent pathogène utilisé dans ce nouvel attentat revendiqué par l'Armée du 12 Octobre n'était pour l'heure pas connu, mais son lieu de diffusion clairement identifié : tous ces jeunes avaient fréquenté le parc d'attractions Paramount UK, dans le comté de Kent, au cours de la journée du 27 avril. Le poison avait lentement fait son œuvre, se développant insidieusement pendant les dernières soixante-douze heures, et vu le nombre de familles exposées, les autorités craignaient un nombre de victimes supérieur à celui de Paris et Dortmund réunis.

On parlait également des arrestations des 12-10 un peu partout en Europe et aux États-Unis, et de celle de Günter Schilgen, figure historique de l'Armée du 12 Octobre, interpellé à l'aéroport de Barcelone-El Prat alors qu'il s'apprêtait à embarquer pour le Mexique.

Discrètement, Julian se faufila dans sa chambre, où il entreposait les affaires de Morgan, ouvrit les placards et fouilla toutes les caisses à la recherche des albums photos. Quand il les eut rassemblés, il les sonda et en isola quatre, qui recelaient chacun une carte mémoire dissimulée entre les pages cartonnées.

Il en choisit une au hasard puis la glissa dans son ordinateur portable.

Au lieu des documents désignant la Gold Petroleum comme initiatrice de la déstabilisation de la région des Grands Lacs à des fins mercantiles, ou des preuves de collusion entre ses dirigeants et des fonctionnaires de l'État, Julian vit défiler des lignes de chiffres, des sommes en devises étrangères, des banques installées dans des paradis fiscaux, des numéros de comptes *off-shore*, des transactions, le nom de sociétés écran reliées à la Fondation ALONE, et surtout à la Hughes Corp.

Morgan lui offrait l'ultime cadeau, l'argent du terrorisme.

— Nom de Dieu !

Dire qu'il aurait pu découvrir ces documents depuis des mois ! Après coup, Julian se rendait compte qu'il avait commis une erreur en imaginant qu'en 2025, lorsque Morgan s'était rendu dans le garde-meuble où il avait entreposé les affaires familiales qu'il n'avait pas voulu emporter en Afrique, c'était pour y récupérer un objet. Non, il était venu là, bravant tous les dangers – lui qui était alors activement recherché quelques jours après la chute d'Islanova – pour y déposer ces éléments à charge contre Dakota Hughes.

Portés plus tôt à la connaissance des enquêteurs, les attentats contre les enfants, à Paris, Dortmund et Londres, auraient peut-être été évités, et cette conclusion était difficile à avaler pour Julian, qui récupéra la carte mémoire et détruisit le disque dur de son ordinateur. Puis il glissa les cartes restantes, au hasard dans trois enveloppes, qu'il libella, l'une au nom d'Anne Chassin de W3, l'autre à celui d'Aï Van, l'épouse de Vorchek, et la dernière, pour Sookie. À l'intérieur de chaque enveloppe, il glissa un court message : « Photos de famille, à déguster sans modération. » Enfin, il les affranchit et repartit de la maison aussi silencieusement qu'il y était entré.

Julian dévala le chemin jusqu'à la route et eut tout juste le temps de poster les trois lettres avant que la voiture de Sookie ne s'arrête à sa hauteur. Deux autres véhicules l'accompagnaient, gyrophares allumés.

— Leny est là, l'informa-t-il. On n'est pas obligé de la jouer cow-boy. Je ne veux pas l'affoler, il a assez morflé.

— Ce n'était pas mon intention.

— Alors, je suis à toi, déclara Julian à Sookie tout en lui laissant ouvrir la portière.

Il boucla sa ceinture et regarda une dernière fois sa maison, tandis que la voiture démarrait et prenait la route pour Paris.

Au fond de lui, Julian ressentait une paix intérieure comme il n'en avait pas connue depuis longtemps. Il était allé au bout de lui-même, au bout de sa tâche, et surtout il pouvait se regarder en face. Sookie finirait par comprendre pourquoi il avait livré Morgan Scali aux autorités allemandes, elle lui pardonnerait. Les autres ? Il s'en fichait. La vie avait fait de lui l'homme qu'il était, ce Julian Stark apte à désobéir, parce que l'inverse n'était pas acceptable.

À présent, il subsistait l'essentiel. Leny connaîtrait une vie d'homme loin des siens, Charlie et Abigail demeureraient longtemps emprisonnées, tout comme lui le serait, mais elles étaient vivantes, et un jour peut-être ils se retrouveraient.

Le reste n'était que des miettes de pain qu'on jette aux moineaux. Rien, du vent. Sauf le projet de Morgan Scali, cette vision d'un monde où les uns et les autres prendraient soin de tous. Mais là encore, il devait s'agir d'une illusion.

Le rêve d'un fou.

Les yeux grands ouverts
(Manifeste pour la vie)

par Morgan Scali

On raconte que les poètes sont morts et que les prophètes ont disparu. Et pourtant, à l'origine de toutes les civilisations, il y a une femme, un homme, un individu qui s'est dressé contre l'ancien système pour jeter les bases d'un nouveau. Selon les usages ou les croyances, on le qualifie d'illuminé, de héros, d'envoyé de Dieu ou de Son Fils en personne.

Peu importe son nom au final. Il demeure un esprit éclairé, habité par sa propre folie et qui a eu l'extraordinaire talent d'entraîner derrière lui la multitude et de changer les mentalités.

Au début, les peuples les encensent ou les haïssent, ils ne laissent jamais indifférents, et puis le temps passe et les singularités s'oublient. On fait de ces hommes des personnages légendaires, des statues de pierre destinées à verdir dans l'oubli des squares, ou on les lynche devant l'Histoire en posant sur leurs seules épaules la responsabilité des échecs collectifs.

Je ne suis pas un prophète. Je ne suis qu'un homme parmi la multitude, un homme qui a ouvert les yeux et qui refuse d'abandonner ce monde.

L'humanité court à sa perte, l'humanité va dans le mur – appelez ça comme vous voulez –, mais ne perdez pas de vue qu'au rythme où nous utilisons nos ressources, l'impact final, la destruction irrémédiable de notre écosystème, se situe aux alentours d'une centaine d'années. Certains pessimistes parlent même de la moitié de cette durée.

En découvrant notre siècle, un humain du passé s'écrierait : « Mais ils sont devenus fous ! » Et n'est-ce pas ce qui nous est arrivé, à nous autres, les humains des cinq continents, qui avons puisé dans les réserves de nos enfants pour satisfaire nos désirs immédiats ? Au mépris de l'avenir, au mépris de la vie et de notre propre survie ?

Aucune espèce en dehors de la nôtre ne s'était auparavant lancée dans une telle opération suicidaire avec une aussi grande rage de réussite.

Ultima ratio regum

Tout ceci explique pourquoi je reprends aujourd'hui les mots de Richelieu que Louis XIV fit graver sur le bronze de ses canons :

« *Ultima Ratio regum* : Le dernier argument des rois. »

Car c'est bien de cela qu'il s'agit, la question où nous mènent les agissements des hommes ; de la légitimité de l'usage de la violence comme ultime rempart à la violence.

Les mots sont anodins, mais leur sens est terrible, et vous pourriez passer dessus sans réfléchir. Alors je les répète.

Est-il légitime de recourir à la violence pour que cesse la violence?

Et en réalité, n'est-il pas de notre devoir de passer à l'acte ?

Ici, à cet endroit précis de mon raisonnement, je sais que beaucoup décrocheront, s'insurgeront devant mes propos qu'ils qualifieront d'obscènes. Pour ceux-là, je deviendrai un terroriste. Aux autres, je demande de garder les yeux grands ouverts et de ne plus jamais les refermer. Car, oui, nos sociétés produisent une violence démentielle. Quand donc ?

Vos yeux, grands ouverts !

Ne manifestons-nous pas une violence inouïe quand nous acceptons, par notre passivité et nos comportements consuméristes, qu'un tiers de l'humanité travaille dès l'enfance, et que son espérance de vie n'excède pas cinquante ans ? Tout ça pour remplir des hypermarchés de biens de consommation dont nous n'avons pas besoin, tout ça pour remplir nos poubelles de ce que nous n'aurons pas réussi à avaler, tout ça pour remplir nos organismes des poisons qui nous tueront.

Remplir, le maître mot de notre temps.

On nous promet que la technologie sauvera le monde. Et c'est vrai que l'humain est ingénieux. Mais cet avenir, garanti par l'avènement de l'Intelligence Artificielle et des nanotechnologies, concernera uniquement les personnes assez fortunées pour se l'offrir. Ne soyez pas crédules, laissez tomber votre naïveté. N'allez pas croire que le mouvement impulsé voilà un demi-siècle s'inversera de lui-même. Déjà aujourd'hui, ne mangent une nourriture de qualité, ne boivent une eau pure et ne bénéficient d'une médecine de pointe que les possédants et leurs enfants. Parcourez le monde, marchez au-delà de votre quartier, et voyez comme nos sociétés sont déjà fractionnées en trois catégories, avec d'une part les nantis, dont certains ont assuré le confort de leurs descendants pour mille ans, ceux qui peuvent encore espérer appartenir au camp des vainqueurs à force de travail et d'un peu de chance, et enfin ceux qui ont baissé les bras, ou ceux qui ne vivent que d'allocations misérables, ou survivent à peine de la charité. Vous le comprenez, cette guerre de l'injustice se déroule sous nos yeux, où que nous soyons, quelle que soit notre couleur de peau, notre culture, notre sexe et notre statut social. Partout, en permanence. Et il nous appartient de décider individuellement si nous trouvons cette situation normale ou si le temps est venu de reprendre en main les rênes de notre destinée.

Mon rêve est-il celui d'un fou, comme l'ont dit la plupart de mes contemporains, ou faut-il envisager mon action comme le projet fou d'un homme lucide ? Celui qui ébranla l'ordre mondial, un terroriste pour les uns, un chef de la résistance pour les autres.

Il n'existe pas dans nos rangs de femmes ou d'hommes supérieurs, personne n'est plus important qu'un autre, et personne ne se place au-dessus des peuples non plus. Nous avons toujours agi comme des vigies du monde, des lanceurs d'alerte. Mon ami Vertigo disait que nous étions des empêcheurs de polluer en rond. C'est ça, des empêcheurs. Empêcher les agissements des multinationales, voilà notre credo. Obliger les peuples à ouvrir les yeux, parce que l'avenir de l'humanité n'existera que si l'on fait en sorte collectivement qu'il existe.

Croire en l'avenir, en l'espoir qu'un monde meilleur, plus juste, nous attendait quelque part et qu'il suffisait de tendre la main pour cueillir ses fruits sans amputer le crédit des générations futures.

En résumé, que vous soyez membres de l'Armée du 12 Octobre, futurs impétrants ou simples promeneurs, je ne vous demande pas de vous insurger contre l'avancée des déserts, je vous demande de décider s'il est raisonnable de les laisser croître sans rien faire.

Nous avons voulu donner une chance au monde, et pour cela nous avons été punis, châtiés, poursuivis comme des criminels. Nous avons eu l'audace de tenir tête aux puissants, et nous avons payé le prix fort, celui de la chair et du sang. Aujourd'hui, le temps est venu où les larmes vont changer de camp.

Les puissants passent, les peuples restent. Et ce sont les peuples qui paieront l'addition.

Aujourd'hui, je l'affirme, il faut frapper l'aveuglement en plein cœur, partout où les peuples se sont laissé endormir par les belles promesses des multinationales. Frapper le peuple pour qu'il réagisse, le priver de tout, jusqu'aux miettes qu'on lui laisse, lui réapprendre le tourment de la faim, de la soif, pour qu'enfin il exige des comptes et rétablisse l'équilibre entre les peuples.

Et si ce n'est toujours pas assez, il faudra se montrer encore plus intransigeants et durs.

Puisqu'il n'est pas acceptable de laisser mourir de soif chaque jour six mille petits Africains, on vous a demandé d'agir. Vous n'avez pas voulu entendre.

On vous a alertés sur la valeur inestimable de l'eau, vous n'avez pas voulu voir.

Alors on vous a assoiffés, et vous vous êtes entretués. Mais vous n'avez pas voulu comprendre.

Va-t-il falloir que l'on entasse six mille cadavres d'enfants devant vos portes pour que vous réagissiez enfin ?

Et le mal viendra, non par celui qui utilisera la violence, mais par ceux dont l'obstination à nier les droits de l'homme l'auront obligé à en user pour les défendre.

C'est de cela qu'il s'agit depuis l'origine. Traiter tous les humains en frères, respecter la Terre pour que les générations suivantes s'y épanouissent.

Simplement de cela.

Nous ne l'avons pas fait ensemble.

Alors oui, aujourd'hui, le *mal* arrive.

Note des auteurs

Et le mal viendra et *Islanova* sont deux romans, deux facettes d'une grande histoire, que nous avons conçus, non comme les tomes d'une série, mais bien comme des ouvrages indépendants se complétant l'un l'autre. Évidemment, l'expérience de lecture sera différente en fonction de l'ordre choisi.

Nous les avons imaginés ainsi parce qu'il nous semblait tout aussi passionnant de suivre les aventures de Julian Stark, un père de famille prêt à tout pour sortir sa fille de la radicalisation, que le parcours de Morgan Scali, un homme victime du terrorisme, un humaniste, qui finira par prendre les armes pour imposer ses idées.

Sauver son enfant, ou vouloir sauver les enfants du monde… Se pouvait-il que l'un ait plus raison que l'autre ?

Avec ces deux romans, nous avons fouillé le bien et le mal, en y cherchant la matière de nos héros. Mais les temps que nous vivons sont trop complexes pour que quiconque puisse trancher aisément sur la justesse d'une conduite.

Jérôme Camut et Nathalie Hug

Merci à David Smadja, il saura pourquoi.

Composition et mise en pages
Nord Compo à Villeneuve-d'Ascq

Imprimé en France par CPI
en juillet 2020
N° d'impression : 2052329

Suite du premier tirage : juillet 2020
S30664/02